万花筒

入梦·下·

Kaleidoscope

Like A Dream

西子绪 著

江苏凤凰文艺出版社
JIANGSU PHOENIX LITERATURE AND ART PUBLISHING

有的人，

天生就是为门而生的。

第五卷 佐子

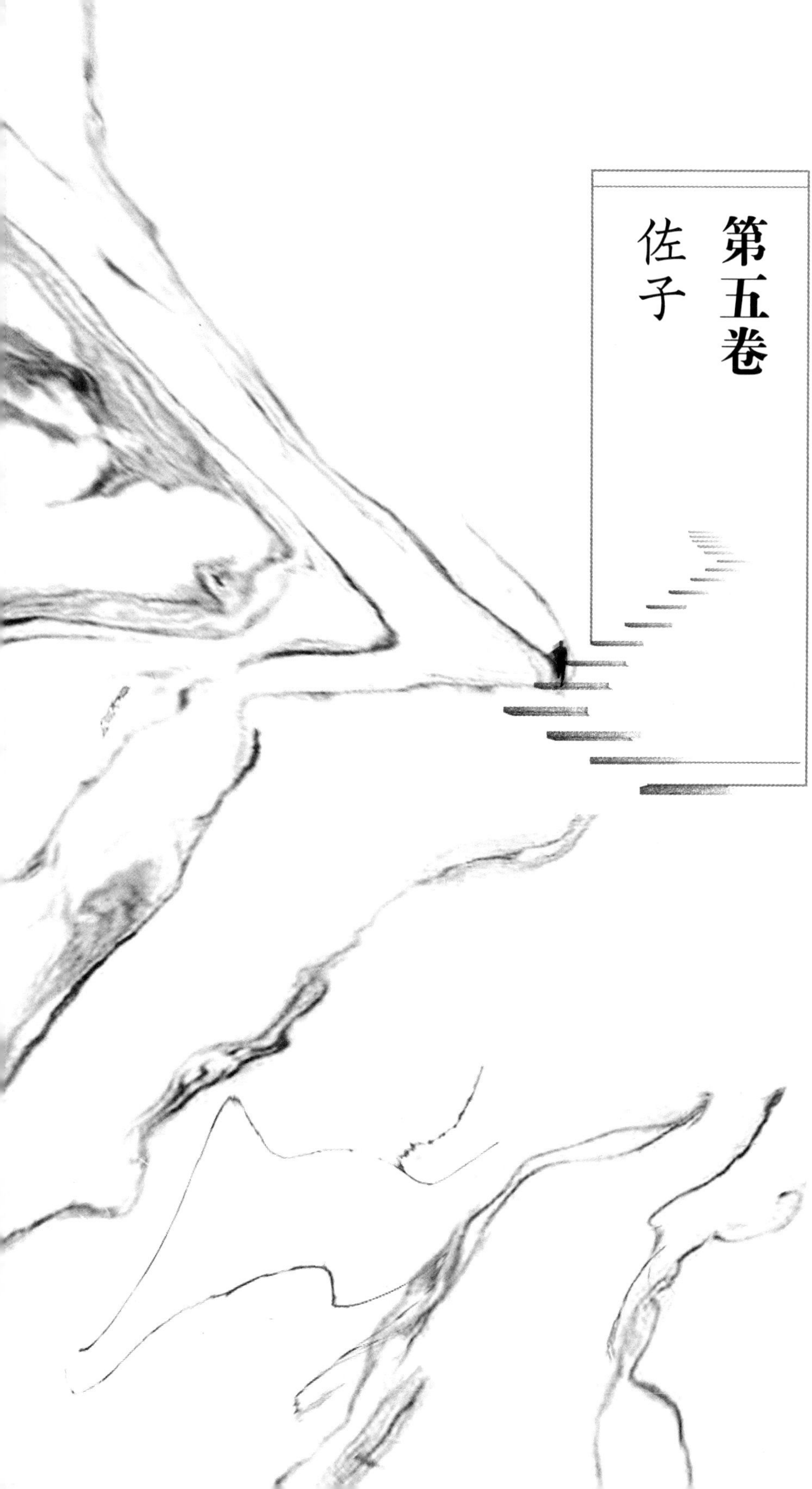

01

铁门发出沉重的响声，林秋石眼前的景色一变，出现了一条黑色的小道。这小道在茂密的树荫之下，林秋石环顾四周，很快确定了自己所在的位置——他在一所学校里面，周围是整齐的教学楼。此时天色蒙蒙亮，万籁俱寂，唯一的一点声响，就是微风吹拂树梢时带来的沙沙声。

林秋石往前走了几步，看见前面站了个男人。这男人正在四处观望，虽然面容陌生，但气质却莫名熟悉。林秋石犹豫了一下，取下自己的手镯后叫了他一声。

男人扭头，冲着林秋石笑了笑："门？"

林秋石"嗯"了声，迟疑地说出了他们约定好的暗号："朋友，吃蜜瓜味的口香糖吗？"

"吃。"男人回答，"但是我的第四颗牙不太好。"

"黎东源？"林秋石问。

男人点点头，反问道："林秋石？"

两人伸出手，轻轻一握，算是确定了彼此的身份。

林秋石有些讶异，虽然他早就知道进门后的形象会有所变化，但不得不说黎东源门内外形象的差别实在是太大了。门内的黎东源变高了许多，也不再是那张可爱的娃娃脸，虽然依旧温和，但能感觉到他暗藏的气势。

"往前走吧，集合点应该是在教学楼。"黎东源对这些事情已经非常熟悉，他说，"我门内的名字还是叫蒙钰，别叫错了。"

林秋石："我叫余林林。"

两人边走边说，聊了一些门内的事情，当然了，双方都很谨慎，毕竟是竞争对手，谁也不愿意透露太多。

快走到教学楼时，林秋石看见教学楼底下站了九个人。

“五男四女，加上我们，一共十一个人。”黎东源扫了一眼，“祝萌应该也在里面。”

林秋石道：“试探一下。”

其实林秋石一眼就认出了祝萌，因为四个女人里面，她的个子最为高挑，再加上她穿着林秋石所熟悉的淡色长裙，胸口还挂着一个白色兔子形状的水晶胸花。

林秋石走过去的时候，她抬起头，眼睛弯弯，笑意盈盈，看得林秋石心中一动。

黎东源却不似在外面那么激动，淡淡地道：“就是她？”

林秋石点点头。

黎东源赞道：“果然漂亮。”

林秋石心想：如果你在外面和他对骂的时候也是这种态度就好了……

他们走到人群中，并不意外地发现又有人在咆哮，咆哮的内容林秋石已经听过好几次，无非就是怀疑自己被绑架了，眼前的一切只是个糟糕的电视节目之类的话。

这次的新人依旧是两个，一男一女。女的脸色煞白，一副随时可能晕过去的模样；男的表情也不好看，正情绪激动地质问大家，说这里到底是哪里，他们到底是谁，为什么没人报警……

“你们不走我走了！”男人吼了半天，见始终没人搭理他，便愤恨地表示自己要走。而其他人看他的眼神要么带着怜悯，要么带着不耐烦，没一个人拦他。

林秋石本来想拦着男人，却被黎东源抓住了手臂，然后见他微微地摇了摇头。

“怎么？”林秋石道。

黎东源说：“不用拦，他早晚得回来。”

林秋石：“哦。”

果然如黎东源所说的那样，这人出去不到五分钟就回来了，而且回来时的脸色比出去时还难看，也不知道到底在外面看到了什么东西。

不过他好歹是安静了下来，没有继续高声喊叫。

众人站在教学楼下面的平地上，找了顺眼的人小声交谈，粗略地相互介绍了一下身份。

林秋石他们则成功地和阮南烛会面了。

阮南烛微笑着道："我叫祝萌，你们呢？"

"蒙钰。"黎东源对着阮南烛伸出了手。

阮南烛没有回握，而是将目光移到了林秋石身上。

林秋石面露无奈："余林林。"然后他在黎东源无比幽怨的眼神下，握住了阮南烛的手。

"我叫夏如蓓。"这次黎东源要带的是个姑娘，这姑娘看起来性格很文静，一副弱柳扶风的模样，细声细气地做着自我介绍，"很高兴和你们合作。"

阮南烛笑了笑："我也是。"

他们在楼下站了一会儿，教学楼里就传来了丁零零的上课铃声，接着便陆陆续续有学生从学校外面往教学楼里走。那些学生看见了他们，却没有露出任何的意外之色，而原本黑洞洞的教学楼，则开始有几扇窗户亮了起来。

就在众人疑惑自己到底该去做什么的时候，楼上下来了一个中年男人，自称是这里的接待老师，说要把他们带到宿舍去。

"你们再等几天，等学生期末考试结束，你们就可以开始工作了。"那老师一边走，一边说话，"但是学校最近不太平，你们小心一点……"

"不太平？"有人问，"什么叫不太平，是出什么事了吗？"

那老师听了这问话也不回答，只是沉默地摇摇头，最后被问烦了，就说了句："这不是你们该知道的事。"

众人噤声。

经过对话，林秋石知道了他们的身份——被学校请来装修教室的工人。学校想要翻新旧校舍，就找了个装修队，打算在学生们期末考试结束之后进行，只是不知道现在离期末考试还有几天……

那老师带着他们来到一栋老旧的宿舍楼里，这宿舍楼是很老式的筒子楼，每一层只有一个厕所，每层楼的楼道上都堆满了各式各样的杂物。

“先在这里将就一下吧。”老师说，“也住不了几天……”

“这里没有其他人？”黎东源问，“就我们住？”

那老师回答：“我们学校的老师多，宿舍本来是不够用的，但是这栋楼马上要拆了，所以他们都搬了出去，你们既然是暂住的，就将就一下吧。”

这宿舍楼给人的感觉的确是非常糟糕，墙壁上到处都是黑色的霉斑和污渍，也不知道使用多久了。

那老师把宿舍的钥匙给他们，说他们要翻修的旧校舍就在操场最后面，他们有空的时候可以去看看。

“你不带我们去？”阮南烛道，“我们对学校一点也不熟悉啊。”

那老师听了阮南烛的要求，表情微微变了变，最后摇着头说他还要上课，哪有时间带着他们去旧校舍，如果要去就自己去，而且最好趁着白天去……至于为什么，虽然他没说，但大家心里都有数。

那老师说完这些话之后就匆忙地走了，看样子是真的不太想和他们扯上关系。

黎东源扶着栏杆嚼着口香糖，说这非玩家角色挺有意思的。

林秋石：“哪里有意思？”

黎东源：“非玩家角色一般都不怕死，看他这样子，我觉得挺怕啊。”

林秋石不太懂黎东源的意思，没搭腔。

“世界之大，无奇不有。”阮南烛无所谓地说，“我们先进房看看吧。”

这宿舍是四人一间，上下床。

十一个人分成三间正好合适。

“这里好旧啊，还有一股子霉味，让人觉得真不舒服。”黎东源带来的夏如蓓一进屋子就开始低声抱怨。

“将就一下吧。”黎东源说，“反正也住不了几天。”

阮南烛完全不挑房间，径自爬到了林秋石上面的那张床上，伸手摸了摸被子，道：“也不知道多久没人住过了，湿乎乎的。”

黎东源：“我帮你烤烤吧。”

夏如蓓闻言撇了撇嘴，大概是想明明是差不多的话，为什么两个人的待遇差了那么多。她看了眼阮南烛，心里有些不高兴，但还是压抑住了自己心中的情绪。

阮南烛向来对人的情绪敏感，一眼就看出了夏如蓓是怎么回事，他眼珠子一转，显然是有了个坏主意，嘴里道："林林，你来帮我烤。"

林秋石："……"他现在对阮南烛的表情可谓非常了解了，虽然不知道是怎么回事，但一看阮南烛的脸就知道这货肯定是想干坏事。

"好，我去生个火。"林秋石说。

"林林，你真好。"阮南烛如此表示。

林秋石要往外走，却被黎东源拦住了。黎东源深深地看了他一眼，道："我来。"

林秋石："……"

黎东源："萌萌，等着。"说完，他就去走廊上拿煤炭准备生火。

夏如蓓见状，心情更加不妙。她显然也并不是那种特别能忍的性格，在黎东源出去了之后，就冷嘲热讽说："你们黑曜石的人都这么娇气吗？这被子也没怎么样，就非要让黎哥去烤。"

阮南烛听了这话，竖起手指故作害怕，说："嘘，小声点，是蒙哥不是黎哥。你声音这么大，万一被别人听了去可怎么办呀？"

夏如蓓气得脸都青了，林秋石对她颇为同情，大佬戏来了的时候谁能拦得住……

黎东源生好火，一边给阮南烛烤被子一边说："我们什么时候去旧校舍看看？"

"下午吧。"阮南烛道，"先去吃个饭，看看教学楼那边有没有什么线索。"

"好。"黎东源点点头。

趁着黎东源烤被子，林秋石则在宿舍里走了一圈。这宿舍其实挺宽敞的，就是太老旧了，天花板上的墙皮脱落了大半，露出一块块黑漆漆的预制板。

宿舍里有个小小的阳台，从阳台望出去是一片荒芜的草地，再往后就是学校的围墙，看来这宿舍是在整个校园的边缘区域。

林秋石又看了看屋子里的其他地方，他本来以为不会发现什么，谁知道却在柜子的角落里发现了一个奇怪的东西。那是一张红色的符纸，贴在柜子的最里面，如果不仔细看，根本不会看到。

“这里有张符纸。”林秋石道。

“符纸？”阮南烛凑过去，看到了林秋石所说的东西，“啧，麻烦。”

黎东源的表情也不好看：“就这一张？”

林秋石：“暂时只看到了这一张。”

在短暂的寻找之后，他们很快就发现这符纸的确不止一张，他们每个人的柜子里面都有类似的东西。这些符纸牢牢地贴在柜子的深处，并不能完整地撕下来。

“啊……连床垫下都有。”夏如蓓快哭了，“这些到底是什么啊，好吓人。”

她掀开床垫，看见了这些血红色的符纸密密匝匝地贴在床板上面，一层又一层，看得人头皮发麻。然而最让人感到恐惧的，是他们晚上得睡在这样的符纸上面……

阮南烛凑过去看了看，歪歪头：“这符纸是镇压那东西的吧？”

黎东源看了他一眼：“你见过？”

阮南烛：“好像见过，记不清楚了。”

黎东源：“那就留着吧。”

一般人看见这些符纸都会觉得毛骨悚然，胆子比较小的甚至会害怕得将符纸全部撕掉。夏如蓓就是个胆子比较小的姑娘，要不是黎东源阻止，恐怕她早就对这些符纸动手了。

检查了整个屋子之后，也差不多到了午饭时间，几人从屋子里出来时，正好看见另外一个屋子的人在吵架。

“你神经病吧，留着这些符纸干吗？万一是招那东西的呢？”说话的那人手里捏着一大把红色的纸，看来他们刚才也在房间里发现了符纸。

另一个人也很不高兴：“你要撕就撕你自己的呗，我可不撕，你说这些符纸是招那东西的，我还说是镇那东西的呢！”

“神经病，和你说不通，你就躺那儿吧！我才不要和你一个房间！小琴，我们住隔壁房间去。”那人恨恨地把手里的符纸扔进了垃圾箱，“镇那东西？也亏你想得出来，这里面哪个非玩家角色不是巴不得我们早点死了，还会帮你镇那东西？”说完，他就气呼呼地带着一个女生甩门而去。

阮南烛他们都目睹了这一幕，本来就有些害怕的夏如蓓更怕了，颤声道：“蒙哥，他们说的话有没有道理啊？万一这些符纸真的是招那东西的……”

黎东源还没说话，阮南烛就靠到了林秋石身上，学着夏如蓓的语气说：“林林哥，我也好怕。”

林秋石：“……”你怕什么，怕自己考不上影视学校吗？

阮南烛一靠过来，黎东源的眼神就跟刀子似的飞到了林秋石身上。

林秋石：“……”你瞪我也没用啊兄弟。

夏如蓓见黎东源不理她，咬了咬下唇，一副泫然欲泣的模样。这要是在之前的世界里，估计黎东源就会出声安慰了，奈何此时这里有个比“白莲花”还要“白莲花”的阮南烛，只见他垂了垂眸，那双漂亮的眼睛里闪着微弱的水光，轻轻地咬咬下唇，道了句：“我会努力不怕的。”

明明是一样的表情，可阮南烛的杀伤力却大了十倍。就算林秋石知道他是女装大佬，也不由自主地伸手按住了他的肩膀，温柔地说了声“一切有我”——更不用说黎东源了。

黎东源那表情，简直恨不得把林秋石放在阮南烛肩膀上的手给剁了，然后换上自己的。

而此时阮南烛和夏如蓓也在用眼神偷偷交流。

夏如蓓：你狠，你给我等着。

阮南烛：等着就等着，我好怕你。

反正林秋石是没看出来阮南烛和夏如蓓之间的波涛汹涌，他还在想这些符纸到底是镇那东西的还是有别的什么作用，到底要不要撕，撕了会有什么后果。

这会儿正好到了午饭时间，四人便一边聊天，一边准备去食堂吃饭。

这学校里还是有不少学生的，食堂坐满了人，林秋石倒是第一次在门内世界看到这么热闹的场景，甚至让他产生了一种错觉，好像自己并没有进到什么恐怖的地方。

“我倒是觉得挺恐怖的。”阮南烛如此表示，“谁知道眼前这些人到底是什么东西。”

黎东源微笑着没搭话，只是问他想要吃点什么。

阮南烛道："林林哥吃什么我就吃什么。"

黎东源："……"

林秋石："……"求求兄弟你别瞪我了，我真的是无辜的。

最后四个人面前都多了一碗面，阮南烛那碗面比较特别，就他一个人有两个蛋——黎东源特意给他买的。

夏如蓓看着那两个蛋，牙都要咬碎了。她的确是对黎东源有意思，但黎东源从来没有回应过她。她本来以为自己死缠烂打早晚能让黎东源松口，谁知道此时却冒出来了一个叫祝萌的女人，长得漂亮就算了，性格还那么做作——毕竟夏如蓓这辈子，也没遇到几个能比自己还做作的姑娘。

阮南烛慢慢悠悠地把两个蛋全吃了，对黎东源表示了感谢。

黎东源微笑着说："只要你开心就好。"

阮南烛这货来了句："要是能吃到林林哥的蛋蛋我就更开心了。"

黎东源："……"

林秋石的表情已经麻木，知道自己是逃不掉阮南烛的剧本了，还有他的蛋蛋是怎么回事，阮南烛你话说清楚点，别造成误会行吗？

他们吃饭的时候，问了一下旁边的学生，说学校最近有没有发生什么特别的事。

被问的学生大部分都是一脸茫然，直到问到某个高三的学生，他的脸色立马变了，说了句"不知道"，拿着餐盘就要走，却被黎东源一把拦住。

"同学，我们还没问完呢。"黎东源微笑着，表情看起来十分无害，但身上散发出的气势，却不会让人觉得他是个多么温柔的人，"你就这样走了，不太礼貌吧？"

那高三生说："你们问我也没用，要是真的想知道，就去学校图书馆找找前几天的报纸吧。"

阮南烛挑眉："你在怕什么？"

高三生摇摇头，不肯回答。

林秋石注意到他说话的时候端着餐盘的手都在微微颤抖，虽然故作镇定，但任谁都能看出他此时处于一种极端的恐惧之中。

“算了，让他走吧。”阮南烛摆了摆手，“回见。”

黎东源皱起眉头，似乎还想说什么，但最后什么都没说，放下拦着这学生的手让他走了。

“高三三班的学生。”阮南烛道，“虽然不知道名字是什么，但以后也能找到。”

“你怎么知道的？”夏如蓓惊讶地看着阮南烛。

阮南烛指了指胸口：“他胸口不是挂着学号牌吗，上面都写着啊。”

夏如蓓：“……”

阮南烛：“哎呀，你这都没看到？”

夏如蓓：“……”

阮南烛：“没事，我看到了就行。”他故意对夏如蓓露出虚伪的假笑。

夏如蓓差点被阮南烛这一套操作给气哭……

02

这学校挺大的，除了教学楼，还有图书馆、食堂之类的公共设施。

四人吃完饭之后，便朝着旧校舍的方向走去，在半路上还遇到了团队里的另外三人。那三人似乎也是刚组好的队，看见他们微笑着打了个招呼。

“你们也是去旧校舍吗？”领头的那个男人问。

“对。”林秋石点点头，“你们也是？”

“我们打算过去看看，既然都要去，那不如一起，人多也好做个伴。”男人道，“我叫刘庄翔。”

“余林林。”林秋石也介绍了自己。

于是七人一起朝着旧校舍的方向走，边走边聊着天。

虽然是在聊天，但其实大家对待陌生人的态度都很谨慎，交谈时都很少透露信息，毕竟门内的线索只有一条，谁先出去，那线索就是谁的。所以在合作的同时，大家也是潜在的竞争对手，除非处于绝境必须大家一起合作，否则总有人会怀着点别的心思。

那刘庄翔似乎对阮南烛有些兴趣，虽然故作不在意，但目光却在阮南烛身上停留了好一会儿。直到到了旧校舍，两队打算分开探查时他还有些恋恋不舍。

林秋石开始还怀疑他是不是发现了什么，后来察觉到刘庄翔根本什么都没发现，只是单纯地喜欢阮南烛的长相而已。

说实话，以阮南烛门内的装扮和气质，男人对他产生兴趣，也是非常正常的事。

旧校舍上面贴着封条，已经禁止学生进入。

领他们来的人临走时给了他们几把钥匙，说是开旧校舍铁门的。林秋石掏出一把钥匙打开铁门，几人鱼贯而入。

校方想要将整栋校舍都翻新一遍，无论是墙壁地板还是桌椅全部都要换，这也算是个大工程了。

“这校舍不旧啊。”阮南烛在教学楼外面观察了好一会儿，得出了这么个结论，“看样子最多修了六七年。”

“是不旧。”林秋石开始听那人的描述，本来以为旧校舍是用了很多年的那种老旧建筑，但是到了才发现这校舍看起来并没有他想象中的那么旧，只不过是一栋普通的教学楼。这栋楼一共有六层，外观颜色以红白为主，隔着操场远远望去，有点像一块颜色分明的五花肉。

“走吧，进去看看。”阮南烛说。

和他们一起的另外三人也进来了，不过没和他们一起，说是想先去楼上看看。

林秋石他们则从一楼开始检查。

校舍此时已经没有学生使用，整栋楼都很安静。每间教室里都摆放着整齐的桌椅，黑色的窗帘也全部拉了起来。

教室旁边就是老师的办公室，里面都已经清空，只留下一些桌椅。

大同小异的房间，似乎并没有什么特别之处，这楼一共有六层，在没有确定线索的情况下，一间一间地检查过来，着实是件比较费时费力的事。

他们从一楼上了三楼，在打算继续检查三楼的时候，却听到头顶上突然传来了“咚咚咚”的声音。

“他们在楼上干吗呢？”夏如蓓有点疑惑地问。

没人回答，大家都抬起头看向天花板。

刚才那三个和他们在门口分开的人此时应该就在楼上，也不知道在做什么，弄得天花板咚咚直响，这声音从头顶上的走廊一头移动到另外一头，连续不断，听得人非常不舒服。

“好烦啊。”夏如蓓被这如同噪音一般的声音搞生气了，“他们神经病吧？”

他们正打算从楼梯上去看看刘庄翔几个人到底在干什么的时候，阮南烛却突然做了个“停”的手势，道：“别上去，不对劲。”

“怎么？”夏如蓓本来就和阮南烛不对盘，这会儿被阮南烛拦住可以说是很不高兴了，“你这都怕？”

阮南烛没说话，指了指楼下。

他们顺着阮南烛指的方向看去，发现和他们一起来的刘庄翔三人居然站在楼下的空地上说着什么，看见他们望过来，还友好地冲着他们招了招手——这些人根本就不在楼上。

夏如蓓见此情景，身上的鸡皮疙瘩一下子就起来了，她目光惊恐地看向还在继续发出响声的天花板，颤声道：“这是什么？”

“你觉得是什么？”阮南烛没有回答，将目光移到了林秋石身上。

林秋石沉默片刻，给了阮南烛答案：“我觉得，这声音像是一个独腿的人在上面跳。”

这话一出，夏如蓓差点被直接吓哭。

事实上林秋石在听到这声音的第一时间，就觉得很不对劲，按理说只是“咚咚咚”的声音而已，可是他身上却不由自主地起了鸡皮疙瘩，甚至对于上楼产生了一种难以言喻的抗拒。

“哦。”阮南烛倒是很淡定，“那应该就是线索里的佐子在上面跳了。”

夏如蓓：“……”

黎东源看见阮南烛如此冷静的模样，笑了：“你就不怕吗？”

这个问题阮南烛已经被问了无数遍，就在林秋石以为他会像之前那样冷淡地给出回答的时候，这“戏精”却一把抱住了林秋石的手，道：“当然怕了呀，林林哥，人家怕死了啦。”

林秋石："……"你这时候演戏是不是晚了点？

"吓得都走不动路了，得林林哥亲一下才能继续走。"阮南烛说。

夏如蓓听到这话表情扭曲了一下，林秋石觉得如果此时她手上有什么东西，可能已经对着阮南烛招呼过来了，奈何没有，所以她只是表情严重扭曲，硬生生地忍了下来。

"好了，我开玩笑的。"大概是夏如蓓的表情扭曲过头了，阮南烛摊开手，"我觉得我们在搞清楚发生了什么之前还是别上去了。不如先去图书馆查查旧报纸，看看这学校里到底发生过什么。"

"你不好奇？"黎东源挑挑眉。

阮南烛道："好奇害死猫，没看见恐怖片里死得快的都是特别好奇的吗？"

黎东源没说话，表情似笑非笑，显然并不相信阮南烛的说辞。不过他也没有反驳，而是同意了阮南烛的提议。

于是四人无视了那让人头皮发麻的"咚咚"声，离开了旧校舍。

旧校舍和其他教学楼都隔得很远，中间是一个巨大的操场，也不知道学校当初是怎么想的，在这里建了一栋校舍，无论是上课还是下课都感觉很不方便的样子。

图书馆在旧校舍的东边，因为现在还是上课时间，所以里面空荡荡的，一个学生都没有。

林秋石本来以为图书馆应该挺大的，没想到只有一层，看来高中的图书馆和大学的图书馆的确有些区别，毕竟高中生的多数时间都放在学习和考试上面，并没有太多的精力阅读课外书籍。

看守图书馆的是个年纪比较大的女老师，林秋石他们进来时她只是拿出个本子让他们登记一下，便不再管了。

他们很快就在图书馆里找到了放置旧报纸的地方，这些报纸全部被整理好，装订成了厚厚一本。

"找吧。"阮南烛说，"既然是近期把我们请过来的，那肯定是最近才发生了什么事，我们可以慢慢往回翻。"

林秋石点点头，便开始翻阅起来。

果然如阮南烛所料那般，这学校近期的确发生了事故，事故的地点，正是旧校舍。

高三二班死了三个学生，全都死在了教室，死状凄惨，死因不明，唯一的共同之处，就是腿被人砍断一只，至今都没找到残肢。

“高三二班，不在四楼就在五楼。”阮南烛说，“也有可能我们刚才听到的是他们的声音。”

林秋石继续翻阅报纸，发现学校这段时间来真是多灾多难，意外事故频频发生，发生的地点大多是在学校内部。也难怪校方想要重新装修一下了，毕竟那旧校舍虽然被叫作旧校舍，事实上也没建几年，就这么废弃不用了，实在是很大的损失。

“那校舍是哪一年修好的？”阮南烛翻到了什么，“七年前……不过好像是最近才开始出事。”

黎东源：“能不能找到车祸相关的新闻？”

林秋石摇摇头，觉得不太可行：“这个范围太广了。”

“我去问问。”阮南烛站起来，走向外面，看来似乎是找图书管理员唠嗑去了。他一走，夏如蓓就细声细气地说：“黎哥，我好害怕呀，那个佐子到底是什么东西，我们难道还要去那旧校舍吗？”

“按照以往的规律，这种关键地点要么出钥匙要么出门，自然是还要去的。”面对柔弱的夏如蓓，黎东源的神情之中丝毫不见怜惜，“你要是怕，就待在宿舍里？”

夏如蓓想了想那老旧的宿舍，不吭声了。

阮南烛去了好一会儿，回来的时候打探到了一些重要的线索。

“三年前学校里面的确发生过一起车祸。”阮南烛说，“一个高一的学生出车祸死了，死的时间是冬天，学生的名字还不知道，但是是个姑娘。”

黎东源：“她是哪个班的？”

阮南烛：“最近死的既然是高三二班的学生，那肯定和这个班级有关系，况且三年前他们不恰好是高一吗。”他手指在桌子上点了点，“能搞到这个班级的名册就好了。”

“名册这种东西学校档案馆肯定有。”黎东源说，“只是怎么拿到却是个问题。”

林秋石本来以为以阮南烛的性格会提出晚上去偷，谁知道那人扭头看了看窗户外，道："天色也不早了，今天就这样，我们吃完晚饭之后就回去休息吧。"

黎东源居然应了声"好"。

于是四人又去了一趟食堂，随便吃了点东西后便回了宿舍。

宿舍楼上就他们三间房的灯亮着，其他位置全部漆黑一片，连路灯都没有一个。林秋石干脆掏出手机照明。

简单的洗漱之后，他们各自躺上了床，林秋石睡在阮南烛的下铺，夏如蓓则躺在黎东源上铺。

"你们猜猜今天晚上会死人吗？"阮南烛似乎有点无聊。

"会。"黎东源道。

"我也猜会。"阮南烛说，"那你猜猜会死几个？"

黎东源："两个。"

阮南烛："林林，你觉得呢？"

林秋石正在拿着手机悄悄地玩连连看，没怎么听阮南烛说话，所以大大地"啊"了一声。

阮南烛从上铺支了个脑袋过来，语气幽怨地说："你就知道玩连连看，根本就不关心我。"

林秋石："……我不是，我没有。"

阮南烛："那你说我们刚才说了什么？"

林秋石："……"

阮南烛："呵，男人。"

林秋石瞬间哭笑不得。

不过阮南烛也就是开开玩笑，没有要真怪林秋石的意思，他们聊了一会儿天，便熄灯睡觉。

林秋石在睡过去之前暗暗祈祷晚上不要因为奇奇怪怪的声音醒过来，他是真的不想看见那些东西了。

……

吴学林躺在床上，一想到白天发生的事情就有些生气。

他和另外两个人组了队，住进了一间宿舍，结果还没住上片刻，就在屋子里发现了一大堆红色的符纸。这些符纸贴在柜子深处和床板上，看得人头皮发麻。

在看到这些符纸后，吴学林的第一个反应就是将这些符纸全部撕掉。

可和他同行的人却表示了不赞成。

“万一这些符纸是镇那东西的呢？”那人这么说，“撕掉岂不是就完蛋了？”

吴学林对这种说法表示了十分的不屑，他说：“可如果是招那东西的怎么办？”说着他就将床板上的符纸全部撕扯下来，随手扔进了垃圾筒。

那人却十分固执，不愿意撕。

吴学林见状彻底生气了，叫着同行的被吓得瑟瑟发抖的女生一起去了旁边的屋子。他坚信这些符纸不是什么好东西，肯定会引来那东西，所以在进屋之后做的第一件事，就是把屋子里所有的符纸都搜集起来，全部丢掉。

和他一起的女生叫小琴，此时正躺在他的上铺，也不知道睡着了没有。

吴学林的心情有些烦躁，天色已经很暗了，可他却翻来覆去睡不着，总觉得浑身上下都凉飕飕的。

“小琴，你睡了吗？”吴学林小声地问。

小琴没有回应，看来是睡着了。

吴学林又翻了个身，将脸面对着墙壁。这天气并不冷，身上的被子也不算薄，可吴学林却觉得越来越冷，简直像是在寒冬一般。他裹紧被子，盯着墙壁想要入睡，却怎么都无法产生睡意。

就在吴学林越来越焦虑的时候，他却突然发现墙壁的缝隙里似乎夹了个什么东西。吴学林伸出手，小心翼翼地将墙壁缝隙中夹着的东西取了出来。

那是一张小小的纸条，上面用黑色的字体写着几行文字。

吴学林掏出手机，看清楚了纸条上的内容，他轻声地念出来：“佐知子从小就叫自己佐子好可笑哦，她很喜欢香蕉却每次只能吃半根好可怜哦，佐子去了远方应该会忘了我吧好寂寞佐子……”

“这是什么东西？”吴学林被这玩意儿搞得有点难受，他觉得这几行字有点像诗，又像是歌词之类的，一时间有些毛骨悚然，不由自主地将纸条搓成一团扔到了旁边。

“好冷啊。”又过了一会儿，吴学林实在是受不了了，他从床上坐起来，道，“小琴，你不冷吗？”

没有人回话。

吴学林抬头看向上铺，他们上下铺之间，只隔着一个床板，所以无论是什么动静，他都能听得很清楚。在他问话之后，小琴并没有回答，但上铺却传来了另一种奇怪的声音，“咚咚咚”的，简直好像……有人在床上跳。

“小琴？”吴学林有些怕了，他重重地咽了咽口水，“小琴？”

“最后一句是什么？”小琴的声音突然响了起来。

吴学林有点愣：“什么最后一句？”

小琴说：“歌词的最后一句是什么？”

吴学林：“……什么？”

小琴：“你刚刚念的歌词。”

吴学林想了片刻，才反应过来小琴在说什么，他随手捡起旁边被揉成一团的纸条：“最后一句？”他找了找，发现那纸条的后面还有最后一句话，“我的腿没有了，你的给我好吗？”

在将这句话念出来之后，吴学林突然感觉哪里不对，小琴怎么知道这是歌词，而不是诗歌之类的？而且他念的声音那么轻，小琴怎么可能听见——除非，问他问题的，不是小琴，而是别的东西。

吴学林的表情僵住了，他听到那“咚咚咚”的跳跃声越来越响，仿佛要将床直接震塌。

吴学林实在是害怕，连滚带爬地从床上跑了下来，然而他刚下床，就被吓呆了。只见本该躺在上铺的小琴悄无声息地趴在地上，已经没了气息，她的表情惊恐无比，而最让人恐惧的，是她的左腿被整整齐齐地截断了。

而吴学林上铺的声音却越来越大，那东西用小琴的声音尖锐地笑了起来，开始重复着最后一句歌词：“我的腿没有了，你的给我好吗？我的腿没有了，你的给我好吗——”

“啊啊啊啊！”吴学林发出凄厉的惨叫，朝着门口冲了过去，但到了门口，却怎么都扭不开面前的门锁。

“救命，救命啊！”吴学林浑身颤抖，听到那“咚咚咚”的声音到了他的身后，一双冰冷的手碰到了他的肩头，剧烈的疼痛从左腿传出。吴学林倒在地上，看到了一只满是鲜血的腿，突兀地立在黑色的地板上。

他眼前开始有黑暗浮现，而脑海里，却在不断地重复着歌词——我的腿没有了，你的给我好吗？

一切都安静下来，吴学林失去了意识。

03

这是平静的一夜。

林秋石一觉睡到了大天亮，他打着哈欠睁开眼，却看见阮南烛不知何时已经醒来，正坐在床边笑意盈盈地看着他。

“早上好。”阮南烛冲着他微笑。

“早上好。”即便知道阮南烛是个男人，可林秋石还是莫名其妙地有点脸红。一大早看见这么漂亮的人笑靥如花地同自己说话，不得不说是件颇为美好的事情。

旁边的黎东源跟着凑了过来，说：“萌萌，你还没和我说早上好呢。”

阮南烛瞅了他一眼：“好。”

黎东源：“……”多说两个字就那么难吗？

夏如蓓道：“黎哥，早上好呀。”

黎东源：“好。”

夏如蓓：“……”

林秋石看了实在是想笑，这三个人简直就是个互相伤害的生态链。

就在此时，他们屋外却响起了一声尖锐的叫声：“啊啊啊啊，死人了！”

几人赶紧出门看到底发生了什么。

只见最旁边的那间屋子外已经围了几个人，有的人在尝试着开门，有的人在窃窃私语。

林秋石定睛一看，发现那间被围起来的屋子门口溢出了红色的鲜血，鲜血顺着走廊往外淌，从这出血量上来看，里面的人肯定是凶多吉少。

尖叫的是第一次到门内世界的新人姑娘，她看到血，吓得花容失色，惊恐地躲到了人群最后面，不敢再看一眼。

黎东源和几个男人找来了工具想把门给砸开，还好宿舍里的门都比较老旧，没砸几下门就应声而开，屋内的情形一览无遗。

只见屋子中央，躺着一男一女两个人，两人都倒在血泊之中，没了气息。然而最引人注目的，是他们身上缺失的那部分——两人的左腿都没了。

“这不是昨天非要撕符纸的那个人吗？”人群里有人认出了这人，“难道符纸真的是镇那东西的？”

“看来是了。”人群中窃窃私语，“不然怎么两个都死了。”

“呜呜呜，我想回家，我想回家。”心灵脆弱的新人开始哭起来，哭声将现场扰得更加混乱。

阮南烛小心翼翼地跨进了屋子，开始观察四周，看有没有什么线索。林秋石跟在他后面，也走到了尸体旁边。

这两人在死前肯定都见到了什么极为恐怖的东西，即使是死掉了，脸上也带着难以言喻的惊恐，甚至连眼睛都没有闭上。

阮南烛似乎注意到了什么东西，他弯下腰，从角落里捡起了一个小小的纸团，纸团上面也沾染了鲜血，只能勉强看到几个字。

其他人也看到了这东西，凑过来看了看：“这写的是什么？”

阮南烛把纸条递给那人，道了句：“不知道。”

“香蕉……寂寞……什么乱七八糟的？”那人不明白，“有人看得懂吗？”

没人看得懂，或许是说有人看懂了，却不愿说出来。

而林秋石他们四个，却直接确定了眼前两人的确是死于佐子之手，只是不知道死去的原因是被撕下来的符纸，还是这张写着歌词的纸条……或是两者皆有？

第一天就出现了两个牺牲者，整个队伍的气氛顿时凝滞了。

新来的那个姑娘看着这一屋子的狼藉，小心地问需不需要打扫现场，把尸体处理一下，阮南烛摇摇头，道：“不用了，尸体很快就会不见的。”这是门内的准则，尸体总会以各种方式消失。

那姑娘似乎不明白什么叫作“很快就会不见”，神情之间全是惴惴不安，浑身上下瑟瑟发抖。而害怕的人显然并不止她一个，其他人的脸色也不太好看，连个说话的人都没有。

林秋石倒是习惯了这样的事，所以还显得比较平静，夏如蓓却脸色惨白，看了一眼尸体之后就躲进了她住的房间，说什么也不肯再出来。

看着她如此胆小的模样，林秋石倒是有些好奇她之前的三扇门到底是怎么过来的，难道全是靠黎东源带？可看黎东源，也不是那种无利早起的人，只是不知道夏如蓓有什么优点让他如此护着。

“走吧，今天先去档案馆看看，看能不能找到高三二班的花名册。”在看完尸体后，阮南烛提出了建议。

“行。”黎东源点点头。

于是四人便准备先去食堂吃个早饭，然后再去档案馆。

大概是因为看了尸体，夏如蓓的胃口很差，她面前放着的食物一口没动，眉头一直蹙着。

好在阮南烛这会儿似乎在思考什么事情，不然恐怕又要上演一场好戏。

看着夏如蓓没有胃口吃东西的模样，黎东源劝了几句，但见她始终不肯吃饭，只好放弃，想着等她饿了，自然会想吃东西的。

档案馆的位置比较偏远，在学校的角落中。整个档案馆一共三层，看起来已经有些年岁。管理人员是个六十多岁的老头子，阮南烛主动去交涉了一下，他居然也没阻拦，同意他们四个进档案馆里查资料。

档案馆里弥漫着一股子属于旧纸的霉味，让人闻着非常不舒服，夏如蓓进去后就开始低声咳嗽，黎东源问她怎么了。

“我好像对尘螨过敏。”夏如蓓艰难地说。

“那你在门口等着吧。”黎东源倒也没有勉强她。

夏如蓓高兴地点点头。

档案馆里灯光昏暗，到处都是高高的档案柜，从外面看都颇为恐怖，更不用说进去了。能不用跟着进去，夏如蓓自然是高兴的，黎东源叮嘱她坐在门口不要乱动，他们会尽快出来。

三人往里面走，阮南烛似笑非笑，说：“没看出来啊，白鹿的首领居然是个这么怜香惜玉的人。”

“萌萌你是吃醋了吗？”黎东源笑眯眯地看着阮南烛。

阮南烛：“吃醋倒不至于，我只是好奇，这个夏如蓓到底有什么魅力，能让你这么惯着。”

黎东源根本不答，只是笑着说：“果然吃醋了。”

阮南烛见他不肯说，也不再问，转身进了档案馆。

档案资料的分布是以时间划分的，查找了一会儿后他们很快就找到了高三二班三年前的资料，而那时的高三学生还是高一刚入校的新生。

阮南烛伸手把属于他们的档案拿了下来，翻开第一页，就看到了一张合影，照片背面用黑色的碳素笔写着“高一二班”四个字。

“找到了。”阮南烛道，“这是他们班的合照。”

林秋石凑到阮南烛的旁边，看见了他手上的照片。

这照片看起来非常的普通，并没有什么特殊的地方，照片里的学生们模样都很稚嫩，两侧还站着各科老师。

阮南烛道：“他们班一共有三十四个人……”他突然皱起眉头，“总觉得照片有什么地方不对劲。”

林秋石倒是没有发现不对劲的地方，不过阮南烛这么说，那肯定是察觉出了违和感，但一时间他又说不出到底什么地方违和。

“等等……”林秋石突然有了新发现，他说，“三十四个人？可是这照片里只有三十三个啊。”

十一人一排，一共三排，所有人的位置都对得整整齐齐，一眼就能数出这个班级的人数。

“对！就是人数！”阮南烛说，“这个资料里写的是三十四个，还有个人去哪儿了？”

林秋石和阮南烛对视一眼，在对方的眼神里看到了相同的神情。显然，他们都觉得不见了的那个人就是佐子。

“下面应该有学生的具体资料吧。”黎东源拿过档案本，开始仔细翻，很快就翻到了学生的档案，“……这一页被人撕掉了。”

本该有三十四页的档案，此时却只剩下三十三页，其中一页被人撕去，就像是合照中消失的那个人。

“这个人我们见过。”阮南烛突然指着照片中的某个人道。

“见过？”林秋石被阮南烛吓了一跳。

“你不记得了？”阮南烛说，“昨天吃饭的时候，我们遇到的那个高三学生。”

林秋石自然记得：“可他不是高三三班的吗？”

阮南烛道：“他当然是高三三班的，现在这个学校还有没有高三二班都是个问题。”

林秋石：“你是说高三二班的其他人都死光了？”

阮南烛：“有可能。”

既然那人没死，就说明他肯定是做了特别的事才从厄运之中逃脱了，这是个非常重要的线索。

他们三人又翻了一会儿，想看看还有没有别的什么信息。

就在他们低着头查找资料的时候，林秋石却听到有脚步声从旁边的书柜处传来，他起初以为是夏如蓓，还开口叫了一声，后来觉得不太对，因为这脚步声并不是有节奏的左脚右脚走动，而是很微妙的“咚咚咚”……就像是之前在教学楼里听到的那种跳跃声音。

林秋石伸手就抓住了阮南烛的手，扬了扬下巴示意。

阮南烛显然并没有听见那声音，但看见林秋石的脸色，自然明白肯定是他发现了什么。

“我们走吧。”林秋石开口，“反正也找得差不多了。”

黎东源还欲说什么，阮南烛却做了个噤声的手势，于是他也心领神会，道：“好。”

三人放下档案，开始朝着门口走。

他们刚往前迈了几步，身后那沉重的档案柜突然倒了下来，重重地砸在了他们刚才站着的地方。

这巨响引来了管理员，管理员看见倒地的档案柜非常生气，对着他们就是一通训斥。

阮南烛也没辩解，只是低声道着歉，毕竟是个“漂亮姑娘”，服软的模样也着实让人怜惜，那档案管理员总算是放过了他们，没有再继续责怪下去。

三人这才得以离开，走到门口后，阮南烛小声道：“看到没有？”

林秋石：“看到什么？”

阮南烛：“那柜子后面有血手印。”

林秋石：“没有。”

黎东源很热情地在旁边说：“我看到了。”

阮南烛：“没关系，看到也没什么用。”

黎东源：“……”

林秋石听着这两人的对话哭笑不得。

三人到了门口，看见夏如蓓坐在门口的椅子上百般无聊，见到他们出来，她说：“你们这么快？里面那声音是出什么事了吗？”

“档案柜倒了。”黎东源说，“被人推的。”

“被人推的？是不是刚进去的那个人？”夏如蓓问。

“刚进去的人？还有人进档案馆？”阮南烛抓住了她话中的重点。

“有啊，一个女的，说是学校学生，那管档案的就让她进去了。”夏如蓓抱着手臂，一副害怕得不得了的模样，“你们没看见？”

“没有。”阮南烛摇摇头。

林秋石倒是的确听到了有人进来的声音，可根据刚才发生的事，进来的或许根本不是人。

“那学生长什么样子？”黎东源说。

“一个女的，看起来挺年轻的，脸我没看得太清楚，长头发。”夏如蓓说，“就是一个很普通的年轻女生。”

“那应该就是了。”阮南烛说，“恭喜你，你可能是第一个见到Boss的。”

夏如蓓：“……”

阮南烛：“运气这么好，说不定还有双倍经验奖励哦。”

夏如蓓差点被阮南烛吓得直接哭出来。

黎东源无奈地让阮南烛别吓夏如蓓了，把这姑娘吓坏了可不是什么好事。

阮南烛靠在林秋石的身边“嘤嘤嘤”，说：“我也很害怕啊，你为什么不担心我？”

黎东源：“……”你怕吗？我怎么觉得你胆子比我还大？

“我想上个厕所。”三人往外走的时候，阮南烛突然道，“林林你陪我一起吧。”

黎东源道：“大家一起吧。”

林秋石心想朋友你那么紧张做什么，难道你知道他其实可以和我上同一个厕所？不过幸好这学校的厕所都是带锁的隔间，不然阮南烛还真有露馅的可能性。

四人到了厕所外面，夏如蓓和阮南烛进了女厕，林秋石和黎东源则走到了男厕。

林秋石进了隔间，正准备脱下裤子，就听到有人敲了敲他左手边的隔板，他刚想说“黎东源你敲我门做什么”，就觉得好像不太对……黎东源明明进的是他右手边的隔间，为什么被敲响的是左边？

“余林林。”黎东源的声音响了起来，“你的墙壁上，有没有字啊？”

林秋石闻言一愣，发现自己后面的墙壁上真的有几排字，只是在看清楚了这些字后，他的后背上瞬间惊起了一层寒毛。

只见白色的墙壁上，用红色的字体写着几排小字：佐知子从小就叫自己佐子好可笑哦，她很喜欢香蕉却每次只能吃半根好可怜哦，佐子去了远方应该会忘了我吧好寂寞佐子……

而这些字的最后一排，则是不能念出来的那句禁语：我的腿没有了，你的给我好吗？

“你看到了吗？”黎东源说。

林秋石看着字沉默片刻，说：“对不起，我其实不认识字。”

左边的黎东源：“……”

林秋石：“我家里穷就没上过学，大字不识几个，不然待会儿你自己来看看？”

那边没声儿了，林秋石猜测那个企图让他念出这几排字的玩意儿被他的无知震撼了。

不过林秋石也没敢继续上厕所，赶紧从隔间里出来，谁知他走到门口时，却看见其他三个人已经等在外面了。

“怎么那么久？”阮南烛问他。

“肾虚？”黎东源笑眯眯地对林秋石进行人身攻击。

林秋石没理他：“我上了多久？”

阮南烛看了看表：“十几分钟吧。”

林秋石叹气：“我刚才在里面遇到佐子了。”

这话一出，其他三人的表情都有一瞬间的凝滞，特别是夏如蓓，本来就紧绷着的神经显然快要断掉了，她惊恐地后退了几步：“佐子？是线索里的那个佐子？”

“嗯。”林秋石说，“她模仿黎东源的声音让我读墙上的字，这要是没线索提示，我可能真的就读了。”

“进去看看。”阮南烛说。

四人重新进了男厕，夏如蓓惊恐之余又显得有些不好意思，阮南烛倒是完全没什么不适应的——毕竟这里才是他的归宿。

林秋石找到了自己上厕所的那个隔间，推开门却发现白色的墙壁上布满了密密麻麻的红色血手印，将刚才他看到的字完全掩盖住了。而这些血迹在左边的隔间里更加明显，以至于地板上都积累了一层薄薄的血渍，看起来像是一个受了重伤的人在这个隔间里待了很久。

“等等，我突然想起来了——”看到这些鲜血，夏如蓓突然瞪圆了眼睛，“刚才进档案馆的那个女生是个瘸子！”

说到瘸子，他们立马想起了佐子缺失的那条腿。

“她当时走路一瘸一拐的，我也没在意，现在想起来……”夏如蓓浑身抖得越发厉害。

“走吧。”阮南烛道，“反正现在我们知道了具体条件，不要念出来就行了。”

这时候线索的重要性就体现出来了，如果不是提前知道，实在是很难不中招，最惨的是可能到死都不明白到底是怎么回事，而这佐子居然还知道要销毁证据……

四人走出了档案馆，并不强烈的阳光洒在他们身上，祛除了些许冰冷的寒意。

“现在怎么办，去找那个高三生吗？”林秋石问。

阮南烛道：“让我看看啊……”他从怀里掏出了个什么东西，林秋石仔细一瞧，才发现阮南烛把那个二班的合影给带出来了。

“……你什么时候动的手？”林秋石全程都站在阮南烛旁边，也没见到对方藏照片的动作。

阮南烛：“就刚才动的手。”

林秋石：“……”这货又会开锁，又这么能顺东西，他已经开始怀疑起了阮南烛现实中的职业。

阮南烛却好似知道他在想什么，头也没抬：“我不是小偷啊。”

林秋石：“哦……”

此时在外面看，被阳光一照，那合影显得更加怪异，色调暗淡，每个人的表情都很僵硬。阮南烛拿着看了一会儿，突然问：“你们能看到吗？”

林秋石：“看到什么？”

阮南烛说：“他们脸上的雾气。”

林秋石仔细看了看阮南烛手中的照片，摇了摇头，确定自己没有看到阮南烛所说的雾气。

“哦，那算了。”阮南烛不再说话。

黎东源倒是露出若有所思的表情。

在档案馆折腾了这么一会儿，又到了中午时间，正好可以去食堂吃点东西顺便讨论一下下午要做什么。

林秋石在吃饭的时候还注意了一下有没有那个高三学生，不过小概率事件还是没被他们遇到。

夏如蓓早上就没吃东西，中午也没什么胃口。

黎东源劝了她几句，她依然不肯吃，他便打算放弃了。

倒是阮南烛吃得香喷喷的，吃完自己的菜还撒着娇让黎东源再给他买两个鸡腿。

“我也要吃鸡腿！”本来不打算吃饭的夏如蓓突然开口，对着起身的黎东源道，“蒙哥，我要三个！”

阮南烛：“我要四个。”

夏如蓓："我要五个！"

阮南烛："我要六个。"

夏如蓓咬咬牙，眼睛红了一圈，硬生生地道："我要七个——"

林秋石："……"你们到底在比什么？还有，阮南烛你为什么欺负小姑娘欺负得那么熟练啊，一个大男人的胃容量和小姑娘比是不是不太公平……

黎东源面露无奈："你们要那么多，吃得完吗？"

"再多一倍我都吃得完，不过我也不想吃太多了。"阮南烛腼腆地对着夏如蓓笑了笑，"怕长胖。"说完他还刻意地看了眼夏如蓓的腰。

夏如蓓差点被阮南烛气晕过去，怒气冲冲道："吃得完！我才不怕长胖！"

黎东源无话可说，起身给这两人买鸡腿去了。

几分钟后，阮南烛和夏如蓓拿起鸡腿开吃，这学校食堂的鸡腿味道倒是不错，卤得烂烂的，肉汁丰富又很柔软，充满了香料的独有香气。

夏如蓓一天没吃东西，其实也有点饿了，这会儿啃着鸡腿打开了食欲，倒是一口气吃了四个，勉强塞进了第五个，然后盯着剩下的两个开始发愁。

阮南烛不紧不慢地啃完了四个鸡腿，拿起第五个，优雅地吃完之后对着林秋石挥挥手："吃不下了。"

他这么说，夏如蓓也松了口气，小声道："蒙哥，我也吃不下了。"

"没事。"黎东源道，"我来吧。"他本来还担心阮南烛继续刺激夏如蓓，让她把胃给撑坏了，没想到阮南烛还是有分寸的。

吃完鸡腿，擦干净了手，阮南烛提议去高三学生上课的地方看看。

大家都表示同意。

于是几个人朝着教学楼的方向走。

阮南烛又在研究那张奇怪的合照，他似乎在合照上面发现了什么线索，但林秋石却根本看不到他所说的雾气……似乎就和他们听不到，而林秋石能听到某种特别的声音一个道理。

"他们好像在上课呀。"走到了教学楼下面，林秋石听到上面传来了老师说话的声音。

"他们不是马上要期末考试了吗？"阮南烛突然想起来，"离期末考试还有几天？"

“不知道，得问问。”林秋石摇摇头。

此时离下课时间还有十几分钟，四人在教学楼里转了一圈。这一栋楼大部分都是高三的学生，文科理科一共有十六个班级，分布在第四层到第五层楼里。

而他们也在下课之前，找到了高三三班——昨天他们见到的那个学生所在的教室。

四人在外面等了一会儿，终于等到了下课。

待老师离开，阮南烛直接走进教室，直奔自己的目标。

那学生看见阮南烛，显然是想起了昨天他们在食堂的偶遇，表情变得略微紧张。

“可以找你聊聊吗？”阮南烛说。

“聊什么？”那学生的态度很警惕。

“就在这里说？”阮南烛环顾四周。

耀眼的人在哪里都很耀眼，因为阮南烛，整个班级的目光都聚集在了两人的身上。

那学生抿了抿唇，表情十分紧绷，站起来道：“出去说吧。”

四人跟着那个学生去了走廊尽头的小阳台，阮南烛开口问道：“介意告诉我们你的名字吗？”

“我叫江信鸿。”学生说，“你们有什么事就直接问吧，我马上要上课了。”

“我们在调查关于你们班级的事。”阮南烛开门见山，直接拿出了他们从档案馆里找到的那张照片，“我们想问，照片里少的那个人叫什么名字？”

他把照片拿出来，江信鸿只看了一眼就脸色大变：“你们从哪里找到这东西的？”

阮南烛挑眉：“这照片很特别？”

江信鸿没吭声，但林秋石却从他的眼睛深处看到了一种恐惧，仿佛眼前的照片不是照片，而是什么索命的怪物。只见他重重地吞咽着口水，声音里带着颤抖：“我不知道你们什么意思。”

“字面上的意思。”黎东源突然开口，他的语气非常冷静，“我们也不是要为难你，只是想问清楚照片上到底少了谁，她的名字到底是什么？”

江信鸿盯着照片没说话，脚步却不由自主地后退了一步。

“你不想事情早些结束吗？”黎东源的声音轻轻的，如同引人开启潘多拉魔盒的魔鬼，带着魅惑人心的味道，“说吧，说出来就好了，你也很害怕吧？”

江信鸿嘴唇微动，吐出了一个名字：“路佐子。”

黎东源：“路佐子？”

“对，就是她。”江信鸿说，“一个本不该存在在我们班上的人……”

他欲继续说，上课铃声却突然响了起来，将他惊醒，他似乎反应过来自己到底说了什么，表情惊恐无比，不再理会黎东源的话，转身就跑。

黎东源看着他的背影，面露无奈：“只差一点。”

“对啊。”阮南烛深沉地看了黎东源一眼，“只差一点，真是，可惜呢。”

04

江信鸿被他们叫出来一次之后就拒绝和他们再次交谈，坐在教室里怎么都不肯再动。四人都颇为无奈，为了不引起其他非玩家角色的注意，他们只好决定第二天再来，到时候找个机会和江信鸿好好谈谈，看起来最关键的线索，就在他的身上。

“今天就这样吧，回去早点睡，我也困了。”阮南烛打着哈欠说道。

“好啊。”黎东源从进到门内起几乎就没有反对过阮南烛的提议，阮南烛说什么，他就做什么，可以说是很贴心了。

四人随便吃了点东西，便回到了宿舍。他们到了宿舍门口，却看见那个新来的姑娘一脸焦虑地站在宿舍门口转圈。

“出什么事了？”林秋石问她。

那姑娘嗫嚅着，犹犹豫豫地开口：“那个……我有个队友……一直没回来。”

“你们去哪儿了？”阮南烛问道。

“旧校舍。”姑娘说，“我去上了个厕所，之后就发现他不见了，我找遍了整栋楼都没看见他，后来我实在是害怕得厉害，就先回来了。”

“他在旧校舍里消失了？”黎东源扭头看了一眼外面已经完全暗下来的

天色，“急也没用，现在天色已晚，肯定是不能再过去找人，我劝你还是好好休息一晚吧，明天我们陪着你过去看看。”

姑娘虽然依旧很是担心，但还是乖乖地点了点头，看来她也不想在这样的时间点回到阴森森的旧校舍里。

于是一行人回到自己的房间里打算休息。

在门里面经历得多了，大家都清楚失踪到底意味着什么，在这个到处都是死亡陷阱的门内世界里，突然不见了的人，能活下来的少之又少。看来那个新人姑娘口中的队友，恐怕也是凶多吉少。

他们躺在床上，分析了一下今天得到的信息。

阮南烛则又提出了一个非常关键的线索：“他们不是马上要期末考试了吗？”

林秋石道：“对，怎么了？”

阮南烛：“现在的天气肯定不是冬天，温度冷暖适中，还有点小热，那说明这个期末考试不是寒假前的考试。”

林秋石瞬间明白了阮南烛的意思：“你的意思是他们马上要高考了？”

“对。”阮南烛说，“我觉得这是个关键的时间点，一旦高考结束，他们就不是这所学校的学生了。”

夏如蓓也恍然大悟：“所以期末考其实就是高考，这是我们的截止期限？如果……如果我们没能找出钥匙呢？”

阮南烛笑了笑：“没能找出来有两种可能，一是时间重置，我们又要重复过这几天，二是那东西大开杀戒，只留下一个幸存者，门自动打开。”无论是哪种情况，都非常糟糕。

夏如蓓闻言缩了缩脖子，不说话了。

“萌萌，你到底经历过几扇门了？”黎东源突然问了句，“看起来你的经验很丰富啊。”

“蒙先生，没人告诉过你不要随便问别人的底牌吗？”阮南烛对黎东源一点没客气，“况且我再怎么厉害，也不会有白鹿的首领厉害吧。”

黎东源挑眉：“那可不一定。”

他们聊完这些事，便开始休息。

林秋石盯着自己上铺，迷迷糊糊睡了过去。

一夜无梦，这是安宁的一晚，他们平静地迎来了第二天的朝阳。

早上七点，四人准时起床，洗漱之后打算和昨天那个搞丢队友的新人姑娘一起去旧校舍看看情况。

“我叫罗晓雨。”新人姑娘小声地自我介绍，她显然是一夜没睡，眼睛下面挂着大大的黑眼圈，神情也充满了惶惑，“你们的意思是，他已经没了吗……”

“大概率吧。”黎东源道，“他要是还活着，不可能在旧校舍睡一晚的。”

倒也是这么个道理，罗晓雨抱着手臂，一副浑身发冷的样子。

他们到了旧校舍，看见旧校舍的铁门开着，罗晓雨说这门是他们来时开的，她昨天离开的时候怕队友被锁在里面，便用一块石头抵住了，没想到昨天是什么样，今天还是什么样，不过这样倒也可以确定，那人的确没有从旧校舍里出来。

“你们当时是在几楼失联的？”阮南烛问。

“四楼。”罗晓雨记得很清楚，“四楼尽头的一间教室，好像是高二二班……”

听到“高二二班”这四个字，林秋石和阮南烛很有默契地对视了一眼。

“先上去看看吧。”黎东源说。

五人朝着四楼走去，林秋石边走边听声音，他现在就害怕听到之前那种在地板上跳跃的“咚咚”声，这代表佐子可能就在附近，但好在直到他们到达四楼，那声音都没有出现。

尽头的教室门上写着“二班”两个大大的汉字，他们透过教室的窗户，看到了里面的场景。

教室并不大，从外面便可以一览无遗，教室里整齐地摆放着桌椅，并没有罗晓雨口中的队友。

“不在。”黎东源道，“或许是去其他地方了，你们到底是怎么分开的？”

罗晓雨战战兢兢地回答：“我当时去这附近上了个厕所，回来就发现他人不见了，之后也没看到……”

“我们去其他楼层看看？”林秋石提议。

“也可以。”阮南烛点点头。

他们一行五人正往楼梯走，身后却突然传来了一声巨响，像是什么东西从高空中落下，重重地砸在了地上。

大家都被这声音吓了一跳，几人循声而去，很快就发现了声音的来源——正是之前他们没有发现什么异常的二班。

此时本该只有桌椅的空荡教室里，却突然多出了一具血肉模糊的尸体，那尸体似乎是从天花板上掉下来的，将地上摆放整齐的桌椅砸得七零八落。

罗晓雨看到这一幕，不由自主地尖叫了起来，夏如蓓的表现比她好一点，好歹是没叫出声，只是用手捂着嘴倒退了几步。

“进去看看吧。”阮南烛说了句，掏出发夹就开始开锁。

林秋石已经习惯了他的操作，就在旁边默默地看着，倒是夏如蓓有点好奇，但又害怕，就远远地踮着脚尖支着脑袋看，姿势倒是有几分可爱。

片刻后，“咔嚓”一声，教学楼里并不复杂的锁应声而开。阮南烛第一个推门而入，看到了一地狼藉。

林秋石跟在他的后面，进入教室后很快就发现了不对劲的地方：“这些东西……”

阮南烛：“有意思。”

只见尸体落下的地方，居然还散乱地放着一堆书籍，从远处看，这些书籍应该是学生的课本，此时这些课本乱七八糟地堆在尸体周围，看起来怪异极了。

黎东源的胆子也是很大，直接走到尸体旁边，捡起了其中一本：“是课本。”

林秋石和阮南烛也走了过去，看到了黎东源手里的东西。

的确是课本，只是这些课本被人用红色的记号笔画得一塌糊涂，几乎每一页上都写着恶毒的诅咒话语。

阮南烛又随便捡起了一本，那一本和黎东源手上的差不多，总而言之就是到处都写满了诅咒的字。阮南烛思考片刻，把书合上之后，又翻到了第一页，林秋石就站在他旁边，所以清楚地看到，在书的第一页上面，写着三个清秀的字：路佐子！

这居然是路佐子的书！

而教室中央的尸体，也的的确确少了一条腿，看来就是路佐子干的。只是不知道这次路佐子用了什么方法，让这人读出了那一句不该读的歌词。

……

聂成和是和罗晓雨一起来的旧校舍。

罗晓雨去上厕所的时候，他便站在教室门口静静地等待着。整栋教学楼都安静得可怕，空荡荡的走廊上，甚至连说话都有回音。

聂成和看着一眼望不到头的走廊，莫名地有些心慌，他掏出手机，正打算玩两把小游戏缓解一下紧张的情绪，表情却突然僵住了——他听到了一种怪异的声音，这声音是从教室里传来的，像有人在窃窃私语，让他汗毛倒立。

这校舍一个人都没有，又怎么可能会有窃窃私语？然而那声音越来越大，最后变成了吵闹的喧哗声。

聂成和缓慢地挪动步子，移到了窗户旁边。透过窗户的玻璃，他终于看到了声音的来源——正是他面前的教室。

只见原本空荡荡的教室里，居然不知何时坐满了学生，他们要么坐着要么站着，表情激动，正在讨论着什么。

这一幕实在太过骇人，聂成和不由自主地想要后退，然而就在他打算悄悄离开的时候，教室里的学生们却开始异口同声地唱起了一首调子怪异的歌曲：佐知子从小就叫自己佐子好可笑哦，她很喜欢香蕉却每次只能吃半根好可怜哦，佐子去了远方应该会忘了我吧好寂寞佐子……

聂成和从来没有听过这样的歌，歌声让他感到越来越冷，仿佛是在寒冬腊月里，他想要移动身体，却感觉身体像是被冻僵了一样。

“佐知子从小就叫自己佐子好可笑哦，她很喜欢香蕉却每次只能吃半根好可怜哦，佐子去了远方应该会忘了我吧好寂寞佐子……”

歌声还在重复，教室里的人，却发现了聂成和的存在。

他们转过头，看向了窗外的聂成和，面对这一张张的脸，聂成和此时才发现，这些人的眼睛只剩下两个黑漆漆的洞，配上那惨白的脸色，显然不是活人。

聂成和被吓得踉跄了几步，他张了张嘴，听到他们唱出了歌词的最后一句：“我的腿没有了，你的给我好吗？我的腿没有了，你的给我好吗……”

一遍又一遍，这句话仿佛变成了充满魔力的咒语，聂成和的表情开始变得茫然，他嘴唇动了动，也说出了一句：“我的腿没有了，你的给我好吗？”

这句话一出，教室里面瞬间安静下来。

那一张张惨白的脸，全都咧开嘴露出怪异的笑容。

聂成和这才恍然大悟自己到底做了什么，他顿时明白过来，转身欲逃，却听到自己身后传来了“咚咚咚”的声音。他慌乱地扭过头，看到了一个站在走廊阴影里的人影，那人影朝着他慢慢地靠近，歌声还在继续：“我的腿没有了，你的给我好吗……”

聂成和感到腿部传来了一阵剧痛，眼前彻底黑了下来。

……

从旧校舍出来后，林秋石他们几个打算再去找那个江信鸿聊聊。

不过鉴于昨天江信鸿那敏感的态度，阮南烛提议在学校门口堵人，把他弄到一个不会引起其他人注意的地方再仔仔细细地问他一遍。

黎东源依旧积极地响应阮南烛的号召，并且表示自己力气很大，一个人就能把江信鸿弄过来。

林秋石心想，还好不是在现实里，不然他们四个鬼鬼祟祟的，恐怕早就被保安带走了。

此时是下午六点，已经放学了，学生们开始陆陆续续地离开教室。

正常情况下，高三年级的学生应该是要在学校上晚自习的，但大概是因为学校里发生了一些事情，所以所有学生在七点之前都会离校，原本热闹的校园则会变得比坟墓还死寂。

四人一直盯着校门口，然而始终都不见江信鸿的身影。

最后夏如蓓忍不住了，怀疑地道：“我们是不是盯丢了呀，怎么一直没看到江信鸿？”

“不可能盯丢了。”阮南烛却对自己的视力非常有自信，“他的确没有来过。”

“那我们去教学楼看看？”黎东源提议。

“行。”阮南烛道，“你们两个在这里守着，余林林，你和我过去。”

林秋石正欲说好，黎东源却似笑非笑地道：“萌萌，这不合适吧？”

阮南烛挑眉：“怎么不合适？”

黎东源道：“万一我们在门口遇到了江信鸿，你不怕我们套出点什么消息不告诉你？”

阮南烛看了黎东源一眼，显然黎东源虽然在用他们做例子，言下之意却是担心林秋石和阮南烛发现什么后对他们有所隐瞒，不过到底是两个组织的人，有这种顾虑也是正常的。

“不如你和夏如蓓在这里守着，我和余林林过去看看。”黎东源说，“这样你我都放心。”

阮南烛思考片刻，居然同意了黎东源的提议：“也可以。”他又看向林秋石，“早去早回。”

林秋石点点头。

然后林秋石和黎东源就开始往教学楼走去，想看看江信鸿到底在哪里。一路上黎东源都在打听祝萌的事——关于余林林和祝萌的关系以及祝萌在黑曜石里的地位，而林秋石对于他的试探，都是很不客气地一律回绝，用标准的“不知道、不清楚、不明白”作为答案。

黎东源被这么抗拒，倒也不恼怒，笑眯眯地看着林秋石，说：“你们黑曜石的人都这么有趣吗？”

林秋石：“普通有趣吧。”

两人到了教学楼底下，看见里面的人几乎都已经走光了，只剩下几间教室还亮着灯，其中就有高三三班。

“走吧，上去看看。”黎东源说。

林秋石和他一起朝着楼上爬去，到了高三三班所在的楼层，他们刚走到那间教室附近，就听到里面传来了激烈的争吵声，仔细一听，其中一个声音正是他们要找的江信鸿，他似乎在和人争辩什么事。

“你是不是当初就知道什么——”这是个陌生的声音，但听起来也很稚嫩，应该是个学生。

“我哪里知道什么？我什么都不知道，你不要再来找我，等到高考完了，就一切都结束了！”江信鸿的情绪也很激动。

“完了？怎么可能完了？！如果她跟着去了大学呢？而且这种事情，哪有完了的那一天？”那人说话的声音越来越大，他甚至开始用力地敲击起桌子，“你真的什么都不知道？”

“我不知道！我什么都不知道！”江信鸿说，“我要是知道，怎么会看着他们那样悲惨地死去？”

“可你为什么没有死——”那人说，“只有你，只有你还活得好好的！”

江信鸿被这句话激怒了，愤怒得骂出了脏话：“你什么意思，什么叫只有我还活得好好的，你不也活着吗？”

“要不是你当初对我说的话，我也不会活下来，现在他们都死了，我活着又有什么意思，我告诉你江信鸿，如果让我知道，这事情真和你有什么关系……”那声音阴冷无比，听得人浑身发凉，“我一定不会放过你的。”

江信鸿骂道：“你给我滚！恩将仇报的玩意儿！”

那人冷笑一声，说：“不用你说，我自己会走的，你……自己小心点吧。”他说完就从教室里冲了出来，没有注意到躲在拐角处的林秋石和黎东源，匆匆忙忙地下楼去了。

江信鸿又在教室里爆出了几句脏话，最后终于平息了怒火，背着书包从教室里出来了。

但他一出来，就看到了站在外面的黎东源和林秋石，他的脸色瞬间更难看：“你们到底想要做什么？我说了我什么都不知道！”

黎东源微笑着道：“江同学，我们还什么都没问呢。”

江信鸿道：“我什么都不知道——”他重复了一遍，转身欲走，却被黎东源一把拉住。

“你做什么？”江信鸿被拉得有点生气了。

黎东源脸上的笑容却淡了下来，道：“小朋友，不要敬酒不吃吃罚酒。”

江信鸿说：“你……”

黎东源打断了他的话：“这学校经常死人吧？”

江信鸿瞪圆了眼睛。

黎东源说：“如果你突然消失了，你说他们会觉得你是被人杀了，还是被那东西杀了？”

江信鸿不说话了，显然黎东源的话语拿捏住了他的命脉，的确，这个学校里发生过无数起事故了，而这些事故并没有什么结果，所以学校里面的人都心领神会，知道这是不可言说的事。

况且他还有一个特殊的身份，即消失的高三二班里的学生，就算他不见了，恐怕那些人也会把这件事往灵异方面想。

“好吧，你到底想知道什么？”江信鸿在估量完自己和黎东源的体型差之后决定放弃挣扎，“我知道的也不多！”

黎东源这才松了手，又恢复了那副笑眯眯的模样，林秋石在旁边暗暗地想，黎东源这货切开果然也是黑的，平时笑得那么温柔，威胁起人来的时候可是熟练得很。

“林林，你别这么看着我嘛。”黎东源似乎知道林秋石在想什么，还不忘解释一句，“我平时不这样的。”

林秋石：“你平时都是直接动手吗？”

黎东源：“哈哈，你真幽默。”

林秋石：“……”这人居然没有反驳。

江信鸿双手抱胸，显然对黎东源和林秋石都十分抗拒，他道：“你们赶紧问吧，我还要回家呢。”

“你原来是二班的对吧？刚才那个人是你二班的同学？”黎东源道。

“对。”江信鸿说，“他也是二班的。”

“你们二班现在还剩下几个人？”黎东源道。

江信鸿说：“就我们两个。”

黎东源：“所以你是知道路佐子在学校里做的事情的吧？”

在提到这个名字的时候，江信鸿的眼神里露出无法掩饰的恐惧，甚至浑身都抖了一下，他咬咬牙点了点头。

“把你们当时和路佐子发生的事情说一下吧。”黎东源说，“还有昨天那一句，她是不该存在的人，到底是什么意思？”

江信鸿抬手擦了一下额头上的冷汗，道：“也没什么好说的，就是她刚到我们班上的时候，被一些人霸凌，那些人习惯性地欺负路佐子……”

“比如在她的书本上写‘去死’？”黎东源道。

“你怎么知道？”江信鸿惊恐地看着黎东源。

“我们知道很多。”黎东源笑了笑，“所以你在说话的时候，可以先想清楚再说，如果我们发现你说的东西和我们知道的不一样……可别怪我们不客气。”

江信鸿重重地吞咽了一下。

“你知道，有时候人比那东西可怕多了。”黎东源道，“要是让我身边站着的这个人动起手来，我觉得你到时候可能会想让自己早点死。”

在旁边默默地当背景板的林秋石心想：黎东源你是被阮南烛传染了还是怎么着，莫名其妙地给我加了戏。

“你说对吧，林林？”黎东源居然还好意思转过头来看林秋石的反应。

林秋石：“……对。”

于是黎东源很俏皮地冲着他眨了眨眼睛。

林秋石：“……”从某种程度上来说，黎东源和阮南烛也是非常合适了。

最惨的是江信鸿居然还信了黎东源的话，眼神惊恐地看了林秋石一眼，甚至还默默地后退了一步，他说：“我真的知道得不多……”

黎东源发问：“所以路佐子到底是怎么死的？为什么你们班上的其他同学都死了，而你们俩却作为例外活到了最后？”

江信鸿说：“这件事情要从三年前说起……”

05

相比于成年人，孩子的残忍更加直白，因为他们并不知道自己的所作所为带来的后果，面对不喜欢的人或者东西，他们只会用最激烈的手段表示自己的厌恶——青春期的他们，尤其如此。

而路佐子，就是那个不被喜欢的人。

“当时她在我们班上，被欺负得很惨。”江信鸿说，“所有人都讨厌她，把她当作不存在的人。”

“你们班级合照的时候也没有带上她？”林秋石想到了之前他们在档案馆里看到的那张缺了一个人的照片。

"嗯……"江信鸿虽然有些迟疑，但还是回答了林秋石的问题，"虽然在名册上写着有三十四个人，但我们班对外都宣称是三十三个。"

那一班的学生，人为地将路佐子从他们班级里抹去了。他们拒绝和路佐子说话，拒绝和路佐子合影，把她当作空气，没有一个人愿意和她说话。

"之后发生了什么？"黎东源不动声色地继续追问。

"之后出了意外……"江信鸿的声音变得有些艰涩，神情之间，也带上了难以言说的恐惧，"她死了。"

两人都静静地等着江信鸿继续说。

"她出了意外，突然死了。"江信鸿说，"现在想来，的确是有些过分，她死了之后，班上的人都没有表现出悲伤，甚至还……"

"甚至还写了一首歌。"黎东源帮江信鸿补上了最后一句。

"你们怎么知道的？"江信鸿没想到他们居然知道得这么详细，被吓了一跳。

"我都说了，我们知道很多东西。"黎东源看着江信鸿，微笑着道，"继续。"

"再后来的事你们大概都知道了。"江信鸿苦笑起来，"那首歌是被诅咒过的，只要唱过的人都会死。"

"你没有唱过？"终于到了他们最感兴趣的问题，林秋石发问。

"没有。"江信鸿的语气很肯定，"我当时觉得那么做实在是太过分了，就没有唱……"

"刚才和你对话的同学也没有唱？"黎东源道。

"没有。"江信鸿说，"我们两个玩得很好，所以我让他也别唱。"

"有意思。"黎东源似笑非笑。

被黎东源的表情弄得有些害怕，江信鸿焦躁地道："我知道的就这么多了，你们让我走吧，天马上就要黑了，我得回去了。"

林秋石看了看黎东源，黎东源点点头，示意江信鸿可以走了。

江信鸿松了口气，抓起背包就一路狂奔而去，黎东源看着他的背影，道："你觉得怎么样？"

林秋石："不怎么样。"虽然江信鸿的说辞并无破绽，但他却直觉这人在撒谎。

“哦，怎么说？”黎东源问。

“你应该比我清楚吧。”经过这段时间的相处，林秋石也知道黎东源这货是个人精，如果真的有什么异常情况，他肯定比自己清楚。果不其然，黎东源笑了起来，看向林秋石的眼神里多了点别的东西：“黑曜石的人都这么有趣？”

林秋石：“不，我是最无趣的一个。”

黎东源说：“江信鸿的确是在撒谎，只是不知道他到底为什么要撒谎，以及在什么地方撒了谎。你记得他第二次和我们见面时说的那句话吗？”

林秋石当然记得，他皱起眉头：“路佐子是不该存在的人？”

黎东源：“对。”

林秋石恍然大悟：“原来如此。”

黎东源：“聪明……我向来喜欢和聪明人共事，走吧，和祝萌她们会合去。”

黎东源话中的含义并不复杂——路佐子是不该存在的人，如果江信鸿真的觉得自己做错了，那么他不可能说出这句话。明明是受害者的路佐子，在他的口中却变成了不该存在的人，即使已经过了好几年，发生了那么多的事情，江信鸿也毫无悔改之意，甚至在说出这句话的时候，恐惧里还带着些许掩饰不住的厌恶。

当然，这一切都是他们的推论，还有待求证。其中有个最不能让人理解的细节，便是如果江信鸿厌恶着路佐子，那么他为什么没有唱那首调侃路佐子的歌曲？难道真的是他良心发现？

带着这样的疑问，四个人再次会合。

也不知道阮南烛和夏如蓓独处的时间里发生了什么，夏如蓓眼睛里含着泪水，看见黎东源就委委屈屈地凑过来叫了一声“蒙哥”。

“出什么事了？”黎东源问她。

夏如蓓幽怨地看了一眼满目无辜的阮南烛：“她吓我……”

阮南烛：“嘤嘤嘤，你不要乱说，我胆子也很小，你怎么可以说我吓你？”

夏如蓓：“明明刚才就是你在讲恐怖故事！”

阮南烛："证据呢？"

夏如蓓："……这还需要什么证据？"

阮南烛："林林哥，她没证据还想污蔑我——"

林秋石和黎东源都是一脸头疼的表情，最后黎东源受不了了，做了个"停"的手势，说："萌萌啊，咱能不能不和小姑娘计较了？"

阮南烛："你什么意思？意思是我就不是小姑娘了？"

黎东源的求生欲还是很强的，说："不不不，我的意思是你是大美人！"

阮南烛："啧。"

林秋石赶紧岔开话题，把他们刚才和江信鸿对话的内容告诉了阮南烛。阮南烛听后和他们的感觉差不多，都觉得江信鸿这人问题有点大，但具体什么问题，暂时无法得知。

"走吧，天也快黑了，我们先回去再说。"本来就是放学时间，耽搁了这么一会儿，天色渐渐暗了下来。

他们一路说话一路走，赶在天色完全暗下来之前，回到了住的地方。

刚到住所，外面就完全黑了，寂静的校园笼罩在漆黑的夜幕之中。

林秋石站在走廊上抽着烟想事情，肩膀突然被人拍了一下，他扭头，看见了黎东源。

"借个火。"黎东源说。

林秋石"嗯"了声，便看到黎东源凑了过来，借着自己烟上的火星点燃了口中的烟。

"在想什么？"黎东源问。

林秋石摇摇头，示意自己什么也没想，他觉得今天有点累了，不太想说话。

"你什么时候加入的黑曜石？"黎东源的声音很好听，温柔而有磁性，问话的语气像是在低声唱摇篮曲，"进来多久了？"

"没多久，几个月吧。"林秋石吐了口烟。

"谁带你进来的？"黎东源继续问。

"阮南烛。"林秋石感觉自己有点恍惚，这种状态很奇妙，像是站在柔软的云朵里，温暖且舒适，让人不由自主地放松了身体。

"祝萌呢，你认识她吗？"黎东源的问题还在深入。

“认识。”林秋石感觉到了不对劲,他想要挣扎着从这种状态里抽离出来。

黎东源似乎也察觉了林秋石的挣扎，他伸出手轻轻地按在了林秋石的肩膀上。“不要紧张，我不会问太过分的问题。”他凑到了林秋石的耳边，低声道，“祝萌到底是谁？”

林秋石不受控制地张开了嘴，就在他感觉自己快要坚持不住、即将说出那个答案的时候，身后传来了阮南烛冷漠的声音：“黎东源，你就这么对我的人？”

黎东源收手，露出笑容。

林秋石猛地惊醒，察觉出了自己刚才异样的状态，他把烟丢掉，第一次生气了：“黎东源，你刚才对我做了什么？”

黎东源嘴里还含着烟，摊手做出个无辜的姿态。

阮南烛鼓起掌来：“厉害啊，不愧是白鹿的首领，只是这份心思要是用在门里面，我们恐怕早就出去了吧。”

黎东源：“萌萌，不要那么凶嘛。”

“走，林林。”阮南烛很不高兴，“以后离这人远点。”

林秋石点点头，转身走到阮南烛身边。

阮南烛伸出手，仔细地拍打着林秋石的肩膀，像是他肩膀上有什么脏东西似的——刚才这地方被黎东源摸过。

黎东源倒也不恼，依旧是笑着。

拍干净之后，阮南烛领着林秋石回去睡觉，全程都没和黎东源说话。

暮色沉沉，灯熄灭，屋子里陷入了寂静之中，只能听到几人睡着之后均匀的呼吸声。

林秋石有点累了,本以为自己会很快睡着,没想到翻来覆去都无法入眠。

好不容易来了睡意，然而就在半睡半醒之间，他却被别的声音吵醒了。

林秋石醒来后，迅速地找到了声音的来源……正是他的上铺。

“嘎吱嘎吱”，像是阮南烛也睡不着在床上翻来覆去一样，林秋石正打算小声地叫一句，然而这嘎吱声却突然停了。

就在林秋石的头顶上方一床之隔的地方，忽然有歌声响起：“佐知子从小就叫自己佐子好可笑哦，她很喜欢香蕉却每次只能吃半根好可怜哦，佐子去了远方应该会忘了我吧好寂寞佐子……”

这歌声是一个女生的声音，有些稚嫩，但唱出的歌词，却让人浑身发凉。

林秋石不敢动，闭着眼睛面对着墙壁。

那歌声从上到下，越来越响亮，就好像是唱歌的东西，顺着床爬下来了。

“佐知子从小就叫自己佐子好可笑哦……”歌声在林秋石的身后响起，他感到身体开始变冷，薄薄的被褥失去了御寒的功能。

“咚……咚……咚……”身后的东西开始在地板上跳跃，朝着林秋石越靠越近。

林秋石终于没忍住，睁开眼睛，坐起来就朝着身后的墙壁靠了上去。但靠过去之后他才感觉哪里不对，借着皎洁的月色，他看到他身后的墙壁被涂抹得乱七八糟，上面写满了各种恶毒的诅咒，其中最为醒目的，是用红色的笔写出的“路佐子”三个字。

林秋石同时也看到了站在他床前的人。

穿着校服的女孩披散着头发，身体歪曲成一种怪异的幅度，她只有一条腿，另外一条腿所在的地方空荡荡的，此时她正在用唯一的一条腿在地板上蹦蹦跳跳，口中唱着那首歌……

她本来是背对着林秋石，在听到林秋石坐起的声音之后，脑袋直接转了一百八十度，看向了林秋石。

“你能听到吗？”她问。

林秋石浑身发冷，不知道该如何回答。

“你能听到吗？”她继续问。

“听到什么？你的歌声？”林秋石强迫自己冷静下来，屋子里的其他人都还在酣睡，唯有他因为声音从睡梦中惊醒。

“哭声，她在哭。”她说，“她哭得那么伤心，为什么没人听见？”

林秋石：“她是谁，是你吗？”

面前的东西并不回答，她只是说：“她明明什么都没有做，他们为什么要那么对她？”

她说完这句话后，林秋石居然真的听到了哭声，这哭声从窗外传来，凄惨极了，还带着哀号，像是一个受了重伤的人。

“好痛啊，好痛啊，求求你们救救我，求求你们……”哭声之中，还夹杂着哀求，“不要走，不要走啊。”

林秋石听到这话语，一下子瞪大了眼，他终于明白了。

果不其然，下一刻他就听到了熟悉的嗓音：“快走，快走，不要管她了，她都伤成了这副模样了，怎么可能还有救？”

“可是……”另一人稍有犹豫。

“救救我，救救我——”女孩听到了他们的对话，哀求声更加绝望，“不要走，我不要死，我不要死啊。”

“走吧！如果被其他人知道，我们会被抓进监狱的，你想在监狱过一辈子吗？”说话的人语气暴躁了起来，“不然你就一个人待在这里，我先走了！”

“好吧，好吧。”同伴终于妥协了。有匆忙的脚步声传来，似乎是两人离开了。

“呜呜呜，呜呜呜呜……”被丢在原地的女孩号啕大哭，疼痛和死亡的恐惧笼罩了她，她的哭声越来越绝望，也越来越虚弱，最后声音终于微不可闻。

林秋石听着这一切，后背出了一身冷汗。说出这番对话的声音他听过，正是白天见过的江信鸿和他的朋友。

“好痛。”面前的佐子微微出声，“好痛……你听到没有……”

林秋石不知道自己该回答听到了还是没听到，如果答错了，会不会直接被眼前的东西带走？

“好痛，你听到了没有？”她还在重复，手却朝着林秋石伸了过来，然而就在她即将要触碰到林秋石的时候，却好像被什么东西拦住了，她发出一声尖锐的叫声，瞬间消失在了林秋石的眼前。

林秋石心跳如擂鼓，他在佐子离开的地方发现了一张照片，他大致看了一下，那是一张合照，合照里的人全是高三二班的同学们，只是这次佐子却站在合照的最中心，对着摄像头露出灿烂的笑容。就在观察照片的时候，林秋石忽地嗅到了一股子浓郁的烟味，像是什么东西烧焦了一样。他低头看去，发现压在床垫底下的符纸燃烧了起来，似乎就是这些乱七八糟的符纸，拦住了刚才想要对他动手的佐子。

烟熏味也将屋子里的其他人唤醒。

阮南烛是第一个醒的，他道：“林林，怎么了？”

林秋石满脸都是冷汗，但好歹眼前的东西总算是没了，他冷静地道：“没事，刚才那个佐子来了一趟。”

夏如蓓也醒了，听到林秋石这话，她哆哆嗦嗦地道：“什……什么来了？”

“佐子。”林秋石说，“已经没事了，你继续睡吧。”

夏如蓓：“……”她哪里睡得着啊？

夏如蓓还没吭声，阮南烛就抢了她的台词，柔柔弱弱地表示：“林林，我好害怕，你来陪我睡吧。”

林秋石：“……”

阮南烛：“林林，你为什么不说话，你不爱我了吗？”

黎东源在旁边凑热闹：“萌萌，我爱你啊。”

阮南烛：“你听，屋子里还有奇怪的东西在说话，你快上来吧。”

黎东源：“……”

林秋石面露无奈，但他的确有些事情想和阮南烛私下里说一下，白天没有独处的机会，这会儿时机倒也不错。

于是时隔许久，林秋石再次爬上了阮南烛的床。

这床有点窄，两人只能靠在一起，阮南烛倒是非常自然地挨着林秋石，还蹭了两下。

林秋石低声道：“别蹭了。”

阮南烛：“我不，我就蹭。”

林秋石：“……”皮这一下你真的快乐吗？算了，他肯定超级快乐。

林秋石凑到阮南烛的耳边，低声把刚才发生的一切告诉了阮南烛，还将照片递给了他。

阮南烛听完之后沉默片刻，把照片收好，说了句：“我知道了，先睡吧，明天早上起来再详细讨论。”

林秋石：“嗯……”这天气其实有点热了，两个大男人靠在一起本该又热又挤、浑身臭汗，但阮南烛身上却散发着若有若无的香气，这香味并不女气，反倒是有些清冽，林秋石还是第一次闻到。

他没忍住，说了句：“萌萌你好香啊。”

阮南烛说："这可能就是……"

林秋石："嗯？"

阮南烛："处子的芬芳吧。"

林秋石："……"

结果到最后林秋石都没搞明白为什么阮南烛身上那么香，安眠药精到底是安眠药精，只要躺在阮南烛的身边，林秋石基本就是秒睡，眼睛一睁一闭，就到了第二天早上。

因为昨晚的突发事故，大家都没睡得太好，其中的首要代表就是夏如蓓。这姑娘一起床就顶着两个黑乎乎的黑眼圈，简直像是个国宝。

阮南烛这都还要去逗逗她，说："怎么，没睡着啊，想哪个情郎去了？"

夏如蓓怒道："什么情郎，我哪里来的情郎？"

阮南烛："你不是喜欢黎东源吗？"

夏如蓓的脸一下子涨红了，她没想到阮南烛居然直接说出了这句话，眼泪都差点掉下来："你别乱说，我不是，我没有……你还说我，你不也喜欢余林林吗？"

她本来以为自己是在反将阮南烛一军，谁知道阮南烛这个不要脸的点点头就承认了，说："对啊，我就是喜欢林林，林林那么可爱，谁会不喜欢他呢？"

夏如蓓："……"

阮南烛："你可不要喜欢上林林哦。"

夏如蓓："……"她此时终于认识到，自己和阮南烛的确不是一个等级的，于是没精打采地低了头，不吭声了。

阮南烛一副无敌是多么寂寞的表情。

林秋石知道他是戏多，懒得管他，黎东源也看透了阮南烛的灵魂，两人就在旁边默默地吃早饭。因为昨天黎东源对林秋石动了手，林秋石现在对他都没个好脸色，黎东源厚着脸皮道："林林，还生气呢？"

林秋石："黎先生，我们还没那么熟吧？"

黎东源："哎呀，我为我昨天的行为道歉好不好？这不是萌萌不乐意搭理我嘛，我只是想知道更多关于她的信息而已……"

阮南烛坐在旁边没好气："黎东源，我就坐在你旁边，想问什么直接问。"

黎东源："我怕你不告诉我。"

阮南烛："你还没问怎么知道我不告诉？"

黎东源："那你在现实中叫什么名字？"

阮南烛："不告诉你。"

黎东源："……"

林秋石听得差点笑出声。

不过林秋石算是看出来了，他不是黎东源的对手，面对这种笑面虎的角色，阮南烛倒是非常拿手，次次都能把黎东源堵得说不出话来。

"对了，昨天晚上那个佐子不是来了一趟嘛，有什么新的发现？"黎东源吃完饭，对昨晚发生的事情非常感兴趣。

"有啊。"阮南烛直接从包里掏出了那张佐子留给林秋石的合照，"她留下了这么一张照片。"

黎东源仔细地看着照片。

阮南烛撑着下巴："发现什么没有？"

黎东源："嗯。"

夏如蓓也在旁边看照片，听着两人的对话，她有点茫然："你们到底什么意思……这照片有什么不对劲吗？"她拿起照片反复翻看也没有发现什么特别的地方。

也对，如果不记得原来的二班合照是什么样，一时间当然很难察觉出这张照片的异常之处，林秋石感觉自己的记忆好像好了很多，根本不用对比，他现在都能清楚地回忆起档案馆里那张合照的细节。

阮南烛直接把他从档案馆里偷出来的照片摆到了这张照片的旁边，夏如蓓看了一眼便发出惊呼："多了一个人……"

"对。"阮南烛说，"不但多了一个，而且少了两个。"

夏如蓓："少了的两个……是……"她仔细寻找后，瞪圆了眼睛，"是江信鸿和他的那个朋友？"

阮南烛露出怜惜的神情："你真聪明。"

夏如蓓："……"为什么她感觉阮南烛是在侮辱她？

06

两张照片都是二班的合影，一张少了路佐子，另一张则少了江信鸿和他朋友。班级上的其他人的站位几乎一模一样，但如果仔细观察，会发现照片里这些人的表情竟是略有不同，夏如蓓看后有了毛骨悚然的发现："这照片是……相同的人在同一个地方重新照的？"

"是。"黎东源说，"反正肯定不是 PS 出来的。"

"所以路佐子为什么要留下这张照片？"夏如蓓没敢再把这照片拿在手里，跟被烫到似的赶紧放下了，"我……我还是不明白……"

但她看阮南烛他们三人的表情，除了她之外的人显然都明白了是怎么一回事。

夏如蓓对黎东源投去了求救的眼神，黎东源却很是怜爱地拍了拍她的脑袋，说："不要着急，一会儿你可能就懂了。"

夏如蓓："……"你这手势是在摸家里的宠物吗？

林秋石的确明白了路佐子留下这张照片的意思，他看着这两张照片，微微地叹了口气。

校园霸凌这种事情，在很多地方都有，只是没到出人命的地步，有些老师也不乐意管，却没想到放任只会让事情更加严重。

"走吧。"阮南烛看了下时间，"他们马上要午休了，我们可以去堵人了。"

"走。"黎东源起身。

江信鸿家就在旁边，他中午也是要离开学校回家吃饭的，他们在校门口找了个隐蔽的地方，一直等着江信鸿过来。但不知道怎么回事，江信鸿没有出现，他们反而先等到了江信鸿的那个朋友。

经过询问，林秋石他们知道了这人的名字叫牟凯，曾经和江信鸿是同一个班级的同学，后来出事了，他才被分到了其他班级。

牟凯的身形比江信鸿强壮一些，脾气看起来也有点暴躁，他说："你们找我做什么，我什么都不知道！"

"找个没人的地方说吧。"黎东源道，"毕竟我们要和你说的事，你不会想让其他人听见的。"

牟凯正欲反驳，却见阮南烛拿出了一张合照在他面前晃了晃，他看见照片后脸色大变，嗫嚅两句，最后同意了林秋石他们的提议。

于是一行人走到了教学楼后面隐蔽的小树林里，牟凯的脸色很难看，不耐的眼神之下，压抑着浓郁的恐惧。

阮南烛开门见山："佐子是你们杀的吧？"

牟凯被吓了一跳，震惊片刻后瞬间恼羞成怒："你在说什么，我听不懂你说的话，她明明是出车祸死的——"

"出车祸？她是怎么出的车祸？"阮南烛道，"还不是你和江信鸿——"

他还欲再说，黎东源却做了个"停"的手势，他看向阮南烛："介意吗？"

阮南烛："五分钟？"

黎东源："可以。"

阮南烛伸手抓住林秋石的手，两人转身就走。

林秋石被阮南烛拉得有点莫名其妙："怎么？"

阮南烛："走，给黎东源五分钟，他搞定眼前这个人。"

林秋石觉得不可思议："……他真会催眠啊？"

阮南烛："忘了昨天你差点被他催眠的事情了？白鹿首领会点特殊的技能，也不奇怪。"

两人在外面，给小树林里的黎东源留了些时间。说到底他们在门外还是竞争对手，黎东源不想让他们看见底牌也是很正常的事。

五分钟时间，不多不少，等到他们再次回到小树林里时，黎东源已经得到了答案。

"再说一遍。"黎东源说。

面前的牟凯显然并不是处于正常的状态，他眼神呆滞，失了神志似的麻木地重复着刚才的话："是我和江信鸿杀了佐子，当时我们为了欺负她，想把她推到路边的垃圾桶上面，但是没推对方向，她直接被推到了马路中间，一辆车驶过，把她的腿轧断了……"

黎东源："你们当时是不是可以救下她？"

牟凯的表情扭曲了一下，似乎想要挣扎，但最后还是失败了，老老实实地说出了昨天晚上林秋石听到的场景："对，可以救，但我们没有救下她，走了……江信鸿拉着我走了。他说我们做出这样的事，会进监狱，我不想进监狱……”

林秋石听到牟凯的话，凭空生出了一股子怒气。

当时应该正值寒冬，如果牟凯和江信鸿及时叫来救护车的话，说不定佐子就不用死了。但他们没有，而是选择了懦弱地逃开，失去一条腿的佐子就这样被抛弃在寒冬的夜里，死在了孤寂的绝望之中。

“太过分了。”林秋石皱着眉头。

黎东源轻哼一声：“过分的还在后面呢。”他看了眼牟凯，“她死了也就算了，你们班上为什么还要编嘲笑她的歌？”

说到“歌”这个字，牟凯的身体抖动了一下，脸上惊恐的表情比刚才更加明显，他嗫嚅着嘴唇，缓声道：“这……这不是我的本意，是他们……非要这么干，我和江信鸿还阻止过，可是没有成功。”

“你唱了吗？”终于，阮南烛问出了最重要的问题。

牟凯缓缓摇头：“没有，我和江信鸿都没有唱，因为我们不敢……不敢……”

毕竟是杀死路佐子的凶手，这两人哪里敢肆无忌惮地唱出那首调子诡异的歌曲呢。然而除他们之外，班上的其他人都唱了，所以，他们都死了。

而这两个本该首先偿命的凶手，却因为对歌曲的恐惧而躲过了这次劫难。

黎东源听完了故事，温柔地笑了起来，他慢慢地从口袋里掏出了一个本子，然后递到了牟凯面前：“来吧，你会吧？”

牟凯看着本子上的字，额头开始溢出冷汗，面容上的恐惧之色更甚，他想要说点什么，黎东源的声音却在他的耳边响起，他道：“你本来就想唱的，为什么要害怕呢？不用害怕，在这里很安全，你可以放心地唱出来。”

牟凯的喉咙动了动，嘴唇终于张开，唱出了那首歌：“佐知子从小就叫自己佐子好可笑哦，她很喜欢香蕉却每次只能吃半根好可怜哦，佐子去了远方应该会忘了我吧好寂寞佐子……”

随着他的歌声，林秋石听到他们脚下传来了一种东西蠕动的声音，他道：“后退几步，脚下有东西。”

“我的腿没有了，你的给我好吗？”最后一句歌词刚一出口，牟凯的脚下就伸出了无数惨白的手臂，将他的脚牢牢抓住。

林秋石本来以为这些手是要把他抓进土里，却发现不知何时，路佐子出现了。

她趴在林中深处，慢慢地用双手爬到了牟凯的面前，然后，抓住了牟凯的腿……

牟凯从黎东源的催眠中醒来，看到了眼前骇人的一幕，发出凄厉的惨叫声，表情恐惧地惊呼："佐子，对不起——对不起——原谅我吧，佐子——"

佐子咧开嘴笑了，她歪着头，抓着牟凯的左腿猛地用力。

"咔嚓"一声，牟凯的左腿应声而落。

"啊啊啊啊！"牟凯惨叫起来。

"好痛啊，佐子好痛啊……"佐子沐浴在鲜血之中，露出满足的笑容，她道，"佐子好痛啊，你把腿还给佐子好不好？"

大量失血让牟凯的身体迅速衰弱下来，佐子抱着那条腿，满目幸福，她并没有看向林秋石他们几个，只是伸手，朝着某个方向指了指，然后竖起手指，摆了个"1"的数字。

随后，眼前的一切都消失了，死去的牟凯被拉入了地下，除了那一地的鲜血，再也没有东西证明他的存在。

"呕——"夏如蓓大概是第一次看到这么血腥的一幕，忍不住扶着树重重地呕吐起来，其他三人的表情还算平静。

阮南烛趁着夏如蓓呕吐的时间，把佐子留给他们的照片又拿出来了，他看了一眼，就把照片递给了林秋石。

林秋石看到了照片，果不其然，那张佐子留给他的照片上面，多了一个人，正是刚刚死去的牟凯。

照片中的牟凯，脸上挂着僵硬的笑容，站在佐子的旁边。

佐子灿烂的笑容在此时看上去让人觉得浑身发冷，而她的旁边，还有一个空缺的位置……

"既然活着的时候不能和你们一起合照，那么就在死后满足我的心愿吧。"黎东源说了这么一句话，"还真是个浪漫的小姑娘呢。"他温柔地笑着。

林秋石之前一直觉得黎东源有点变态，现在发现这人的问题好像有点大。

他又暗暗地看了眼阮南烛，看见阮南烛居然也在笑……这两人从某种程度上来说还真是相似啊。

林秋石默默地朝着被吓得脸色煞白的夏如蓓那儿靠近了一步。

“走吧，还剩一个。”黎东源说。

“不先去看看门？”阮南烛突然说了句。

“门？门在哪儿？”夏如蓓一脸迷茫地问，她感觉自己不过是吐了两分钟，怎么像是错过了一个世纪的剧情呢。

“佐子不是指了吗？”阮南烛说，“……你们一点都不关心人家小姑娘。”

林秋石：“……”他也看到了佐子的手势，但的确没往门那边想，也亏得阮南烛能这么淡定地叫佐子小姑娘了。

“行啊。”黎东源笑眯眯地道，“先去看看门吧。”

然后他们顺着佐子指的方向，朝着那边走了一段距离，发现这个方向竟然就是旧校舍，看来门就在那里。

他们直奔原来二班所在的位置，果不其然发现原本普通的防盗门，变成了铁门的模样，看来接下来只要找到钥匙，他们就能顺利离开了。

“萌萌，我们来打个赌如何？”黎东源突然开口。

“赌什么？”阮南烛道。

黎东源：“赌我们谁能猜到钥匙所在的位置。”

阮南烛：“赌注呢？”

黎东源：“如果我猜对了，你就告诉我你在现实里的身份，如果我猜错了……我就再也不缠着你。”

阮南烛似笑非笑：“黎东源，你是不是太狡猾了，你本来就不知道我的身份，又如何能缠着我？”

黎东源笑着不说话。

“不如这样，”阮南烛说，“既然要玩，那就玩个大的，如果我猜错了，就离开黑曜石去白鹿，如果你猜错了，就离开白鹿来黑曜石。”

黎东源不笑了，他的眼神里多了点探究的味道。

“怎么样，敢不敢玩？”阮南烛微微挑起下巴，冷漠的神情里带着些许蔑视。

这种模样林秋石很熟悉，是独属于门外的阮南烛的表情。

“还真不敢。”黎东源竟是认了输，他的表情有点无奈，“我只能猜测，还不能确定……你确定了？”

阮南烛没回答，转身就走。

黎东源在后面嘟囔：“萌萌你好无情……”他说着还看了林秋石一眼。

林秋石被看得莫名其妙。

下午的课程还在继续，江信鸿就在教室里面。

为了防止他跑掉，他们四人蹲守在各个楼梯口，想着一下课就揪住他。

大概是担心林秋石再被黎东源催眠，这次阮南烛和黎东源一组，林秋石则和夏如蓓一起。

夏如蓓这姑娘完全不像是经过四扇门的样子，全程要么瑟瑟发抖，要么到处神游。

丁零零，下课铃声一响，放学的学生们背着书包顺着楼梯冲下来。

林秋石看得很仔细，就怕江信鸿从人群里溜出去，但等到人都走得差不多了，他却还是没有看到江信鸿的身影，于是便上了楼梯想看看江信鸿是不是在阮南烛他们那边。

然而他一上去就遇到了阮南烛，他们也是来找林秋石的——江信鸿居然不见了。

“我这边也没有。”林秋石说，“他能躲到哪儿去？”

阮南烛环顾教学楼：“这里就两条楼梯，夏如蓓，你在这里守着，有事就叫，我们去教室里找找。”

夏如蓓哆哆嗦嗦地点头。

他们去了三班教室，里面的学生已经走光了。

阮南烛走到江信鸿的座位上，看见他的书包还在里面：“没回去。”

“我去厕所里看看。”林秋石说。

他们分开寻找江信鸿，林秋石去了旁边的男厕。

厕所里有几个隔间，林秋石扫了一圈后没看见人，便打算从里面出来。谁知道他走到门口时，本来立在旁边的扫把，突然倒了下来。

林秋石脚步一顿，回了头。

"有人吗？"林秋石感觉哪里不对，在仔细地观察之后，他终于找到了不对的地方……厕所窗户被人打开了。

这窗户似乎很久没有开过，插销已经生锈，但此时却被人强行打开。林秋石走到窗户边上，探出头正欲朝外面望去，耳边却突然闪过风声。他反应极快，直接后退两步，有尖锐的东西擦着他的鼻尖刺过去。

林秋石定睛一看，才发现窗户外面居然趴了个人，他站在窗户旁边小小的阳台上，手里抓着一把尖锐的匕首，正是那个他们要找的江信鸿。

林秋石骂了脏话，大声道："我找到了！他在这儿！"

他刚说完这话，江信鸿似乎被他的叫声吓到，脚下一滑，直接从阳台上掉了下去，伸出手抓着阳台的边缘惨叫："救命啊——"

下一刻他死死地抓着阳台的手指，却像是被什么东西一根一根地用力掰开了。

"啊啊啊啊……"江信鸿从楼上坠落，四楼的高度足以致死，他又是后脑勺着地，在落地的瞬间就没了气息。

这一切发生得太过突然，林秋石甚至都没来得及反应。

阮南烛他们赶到的时候，只看到了江信鸿倒在下面的尸体。

阮南烛对着林秋石投来惊讶的眼神，说："可以啊，林林，就这么给直接扔出去，可省了我们不少麻烦。"

林秋石："……我哪里来的力气能把人直接扔出去？"

阮南烛："不是你扔的，那是他自己跳的？唉，高三还是得好好减压，看看，压力太大了就容易出事儿。"

林秋石满脸痛苦："求求你别说话了。"

阮南烛和林秋石扯东扯西的时候，佐子再次出现了。

她静静地立在了江信鸿的尸体旁边，什么也没说，什么也没做。

林秋石居然觉得她有点落寞，也对，想杀的人好不容易死了，结果是自杀，总会让人有点挫败感。

江信鸿的尸体开始消失，和牟凯一样，被无数双手硬生生地拉入了地下。

阮南烛又从包里掏出了那张合影，只见合影上面，又多了一个人的身影，江信鸿表情麻木，站在了佐子的身边。

而佐子的笑容则变得更加灿烂。

这张合影，终于凑齐了整个高三二班，整整三十四人，一个都没有少。

就在他们看着照片的时候，照片突然燃了起来，阮南烛怕被火烧到直接松了手，在照片燃烧成灰烬落地的瞬间，林秋石听到了金属在地面上敲击的清脆响声。

其他人显然也听到了，阮南烛弯下腰，从灰烬里面捡起了一把熟悉的钥匙，挑了挑眉："这佐子倒也是个实在人。"

林秋石："人？"

阮南烛："好吧，实在东西。"

林秋石："……"

门有了，钥匙也找到了，终于可以离开这里了。

四人直奔旧校舍，片刻都不想在这里多做停留。

夏如蓓在路上问了句："那其他人呢？要不要告诉他们门开了？"

"不用。"黎东源道，"他们如果要继续调查，肯定会发现旧校舍里面的门，况且这个世界又没有什么奇奇怪怪的东西在门口守着。"

林秋石想起了他们之前出来的时候，虽然每次门都开了，但是门边都有怪物守着，也不知道那些人能不能从里面顺利出来。不过他们出来的时候也完全没有心思去想其他人如何，能保住自己的性命就已经拼尽了全力。

这次阮南烛没有开门，而是把钥匙递给了黎东源。

黎东源道："你来吧，如蓓。"

夏如蓓点点头，拿起钥匙迫不及待地打开了眼前的铁门。

"嘎吱"一声，铁门应声而开，露出后面充满了白色光芒的隧道，而与此同时，一张纸条掉落在了地上，夏如蓓赶紧捡起来，然后冲进了隧道里。

黎东源微笑道："萌萌，回见。"

阮南烛没什么表情地看着他，压根儿没说话。

黎东源也不恼怒，保持着笑容就走进了面前的门里，而阮南烛则对着林秋石伸出手："走吧。"

林秋石点点头，握住了阮南烛的手，两人一起进入了隧道之中。

07

温暖的光驱散了门内阴冷的气息，经过隧道，林秋石完成了两个世界之间的转换。

他从可怖的门内，回到了洒满阳光的别墅里，在屋子里奔跑打闹的吐司和栗子，也再次出现在了他的眼前。

林秋石坐在沙发上，端起面前的水喝了一口。

程千里从楼上下来，看见林秋石道："回来了？"

"嗯。"林秋石应了声。

"顺利吗？"程千里问。

"顺利。"林秋石道，"南烛在楼上？"

程千里点点头。

在门内过了好几天，在门外也不过是消失了十几分钟而已，林秋石坐在沙发上休息了一会儿，才上楼去找阮南烛。

他敲了敲门，发现门并没有锁，一推就开。

"南烛？"推开门后，林秋石刚往屋子里迈了一步，脚步就顿住了，只见屋子里的阮南烛正在换衣服。

林秋石的表情瞬间有些尴尬，转身欲走，阮南烛悠悠地出了声："都是男人，反应那么大做什么？"

林秋石："……哦！"他这才恍然大悟，对啊，阮南烛和他都是男人，这有什么不好意思的。不过话虽然这么说，他却还是有点别扭，就感觉像是门里面的祝萌和门外面的阮南烛暂时没能完美地转换，看见阮南烛这样子，他就不由自主地想起了祝萌笑意盈盈的模样。

这么想着想着，林秋石莫名地脸红了。

"那么好看？"阮南烛穿好衣服，转身看见了林秋石的表情，"脸都看红了。"

林秋石："不是……我……"他一时间不知道该如何解释。

阮南烛："不是？那就是不好看？"他走到林秋石的面前，接近一米九的身高和强大的气势都给了人巨大的压迫感。

林秋石甚至想要往后退，最后硬生生地忍住了：“没这个意思，就是觉得有点不习惯。”

“哦。”阮南烛不咸不淡地应了声，问出了一个问题，“那你是觉得祝萌好，还是我好？”

林秋石：“……”你们不都是一个人吗？这是什么莫名其妙的问题啊？

阮南烛：“嗯？”

求生欲告诉了林秋石答案，他把自己快要蹦出来的良心硬生生地按了下去，非常冷静地回答：“当然是阮哥了。”

阮南烛这才露出浅淡的笑容，林秋石看着他的笑，微微松了口气。

有的人总会嫌弃生活的平淡，然而只要经历过门内的世界，就会发现这种平淡其实是一种幸运。

车流、行人，乃至于天边的云、路边的草都在门内世界的衬托下变得可爱起来。林秋石和程千里两人躺在楼顶上的座椅上，享受着温暖的阳光浴。

吐司和栗子也在旁边，吐司摇着尾巴在楼顶蹦蹦跳跳，而栗子则趴在林秋石他们旁边，舒展着身体和他们一起晒着太阳。

程千里没一会儿就睡过去了，呼吸变得平稳起来。

林秋石昏昏欲睡之际，却听到楼下传来了争吵声。这声音离林秋石有些远，如果按照正常人的听力肯定是听不到的，但他却捕捉到了这微不可闻的响动。

他本来以为是别墅里的其他人在吵架，可仔细一听，觉得有点不对劲，因为这声音听起来居然是阮南烛和程一榭的。

“你为什么要这么做？程一榭，你弟弟如果知道了，他也不会高兴的。”这是阮南烛说的话，虽然乍听起来很平静，但是按照这段时间林秋石对他的了解，他这语气其实是在生气。

“所以我不会让他知道的。”程一榭道，“阮哥，我懂你的意思。”

阮南烛：“你懂？”

程一榭说：“但是我别无选择。”

阮南烛冷冷地道：“我希望你懂吧。”

林秋石从来没有听过阮南烛这么冷漠的语气，好似对眼前的人彻底失望了似的，他说完这句话就沉默下来，程一榭也没有再解释。

这对话实在是云里雾里，若不是两人的语气都很奇怪，恐怕林秋石也不会觉得他们在吵架，他思考了一会儿，猜测这事情可能和程千里有关系，但具体是什么事，他暂时还不知道。

温暖的阳光烤得人昏昏欲睡，周围安静下来后，林秋石也慢慢地闭上了眼。就在他马上要睡着的时候，一道阴影突然出现在了他的面前。林秋石猛地惊醒，睁开眼后看到阮南烛站在他的旁边，就这么静静地看着他。

林秋石吓了一跳，从椅子上爬起来，道："有事？"

阮南烛："准备一下，和我出去见个人。"

林秋石道："好……"

阮南烛说完这话，转身就走，也没有说为什么出去，以及出去见什么人。

不过这些事情早晚会知道的，林秋石换了身衣服，上了阮南烛的车，朝着市区驶去。

到了市区，车辆驶入了一个隐蔽的小区，这小区似乎有些特别，安保非常严格。

林秋石有点好奇："这小区里都住了些什么人？"

"有钱的商人，影响力大的政客，足够红的明星。"阮南烛说，"待会儿见的人比较特殊，你在旁边听着就行。"

"好。"林秋石点头。

车停好后，阮南烛带着林秋石走进了一栋漂亮的白色别墅。

一进别墅，林秋石就看到了一个熟人，正是之前见过的谭枣枣。此时她正穿着一身漂亮的白色长裙，优雅地坐在沙发上，手里还端着一杯红酒，看见他们后，她脸上露出了矜持的笑容。

不得不说，这样看起来谭枣枣身上的气势还是很强的，奈何林秋石早就见过了她在门里面的模样，所以完全没有感受到任何的压迫感。

"秋石，你来了。"谭枣枣冲他笑了笑，"阮哥……"

"人呢？"阮南烛走到她的面前，直奔主题。

谭枣枣说："还没过来，他这人性子傲，说话不中听你别介意，我会好好劝劝他的。”

阮南烛表情冷淡地在她旁边坐下。

“他不太信灵异之类的东西。”谭枣枣说，“我也没想到他会遇到门……”

阮南烛：“他自己告诉你的？”

谭枣枣：“对，他当时以为自己做了个梦，所以……阮哥，你看这活儿你们能接吗？”

阮南烛道：“先见了人再说吧。”

谭枣枣点点头。

就在他们说话的时候，门外走进来一个男人，林秋石只看了一眼，便露出惊讶的表情。这人他认识，或者换句话说，这人全国百分之八十的人都认识，正是目前国内最红的一个演员。和一般的明星不同，他的演技一流，已经从国内跨向国际，目前正在转型做导演，已经执导了好几部叫好又叫座的电影。

就算是林秋石这样不怎么关心娱乐圈的人，也看过他演的影片。

“张弋卿。”谭枣枣叫出了他的名字。

“枣枣。”张弋卿从年龄上看就是谭枣枣的前辈了，更不用说在演艺圈的地位，而且他的长相也具有充满侵略性的锐利，初见便会让人觉得非常不好相处。

而按照谭枣枣的说法来看，他的确就是这样一个人。

“这位是阮南烛，这位是林秋石。”谭枣枣微笑着做着介绍，“就是之前我和你说过的人……”

张弋卿朝着阮南烛他们问了好，态度不冷不热。

“我之前的门就是他们带着过来的，阮哥非常靠谱，是圈子里面很难请的人。”谭枣枣道，“有了他们，你一定不会……”

她话还没说完，张弋卿就做了个“停”的手势，他说：“我已经知道了。”

谭枣枣：“那你……”

张弋卿：“我还要再考虑一下。”他眼神锐利地和阮南烛对视片刻，两人都不是什么脾气好的人，这一眼看得颇有点电光石火的味道。

谭枣枣一愣：“可是你的下一扇门马上就要开了，到时候如果……”

张弋卿说：“还有其他组织联系我。”

阮南烛：“白鹿？”

张弋卿道：“你知道？”

阮南烛轻蔑地笑了笑，他站了起来，对林秋石道：“秋石，我们走。”

林秋石“嗯”了声，跟在阮南烛身后准备就这么离开。

谭枣枣看到这一幕却是慌了，说：“弋卿，你为什么要找白鹿？现在圈子里最靠谱的是黑曜石啊，我好不容易……”

张弋卿说：“还没试过，怎么知道哪个最靠谱？”

谭枣枣闻言有点生气了：“我不就拿命试过吗？你到底怎么了，白鹿那边的人和你说了什么——”

阮南烛说走就走，毫不含糊，从离开到出门，完全无视了谭枣枣的呼唤，连头都没有回一次。

谭枣枣急得没办法，只能眼睁睁地看着阮南烛走了。

两人上车之后，林秋石有点好奇：“南烛，我们就这么走了？”

阮南烛：“走。”

林秋石：“是黎东源干的？”

阮南烛：“除了他还能有谁。”他似笑非笑，表情倒不像刚才在屋子里时那么紧绷，“不过这人有点难搞，搞砸了也是很麻烦的事，交给黎东源那边没什么关系。”

林秋石想起张弋卿那高傲的神情，觉得阮南烛说得很有道理。这个张弋卿一看就不是什么容易相处的人，无论是从大屏幕上看，还是直接面对面。

不过话说回来，林秋石开始还觉得是白鹿抢了他们生意，但越看阮南烛的模样越不对劲，最后他没忍住：“南烛，不会是你故意给白鹿放的消息吧？”

阮南烛本来在开车，听到这话，握着方向盘的手微微一顿。

“还真是？”林秋石一下子就抓住了他表情里的细枝末节，确定了自己的猜测，“真的是你透露给白鹿的？”

阮南烛：“嗯。”

林秋石：“为什么……”

阮南烛用很缓慢的语速回答了林秋石的问题，他说：“因为我不喜欢他的电影。”

林秋石：“……”

“好了，我开个玩笑。”阮南烛笑了起来，“你不会当真了吧？”

林秋石：“……”为什么他觉得阮南烛是认真的？

“毕竟是谭枣枣介绍来的人。”阮南烛道，“我得给她一个面子，不过既然是他自己不愿意接受黑曜石，那就和我没关系了。”

林秋石：“所以白鹿是怎么打动张弋卿的？”

阮南烛：“谁知道呢。”他一点也不关心。

两人回到家没多久，林秋石就接到了谭枣枣的电话。电话里她非常诚恳地对这件事道了歉，让林秋石劝劝阮南烛别生气了。

林秋石：“你为什么不自己给他打电话？”

谭枣枣：“我怕……”

林秋石：“……”

谭枣枣：“你不怕阮哥吗？”

林秋石：“开始是有点怕的，现在还好。”阮南烛冷淡的样子的确会让人觉得不好相处，不过有了门内的铺垫，林秋石倒是觉得还好。

“那你真厉害。”谭枣枣感叹，“我还是喜欢穿女装的他……”

林秋石在心里暗暗地想，谁不喜欢呢。

下一扇门，是林秋石的第六扇，阮南烛提到有可能是和程千里一起进去。不过目前时间还早，具体什么情况没有确定，阮南烛只是让林秋石好好休息，不用想太多。

之前易曼曼带回来的那个问题很多的新人秦不殆，过了第二扇门后就陷入了一种不想活的抑郁状态，不爱吃饭也不爱动，天天就坐在客厅里，几天下来人都瘦了一圈。

林秋石有点担心他，陈非却让他不要太紧张，说这是每个新人都必须经历的过程。

林秋石一听有点奇怪：“必须经历的过程？”

陈非：“对啊，基本上所有人都会抑郁一段时间，基本都是在第二、第三扇门之间，撑过来就好了，没撑过来就凉了。”

林秋石：“……那我怎么没有？”

陈非瞅了他一眼："可能是神经粗吧。"

林秋石："……"

陈非说："我就只见过两个人对门没什么反应、心态平和地接受的，一个是你。"

林秋石："一个是阮南烛？"

谁知道陈非摇摇头："一个是程千里。"

林秋石："……"

陈非："后来我们讨论了一下，感觉他是智商太低了，不能理解门内这事儿。"

林秋石想起了程千里在吐司屁股后面追着跑的表情，居然觉得陈非他们的讨论结果还是很靠谱的。

"阮南烛也抑郁过？"这是林秋石比较好奇的问题。

"应该抑郁过。"陈非说，"只是当时我们都不在，所以也不太清楚具体情况，不过听以前的一个老人说过这事，阮哥的确抑郁了一段时间，后来才好了。"

林秋石："那个老人呢？"

陈非沉默片刻："死了，和阮哥一起进第九扇门的时候死了。"

林秋石感到呼吸一窒。

陈非似乎也不想多聊这个话题，摆摆手让林秋石别多想，反正他们都离死亡只有一步之遥，倒不如及时行乐，好好享受现在的时光。

的确如此，林秋石在心中感叹，其实这一屋子的人，心理素质都很过硬啊。

不过林秋石在休息，阮南烛却完全没有停下自己的节奏。他似乎已经习惯了频繁地进入门内，一周至少要进去个两三次。

按照他的说法就是，进的门多了，总会摸索出一些规律，就跟条件反射似的，看到画面就会知道答案。

当然，这事儿估计也就阮南烛敢这么干，毕竟每扇门都有风险，即使是老手，也不能次次都保证自己安全地从里面出来。

这天林秋石和程千里一起去超市买了点食材，打算晚上做火锅吃，回去的半路上接到吴崎的电话，约他出来吃饭。

“我已经买好食材了，不然你过来吃吧？”林秋石说，“我熬了骨头汤，打算做火锅吃。”

“行啊。”吴崎一向喜欢林秋石的手艺，况且自从林秋石搬家之后，他已经很久没有在林秋石家蹭过饭了，“我待会儿过来，需要带什么东西吗？”

林秋石：“你带张嘴过来就行。”

“好嘞。”吴崎很高兴。

林秋石回到别墅，把食材搬进厨房，开始熬锅底。程千里和陈非在旁边帮他处理蔬菜和肉类。这屋子里做饭好吃的就两个，一个是林秋石，一个是卢艳雪，这几天卢艳雪出去旅游了，于是做饭的重任就落到了林秋石身上。

好在林秋石并不讨厌做饭，所以过得也还算愉快。

汤底熬得差不多的时候，门口传来了门铃声，林秋石去开了门，看见吴崎提了一箱啤酒站在门外。

“嘿，我给你们带了点酒。”吴崎说。

“行啊，进来吧。”林秋石让开一个身位，让吴崎进来。

在客厅的桌子上架上电磁炉，再把锅子端到上面，就可以开吃了。

林秋石摆好碗筷，道：“南烛在楼上吗？我去叫他。”

“在吧。”陈非说，“今天没看到他出去。”

林秋石正打算上楼去叫阮南烛，就看见一个高个子美女施施然从楼上走了下来。这美女化着淡妆，上身穿着普通的白衬衫，下身是一条笔直的黑色西裤，乍看当真是男女莫辨。那一头如瀑的青丝在脑后扎成了一个干练的马尾，留了几缕荡在耳畔。

吴崎看着这人眼睛都直了，伸出手戳了戳林秋石的肋骨：“秋石……你太不厚道了吧，你们这儿有这么漂亮的姑娘也不告诉我？”

林秋石：“……”他的表情非常复杂——这美女就是阮南烛。大概是刚从门里出来，阮南烛也没有卸妆，因为妆容将面容上锐利的地方淡化，所以浑身上下都散发着一股子中性美。

平时的他就已经很吸引眼球，而此时的他，简直是让人移不开目光。

看吴崎的样子，简直恨不得冲上去搭讪再顺便要个电话号码了。

阮南烛也看到了吴崎，他眼角一挑，看见也当作没看见，直接坐到林秋石旁边，懒洋洋地拿起了面前的碗筷。

“我没放太多辣椒，要是觉得不够就加点酱。”林秋石知道阮南烛不太能吃辣，“喏，酱料。”

阮南烛点点头，拿着筷子开始吃东西。

人好看起来，那真是做什么都赏心悦目，阮南烛嘴巴微张，咀嚼食物的模样也莫名优雅。

吴崎被勾得心痒难耐，又不好意思一直盯着他看，于是跟个毛头小子似的，一个劲儿地偷瞟。

林秋石看到他这模样，有些哭笑不得。

阮南烛在门外是戴着假发的，但他进到门内，假发就会直接变成真发，他显然是注意到了吴崎的目光，手上的动作停下了。

林秋石见状心中一惊，还以为阮南烛是生气了，谁知道他的下一个动作是伸出手抓住了自己的头发，然后用力一扯——

露出自己的一头短发。

“噗！”吴崎差点被自己的口水呛死。

阮南烛挑了挑眉，随手把假发一抛，继续表情冷淡地吃饭。

“哎哟，哎哟……”吴崎小声地念叨着，激动地看向林秋石，“秋石，这到底是姑娘还是男人啊？”

他大概是被刺激得过头了，当着阮南烛的面就问了出来。

林秋石怜悯地看着他：“男人。”

吴崎：“……”他重重地抹了一把脸。

林秋石：“比你个子还高的男人。”

吴崎的眼泪都要流下来了，他觉得认错人不是最惨的，最惨的是眼前的人把假发给扯了，他却还是觉得对方好看得要命。

林秋石道：“别看了，吃丸子吧。”他塞给吴崎一个牛肉丸，安慰对方已经濒临崩溃的心灵。

吴崎收回了自己的目光，一边嚼着牛肉丸一边默默地在心中流泪，接下来全程都是一副魂不守舍的模样。

阮南烛倒是吃得挺开心的，他吃完饭，去楼上换了身衣服卸了妆，又下来了。

吴崎看见男装的他，才发现这人有点眼熟，恍惚道："秋石，为什么我还是觉得他很好看啊？"

林秋石："因为他的确很好看啊。"

吴崎："那你喜欢这种长相吗？"

他的声音大概是有些大，本来坐在沙发另一边的阮南烛突然扭过了头，看向了林秋石。

林秋石："……喜欢。"能不喜欢吗，敢当着阮南烛说他坏话的人还没出生吧。

吴崎："我也喜欢，呜呜呜呜。"

林秋石："……"阮南烛，"颜控狗"的克星。

这一天，吴崎受到了严重打击，临走的时候都是一副神魂分离的模样。林秋石没敢让他自己开车走，自己开车把他送回去了。

到了吴崎住的地方，下车后这货站在车边抽了好一会儿烟，最后痛苦地说："秋石啊，天天和这样的人住在一起，你真的不会被影响吗？"

林秋石莫名其妙："什么影响？"

吴崎道："就是……觉得其他人都长得很丑。"

林秋石："长得丑？"他想了一会儿，才反应过来吴崎是什么意思，"怎么会，那不是还有漂亮姑娘吗？"

吴崎："啊？还有漂亮姑娘？我怎么没看见？"明明是一屋子的雄性生物啊。

林秋石冷静了一下，发现好像有点不对劲，他说漂亮姑娘的时候，脑子里出现的却是祝萌的脸，可是祝萌……算了吧。

"我走了，你保重。"吴崎冲着林秋石挥挥手，很是落寞地上楼去了。

林秋石看着他的背影，陷入了沉思。

回到别墅，程千里和阮南烛他们正坐在沙发上嗑瓜子打牌。

程千里手里抓着两张牌，表情非常痛苦。

林秋石凑过去一看，发现这货留了一对三在手上。

林秋石："……"他再次开始怀疑程千里的智商。

阮南烛轻轻松松地出掉了手里的牌，道："送回去了？"

林秋石知道他是在问吴崎："嗯。"

阮南烛："精神挺脆弱啊。"

林秋石哭笑不得："……还好吧。"一般人能像程千里神经这么粗吗？

阮南烛："所以你当时知道我是阮白洁的时候心里在想什么？"

林秋石回忆了一下："没什么啊。"他当时好像很冷静地就接受了这个事实。

"不错。"阮南烛把手上的瓜子皮拍干净。

林秋石莫名其妙被夸了一顿，有点不好意思，他问出了一个自己想了好久的问题："阮哥，你就那么喜欢扮女装吗？"

阮南烛没答话，突然伸出手捏住了林秋石的下巴，然后转了转林秋石的脸："仔细看看你底子也不错。"

林秋石："啊？"

阮南烛："下次你来试试吧。"他松了手，站起来，露出一个意味不明的微笑，"人生苦短，及时行乐。"

林秋石："……"

他一脸迷茫，旁边的程千里和陈非却已经对他投来了怜悯的目光。

阮南烛转身就走，林秋石被陈非拍了拍肩膀，陈非说："为什么要那么想不开问这个问题呢……"

林秋石："……"

陈非："这下好了吧。"

林秋石有点惊恐，觉得自己好像干了件不该干的事。他看向程千里，却见程千里痛苦地道："没关系，熬过去就好了，我们都是这么过来的。"

林秋石："……"所以说，你们到底是什么意思啊？

但陈非他们却根本不解释，转身走了。

08

时隔几月，林秋石即将面对自己的第六扇门。

他以为按照上次的情况，阮南烛会让他和同样是过第六扇门的程千里一起进门，没想到这次阮南烛却特意让他们分开了。

虽然不知道为什么，但阮南烛做事向来有自己的道理，林秋石也就没有多问。

还有十几天的时间，程千里提前拿到了自己的线索。本来按照惯例，大家都会帮着查一下这线索的资料，可是这次却例外，程千里的线索一直处于保密的状态，别墅里就只有他和他哥才知道。

程千里拿到线索还挺高兴的，林秋石问他到底在乐什么，程千里道："嘿嘿嘿，我哥不让我说。"

林秋石："……"虽然程千里有时候傻乎乎的，但是在重要事情上还是很乖的，十分听他哥的话。

程千里傻笑完，和林秋石说："等我出来了我再悄悄告诉你吧，你的线索拿到了吗？"

林秋石摇摇头："还没有。"阮南烛暂时还没有把线索给他，似乎在考量什么事情。

程千里道："有阮哥跟着你别担心，肯定不会有事的。"

"嗯。"林秋石点点头，"希望我们一切顺利。"

"一切顺利。"程千里继续没心没肺地笑。

又过了几天，林秋石终于拿到了自己下一扇门的线索，这次的线索就五个字：乌鸦稻草人。

"这是什么？"初拿到线索的林秋石有点蒙，"是传说吗？"

"是国外的一个都市传说。"阮南烛道，"又被民间称为稻草人，你听过吗？"

林秋石思考片刻，点点头："好像有点印象。"他记得他看过这类型的电影。

阮南烛把一个资料本丢给了林秋石："先看看吧，虽然资料不多，但总比没有的好。"

林秋石拿起资料开始看。

这资料里详细地记载了乌鸦稻草人的内容，这是一个国外都市传说，讲的是一种被诅咒的怪物。乌鸦稻草人曾经是一个农夫，有一次却遇到了几个非要在农田里玩耍的熊孩子，后来在驱赶小孩的过程中不幸在农田里溺亡。那几个闯祸的小孩为了逃避责任，便把这个农夫做成了一个稻草人，放置在了田地里，却没有想到，这竟然是噩梦的开始……因为生前的惨痛经历，稻草人非常憎恶小孩，传说只要他看见了小孩，就会把小孩也做成和他一样的稻草人。

资料里还详细地讲解了乌鸦稻草人的一些杀人手法和特征，比如他喜欢把小孩杀掉之后也做成稻草人，还喜欢在死掉的小孩肚子里放一窝乌鸦……总而言之，这个民间传说就算不放在门内世界，一般胆子小的人看了恐怕都会有些害怕。

林秋石很快就看完了资料，他本来以为准备工作就这些了，谁知道阮南烛却突然提出要带他去买衣服。

林秋石莫名其妙："买衣服，买什么衣服？"

阮南烛微笑道："你在门里面穿的衣服啊。"

然后一脸迷茫的林秋石在别墅里众人怜悯的眼神下被阮南烛带到了商场，开始几件衣服还是正常的男装，后来两人就逛到了女装区……

阮南烛显然已经轻车熟路，说是给女朋友买衣服，眼睛却在往林秋石身上瞟。

林秋石开始还没明白，傻乎乎地说："南烛你有女朋友啊？"

阮南烛："没有。"

林秋石："那你买女装干什么？"

阮南烛："不是我买，是你买。"

林秋石："可是我也没有女朋友啊……"

阮南烛提着几个袋子，走在前面，听到这句话，转头："都是你穿的，要什么女朋友？"

林秋石愣了三秒钟，终于反应过来这是怎么回事，他露出惊恐无比的眼神："南烛——我穿？我？穿？"

阮南烛："对，你穿。"

林秋石："可是——我这样子能穿女装吗——"

阮南烛的表情有点奇怪："你觉得自己长得怎么样？"

林秋石："就路人甲的长相啊。"

阮南烛陷入沉默，看向林秋石的眼神越发怪异。林秋石被他看得毛骨悚然，不敢再问，乖乖地跟在他身后回了别墅。

第三天，阮南烛把躲在房间里的林秋石拎了出来，开始给他换衣服。

林秋石长期坐办公室，身体说不上太强壮，只是普通的男性体格，他的面容也是属于那种没有攻击性的清隽，双眼皮，眼睛不算太大，但笑起来很漂亮。阮南烛让林秋石坐好，拿出工具准备给他化妆。

林秋石被吓得眼睛都直了："南烛……咱们能商量一下吗？"

阮南烛："商量什么？"

林秋石小声地说："能不能不弄这个啊？"

阮南烛面无表情："你不是问我女装快不快乐吗？我说再多也不如你亲自体会一下。"他弯了弯眼角，这笑容看起来很假，"别担心，进去之后我会好好保护你的。"

林秋石差点哭出来。

面前的化妆品，他一种也不认识，就感觉阮南烛在他脸上涂涂抹抹弄了好久，久到他都快睡过去了的时候，阮南烛才直起身体，拍拍手："好了。"

林秋石："……"

阮南烛把镜子递给了林秋石："先看看，然后选个自己喜欢的发型吧。"

林秋石拿过镜子，看了一眼便有些恍惚，只见镜子里面出现了一张属于女人的脸，不是耀眼的那种漂亮，但也足够吸引人的眼球，这张脸气质温柔，大约是有些委屈，反而让"她"看起来多了种楚楚可怜的味道。

林秋石没忍住，说了句脏话。

"女孩子说什么脏话。"阮南烛说，"喜欢长发还是短发？"

林秋石："长发……"他本来想表示自己喜欢的是长发女生，谁知道阮南烛拿起一顶假发就开始往他头上套。

林秋石："……"

套好之后，阮南烛又给林秋石做了收尾工作。阮南烛本来大约是想让林秋石穿裙子，但是看林秋石一脸惊恐得随时快要晕过去的模样，最终还是选择不在第一次时就这么刺激他，而是给他选了一套比较中性的衣服。

林秋石被逼着穿上，简直想转身就跑——他再也不多嘴了。

一切准备就绪，阮南烛看着眼前的人露出满意的表情。林秋石的长相是清俊那一挂，脸上的轮廓并不明显，反而比较柔和，这样的长相足以被妆容修饰掉违和的地方，再配上林秋石本来就温和的气质，可以说是非常合适了。

“我就穿这个进去吗？”面对大佬，林秋石敢怒不敢言，只能企图委婉地说服阮南烛，“南烛，我知道错了，能不能……”

阮南烛挑眉：“不能。”

林秋石：“……”

林秋石：“可是我不会用伪音说话啊。”阮南烛的声音在门里面虽然有点中性，但绝对不会让人觉得他是个男生。

阮南烛：“练呗。”

林秋石：“这还有十几天就进去了……”

阮南烛似笑非笑：“慢慢来，不急，以后机会多得很，至于这次，你不能说话可以装哑巴嘛。”

林秋石：“……”

阮南烛的手指点了点桌面：“一个娇弱的哑女，这个角色不挺有意思的吗？”

林秋石：“……”谭枣枣，你来把他收走带进娱乐圈吧，下一个奥斯卡肯定是Z国的。

虽然阮南烛这么说，但最后他还是“善解人意”地给了林秋石备用选项，说：“不想装哑巴也可以啊，你也可以是个有女装癖的男人嘛。”

林秋石最后忍辱负重，决定还是装哑巴算了，他可不想看到其他人异样的眼神。

因为这身女装，林秋石还惨遭别墅里其他人的嘲笑。

“哈哈哈哈，林秋石你也有今天。”程千里是最不给面子的那个，“不过你这样挺好看啊，比陈非强多了。”

林秋石：“哈？”

陈非在旁边阴沉着脸色：“你还好意思说我，程千里，你不照照镜子看看你自己。”

程千里："哼，我就算变成姑娘也是个绝世大美人。"

阮南烛："是吗？"

程千里听到阮南烛的声音浑身一个哆嗦，道："不不不，阮哥，我开玩笑呢。"

阮南烛瞅了他一眼，在桌子旁边坐下："你和你哥那边准备得怎么样了？"

程千里："挺好的。"他吃了口饭，"这次的世界好像挺简单的。"

阮南烛随口"嗯"了声，便不再过问，看起来他对程一榭很放心，只是不知道那天林秋石在屋顶上听到的争吵到底是怎么回事。

按照程一榭的性格，怎么也不像那种会随便和人发生争执的。

不过这些林秋石都不知道了，因为进门的时间很快到来了。

某个下午，林秋石本来正在客厅里和程千里一起吃零食，结果吃着吃着，一扭头就发现程千里居然不见了踪影。

他的第一个反应是程千里去上厕所了，但等了一会儿都不见程千里回来，他才反应过来，程千里似乎是进入了门内。

大约半个小时之后，程千里突兀地出现在了沙发上。

他脸色惨白，用手抓着胸口重重地呼吸着，林秋石看见他这模样，赶紧道："你没事吧，千里？"

程千里惶然看了林秋石一眼，什么也没说，朝着楼上狂奔而去。

林秋石看见他慌乱的模样，赶紧跟在后面。

程千里直奔程一榭的卧室，也不敲门，直接扭开了把手。

门开之后，露出了门后面坐在床上的程一榭，他似乎也刚回来，脸上依旧没什么表情，抬眸看着慌乱的程千里："怎么？"

"哥——"程千里直接扑了过去，死死地抓着程一榭，"我还以为你出不来了，我还以为你出不来了——"

程一榭没说话，轻轻地用手拍着程千里的后背，安抚着他的情绪。

看起来程千里的确是被吓惨了，一张脸十分惨白，脸色看起来比程一榭还难看。

这兄弟二人拥抱了一会儿，待情绪稳定下来之后，程千里又有点不太好意思，扭扭捏捏地从程一榭怀里爬出来，摸着鼻子道："我饿了，先去吃点东西。”

程一榭也没拦他，看着他走了。

林秋石发现没什么大事，也打算离开，谁知道程一榭的声音从身后传来，他说：“林秋石，如果以后我出了什么事，你会帮程千里吗？”

林秋石一愣。

“算了，没什么。”程一榭道，“你去吧。”

他说完话就关上了门，没有给林秋石反应的机会。

说实话，程一榭平常表现得完全不像是一个十六岁的少年，他冷漠沉稳，和阮南烛更为相似，或许是这第六扇门太过凶险，才让他突然说出了这么一句话。

林秋石心里莫名有点难受。

回到客厅里，程千里又开始吃零食，只是这次吃得没滋没味，满脸都是倦容。

林秋石问了几句，才知道他们这次的门内世界居然是个刚打过仗的古代战场，遇到了很多凶险之事。

万幸的是最后他们成功地逃了出来。

“我和我哥都有遗传病。”程千里吃着零食，聊起了不曾说过的话题，“不能剧烈运动，严重的时候连路都不能走，医生说我们两个活不过十八岁。”

林秋石听着。

“后来我哥先进了门。”程千里说，“病情开始好转……然后我也进了。”他挠着头笑了笑，“有时候我会想，其实门也没什么好怕的，如果没有门，我不可能像正常人一样生活，也不可能活到现在，已经很够本了。”

林秋石道：“别这么想，日子还长着呢。”

“对啊，长着呢。”程千里的目光变得有些茫然，“也不知道我会怎么结束自己的生命。”

林秋石听着不忍，只有这时候，他才会意识到，这栋别墅里的人都是将死之人。有的有心理准备，有的没有，可无一例外，他们都曾嗅到过死亡的气息。

“祝你下一扇门顺利。”程千里站起来，“我先去休息一会儿，太累了……”

林秋石点点头，看着程千里打着哈欠上了楼。

大概是因为他心中没有特别的执念，所以林秋石每次进门时的心情还算平静。

他可以接受死亡，也愿意迎接新生。

第六卷

乌鸦稻草人

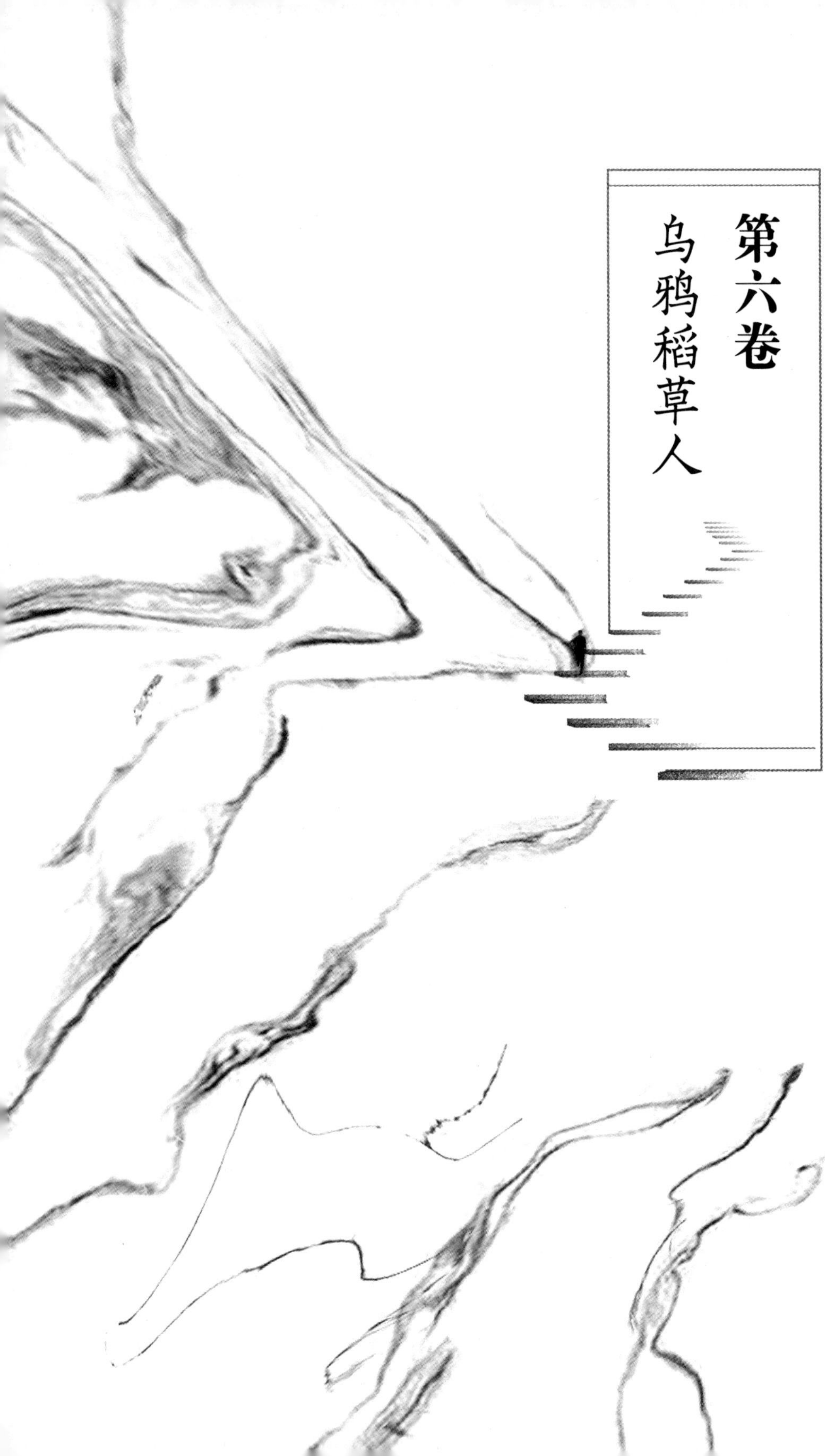

01

林秋石的门和程千里的门相差的时间并不远，就在程千里从门里出来的当天晚上，林秋石半夜从床上惊醒，打开卧室的门后，看见走廊上再次出现了那十二扇铁门。

前五扇铁门上被贴了封条，后面六扇则无法打开，只有位于第六的那扇铁门，被林秋石轻而易举地拉开了。

熟悉的天旋地转之后，林秋石出现在了一条柏油马路上。马路的周围空空荡荡，只有一块黑色的路牌在指示着前方，上面写着三个有些模糊的字：通水镇。

周围有些冷，林秋石裹紧了身上的衣服，慢慢地朝前面走着。马路很宽，笼罩在浓郁的雾气里，他走了六七分钟，终于看到前面出现了其他人的身影。那身影有些熟悉，林秋石看到就眼前一亮，叫了声："萌萌——"

前面的人一扭头，是一张陌生的脸，但气质却是熟悉的，他道："吃糖？"

林秋石："吃吃吃，我喜欢薄荷味的草莓糖。"

他答："我不喜欢，因为第四颗牙疼。"

对完暗号，确定了眼前人的身份，林秋石总算松了口气，他道："没想到我们在这里就能遇到……等等，你怎么穿的是男装？"他瞪圆了眼睛。

阮南烛道："我说了要陪你穿女装了吗？"

林秋石："……"

阮南烛做了个"嘘"的手势，笑了起来："哑巴可不能说这么多话哦。"

林秋石哭笑不得："我能不能……"

“不能。”阮南烛仿佛早就知道林秋石想问什么，无情地拒绝了他，“好好当姑娘吧。”

林秋石：“……”他扯了扯自己的长发，发现头发果然变成了真的，而且不知道为什么，他这次在门内的身高比在门外矮了一些。

“走吧，先找到人再说。”阮南烛环顾四周，“这雾气真让人不舒服。”

于是两人继续往前。

林秋石走在阮南烛后面，悄悄地拉开裤子看了一眼，在看到自己还算健全的时候重重地松了口气。

好在只变了头发而没有变别的东西，不然他真的是哭都哭不出来。

两人一直往前，终于在雾气里看到了别的景色，一座破旧的小镇出现在了他们面前。这小镇充满了西方特色，只是大部分的招牌还是中文的。

林秋石突然有点好奇：“你们遇到过国外的场景吗？”

阮南烛：“遇到过，眼前不就是吗？”

林秋石道：“可是招牌是中文的啊。”

阮南烛：“大概是考虑到大家的文化水平，没敢弄成英文的吧。”他看了林秋石一眼，“毕竟有的人连中文都不认识。”

林秋石知道他在调侃自己上个门假装是文盲的事儿，有些尴尬地道：“那不是情况特殊吗……”

他们走到了小镇里面，看见一群人聚集在小镇并不宽阔的广场上。

阮南烛扫了一眼，就数出了人数：“八个。”

林秋石已经开始装哑巴，不吭声了。

他们两人从浓雾之中走来，吸引了一些目光，有的目光落在俊美的阮南烛身上，有的目光则落在了林秋石身上。

林秋石此时一头长发，因为身体变矮，衣服显得有些空荡，他脸色很白，看起来似乎很害怕，那双黑色的眸子正朝着阮南烛投去无助的目光——这是外人看来的场景，而事实上……

林秋石：啊！他们都在看我！

阮南烛：看就看呗，你又没少块肉。

林秋石：他们要是发现我是男的怎么办？

阮南烛：当场掏出家伙吓死他们。

林秋石：……

以上为两人眼神交流的内容，林秋石表示自己无话可说。

有人朝着他们两个走过来，大约是阮南烛看起来比较不容易相处，那人将目标放到了看起来可怜弱小又无助的林秋石身上。

林秋石还没来得及反应，阮南烛就伸出手拦住了来人："有事？"

"没事。"来者是个看起来二十多岁的英俊年轻人，穿着一身很潮的衣服，他似乎对林秋石充满了兴趣，"想问问你们需不需要帮助。"

"她好像不会说话。"阮南烛看着他，挡在了林秋石面前。

"不会说话？"那人却好像更觉得有趣了，他道，"你好，我叫王天心。"

阮南烛："陆盟。"

王天心见阮南烛有点护短的意思，笑了："难道你们两个认识？"

阮南烛说："不认识，但一进来就遇到，总是有些缘分。"

林秋石掏出手机，在上面打字：我叫余秋秋，很高兴认识你们。

两人都看见了林秋石手机上的字，王天心道："哦，原来你叫余秋秋，很可爱的名字。"他的身高比阮南烛稍微矮一些，此时微微弯了腰，做出一个温和的表情，"我叫王天心，可以的话，想和你交个朋友。"

林秋石装作有些害怕，微微朝着阮南烛身后躲了一下。无事献殷勤，非奸即盗，这个王天心突然对一个第一次见面的陌生人这么热切，显然是有所图谋。他虽然不怕对方，但也没有蠢到凑上去让人算计的地步。

阮南烛也很不客气，说："她好像有点怕你，你离她远点吧。"

王天心看了阮南烛一眼，居然真的转身走了。

林秋石没想到他这么轻易就放弃了，阮南烛却冷笑一声，似乎猜到了王天心想做什么。

队伍里面的人陆陆续续齐了。

这次依旧有两个新人，只不过两个都是男的，其中一个表现得相对镇定，另外一个则直接情绪崩盘，一路哭号。

好在除了哭，这新人也没有做什么其他的过激行为。

那个王天心在放弃了林秋石之后，很快找到了另外一个姑娘。短短时间里，那姑娘和王天心好似已经熟识，两人有说有笑，气氛很好。

林秋石看了阮南烛一眼。

阮南烛知道他想问什么，低声道："门里有那么一类人，总喜欢找别人组队，当然这个队友的作用或许不止队友，还能用来做点别的事。"

林秋石：比如？

阮南烛看着他，笑得意味深长，却没有说话。

林秋石被阮南烛笑得浑身一个激灵。

王天心显然对此道十分熟练，目标也很是精准，在相聚之初，便对那些看起来孱弱无比的姑娘嘘寒问暖，轻而易举地获得了她们的信任。

而林秋石这个身体有所残缺的哑女，显然更是他的心头好，只不过被阮南烛坏了好事，不得不另寻目标。

阮南烛道："可要好好地跟着我，别被别人骗了去。"

林秋石瞅了他一眼，心想骗了也没关系，大不了脱了裤子，大家互相比比大小……

进门的一共十四个人，陆陆续续在小镇的广场上聚集了起来。

林秋石抓紧时间，一直在观察周围。这个小镇看起来十分破旧，街道上的商店关了大半，偶尔有风吹过，扬起路边的尘土，将小镇的气氛烘托得更加荒凉。

他们所在的广场旁边，有块告示牌。林秋石和阮南烛走到告示牌面前看了看，发现告示牌上贴着三个寻人启事，这寻人启事上寻找的都是七八岁的孩子，有男孩有女孩，全是近期贴出来的。

看到这些寻人启事，林秋石立马想起了线索里的乌鸦稻草人，这乌鸦稻草人虽然也对成年人动手，但第一目标通常是孩子，看来这些孩子的失踪和乌鸦稻草人有脱不开的关系。

就在众人议论纷纷的时候，广场的尽头走来了一个面目威严的中年人，他在人群面前简单地做了自我介绍，自称是这个小镇的镇长，然后说出了他们在这扇门里的身份。

"希望你们能帮我们找到丢失的孩子。"镇长说，"这些孩子在一个星期内陆续不见了，我们找遍了整个小镇都没能找到他们。希望你们能完成委托，找到失踪的孩子。”

这就是这扇门的线索了。

镇长说完之后，带他们去了住宿的旅馆。

这旅馆和小镇的氛围倒是很搭，十分破旧，门口坐着一个打瞌睡的老头子，看见镇长带着人过来，也不打招呼，只是很敷衍地随手扔出一串钥匙，然后闭着眼睛继续睡觉。

镇长显然是习惯了，他说：“我们这里很少来外乡人，因为丢失了孩子，所以大家都很敏感，你们在询问一些线索的时候，请委婉一点。”

旅馆是两人一间，大家很快就自发地找好了和自己一起住的同伴。

林秋石不出意外地和阮南烛住在了同一个房间，因为扮演哑女，他全程都没说话，有人将目光投到他的身上，他也当作没看见。

那个王天心似乎对林秋石还有些兴趣，不过隐藏得很好，只是偶尔林秋石会感觉到他注视的目光。

林秋石依旧当作没看见。

分好房间后，镇长又说了一些关于小镇的事。

他们这个小镇以前是个渔村，后来上游建了水坝，鱼变少了，便破败了下来。小镇上没什么工业，只有镇子的最西边有一家制作罐头的工厂。最东边则是村子里的墓地，镇长告诉他们，如果没事，最好不要去那儿。

大家都安静地听着，还有人在记着笔记。通常主要的线索都是非玩家角色来提供的，而在这些线索里，就隐藏着钥匙的所在。

折腾了这么一会儿，大家都有些饿了，于是在楼下的餐厅里随便吃了点东西。

这里的食物味道非常糟糕，面包又硬又干，吃得人牙疼，除了面包，还有一看就让人没什么食欲的煎鱼，林秋石看了眼那煎鱼瞪着的死鱼眼，实在是没敢下刀叉。这玩意儿吃了真的不会中毒吗？

阮南烛也没碰那鱼，只吃了点面包。他从进入旅馆后，就没怎么说话，看起来像在思考什么事。

吃完这顿糟糕的晚餐，众人都打算回去休息，好迎接第二天。

林秋石也是如此，简单地洗漱之后，他就爬上了床。

这是个标间，有两张床，他的靠窗，阮南烛的靠门。

阮南烛洗了个澡，光着上半身从浴室里出来，一边擦着头发一边道：“你怎么看？”

林秋石缩在床头玩手机：“明天先去问一下那几个失踪小孩的父母吧，看看有没有什么线索。”他思考片刻，“既然那个镇长提到了罐头厂，或许我们应该过去探查一下。”这小镇不大，线索就那么多，按理说罐头厂里应该会有他们想要的。

阮南烛：“嗯，感觉如何？”

林秋石还以为阮南烛问他这扇门的感觉，于是乖乖地回答：“还行吧，就是饭实在是太难吃了。”

阮南烛挑眉：“我是问你扮作哑女的感觉。”

林秋石：“……”

阮南烛：“不快乐吗？”

面对气势逼人的阮南烛，林秋石变成了一条温顺的狗子，假笑道：“快乐，快乐。”他当初到底为什么要嘴贱地去问那么一句？

不得不说，扮作女装的林秋石做出这么一副表情，倒是十分可爱，不管林秋石是不是自愿，至少这个答案让阮南烛满意了，他微妙地笑了笑，温声道：“你喜欢就好。”

林秋石：“……”他为什么有种不好的预感？

两人又聊了几句，便各自上床睡觉。

林秋石旁边的窗户是折页窗，隐隐约约能看到外面树梢投在上面的阴影。微风拂过，树梢发出沙沙的声音。这旅馆虽然看着破旧，但其实里面环境还行，唯一美中不足的就是这么冷的天了，还有蚊虫，嗡嗡声实在是扰人。林秋石躺在床上，尽量放空自己，想让自己早点入睡。

然而就在他要睡着的时候，却被阮南烛从身后轻轻地戳了一下，他正欲扭头，却听到阮南烛刻意压低的声音：“别动，外面有东西。”

林秋石浑身一震，瞬间清醒了。

他仔细看去，发现不知何时，外面的树上附着了很难描述的东西，那东西贴在树干上，几乎要和树干融为一体，却又在扭动着，又细又长，像是蛇一样，不仔细看根本看不出来。

那东西慢慢地伸出一只手，贴到了折页窗上面。

林秋石看见那只手翻开了折页窗其中的一页，他本以为会看到一双黑色的眼睛，却没想到看到了一片空洞……那东西根本没有眼睛。

“闭眼。”阮南烛突然道。

林秋石马上听话地闭上眼睛，他的听觉非常灵敏，非常清晰地听到了折页窗被翻动的声音。

随后是窸窸窣窣的脚步声，像是有什么东西从草地上走了。

阮南烛一直没让林秋石睁眼，林秋石开始还忍着，后来终于忍不住了，道：“好了吗？”

没有声音。

林秋石心中一紧，担心是不是出了什么事，睁开眼转身一看，却发现阮南烛这货居然已经睡着了。

林秋石：“……”看来这颗安眠药精不光安眠别人，还安眠自己啊。

窗外恢复了平静，林秋石闭上眼睛睡了过去。

第二天，是个阴雨天气。

天气有些冷，空中飘着淅淅沥沥的小雨。

林秋石和阮南烛早早起了床，去了楼下的餐厅。一进去，林秋石就听到王天心和那个姑娘调笑的声音，经过一晚上的相处，两人的关系似乎更近了一步。被王天心勾搭的姑娘，此时正笑意盈盈地和他互喂早餐。

林秋石瞅了他一眼，真是佩服这种人。在门内这样的气氛下都能愉快地谈恋爱，从某种程度上来说他也是个人才。

阮南烛跟在林秋石身后进来了，两人一进来，就吸引了餐厅里大部分人的目光。一些人看的是长相依旧显眼的阮南烛，一些人却把暧昧的目光投到了林秋石的身上。

林秋石开始还觉得莫名其妙，直到中途他去上厕所，照了会儿镜子后突然觉得好像哪里不对……

他伸长了颈项，仔细看了看，发现不知什么时候，他的耳根下面多了一块红色的痕迹，还有点痒，应该是蚊虫叮咬后的结果，但是他知道这是蚊子咬的，别人却不知道，况且这位置又这么暧昧。

林秋石简直哭笑不得，他用手挠了两下，感觉更痒了。

这玩意儿暂时没办法消掉，林秋石叹了口气，只能放弃，他洗了手，正欲转身离开，却看到王天心从厕所外面走了进来。

这旅馆很小，一楼的厕所只有一个，还是男女混用的。

两人在狭窄的厕所里相遇，林秋石偏了身体，给他让出了一条路示意他先走。

王天心冲着他笑了笑，突然开口："你为什么要怕我呢？"

林秋石一愣。

"明明我和他做的是同样的事，你又何必做出一副我是坏人的模样？"王天心其实声音还不错，又长了一双漂亮的桃花眼，这样的人放在外面也是很招女孩子喜欢的，他伸出手，抓住了林秋石的手臂，道，"对吧？"

林秋石知道王天心是误会了，想要把自己的手从他手里扯出来，又怕自己力气太大暴露了身份，于是只能用另一只手拿出手机打字：我们不是那样，你误会了。

谁知王天心看见这字却冷笑一声，道："你当我傻，你脖子上那痕迹，难道是蚊子咬的？"

林秋石：嘿，还真是蚊子咬的。

王天心看了眼外面，突然露出邪恶的笑容："你说，我如果就在厕所里把你办了，他会不会发现？"

林秋石："……"他默默地看了眼王天心并不强壮的身板，心想，朋友，谁办谁还不一定呢。

也不知道是林秋石的表情给了王天心什么错觉，他笑道："怎么，这会儿知道怕了？"

林秋石眼神在厕所里乱瞟，已经开始思考待会儿要怎么干翻眼前的人会比较解气。

但是就在林秋石打算动手的时候，外面突然传来了其他人的脚步声。

王天心居然这样都不肯放开林秋石，直到阮南烛出现在了门口，眼神不善地盯着他，他才不甘心地假笑了一下松了手。

“秋秋。”阮南烛的声音冷冷的，“有人为难你吗？”

林秋石看了眼阮南烛，两人目光交汇的刹那，他突然心领神会，在这一刻，林秋石“戏精”附体，他抽泣着扑进了阮南烛的怀抱，一副我被欺负得好惨的模样。

阮南烛抬头，看向了王天心。

大约是阮南烛的眼神实在是太恐怖，刚才还牛气哄哄的王天心瞬间委顿，露出尴尬的笑容：“误会，都是误会，我没对秋秋做什么……”

“最后一次。”阮南烛的声音冷如坚冰，“如果再让我发现你企图对她做什么，我就弄死你。”这句“弄死你”一点不像是在说狠话，即使是靠在阮南烛怀里的林秋石，也察觉出了那浓郁的杀意。

阮南烛是认真的。

林秋石知道，王天心也知道。

于是他慌乱地应了声，转身就走，连厕所都没上。

林秋石看着他落荒而逃的背影，简直想啐唾沫。

“没事吧？”阮南烛问他。

林秋石摇摇头，然后指了指自己耳根下面被叮咬出来的痕迹。

谁知道下一刻，阮南烛的手指便贴了过来。林秋石瞪大了眼睛，条件反射地想要将眼前的人推开，阮南烛却低声笑了起来，道：“小哑女，你还真当我是什么好人了？”

林秋石：“……”大佬，演一下你就那么快乐吗？

“我也不是什么好人。”阮南烛的手指在那处重重地捏了一下，引得林秋石不由自主地打了个哆嗦，他张口正欲说话，阮南烛却做了个噤声的手势，示意隔墙有耳。

“你只要乖乖地听我话，我就带你出去。”阮南烛说，“你要是不乖，可别怪我把你一个人丢在里面。”

林秋石：“……”差不多就行了啊。

阮南烛：“懂了吗？”

林秋石只能点头。

于是阮南烛露出满意的表情，牵着林秋石的手就出去了。

此时此刻，林秋石终于明白阮南烛这货让他装哑女的险恶用心，要不是哑巴，他还能反驳几句破坏一下阮南烛突如其来的表演欲，可现在他是个不能说话的哑巴，等他在手机上打完字，人家阮南烛戏都演完了。

林秋石喝完了面前的牛奶，在心中暗暗地感叹着人心真是险恶……

其他人看向阮南烛和林秋石的眼光更加异样，估计也把两人当作有什么暧昧关系的人了。

林秋石现在当真是哑巴吃黄连，有苦说不出，只能瞪了阮南烛几眼。

阮南烛很不要脸地说："别瞪了，再瞪来真的了啊。"

林秋石无语。

02

终于把早饭解决掉，林秋石赶紧拉着阮南烛从餐厅里出来了，他们昨天计划着先去那几个失踪的小孩家里看看。

这镇子上人口很少，据说全镇的小孩也不过八九个，此时一下子就丢了三个，自然算是大事。

阮南烛和林秋石很快就到了第一户丢小孩的人家，和他们一起来的，还有团队里的几个老人。

那家人看到他们，态度很冷漠，几乎是问一句答一句，从头到尾没有主动提供任何信息。

好在愿意回答就还行，阮南烛问了几个关键的问题——孩子什么时候失踪的，在哪儿失踪的，失踪之前最后见了谁，失踪之前有没有什么预兆。

"他脾气本来就怪，一天到晚不回家。"作为家长，孩子失踪了本该是非常让人伤心的事，可这家人的态度却非常奇怪，好像根本不愿意多说什么似的，"他失踪是在六天前的一个黄昏，出去之后，就再没有回来了。失踪之前，他和他姐姐见了一面，至于预兆，如果有预兆还会失踪吗？"

大家把这些线索一一记下，正巧失踪孩子的姐姐也在旁边，阮南烛便找她询问了一下。

大约是他的长相的确漂亮，很容易获得年轻女生的青睐，所以那姐姐对他们的态度还不错。

她应该是十七八岁的年龄，样貌不算出众，脸颊上长着一些雀斑，但身后那头漂亮的金发却十分显眼，她道："我弟弟劳伦失踪前说有人跟踪他，但是这小镇就这么大，又没有外来人，谁会跟踪一个孩子呢？我们当时都没把他的话放在心上……"她似乎有些内疚，眼眶湿润了。

"请问你介意我们去他的房间看看吗？"阮南烛问。

"走吧，我带你们去。"姐姐说。

失踪的小孩叫劳伦，他的房间是顶层的阁楼，很窄小，也很杂乱，不大的房间里塞了一张小小的床，还有各式各样的书籍和一些乱七八糟的东西。

因为阁楼实在是太窄了，大家不能一起进去，只能分批次进去检查。

林秋石和阮南烛还有另外一个女生是第一批进来的人。

阮南烛直奔书柜，而林秋石则开始检查劳伦的床。

很快，林秋石就有了发现，他在劳伦的枕头下面，发现了一个带着锁的笔记本，他反应很快，一瞬间就拿起笔记本塞进了自己的衣服里，装作若无其事。这时候林秋石才感觉女装有点好处，毕竟男生穿得都挺简单，想要藏个什么东西着实不是件容易的事。

阮南烛则在书柜上找到了很多劳伦做的笔记，劳伦在失踪之前一直在查关于本地都市传说的内容，这些都市传说很丰富，其中就有线索里提到的乌鸦稻草人。

"看来他是预感到了什么。"阮南烛分析道，"这次门内的死亡，是有先兆的。"

林秋石点点头，示意自己知道了，然后指了指门外。

阮南烛看了他一眼，明白了他的意思："走吧，我们出去。"

两人以呼吸新鲜空气为借口走到了屋子外面，寻了个无人的角落，林秋石从衣服里掏出了劳伦的日记本。

阮南烛看着他这样子笑了："很熟练嘛。"

林秋石被憋得快死了："别闹了，快看看里面有什么内容。"

阮南烛点点头，轻而易举地打开了笔记本上面的锁，看到了笔记本里面的内容。

笔记本前面的内容，全是一个小孩子的日常生活，抱怨家长、抱怨学校等。

林秋石道："这小镇还有学校？"

阮南烛："有的吧，不过不在这里，应该在隔壁镇上。"

林秋石："哦……没听镇长说过啊。"

阮南烛继续翻看笔记本，道："原来他不是他父亲亲生的，难怪他父亲那种态度。"

劳伦是他母亲带着他改嫁过来的，而继父则一直不喜欢他，经常找他的麻烦，甚至殴打他。在他失踪之后，继父也表现得漠不关心，似乎对于孩子不见了这件事根本不在乎。

"劳伦的母亲呢？"林秋石有点奇怪。

"没怎么提到。"阮南烛道，"……这就很奇怪了。"

的确很奇怪，他们进到屋子里时就没看见女主人，也没有人提起这屋子里曾经有个女主人。

继续往后翻，林秋石看到了关于失踪的线索。

笔记本里，劳伦一直在抱怨似乎有人在跟着他，从他上学放学的路上就跟着他，但是他又找不到那个人。

起初劳伦抱怨的语气还只是愤怒和厌烦，但很快，这种愤怒和厌烦就变成了恐惧，劳伦似乎发现了什么……

"它又在我的窗户外面出现了，我躲在了床底下，希望它不会发现我。

"这次我躲在衣柜里，还好没有躲在床底下，我看见它弯下了腰，手朝着床底下伸了进去，像是在找我的样子。

"没人相信我的话，他们都觉得我疯了，那东西差点从窗户的缝隙里挤了进来，我不知道它到底是什么东西。

"我知道了它的名字，可是时间已经不够了，来不及了……

"一切都完了。"

这些内容是劳伦近段时间的日记，在几天前，他的日记记下了最后五个字：一切都完了。

这是最后一篇日记，之后劳伦便失踪了。

“看来就是那东西带走了孩子。”林秋石看完了日记本，“乌鸦稻草人……”

阮南烛：“会把他带去哪儿了呢……”

林秋石和阮南烛对视一眼，尴尬地笑了起来：“不会带到罐头厂去了吧？”

这镇上似乎就这么一个特殊的地点。

阮南烛：“所以你早上吃鱼罐头没有？”

林秋石赶紧摇头，那鱼罐头看起来味道就不怎么样，他早饭吃得清淡，更是没有兴趣。

不过他虽然没有吃，其他人却吃了不少，特别是王天心似乎对鱼罐头情有独钟。

林秋石：“不能细想，太恶心了。”

阮南烛：“接下来想去哪儿？”

林秋石：“不是还有几个失踪的孩子吗？去看看他们吧，如果有什么共同之处就好了。”

阮南烛点头，同意了林秋石的提议。

于是两人便朝着另外两个失踪孩子的家中走去，路上顺便讨论了一些关于小镇的细节。

当然，为了保持哑女的人设，林秋石也没敢说太多的话，大部分时间是用手机的短信功能和阮南烛交流。

阮南烛看着他低头打字的模样，笑眯眯地道：“秋秋，你真有趣。”

林秋石：哪里有趣？

阮南烛：“哪里都有趣，想把你带回去关起来，只给我一个人看呢。”

林秋石：“……”阮南烛你知道你这样很像个变态吗？

阮南烛：“哈哈，我开个玩笑。”

林秋石：“……”说真的，每次阮南烛说这句话，他都觉得阮南烛是认真的。

接下来，他们又去了另外两个失踪孩子的家里。

经过一番询问，他们很快就找到了一些共同点——在失踪之前，孩子们都曾经表示自己被跟踪过，可家长都没把小孩的话当回事儿。

其中一个失踪小孩的母亲呜呜地哭着，悔恨地道："我好后悔，如果当时我信了她的话，她就不会失踪了，一切都怪我，一切都是我的错……我不是个称职的母亲……"

阮南烛温声安慰了几句，道："那请问您对于她的失踪有什么线索吗？如果有线索的话，可否告诉我们？或许我们能通过线索，早点找回您的孩子。"

那母亲闻言沉默片刻，低声道："线索……有传言说我们镇上有一个隐匿在郊外的怪物……当然，这也只是传言，并没有人亲眼见过。"

阮南烛："怪物？什么样的怪物？"

"不知道啊。"母亲说，"我们也不知道那怪物长什么样，只是有谣传说，那东西身边好像有飞着的乌鸦……"

这就是这位母亲知道的全部消息了。

不过经过阮南烛的问话，他们又得知这家的小孩很喜欢跑到罐头厂附近玩，虽然家长劝阻了很多次，但她还是经常偷偷去。这次失踪的地点，似乎就是已经被封起来的罐头厂……

看来罐头厂的确是个重要地点。

林秋石和阮南烛达成了一致，决定简单地吃点午饭后，下午就去罐头厂看看。

午饭的味道依旧很不妙，桌子上好几个菜都和鱼有关系，散发着一股浓郁的鱼腥味。桌子中央还放着几个打开了的鱼罐头，在一桌子食物里看起来倒是比较美味的。

也因如此，好些人都对鱼罐头动了筷子，并且表示味道很不错。

因为上午的调查结果，林秋石对这些罐头实在是敬谢不敏，他随便吃了点东西，便拿起手机开始整理思路，也亏得他在这个世界的身份是哑女，没什么人来找他搭话，都将他当作空气。

林秋石也乐得清闲。

进到门里的第二天，还有人企图来找阮南烛组队，言语之中，全是对林秋石的嫌弃。

有的人说话还算委婉，有的人却非常直白，说这姑娘是个哑巴，遇到事儿都叫不出来，何必在她身上浪费时间，倒不如换个人组队。

林秋石听着这话差点站起来对着这人来一顿素质教育，但他最后还是努力忍住了，学着之前阮南烛演戏的模样做出可怜兮兮的样子。

于是阮南烛仿佛被他的柔弱所打动，拒绝了其他人的邀请。

不过阮南烛似乎也被骚扰得有点烦，抓着林秋石赶紧离开了餐厅。

“他们怎么那么喜欢找你？难道是因为你长得好看？”林秋石和阮南烛往罐头厂走的时候，问出了自己心中的疑惑。

“人都是会趋利避害的。”阮南烛说，“在一个不小心就会丢了命的地方，遇到比自己强的，总会想办法靠近。”

他们离罐头厂近到了一定的距离，便闻到了一股子浓郁的鱼腥味。

这鱼腥味让人觉得非常不舒服，要是放在不喜欢吃鱼的人身上，恐怕闻两下都会觉得想吐。

罐头厂处在镇子的最边上，这边看起来没有什么人居住的痕迹，道旁没有建筑，只有一些稀疏的树木和浓密的灌木丛，树木之后就是浓郁的雾气，在提醒着他们不要越界。

按照镇长的说法，罐头厂几年前就已经停产，此时处于一片寂静之中。阮南烛掏出工具，轻而易举地打开了罐头厂那扇锈蚀的大门，两人从入口处走了进去。

“这罐头厂还挺大的。”林秋石环顾四周，首先入目的是一个巨大的院子，院子周围长满了一米高的杂草，看得出已经很久没有人来过了。院子里还有几棵高大的枯树，枯树上面有几只长着黑色羽毛的鸟，乍看像是乌鸦，但是仔细观察的话，就会发现它们的体型比乌鸦大了很多……

“嗯。”阮南烛走在前面。

林秋石道：“他们会不会都是在这里失踪的？又或者说，失踪之后被带到了这里？”

阮南烛：“不知道，先到处看看有没有什么线索吧。”

林秋石点点头。

两人一路往前，就在即将要进入厂区的时候，林秋石突然有了发现。

这发现是个意外，林秋石的脚下被石头绊了一下，踉跄了好几步，他条件反射地低下头，看到那块绊倒他的石头的同时，也看到了别的东西。

“这是什么？”林秋石叫道，他弯腰蹲下，仔细观察泥土质地的地面，“这是手掌印？”

阮南烛听到了林秋石的声音，也朝着他看的地方望了一眼。

只见泥土上面，布满了密密麻麻的手掌印，这些手掌印乍看像没有规律粗糙地印上去的，但是仔细观察后便会发现，手掌印更像是求救的信号——有人被什么东西从泥土上拖走了，在被拖走的过程中，他试图抓住身边的东西，结果慌乱之下只抓住了身下的泥土，在地上留下了一个个印记。

林秋石顺着印记小心翼翼地往前走，阮南烛跟在他的后面，观察着附近的情况。

很快，林秋石就发现了手印尽头的东西，那是一棵巨大的枯树，直径至少有两米，看起来已经枯了很长一段时间。林秋石在树干外面敲敲打打，皱着眉头：“里面是空的，会不会有什么东西？”

阮南烛打量着枯树：“有可能。”毕竟手印是在这棵树前面消失的。

阮南烛从兜里掏出了一把小刀，开始慢慢地凿树干，这树木已经有些朽了，尖锐的小刀很轻易地插了进去。

当阮南烛把刀拔出来的时候，林秋石倒吸了一口凉气。

阮南烛的刀刃上，居然多了一抹红色的血迹。

林秋石没忍住骂了句脏话，表情有点尴尬：“……你不会把线索给捅死了吧？”

阮南烛：“……”他沉默片刻，冷静地道，“我不是故意的。”

林秋石：“……”

阮南烛：“不过如果正常人被刀插到了，肯定会发出声音，况且这树又没有洞，正常人怎么可能进去？”

这倒也是，林秋石舔了舔有点干的嘴唇：“那凿开看看吧。”

阮南烛点点头，这次他没敢把小刀插得太深，而是插进去之后便开始朝着周围用力，很快就将树干凿出了一个豁口，露出了里面的东西。

林秋石在看到了树干里面的东西后，不由自主地倒退了一步，脸色很是难看。

只见树干里面，竟然镶嵌了一个小孩，那小孩仿佛已经和古树融为了一体，大部分身体镶嵌在树干里。而最醒目的，是他的腹部被开了一个巨大的口子，虽然看不到血迹什么的，但林秋石明白他肯定不是存活的状态。

阮南烛偏了偏头："他肚子里好像有什么东西。"

这要是没看线索的人肯定不知道是怎么回事，但林秋石进来之前就已经了解了这扇门的线索,所以他几乎是瞬间就明白了这小孩的肚子里有什么——小孩的内脏被掏空了，取而代之的，是一窝正在叽叽喳喳地尖叫着的小乌鸦。

这正是乌鸦稻草人最喜欢干的事。

"我觉得失踪的几个小孩都凶多吉少了。"林秋石叹气。

阮南烛："大概率。"他已经习惯了死亡，此时正在表情冷淡地观察着面前树干里的尸体，想要找到更多的线索。

林秋石环顾四周，他有种感觉，另外两个失踪的小孩也应该在罐头厂里，只是不知道被藏到了哪个角落。

就在林秋石这么想着的时候，阮南烛突然倒退了一步，脚步有些急，像是看到了什么怪东西。

"怎么了？"林秋石一愣。

阮南烛沉默片刻，指了指面前的尸体。

林秋石抬头望去，接着做出了和阮南烛一样的反应——那小孩的眼睛不知什么时候睁开了，此时正带着沉沉的死气冷漠地看着他们。

林秋石起了一身鸡皮疙瘩，他干笑道："不会诈尸吧？"

阮南烛："那可说不定。"他抬头看了看天色，"快天黑了，我们还是别找了，明天再说，今天先回去。"

"嗯。"林秋石对阮南烛的提议表示赞同，毕竟门内世界的夜晚是很危险的。

"走吧，明天把这小孩儿的事告诉镇上的人。"阮南烛道，"我倒想看看他们有什么反应。"

罐头厂离他们住的地方其实有些远，林秋石和阮南烛匆匆忙忙地赶在天黑之前回了旅店。

众人聚在餐厅，沉默地吃着晚饭，偶尔有人谈论今天得到的线索。

林秋石有一搭没一搭地吃着东西，突然，人群里起了骚动，他抬眸看去，看到有个男人突然开始剧烈地呕吐。

“哎呀，你怎么了，肚子不舒服吗？”男人的同伴扶住了他，语气十分担忧。

“不知道怎么回事。”男人勉强开口，“我的胃好难受。”

他说完这话，呕吐突然加剧，接着所有人都露出愕然之色，只见男人嘴里竟是冒出了许多黑色的羽毛，伴随着他呕吐的声音，羽毛铺了一地，人群里发出了惊恐的尖叫。林秋石和阮南烛对视一眼，从对方的眼神里看到了某些情绪。

被稻草人盯上后，它的仆从会先对目标进行标记，标记的特点之一，便是目标嘴里会吐出黑色的羽毛。

眼前的男人显然已经被稻草人盯上。

男人终于吐完了胃里的东西，只是此时他周围已经铺满羽毛，其他人都离他远远的，不敢靠近，直到他停下呕吐，晕厥在了地上。

这只是个先兆，应该不会再发生什么，林秋石起身离开，阮南烛跟在他身后一起回了房。

回到房间后，林秋石趴在床上拿着手机思考线索。

阮南烛坐在他的旁边，把劳伦的日记又看了一遍。

“好像也没什么东西了，线索还不够。”天色暗下来之后，林秋石有些困了，他道，“我们睡觉吧。”

阮南烛道：“好啊。”

林秋石洗漱后爬上床，看到窗外的雾气开始变浓。

阮南烛躺在林秋石旁边的床上，一会儿没说话就传来了平稳的呼吸声……似乎是睡着了。

林秋石也闭了眼睛，但寂静的夜里，一丁点的声音也显得非常刺耳，林秋石的听力本就敏锐，他躺在床上，捕捉到了不属于这里的声音。

那是有人在草丛里穿梭的声音，那人似乎还拖着什么重物，偶尔踩碎一两根枝丫。

林秋石马上想到了白天在树干里见到的那个孩子，还有他蒙上了一层惨白色的可怖瞳孔。

林秋石感觉身体有点冷，便慢慢地翻了个身。

本该熟睡的阮南烛却睁开了眼，目光灼灼地看着他："小哑女，睡不着吗？"

林秋石瞪圆眼睛，还没吭声阮南烛便起了身，然后动作自然地凑到了他旁边躺下。

林秋石正欲说什么，阮南烛却用食指比了个动作："嘘，乖。"

林秋石："……"

趁着林秋石发愣的工夫，两人已经睡到了同一张床上。好在这床足够大，两个男人睡在一起倒也不是很挤。林秋石本来是想拒绝的，但是拒绝之前又想到了阮南烛安眠药精的身份，犹豫片刻，最后还是什么都没有说。

屋外草丛里的东西还在走来走去，像是在寻找什么机会。

林秋石开始还紧张地听着，后来却被阮南烛的冷静所感染，闭上眼睛昏昏沉沉地睡了过去。

一觉到了第二天，一夜无事。

03

第二天早晨，十四个人照常出现在了餐厅里。

都来了两天了，居然还没有死人，这情况倒是十分少见。林秋石正这么想着，忽然看到一个人从自己面前走过。这人好像就是昨天吃饭时突然不停呕吐的那个，他长相平庸，本没有什么能吸引人注意的地方，但林秋石看了他一眼后便皱起了眉头。

和昨日相比，这人的头顶上多了一顶黑色的礼帽。

这礼帽和他身上穿的休闲装搭配起来简直是格格不入，其他人却好似没有注意到似的，连提都没有提一句。

“在看什么？”阮南烛突然问林秋石。

“他脑袋上的这顶帽子看起来好眼熟……”林秋石回答，“昨天不还没看见他戴帽子吗？”

阮南烛闻言微微皱了皱眉，把目光移到了那人的身上，凝视片刻：“的确很奇怪。”

“但大家都觉得很正常啊。”林秋石说。

“说实话，”阮南烛把手里的牛奶杯放下，“你提这件事之前，我也觉得很正常。”

林秋石：“嗯？”

“该怎么和你形容那种感觉呢，就好像是他本来就应该戴着这么一顶帽子。”阮南烛撑着下巴，用余光不动声色地打量着那人，“并不突兀，也不奇怪。”

林秋石：“……”

但事实上，这的确是顶非常奇怪的帽子。

显然只有在穿着正装的时候，才会戴上这么一顶黑色的礼帽。而那人穿着T恤加牛仔裤，却配上一顶礼帽，整体风格就显得非常诡异，可整个屋子里似乎只有林秋石一个人发现了不对劲的地方。

阮南烛轻声说了句：“我觉得他要死了。”

林秋石：“……我也觉得。”

两人在这件事上倒是达成了一致。

那人似乎完全没有察觉到自己哪里出了问题，和别人非常愉快地吃着早饭，吃的过程中还告诉同伴，说自己昨天做了一个梦。

以林秋石的听力，很容易就将他说话的内容捕捉到了。

“梦里有乌鸦送给我一顶帽子，让我一定要戴上。”他笑嘻嘻地说，“我当时还以为这只是个梦，谁知道第二天真的发现窗户外面的树枝上挂了一顶帽子。”

“这帽子真好看。”他的同伴居然说，“你戴着也很合适。”

这话放在正常的情况下，怎么听怎么像是敷衍，但说话的人语气却非常诚恳，林秋石听得出他是认真的。他是真的觉得这顶帽子很好看，很适合他的同伴，甚至想要自己戴上试一试。

林秋石看了眼阮南烛。

阮南烛似乎明白了他的意思，他点点头，站了起来，走向了那个戴着帽子的人。

“你的帽子是不是有点不对劲？”阮南烛说，“别是什么被诅咒的东西吧。”

话已经说得很明显了，那人听后却露出警惕的表情，他道：“我倒不觉得，万一钥匙的线索就在帽子里呢。”

阮南烛摊手：“如果不在呢？”

那人说：“不在也没事，一顶帽子而已。”

阮南烛不再说话，转身就走，如果不是林秋石，他也不会来说这么一句多余的话，既然这人固执不听，那他也无能为力了。

林秋石面露无奈，小心地在手机上打字：如果我被这玩意儿魇住了，你一定要把我叫醒。

阮南烛似笑非笑：“放心，我一定会用不伤害你的方式，把你叫醒的。”

林秋石：“……”你这笑容怎么看起来怪怪的啊。

戴着黑色礼帽的人吃完早饭后就和他的同伴出门去了，对此，阮南烛的表情颇有些遗憾。

林秋石开始还以为阮南烛是和他一样在遗憾这人可能会死，后来才发现阮南烛这货根本就是在遗憾没看到男人到底是怎么死的。

“看见了总能多刷点经验嘛。”阮南烛从兜里掏出两颗糖果，自己吃一颗，塞给了林秋石一颗。

“这什么糖？”林秋石第一次尝到这种口味的糖果。

“程一榭做的，谁知道是什么味。”阮南烛又递给林秋石一把，“吃吧，小哑女。”

林秋石接过来塞进了自己的兜里。

两人想到昨天看到的尸体，本来是打算去找镇长说一下的，然而路过广场的时候却发现昨天原本是三张的寻人启事栏上居然又多了一张。仔细看了寻人启事的内容，他们发现昨天镇上居然又丢了一个小孩，这小孩他们还认识，正是那个劳伦的姐姐。

“怎么会又丢了个小孩？”林秋石皱着眉头。

阮南烛：“我感觉不是很好，镇上一共就八个小孩。”

林秋石：“……所以，其实是有死限的？”

阮南烛点点头。

乍一看，这次的非玩家角色给他们的任务并没有时间限制，但是这个突如其来的寻人启事，却给了他们不妙的感觉。

如果镇上的小孩子全部不见了，会发生什么呢？林秋石觉得自己并不想知道这个问题的答案。

阮南烛道：“走吧，先去找镇长。”

他们穿过广场，在后面一排老旧建筑里找到了镇长，然后简短地将昨天发现的尸体告诉了镇长。

镇长听后表情非常严肃，但林秋石却从他严肃的表情里看出了点恐慌的味道……好像他知道到底是怎么回事了。

“哦，谢谢你们，我们会带人过去看看的。”镇长如是说，“是在罐头厂里面对吧？”

“对，罐头厂里的一棵枯树下面。”阮南烛道，“镇长先生，我们是很想帮你们找到小孩的，但是如果你们知道什么线索却不愿意提供给我们，这就会给我们的工作添加很多难度。”他指了指广场的方向，“我们看到又有小孩失踪了。”

镇长蹙起眉头，沉默不语。

“难道您要等到所有小孩都不见了，才愿意告诉我们更多的信息吗？”阮南烛说。

镇长搓着手，还是不肯说话。

阮南烛微微眯了眯眼睛，以林秋石对他的了解，知道他露出这个表情就是不耐烦了。

阮南烛的脾气本来就不好，对镇长轻言细语估计已经是忍了又忍。

“其实我们也说不好。”也不知道是不是阮南烛的眼神给了镇长压力，他终于开口了，“其实这样的事情，每年都会发生几次……”

阮南烛瞬间收敛了严肃的表情，又温和地笑了：“哦？‘每年都会发生几次’是什么意思？”

“意思是我们镇上有奇怪的东西，似乎总想把我们的小孩带走。”镇长说，“所以我们每年这个时候都会让小孩待在家里。”

阮南烛：“那镇民们知道这些事情吗？”

镇长尴尬地摇摇头。

“他们不知道？”阮南烛觉得有些不可思议，“那你们是用什么借口让小孩待在家里的？”

镇长说：“总会找到借口，这不是重点，重点是，今年出现了意外……”

他还没说完，阮南烛就接下了他的话茬：“意外是，就算小孩待在家里，他们还是不见了？”

镇长点了点头，语气听起来十分的烦闷：“目前失踪的四个孩子里，有两个是在家里失踪的，还有两个是不知道怎么跑出去了……”

林秋石想起了罐头厂里的那具尸体，那个小孩似乎是在罐头厂里被那东西抓到的。

“所以，我们也不知道到底出现了什么问题。”镇长说，“是小孩们不听话，还是那东西……”

阮南烛道：“还是那东西的力量变强了。”

镇长有些痛苦地点了点头。

林秋石听了他的话，却马上想起了今天早晨，看见的那顶黑色礼帽……这顶礼帽显然和镇长口中的东西撇不开关系，只是不知道，和小孩子们的失踪是否存在关联。

在告诉了镇长关于找到了小孩尸体的事情后，他们三人便又去了一次罐头厂。

但是当到了罐头厂里昨天看见尸体的位置时，林秋石却发现原本应该有尸体的地方空空如也，只剩下被掏空的树干在告诉林秋石他们昨天的确不是出现了幻觉。

阮南烛看到这一幕，微微蹙眉正欲解释，镇长却好似早就料到了似的，叹息一声后说了句：“其实我们一般都是找不到……”找不到人，也找不到尸体，丢失的小孩就这样凭空消失在了小镇上，且再也不会出现，所以就算尸体消失也并不是什么奇怪的事，况且现在和昨天已经隔了一晚。

阮南烛看着那个木桩陷入沉思。

后来镇长走了，阮南烛却还是没有走的意思，林秋石知道他是想再检查一下罐头厂里面，便在旁边静静地等着。

“你说这个怪物为什么突然转了性？”阮南烛道，“难道真的是变强了？”

林秋石摇摇头，表示自己也说不准。

“走吧，去里面看看。”阮南烛和林秋石从侧门进入了罐头厂内部。

这个罐头厂已经停产了很久。

机器上面锈迹斑斑，林秋石检查了一下，确定里面已经断了电，无论是机器还是照明设备都无法运行。

阮南烛的目光却停留在了制作罐头的机器上面，林秋石顺着他的目光看去，什么都没有看到。但他感觉阮南烛似乎注意到了什么细节，只见阮南烛抬步走到了机器旁边，道：“这机器就这几天有人用过。”

林秋石：“……确定？可这上面还有锈迹啊。”

“不知道他是用什么方法用的。”阮南烛环顾四周，道，“真让人觉得不舒服。”

的确让人不舒服，林秋石一进来，就感觉有人在盯着他，却没办法找出目光的具体来源。

阮南烛似乎想起了什么：“你说那个戴礼帽的人，身上会发生什么事？”

林秋石：“或许是失踪？或许是死掉？”

阮南烛闻言却只笑了笑，并不答话。

林秋石当时以为他只是在随意地笑，直到下午再次见到那个戴着礼帽的男人时，他才明白了阮南烛在笑什么。

戴着黑色礼帽的男人身上出现了一种很怪异的变化。

他的皮肤变得粗糙，原本白色的肌肤开始发黄，脸上的五官虽然还在，却给人一种怪异的违和感，让人觉得他的脸和鼻子简直像是用胶水贴上去的。

如果是其他没有线索的人，看到这样一幕或许只会觉得怪异和可怖，但林秋石和阮南烛两人都很清楚男人身上的变化意味着什么——他的身体开始朝着稻草人的模样转变了。

男人的身体上好像长了很多奇怪的瘤子，抓挠之后外皮开始大块大块地脱落，原本怕人的乌鸦却好像对他产生了浓厚的兴趣，开始在他的身边盘旋，甚至停留在他的肩膀上面。

一天之内，这人身上就有了这样的变化，着实让人头皮发麻。

林秋石也看到了这一幕，他默默地移开了视线。

谁知道阮南烛突然站起来，用纸巾擦了擦嘴后直接走到了戴着礼帽的男人面前。

那男人见到阮南烛，也不说话，抬起几乎快要看不见的眼睛瞅着他。

阮南烛的下一个动作却把林秋石给吓到了，只见他露出笑容，突然伸手抓住了那顶黑色的礼帽，接着用力一扯——

“啊！”尖锐的叫声从男人口中发出，林秋石看得目瞪口呆，甚至怀疑自己看错了——那顶礼帽居然已经和男人头上的血肉连在了一起，阮南烛这个动作，对于男人而言就是要将他身上的一部分硬生生地扯下来，也难怪他发出这样凄厉的叫声。

男人似乎被扯得极疼，眸子里露出愤怒之色。

阮南烛直接松开了帽子，很冷静地道歉：“抱歉，我只是觉得你这顶帽子太好看了，忍不住想仔细看看。”

男人被夸赞，这才平息了怒火，嘴里含糊地道：“我……也觉得……好看。”

阮南烛转身就走。

餐厅里的其他人也看到了这离奇的一幕，终于有人从被魇住的状态里挣脱了出来，不再觉得礼帽突然出现是正常的情况，看向那人的眼神里开始带上了恐惧。

男人吃了东西，便离开了餐厅，众人看着他的背影，陷入嘈杂的私语里。

“他到底怎么了？他身上发生了什么？怎么会变成了这副模样……”

“为什么现在才发现他不对劲……他是不是要变成怪物了……”

“好可怕，这简直是防不胜防。”

诸如此类的言论数不胜数，倒是林秋石和阮南烛显得很平静。

林秋石打字给阮南烛看：我们不如出去看看？

阮南烛想了想：“你在这里等着，我出去看看。”

林秋石：一起呗。

阮南烛掐了掐林秋石的手：“叫你在这里等着就等着，小哑女，听话。”

阮南烛态度坚决，林秋石只好点头同意了。

阮南烛站起来走了出去，应该是追那男人的踪迹去了。

林秋石没胃口继续吃东西，便起身打算回房间，谁知道他走到门口的时候，手臂却被人一把抓住。林秋石扭头，看到了王天心。

王天心眯着眼睛看着他，眼神十分不妙，道：“哟，小哑女，你朋友不在啊。”

林秋石的表情很冷漠，他看了眼餐厅，思考在这里把王天心揍一顿之后要怎么圆场。

好在他还没想出办法，王天心就很有觉悟地拉着林秋石往角落里溜。

林秋石故作无力地被他拉着走，还很配合地露出惊恐又害怕的表情。

“别怕，这种事很有趣的。”王天心笑得十分邪恶，他看着林秋石害怕的样子，反而觉得更刺激。

反正面前的人也不会说话，无论他对她做了什么……

“他是不是已经上了你了？”王天心说，“我保证比他厉害……”无比粗俗的话从他的嘴里说出来。

林秋石环顾四周，确定周围没有人后，对王天心露出一个笑容。

王天心还以为对方是愿意了，正打算伸手剥下林秋石的外套，就听见面前楚楚可怜的小哑女薄唇一张，吐出一句：“厉害个屁，我弄死你。”

这声音是属于男人的，王天心听到的那一瞬间，表情凝滞了。

但这凝滞也不过是瞬息的事，因为很快，他就发现他居然不是眼前人的对手。

林秋石不怎么和人打架，可到底是个成年男人，面对王天心这种被酒色掏空了身体的人，他轻而易举地干倒了对方。

王天心被林秋石揍了个满脸开花，瑟瑟发抖地被林秋石踩在脚下。

林秋石道："你不是说自己比他厉害吗？就这？废物，起来啊——"

王天心差点哭出来，他之前觉得林秋石可怜弱小又无助，时至今日才发现，原来可怜幼小又无助的人居然是自己，他居然完全不是眼前这个哑女……呸！这个女装大佬的对手！

王天心道："对不起，对不起，我错了……哥，我错了！"他一个劲儿地求饶，满脸哀求。

林秋石："谁是你哥，王天心，你给我记住，你要是再敢骚扰我，或者把今天发生的事说出去，我就弄死你。"他弯下腰，在王天心耳边冷冷地道，"反正这里杀人也不犯法。"

王天心一个哆嗦，重重地点头，表示自己知道了。

林秋石吐出一口浊气，收脚整理衣裳，片刻后又变成了那个可怜兮兮的柔弱小哑女。

他瞪了王天心一眼，转身走了。

王天心看着他的背影，神情无比恍惚。

林秋石回到餐厅的时候，阮南烛已经回来，见到他走进来，问道："去哪儿了？"

林秋石打字：刚刚那个王天心欲对我图谋不轨，被我揍了一顿。

阮南烛看着字，嘴角勾了勾："厉害。"

其他人的眼神却有点微妙，也不知道是不是看着林秋石有些凌乱的衣服想到了什么别的画面。

好在团队里还是有人看不过去，小心地走到阮南烛面前，说出了林秋石被王天心带出去的事。

阮南烛这货大概是戏又来了，听完这话一拍桌子，怒道："我的人他也敢动！"然后他愤然离席，没一会儿外面就传来了王天心的鬼哭狼嚎，还伴随着无比凄惨的求饶。

林秋石喝了一口面前的水，当作没听见，王天心这种不老实的贱人，就该好好收拾收拾。

04

刚才出去的那个礼帽男彻底失踪，不过片刻的工夫就消失在了小镇上，恐怕是凶多吉少。

林秋石早就有了心理准备，倒也不觉得惊讶，只是在这一天结束之后的傍晚，他却遇到了一件事。

当时阮南烛正在浴室里洗澡，林秋石站在窗户边上，看着外面的树林和浓雾。

夜色刚刚降临，还有些微弱的光，树林笼罩在阴郁的雾气里，只能勉强看到里面的景色。

林秋石看见雾气的深处，出现了一个孤独的身影。

那身影直直地张开双手，像是要给予谁拥抱一般，静静地立在稀疏的树林里，似乎在朝着林秋石所在的方向观望着。它的手脚都是正常人的比例，却僵直得可怕，无论手还是脚都无法弯曲，而即使是站得很远，也可以看到它的肩膀上停留着一只像是乌鸦般的鸟类。

林秋石看到这东西后本打算收回眼神，却发现它好像有了新的动作。

它慢慢地朝着窗户靠近，一步一步，虽然脚步僵硬，速度却很快，目标正是林秋石所在的位置。

林秋石被吓了一跳，他的第一个反应就是拉上窗帘，然而当他的手触碰到窗帘的时候，却感觉窗帘的质感不对，这不是旅馆的窗帘。

林秋石很是惊讶，他转过身，发现本该出现的旅馆场景，竟变成了另一个地方——他的家。

没错，就是林秋石以前住的地方。

同样的客厅，同样的装饰，同一只猫。

栗子就站在客厅的中央，冲着林秋石喵喵叫。

这本该是让人感到温暖的场景，可是林秋石却看得浑身发冷。因为客厅的沙发中央坐了一个人，那人和他长得一模一样，此时身体歪倒在沙发上，即使没有靠近只能远远地看着，林秋石也能确定，这人已经死了。

这个和他一模一样的人，已经死了很长一段时间。经过时间的催化，他的肌肤已经开始肿胀，浑身上下冒出绿色的水。栗子跳到了尸体上面，一边蹭，一边喵喵地叫着，想要将主人叫醒。

但死人又怎么会醒呢，于是栗子开始啃咬林秋石的脸。它似乎想用疼痛将主人叫醒，却没有控制好力度，把眼前的尸体啃出一个洞，直到露出骨头。

林秋石知道这是什么，这是他内心深处恐惧的东西。

他害怕一个人的死亡，他害怕就算自己死在了家里面，也没有人会发现他已经死了。

可能得过一周，甚至一个月，直到邻居们闻到了腐烂的尸体散发出的恶臭后，他的尸体才会被发现。

看见自己的尸体被猫啃咬，着实不是件让人觉得舒服的事。但林秋石很快就从眼前的场景里抽离了出来，他想起了线索里关于乌鸦稻草人的记载，这些怪物似乎非常善于利用人类的恐惧。

它知道人类最害怕什么，他们怕的其实不是那东西，而是那东西之后隐藏的含义……死亡。

很少有人会不怕死，林秋石也不能免俗。

但现在身后的场景，却没办法触碰到林秋石内心最深处，他回了头，看向窗外站着的影子，轻声道："抱歉，我是不是该告诉你，我已经搬家了。"

它停住了脚步。

林秋石说："现在我身边有很多朋友，我要是死了，他们一定会发现的。"他想了想，还补充了一句，"说不定打 120 还能抢救一下呢。"

稻草人静静地立在林秋石的面前，用道具拼凑出来的脸虽然隔着雾气，却给了林秋石一种被凝视的感觉。

"所以我倒不是很怕。"林秋石的语气很平静，并不是强作镇定，"不然你换个人吓？"

"吧嗒"，有东西从树梢上落下来，林秋石定睛一看，发现那是一顶黑色的礼帽。

看到这礼帽，他马上想起了他们团队中那个戴着帽子的人……那人看来是凶多吉少。

稻草人慢慢地弯了腰，将礼帽捡了起来。

林秋石本来以为他会转身就走，谁知道他竟是手持礼帽，对着林秋石弯了弯腰——行了个绅士礼，随后才转身，消失在了雾气之中。

林秋石看着他的背影，神情恍惚。直到一双手拍上了林秋石的肩膀，林秋石被吓得浑身一抖，扭头看见了阮南烛。

“看什么呢？”阮南烛问他。

林秋石指了指面前的树林：“刚刚看见那东西了。”

阮南烛挑眉：“稻草人？”

林秋石点点头：“我看见了他制造的幻觉。”

阮南烛说：“什么幻觉？”

林秋石道：“我死在了家里，脸被猫啃了。”他的语气淡淡的，仿佛在描述什么事不关己的故事，“现在仔细想想，栗子那么嫌弃我，也不知道愿不愿意……”

阮南烛：“……”他对林秋石的“猫奴”程度感到绝望。

不过无论过程如何，林秋石还是没有被那东西蛊惑，他猜测如果自己被蛊惑了，那么下一个戴上礼帽的人就是自己。

“南烛，你最怕的是什么事？”林秋石问他。

阮南烛说：“我什么都不怕。”

林秋石：“真的？”

阮南烛笑了笑，声音又低又沉：“真的，我和你一样。”他的语气笃定，完全不似逞强。

林秋石便也信了。

“在第一扇门的时候我就发现了。”阮南烛说，“林秋石，你其实……很适合这里。”

林秋石挑眉：“什么意思？”

阮南烛：“字面上的意思，你的适应能力非常好。”甚至可以说好过头了，在阮南烛出去调查到林秋石的的确确是第一次进门之后，便知道林秋石是个和门内世界很契合的人，想找到这样的人，并不是件容易的事。

阮南烛漫不经心地想，好在自己足够幸运。

一夜就这样过去了，无风无雨，静谧平静。

第二天，出现在餐厅里的只剩下十一个人——就这一个晚上，又失踪了两个。

失踪的两个，都是姑娘，据说昨晚睡觉前还是好好的，但是等到一觉起来的时候，人就不见了。

和其中一个姑娘同一个房间的人表示有人来过他们的房间，靠着树林的那扇窗户被人打开了。

“她肯定是被那东西带走了。”有人说，“凶多吉少。”

其他人没说话，但想的其实和这人也差不多。

林秋石想到了昨天晚上出现在窗外的稻草人，他不想去猜测，如果当时自己没有冷静地拒绝幻觉会发生什么，是不是也会像这个女生一样，突然就消失在了寂静的深夜里。

还未等林秋石想出答案，他们就有了更糟糕的发现——又有一个孩子不见了。

“镇上一共就八个孩子。”阮南烛说，“我觉得我们团队里失踪的人，和这些孩子有什么联系。”

林秋石也觉得如此，他说：“不如我们去找找剩下的孩子，看看有没有什么线索？”

阮南烛：“我想再去罐头厂看看。”两人对视片刻，便有了答案，“兵分两路？”

阮南烛：“也可以，但是你不能说话会比较不方便。”

林秋石倒是觉得无所谓：“带了手机就行了。”

阮南烛：“行吧，不管查没查到什么，都在六点回旅馆，我们在那儿集合。”

林秋石点点头。

然后两人在街上分了手，去了各自要去的地方。

林秋石去的地方是镇上一家破旧的杂货店，据说杂货店老板的儿子是个七岁的小男孩。他到那里说明了来意之后，老板的态度就变得很抗拒。

“我儿子现在不见陌生人。”老板说，“我不确定你能否保证他的安全。”

林秋石很耐心地用手机打字劝说——我理解您的意思，但是您要知道，那东西越来越厉害了，如果不能早点发现它的巢穴并将它消灭掉，可能下一个失踪的就是您的儿子。其他的孩子也被藏在家里，可他们还是不见了。

老板看见这些字，态度略有松动。

林秋石又劝说了好一会儿，老板终于同意了林秋石和他的儿子谈谈，但是不能谈太久。

林秋石松了口气，进屋子后，看见一个小男孩坐在沙发上低着头玩游戏。

林秋石上前用手机打字和他打了招呼。

那小男孩看了他一眼，似乎不太愿意说话，林秋石问他的问题他都是有一搭没一搭地回答着，直到……林秋石提到了帽子。

“帽子，你是说那顶黑色的礼帽吗？”小孩的表情出现了一丝惊恐，似乎想到了什么事，他重重地吞咽了一下口水，“我好像见过……”

林秋石眼前一亮：你见过？

小孩惊恐的眼神移到了楼梯的位置。

按照老板的说法，这栋楼一共有两层，第一层是用来卖杂货的，第二层则是家里人住的地方，男孩的房间就在第二层。

“我见过……”那东西就挂在楼梯的拐角，小男孩浑身发抖，说的话也断断续续毫无逻辑，但林秋石好歹是明白了他的意思，小男孩说，十几天前他家楼上突然出现了一顶黑色的礼帽，大家都没觉得这礼帽有任何的不妥，就由着那礼帽放在楼上，没人去管。

林秋石：礼帽就在楼上？可以带我去看看吗？

小男孩犹豫片刻后点点头。

林秋石和小男孩一起朝着楼梯走去，两人顺着楼梯一直往上，很快就到了二楼，林秋石一眼就看到了小男孩口中挂在二楼角落里的黑色礼帽。在看到礼帽的那一刻，林秋石突然觉得哪里不对，他顿住脚步，表情里充满了怀疑的味道，开始打字：你是说这帽子十几天前就在你家了？你……除了这帽子，就没有遇到别的怪事？

他并不相信那个乌鸦稻草人会有这么好的耐心，在小男孩家里静静地等待十几天。

小孩的脚步也停下了，他面无表情地转过头，看向林秋石。

林秋石被他的表情吓了一跳，正欲说话，却看到小男孩歪了歪头，然后他的头就这样直直地掉落在了地上。

即便是林秋石已经遇到过不少这样的场景，还是被这一幕吓得呼吸一窒，小孩掉下来的头咕噜噜一路滚到了楼下，林秋石再看向那礼帽，却看见那礼帽里面伸出了一只用稻草扎成的手臂。

黄色的手越伸越长，仿佛在寻找什么似的，最终确定了林秋石的位置，奔着他就来了。

林秋石转身狂奔，差点就被那只手抓住，他冲到了楼下，看见那颗咕咚咚滚下台阶的头颅立在地上，正咧开嘴冲着他露出灿烂的笑容。

林秋石："……"头都掉了还笑得那么开心，你是没脑子吗？！

林秋石冲到楼下，楼上那只从帽子里伸出来的稻草手臂也直接跟了下来。他见到此景，不敢再在屋子里做片刻停留，直接冲到了屋外。

杂货店的老板见到林秋石慌乱地冲出来，脸上带上了些许的疑惑："怎么跑得那么急，出什么事了？"

林秋石重重地喘息，用手指了指里面。

老板面色疑惑，想要过去看看，林秋石拿出手机打了几个字：你儿子真的是你儿子？

老板见到这些字愣道："你这话是什么意思？"

林秋石决定实话实说：他的脑袋掉了。

老板一看，立马转身就要进屋，林秋石想拦没拦住。但当老板打开门后，林秋石居然看见刚才那个脑袋掉到地上的小孩，此时正坐在沙发上玩玩具——这和他刚进屋子时的画面一模一样。

"到底出什么事了？"老板看到自己的儿子平安无恙，回头看向林秋石，眼底的疑惑更甚。

林秋石看了看小孩，又看了看老板，摇摇头，最后什么也没说，转身走了。也不知道是他的错觉还是神经太过敏感，他总感觉那小孩的眼神几乎是贴在了他的背上，很是不甘地看着他离开。

从杂货店离开后，林秋石又去了镇上其他几个有小孩的地方。

其间遇到了别的队友，他们似乎对林秋石这个哑女没什么好感，连招呼都懒得打，只有一个看起来性格比较温和的姑娘和林秋石说了会儿话。

“我们没看到孩子，那些孩子都被藏起来了。”姑娘的名字好像是叫董天薇，“你别去了，没用的。”

林秋石有点疑惑：“藏起来”是什么意思？

董天薇说：“就是藏起来了啊，这个镇上的人都很封闭，如果孩子没了，整个家庭都完了，而且镇上好像有规定不能离婚，所以他们只能带着愧疚熬一辈子。”

林秋石听到这话愣了片刻，他想到了什么，打字问道：不能离婚？

“对。”董天薇道，“和你一起的那个人呢？他怎么不陪着你，你身体这么柔弱，万一遇到个什么事怎么办？”

林秋石无视了董天薇的问题，继续打字问道：有例外的吗？

董天薇想了想：“没有吧？反正我去的那两家吵得都快翻天了都没离。”

林秋石点点头，对着董天薇道了谢，转身走了。

董天薇看着他的背影欲言又止，倒是她身边的男伴奇怪地道：“你和她说那么多做什么呢？”

董天薇叹气：“能多活一个人不好吗？”

男伴没有答话。

林秋石这次直奔之前造访过的劳伦家。

他到了那家，敲响门后，看见了劳伦的父亲，一个看起来脾气很糟糕、浑身上下散发着酒气的中年男人。

“有事吗？”劳伦的父亲发问，态度很不善。

林秋石：我想问问，您的女儿是什么时候失踪的？

父亲没直接回答，有些烦躁地说：“寻人启事不是在广场上贴着吗？你不会过去看啊，非要来问我？”

林秋石：我只是想从您这儿了解更多的线索。

他打完这话，忽然想起自己好像穿的是女装，便学着阮南烛故意做出楚楚可怜的模样，心想也不知道有没有用。

谁知道这表情居然真的起了作用，劳伦的父亲神情松了些：“好像是两天前……”

林秋石：是在哪里失踪的呢？

劳伦的父亲说：“家里吧。”

林秋石听出了他语气中的不确定：确定是在家里吗？

劳伦的父亲想了想：“不确定，当时她不见了好久之后我才发现，谁知道是什么时候不见的。”

林秋石：那能冒昧地问一下，您的夫人什么时候会回来吗？

谁知道提到“夫人”这两个字，劳伦的父亲马上露出凶狠的表情，不但没有回答林秋石的问题，还骂骂咧咧地重重摔上了门。

林秋石看着关上的门陷入沉思，他此时有个很恐怖的猜想。

在镇上走访了一天，天色已经有些暗了下来，林秋石打算先回旅馆再做打算。

在回旅馆的途中，林秋石又路过了刚来时的那个小广场。这广场实在不大，周遭的店铺全部关上了门，只留一片空寂，唯有那块贴着寻人启事的告示牌立在广场中央格外显眼。

林秋石走到告示牌那儿，仔细看了看上面的寻人启事。

现在的寻人启事一共是五张，其中四张是之前的，一张是新贴上去的。

林秋石也不知道自己是怎么想的，他突然伸出手，从告示牌上面揭下来了一张最早的寻人启事。

那寻人启事没有粘得太牢，很容易就被揭下来了，林秋石低头仔细看了看手上的寻人启事，突然有了新的发现……他发现，这一份寻人启事居然是双层的。

没错，这寻人启事竟是两张纸黏在了一起。

两张纸黏得有点牢固，林秋石尝试着将两张纸分开，最后只扯下了一个角。他有点苦恼，想了一会儿，恶向胆边生，干脆把所有的寻人启事都撕了下来，塞进自己兜里，然后若无其事地走了。

当然，他在撕下来的时候粗略地看了一下，发现所有的寻人启事都是双层的。

05

林秋石快步回到了旅店，一进去就看到阮南烛坐在一楼接待处的沙发上，看表情似乎在思考什么事情。

林秋石走到他的面前，拍拍他的肩膀。

阮南烛抬头："回来了？"

林秋石点点头，指了指楼上。

阮南烛露出笑容："困了？好吧，我们一起回去睡觉吧。"

旁边坐着的人对他们投来了异样的眼神。

林秋石用眼神和阮南烛交流：能不能别说这么让人误会的话？

阮南烛很不要脸地假装自己没看见。

两人回到了二楼的房间，关上门窗后林秋石终于可以说话了，他迫不及待地道："我把广场上的寻人启事撕下来检查了一下，发现这些寻人启事都是两层的，我们看看能不能想办法把另外一张纸剥离下来。"说着他将自己裤兜里的纸掏了出来。

阮南烛接过来一看，思量道："这个用水泡一下应该能分开，就是不知道字迹会不会模糊。"

林秋石："先分开一张试试。"

于是两人去了厕所，接了点热水之后就把纸泡在里面等着泡软了之后好分开。趁着这个时间，林秋石问阮南烛在罐头厂里有没有什么别的发现。

阮南烛看着面前的水盆，沉默了一会儿，说了句："我差点把那顶礼帽捡回来了。"

林秋石听得一惊："啊？"

阮南烛说："我当时正在检查，礼帽突然就从树梢上掉了下来。那东西也不知道有什么魔力，我的手都放到了上面，还好最后忍住了。"

林秋石这才松了口气："还好你没捡回来。"

阮南烛点点头："到底是第六扇门。"

之后阮南烛又描述了他在罐头厂检查出的痕迹，说还好林秋石没吃鱼罐头，他现在怀疑失踪的小孩全被做成了罐头。因为他在制作罐头的机器里发现了新鲜的血肉。还在另外一棵枯树上，看到了一个被吊死的小孩的尸体。

当然，阮南烛也没敢碰那尸体，只当没看见。

“你呢，有什么发现？”阮南烛说。

“我觉得我们的方向好像错了。”林秋石把他去杂货店遇到的事情告诉了阮南烛，“你觉得那个小孩到底是什么东西？”

“肯定不是人。”阮南烛说，“纸化开了。”他伸出手，将水盆里的纸捞了出来。

纸张之间的胶水被热水化掉，两张纸轻易地被分开。

林秋石在看到后面那张纸的时候便愣住了，只见后面那张纸居然也是一张寻人启事，字迹有些模糊了看不太清楚，但照片林秋石却认识……这是他们团队里，那个戴着礼帽失踪的人的照片。

剩下的四张寻人启事也被一一分开，他们目前失踪了三个人，三个人的照片都被贴在上面，而劳伦姐姐和另一个失踪小孩的寻人启事，后面的纸是一张白纸。

阮南烛看着这些纸皱起眉头。

林秋石道：“话说……我们从到这个镇上起，就没有见过孩子吧？”

阮南烛回头看着他。

林秋石根据自己的调查结果，说出了自己的猜测：“唯一见过的两个就是劳伦的姐姐和今天我看到的杂货铺的儿子，我觉得这两个人都有问题。”

“那个劳伦的姐姐是有些问题。”阮南烛道，“她身上有些奇怪的违和感。”

林秋石：“而且今天队里一个人告诉我，这个小镇很封闭，镇民们几乎不会离婚。你记得劳伦的身世吗……”

阮南烛道：“嗯，他母亲是二婚。”

“这就很奇怪了。”林秋石坐在沙发上，看着这些寻人启事，“你说，会不会这个小镇上根本就没有……”

阮南烛接下了林秋石的话：“根本就没有孩子。”

两人的目光相触，都在对方眼里看到了相似的情绪。

“其实还是有的。”阮南烛把这些贴在后面的寻人启事放到了桌子上，摊手，“我们代替的不就是孩子的角色吗？”

林秋石：“……”一群一百多斤的孩子吗？

阮南烛：“谁还不是小公主啊。”

林秋石：“唉，现在知道了我们其实才是可怜弱小又无助的孩子，接下来呢，这意味着什么？钥匙到底在哪儿？”

阮南烛的手指在桌子上点了点：“如果镇上的孩子是指我们，那那些假孩子是不是代指了别的东西？”

林秋石：“比如？”

阮南烛：“稻草人。”

林秋石立马想起了杂货店老板那个没了脑袋还一脸开心的儿子，沉默片刻后，道：“有可能。”

阮南烛：“但现在还有些地方说不通，如果那些孩子就是稻草人，那他们的尸体是怎么回事？算了，天黑了，先睡吧。”

林秋石看着外面沉沉的夜色，同意了阮南烛的提议。

门外世界熬夜叫作修仙，门内世界熬个夜可能第二天直接就成仙了，根本不用修，一步到位很是省事。

林秋石希望自己能平安入睡，一夜无梦。

但有些事情，并不是想就能做到的，虽然非常不情愿，但林秋石还是在半夜醒来了。

他听到了孩子的哭声。

其声呜呜，如泣如诉，从窗外飘到了林秋石的耳边。他从床上坐起来，看见阮南烛还在睡，莫名其妙地就有了种起夜的失眠妻子看见自家丈夫睡得一塌糊涂的幽怨感。当然这感觉也就是一闪而过，因为林秋石把阮南烛戳起来了。

阮南烛迷迷糊糊地睁眼：“嗯？”

林秋石：“我睡不着。”

阮南烛手一伸，就搭上林秋石的肩膀：“乖，过来点。”

阮南烛的手很温暖，身上还有股淡淡的香气，很是助眠。

但那哭声却越来越近，林秋石终于没忍住，朝着窗户那边看了一眼。

这一眼差点把他吓得从床上坐起来，只见窗户上趴了一个小孩。那小孩无视地心引力，像只壁虎一样黏在玻璃上。他的手在玻璃上摸索着，似乎想要寻找窗户的缝隙从外面爬进来——见到此景，林秋石不由得暗暗庆幸，自己和阮南烛有每晚必须关上窗户才能睡觉的好习惯。

林秋石正看得专注，却听到阮南烛低声道："别看了。"

林秋石："嗯……"

阮南烛伸手把他的脸扳回来，语气有些不高兴："睡不着就看着我。"

林秋石抬眸。

阮南烛："有比我更好看的？"

林秋石不说话了。

阮南烛嘟囔道："睡。"

阮南烛像是看见了幼崽的雄兽，浑身上下充满了保护欲。林秋石感到了一种莫名其妙的安全感，他尝试着闭上眼睛，去忽略那扰人清梦的哭声，终于渐渐陷入了酣甜的梦境。

第二天起来的时候，林秋石睁开眼就看到了阮南烛闭着眼的睡颜，不得不承认阮南烛真是长得极好，无论是门内还是门外，都十分引人注目。此时他长长的睫毛正随着呼吸微微起伏，一如即将展翅的黑色凤尾蝶。

林秋石暗暗地看了一会儿，没忍住，正欲伸出手摸一下，谁知道他手刚伸出去，阮南烛就睁开了眼，那眼睛里不见丝毫睡意，反而含着些许淡淡的笑："早。"

林秋石赶紧收手，装作无事发生过："早。"

阮南烛打了个哈欠，慢慢起身："昨晚睡得怎么样？"

林秋石说道："挺好的。"他从床上爬起来，走到窗户边上，毫不意外地在玻璃上发现了很多小孩子的手掌印，看来昨天的哭声和画面的确不是他的臆想。

两人洗漱完毕，去了餐厅，发现队伍里又少了一个人。

这次少的人他们比较熟悉，是王天心的女伴，那个被他勾搭上的姑娘。

林秋石发现这姑娘不见了的时候，王天心还在悠闲地吃着早饭。他在手机上打字：王天心女伴不见了。

阮南烛看到林秋石手机上的字，直接站起来走到了王天心面前。

王天心被阮南烛吓了一跳，他之前就被阮南烛暴揍了一顿，全程毫无还手之力，此时虽然故作镇定，但是颤抖的语气和到处乱瞟的眼神暴露了他脆弱的内心："你……你要做什么？"

阮南烛居高临下地看着他，语气冷淡："你女伴呢？"

王天心重重地咽了口口水，弱弱地看了阮南烛一眼，小声地道："他一个还不够啊？"这么恐怖的女装大佬都满足不了你吗？

林秋石在旁边听见了，表情有一瞬间的扭曲……

阮南烛："你问我还是我问你？"

王天心赶紧说："我不知道，她昨天就没回来。"

阮南烛："没回来你居然不说？"

王天心："说了也没用啊……这……这明显是没了嘛。"他似乎有些不服气，嘟囔着，"我都叫她别去罐头厂了，她偏不听。"

罐头厂？听到这个关键词，阮南烛蹙眉："她昨天去了罐头厂？什么时候去的啊？"

王天心道："上午就去了，一直没回来。"

阮南烛："我也在罐头厂，怎么没看见她？"

王天心干笑："这我哪儿知道……可能是走的不同的路？"这就是纯属胡说了，小镇就这么大，去哪儿基本都只有一条路。况且罐头厂也没有大到两个人在里面碰不上面的地步，除非，是她在去罐头厂的路上就出了事。

阮南烛问王天心是否有看见什么异常情况，王天心仔细想了想，说前天晚上睡觉的时候，她一直在往窗户外面看，说外面好像有小孩的哭声。

林秋石想到了那个趴在他们房间窗户上的小孩。

"可我没听见呢。"王天心说，"我的听力很不错的，却什么都没听见，她应该只是太紧张了，才会听错……"

林秋石倒不觉得是她听错了。

阮南烛："还有别的吗？"

王天心摇摇头："没了。"

林秋石站起来走到了王天心身边，王天心看见他更害怕了，笑容勉强得简直像是要哭出来。

林秋石打字：她昨天白天只去了罐头厂？

"好像是只去了罐头厂。"王天心刚说完话，旁边的董天薇就站了起来，指着王天心道："他撒谎，昨天刘雅根本没去罐头厂！"

刘雅就是王天心女伴的名字。

王天心被人指责后立马辩解道："我没有撒谎，她的确是告诉我她要去罐头厂！"

"狗屁，我们昨天去检查镇上其他小孩的时候明明看见了刘雅，她身边还带了个十七八岁的女孩！"董天薇说，"两人牵着手，看起来关系好着呢！你别告诉我你不知道！"

王天心怒道："你在胡说什么？我本来就不知道——我只是在重复她告诉我的话，她明明是说要去罐头厂的，我怎么知道她最后去了哪儿！"

两人激烈地争吵起来，从他们坚决的态度能看出，应该两人都没有撒谎。

刘雅的目的地的确是罐头厂，只是在去的路上，遇到点别的东西……比如，一个奇怪的女孩。

林秋石想到杂货铺老板那个没脑袋的儿子就是一个哆嗦。

所以那个女孩到底是谁家的？林秋石用手机打字问。

"不知道，我对西方人的长相不是很敏感……"董天薇有点不好意思，"不过我记得她的发型，好像是扎着一个马尾辫，穿着一身粉色的裙子，看起来还蛮可爱的。"

林秋石突然想到了什么，他从兜里掏出几张寻人启事，果然在上面找到了自己想要的——第四个丢失的孩子，劳伦的姐姐的照片。

董天薇一看到照片，就露出愕然之色："对，就是她。"她看到了上面的"寻人启事"四个字，"她……她就是失踪的孩子之一？那她怎么又出现了……还牵着刘雅……她要带刘雅去哪儿……"

谁知道呢，本不该存在的孩子牵着现世中的人，想来带去的也不是什么让人愉快的地点。

大家看着照片都沉默了下来。

“我们现在怀疑这个小镇上根本没有小孩。”阮南烛说出了一些信息，“所以你们在看见孩子的时候最好小心一点。”

人群里发出嘈杂的议论声。

“还有，不要随便带东西回来。”阮南烛道，“那东西可能就是催命符。”

他说话的时候，林秋石朝着窗外看了眼，立马从椅子上站了起来。只见离餐厅不远处的一个稀疏的丛林里，不知何时站着一个僵直的身影，那身影隐匿在浓雾里，有些看不清楚，但依稀可以看出那是属于乌鸦稻草人的轮廓。

它静静地立在那儿，似凝视，又似守望。

明明这东西的眼睛是假的，是贴上去的，可林秋石却硬是生出了一种被观察的错觉。

他伸手拉了一下阮南烛的袖子，示意对方看屋外，然而等到阮南烛扭头的时候，那东西却已经不见了。

“怎么了？”阮南烛问林秋石。

林秋石打字：刚刚那东西就站在外面看我们。

阮南烛：“就刚才？”

林秋石点点头。

阮南烛：“哦，看就看吧，反正这东西一般情况下是进不了屋子的。”他语气淡淡的，仿佛这不过是什么不足挂齿的小事，“要是真能混进来，也算它有本事。”

林秋石看了阮南烛一眼，没说话。

而其他人就没有林秋石和阮南烛那么淡定了，他们看着窗外，大部分人眼里，都浮出了浓郁的恐惧。

没人知道，他们到底什么时候才能离开这个可怖的地狱。

06

简单地解决了早餐后，众人便又从餐厅各自散去了。

这次那个失去了女伴的王天心却没有要出门的意思，反而神情讪讪地想要回自己房间。有人很是不客气地问他，说：“王天心，你打算就缩在房子里不出去了？”

王天心被突然发问，虽然神情有些尴尬，但态度却十分坚决：“对，我不舒服，今天不想出去。”

问他的人冷笑一声：“怕是你接下来几天都会觉得不舒服吧。”

王天心恼羞成怒：“关你什么事，我不舒服又怎么样，有本事你陪着我一起不舒服啊！”

这话就非常无耻了，大家听后都对他露出鄙夷之色。

这里的人除了两个新人，大部分都是过了好几扇门的人，也曾经遇到过像王天心这种在门内无比消极的参与者。

这种人不会主动去找线索，脑子里想的都是怎么保命，一点团队价值都没有，纯属负担。

阮南烛看了王天心一眼，没说什么，和林秋石一起走了。

待到离开旅馆后，阮南烛才不咸不淡地来了句：“依照我以前的脾气，王天心这种人别想活着离开这里。”

林秋石：“不是说门里面不能杀人吗？”

阮南烛似笑非笑：“我可是守法公民，怎么会杀人，让人死的方法那么多，我何必亲自动手？”

的确如此，门内世界本就凶险，好像人命变成了最不值钱的物件。

阮南烛：“他这样的人一旦出现两三个，就很容易被团灭。”

林秋石：“怎么说？”

阮南烛：“你想想，人都是会互相比较的，你在辛苦地找线索，有人却躲在房间里什么都不做，你心里能平衡吗？”

林秋石：“倒也是……”

阮南烛没有继续这个话题，可他的表情却很明显，王天心只要再敢折腾出什么幺蛾子，怕是真的走不出这扇门了。

今天他们打算再去镇上有孩子的那几家看看，虽然团队里的董天薇说那几家死活不让他们看孩子，但是林秋石总感觉这几个孩子可能是突破性的关键线索。他和阮南烛穿过了小镇，站在了一排看起来十分破旧的二层建筑的前面。

这些建筑上刷的墙皮已经掉得差不多了，墙角依稀可见被雨水侵蚀过的痕迹，屋门紧锁，不大的院子用铁丝网和外界隔了起来，里面长满了密密麻麻的杂草——说实话，如果不是屋子里亮着灯，这里真不像是人住的地方。

不过这一排建筑的风格都很类似，都是一副生人莫进的气氛。

林秋石早上详细地问了董天薇关于这几家人的情况，董天薇的回答是：虽然他们当时顺利地进入了这些房子，但是根本没有看见小孩，这几家人的态度都非常冷漠，问什么都不回答。

林秋石打字：那你检查了房间吗?

董天薇："检查倒是检查了，可也没什么收获啊，反正没有小孩在里面。"

林秋石了然。

就在林秋石思考的时候，阮南烛已经按响了门铃。

清脆的门铃声响起后，屋子里的旧门发出"嘎吱"一声轻响，一个老太太从门的那头露出阴森的面容，她用浑浊的眼睛环顾四周，看到了站在门口的林秋石和阮南烛。

林秋石本来以为她会问他们是来干吗的，谁知道这老太太什么都没说，走到他们面前开了门，然后转身就回了屋子，一副"我什么都不会告诉你们，你们自便"的模样。

阮南烛叫了一声："老人家。"那老太太却根本没有理会，仿佛什么都听不见似的回了屋子。

既然她不想说话，林秋石他们也就不勉强了。

在进屋之前，他们先检查了面前这个小小的院子，并没有发现什么有用的线索。阮南烛对林秋石道："镇上给我们的信息是这家有个七岁的小女孩，目前还没有失踪，如果镇长的信息没有出错，这里肯定有个小孩，但是被家里人给藏起来了。"

林秋石点点头，这话董天薇也说过。

"所以，找找看吧。"阮南烛推开了眼前的木门，两人进入了屋内。

屋子很乱，各种奇奇怪怪的杂物堆满了整个房间，刚才给他们开门的老太太坐在一张摇摇椅上，一副昏昏欲睡的模样。整个屋子的照明都靠着头顶上一颗小小灯泡散发出的微弱光芒，显得昏暗又陈旧。

“分开找吧，有事情就叫一声。”阮南烛低声和林秋石说，“关键时候不用顾忌太多。”毕竟人设是用来骗人的，命都快没了，还骗什么人。

林秋石点点头，指了指二楼，然后打字：我去二楼看看。

阮南烛“嗯”了一声。

在林秋石表示他要去二楼看看的时候，那老太太抬眸看了他一眼，虽然这动作非常细微，但还是被林秋石捕捉到了。他心下有些了然，感觉那孩子应该就是被藏在了二楼。

跨过长长的楼梯，林秋石到了楼上。

二楼应该是主人的卧室和书房，同样的陈旧，但至少没有楼下那些乱七八糟的杂物了。

林秋石一间一间地检查过去，但都没有发现小孩的踪迹，他甚至检查了衣橱和床底，还是没有任何发现。

这屋子就这么大，一个活人能藏到哪儿去?

林秋石实在是想不明白。

就在林秋石陷入疑惑的时候，他敏锐的听力却捕捉到了一种不同寻常的声音。

那声音有些像指甲在木头上划动，非常细微，但林秋石却确定自己听到了。他抬头环顾四周，很快就寻找到了声音的来源……那是屋子的角落。

林秋石过去看了看，看见角落里有个半米左右的木箱。以这木箱的尺寸，肯定是装不下一个人的，或许是有暗道在箱子里面。

林秋石如此想着，弯下腰检查了一下，确定这木箱就是声音的来源，只是木箱上挂着一把铜锁，林秋石想了想，决定把楼下的阮南烛叫上来，让他把锁打开。

“就是这里有声音？”阮南烛问林秋石。

林秋石打字给他看：对，这里应该有暗道。

阮南烛：“好。”他半蹲下，开始开锁。

这锁并不复杂，不过片刻的工夫，阮南烛便将其打开了，然而在锁打开的瞬间，林秋石却猛地瞪大了眼睛——他看到了箱子里的景象。

“啊……啊……”以一种扭曲姿态困在箱子里的孩子发出微弱的呻吟，她的身体几乎完全扭曲了，硬生生地被塞满了眼前的箱子，光看她的模样，很难想象她还活着。

阮南烛看见这一幕，蹙起眉头。

林秋石正欲上前将小孩弄出来，阮南烛却伸手拦住了他：“不用了，她已经死了。”

林秋石：“什么……可……她……”

阮南烛：“你看她的脖子。”

林秋石一看，才发现这小孩的脖子几乎折成了九十度，正常人被折成这样，绝对不可能还活着。这在门外是不可能发生的事情，但在门里面，却有发生的可能，因为她已经不是活人。眼前的小孩抬起黑色的眸子，怨恨地看着林秋石和阮南烛，惨白的嘴唇嗫嚅着听不懂的话语，仿佛是在诅咒什么。

林秋石低低地骂了声脏话。

“他们藏小孩的方法真的让人无法理解。”阮南烛正在说话，身后突然传来了一声咆哮。

林秋石扭头，看到了原本坐在一楼的老太婆不知何时出现在了门外。她看见阮南烛和林秋石打开了箱子，发出愤怒的叫声，朝着两人就扑了过来。

林秋石灵活地躲开后，发现这老太婆的手上居然还拿着一把刀——

“走！”阮南烛叫了一声就打算走，林秋石跟在他后面朝着楼梯狂奔，两人匆匆跑下了楼，离开了院子，本来以为那老太婆会追出来，却没想到屋子里静悄悄的。

“她没追出来？”林秋石大口喘息着，看着大开的门口有点愣。

“好像没有。”阮南烛也在看，发现确实没有人追出来后奇怪地道，“要不然我回去看看？”

林秋石：“……真的要回去看啊？”

阮南烛：“你在这儿待着，我回去看好了。”

林秋石想了想：“算了吧，我们还是一起吧，万一出个什么事也能有个照应。”

阮南烛道：“行。”

于是跑出来的两个人又回了屋子，这次他们很小心，先是在门外仔细观察确定那老太婆不在了才又进去的。

两人慎重地爬上楼梯到了二楼，林秋石一到楼梯口就听到了一种不妙的声音……那声音很清脆，有点像骨头被折断的声音。

阮南烛看了林秋石一眼，很明显他也听到了。

两人朝着刚才的房间走去，走到门口后，看清楚了里面发生的事。

老太太被一双手抓住了，那双手是从箱子里伸出来的，修长纤细，皮肤惨白，像蛇一样将老太太缠绕起来，然后抓着老太太的身体开始往箱子里拖。

本来就不大的箱子已经被塞满，可是因为那双手的力气太大，老太太硬是被塞进了半个身体，她的骨骼明显断了，身体以一种不正常的姿态扭曲抽搐着……也没了性命。

这一幕太过骇人，林秋石看了之后，手臂上起了一层白毛汗。

“怎么办？”林秋石问阮南烛。

阮南烛沉默片刻，点了根烟：“去其他家看看吧。”

林秋石：“嗯……”

两人默契地合上了眼前的木门，转身走了。

“那个女孩是老人塞进去的吧？是怕她被稻草人抓走吗？”路上，林秋石和阮南烛讨论着。

“应该是。”阮南烛道。

这就很奇怪了，按理说家人应该是保护孩子的存在，可是为了“保护”这些小孩，甚至不惜将他们关进那狭小的箱子让他们惨死。难道即使是这样，他们也不愿意看着小孩被稻草人抓走？

“咦，那人的背影怎么那么熟悉？”就在两人往剩下几家走的时候，林秋石却看到了一个熟悉的背影，他仔细辨认了一会儿，才惊讶地道，“这不是王天心那个失踪的女伴吗？”

阮南烛看了看：“还真是她。”

两人站在路边，看见那个名为刘雅的姑娘从镇上一条偏僻的小径上穿过，走向了荒凉的树林，她的神情冷漠，完全不似林秋石记忆中的那种怯懦中带着点讨好的模样。

“跟上去看看？”阮南烛提议。

林秋石点点头。

两人便跟在了刘雅身后，想看看她到底要去哪里。

刘雅一路往前，很快就脱离了镇子，走到了荒凉的树林之中，这些树林周遭都是雾气，唯有面前这一条小路是清晰的。

“这么跟着她会不会走出界啊？”林秋石小声地问阮南烛。

阮南烛：“应该不会，她现在的状态很不对……我觉得，她应该不是人了。”

林秋石抿了抿唇，其实知道昨天刘雅跟着劳伦的姐姐走了的时候，他们就觉得这姑娘凶多吉少。毕竟此时是门内的世界，就算看见了人，也不一定真的是“人”。

林秋石和阮南烛怕刘雅发现，没敢跟得太近，隔着雾气，阮南烛看到刘雅的脚步停了下来，他伸出手拉住了林秋石，示意林秋石停步。

此时他们已经到了一片废墟之中，这废墟曾经也是城镇的一部分，但是现在被废弃了，到处都是建筑的残骸和丛生的野草，看起来充满了一种怪异的荒凉。

刘雅静静地站在废墟深处，似乎在等待着什么。

林秋石听到浓雾之中传来了窸窸窣窣的声音，像是有什么东西在里面行走着。

阮南烛和他蹲在一堆建筑垃圾后面，两人屏住呼吸，不敢发出一点响动。

很快，一个黑影从浓雾深处走了出来。

那是一个戴着黑色礼帽的稻草人，他直直地张开了双手，僵硬得仿佛要拥抱什么。他脸上的五官看起来非常奇特，仔细观察后才会发现他根本就没有完整的五官，而是几个黑色的洞，黑色的乌鸦在他的身边盘旋，最后落到了他的肩膀上，他僵硬地缓缓向前，走到了刘雅的面前，停下脚步。

刘雅沉默地凝视着面前的人。

接着，那稻草人做出了一个林秋石没有想到的举动，他伸出手，抓住了自己的礼帽，然后开始想要将帽子取下来。

然而那帽子却好像和他的头部粘在了一起似的……林秋石甚至听到了如

同锦帛撕裂一般的声音——那乌鸦稻草人竟然将自己的皮肤连带着帽子一起撕了下来。

这画面看起来太疼了，林秋石看着实在难受。

阮南烛轻轻地握着林秋石的手腕，安抚着他的情绪。

林秋石想说自己没事，又怕发出声音，于是只能作罢。

将礼帽硬生生地扯下来之后，乌鸦稻草人把帽子递给了刘雅。

刘雅神情郑重地接过了那顶沾着血迹的礼帽，温柔地抚摸了片刻，然后将礼帽戴到了自己的头上。

接着，她的身体开始发生一种怪异的变化。

白皙的皮肤开始发黄，变得粗糙，接着肌肤开始一块块掉落，然而从里面露出来的却不是血肉，而是黄色的稻草，手脚开始僵直，不能弯曲，脸上的五官也开始从立体变成平面……总而言之，刘雅在朝着乌鸦稻草人的模样转变。

而随着刘雅的变化，原本的乌鸦稻草人则发出尖锐的叫声，他张开嘴，里面飞出了一只巨大的黑色乌鸦……说实话，林秋石还是第一次看见乌鸦稻草人张开嘴的模样。

原本的乌鸦稻草人身上突然着了火，火焰舔舐着他的全身，很快，他便化作了一团滚烫的灰尘，而盘旋在他身边的乌鸦，则朝着变幻了模样的刘雅身上飞去，似乎是寻找到了新的主人。

刘雅则已经完全变成了乌鸦稻草人，她的衣服因为身体的变化被撑破，她张开了嘴，让那只从化为灰烬的稻草人嘴里飞出来的乌鸦飞进了自己的嘴里，再伸手扶了扶自己的礼帽，发出怪异的笑声后，用手捧起地上依旧滚烫的灰烬。

林秋石眼睁睁地看着新生的乌鸦稻草人把地上的灰烬塞进了嘴里，然后一口口吞了下去。

这一幕本该是非常恶心且恐怖的，但是林秋石的注意力却放在了别的东西上面——他清楚地看到，那堆灰烬里面似乎裹了一个金属样的东西，虽然林秋石很想自欺欺人，但他非常确定自己看到了那个金属是什么……没错，就是离开这扇门的钥匙。

这扇门的钥匙，居然在乌鸦稻草人的身体里。

一时间，林秋石和阮南烛之间的气氛变得沉重起来。

刘雅吃掉了前任的灰烬，露出心满意足之色，转身便消失在了浓雾之中。看着她离去的背影，林秋石和阮南烛默契地没有说话，而是转身就走，直到回到了镇上，才把憋着的那口气吐了出来。

阮南烛表情深沉："你看到了吗？"

林秋石："看到了。"

阮南烛："很长啊……"

林秋石神情凝滞："什么很长？"

阮南烛笑了笑，没说话。

林秋石从阮南烛的笑容中领会到了一种揶揄的味道，终于反应过来他的那句"很长啊"是指什么部位，表情扭曲了一下："……你看得那么仔细吗？"

阮南烛："其实我也不想的，都怪我视力太好了。"

林秋石："委屈你了？"

阮南烛："还行。"

很好，很棒。

"看来他们变成乌鸦稻草人都有一个统一的模板。"阮南烛开完玩笑，开始干正事了，"我猜他们头顶上的帽子就是传递物。"

林秋石："那钥匙怎么办？"

阮南烛："两个办法，一，我们去把乌鸦稻草人干翻，把钥匙从他肚子里剖出来。"

林秋石："我还是选二吧。"他并不觉得自己的战斗力能干翻那个东西，事实上就算加上阮南烛，他也觉得这事儿挺悬。

阮南烛："二，趁着他们交换的时候动手。"

林秋石陷入沉思。

阮南烛："我猜那个帽子很重要，所以在第一个稻草人取下自己帽子的时候我们动手，打断他们的传承。"

林秋石："很有道理。"

虽然他说得很有道理，但是到底该怎么打断的确是个问题，而且比较糟糕的事情是一旦打断失败，那他们估计都得死在当场——毕竟那乌鸦稻草人看起来可不是什么脾气好的角色。

“这事儿不一定由我们两个人做。”阮南烛说，“虽然线索很重要，但命更重要，我们可以把这件事告诉所有人，到时候大家一起来。”

林秋石觉得挺有道理，好歹是人多力量大，多个人多个法子，不过问题也是存在的：“如果他们不肯怎么办？”

阮南烛：“不肯……”他冷笑起来，“不肯那就等死吧。”他笑了笑，看着林秋石说得很认真，“我保证他们会死在我们前面。”

林秋石感觉阮南烛的确没在开玩笑。

两人到处跑了一天，这会儿都有点累了，便打算回旅店休整一下。

在路过广场的时候，林秋石发现昨天被他揭下来的寻人启事再次出现在了告示板上，而且这次又多了一张。

林秋石看到多的那张上面贴着的照片，正是那个被家长硬生生塞进箱子里的姑娘。

“总感觉我们跟灾星似的。”林秋石随口说了句，“和我们聊过的小孩都要倒霉。”

阮南烛听了他的话，道：“或许真的是呢。”

林秋石：“嗯？什么意思？”

阮南烛说：“意思就是，其实我们就是乌鸦稻草人的帮凶，不但要变成那玩意儿，还得替他找孩子。”

林秋石：“……”他居然觉得阮南烛说得很有道理。

不过林秋石总觉得自己好像忘了什么事，但又想不起来，他抿着唇，一副愁眉不展的模样。

“怎么了？”阮南烛问他。

林秋石：“……我感觉自己好像忽略掉了什么事。”这种感觉很奇妙，就好像是脑袋一时间没想起来，但是直觉却在不停地提醒他。

阮南烛：“不急，你慢慢想。”

林秋石点点头。

两人回了旅店，随便吃了点东西。

林秋石本来以为阮南烛会把这事情直接告诉大家，却没想到他根本连提都没提。

面对林秋石的疑惑，阮南烛的解释很有道理，他说："等确定我们要去搞钥匙的时候再说吧，毕竟这里的人可能还有人会变成那东西，还是别告诉敌人线索了。"

林秋石："也是。"

他坐在窗边，朝着远处的景色望去，忽然福至心灵："我想起来了！"

阮南烛："什么？"

林秋石："我想起来我忽略了什么——你还记得我之前说我看见过几次乌鸦稻草人吗？"

阮南烛点点头示意自己记得。

林秋石道："可是我看见的那些乌鸦稻草人，都没有戴帽子啊。"

阮南烛皱起眉头。

林秋石不可思议地道："难道，这个镇上其实有两个乌鸦稻草人？"

阮南烛眸色沉沉，声音有些低："极有可能。"

如果真的是这样，那事情更糟糕了。

林秋石曾经看见的那个站在窗外的稻草人，做的第一件事是捡起了从树梢上掉下的礼帽。看来对于这个稻草人而言，礼帽不是不可或缺之物，事实上林秋石只看见他手里拿着帽子的模样，却并未见他戴到头上过。

这大约就是两个稻草人最大的不同之处了，只是不知道这两个稻草人到底有什么区别。

还有一个问题，便是稻草人交换礼帽的条件。林秋石感觉稻草人们交换礼帽似乎并不是什么特别容易的事，肯定有些隐藏的限制条件，不然他们肯定早就被团灭了。从目前的线索分析看来，这条件很可能和镇上失踪的孩子有关系。

阮南烛显然和林秋石想的一样，不过他思考得更全面一些："只要镇上丢了一个孩子，我们团队里就会少个队员，根据你之前拿回来的寻人启事看，孩子丢失的顺序和队员丢失的顺序是一致的，所以我们可以大胆地假设……”

林秋石补上了他未说出口的话：“假设乌鸦稻草人传承的条件，是必须要先找到镇上的一个孩子并且把他带走？”

阮南烛点点头。

林秋石撑着下巴思考。事实上他们之前猜测这个小镇没有小孩，现在这个猜测却出现了偏差，这个小镇上应该是有孩子的，只是这些孩子可能都已经不是人了……不是人的小孩……还能算小孩吗？

这的确是个难以回答的问题。

况且现在广场上又出现了新的寻人启事，如果林秋石和阮南烛的推理正确，那么下一个牺牲者很快就会出现。

“等吧。”阮南烛说，“等过了今晚，就知道了。”

林秋石点点头。

两人离开餐厅的时候，看见了之前给林秋石递消息的董天薇。他犹豫了一下，还是上前在手机上打出文字，递给了董天薇看。

阮南烛站在林秋石旁边，倒也没阻止。

等到两人回了住所，他才道：“怎么？”

林秋石小声说：“她到底是帮过我些忙，我让她今晚早些睡。”

阮南烛没说好，也没说不好，看了林秋石一眼便转身洗澡去了。

林秋石则躺在床上，看着自己的手机发呆，想着也不知道今晚是哪个倒霉的人……

夜色微凉。

旅店陷入了一片寂静之中。住在这里的人都早早地上了床，想要趁着黑暗来袭之前便进入酣甜的梦境，王天心也是如此。

但是也不知道是他白天睡了一天，还是怎么回事，平日里极易入睡的他此时却失眠了，在床上辗转反侧，无法睡着。

王天心侧着身体，看着自己右侧空荡荡的床铺，莫名地感到有些害怕。他的女伴叫刘雅，前天还躺在这张床上和他有说有笑，然而只是一天的工夫，刘雅就不见了，现在已经失踪了两天，目前看来已是凶多吉少。

虽然王天心想忽略掉这件事，但是那空着的床铺却在不断地提醒他。

王天心的心情有些烦躁，不由自主地翻了个身，面对窗户，不再看那张床铺。

夜色笼罩了窗外的景色，王天心隔着玻璃看到了暗淡的月光和荒凉的树林，他感到有些不安，身体也有点发冷。他想了想，便从床上坐起来，想去浴室里泡个澡，让身体放松，尽快入睡。

打开热水器，王天心沐浴在了温热的水流下面。

王天心把水温调得稍微有点高，就为了祛除身体上的寒意。这本来是很享受的事情，但他却突然发现自己脚下的出水口堵了……怎么回事？王天心心里嘀咕着，弯下腰检查了一下出水口，发现出水口上面塞了一团黑黢黢的头发。

“真恶心，肯定是刘雅的……”王天心嘟囔了一句，试图用手将头发抠出来，但抠着抠着，他忽然发现不对劲……这头发太长了，仿佛抠不完似的，王天心拉了好长一截，都没能完全把头发从出水口拉出来。他察觉到了不对，后背起了一层冷汗，刘雅……没有这么长的头发。

在发现这个异样情况后，王天心放下手中的头发，匆匆忙忙地想要离开浴室。可当他的手握住浴室的门把手企图出去时，却发现浴室门被人从外面锁住了。

王天心面露惊恐之色，开始大声呼救，然而当时正值午夜，大家都在酣眠，谁会听到他的求救呢。

王天心越来越害怕，开始用力砸门，他回头看向出水口，发现那里开始咕咚咕咚地冒起了水……好像有什么东西要从里面出来了。

“救命，来人啊！来人啊——救命——”王天心喊得声嘶力竭，出水口的水越来越多，最终在他的脚下积攒了薄薄一层。王天心害怕得浑身发抖，但在这样的世界里，并不会有救世主出现。

出水口处，有几根稻草从里面飘了出来。

出水口本来很小，但很快稻草越来越多，开始跟水流似的铺满了整个房间地面。

接着稻草开始出现变化，地面上浮现出一个人体的形状，乍一看去，分明就是曾经见过的稻草人，王天心被这一幕吓得涕泪横飞，浑身抖如筛糠。

王天心躲在了角落，在心中不断地祈祷这东西看不到他。

可浴室本来就这么大，躲得了一时，躲不了一世，很快，那稻草人便注意到了角落里的王天心。它发出一声尖锐的笑声，地面上的稻草便将王天心裹了起来。

王天心想要挣脱，却发现自己根本无法反抗。

他被拖行在浴室滑腻的地板上，朝着出水口去了。

一个大活人怎么想都不会被拖进不过拳头大小的出水口，但这荒诞的一幕却正在发生。先是脚，然后是小腿，接着是大腿和小腹，一点点一寸寸，那出水口如同蚕食猎物的蜘蛛口器一般，慢慢吞噬起来。

很快，王天心的惨叫停止了，他的眼神变得呆滞起来，像是陷入了一种奇怪的精神状态，不挣扎，也不拒绝，就这么僵直着身体，最后被硬生生拖进了黑暗的下水道。

很快，一切都归于平静，没人会知道这里曾经发生过什么。

……

07

睡梦中的林秋石似乎听到了些许响动，奈何身边有个安眠药精，所以他也没醒，只是有点不安地翻了个身。

林秋石很快就换了个自己喜欢的姿势，又睡去了。

第二天早晨，吃早饭的时候大家很快发现了有人失踪，向来出现得很早的王天心居然不见了踪影。

林秋石给阮南烛看他打的字：是不是王天心也被带走了？我们要去看看他吗？

阮南烛：“行啊，过去看看吧。”

林秋石点点头。

其他人也在想王天心去了哪儿，见他们打算去王天心的房间，有几人也跟了过来，其中就有董天薇和她的男伴。

林秋石猜测董天薇和男伴在门外应该也认识，不然不会这么默契。不过门里每个人都有些秘密，没必要互相揭穿底牌。

到了王天心的房间，阮南烛轻松地撞开了房门，看见了空荡荡的房间。

“没人。”阮南烛说，“他昨天一天都没有离开旅店，晚上肯定在房间。”

林秋石走到浴室门口，握住浴室门把手轻轻扭开了，门一开，浴室里便散发出一股子怪异的味道，有些像是下水道的感觉，让人闻了便觉得作呕。

浴室并没有什么特别的地方，也没有人来过的痕迹，但林秋石却在里面发现了王天心的衣物——他似乎是在浴室里洗了澡。

“然后就不见了。”阮南烛站在林秋石的身后，帮他说出了他想说的话，“浴室的门被人从外面反锁了，哦，或许不是人。”

林秋石：“……”

“他应该是在浴室里洗澡，然后遇到了什么事。”阮南烛检查了一圈，他的观察力向来惊人，这次也不例外，很快就发现了异样之处，“出水口被人动过了。”

“出水口被人动过了？”董天薇听了这话，觉得太荒谬，“这么大个人，难道能从出水口出去？”

阮南烛扭头看了她一眼，语气不咸不淡的：“你还以为这是现实世界？”

董天薇哑然。

的确，这事情在现实世界是不可能的，但他们现在是在门内，是在什么都可能发生的铁门里。这里光怪陆离，什么东西都有，由此看来，一个大活人被硬生生地从出水口拉出去，似乎也就不是什么无法理解的事。

林秋石则想到了昨天广场的告示栏里新出现的寻人启事，看来那张寻人启事后面的白纸，会换上王天心的照片……

阮南烛起身：“我有些事情想和你们说。”

“什么事？”董天薇问。

阮南烛看了她一眼：“把所有人都叫过来吧。”

片刻后，旅馆的餐厅里聚集了剩下的人。

原本的十四人只剩下了九个，九个里面还有两个新人，众人的表情各异，有冷漠，有害怕，也有好奇。

林秋石继续装他的小哑女，把解说的工作交给了阮南烛。

阮南烛很直接地把他们的推论告诉了众人，并且说出了钥匙所在的位置。

现在有新的牺牲者出现，只要再找到一个失踪的孩子，按照他们的推论，传承就会继续。

就在林秋石思考下一个失踪小孩在哪里的时候，董天薇忽然低低地说了声：“我已经看见了小孩的尸体。”

“什么？”林秋石一愣。

“就在外面。”董天薇说，“我起床的时候就看见那尸体挂在外面……所以，这是不是意味着，传承马上就要开始了？”

而他们必须得趁这个机会，拿到稻草人身体里面的那把金属钥匙，不然循环往复，谁知道下一个死的是不是自己。

“你的意思是我们得去杀掉那个稻草人？”有人听完后立马表示了不赞同，“你觉得我们能和那东西抗衡吗？”

“不能也得能。”阮南烛说，“或者你也可以选择在这里等死。”

那人道：“为什么死的是我，万一我是最后一个……”

“不用万一了。”阮南烛扬了扬下巴，语气冷漠又傲慢，“我可以保证我和我的同伴是最后死的，所以我赌的是二分之一，可不是九分之一。”

这话一出，大家都沉默了下来。

事实上如果说话的是其他人，众人可能会怀疑这人在信口开河。但阮南烛无论是气势还是在门内的表现，都在告诉众人他并不是在说大话，肯定是有什么底牌捏在手里。

“我同意他的提议。”董天薇的声音响起，她看起来并不是那种咄咄逼人的姑娘，声音也非常柔和，“你们都有拒绝的权利，当然，也要有拒绝后付出代价的准备，我已经找到了门的所在之处，如果我们到时候成功拿到了钥匙，怪物肯定也会被激怒……你们也可以选择一直在里面等着。”她笑了笑，眼神乍看起来竟和阮南烛有几分相似，对退缩的人充满了轻蔑，“看你们有没有本事绕过守着门的怪物通过这扇门。”

林秋石看着她，一时间倒是觉得这门里比较厉害的人似乎都有点共同之处，比如黎东源，再比如眼前深藏不露的董天薇……也不知道她是什么时候找到了出去的门。

议论声从人群中传出，很快大家就给出了属于自己的答案。

有人选择不去，有人选择去，让林秋石比较惊讶的是，刚进门的两个新人倒是都比较勇敢，决定跟着一起过去拿钥匙。

“能确定他们具体的传承时间吗？”董天薇问阮南烛。

阮南烛：“具体的不知道，根据上次的推算应该是在明天，不过为了防止意外，最好提前过去守着。”

“也是。”董天薇道，“先去趟厨房吧，看看有没有什么能用的武器。”

一行人去了厨房，找到了些顺手的工具。

林秋石搞到一把尖锐的刺骨刀，低着头正研究呢，董天薇便走到他的身后，轻轻地按了按他的肩膀，小声笑道：“小哑女，这东西不适合你呀。”

林秋石目光露出疑惑之色。

董天薇说：“你就适合穿着漂漂亮亮的裙子，在旁边安静地看着，虽然不能叫比较遗憾，但也足够了。”

这话听起来就很奇怪了，而且说这话的时候董天薇的手轻轻地摩挲着林秋石的肩膀，动作暧昧得让林秋石不得不多想，他正欲后退，阮南烛就以保护者的姿态走到了他的面前，冷冷道：“别动我的人。”

董天薇倒也没有纠缠，面露遗憾，说了句“可惜”，转身便走。

林秋石看着阮南烛正想问董天薇什么意思，就被阮南烛捏住了下巴，低声警告：“别去勾三搭四，你是我的。”

林秋石：……大佬，演一下你就那么快乐吗？

阮南烛：“听到没有？”

林秋石还能说什么呢，只能点头，虽然表情是一副“真是拿你没办法”的模样。

阮南烛这货其实眼神也在笑，但还是故作严肃很敬业地把台词给说完了。林秋石在心里暗暗地想，阮南烛应该是很喜欢董天薇了，毕竟这年头能给他提供戏份空间的路人可不多了。

众人把自己武装得差不多了，为了防止出现意外，林秋石还特意找了胶带把武器和自己的手缠在了一起。毕竟看了那么多电影，这种去杀人没成功武器被打飞然后被反杀的桥段他可见到不少了。

九个人里，有两个都选择在旅馆等死。

看到他们离开的时候，这两人的神情都颇为复杂，其中一个还想要说什么，但众人对待他们两个的态度非常冷漠，根本没去理会他们。

这会儿天刚亮，周围的雾气正是最浓的时候。

阮南烛凭借他绝佳的记忆力带着众人找到了昨天他们走过的小路，朝着废墟的方向去了。

好在这里就只有一条道，也不存在迷路什么的。

林秋石走在阮南烛的旁边，小心地观察着周围。他现在比较担心的是那个没戴帽子的稻草人，不知道那个稻草人在小镇上到底是怎样的存在，又意味着什么。

走了一段路后，阮南烛口中的废墟出现在了众人的面前。

大家神色稍安，知道阮南烛应该是没有说谎了。

阮南烛看了一下时间，道："等着吧，他什么时候来我也不知道。"

于是大家便静静地等待起来。

在这样的废墟里等人着实不是件让人愉快的事，唯一值得庆幸的是他们人数够多，也不用太害怕。

林秋石坐在阮南烛的旁边低着头玩他的手机，阮南烛看着前面的雾气，不知道在想些什么。

时间一点点流逝，一切都沉浸在寂静之中。

从上午等到了下午，眼见天边泛起暮色，就在有人快要按捺不住的时候，雾气里出现了一个人的身影……正是昨晚失踪的王天心。

他似乎是刚从小镇上走来，脸上没有什么表情，一看就和平常的他相差甚远。他走到废墟后，停下了脚步，开始等待什么。

众人看到这一幕，都屏息凝神，继续观察。

很快，之前林秋石和阮南烛见到的乌鸦稻草人也出现了，他依旧是穿着西装、戴着礼帽，细长的手脚慢慢地在地上移动，最后停在了王天心的面前。

“准备。”阮南烛低低地说了声。

众人都提起了精神，林秋石重重地捏着手上的武器。

如阮南烛之前看到的那般，稻草人抬手抓住了脑袋上的那顶绅士帽，然后开始用力，想要将那帽子从自己的脑袋上取下来。

虽然这一幕非常可怖，但阮南烛提前给大家打了预防针，所以众人也只是脸色微白，没有过激反应。

稻草人越来越用力，最终将礼帽硬生生地从自己的头皮上撕了下来，就在他准备将礼帽递给王天心的时候，阮南烛一声令下：“走！”众人便朝着稻草人扑了过去。

稻草人似乎被突然出现的众人吓到了，他后退几步，发出一声愤怒的咆哮，伸出手直接抓住了两个人，重重地甩到了一边。

林秋石躲开了稻草人的手，将目标放到了礼帽上面，见王天心似乎完全不关心周围的情况，目光一直在礼帽上面，林秋石一个飞扑，就把那礼帽抓在了手里。

“给我！”王天心愤怒地大叫。

林秋石抓着礼帽就跑，王天心紧跟其后，一副要把林秋石撕碎了的模样。

而与此同时其他人却已经和稻草人开战，那稻草人力量极大，正常人根本不是他的对手。但好在失去了礼帽的他，力量开始迅速衰退。

他的身体燃烧起来，火焰从内部将他包围，不过片刻的工夫，他便化为了一堆灼热的灰烬。

阮南烛拦住了还想往上冲的众人，道：“可以了，离他远点——秋秋，到我这里来！”

林秋石拿着礼帽跟遛狗似的遛了王天心一路，这会儿听到阮南烛的呼唤，他松了好大一口气，赶紧朝着阮南烛那边去了。也亏得他平时经常锻炼，不然遇到这种事情恐怕早就死了无数次了。

王天心完全不顾周围的人，唯一的目标就是林秋石手上的礼帽。

这次阮南烛没有手软，直接对着他的脚上就来了一刀。

王天心受痛大叫，林秋石却注意到他的伤口根本没有鲜血流出来——王天心应该不是人类了。

阮南烛也看到了王天心的伤口，心中有了判断。

王天心受伤后速度也没有减慢，反而像是被激怒了一样企图朝着林秋石扑过去。

阮南烛冷笑一声，手中的利刃挥过，竟是直接将王天心的脑袋砍了下来。

而王天心的脑袋落地后，身体却还在继续自主运动，眼睛恨恨地瞪着阮南烛，一副死不瞑目的模样。

“找到钥匙了！”董天薇的声音传来，“快，我们回镇子上！”

阮南烛道：“门在哪儿？”

董天薇说：“广场告示牌下面！”

一行人拿到钥匙后欢呼雀跃，朝着小镇狂奔而去，林秋石和阮南烛也不再管王天心，跟在人群后面快速奔跑。

大家跑到小镇时都已气喘吁吁，然而当他们到达小镇的广场上，却被眼前的景象惊呆了。

只见小镇告示牌的面前，竟出现了一个僵直的人影，那人影分明就是一个稻草人，手脚都是稻草，和刚化成灰烬的那个唯一的不同之处便是没有戴那顶黑色的礼帽。而此时，他正咧开黑洞一般的大嘴，对他们露出十分怪异的笑容……

董天薇看到这东西后失声道：“怎么会还有一个——”

就在她说话的时候，那稻草人伸出手直接抓住了他们中的一人，然后高高抛起，将那人抛上了高空。

“砰”的一声，是人体落下的声音，被抛上高空的那人运气很差，后脑勺着地后直接没了气息。

“还给我……”稻草人说出了三个字，将目光停留在了林秋石身上。

林秋石低头一看，发现刚才已经丢掉的黑色礼帽，竟然不知何时又出现在了他的手上。

阮南烛一把抓过了帽子，对着董天薇道：“你去开门，我来引开他！”

董天薇咬咬牙，重重地点头。

稻草人看见阮南烛手上拿着礼帽，就冲着阮南烛去了，他的身体虽然是稻草做的，却格外灵活，如同野兽一般朝着阮南烛猛扑过去，看得林秋石惊出了一身冷汗。幸运的是阮南烛的身体素质也高于常人，他反身一躲，以一个不可能的姿势躲开了稻草人的攻击。

但此时稻草人离阮南烛也不过几米的距离，只要再次动手，阮南烛很难躲过。

林秋石在旁大喊："把帽子扔给我——快——"

阮南烛看了林秋石一眼，手一扬，那黑色的礼帽便朝着林秋石飞了过去。情况危急到了极点，林秋石却感觉自己从来没有这么冷静过，他抓住了阮南烛扔过来的礼帽，转身就跑。

身后传来稻草人愤怒的咆哮声，伴随着他快速在地面上奔跑的脚步声，林秋石压根儿不敢停下，用尽全力朝前奔去。

"这边——扔给我！"阮南烛的声音从远处传来，林秋石扭身一看，看到那稻草人已经到了他身后几米的地方，只要再过几秒，自己就会被这东西扑倒。他看到了表情紧绷的阮南烛，学着他之前的动作，将帽子扔了回去。

阮南烛成功地接住，再次吸引了稻草人的注意力。

就在林秋石和阮南烛把帽子扔来扔去拼命拖延时间的时候，站在告示牌下的董天薇叫道："门开了！快过来！"

林秋石抬头望去，看见告示牌下面的木板被拆了一块，里面露出柔和的白光，这光芒林秋石再熟悉不过——那意味着离开和新生。

"去门边——"阮南烛咬牙道，他似乎不想再把帽子扔给林秋石，而是选择自己带过去。但显然那稻草人的速度比他快了太多，眼见就要被追上了。

"给我！快！给我！"林秋石被吓出了一头冷汗，冲着阮南烛大声喊道。

阮南烛却还在犹豫。

"不要再犹豫了，你会死的——"林秋石看着阮南烛的动作，急得都想说脏话了，"快——"那稻草人已经到了阮南烛的身后！

阮南烛犹豫了一下，还是将帽子扔了出来，这次林秋石接住之后，没有带着跑，而是抓在手里，用尽全力朝着门的反方向一扔——

在帽子出现后，稻草人的所有注意力都在帽子身上，林秋石扔了帽子，稻草人虽然对眼前戏耍他的两个人类非常愤怒，但最终还是选择了追帽子。林秋石见状松了口气，赶紧朝着门边跑去。

此时团队里的其他人已经全部进入了门里，只剩下阮南烛和林秋石，阮南烛离门稍近一点，他先到门边，但他到达之后却没急着进去，而是在等着林秋石过来。

林秋石看着就在前方的微光，露出浅淡的笑容，刚想说他们终于逃出来了，却看见阮南烛脸色大变："林秋石——"

也不知道他看到了什么，甚至没控制住自己叫出了林秋石的真名。

林秋石条件反射地扭头，只看到了一道残影。那残影瞬息之间便到了林秋石的面前，然后停下脚步，对着他咧开嘴笑了。

残影竟然是稻草人，他拿到帽子之后，力量大增，速度也变得飞快，如果按照之前的速度，林秋石本该能够到达门口，但现在……他似乎失去了逃生的机会……

稻草人对着林秋石伸出了手。

周围的一切仿佛变得很慢很慢，林秋石感到自己的颈项被一双冰冷的大手重重掐住，他的眼前开始发黑，身体变得冰冷下来。

要死了吗……林秋石平静地想着，好像死亡……也并不如他想象中的那么痛苦。

就在黑暗即将覆盖住林秋石的双眸时，他忽然感到身体一松，听到稻草人发出凄厉的叫声，像是痛极了。

林秋石倒在地上，不住地咳嗽。

阮南烛抓住机会冲到了他的身边，将他打横抱起来，转身冲进身后那扇发着光芒的门。

在离开这个世界的最后时刻，林秋石看到了攻击稻草人的东西，那是两个人形的黑雾，有点像牵着手的两个小孩，他们站在稻草人面前，黑色的雾气将稻草人笼罩住了，稻草人不停在挣扎。而黑雾的来源，却好像是林秋石自己身上，他微微低头，看见那黑雾是从他背包里冒出来的……所以他的背包里，到底有什么呢？

被阮南烛抱进门内后，那股子冰冷的感觉终于不见了，只是身体还有点软，林秋石靠在阮南烛的肩头不住地咳嗽。

阮南烛道："没事吧？"

林秋石摇摇头，示意自己没问题，他道："刚刚那黑雾是什么东西？"

阮南烛："我不知道。"

林秋石道："好像是从我包里冒出来的……"他打开了包，露出包里的东西。

每次进门他们都会带一些生活用品和应急的食物，这次林秋石也带了，而包里除这些东西之外，唯一比较特别的，就是一个笔记本——那次在阿姐鼓的世界里阮南烛带出来的，后来给了林秋石的，属于妹妹的日记本。

"是这个吗？"之前阮南烛一直说这个笔记本应该有比较特别的效果，但是林秋石一直没研究出来，没想到今天居然起了这样的作用。

林秋石将笔记本拿出来，翻开之后发现笔记本的第一页上多了一个血红色的"死"字，然后这个"死"字被打了一个巨大的黑叉。

"应该是。"阮南烛道，"还好你带在了身上。"

林秋石苦笑："我每次都带着的……不过这笔记本能用几次？"

阮南烛摇摇头："次数不会很多的，那是低级门，就算有道具也是低级道具，最多一两次。"

林秋石叹气："还好我出来了。"

阮南烛"嗯"了声："走吧。"

进的门多了，遇到生命威胁也会成为常态，林秋石运气好，跟了阮南烛的队伍，所以倒也没有感觉有多凶险，但经过这扇门，林秋石才清楚地意识到，他们在门里面随时都会死去这个事实。

隧道很长，两人都没怎么说话。

直到快要走到尽头的时候，阮南烛才扭头问了句："怕了？"

林秋石摇摇头。

阮南烛："不怕？"

林秋石很老实地说："我感觉也没有想象中的那么可怖。"他说的是死去这件事。

阮南烛听完之后却微微蹙了蹙眉头，他凝视林秋石片刻，眼神陌生得仿佛是第一天认识眼前的人。

林秋石被他看得有点莫名其妙："怎么？"

"没事。"阮南烛却什么都不肯说了。

08

离开隧道，回到现实之后，林秋石出现在了客厅的沙发上，他本来想站起来去楼上找阮南烛，谁知道刚一起身，就浑身发软眼前发黑，直接倒在了地上。等到他再次睁眼的时候，已经躺在了医院里，手臂上打着点滴。

程千里坐在床边玩手机，看见他醒了，唉声叹气地说："秋石啊，你怎么那么倒霉，人家都是从门里出来越来越健康，结果你一出来就进医院……"

林秋石："我也想知道啊。"他的脖子上现在都有个黑色的手印，看起来像是被无情地虐待了，医院甚至准备报警，最后还是阮南烛搞定了医生。

"他怎么解释的？"林秋石好奇地问程千里。

程千里的表情扭曲了一下："你真的要听吗？"

林秋石："听啊。"

程千里："他说这是你们兄弟之间特有的打闹方式……"

林秋石："……"这对兄弟听起来很像两个神经病是怎么回事。

名誉是不可能有了，林秋石看着天花板很悲伤地想下次受伤一定要换个医院，谁知道从门里出来会不会伤到什么奇怪的部位。

程千里告诉阮南烛林秋石醒了之后，没一会儿阮南烛就来了医院。

他换上男装后，神态表情总是显得那么冷淡，即便是问候人的时候也是如此。

"感觉如何？"阮南烛问他。

林秋石："还……成。"事实上他是不太好的，说话都很不顺畅。

阮南烛："没事，现在你身体素质很好，再养个三四天就差不多了。"

林秋石点点头。

然后阮南烛便走了，走的时候林秋石亲眼看见门边围了几个小护士，好奇地睁大眼睛往门里凑，眼神表情都很奇怪。林秋石开始还以为这群小护士是对阮南烛产生了兴趣，结果在接下来的几天里，他面对的都是这样的问题。

“他真是你的兄弟吗？”

“你们今天打架了吗？”

林秋石：“……”

程千里在旁边幸灾乐祸地忍笑，最后在林秋石出院的时候，因为医生委婉地表示年轻人不要闹得太过火后，他终于没忍住，指着林秋石哈哈大笑，笑得眼泪都出来了。

林秋石气得差点往他脑袋上来一下。

不过即便如此，林秋石也没敢找阮南烛抱怨，毕竟门外的阮南烛，可一点都不像好说话的样子。

出院之后，便是一段休息期，休息期间林秋石听了一些关于业内的八卦，说什么白鹿成员带着谭枣枣的朋友张弋卿进那扇门出了岔子，以至于影帝差点直接死在第二扇门里——要知道，第二扇门可是最简单的。

林秋石听后有点惊讶：“他差点死了？怎么会，黎东源应该实力不错吧？”

程千里虽然智商不高，但是对收集这些八卦还是很在行的，他说：“这次不是黎东源亲自带的，也是白鹿倒霉，他们队里出了个叛徒，出叛徒也就算了，居然搞出了一堆假线索。”

林秋石：“……”提到假线索，他就想到了之前阮南烛坑黎东源的时候。

显然他并不是唯一一个这么想的，因为这事情发生的第二天，黎东源就冲到他们别墅来要说法了。

“阮南烛，你不是人！”不得不说，和门内的他比起来，门外娃娃脸的黎东源，简直像个愤怒的吉娃娃，他站在门口跳脚，引来了一众怜爱的目光。

卢艳雪本来还在和林秋石讨论晚上的晚餐，见到他后，母性大发，说：“源源，你要喝点什么吗？”

黎东源：“谁是源源，说了不许这么叫我！”

卢艳雪没说话，走到冰箱旁边从里面拿出一瓶旺仔牛奶，递给了黎东源。

黎东源本来想要拒绝的，但是他站在门口喊了这么久实在是有点口渴，便很没出息地接过来喝了两口。

林秋石在旁边看得着实想笑。

这笑被黎东源看见了，他怒道：“林秋石，你还笑？你还笑，我差点被阮南烛坑死了——”

林秋石冷静地反驳：“我没笑。”

黎东源狐疑地看着他：“你没笑？那你抖什么？”

林秋石：“我冷。”他看了眼外面的大太阳，补充了一句，“心里冷。”

黎东源：“……”你们黑曜石真的个个都是人才。

黎东源在楼下吵了一会儿，阮南烛才慢慢地从二楼走下来，他上身穿着件简单的白色衬衫，下身是笔直的牛仔裤，本来是很普通的装扮，却硬是被他穿出了时装秀的感觉。他走到了黎东源面前，依托接近一米九的身高居高临下地看着他，说：“我给你三分钟，要么你滚出去，要么我把你丢出去。”

黎东源：“……”他默默地喝了一口旺仔，对着林秋石露出可怜兮兮的眼神。

林秋石无话可说，心想：你看我干什么，难道我还能劝他不成？

阮南烛开始挽袖子：“看来你是选择后者了。”

黎东源一口气把旺仔喝干，转身就溜，他知道阮南烛不是在开玩笑，这王八蛋什么都干得出来。

林秋石把目光从黎东源的背影上收回来，却发现阮南烛在看着他，他后背莫名地起了层冷汗，干笑：“怎么了？”

阮南烛：“你和他很熟？”

林秋石直起背赶紧解释：“我和他不熟，我就知道他的名字，话都没说几句。”

阮南烛：“那他刚才看你做什么？”

林秋石：“……”我也想知道啊！

阮南烛冷淡地道：“离他远点，黎东源这人不像他表现出来的那么简单。”

林秋石点头如捣蒜，求生欲很强地再次表示自己对黑曜石的热爱、对白鹿的不屑、对黎东源的愤怒。

阮南烛虽然表情没什么变化，但应该还是听得很高兴，满意地点了点头，转身走了。

等阮南烛走后，林秋石道：“黎东源那货就是在离间我和阮南烛吧？”

程千里在旁边跟个仓鼠似的看戏吃零食，对林秋石的推测表示赞同：“是的，他就是个不要脸的贱蹄子。”

林秋石听到这词有点惊：“你从哪里学到的这个词？”

程千里：“电视剧啊。”

林秋石看了眼正在播放的电视剧，左上角是电视剧的名字——《霸道王爷的落跑王妃》。

林秋石：“……少看点这些剧吧。”他智商本来就不高了，再被荼毒一下会不会变得更傻啊。

总而言之，白鹿这段时间可以说是非常倒霉了，内忧外患基本没断过，最惨的是得罪了张弋卿。

林秋石本来以为这事情和他没关系，他看戏就行了，谁知道没几天他就接到了谭枣枣的电话。电话刚接通，谭枣枣那带着哭腔的声音就传了过来，她说：“秋石，我实在是没办法了，你一定要帮帮我啊。”

林秋石：“出什么事了？”

谭枣枣：“你出来吧，我请你吃饭，我们慢慢说。”

林秋石同意了。

晚上，两人坐在了某家餐厅的包间，点好菜后，谭枣枣开始和林秋石说事情。其实林秋石也猜到了一点，大概是和张弋卿有关系。

谭枣枣说从门里出来之后张弋卿受了不小的刺激，一直闭门不出，还有自残倾向。

林秋石喝了口茶：“他遇到什么了？”

谭枣枣：“我问了，他不肯说，他脾气太倔了，要不是不听我的非要去找白鹿，也不会发生这些事啊……”她苦笑，“现在好了，把阮哥也得罪了。”

林秋石道：“你这次找我来想说什么？”

谭枣枣小声地道：“我就想问问，你能不能帮我劝劝阮哥……”

林秋石叹气：“你觉得呢？”

谭枣枣道：“我知道阮哥的性子。”她在娱乐圈混了十几年了，也见过形形色色的人，却还是拿阮南烛没什么办法，于是只能叹气，“但你的确是特殊的。”

林秋石一愣。

谭枣枣："你没感觉到吗？"

林秋石想了想："南烛的确对我挺好。"

谭枣枣："你看，你都不叫他阮哥。"

林秋石："我倒是想叫来着。"他无奈，"但是我比他大啊，总不能叫阮弟吧？"

谭枣枣："……"她倒是没想到这茬。

其实林秋石是叫过阮南烛"阮哥"的，但是被阮南烛阻止了，并且阮南烛非常无情地表示自己今年才二十五——比二十六的林秋石还小了一岁。

林秋石知道这件事情之后深深地体会到了岁月对自己的残酷。

谭枣枣听着林秋石的话有点想笑，但又觉得不合适，于是只好硬生生地憋住了，道："总之，秋石，你是唯一能劝得动阮哥的人了。你就帮帮我吧，求求你了。"不得不说，这么一个漂亮姑娘撒起娇来还是很可爱的，奈何林秋石的脑子很清醒，不是那种会为女色而昏头的人——不然也不会单身二十六年了。

仔细想想，这真是让人悲伤的领悟。

林秋石说："不是我不帮你，是我也没有信心能劝动他，这样吧，我把事情和他说一下，如果他不愿意，我也没办法了。"

谭枣枣叹气，也只能这样了。

其实门的圈子里，这种接活的组织还是不少的，但是像阮南烛这样高效又安全的却是少之又少。况且也就黑曜石能干出刷线索的事儿，其他的组织，就算是本队的成员进门，也不一定次次都会有线索防身。

总而言之，黑曜石是最好的选择，但张弋卿当时偏偏被白鹿给说动了。一提到白鹿，谭枣枣就恨得牙痒痒，说黎东源可真不是个东西……

两人又说了一会儿，便各自分开，林秋石开车回了别墅，进去后却看到了几个陌生人坐在客厅里，似乎在和阮南烛讨论什么事情。

见到他回来，阮南烛冲他招了招手。

林秋石乖乖地走过去。

"坐。"阮南烛指了指旁边的沙发，"听着。"

林秋石点点头。

他坐在旁边听了一会儿，才发现这些人居然是来买线索的，现在正在和阮南烛讨价还价，想要用更低的价格将线索买走。

这些用来出售的线索全是低级门的，几乎都是第三或者第四扇门，其中还有少量的第五扇门，而第六扇门的线索，则只有一个，并且现在价格被叫到了八位数。

因为长期跟着阮南烛混，林秋石完全没有意识到线索是多么珍贵的东西，直到看到眼前这一幕，他才对谭枣枣的说法有了直观的认识。

“阮哥，不是我们不愿意，只是这价格也太高了点吧。”有个人看起来也是其他组织的首领，苦笑道，“看在我们买了这么多的分上，就不能便宜点吗？”

阮南烛：“很便宜了。”他端起桌子上的水，抿了一口，淡淡地道，“命都没了，要那么多钱来做什么？”

众人苦笑。

“价格不会再变。”阮南烛的语气很平淡，但大家都知道他是认真的，“买不买是你们的事。”

最后这些人商量了一会儿，还是决定下手。

接着林秋石就看见阮南烛不知道从哪里掏出一个 POS 机，摆在面前让他们刷卡。

林秋石：“……”他真是觉得阮南烛那张不食人间烟火的漂亮脸蛋和眼前的 POS 机充满了违和感。

这些线索到底卖了多少钱林秋石也不知道，不过八位数肯定是有的。

钱货两清之后，阮南烛手一挥，不客气地说：“各位请便，我就不送了。”

那些人苦笑：“阮哥，你这也太无情了，至少把我们送到门口啊。”

阮南烛无情道：“你给我加钱？”

于是那些人什么都不说了，转身就走。

这些人走后，阮南烛便将目光放到了林秋石身上，不咸不淡地道：“去哪儿了？”

林秋石知道这事肯定瞒不过去，于是只能老老实实地说：“去和谭枣枣吃了顿饭。”

阮南烛：“哦，张弋卿的事吧？”

林秋石道：“对，她想让我来劝劝你。”

阮南烛挑眉：“那你打算怎么劝？”

林秋石：“……”这话什么意思？

阮南烛：“总要表现出点诚意吧？”

林秋石看着阮南烛和他面前的刷卡机，突然心领神会：“哦哦哦，我懂了。”他从兜里掏出一张银行卡，“刷一下？”

阮南烛：“……”

两人许久都没有说话，最后林秋石被阮南烛的眼神吓到了，小声地道：“南烛？”

阮南烛拿起刷卡机起身就走。

林秋石看着他的背影陷入了迷茫，叫了声：“你要是不想刷卡，走支付宝也可以啊，我知道刷卡有手续费——”

阮南烛转身上楼，片刻后，林秋石听到楼上传来了摔门的声音。

接下来的三天，阮南烛都没有和林秋石说一句话，完全把他当成了空气。

林秋石一脸迷茫，到底发生了什么？

09

虽然谭枣枣想让林秋石帮着她劝阮南烛，但林秋石自觉并没有这个立场去做这件事，毕竟进入门内又不是旅游，无论是自己过门，还是带人过门都需要承担极大的风险，一旦出事可能前面的努力就完全功亏一篑，性命堪忧。

所以之后林秋石没有再在阮南烛面前提过这事。

转眼夏天已经过去，天气渐渐凉了下来，接着学生们放了寒假，年关也快到了。

别墅里面有几个人已经回家过年了。林秋石本来以为就只有自己一个人在这里过，没想到阮南烛说自己也不回去。

“你也不回去？”林秋石有些惊讶，他对阮南烛这个人知之甚少，他不知道阮南烛在现实中的生活背景，也不知道阮南烛到底为什么会进门。

“不回去。”阮南烛说，“我家里没什么人了。”

林秋石“哦”了声，并未深究，低头开始研究年夜饭的菜单。阮南烛不是个挑嘴的人，基本什么都吃，是个很好养活的人。

林秋石盯着菜单，却突然想起了什么，犹豫片刻后道：“对了……你介意，我问你个问题吗？”

阮南烛看着电脑，头也不回：“说。”

林秋石：“你的死亡原因是什么？”

阮南烛动作一顿，抬手把电脑合上，看向林秋石。

林秋石被阮南烛的眼神吓了一跳，正想说“我就随便问问，你不回答也没关系”，就听到阮南烛说了句：“我不知道。”

林秋石：“啊？”

阮南烛的语气很平淡，像是在说什么无关紧要的事：“不是每个人都知道自己死亡原因的。”

林秋石想了想，觉得好像也有道理，不到死去的那一刻谁知道自己是怎么死的。这么想着，他倒是非常幸运，因为他知道自己会怎么死去，所以心中少了些对未知的迷茫。

“也没什么好知道的。”阮南烛抬手看了看表，“差不多了。”

林秋石知道他又要进门，正想劝他说“今天晚上就是除夕，不然咱休假一天吧”，结果话还没说完，眼前的人就不见了。

林秋石：“……”唉，算了算了。

他下楼，开始准备年夜饭。

这会儿别墅里就剩三个人，除了他们两个，易曼曼也留了下来，这会儿正在厨房里剁肉馅。别看易曼曼长相清秀，剁肉的姿势看起来却颇为凶残，拿着两把菜刀“咚咚咚”剁个不停，不到一会儿就把肉剁了个粉碎。

林秋石也不知道他们年夜饭是什么规矩，决定饺子和菜都做点。

林秋石把买来放进池子里养着的鱼捞起来，干净利落地杀掉之后开始刮鳞：“你们吃松鼠鱼吗？还是做酸菜的？”他记得阮南烛什么都吃，只要味道够好。

易曼曼道："都行啊，松鼠鱼吧，看着好看。"

林秋石点点头，点火烧油。

就在他热油的时候，别墅的门铃却响了起来。易曼曼正在揉面腾不开手，林秋石道："我去开门。"他走到门口，通过监视器看了看外面，发现居然是谭枣枣和张弋卿两人。

林秋石犹豫了一下，给阮南烛打了个电话，阮南烛这会儿肯定不会进高级门，低级门十几分钟就能解决，现在应该已经从门里面出来了。

果不其然，阮南烛接通电话问他什么事。

"谭枣枣带着张弋卿过来了。"林秋石说，"要放他们进来吗？"

"放。"阮南烛说。

林秋石"嗯"了声，抬手打开了门。

谭枣枣看见林秋石，道："新年快乐呀，秋石！"

林秋石点点头："你们进来吧，在客厅里随便坐，我正在做饭，他知道你来了，你等一会儿就行。"

谭枣枣说了声"好"。

张弋卿跟在谭枣枣身后，整个人几乎瘦了一圈，下巴上全是青色的胡茬，看起来憔悴得惊人，但他的脊背依旧挺得笔直，神情也说不上热切，看得出这人还是很傲气。

林秋石只看了张弋卿一眼便移开了目光，这人到底如何和他没关系，到底带不带，他也没有发言权。

谭枣枣和张弋卿坐到了客厅里，片刻后，阮南烛从二楼的楼梯上走了下来。今天他穿的是一件无领的黑色毛衣，因为屋子里还算暖和，便没有穿外套，这毛衣稍微有些贴身，更是衬得他肩宽腰细，是个标准的衣架子。他的头发有些长了，没有去剪，而是随意在脑后扎出一个小小的发鬏。

阮南烛走到谭枣枣面前的沙发前坐下，拿起一个枣子啃了一口："说吧。"

谭枣枣苦笑："阮哥……抱歉……"

阮南烛："你道什么歉？"他看向张弋卿，语气一点没客气，"有事情赶紧说，今天是除夕，不想留外人吃饭。"

张弋卿抿了抿唇，表情显出一个紧绷的弧度，就在谭枣枣以为他会生气的时候，他却道："阮先生，我对我之前的无礼感到非常抱歉，希望您能原谅我。"

阮南烛靠在沙发上，神情懒散："说吧，你在第二扇门里遇到了什么？"

张弋卿叹气："很糟糕的事。"

到底是写过剧本的，描述起来倒也活灵活现，说是在第二扇门里面，白鹿的人极其不靠谱，给出的线索不但是错的，还比他先死了。而最惨的是第二扇门带了点大逃杀的味道，张弋卿最后不得不对队友动了手。

阮南烛听着他的话，不动声色："你杀了人？"

"没有。"张弋卿说，"我只是把他们打伤了，让他们无法移动，但……"

但在门里面，伤了的人几乎就等于死了，只要门一开，门里面的怪物都会躁动起来，到时候没办法移动的人，就只能在那儿等死。

阮南烛点点头示意自己知道了，说："那你这次来是想做什么？"

张弋卿叹气："我……想恳请阮先生原谅我之前的冒犯。"他当时太自负，再加上阮南烛长得实在是太漂亮，在娱乐圈混了太久的他自顾自地给阮南烛贴上了花瓶的标签，再加上白鹿那边对阮南烛的污蔑……

阮南烛："白鹿那边说了什么？"

张弋卿没敢直接说，表情有点尴尬："话很难听……"

阮南烛："但说无妨。"

张弋卿咳嗽一声，声音低低的："说您以色侍人……"说得倒也挺委婉，直白点就是说阮南烛靠着他那张漂亮的脸蛋来拉客。

阮南烛冷冷地笑了，说："嗯，我知道了。"

张弋卿欲言又止。

最后还是谭枣枣没忍住，小声说："阮哥，您能不能帮帮张哥，他真的不是故意的。"

阮南烛说："我不会带他。"他语气笃定，没有一点商量的味道。

谭枣枣叹了口气，知道自己是劝不动阮南烛了。

"不过，我可以给你介绍另外一个组织。"阮南烛说。

张弋卿道："另外一个？"

阮南烛从张弋卿的表情里读懂了迟疑，淡淡地道：“放心，白鹿那种垃圾给他提鞋都不配，不过我得给你先打个预防针。”

张弋卿：“嗯？”

阮南烛：“那组织的首领是你的粉丝。”

张弋卿：“……”

阮南烛：“还是脑残的那种，把你所有的电影都买了天天窝在家里看。”

张弋卿干咳一声，不知道为什么突然觉得有点羞耻。

阮南烛道：“如果你想清楚了，我就给你他的联系方式。”

张弋卿这次没有犹豫，直接点头同意，虽然不能让阮南烛亲自带着，但想来他介绍的人也不会差到哪里去——至少比白鹿那群坑爹货靠谱吧。一提到白鹿，张弋卿就一肚子的气，最后还是靠着他，白鹿另外一个成员才活着出来。

“行了，时间也不早了，你们走吧。”阮南烛看了看表，很不客气地送客。

谭枣枣支着脑袋看向厨房，委屈地道：“阮哥你就不能留我们吃个饭吗？闻起来好香啊。”

这会儿林秋石正在厨房炸鱼，一屋子都是浓郁的香气。

“不能。”阮南烛很是无情，“快点走。”

谭枣枣：“……”每到这时候，她就开始想念门里面的阮南烛了，至少阮白洁姑娘比阮南烛多了点人情味。

蹭饭失败，谭枣枣和张弋卿只能告辞。

他们谈完，林秋石的松鼠鱼刚做好，端出来就看见阮南烛一个人坐在沙发上：“走了？”

阮南烛点点头。

“哦。”林秋石道，“你饺子喜欢吃什么馅的，我准备了韭菜、白菜和香菇……

阮南烛看向林秋石，这会儿林秋石正穿着围裙，表情柔和地看着阮南烛，暖色的灯光从他头顶打下来，在他的脸颊上镀出一层淡淡的橙色，让他看起来更加柔和，充满了一种独属于俗世的温暖味道。

已经很久没有人问过他这个问题了，阮南烛隔了一会儿才回答：“白菜吧。”

林秋石并未察觉出阮南烛的异样，点点头，转身回厨房继续做菜去了。

吃年夜饭，看春晚，虽然家里只有三个人，但气氛很不错。

看完之后三人又去楼顶上放了烟花，烟花是易曼曼买的，林秋石本来以为阮南烛不会陪他们，没想到他却表示一起也无妨。

天空很黑，漂亮的烟花在他们头顶上炸开，其他地方也响起了爆竹的声音。在今天这个除夕夜，他们不用担心会有什么可怕的怪物出现，也不用害怕会突然死去。

新的一年到了，林秋石抬头看着夜空，竟然开始期待起了未来。

除夕过后，大家陆陆续续回了别墅。

程千里和程一榭是最先回来的，两人大包小包地提了不少东西，大部分都是他们那边的特产。

“是我妈非让带的。”程千里埋怨，“十斤肉啊——我让她邮过来，她非说不一样，这怎么不一样了？是沾染了我的汗水更香了吗？”

易曼曼：“你能不能别说得那么恶心？”

程千里：“哇，嫌弃恶心你一会儿别吃！”

据易曼曼说，程千里他们家里做的腊味是最好吃的，特别是腊肉，切得薄薄的，蒸好之后香得不行，炒豌豆片也特别香，熬汤味道也好，总而言之很是受欢迎。

当时林秋石来的时候这腊味已经被吃光，只有等着这次带过来他才有口福尝尝。

程千里和程一榭都是普通家庭出身，如果他们没有遇到门，或许已经因为遗传病离开了这个世界。但此时他们还在，虽然凶险，但到底有一线生机。

生活那么美好，谁不想继续下去呢。

林秋石看着他们，笑了起来。

年过完之后，就又要开始忙正事了。

阮南烛找到了林秋石，告诉他一些事情。

“我要再进一次第六扇门。”阮南烛说，“你要不要和我一起进去？”他这次没有像之前那样直接通知林秋石，而是以询问的口气提了这个事。

“是不是你要去找我第七扇门的线索？”林秋石问。

“是，但也不是。”阮南烛说，“我手上其实已经有一个第七扇门的线索，只是从线索上来看，不是很适合进人。”

林秋石想了想：“线索是什么？”

阮南烛道：“也是一幅画。”他并没有详细说，“但是根据画的背景，很有可能是个没有规律可遵循的世界。”

林秋石：“没有规律可遵循？”

阮南烛点点头解释：“越到后面，规律存在的痕迹就会越淡，甚至会无迹可寻。”

林秋石闻言有点惊讶：“那岂不是一点办法都没有了？”

阮南烛平淡地道：“对，最危险的时候根本不会给你时间思考，只能依靠直觉，所以……”

林秋石：“嗯？”

阮南烛说：“所以以后你也得自己去多刷刷。”

直觉这种东西，多数情况下其实靠的还是经验，只有见过了千奇百怪的门内世界，才能在遇到异常情况的第一时间就反应过来。

“那这次我也去。”林秋石给出了自己的答案，“现在有你带着，总比我一个人过门的时候安全吧，多练练，以后才不会没命。”

“好。”阮南烛点点头示意自己知道了。

具体进门时间还未定，但阮南烛先告诉了林秋石这扇门的线索，这次是个地名：威福利山疗养院。

威福利山疗养院位于 M 国的肯塔基州，是个历史上很有名的疗养院。

这个疗养院成立于 1910 年，成立的目的是治疗当时严重爆发的结核病。但因为其混乱的管理，反而成了病人的葬身之所。

据说在疗养院里面死掉的人不计其数，而疗养院里面的医疗手段也充满了一种恐怖片里才有的荒诞和可怖。

医生们甚至将气球塞入病人的肺部，使气球膨胀，把病人的肋骨折掉——只为了让肺部扩充，呼吸到更多的氧气。

当然这样的行为只能带来痛苦和死亡，在威福利山疗养院里面死掉的人数超过八千，好在之后结核病逐渐被治愈，疗养院也空闲了下来。

但这里并没有被废弃，而是被当作养老院继续使用，只是在使用过程中，住在这里的老人们却不断遭受虐待，电击手段在当时尚属于正常的治疗手段，可想而知，这里几乎成了另一个地狱。

这样的背景，让人看了就毛骨悚然，不用想也知道，这样的地方在门里面，会发生多么可怕的事。

林秋石看完资料后，问阮南烛："这扇门是在网站上接的活儿吗？"

阮南烛："对，你也可以去网站上看看，你现在已经可以自己接活儿了，不过也不要接得太频繁，毕竟网站上有些人是很不靠谱的。"

林秋石点点头，示意自己知道了。

这网站他平时也在看，上面什么千奇百怪的人都有，一般的发布任务领取任务也就算了，但酬劳却相差得很大，甚至还有人用身体当薪资。

"进门的时间大概在下个月初，我已经把镯子寄出去了。"阮南烛说，"等着吧。"

林秋石道："好的，我知道了。"

离下个月初还有二十多天时间，宽裕得很。

从家里回来后的这段时间，程一榭也带着程千里进了几次门，不过都是低级门，危险性不是很大。

程千里还是很怕，但他越怕，程一榭就越不让他躲。用程一榭的话来说就是，见得多了就不怕了。

这要是一般人，林秋石觉得这法子应该还是有用的，但程千里的智商摆在那儿，于是林秋石对此表示了严重的怀疑，毕竟这货看个电影，一个月后就能忘了，林秋石经常发现他在看同样的影片。

"你上次不是看过了吗？"有一次林秋石实在没忍住，问他。

"我看过了？"程千里一脸惊讶，"我怎么不记得了？"

林秋石："你是金鱼吗……凶手是A。"

程千里："喂，你别剧透啊！"

林秋石看他的表情不像是作假，于是就放弃了，叹着气想着，怪不得程一榭那么头疼这个弟弟。

年后，张弋卿那边也有了回复，他和阮南烛介绍的人对接上了，还和那人进了一次门。

张弋卿对那人的实力表示了赞扬，但也委婉地说了一点那人的缺点——那人的缺点其实也不算什么，就是太迷张弋卿了。

“哈哈哈哈哈，笑死我了。”谭枣枣和林秋石说这事儿的时候笑得直打嗝，“你不知道我当时都快笑死了，张弋卿一去那儿，那兄弟就拉着张弋卿看张弋卿自己演的电影，这多尴尬啊，尴尬完了之后那人还拿出一个本子，上面全是那人写的影评，至少有个七八万字吧。”

林秋石：“……”他听着都觉得尴尬。

“我当时也在，你不知道，我从来没见过张弋卿那样吃瘪的表情，我真的快笑死了——哈哈哈哈哈。”谭枣枣笑得很不客气，“最惨的是他还要求人帮忙，不敢说出来！”

林秋石勾起笑容：“那门里顺利吗？”

谭枣枣：“顺利啊，你又不是不知道好多人门里门外完全是两种性格，门里面那粉丝兄弟还是很靠谱的。”她道，“你呢？是不是又要进门了？”

林秋石“嗯”了声。

“那多注意安全啊。”谭枣枣叮嘱。

“我会的。”林秋石说。

好不容易从六扇门里出来了，又要进去，这对于很多人来说是非常折磨人的事，甚至于心态差的很容易直接崩溃，这也是阮南烛并没有强求林秋石跟着他的缘故。

但林秋石的表现总是让人惊艳，好像死亡于他而言，并不是什么难以接受的事。林秋石态度坦然，神情平淡，这些阮南烛也能做到，但他能做到的原因，是他经历了无数次可怖的门内世界。

所以从本质上来说，阮南烛才是个普通人。

不过林秋石倒没觉得自己有什么与众不同之处，他从小到大都是这样，几乎没有想要去尝试什么刺激的事。

他喜欢平淡，没觉得平淡有什么不好。

而现在突然被拉入了门的世界，林秋石也很快习惯，他向来都是个适应能力很强的人。

进门的时间快到了，阮南烛又开始带着林秋石在商场里逛。

有了上次的经验，林秋石小心翼翼地问："南烛，我这次不用穿上次的衣服了吧？"

阮南烛看了他一眼："不用。"

林秋石正欲松口气，就听到阮南烛说："这次你穿裙子。"

林秋石："啊？可是我还没练好伪音啊！"

阮南烛："当哑女有什么不好吗？"他语气冷静得好像在说什么无关紧要的事，"你不快乐吗？"

林秋石："……不快乐。"

阮南烛："那就学着快乐。"

林秋石差点当场给阮南烛跪下。

他意识模糊地回到了别墅，面对一干人投来的怜悯的眼神，顿时悲从中来，说："为什么，为什么是我……"

程一榭坐在沙发上，少有地开了口，语气里带着三分同情七分冷淡："总要有人倒霉的。"

林秋石："……"

程千里说："对啊，坚持一下就过去了。"

林秋石："……"他自暴自弃地想着，剩下的时间干脆去练伪音好了，阮南烛要是一直这么恶趣味，他总不能当一辈子的哑巴吧。

阮南烛对林秋石的识时务很满意，他说："你比陈非强点。"

陈非听到这话差点哭出来，他门内的体型是个一米八几的壮汉，一点都不适合女装，被阮南烛折腾了几次，每次都被门里面的其他人当成穿女装的变态，然而付出了那么多的他，此时却被无情厌弃……这还真是，太棒了！陈非露出哀怨的表情，却在心中大笑起来，感谢林秋石拯救众人于水火之中，牺牲小我，成全大我！

林秋石看着陈非的表情默默地哆嗦了一下，他总觉得这个表情不像是哀怨，倒像是在憨笑啊。

所以说，他到底什么时候才能劝说阮南烛放弃这个奇怪的爱好……

第七卷 威福利山疗养院

01

美好的时间总是过得很快，进门的日子一天天逼近，林秋石和阮南烛的准备工作也做得差不多了。

这是林秋石第一次和网站上的人一起进门，阮南烛告诉他网上的活儿都有风险性，所以进门后要隐藏好自己现实的身份，如果被别人发现了，会是一件很麻烦的事情——对于这种说法，林秋石强烈怀疑这是他让自己穿女装的借口。

不过当阮南烛陪他一起换上女装之后，林秋石心里那点不平衡的感觉总算好多了。

程千里似乎知道了林秋石在想什么，语重心长地让他保持初心，不要被阮南烛可怕的思想腐蚀。

林秋石看了他一眼，没说话。

程千里："你为什么不理我……"

林秋石在手机上打字：我在融入哑女的角色。

程千里："……"林秋石，你怕是完蛋了。

有时候适应能力太好，反而变成了一件不太妙的事情。

终于，穿着裙子在别墅里过了几天之后，林秋石迎来了进门的那天。那天他正坐在餐桌边吃饭，突然出现了一种玄妙的感觉，这感觉他非常熟悉。林秋石放下手里的筷子，转身随意推开了屋内的一扇门，毫不意外地看见门外的景色变成了十二扇铁门。

其中五扇铁门上面贴着封条，另外六扇铁门无法拉开，唯一能打开的那一扇，就是门主人的那扇。

林秋石深吸一口气，抓住门把手，轻轻一拉。

门应声而开，林秋石眼前的画面调转，周围的景色变成了一条长长的楼梯。这似乎是个地下室的楼梯，空气里泛着霉菌的气味，楼梯很长，仿佛没有尽头一般，林秋石慢慢往上走，拐过了好几个弯后，才看到了几个人站在大厅里面等待着。

他一边把手腕上的镯子取下来，一边观察着周围，确定了自己所在的地点，就是那个线索里的疗养院。虽然是疗养院，却带着医院独有的一种消毒水味。

随处可见丢弃的病床，林秋石路过一个病床时，甚至还在上面看到了干涸的褐色血渍。

此时大厅里已经聚集了八人，加上他一共九个，有人看见他便不感兴趣地移开了眼神，有人看见他却开始饶有兴趣地打量起来，那眼神深处隐隐带了别的意味。林秋石面色不变，全当没看见。

有人走到了他的面前，微笑着对他伸出手："你好，我叫江英睿，可以认识你吗？"

林秋石用手机打字：抱歉，我不能说话，我叫林秋秋。

江英睿道："哦，不好意思，你是第几次进门？"

林秋石：第六次。

江英睿似乎对林秋石很感兴趣，即使林秋石态度冷淡，也没有赶走他，最后林秋石不得不很直白地说：不好意思，我想一个人安静一会儿。

江英睿看见字笑了笑："好吧。"

他倒也没有纠缠，转身走开了。看来他是想找林秋石组队的，不过林秋石却非常明显地拒绝了他的邀约。

他们所在的这个大厅，在疗养院的一楼，外面就是荒草丛生的庭院，往上就是疗养院的病房。

疗养院一共六层，功能分区非常清楚，不过看起来这里的人精神状态都不太妙，至少林秋石就在墙壁上面看到了不少乱七八糟的涂鸦。

就在林秋石观察周围情况的时候，他的肩膀被轻轻地碰了碰。林秋石转头，看到了一张陌生的面孔。

面孔虽然是陌生的，但穿的衣服却很熟悉，只听那人开口道："你好，我叫阮白洁。"

林秋石心领神会：你好，我叫林秋秋。

阮南烛笑了："很高兴认识你。"

这次阮南烛的模样依旧漂亮，一头黑色的长发，穿着白色的长裙，虽然个子比普通女孩子高很多，但那独特的气质却十分吸引人眼球。

阮南烛的手搭在林秋石的肩膀上："我们组队吧？"

林秋石点点头。

其他人的目光也落在了他们两人身上，林秋石明显感觉其中有些不怀好意的眼神。

虽然他并没有遇到过这种事，但门内到底是法外之地，在里面做什么事情都不需要负责任，再加上死亡的威胁，经常会有人做出一些比较过分的事情——这些都是阮南烛给林秋石科普的。

林秋石听完之后深有所感，说："那我们两个岂不是很危险？"

阮南烛说："你想多了。"

林秋石当时还在想什么叫他想多了，现在终于明白了这句话的含义。

因为有不长眼的人走到了他们的面前，开始用下流话骚扰他们。具体什么话林秋石就不再赘述了，那人说完这些话后，阮南烛露出有些生气的表情。

那人见状反而更加兴奋，伸出手来就想要抓住林秋石的头发，林秋石正在想要怎么"柔弱"地揍翻这人，就看见阮南烛直接抓住了那人的手臂，然后用力一扭。

林秋石听到了骨骼碎裂的脆响和杀猪般的号叫。

众人的眼神从暧昧变成了惊恐，阮南烛这货居然还没忘记冲着林秋石"嘤嘤嘤"，摆出楚楚可怜的表情说："秋秋，秋秋，他好可怕啊！"

林秋石："……"可怕的明明是你吧？

这下彻底没人敢过来和他们说话了，并且大家非常有默契地离他们两个远了点，搞得林秋石哭笑不得。

就在这时，林秋石看到了他们的目标——一个穿着黑色 T 恤、牛仔裤，戴着黑色鸭舌帽的少年。这少年看起来十七八岁的年龄，模样很清俊，刚从外面的院子走进来，目光就落在了他们两人身上。

他犹豫片刻，朝着林秋石和阮南烛走了过来。

“你好，我叫封永乐。”少年做了自我介绍，和他在网站上告诉他们的化名一样，“请问可以和你们组队吗？”

听到这话，其他人都对少年投来了同情的目光，似乎觉得他的手也会被直接扭断。

谁知道阮南烛甜甜一笑：“可以呀。”

封永乐松了口气，却注意到其他人的眼神不太对，他有点疑惑：“出什么事了？”

阮南烛指了指角落里痛得快要晕过去的那人，道：“刚才这人骚扰我们，被我打跑了。”

封永乐看了眼那人，又看了眼阮南烛，沉默了片刻，似乎在思考阮南烛和林秋石是怎么用这娇弱的身躯打跑那人的，而林秋石居然从他的眼神里猜到了他在想什么……不过林秋石也不可能解释，只能学着阮南烛装出一副“我并不知道发生了什么，我只是一只无辜的小猫咪”的样子——林秋石觉得自己也已经装得很熟练了。

万幸封永乐也没有深究。

人陆陆续续到齐，和林秋石上次进的第六扇门人数一样，依旧是十四个人，只不过这一扇门的新人只有一个，这会儿正缩在墙角看着周围的场景瑟瑟发抖。

人来齐之后，没多久便有个穿着护士服的女人出现在了众人面前。她的脸色看起来非常糟糕，露出的颈项上面布满了淤青，她眼神冷漠地看了一下众人：“请随我到四楼来。”

众人跟随着她的脚步，到达了四楼。

“你们的治疗会在七天后开始。”护士语气冰冷，“这七天里面，希望你们好好地熟悉一下疗养院里的设施。”她说到这里，扯着嘴角露出一个怪异的笑容，“你们会喜欢这儿的。”

之后，她又告诉了众人一些规矩，比如只能在食堂里面吃饭，不能食用外面的食物；每天晚上八点之后不能离开房间。说完这些，护士转身就走，留给他们一个冷漠的背影。

“太恐怖了。”有个女生不住地嘟囔，“这到底是人还是其他的什么东西……”

没人回答她的问题。

住宿的房间一共有八间，每一间都有两张上下床，也就是说一间里面可以住四个人，当然你要是不乐意的话，也可以当作双人间使用。

林秋石、阮南烛和刚才那个封永乐自然而然地住到了一起，其间有个叫薛之云的姑娘想要和他们住在一起，却被阮南烛拒绝了。

当然拒绝的理由非常做作，阮南烛这货说：“哎呀，人家不习惯和太多人住一起呢。”

薛之云说：“已经有三个了，就不能凑我一个吗？”

阮南烛：“不行的呢，我和林妹妹一见如故，一定要住在一起的。”

薛之云说：“那他呢？”她指了指封永乐。

阮南烛很无耻地说：“孩子算什么人呀。”

薛之云黑着脸走了，封永乐的脸色也不好看，林秋石在这一刻居然有点理解这两人的心情，神一般的一见如故，神一般的孩子算什么人，真的是做作到极点了。

不过最后的结果就是阮南烛成功地拒绝了第四者插足，保住了他们的三人间。

这里的居住环境可以说是相当恶劣了，最惨的是封永乐在他床铺里面找到了几片从人身上掉下来的完整指甲。

封永乐将被子抖干净，道：“我们要在这里住七天？”

阮南烛道：“差不多吧。”

封永乐：“唉，希望能熬过去。”

阮南烛道：“熬？我倒不觉得是熬。”他站在窗户边上，看着外面说了这么一句。

“什么意思？”封永乐问。

阮南烛：“你没看资料？”

封永乐："看了。"

阮南烛："记得里面说疗养院里的病人是怎么离开这里的吗？"

封永乐道："你是说那条隧道……"

阮南烛说："先看看情况。"

他们两人说着话，林秋石则在研究他床边的墙壁，墙壁上有很多奇怪的划痕，像是用指甲抠出来的，可以想象当时睡在他这张床上的那人恐怕精神状态也不太妙。

"时间到了，先去楼下吃午饭。"阮南烛道，"非玩家角色规定的事，还是要乖乖听的。"

三人转身下楼，到了护士说的二楼餐厅，这里已经开餐了，到处都是穿着病号服的病人。

说实话，这是林秋石第一次在门里面看到这么密集的人。按理说人多的地方，总会不那么可怕，但事实上在看到这些人的精神状态后，林秋石却感到后背窜出一股子凉意。

餐厅里的病人们明显处于不正常的状态，他们有的神色麻木，有的低头自言自语，有的盯着地板一动不动，总而言之，这个疗养院根本不像是疗养院，反而像一个大型的精神病院。

"早点吃完走吧。"阮南烛道，"毕竟精神状态这种东西，是可以传染的。"

的确，要是和不正常的人一起待久了，自己也会变得不正常起来。

他们吃东西的时候，其他几个队伍陆续过来了，其中就有企图和林秋石组队的那个江英睿，他似乎对林秋石很感兴趣，远远地就冲着林秋石露出一个笑容。

林秋石只当没看见。

三人吃完了饭，便打算在疗养院内部逛一逛。他们先去了最顶层的治疗室。这里到底不是医院，治疗的手段有限，但几乎每个房间里都摆满了病床，有些病床上还躺着奄奄一息的病人。

封永乐道："也不知道这里死了多少人。"

阮南烛："肯定是死了不少。"

林秋石继续往前走，注意到墙壁上出现了许多涂鸦，这些涂鸦模糊不清，但也能辨识出大概是一些救命、死亡之类的字眼。

“咦？这里有人在吃东西。”封永乐突然在一间病房前发现了什么。

林秋石凑过去从窗户望到病房里面，发现有个病人正在用叉子吃面条，他吃得很慢，一口都要咀嚼很久。

“不是说不能在外面吃东西吗？”封永乐嘟囔了一句，他可是带了食物进来的。

阮南烛瞅了他一眼：“你可以试试啊。”

封永乐道：“算了算了。”

三人看了一会儿，见没什么异常情况便打算离开，但刚走几步，林秋石就听到了一声奇怪的声音，那是一种轻微的扑哧声，好像是什么东西被刺破了。他的脚步顿住，朝着刚才看的房间望去，结果这一眼让他呼吸都停顿了片刻。

只见刚才那把用来叉面条的叉子，此时插入了吃面条的人的眼睛里面。那人的眼睛血流如注，却没有发出一声惨叫。按理说这么深的伤口，人肯定已经死了，可他却慢慢地把叉子拔了出来，又开始继续吃面条。

林秋石：“……”他默默地拉了拉阮南烛的衣袖。

阮南烛扭头，也看到了这一幕。

封永乐的反应是他们中最激烈的，他骂了句脏话，搓着手臂：“啥玩意儿，这也行？”

行不行林秋石不知道，反正屋子里的那人挺行的，把自己的血当作番茄酱和面一起吃了，还吃得津津有味。

他似乎注意到了门口看着他的人，朝着这个方向，露出一个笑容。

这画面着实让人觉得毛骨悚然。

他们三个都默契地没说话，转身走了。

这天结束回到住所后，封永乐就默默地将自己所有的零食都扔进了垃圾桶，再也不提加餐的事。

在这一层逛了一会儿之后，天色渐渐变暗。

他们赶在天黑之前回到了自己的住处，但在进门之前，林秋石却注意到了一个事情，他拍了拍阮南烛，拿出手机打字：我们不是住在四楼吗？

阮南烛：“对啊，怎么了？”

林秋石：可是这房间的门牌号为什么是 502？

阮南烛抬头一看，发现靠近楼梯的一个房间的门牌号居然真的变成了 502，而其他房间依旧是 4××，他道：“502，你记得资料里是怎么写的吗？”

林秋石当然记得。

502 这个房间，在疗养院里属于很特殊的一个房间。

因为里面死了一个护士长和一个护士，据说护士是因为怀了院长的孩子打胎失败后，选择从 502 跳楼自杀，之后 502 就开始不安宁。

传说这里每天晚上都能听到里面传来婴儿的哭声和女人痛苦的哀号，之后又有人在 502 自杀，这个房间便被封存起来不再使用。

所以，在这里，502 是个非常特殊的数字。

今天下午分配房间的时候，林秋石还在庆幸他们住在四楼，没想到出去逛了一圈回来，这门牌号就被换了。

说实话，一般人进出屋子也不会太注意门牌号，林秋石记得这个房间里住着一男一女，他看了眼阮南烛，询问他的意见。

“我和他们说吧。”阮南烛道。

突然出现的 502，应该是个非常明显的死亡条件，既然如此，告诫一下团队里的人也无妨。

于是阮南烛敲响了面前的房门。

“有事吗？”住在这间房的是团队里的一个姑娘，她打开门看到外面的人之后，面露警惕之色。

“你的房间号好像出了点问题。”阮南烛开门见山。

那姑娘支出个脑袋，发现上面的数字果然变化了，她脸色大变：“什么时候——”

“不知道。”阮南烛说，“我们回来的时候看见的，你们要不要换个房间？”这里的房间倒是很充裕——并且会越来越充裕，因为人会越来越少。

“行。”那姑娘接受了阮南烛的好意，感激地点点头，“谢谢你们的提醒。”

“举手之劳。”阮南烛说。

他们通知完后，回到了属于自己的房间。

这会儿天色已经暗了下来，离护士规定的八点钟只有半个小时。

林秋石洗漱完毕，坐在床上开始玩连连看。阮南烛则坐在他的上铺，思考着什么。

封永乐或许是觉得气氛有些尴尬，找了个话题：“没想到你们是两个姑娘。”

阮南烛：“不然呢？”

封永乐：“我以为你是个男生呢。”

阮南烛：“谁说女子不如男。”

林秋石靠在床头静静地想着，谁能想到眼前的女权主义者是个女装大佬呢……

马上就要到八点了，林秋石却听到外面的走廊上传来了追逐奔跑的声音，这声音清脆中带着些慌乱的意味，林秋石和阮南烛对视一眼，阮南烛说：“我去。”

林秋石却比阮南烛还先起身，他走到门口小心翼翼地开了门，想看看是谁在外面跑。

开门之后，林秋石却只看到了空无一人的走廊，他心中微紧，正欲关上门，却感到有个东西卡在了门口。

林秋石低头，看到房间的门口不知何时出现了一双红色的高跟鞋，就这样突兀地立在门框边缘。

林秋石：“……”

阮南烛走到林秋石的旁边，也看到了那双鞋。他环顾四周，没有用手去拿，而是转身回了屋子，从厕所里拿出一个脏兮兮的马桶塞，一棍子就把那高跟鞋给敲出去了。

林秋石被阮南烛的举动所震撼。

同样被震撼的还有封永乐，他呆滞地看见阮南烛随手把马桶塞一扔，表情冷静地去厕所洗了洗手。

回来之后发现这两人还在盯着自己看，阮南烛倒是有些奇怪了：“你们看着我做什么？”

林秋石掏手机打字：因为你好看。

阮南烛笑眯眯地道：“还是秋秋可爱，来，姐姐亲一口。”

林秋石有点不好意思：男女授受不亲。

阮南烛看了林秋石打的字，脸色变了变，即使他一直知道每当自己穿女装的时候，林秋石就会有点搞不清楚状况……

林秋石打完字之后就后悔了，他猛然想起，他眼前可爱的白洁姑娘并不是什么姑娘，而是个很凶残的男人。

林秋石：“……”唉，眼睛真是太会骗人了。

外面又响起了高跟鞋的声音，这次林秋石没有开门，虽然那声音似乎就在他们的房间附近响起。

天色已经完全暗了下来，整个疗养院都被笼罩在一片黑暗之中。

一切都是寂静的，正因如此，那奔跑的声音变得格外刺耳。而伴随着高跟鞋敲击地面的声音，林秋石敏锐的听力还捕捉到了小孩隐隐约约的啜泣声，不过这声音非常小，阮南烛和封永乐应该都没听到。

于是林秋石缩在床上，假装自己什么也没听见。

“睡吧。”上铺的阮南烛和他说了晚安，“如果睡不着的话，欢迎来找我哦。”

林秋石没吭声，这会儿打字太麻烦了，他懒得和阮南烛交流。

很快，阮南烛的呼吸声就变得平稳起来，以林秋石对他的了解，知道他肯定是入睡了。

林秋石看了眼自己旁边的封永乐，看见他还在盯着天花板发呆，莫名地有了点慰藉——至少不能入眠的人，不只是自己一个。

封永乐似乎注意到了林秋石的注视，他扭过头对着林秋石露出笑容，小声道：“睡不着吗？”

林秋石点点头。

封永乐看着林秋石，眼神里充满了一种……难以形容的温柔，吓得林秋石赶紧把眼睛闭上了。他总觉得再不闭上眼假装睡觉，封永乐会说出很可怕的话来。

02

夜幕之下，林秋石终于入眠，他睡得有些不安稳，因为听力太好，即便是很小的动静，都能将他从睡梦中唤醒。

今日也不例外，本来沉睡着的他，又听到了奇怪的声音。

起初这声音还很微弱，不太能够听得清楚，林秋石睡意蒙眬，闭着眼睛没有睁开。然而随着时间流逝，那声音越来越大，如果一定要形容，那就是类似重物落地的声音。

就在林秋石思考这到底是什么声音以及自己要不要起来的时候，他就被一声巨响搞得彻底清醒，这声音实在太大，连上铺的阮南烛和旁边床上的封永乐也听到了。

“怎么了？”封永乐迷迷糊糊的声音传来。

阮南烛知道林秋石肯定醒了，他道：“窗户那边传来的。”

封永乐说：“要去看看吗？”

阮南烛道：“再等等。”

于是他们三人继续躺在床上，几分钟之后又是一声巨响，这次的声音，离他们更加接近。

林秋石听到了阮南烛从床上坐起来的响动，只见他慢慢地从上铺爬下来，似乎想要去看看窗边到底发生了什么。

见状，林秋石也直起身体，想要起床和他一起去看看。

阮南烛看了他一眼，没说什么。

两人离开床铺，走到了窗边，他们担心外面有什么东西，动作非常小心。

“什么都没有。”阮南烛朝着窗户外面看了看，确定了外面的情况。

没有？林秋石开始打字：这声音听起来有点像重物落地。

阮南烛：“重物落地？”

他露出若有所思之色。

就在阮南烛思考的时候，面对窗户的林秋石，却看到一道黑影从窗户外面坠落，随后便是一声熟悉的巨响——

“砰！”

这一次，林秋石终于知道了这是什么声音，是人从楼上跳下来、身体落地的响动声。

阮南烛再次朝着窗外看去，只见之前空荡荡的地面上，多出了一具尸体。这尸体在夜色的掩盖中看得有些不清楚，但林秋石却清楚地看见尸体的身上穿着这疗养院的护士服。大量的鲜血从她的身上涌出，她似乎是头先着地，以一种扭曲的姿态躺在坚硬的水泥地上，身体还在慢慢地抽搐。

这就是巨响的来源了，阮南烛看着那尸体沉默片刻，低声说了一句：“原来是她的。”

林秋石没懂，朝他投去了疑惑的目光。

阮南烛解释：“她穿着刚才那双红色的高跟鞋……”

林秋石：“……”

就在他们两个人说话之际，那护士尸体竟然慢慢地动了起来，她的双脚似乎被摔断了，便用两只手来移动，朝着面前的建筑慢慢地爬来……

封永乐也下了床，一到窗边就看到了这一幕，他脸色微白，骂了句脏话。

护士的尸体很快就爬进了他们所在的建筑，地上的血迹开始逐渐淡去。

林秋石正在想接下来还会发生什么，却隐约听到楼梯的方向传来了窸窸窣窣的响动，好在这声音并没有朝着他们靠近，而是往更上层去了。

片刻后，他们头顶上的房间突然跃下一个黑影，又是一声巨响——那护士竟是爬到了他们楼上的房间，再次跳了下去。

“我听说自杀的人会不停地经历相同的场景。”封永乐看着眼前的画面说，“真可怕。”

阮南烛慢慢地说：“是挺可怕的。”他说着可怕，语气却不见得有多害怕。

这护士就这样不停地爬上楼，不停地跳下来，从左到右，几乎把楼上的一排房间全部跳遍了。

直到天边泛起晨光，这一切才终于结束。

阮南烛看了下表，说：“差不多是早饭时间了，走吧。”

林秋石几乎一晚上没睡，整个人困得要命，他打了个哈欠，伸手揉了揉眼睛。

他们三人下楼去食堂的时候正好遇到了其他人，看起来他们也是一夜没睡的样子，估计也是围观了一晚上的护士跳楼。

“好困啊。”封永乐埋怨，“不然待会儿一起回去睡个午觉吧。”

“可以啊。”阮南烛说。

林秋石在心底表示赞同，现在他脸上挂着两个黑眼圈，看起来更加憔悴了。在食堂的时候，之前想和他组队的那个江英睿就坐在他们的旁边，看见他们后，朝着他们露出笑容，林秋石装作没看见，阮南烛倒是笑着回应了。

“早上好。”江英睿走到了他们的旁边，“昨晚睡得还好吗？”

“不太好。”阮南烛说，“你没有听到那声音吗？”

“自然是听到了。”江英睿同阮南烛说着话，目光却放在林秋石身上，“难道你们看了一晚上？”

“我倒还好，秋秋好像睡眠比较浅，睡不太着，我便陪着她了。”阮南烛回答，“你们全都去睡觉了？”

江英睿：“自然。”

“哦，那倒是厉害。”阮南烛道，“还有别的事？”

“没有了。”江英睿笑了笑，“早饭还合口味吗？”

“一般。”阮南烛放下手里的勺子，“你不会觉得很好吃吧？”

江英睿摇摇头，从兜里掏出了一块巧克力，递给了阮南烛：“如果饿的话，可以吃点这个。”

林秋石看到巧克力，不动声色地看了眼江英睿。

江英睿没有注意到他的目光，直起身体道：“那我就先告辞了。”

“好的。”阮南烛拿过巧克力，放进了自己的口袋，笑了笑，“再见。”

江英睿转身便走。

“这巧克力看起来很好吃啊。”阮南烛说，“一会儿午睡完了，我们好好尝一尝吧。”他说这句话时的语气很平静，像在讨论什么无足轻重的事，但了解他的林秋石才知道，阮南烛这是生气了。

的确是该生气的，林秋石擦了擦嘴，这个江英睿，也不知道打的什么主意。

在门里面，某些关键的非玩家角色会给他们一些线索，也会给他们定下一些规矩。线索大部分都是真的，但规矩却有真有假。

比如不能不去食堂吃饭，不能吃外面带来的食物，这就是领他们上楼的护士说的规矩之一。

看过昨天那个吃面条的病人叉破自己眼球的那一幕可以得知，不能随便吃东西这个规矩是真的。

现在已经是第六扇门，那个江英睿也不是新人，所以在知道规矩的情况下还特意过来给阮南烛送一块巧克力，当真是其心可诛。

要是没注意到或者没把护士说的规矩放在心上，吃掉这块巧克力，谁知道会发生什么。

而且就算什么也没发生，也不过是给其他人排除了一条假规矩罢了。

回到住所，阮南烛拿出巧克力仔细观察了一下，确定这只是一块普通的巧克力后，便掰碎了直接扔进了下水道。

他做这事的时候林秋石就站在他旁边，林秋石有点疑惑，打字道：我一来那个江英睿就想和我组队。

阮南烛：“直接过来找你组队的？”

林秋石继续打字：嗯，很直接，就像是……在人群里锁定了我。

他想不太明白这事儿：我有什么与众不同之处吗？

阮南烛闻言露出一个微妙的笑容：“你于某些特定人群而言，的确有与众不同之处。”

林秋石：嗯？

阮南烛：“看来他和我有些相似。”

林秋石疑惑地看着阮南烛。

阮南烛低声道：“都能看见一些你看不见的东西。”

林秋石一愣，还欲再问，阮南烛却已经不肯再说了。林秋石细细思考之后，想起了他和阮南烛的第一次相遇，当时他就感觉阮南烛对他是特殊的，虽然之后阮南烛解释说是因为认错了客户，但其实林秋石的内心深处并不觉得阮南烛会犯这么低级的错误。

而现在，他的问题算是有了答案。

阮南烛能看见一些东西，并且他的身上，就有着吸引阮南烛目光的那些东西。

林秋石正在想那东西到底是什么，阮南烛就凑到了他的耳边，轻声道：“当然是你的美貌啦，小哑女。”

林秋石被阮南烛突然的靠近吓得一个哆嗦，想要倒退两步，却被他拉住了手臂。

“不然你以为你为什么是特殊的？”阮南烛低低地笑了起来，充满了侵略性的眼神竟和他的美貌一点也不违和，反而让人瑟缩。

林秋石一时间竟是有些分不清楚阮南烛是认真的，还是在演戏。

好在这时封永乐敲了敲门，说：“你们两个在里面干什么呢？都这么久了。”

阮南烛推门而出：“关你什么事。”

封永乐被阮南烛不客气的眼神瞪得脖子一缩，有点委屈地说：“我……我也想上厕所啊。”

阮南烛：“年纪轻轻的，肾就这么不好？”

封永乐：“……”

阮南烛：“还行不行啊？”

封永乐怒道：“行不行你来试试？”

阮南烛看着封永乐，表情似笑非笑：“真要试？”

结果封永乐怕了，垂头丧气地进了厕所，假装自己什么也没说。

林秋石笑着看着阮南烛。

阮南烛露出无辜之色：“宝贝，你别这么看着我。放心，我的心还是在你身上的。”

林秋石懒得理阮南烛，转身回床上休息去了。

他们睡了一个小时的午觉，然后又打起精神继续探查疗养院。

这个门的线索，是封永乐提供的，阮南烛之所以选择接下这单活儿，也是因为这扇门的背景故事比较详细，属于有迹可循的世界。

领路的非玩家角色在给出门和钥匙的线索之后，林秋石和阮南烛都想到了在线索里面查找到的某个背景。

就是威福利山疗养院里面，有一条非常特殊的隧道。

这隧道本来是用来运送补给的，但是随着威福利山疗养院里面死去的病人越来越多，隧道开始有了别的作用——被用来运送尸体。

尸体们被裹好之后，从那里运送出威福利山疗养院，之后这条隧道原本的作用反而被淡化，甚至获得了死亡隧道这个称呼。

“那条隧道应该是关键的线索。”阮南烛说，“百分之八十的概率，门就在那里。”

护士说只有七天时间，七天之后他们就要接受治疗，这几乎是在明示他们只有七天时间找到离开这里的路。

如果七天之后还没有离开……会发生什么事都说不好。

“既然是隧道，那肯定是在地势比较低的地方吧？”封永乐也积极分析，“我们要不要在疗养院四周看看？”

“不一定在地势低的地方。”阮南烛摇摇头，“也可能是在某个房间里，毕竟这里不是正常的世界，不是必须要符合建筑规范。我们先去隧道原本所在的地方看看吧。”

“好。”封永乐同意了。

林秋石现在发现其实当哑巴也挺好的，不用说话，可以用更多的时间去思考。

威福利山疗养院的隧道原本所在的位置是建筑物的底楼，他们三个在底楼转了一圈，不出意外，什么都没有发现。

看来的确如阮南烛所说的那样，隧道的位置发生了变化。

“那是哪里呢？”封永乐道，“这建筑这么大。”

阮南烛摇摇头没说话。

林秋石打字：我们先去每一层都看看吧，找找看有没有什么别的线索。

只能这样了，于是三人便从低到高，开始寻找隧道的线索。

其间他们又遇到了其他几个队伍，和他们从容的态度相比，其他队伍就显得焦躁多了。毕竟他们不知道隧道，也不知道这个疗养院的背景，想要寻找到离开的方法，还得从最基本的线索入手。

林秋石再次深深地感受到了线索的重要性。

爬了三层楼，他们都没有什么特别的发现，只看见了一群精神状态极差的病人。

疗养院的环境是很差的，有的病人甚至被安置在过道里，这会儿的天气已经不算热了，外面吹进来的风冷飕飕的，但这些病人却被放到窗户口吹冷风——据说这样可以让他们呼吸到更多的新鲜空气。

这一幕林秋石在背景中就看到了，但当真见识后，却还是感到不太舒服……这种行为简直是在草菅人命。

他们上了五楼，先去看了看那个传说中的 502 房间。

房间的门上挂着一把大锁，不过这锁对于阮南烛而言形同虚设。

于是在封永乐愕然的目光中，阮南烛轻轻松松地把大锁打开了。

门被推开，露出后面布满了灰尘的房间。

房间看起来已经很久没有使用，之前应该是办公室之类的地方。因为里面没有病床，只有一些书柜和书桌。

比较吸引林秋石的，是这些书柜上面居然还有书。

三人走进了屋子。

林秋石从书柜上抽出了一本书，发现是讲病理学的书籍。书柜上的书籍大部分都和病情有关，但事实上当时的医学存在很大的误区，林秋石记得当时好像还有什么放血之类的在今天看来非常荒谬的治疗方式。

“这是什么？”封永乐本来在翻柜子，突然后退几步，像是被什么吓到了。

林秋石凑过去一看，看见封永乐面前的抽屉被拉开，露出了里面一具干枯的骸骨，这骸骨很小，一看就是未足月的婴儿。

“放在这儿做什么？”封永乐道，“而且线索里不是说……堕胎失败了吗？”

堕胎失败对于现在来说并不是非常严重的事，无非需要重新刮宫，但对于当时医疗手段有限的疗养院来说，却非常致命。而且最重要的是，这个孩子其实是个不被承认的私生子。

“是堕胎失败了。”阮南烛观察了一会儿，“这婴孩的尸体少了一部分。”

封永乐苦笑："你胆子真大。"

阮南烛没吭声，就在林秋石以为他不会再说什么的时候，他突然语出惊人："这婴儿的骸骨是刚放进来的。"

"什么？"封永乐被吓了一跳。

"周围没有灰尘。"阮南烛说，"……很干净。"

这屋子里所有的东西都布满了灰尘，除了这里，婴孩的身上没有堆积灰尘，反而非常干净，就像是被人小心翼翼地放到了这里。

林秋石围着放着婴孩的地方走了两圈，发现抽屉底下有个被锁起来的柜子，他对阮南烛招了招手，然后指了一下。

阮南烛半蹲下来，用发卡把柜子也打开了。

柜子开后，露出里面的一个鞋盒，阮南烛看了眼林秋石，伸手揭开了鞋盒的盖子，看见鞋盒里面放了一双红色的高跟鞋——和他们昨天在走廊上看到的那双一模一样。

就在他们打开鞋盒的那一刻，林秋石突然听到了一阵孩童的啼哭声，他身体微僵，随即发现，这哭声是从抽屉里传出来的……

"呜哇，呜哇。"如同刚出生的婴儿，已经干枯的婴孩睁开了眼睛，手脚也开始扭动起来。

他试图从抽屉里爬出来，阮南烛反应极快，直接把抽屉推回了原位。

"走。"阮南烛说。

三人很有默契地转身就走，出门后还不忘重新合上那把大锁。

他们一离开屋子，孩子的哭声就停止了。

封永乐额头上起了一层薄薄的冷汗，他吞了吞口水："那个小孩，会和钥匙有关系吗？"

"不知道。"阮南烛说，"不过可以确定它和红鞋子有关系。"

他们三人说着话，回到了楼下的住所。

因为昨天的意外，在进门之前，林秋石还特意检查了一下他们房间的门牌号，确定没有变成奇怪的502之后才进去。

不过他们的门牌号虽然没有变成502，旁边一间却变成了502，林秋石本来打算去提醒一下的，但阮南烛却拉住了他："是江英睿的房间。"

林秋石脚步一顿。

“既然他这么喜欢你，还特意送了我一块巧克力。”阮南烛说这话时皮笑肉不笑，“我们总要回点什么礼吧。”

林秋石点点头，示意明白了。

江英睿送阮南烛巧克力这事儿绝对是包藏祸心，林秋石可没有天真地以为他是真的觉得阮南烛吃得不好特意来关心阮南烛的。

封永乐对此也无所谓，表示团里的人除了队友都是竞争对手，死一个也没什么。

他们回了屋子，讨论着今天检查的结果。

正在说着话，林秋石却听到他们门口传来了细微的脚步声，这声音非常轻，如果不是林秋石的听力异于常人的敏锐，恐怕也会听漏。

林秋石起初还以为这是像昨天那样高跟鞋乱跑的情况，但脚步声之后，他又听到门上传来了一点声响，有些像纸张和木头在摩擦。

林秋石做了个“停”的手势，打断了阮南烛和封永乐的讨论，伸手指了指门口。

阮南烛心领神会，站了起来，走到门口拉开了大门。

门一开，门外竟然站着一个表情尴尬的姑娘，林秋石认识她，就是昨天想要加入他们，但最后被阮南烛拒绝的薛之云。

“有事吗？”阮南烛冷冷地发问。

“没……没事。”薛之云的表情有点慌张，“我……只是想来和你们打个招呼。”

阮南烛抬头，看向了他们的门，只见门上406的门牌被取了下来，正捏在薛之云手里，而她的另一只手藏在身后，浑身上下都在微微发抖。

“你手里拿的是什么？”阮南烛的声音很轻。

薛之云的身子抖得更厉害，眼前的人语气并不重，眼神也说不上凶狠，但她却觉得对方可怕极了，连带着后背都起了一层鸡皮疙瘩。

“你手里拿了什么？”阮南烛又问了一遍。

林秋石知道阮南烛要爆发了，他赶在阮南烛爆发之前，从薛之云藏在身后的手里抢过了那东西。

那是一张门牌，上面 502 这个数字是如此的醒目，刺得人眼睛生疼。

阮南烛看见这个门牌号，笑了起来，他伸出手，抓住了薛之云的头发，将她的脸硬生生地抬了起来，强迫她和自己对视：“薛之云是吧？我记住你了——不，应该是我记住你们了。”

薛之云吓得浑身发抖，带着哭腔和阮南烛说对不起。

阮南烛松开了抓着薛之云头发的手，从林秋石的手里接过门牌，他的语气很平静，如同风暴前的海面：“我建议你们晚上一定要分开睡，而且最好分到几个房间里。”他笑了起来，“毕竟，谁知道这门牌号会什么时候出现在你们的门上呢。”

这话一说完，薛之云就号啕大哭起来。

阮南烛却很不客气地关上了门。

林秋石看着关上的大门皱起眉头，打字道：他们为什么要这么做，不是说门内杀人是会被报复的吗？

阮南烛淡淡地道：“的确会被报复，前提是被杀的人至少得知道自己是怎么死的、被谁杀的。”

如果连自己都死得糊里糊涂，又何谈复仇呢？

林秋石看出了阮南烛很生气，打字道：不要生气了，和他们计较很不值得的。

阮南烛沉默片刻，冷冷地笑了笑，却没有应和林秋石的话。看起来他已经狠狠地在心里给这群人记上了一笔，只待找到一个合适的时机，便会毫不留情地报复回去。

封永乐站在旁边用胆战心惊的表情看着阮南烛手里的那张 502 门牌，颤颤巍巍地道：“这东西我们要留在这里吗？”

阮南烛冷漠地道：“当然不能留在自己这儿。”这门牌号应该会引来什么东西，虽然没有挂在门上，但也很不保险。

“那怎么办？”封永乐道，“马上就要到八点了。”一到八点就不能出门。

阮南烛没说话，拿着门牌离开了房间，去了对面。

他们对面是一间空房间，并没有人住，本来门是锁上的，但阮南烛轻而易举地打开了门上的锁，随后把门牌放在了房间里面又带上了门。

“暂时存放在那儿。”阮南烛道，“等到有用的时候再拿出来。”

封永乐松了口气：“那些人太过分了，居然想出这样的办法。”

如果不是林秋秋听力敏锐，恐怕今天他们就交待在这儿了。

阮南烛看了眼外面沉沉的夜色，道：“睡吧。”

03

八点了，虽然时间还算早，但天色已经完全暗了下来。

整个疗养院里再也听不到一点动静，好像连白日里躁动的病人们都开始害怕这渐渐变暗的夜色。

林秋石躺在床上玩手机，上铺的阮南烛很安静，估计已经睡着了。

玩了一会儿后，林秋石便生出一点朦胧的睡意，正欲把手机一放好好睡一觉，浑身却一个激灵——他听到了敲门的声音。

封永乐也还没睡，脸上露出惊恐之色，显然，他也听到了。

“咚咚咚。”敲门声很响，是从对门传出来的。

林秋石和封永乐对视一眼，两人都在对方眼里看到了庆幸的味道……还好他们把门牌放回去了，这会儿还站在外面敲门的，肯定不会是人。

“咚咚咚！”敲门声越来越激烈，最后便是破门而入的声音，林秋石非常清楚地听到他们对面的门被打开了，之后也不知道是不是因为发现屋子里没有人，安静下来三四分钟后，走廊上便响起了高跟鞋敲击地面的尖锐响动。

这响动越来越远，渐渐消失，林秋石悬着的心也终于放下了。

睡吧睡吧，林秋石这会儿不磨蹭，闭上眼睛想要强迫自己睡觉，奈何翻来覆去都无法入眠。也不知道是不是他翻身的声音吵到了上铺的阮南烛，阮南烛突然轻轻开口：“睡不着？”

林秋石看着上铺，不知道该如何回答。

片刻后，阮南烛穿着睡衣从上铺爬了下来，接着非常自然地躺上了林秋石的床铺。

他穿着一件长长的睡衣，脸色有些苍白，躺下的时候，如瀑的黑色长发在枕头上散开。他扭过头，黑色的眸子静静地凝视着林秋石。

此时的阮南烛，乍看起来透着些脆弱的味道，但仔细观察后，却会发现那脆弱不过是他的错觉。

那双黑眸之中，是深湖般的宁静深邃，仿佛只要和他对视，内心便会平静下来。

林秋石感到一只手揽住了自己，他有些不自在地挣动片刻。

“别动。”阮南烛说，“睡吧。”

林秋石想了想，便没有再挣扎，闭上眼睛开始试图入睡。

三分钟后，两人纷纷陷入深眠，只留下封永乐一个人露出幽怨无比的表情……他也想和大家挤一挤嘛。

挤是不可能挤的，封永乐要是真敢挤上去，怕是活不过今晚。不过他必须得说这两个姑娘躺在一张床上的模样真是相当的养眼。

阮白洁气质成熟，是御姐那样的类型，只是那张脸虽然漂亮，但气质却会让人觉得不太好相处。而林秋秋是完全相反的类型，她的模样不是一顶一的好，却非常吸引人的目光。封永乐想了一会儿才想出形容词，便是林秋秋身上带着股柔弱又悲天悯人的味道，她的脸很小，看起来像是一只可爱的小动物，和艳丽的阮白洁比起来，一看便知道她很无害。又因为她身体上的缺陷，难免会吸引到一些怀有特殊目的的人。

如此想着，封永乐也渐渐生出了睡意，他闭上眼，呼吸平稳下来。

午夜时分，窗外再次响起重物落地的声音。

只不过有了前一天的教训，大家被吵醒后都很淡定地躺在床上没怎么动弹，林秋石醒了一会儿，便又闭上眼睛沉沉地睡了过去，阮南烛这个安眠药精的效果果然厉害，他现在完全没有失眠的困扰。

一觉睡到第二天早上，林秋石神清气爽地起床了。

他起来就看到了封永乐哀怨的眼神，微微一愣。

“早上好啊。”封永乐说，“你昨天晚上没有听到什么声音吗？”

林秋石点点头，示意自己听到了。

“那为啥你们两个都没醒？”封永乐道，“那东西真恐怖，一直不停地跳楼，我压根儿睡不着。”

林秋石沉默了。其实他的听力应该比封永乐的好，只是封永乐被吵醒了而他还没事，这肯定得归功于阮南烛。

“还活着就行，要求那么多做什么？”阮南烛凑到林秋石的耳边，懒懒地道，“早上好，林林。”

林秋石被阮南烛吓得一个哆嗦，他耳朵非常敏感，一碰就身体紧绷。

林秋石用眼神谴责阮南烛：你就仗着我不能说话。

阮南烛用眼神回答他：你错了，就算你能说话我也会这么干。

林秋石：“……”

他无言以对，阮南烛笑眯眯地起床洗漱。

封永乐并没有看出两人间的波涛汹涌，还在为他们的“姐妹情深”而感动。

林秋石叹气，也放弃了继续纠结这件事。

三人在食堂吃早饭的时候，讨论起了昨天的声音。

林秋石和阮南烛都表示自己没有怎么听到，只有封永乐苦着脸说：“我好像知道那门牌号是怎么回事了。”

“怎么回事？”阮南烛吃了一口白煮蛋。

“那跳楼的声音有从对面传过来。”封永乐说，“所以我猜测，是不是挂上那门牌号，护士就会从他们的房间跳一次。”至于跳之前会发生什么……想也不用想，肯定不是什么好事。

阮南烛道：“哦，原来如此。”

封永乐：“你就一点都不惊讶吗？”

阮南烛莫名其妙：“已经知道会死了，只是死法不同而已……为什么要惊讶？”

封永乐无话可说。

的确如此，那502的门牌，显然意味着死亡，至于是怎么死的，好像的确不太重要。

他们吃完饭往外走时，正好遇到了江英睿他们的队伍，昨天那个被发现干坏事后吓得浑身发抖的薛之云也在队伍里面。

林秋石本来以为江英睿会比较尴尬，没想到他依旧厚着脸皮微笑着和他们打招呼。

不过这次三人都没理他，只当是空气一般忽略了。

而且看阮南烛的表情，林秋石甚至有理由怀疑如果不是这里杀人会出现那东西的话，江英睿可能会被阮南烛当场杀死好几次。

封永乐嘟囔："这群人真不要脸……"

阮南烛微微一笑，只是眼神之中却没有几分笑意："不急，来日方长。"

这疗养院太大了，昨天他们只是粗略地逛了逛那几层楼，并没能细细探查，今天打算继续。

不过在走进院子后，阮南烛站在一楼思考了片刻："你们有没有发现这个疗养院少了点东西？"

林秋石：少了什么？

阮南烛说："我们昨天好像从头到尾都没有看到医生吧？"

被阮南烛这么一说，封永乐拍手，恍然大悟道："的确啊，好像真的没有看到医生，只看到了几个护士——"而且个个都态度冷漠，看到他们跟没看到似的。

"所以医生呢？"阮南烛道。

林秋石想了想昨天他们在一楼看到的大楼功能分区图，打字道：我记得六楼是医生办公室，对吧？

阮南烛："是的。"

林秋石：好像全部上了锁，我们再上去看看？

"行。"阮南烛同意了林秋石的提议。

事实上这个疗养院里很大一部分的房间都上了锁，如果想要一间一间检查简直是不可能的事。所以只能先寻找到目标房间，再开锁检查。

林秋石在心里庆幸有阮南烛跟在身边，并且开始认真地思考自己出去之后要不要好好学一学开锁这门手艺……

其他楼层里大部分都有病人的存在，他们穿着病号服，有的在走廊上漫无目的地穿行，有的呆滞地坐在墙角，有的喃喃自语，仿佛在和不存在的东西对话。明明是治疗肺病的地方，却如同一个大型的精神病院。

但六楼却很清静，没有病人，没有护士，整个走廊都浸泡在一种黯淡的光线里，像是老旧的电影画面。

阮南烛到了六楼后，先找到了院长室。

院长室在走廊最中间，大门紧闭，看不到里面的情况。

阮南烛说："让开。"

林秋石和封永乐侧过身，让阮南烛开门。

两三分钟后，面前的锁应声而开，阮南烛没有直接推开门，而是非常小心地开了一道缝隙，先观察了里面的情况。

屋子里很安静，似乎并没有什么危险。

他摸索着门侧的墙壁，找到了屋子里灯光的开关，"吧嗒"一声轻响，惨白的光芒笼罩了整个办公室。

林秋石跟着阮南烛走了进去，一进去，他的目光就被墙壁吸引了。

只见面前的墙壁上，竟是挂满了密密麻麻的遗像，这些遗像上的人表情冷漠僵硬，冰冷的视线仿佛能从画框里面射出来。而他们都有一个共同点，便是全穿着医生的制服。

而林秋石很快就注意到，照片墙的最高处，有一个空着的相框。

三人看着那空着的相框陷入了沉默。

"这是给谁留的？"封永乐干笑。

没人知道问题的答案。

阮南烛看了一会儿照片墙后，便移开了目光，三人开始在屋子里搜寻起来。很快他们便有了收获，在一个抽屉的角落，林秋石发现了一张照片，照片上是个中年男人，模样还算英俊，顶着一头金色的短发，露出沉稳的笑容。而最引人注目的，是他穿着的医生服。

林秋石拿着这照片在墙壁上搜寻，果不其然，并未发现这人的遗像。

"没有。"阮南烛断言。

"那空着的位置就是给他留的吗……"封永乐说，"会不会钥匙就在相框里？"

阮南烛想了想："你把空相框取下来看看。"

封永乐点点头，找了把椅子踩上去，他伸出手，拿到相框后把相框从钉子上取了下来。

“只是个空相框啊。”封永乐说，“好像没什么特别的。”他两面翻转了一下，并没有在相框上发现什么特别的东西，便将相框递给了阮南烛。

林秋石本来也在低着头看相框，却突然身上一凉，感到了一股怪异的视线。他狐疑地抬头，朝着视线的方向看去，在看清楚了视线的来源后，后背直接起了一层冷汗。

只见盯着他的，竟是墙壁上的遗像。

这些遗像的眼神从刚开始的直视变成了斜着眼睛看东西，几乎每一张遗像都在斜着眼睛盯着他们，惨白僵硬的表情，配上那死气沉沉的眼神，让林秋石感觉到了不妙的味道。他马上伸出手，拉了拉阮南烛的袖子。

阮南烛注意到林秋石的表情不对劲，朝着他目光投向的方向看去，也看到了遗像的变化。

而此时，这种变化竟是在逐渐加剧。

遗像的眼睛开始缓缓移动，好像相框里的死人要复活了一样，画框也开始跟着震动，林秋石瞪圆了眼睛——他看到一张遗像上的人，竟然慢慢地伸出了手，一副想要从相框里面爬出来的样子。

要是一般人，看到这场景肯定马上就慌了。

但阮南烛到底经验丰富，他看了眼自己手里的空相框，下一个动作就是马上爬上椅子，将空相框挂回了原位。

在相框归位之后，一切变化都停止了。

遗像里面的人又恢复了那冷漠的表情，眸子无神地注视着前方，仿佛刚才他们看到的一切不过是错觉罢了。

封永乐伸手擦了擦额头上的冷汗，骂了句脏话后，道：“吓死我了。”

林秋石也是心有余悸。

阮南烛道：“钥匙会不会在相框里？”

“可刚才不是已经检查了吗？”封永乐干笑，“相框里什么都没有啊……”

阮南烛看了他一眼：“你没发现相框少了点东西吗？”

封永乐一愣。

林秋石倒是明白了阮南烛的意思，相框中的确少了点东西——少了一张本该出现在上面的遗像。

“少了遗像？”封永乐也领悟了。

阮南烛点点头。

“那我们要去哪儿找遗像啊？”封永乐苦笑起来，“这疗养院这么大……”

“总会找到的。”阮南烛说，“先走吧。”

他们离开了院长室，阮南烛把锁锁上了。

钥匙似乎有了线索，但门却依旧没有头绪。他们逛遍了整层楼，寻找了每一个角落，却没有发现任何隧道存在的痕迹。

就在林秋石以为他们不会有什么突破性进展的时候，封永乐却有了新的发现，他找到了一间屋子。

那屋子本来是上了锁的，只不过锁头被人破坏了，于是封永乐便直接推开了门。

这门一开，把他吓了好大一跳，只见宽敞的屋子里，堆满了密密麻麻的黑色袋子。这些袋子从形状上看，分明就是用来装尸体的裹尸袋。

封永乐低声叫林秋石和阮南烛：“你们快来看！”

林秋石和阮南烛走到了房间门口，也看到了这些密密麻麻地堆积在一起的尸体。

“他们都不处理这些尸体吗？”封永乐嘟囔。

阮南烛蹙眉：“你说什么？”

“我是说他们都不处理这些尸体吗——”屋子里已经开始散发出一股腐败的气味，闻着格外的恶心，封永乐道，“怎么了？”

阮南烛说：“或许这是一个突破口，如果他们要处理尸体的话……”

林秋石心领神会：你的意思是那个隧道的作用？

阮南烛点点头。

林秋石打字：是个思路。

在线索的背景里面，隧道是用来处理尸体的地点，眼前堆积的尸袋如果需要处理掉，那么肯定会被带到隧道附近，他们只要跟着去就行了。

不过虽然有了这么个思路，但执行起来却不是件容易的事，因为他们并不知道处理尸体的时间。

阮南烛继续分析道："这里的锁头被人破坏了，应该是有其他人也发现了这个地点。如果他们够聪明，肯定也会从里面发现线索。"

处理尸体的方法有很多，主要是填埋或者焚烧，这里没有焚化的地方，那么大概率是前者。

而疗养院附近是没有墓地的，所以只要足够聪明，肯定会想到这里会有别的抛尸地点。

如果有人发现了这一点，那他们就是竞争对手。

"我先去周围问问病人吧，看他们知不知道什么线索。"封永乐说，"就这么等着也不行啊……"

阮南烛点点头，示意封永乐的想法可行。

林秋石则表示如果需要的话他可以一个人在这里守着，毕竟他不能说话，也问不出什么。

阮南烛道："行，我们就在附近，有事你就制造点声音，我们马上就会过来。"

林秋石点头表示自己知道了。

两人去了附近，而林秋石则站在靠近这里的一个角落，想看看有没有人过来。在这里站了片刻后，林秋石却没想到一个熟悉的身影朝着这边来了，这人正是之前给他们使绊子的江英睿。

林秋石见到江英睿的身影微微一愣，正欲躲开，结果江英睿远远地就看见了他。

"小哑女。"江英睿朝着林秋石走了过来，脸上带着微妙的笑容，道，"就你一个人在这里？"

林秋石静静地看着他，没说话。

"你的朋友呢？"江英睿站在林秋石的面前，道，"他们没有陪着你吗？这样的世界里放着你一个人，是很危险的事呀。"

如果林秋石真的是个无助的哑女，面对江英睿或许会感到害怕甚至恐惧。

但林秋石并不是，所以面对江英睿近乎威胁的话语，他的反应也不过是眨了眨眼睛。

"你不怕吗？"江英睿轻声问。

林秋石还是没反应。

“为什么不理我？”江英睿离林秋石越来越近，两人之间的距离已经让林秋石有了一种空间被侵犯的感觉，他的表情冷了下来，拿出手机打字：我和你没什么好说的。

“你们也看到了那个屋子？”江英睿说，“里面全是尸体呢……”

林秋石一副“关你屁事”的表情。

“你说，”江英睿的声音突然低了下来，“要是现在把你装进袋子也扔到那个屋子里，他们会不会发现呢？”

这话就很过分了，林秋石冷冷地看着江英睿，正在思考要不要干脆把他打一顿的时候，就看见江英睿换了个微笑表情：“当然，我只是开玩笑，毕竟小哑女你这么可爱，我还真舍不得。”

林秋石想，你舍不得，可是我舍得啊。

江英睿保持着笑眯眯的表情：“你们刚从顶楼下来吧，在里面发现了什么？”

林秋石面无表情地看着江英睿。

“不说也没关系，我们正打算上去看看。”江英睿说，“这里就留给你看着吧。”

他对着林秋石挥了挥手，正欲转身离开。

林秋石一个箭步就冲了上去，对着他后背就是一脚。这一脚林秋石一点没留力气，把江英睿直接踹了个踉跄。

“你做什么——”江英睿被林秋石的举动惊到了，大概是没想到外表看起来如此温柔的林秋石能干出这么粗鲁的事。

林秋石很是不客气地朝着江英睿啐了一口，然后朝着他竖起一根中指。

江英睿：“……”

看着目瞪口呆的江英睿，林秋石心中痛快多了，他想着，不能说话人的素质都变差了，打字还嘴，多气势弱啊，还不如直接动手。

江英睿怒极反笑：“你别以为我不打女人——”他刚从地上爬起来，闻声而来的阮南烛他们便到了，林秋石直接一脸委屈地冲进了阮南烛的怀里。

阮南烛：“你对我家秋秋做了什么？”

江英睿："……"明明被踹的是我，你为什么那么委屈啊？！

04

此时此刻，面对满目愕然的江英睿，林秋石终于领悟到了阮南烛演戏带来的快感。本来先动了手的他成了一只无辜的小猫咪，瑟瑟发抖地缩在阮南烛的怀里，如果再微微啜泣，那自然是最好的，奈何林秋石刚接触"演艺事业"不久，演技还不够熟练，对于哭出来这种事并未信手拈来。

不过即便如此，前面的表现已经足够了。

封永乐对着江英睿怒道："你这个畜生，你到底对秋秋做了什么？"

江英睿背上还隐隐作痛，刚爬起来就要面对封永乐愤怒的质问，他皮笑肉不笑："我能做什么，明明是她先动的手——"

"她怎么可能先动手？"封永乐显然完全不相信江英睿的说法，他横眉怒目，已经把江英睿当作了乘人之危的畜生，"你看看她的模样，像是会先动手的人？！"

江英睿看了眼像只小兔子的林秋石，诡异地陷入了沉默。

的确不像，但不像也改变不了事实——他的的确确是被眼前的姑娘狠狠地踹了一脚。

江英睿知道自己没办法让他们相信，于是狠狠地瞪了林秋石一眼，转身就走，看起来被气得不轻。

林秋石的身体还在微微发抖，封永乐从旁边看，还以为他是在害怕，只有抱着他的阮南烛才知道，林秋石是在憋笑。

"好了，没事了。"封永乐说，"秋秋你别怕，那人已经走了。"

林秋石点点头，示意自己知道了。

封永乐见他眼圈红了，怜惜地道："你别怕，我们会保护你的，下次还是别把秋秋一个人留下了，这要是我们没能及时赶过来，出了什么事儿……"

阮南烛在心里想，对啊，万一他要是把人当场打死，事情就没法解决了，但嘴上还是应和封永乐的话，说自己是有些考虑不周。

这事情最后还是以江英睿吃了个闷亏结束，他估计也不会说自己被林秋石踹了一脚，就算说了，能有几个信他的呢。

不过经过这么一闹腾，林秋石却突然想起了什么，他拿出手机打字：之前那个护士叮嘱我们八点之后都不要出门，这是整个疗养院的规矩，还是只是我们的规矩？

阮南烛现在已经和林秋石很有默契，只是看了一眼，便心领神会：“我去找个病人问问。”

他们去了附近的房间，随便找了个精神状态看起来还比较正常的病人询问了关于晚上门禁的事。

那病人穿着病号服，脸上没什么表情，听到他们的问题后冷漠地道：“晚上自然是不能出来的。”

“可是为什么不能出来呢？”封永乐说，“这规矩有多久了？”

“很久了。”病人说，“至于为什么不能出来，我怎么知道呢。”他的语气很冷，手指有些神经质地交缠在一起，“或许，是要处理什么不能让我们看见的东西吧。”

林秋石思考着他的话。

“那个……”封永乐还想问些别的问题，那个病人却很暴躁地咆哮了起来：“我不知道，别问我了，我什么都不知道，别问我了！”他大叫着，还用手用力地砸着铁床，狰狞的模样简直好像随时会扑上来和他们打一架。

看见这人的模样，他们知道也问不出点别的东西了，于是只能作罢。

“所以晚上到底能不能出来啊……”封永乐有点愁，觉得这事儿还是没个准。况且他们也不敢去尝试，毕竟如果晚上出门是死亡的条件，真出点什么意外就完蛋了。

阮南烛道：“过了今晚就知道了。”

“怎么说？”封永乐没明白。

阮南烛指了指刚才他们一直守着的存放尸体的房间：“如果明天这里变空了，或者尸体变少了，那就说明他们是在晚上处理尸体的，既然如此，我们也应该可以离开房间。”

封永乐恍然：“原来如此！”

“如果没有少，那我们就只能用其他的法子来寻找隧道。”阮南烛说，“不过其他方法效率太低了。”七天时间，转瞬即逝，现在钥匙的线索还不明晰，不能在找隧道这件事上浪费太多的时间。

三人讨论着这些事情，去食堂简单地解决了个午饭，下午换成了封永乐继续守着房间，林秋石则和阮南烛去其他地方看看有没有别的线索。

他们在疗养院转了一圈，确定整个疗养院里一个医生都没有，偶尔只能看见一些穿着护士服的护士。

事实上这些护士的状态看起来比病人还要差，几乎个个都神情呆滞，只要一去搭话或者想要问点什么，表情就恐慌得不得了。

“我什么都不知道。”这次也不例外，阮南烛还没开口问呢，这护士转身就跑。这次她的模样和表情直接把阮南烛惹毛了，他直接伸手抓住了护士的手臂，阻止她离开：“我们还什么都没问，你跑什么？”

护士被阮南烛抓着，表情害怕至极。

“或者说，你已经知道我们要问什么了？”阮南烛挑了挑眉。

护士重重地吞咽了一下口水，眼神有些飘忽。

阮南烛加重了手上的力度：“嗯？”

护士面露痛苦之色，就在林秋石以为她什么都不会说的时候，她却突然低声道了句：“她在找他。”

阮南烛道：“什么？”

护士：“她在找他……是他害死了她。”

她说的内容非常模糊，让人听得云里雾里。

阮南烛却好似听懂了：“那他在哪儿？”

“我不知道，谁都不知道……”护士说，“不过，他就在这个疗养院里。”说完这句话，她硬生生地从阮南烛的手里挣脱了出来，匆匆忙忙跑走了。

“那个院长就在疗养院里，可疗养院这么大……”身边没有人，林秋石没有打字，低声和阮南烛说着话。

阮南烛摇摇头，并未回答，而是陷入了沉思之中。

这一天就这么结束了，他们没能找到更多关于院长的线索。院长这两个字就好像是疗养院里的禁忌，无论是病人还是护士，只要听到这两个字反应都很大，要么表情惊恐，要么直接转身就跑。

封永乐几乎是在放尸体的地方蹲了一天，三人会合后，互相交换了线索。

封永乐道：“这个放尸体的地方有人过来了好几次，都是在往里面运尸体，我看房间已经快满了……他们必须得清理一下。”

这会儿他们正坐在餐厅里吃着饭讨论。

阮南烛则把他们的猜测也告诉了封永乐，封永乐听后叹息：“可是我们要去哪里找院长呢？”

这的确是个问题。

在快要吃完的时候，阮南烛从碗里拿出了一小坨米饭，放进塑料袋后塞进了自己的兜里。

他这个动作做得很快，封永乐根本没有注意到，林秋石倒是看到了，所以他对着阮南烛投去了疑惑的目光。

阮南烛却没有解释，而是对着林秋石微微一笑。

林秋石也没有追问。

解决了晚饭，三人回到了住所，封永乐感叹说这扇门可真够友好的，都三天了还没死人……

“是啊，估计真的等七天时限一到，那就得死一大片吧。”阮南烛懒散地说，“只剩下一个能出去……你觉得自己是那个幸运儿吗？”

封永乐苦笑：“我可不敢这么说。”

十四分之一的概率，只要赌失败了就是死亡，谁敢这么赌呢。

“你们先聊着，我有点事，出去一趟。”阮南烛突然起身，开门出去了。

封永乐见状愣道：“你要去哪儿啊？”

阮南烛没理他。

“他这是要去哪儿啊？”封永乐一脸茫然地看向林秋石。

林秋石摊了摊手，示意自己也不知道。

好在阮南烛去得快回来得也快，不到三分钟的时间就从外面回来了。

封永乐本来还想问他到底是做什么去了，却见阮南烛一脸“你什么都别问”的模样，只好作罢。

林秋石也挺好奇的，阮南烛凑到他的耳边低声道：“不要急，明天就知道了。”

林秋石："……"所以你到底做什么去了？

夜幕降临，三人躺上了各自的床铺准备入眠。

高跟鞋的声音又在走廊上响了起来，林秋石已经习惯了，干脆装作没听见。按照前两天的规律，估计待会儿那自杀的护士又要过来跳楼，林秋石心里想着真希望她跳楼的声音能小声一点，别把自己吵醒。

这么想着，林秋石迷迷糊糊地睡了过去。

虽然做好了被吵醒的打算，但当林秋石被尖锐的惨叫声吵醒的时候还是被吓了一跳。他睁开眼睛，看到隔壁床上的封永乐也醒了，此时正表情惊恐地和他对视。

"救命——救命——"这次没有跳楼的声音了，而是属于人类的凄惨求救声，有人在走廊上惊恐地奔跑，像是在被什么东西追逐着。

林秋石一下子就清醒了，因为这求救的声音他很熟悉——正是企图给他们使绊子的薛之云发出来的。

"救命啊！"薛之云的叫声凄厉无比，仿佛在被什么极为恐怖的东西追赶着。

"啊啊啊——啊啊啊——"在凄惨的叫喊声中，还伴随着利器刺入人类身体的扑哧声，这声音仿佛就在他们门外，听起来瘆人极了。

又是一段匆忙的奔跑声，接着薛之云似乎是被那东西抓住了，叫声开始变得微弱起来。

林秋石和封永乐都从床上坐了起来。

薛之云的声音终于停了，林秋石听到门外有重物被拖拽的响动，随后便是一声巨响——薛之云似乎被直接扔到了楼下。

这里可是四楼，就算薛之云还活着，被扔下去肯定也没命了。

林秋石慢慢地站起来，走到了窗边。透过窗户，他看到了薛之云的尸体。

她的尸体面部朝下，全身的骨骼都呈现出一种扭曲的姿态，绝对不可能还活着。而就在她的身边，还站着一个浑身是血的怪物，正是那个每晚都不断跳楼的护士。此时她露出怪异而满足的笑容，手里捏着一把长长的尖刀。

林秋石慢慢地退回了屋子里。

屋外传来了一阵咒骂的声音，随后又是凄惨的求救和奔跑，本该寂静的夜，竟是因为这些声音而变得有些喧闹。

林秋石和封永乐都睡不着，倒是阮南烛还是一向的心大，除了最开始似乎醒了一会儿之外，之后都躺在床上一动也不动，看起来是真的睡着了。

林秋石直接在床上坐了一晚，直到外面晨光初现，他才松了口气。

封永乐和林秋石差不多，在天亮后，两人赶紧起身开了门，想看看外面到底发生了什么。

结果一开门，两人就被走廊上的场景震撼了。

只见整个走廊，几乎每一寸都被鲜血浸透。

林秋石的目光在走廊上扫了一圈，很快便发现出事的房间，竟然是江英睿他们所在的那间。

林秋石忽然想到了什么，他走到那个房间门口，想要看一下上面的门牌号。这里的门牌有些特殊，是一个印刷的纸板，插在透明的小框里。也正因为如此，这门牌很容易被人更换。

但让林秋石感到疑惑的是，他面前的门牌号并不是502，而依旧是普通的四楼的门牌号。想来也对，之前江英睿就想过换门牌号的事情，他自己肯定异常小心。

等等，林秋石突然注意到了什么……

“怎么了？”封永乐问林秋石。

林秋石摇摇头，指了指屋内。

封永乐道：“要进去看看？哇，里面全是血……”他转身进了屋子。

在封永乐进屋子的时候，林秋石伸手将那房间的门牌拿了下来，下一刻他就感觉不对劲，这门牌太厚了。林秋石把门牌转了一面，在其背面看到了另外一个数字：502。

瞬息之间，林秋石就明白了阮南烛做了什么——他用饭粒将502这个门牌，黏在了江英睿他们房间原本的门牌后面。

林秋石垂了眸子，将502撕了下来，然后用手指将饭粒的痕迹抹干净，再将江英睿房间原本的门牌放了回去，把502这个牌子若无其事地丢到了自己的口袋中。

封永乐并没有看到林秋石的动作，他还在观察着已经被鲜血浸泡的房间，显然他并没有在里面找到什么线索，摇头叹气地从屋子里出来了："估计都死光了吧。"

"不知道。"林秋石说，"但是我只看到了薛之云的尸体。"

江英睿的队伍一共有三个人，一个是薛之云，还有另外一个没什么存在感的成年男性。昨晚死的人绝对不可能只有薛之云，所以剩下两具尸体去哪里了倒是个问题。

"是不是在楼下？"封永乐嘟囔着。

林秋石："有可能……"

团队里的其他人也逐渐围了过来，这一晚上就没了三个，大家自然都有些不安。

而且最重要的是，这个房间为什么会突然出事。

"他们昨天去了哪里？是不是三个人都触发了死亡的条件？"人群中窸窸窣窣地讨论着，"我好像看见他们进了放尸体的房间。"

"可是我也进了啊。"有人闻言惊恐地道，"为什么我还活着……"

"或许是死亡人数已经满足了呢？"说话的人是个看起来脾气很温和的中年人，名字好像是叫程道，他说，"毕竟就算所有人都满足了死亡条件，也不一定会在一个晚上都死干净。"

他这话一出，所有昨天进过放尸体房间的人脸色都变了。

不过事实的确如此，门里面的东西杀人是有数量限制的，不然很容易出现一晚上就直接全死光的情况。

"你们看到他们的尸体了吗？"程道问，"我只看到了那个女孩的。"

"我们这边有一个。"有人回答，"那个和他们一起的男人。"这男人也和薛之云一样被护士直接从五楼扔了下去，不过因为是不同的朝向，所以林秋石他们没见到尸体。

林秋石本来以为这个男人是江英睿，但看过那具尸体之后，才确定这人并不是江英睿。

"还有一具尸体呢？"大家都感到有些不安。

昨晚那种情况，肯定很难逃生了，除非江英睿有什么特别的方法。林秋石却莫名地想到了那张有详细线索的纸条，难道江英睿……他微微皱了皱眉。

就在众人讨论之际，江英睿竟然出现在了门外，理所当然地，他吸引了所有人的目光。

“怎么，出什么事了？”江英睿温柔地询问，脸上是看起来有些假的笑容。

林秋石看见他，微微瞪大了眼睛——他没想到江英睿居然会突然出现！

“你们这么看着我做什么？”江英睿的语气很平静。

“你……你不是已经……”其他人有些难以置信，江英睿明明应该已经死了，为什么此时却完好无损地站在这里？

“哦。”江英睿道，“是这样的，昨天晚上因为和他们闹了点矛盾，所以我就换了个房间睡觉，没问题吧？”

众人沉默了。

这个解释自然是没问题的，但大家都觉得不太对劲。

林秋石也是如此，他看着江英睿从容不迫的样子，却莫名地觉得他是在撒谎。

江英睿却不打算继续解释了，他的目光在人群里扫了一圈，说：“阮白洁呢？”

“问她做什么？”封永乐很烦江英睿。

江英睿说：“找她自然是有事。”他笑了笑，“因为我怀疑薛之云他们就是被阮白洁害死的。”

林秋石不动声色地看着他。

“你在胡说八道什么呢？”封永乐很不高兴，“明明是你想害死我们，要不是被阮白洁发现了，我们早就‘凉’了——”

江英睿没有说话，转身走到了门口，拿起了那张门牌。

“怎么样？”封永乐冷笑。

江英睿观察着手里的门牌，最后什么也没说。

林秋石把手塞进口袋，慢慢地摩挲了一下那张 502 的门牌。

就在他们说话的时候，阮南烛也出现在了门口，他双手抱胸，似笑非笑地看着江英睿，道：“哟，说什么呢？”

江英睿抬眸，和阮南烛的视线相接，两人目光交汇，仿佛擦出了火花一般。

“没什么。”江英睿笑了笑，转身走了。

阮南烛冷漠地看着他的背影。

林秋石走到了阮南烛的身边，伸手拉了拉他的袖子。阮南烛摸了摸他的头："乖。"

林秋石斜眼瞅了他一眼，很想说不要摸我的头——准确地说是头发。

"走吧，吃早饭去。"阮南烛伸了个懒腰。

三人朝着食堂去了。

随便找了个机会，林秋石把手里的门牌塞到了阮南烛的手里。阮南烛接到这个门牌也不惊讶，动作自然地放入了自己的口袋。

"变厉害了嘛。"阮南烛笑眯眯地说了这么一句。

林秋石笑了笑，没说话。

"以后我们家秋秋会更厉害的——"阮南烛拉长了声音，语气里带着些许笑意，"说不定以后就是秋秋保护我了呢。"

林秋石很想让阮南烛别演了，但是又不太方便。他现在强烈怀疑阮南烛让他不说话是因为方便占他的便宜。

而封永乐却在为他们两人的感情而感动，说："你们两个关系真好啊，在现实里也这样吗？"

"对啊。"阮南烛笑眯眯地说，"我和秋秋天天睡一张床呢。"

封永乐想了想那画面，干咳一声，不知为何表情有些微妙。

林秋石倒是没看出封永乐在想什么，他又思考起了江英睿的事，他的直觉告诉他，昨天晚上江英睿绝对就在他们原本的房间里，但是不知道对方用了什么法子，逃脱了昨晚那恐怖的一幕。

一时间，林秋石又找不到具体的线索到底是什么。

"好了，别想了。"阮南烛明白了林秋石纠结的问题，道，"先把肚子填饱，再想别的事情。"

林秋石点点头，拿起一个馒头塞进了嘴里。

阮南烛笑意盈盈地看着他。

林秋石被他看得有点发毛，打字：你看着我做什么？

阮南烛："没什么。"他慢条斯理道，"只是觉得今天的你格外可爱。"

林秋石打了个哆嗦，强烈怀疑阮南烛这货是不是吃错了药。

“好了，我开个玩笑。”阮南烛撑着下巴，打了个哈欠，“关于那个院长，你们有什么想法吗？”

林秋石和封永乐都摇了摇头，表示并没有什么想法。

“我倒是有个猜测。”阮南烛说，“你们说，为什么那个护士一直都找不到想找的院长？”

封永乐呆呆地问：“为什么啊？”

阮南烛道：“你们就没想过，或许那个院长根本就不是疗养院的人？”

林秋石闻言一愣。

“你这话是什么意思？什么叫‘那个院长根本就不是疗养院的人’？”封永乐听了阮南烛的话，完全没有明白他的意思，茫然道，“难道院长是怪物？”

阮南烛：“你看到院长室里摆满的遗照了吧？”

封永乐点点头。

阮南烛说：“那个护士显然可以轻松地对这里的非玩家角色下手，如果那个院长在疗养院里，完全不可能逃掉。”他说到这里，沉吟片刻，“当然，还有一个可能，就是他有可以躲开护士的方法。但我们到这里后都没有看见过他，所以我更倾向于第二种猜测。”

林秋石仔细听着阮南烛的分析。

“第二种猜测。”阮南烛竖起两根手指，轻声道，“他根本就不在疗养院里。”

封永乐还是一脸茫然，林秋石却已经明白了阮南烛的意思——那个院长藏在进门的人里面，如同阿姐鼓里的徐瑾一样。

见封永乐还是不明白，阮南烛只好轻叹一声，仔细解释了一遍。

听完之后，封永乐满脸的不可思议：“可是这怎么可能？在门外进来的人里面，这也太犯规了吧……”

阮南烛：“犯规又如何，这些世界本来就没有固定的规则。”

封永乐挠挠头，有点没转过弯的样子。

“当然，现在只是猜测，一切还有待求证。”阮南烛道，“不过现在已经可以肯定钥匙和院长室里的那些照片绝对有什么关系。”

封永乐点点头："对了，我们不是要去看看那个存放尸体的房间吗？"

阮南烛："先吃了早饭再说。"

于是三人又继续慢慢吃东西。

05

解决了早餐之后，他们便按照昨日的计划奔着存放尸体的地方去了。

到了那个房间，林秋石不出意料地发现，屋子里有一部分尸体不见了，原本堆满整个房间的裹尸袋此时只剩下了三分之二，看起来有一部分在昨天晚上被挪去了别的地方。

阮南烛看着房间里的这些尸体沉思起来。

"这些没了的尸体肯定是被搬到隧道里面去了。"封永乐在旁小声地说，"难道我们要晚上偷偷跟出来，可是如果中途遇到了那个护士……"他说到这里，可能是想起了死状凄惨的薛之云，浑身打了个寒战。

阮南烛："出来被护士杀了，也比在这里等死强，况且有些规矩，是不必遵守的。"

的确如此，林秋石还记得当时他们在雨中女郎的世界里，阮南烛就没有听从管家的规矩，进入画室破坏了女主人的画才得到了离开门内的钥匙。如果在每个世界中都乖乖地听非玩家角色的话，他们都不知道死过多少次了。

有些规矩，是必须遵守的，有些规矩，却不能遵守。当然，评判这个标准的界线需要自己决定，一个错误的抉择可能就意味着会付出生命的代价。

看来经历的门越多，的确越容易从里面总结出一些比较可靠的经验，阮南烛那样大量刷门，并不是没有道理的，林秋石如此思考着。

"那咱们今晚就偷偷出来看看？"封永乐在旁小声地建议道。

阮南烛道："到时候再看吧。"他眼神一转，"我想再去院长室看看。"

"可以啊，一起呗。"封永乐觉得自己实在是没什么主意了。

于是三人再次去了院长室。

之前他们来的时候，院长室门口还挂着一把大锁，但现在这把锁已经被人破坏掉了，想来是其他的玩家想要进去，但又没有开锁的技能，所以只能使用暴力解决。

不过这样倒也方便，阮南烛伸手拉开了门，露出院长室里面的景象。

和之前他们来的时候相比，屋子里的景象并无什么太大的变化，只是桌子上的书籍被人翻阅过了没有放好，墙壁上的遗像似乎也被人移动过。

林秋石将目光放到了那个空着的相框上面。

那个相框看起来是最特别的，就这么突兀地挂在一片遗像中间，简直像是未完成的画卷，让人想把与周围格格不入的它填满。

阮南烛低着头，他一直在思考什么事情，表情看起来分外严肃。

“你说，”阮南烛突然出声，“有多少人进过这个房间了？”

林秋石摇摇头，示意自己不知道。

“肯定不少……”封永乐说，“地板上这么多乱七八糟的脚印，我倒是觉得基本上大部分人都进来过了。”这个院长室的位置并不隐蔽，想要发现并且进来探查是很容易的事情。

就在他们三人打算再仔细看看的时候，楼下却传来了一声凄惨的尖叫，这叫声一听就是他们团队里某个姑娘的声音。

封永乐神色一凛：“出事了？”

阮南烛：“下去看看。”

于是三人奔向一楼叫声所在的位置，很快发现了问题。

只见一楼走廊的某个角落，到处都布满了鲜血，鲜血之中，趴着一个人——不，那已经不能被称作人了，他浑身上下的骨头和血肉被抽了出来，只留下一张皮，就这么静静地躺在地上。

林秋石看到这人便露出惊讶的眼神，虽然他看不见这人的脸，但可以从衣着上认出，死掉的这人正是江英睿！

林秋石条件反射地看了眼阮南烛，却见阮南烛无辜地摊了摊手，示意眼前这状况和自己没什么关系。

“他怎么死了？”封永乐也很惊讶，“早上不是还好好的吗？”

“不知道——”发现尸体的是个姑娘，她说，“本来想去附近看看，结果却看到了这个。”

“没人看见发生了什么吗？他是怎么死的？”有人问。

这个问题并无人回答，看来大家都不知道江英睿到底是怎么死的。

这时候团队里的人，陆陆续续到齐了。除去昨晚死掉的两个和眼前的江英睿，还剩下十一个。大家表情严肃地看着江英睿的尸体，开始窃窃私语，讨论起他到底为什么会死得那么惨。

阮南烛走到了江英睿的旁边，简单地检查尸体。

他检查了一会儿，便起了身。

旁人问阮南烛发现了什么没有，他摇摇头："没有。"

江英睿的死太奇怪也太突然，林秋石本来还想着他要是给他们使绊子该怎么办，却没想到这人就这么莫名其妙地死了。

阮南烛的视线突然在人群里扫了一圈。

林秋石敏感地感觉他在找什么东西。但阮南烛应该没有找到他想要的，因为下一刻，他便招呼着林秋石和封永乐离开。

他们三人离开之后，到了一个偏僻的地点。

阮南烛确定周围没有人后，慢慢地从兜里掏出了一个东西，道："这是我在江英睿口袋里找到的。"

"什么？"林秋石一愣，发现阮南烛的手上有一个小小的木头娃娃，那个娃娃只有拇指大小，看起来像是小孩子的玩具。

"这是什么？玩具吗？"封永乐问。

阮南烛的手指摩挲着木头娃娃，手指突然一动，娃娃便从中间裂开，露出一个更小的娃娃。林秋石这才明白，这居然是俄罗斯套娃的最后两个娃娃。

俄罗斯套娃都是一个套着一个，最大的套着最小的，眼前的套娃却只剩下了两个。

"应该是个重要道具。"阮南烛说，"也许这就是昨晚江英睿没有死的原因。"

他从某个特别的地方获得了这两个套娃，而套娃救了他一命。

只是不知道为何，逃过了昨天，却突然死在了今天白天。

封永乐："那他为什么会死了……"

阮南烛叹气："我也想知道啊，你能不能不要一直问问题，给点建议行不行？"

面对阮南烛恨铁不成钢的语气,封永乐的表情有点尴尬,他讪笑两声:“抱歉,你太厉害了,我怕我的分析反而打断了你的思路。”

阮南烛的表情似笑非笑:“秋秋,你怎么看?”

林秋石打字:杀了他的人,会不会就是那个院长?

阮南烛:“怎么说?”

林秋石:我没在白天见过那个护士,江英睿到底做了什么事情触发了死亡条件,我觉得这个条件肯定会很特殊,而且之前按照你的推测,如果院长就在我们的团队里……会不会是江英睿在一楼走廊那里,发现了什么关键的线索?

阮南烛:“有道理,我们再去看看。”

此时一楼的走廊上又恢复了寂静,刚才围过来的人群已经散开,只留下江英睿的尸体静静地躺在原地。

林秋石这次自己蹲下来检查了一下,封永乐在旁边嘟囔道:“你们两个姑娘怎么胆子那么大,都不怕的吗……”

林秋石瞅了他一眼没吭声,阮南烛则笑眯眯地道:“有什么好怕的,我知道我家秋秋会保护我的。”

封永乐表情微妙,“嗯”了一声。

江英睿的死状很奇怪,他的肚子上破了一个大洞,伤口呈现出一种撕裂状,简直像是被撕开了。说实话,林秋石一直觉得江英睿突然就这么死了,是件非常奇怪的事情。他慢慢地剥开了江英睿的衣服,发现了别的东西,眼睛一下子就瞪大了。

“怎么?”阮南烛看见了林秋石的表情。

林秋石对着阮南烛招了招手。

阮南烛走到了林秋石的面前,低下头,看见江英睿的后背上,竟是布满了大大小小的刀口,这些刀口一看就很深,因为江英睿的尸体本来就已经很破,刀口又被鲜血糊满,所以倒也不容易被发现。

阮南烛之前没太关心江英睿的死法,便漏掉了这些线索,他蹙眉,表情看起来十分严肃。

林秋石飞快地打字:他的腿好像也断了,后背还有伤口……

阮南烛陷入沉思。

林秋石：我有一个猜想。

阮南烛抬头，看见了林秋石黑色的眸子，他知道，他们两个此时此刻，想的是同一件事："江英睿昨晚已经死了？"

林秋石重重地点头。

阮南烛："的确有可能。"

仔细想来，早上江英睿出现的时候的确是疑点重重，既然他已经怀疑到是阮南烛动了手，那么如果他没出事，肯定会在第一时间把门上的502门牌拿下来当作证据证明是阮南烛害的人。但他却没有，反而消失了很长一段时间，在众人先后到达后，才姗姗来迟。

他来的时候脸色极差，林秋石也没太在意，毕竟经历了晚上的那种事情，他脸色好才奇怪呢。

不过仔细想想，好像的确有一些很微妙的细节。比如江英睿身上换了一套衣服，再比如，江英睿来了之后说了几句话，在发现没办法证明是阮南烛动的手之后，便毫不犹豫地离开了。

之后没过多久，他就被发现死在了这里。

林秋石想到了阮南烛从他兜里掏出来的俄罗斯套娃。

阮南烛道："你说，他到底死了没有？"他的手指摩挲着那看起来平平无奇的套娃。

林秋石摇摇头，示意自己不知道。

阮南烛："我觉得没有。"他笑了起来，声音有些低沉，"你看他撕裂的伤口，像不像有什么东西从里面爬出来了？"

林秋石："……"阮南烛不说他还不觉得，一说，他就产生了一种毛骨悚然的感觉，仿佛真的看到了有什么东西在江英睿的腹中挣扎着，最终撕裂了他的腹部，硬生生地从里面挤了出来。

林秋石：第一个发现尸体的女生叫什么名字来着？

"叫胡蝶。"阮南烛说，"对她没什么印象。"

林秋石：嗯，我知道了。

他们两人说话跟打哑谜似的，听得封永乐一头雾水，最后他实在是没忍住，道：“你们到底什么意思啊？什么叫江英睿昨晚就死了，可是如果他昨晚就死了，又怎么会出现在这儿？”

阮南烛看了他一眼：“你到底是怎么走到第六扇门的？”

封永乐道：“我运气好啊。”

听着他的话，林秋石却莫名地想到了程千里，这两人从某种程度上来说倒是有些异曲同工之妙……

阮南烛是最不耐烦十万个为什么的，这要是在门外恐怕早就冷着脸走人了，但好歹门里面他的名字是叫阮白洁，所以态度稍微好了那么一点点，他伸手拍了拍封永乐的肩膀说：“既然是靠运气，你知道那么多有用吗？”

封永乐：“……”你说得很有道理，但是我还是想反驳一下。

林秋石看着两人的互动有些想笑，说实话，他现在有些怀疑阮南烛当初对他刮目相看，是因为他没有强烈的好奇心，不爱问为什么了。

因为江英睿的死，他们三人都开始注意那个叫胡蝶的女生。

胡蝶虽然名叫胡蝶，模样却不太好看，性格也不太合群，和另外一个男生做了搭档，但两人却经常分开。

其实这样的人在门里面并不特殊，因为毕竟是在门内世界，在没有确定伙伴可以信任之前，一个人行动反而比较安全。

胡蝶就是如此，连到餐厅吃饭，都是一个人，吃完了就走，没有一点含糊。

她的表现并没有什么异常的地方，甚至于林秋石都怀疑是不是他们想多了，因为根据他们的推测，事实的确有些匪夷所思。

“今天晚上还要值夜班，我们多吃点吧。”晚饭时间，封永乐吃得比平时多了很多，他道，“真希望能顺利地找到隧道。”

林秋石点点头，算是附和了封永乐的话。

今天可以说是发生了很多事了，一口气就死了三个人，终于到来的死亡让大家的神经紧绷起来，却也莫名地松了口气——至少如果没有找到钥匙出去，他们活下来的概率又大了一点。

晚上八点一到，疗养院立刻安静下来。

林秋石私下里找了个机会把502的门牌交给了阮南烛让他收起来，也不知道他到底藏到哪儿了。

三人躺在床上等着天黑，很快，走廊上便传来了熟悉的高跟鞋敲击地面的声音。

“我们真的要出去吗？”封永乐看起来非常担忧。

“嗯，你要是怕可以待在屋子里。”阮南烛也没有为难封永乐。

“算了，我还是和你们一起吧。”封永乐想了想，有点不好意思，“毕竟你们两个姑娘……万一真遇到了什么事儿，我也好搭把手。”

林秋石看了阮南烛一眼，心想这姑娘怕是比你厉害多了。

阮南烛也不知道想到了什么，却态度坚决地让封永乐留下来。封永乐本来还想继续争辩，却被阮南烛伸手按住了肩膀。

“你就在这里待着。”阮南烛告诉他，“听到没有？”

“哎……哎……懂了，你轻点轻点。”封永乐觉得肩膀要被按断了——他第一次发现眼前的姑娘力气这么大！

“嗯。”阮南烛道，“我们走了。”

两人等着高跟鞋的声音一走远，立马开门跑到了左侧的楼梯，确定那东西没有跟过来后，松了口气。

这会儿封永乐不在，林秋石总算是能说话了，他低声道：“怎么不让封永乐跟过来？”

阮南烛很冷静地说：“我怕他拖我们后腿。”

林秋石：“……只是这样？”他还以为是因为封永乐有什么问题呢。

阮南烛沉默片刻：“他的问题太多了。”

林秋石：“……”这才是真的理由吧……

阮南烛：“走了。”

林秋石跟在他身后，直奔放置尸体的房间。

那房间位于三楼的拐角处，他们到达之后没有急着进去，而是先在旁边观察了片刻。

林秋石小声道：“还没人过来。”

阮南烛：“等吧。”

原本聚集在走廊上的病人们全都不见了，好像一到晚上，这个疗养院就只剩了死寂。密密麻麻的病床摆放在走廊上，床单上附着各种污渍，还散发着让人作呕的味道。

这样的地方，与其说是在治疗病人，不如说更像是在加速病人的死亡。

两人站在楼梯口等待着，林秋石想，没带封永乐过来是对的，看他的性格也不像是有耐心的人。林秋石站在原地用手机玩数独，阮南烛站在他旁边静静地看着，两人间的气氛倒也冲淡了一丝恐怖的感觉。

十点左右，走廊上传来了响动。

林秋石神色一凛，立马收起了手机。

阮南烛轻手轻脚地走到了楼梯拐角处，朝着走廊的方向看过去。

“怎么样？”林秋石轻声问，“收尸体的人来了吗？”

阮南烛扭过头，表情看起来非常奇怪。

林秋石见状，也走到拐角，朝着放尸体的地方看了一眼，然后瞬间明白了为什么阮南烛的表情会是这样——因为尸体的确开始动了，只是没有人搬动，而是自己在动。

黑色的裹尸袋从屋子里面僵直地蹦了出来，朝着走廊的另一边尽头去了。

林秋石：“……”你们真是死了都省力又省心啊。

阮南烛：“走吧，跟着。”

林秋石点点头。

他们两人也不能确定这些尸体会不会发现他们，所以动作还是格外小心，沿着墙壁，尽量没有发出声音。

裹尸袋里的尸体，很有秩序地蹦跳着，林秋石走到他们旁边的时候，不由自主地屏住了呼吸。

阮南烛突然拉住了他的手。

林秋石一愣，见阮南烛对他做了个口型：别紧张。

林秋石心中微微一松，感觉真没那么紧张了。说实话，虽然平时也遇到过这些东西，但这么近距离的相处是头一回。两人顺着尸体蹦跳的方向慢慢下了两层楼梯，到了一楼的大厅。

很快，他们便找到了他们想找的东西——一条隐藏在楼梯后面的隧道。

那隧道白天看的时候，是一扇关起来的小铁门，因为太小了，旁边还堆积着各种各样的杂物，很难被人注意到。

此时小铁门被打开，露出了后面黑黝黝的通道，而这些尸体，则开始非常有秩序地朝着通道里面慢慢移动。

林秋石看着这通道："要进去看看吗？"

阮南烛道："不了，既然知道在哪里，我们明天早上再去看。"在这样的情况下进去是非常冒险的举动，毕竟他们也不知道里面到底有什么。

"那就这么回去？"林秋石小声询问。

"嗯。"阮南烛说，"走吧。"

林秋石同意了阮南烛的意见，毕竟阮南烛是老手了，在这些事情上肯定比他经验丰富。

于是两人顺着走廊又静悄悄地回到了住所。

只是在回去的时候，林秋石突然看到了什么，他疑惑地道："南烛，怎么五楼好像有灯亮着？"

阮南烛朝着那方向看了一眼，随即皱起眉："是502。"

林秋石愣住。

阮南烛："里面有人。"

林秋石："要过去看看吗？"

阮南烛稍作沉吟，点了点头。

06

这种时候去502其实是非常冒险的行为，但有时候不冒些险，就很难获得关键线索。

林秋石和阮南烛顺着楼梯蜿蜒而上，很快就到达了五楼。

现在时间接近十二点，疗养院处在一片黑暗之中，只有这唯一的房间在散发着点点光芒，吸引着人的注意力。

护士从楼上跳下去的声音还在继续，时不时传出的那重物落地的声音，让人的心也莫名有些发慌。

林秋石和阮南烛没有直接走到502，而是找了个隐蔽的地方先观察一下情况。

502门口的锁已经被人破坏掉，因此大家现在是想进就进。从窗户看去，林秋石隐约看到有个人影在房间里面晃。

“是人吧？”林秋石小声地和阮南烛交流。

“应该是。”阮南烛回答。

如果不是人，那应该不会有影子。

既然是人，那么这人这么晚了在这里做什么呢？林秋石正在这么想着，便看到门被推开了。

一个他没有想到的人从里面走了出来——居然是白天他们见过一面的胡蝶！她神情冷漠，皮肤在白色灯光的照耀下更显得惨白。她怀中抱着一个包，包里似乎放了什么东西……

林秋石还未反应过来，站在他身后的阮南烛却突然上前一步，竟是直接叫了胡蝶的名字：“胡蝶。”

胡蝶脚步一顿，林秋石清楚地看到在听到有人叫她的名字后，她脸上露出了恐惧之色。

“你把什么东西带出来了？”阮南烛轻声问。

胡蝶看了他们一眼，转身就跑，好在阮南烛早有准备，几步上前便拦住了想要跑掉的胡蝶，一把将她的手臂抓在了手里。

林秋石迅速跟上去，听见阮南烛对着胡蝶冷笑道：“你跑什么？”

胡蝶不说话，看向阮南烛的眼神里暗藏着恐惧的怨怼，她道：“你管我干什么，我干什么都和你没关系——”

阮南烛根本不理她，伸手就要将她的包抢过来。

胡蝶死死地抱着那个包不肯放，但到底是个姑娘，力气和男人没得比，于是她怀里的包很快便到了阮南烛的手里。

阮南烛打开背包，看见了里面的东西，他眉头蹙起，表情相当不好看。

林秋石也凑了过去——只见背包里有一具用布裹起来的婴儿骸骨，显然是刚从房间里取出来的。他看向胡蝶，却发现她浑身上下都在发抖。

“放我回去——”胡蝶说，“放开我，她就要回来了，如果她发现孩子不见了，我们都得死！”

阮南烛闻言看向胡蝶，语气冰凉：“她？你是说护士？所以你为什么要偷她的孩子？”

胡蝶道：“我不是要偷，我是觉得这东西很重要！或许钥匙就在里面……所以我只是想带回去看看。”她给出了如此解释。

看得出，胡蝶很想要取信于他们，但这个借口实在是漏洞百出，即使是林秋石也很难相信。

“这东西只有在晚上才能带出来……”胡蝶越来越焦急，像是惧怕着什么，“白天动它的话，它会哭的！”

阮南烛挑眉：“好吧，我们先回去。”

胡蝶如蒙大赦。

但阮南烛并没有打算把她放开，而是依旧将她抓在手里，林秋石则在旁边拿着那背包。

三人开始慢慢地朝着楼下走。

然而马上要走到楼梯口的时候，林秋石却听到了一种声音，这声音让他后背上的汗毛一下子立了起来——那是高跟鞋在地面上敲击的响动，那个跳楼的护士居然在这会儿回来了！

因为情况太过紧急，林秋石也顾不得暴露身份，低声对着阮南烛道：“她回来了！”

听到独属于男人的声音，胡蝶露出愕然之色，她显然是非常惊讶，甚至不由自主地张大了嘴：“你……你是男的？”

阮南烛没理她，对着林秋石道：“从哪里传来的？”

林秋石仔细地分辨了一下：“从三楼。”他抬眸，伸手指向另外一个也可以通往楼上的楼梯，“好像是那边！”

“走，我们从这边回去。”阮南烛道。

胡蝶的模样很是失魂落魄，仿佛林秋石是个男人这件事对她打击很深。林秋石倒是觉得莫名其妙，毕竟他和胡蝶并不熟，就算是知道他是男人，为什么胡蝶要一脸失落的模样呢，他到底是男是女，这件事影响不大吧。

他们刚跑下五楼，就听到502所在的位置传来了一阵女人凄厉的号哭，那哭声尖锐刺耳，听得人浑身发寒。

林秋石莫名地觉得手上婴孩的尸体棘手了起来。

但就在这时，胡蝶却把目光投到了林秋石身上，她小声道：“我来拿着骸骨吧，那东西很危险的。”

阮南烛闻言，眯着眼睛看了她一眼，而后从林秋石的手里拿过了包：“不用了，我来拿着。”

胡蝶脸色惨白，还想说什么，阮南烛却没理她，脚步更快了一些。

然而当他们从楼梯口下来，看到四楼走廊尽头的景象时，呼吸屏住了。

护士就站在走廊的尽头，她全身骨头断了大半，身体以一种极为扭曲的姿态站在那里，她的手里拿着一把沾着血的刀，那张可怖的脸对着他们露出一个怪异的笑容。

三人转身就朝着楼上跑去。

然而那护士的速度极快，不过瞬息之间便移动到了他们的面前。

林秋石还未反应过来，便看见护士对着他们举起了尖刀。他的鼻腔里灌满了腥味，然而在此刻，这更像是死亡的味道。

刀刃落下，护士居然先攻击了胡蝶。

阮南烛的表情很奇怪，他似乎在等待什么，林秋石抓着他的袖子，示意他赶紧离开，却被他反手握住了手腕。

阮南烛竖起手指，做了个噤声的手势。

林秋石微微一愣，看向被攻击的胡蝶。

胡蝶腹部中了一刀，表情却很微妙，她仿佛也没有那么害怕即将到来的死亡，而是将眼神投到了林秋石他们身上。

那是一种带着恶意的眼神，像是戏台下的观众，在等待着一出好戏。

护士砍了一刀又一刀。

胡蝶的身体僵硬地倒在地上，她闭上眼睛，竟是就这么死了。

而护士抬起头，看向了站在角落里的林秋石和阮南烛，手里的刀刃还在滴血。

阮南烛从兜里将仅剩下的两个俄罗斯套娃拿了出来，并将最里面的套娃取了出来，随手扔到了护士的面前：“我们找到他了。”

护士的脚步顿住了。

阮南烛说：“他就在你的身后。”

护士不动了，似乎是在思考阮南烛说的话。

阮南烛道："我们可以帮你解决掉最后一次，他本就该死。"他把手里装着婴儿骸骨的包递给了护士。

阮南烛说完这话，护士竟是接过了他手里的东西，慢慢地转了身，真的打算离开了。

林秋石看着这一幕，惊讶得说不出话来，却见阮南烛长长地舒了一口气，苦笑道："还好有用。"

林秋石："你居然能和她交流？"这是他最惊讶的事。

阮南烛摇摇头，并没有多说什么，对于这件事，他似乎并不想多谈，直接跳过了这个话题。

胡蝶的尸体就在他们面前，被护士砍得乱七八糟，几乎快要分辨不出人形了。

林秋石道："我们回去吗？"

阮南烛道："不，就在这里守着。"

"在这里守着做什么？"林秋石有点蒙。

阮南烛指了指胡蝶的尸体："当然是，等着他出来了。"他笑了笑，"我不是答应护士了吗？"

林秋石愣住了。

两人便站在原地等待，时间一点点地流逝，就在凌晨三点左右，面前的尸体开始出现怪异的变化。林秋石听到了一种蠕动的声音，他看向胡蝶的尸体，却发现她的身体竟然在扭动，原本闭上的眼睛也再次睁开。

林秋石想要往后退两步，却被阮南烛直接拉住了手，他说："别怕。"

林秋石便真的不怕了。事实上，只要阮南烛在身边，林秋石便有一种安定的安全感，仿佛无论做什么都尽在掌握之中，不会出现任何意外。

当然，林秋石也知道他不能太过依赖阮南烛，他们两人到底有分开的那一天。

想到这里，林秋石莫名有些失落。

但这点小情绪很快就被抹平，因为眼前的画面越来越可怖。胡蝶竟是从地上爬了起来，那些本该致命的伤口，居然没有对她起到任何作用，她又活过来了，只是身体却变得破碎不堪，似乎走两步就要崩溃。而那双重新睁开的眼睛里，此时充满了贪婪的味道，正盯着面前的阮南烛。

“救命……”胡蝶开口说话了，起初她的语速还很慢，但很快就恢复了正常人的水平，她对着林秋石和阮南烛道，“救命……你们快来，救救我啊，我还没死……”

林秋石和阮南烛都站着没动，林秋石脸上是探究的表情，而阮南烛的脸上则没有表情。

胡蝶的神志逐渐清醒，她想起了什么，表情扭曲，用恶毒的语气道：“为什么，为什么你们没有死？”

阮南烛道：“你以为我们会像薛之云他们一样死掉吗？”

胡蝶没说话。

“真是遗憾呢。”阮南烛道，“她放过了我们，因为我们可以帮她解决掉你，”他笑了起来，“只要不让你找到新身体就行。你说对吗，江英睿？”

胡蝶的气息一下子急促了起来，她道：“我不知道你在说什么——”

“没关系。”阮南烛看着眼前人，语气里带了些怜悯的味道，“你猜猜她为什么会先对你动手？”

胡蝶一愣。

“真是笨。”阮南烛笑了起来，“当然是因为，我把502的门牌塞到你口袋里了呀。”

胡蝶气得浑身发抖，她伸出手，果然从自己的兜里掏出了一张502的门牌。这应该是刚才阮南烛拉住她的时候，丢进她口袋里的。胡蝶本来以为今天自己醒来时会看见两具被砍得乱七八糟的尸体，却没想到，阮南烛和林秋石好好地出现在了自己的面前——那个女人居然放过了他们！

胡蝶的眼神怨毒极了，她重重地将门牌扔在了地上，浑身上下都因为愤怒而发抖。在旁边看见全程的林秋石丝毫不怀疑，如果胡蝶此时手里拿了什么武器，会毫不顾忌地朝着他们招呼过来。

胡蝶扶着墙壁，转身打算离开。

阮南烛道：“你要去哪儿？”

“我去哪里关你什么事——”胡蝶冷冷地道。

“自然关我的事了。”阮南烛走到了胡蝶的身后，一脚就将胡蝶再次踹到了地上，他丝毫没有留力气，在胡蝶倒地之后，便一脚踩在了她的后背上，“难道你以为我会放你离开，让你去寻找新的身体？”

胡蝶的表情出现了一瞬间的惊慌：“你胡说什么……”

阮南烛却没说话，对着林秋石招招手：“几点了？”

林秋石看了眼手机：“三点四十。”

马上就要黎明了，而黎明之前，是最黑暗的时刻。

他们所在的地方并没有灯光，只能借着暗淡的月色，勉强看清楚眼前的画面。

被阮南烛踩在脚下的胡蝶突然开始用力地挣扎起来，她大声尖叫，想要从地上爬起来。

阮南烛一点也没客气，对着胡蝶又是一脚，直接把她踹得差点晕过去。

林秋石已经从阮南烛的话语里听出了他的意思，胡蝶不是胡蝶，或者说她曾经是胡蝶，但现在不是了。

三人继续僵持。

六点到了，天便泛起晨光。

陆陆续续有人从住所出来，去食堂吃早饭。

倒在地上的胡蝶，却好像放弃了挣扎。

阮南烛一直盯着她，目光没有松懈片刻。

他的紧张显然是很有用的，因为就在太阳升起的时候，看起来已经奄奄一息的胡蝶，突然暴起，朝着站在角落的林秋石扑了过去。

林秋石猝不及防，眼看就要被胡蝶扑倒，好在阮南烛早有准备，一把抓住了胡蝶的手，然后将她的身体朝着身后的墙壁上用力一甩——

“砰”的一声，胡蝶的身体重重地砸在墙壁上，发出巨大的响声。胡蝶似乎明白自己没有机会了，如同孩子一般号啕大哭起来。

这要是在平时，林秋石或许会对眼前的姑娘生出些怜悯之心，但在知道了胡蝶的身份之后，他的内心却是一片平静。

如果不是阮南烛聪明，他们或许已经被胡蝶砍死了，对敌人手软，并不是什么明智之举。林秋石不说话，只是沉默地看着，神情乍看起来倒是和阮南烛有几分相似。

“放过我吧，我不想死啊——”胡蝶哭着，“我明明什么都没做，我不想死啊——”

阮南烛的表情很奇怪，像是无法理解胡蝶的话：“你什么都没做？你确定？”

胡蝶息声了。

阮南烛：“你难道不清楚自己做了什么？”

胡蝶慢慢地扭过头，看向阮南烛，她说：“我什么都不知道。”

说完这句话后，胡蝶的身体开始出现一种怪异的变化，她的肚子慢慢隆起，如同怀胎几月的孕妇。胡蝶呻吟着，挣扎着，看起来有些像是一颗巨大的茧。

接着，便是皮肉撕裂的声音，林秋石清楚地看见，有什么东西撕开了胡蝶的腹部，从里面爬了出来。起初林秋石以为会是小孩什么的，没想到当那东西完全爬出来后，他却看到了一张说陌生却又不陌生的脸。

这人有着一头漂亮的金发，面容英俊——正是他们在院长室里看见过照片的院长。

阮南烛的猜测在这一刻得到了证实。

院长的确不在疗养院里，他存在于其他人的身体里，以别人的皮囊为媒介，躲开了每晚企图杀他的护士。

但让林秋石比较疑惑的是，被他进入身体的人，到底是门里的人，还是门外的人，江英睿和胡蝶，真的存在吗？

因为阮南烛的破坏，院长失去了寻找新身体的机会。他似乎非常虚弱，趴在地上好久都没有站起来。

阮南烛没有过去，只是远远地看着这一幕荒诞又古怪的场景。

林秋石道：“我们还需要做什么？”

阮南烛：“应该不用了，直接等到晚上就行。”没了别的皮囊保护，护士想要杀掉他是很容易的事。

按照之前背景里了解到的，恐怕这人想偷出来的婴儿骸骨便是护士打掉的孩子。而眼前的金发男人，应该是孩子的父亲。

金发男人对他们诅咒了起来，这种诅咒带着点自暴自弃的味道，林秋石只当没听见。

阮南烛道："走吧，封永乐等了我们一晚上了。"

林秋石点点头。

他们便无视了身后的金发男人，转身离开。

林秋石跟在阮南烛身后，走得有些慢，他道："胡蝶和江英睿，是门里面的人，还是门外的？"

阮南烛说："应该是门外的。"

林秋石："……"居然是门外的。

"俄罗斯套娃只剩下了两个，他应该只能再换一次身体，不过他倒霉，遇上了我们。"阮南烛冷漠道，"那就一次都别换了。"

这个东西一开始存在于江英睿的身体里，后来又换成了胡蝶的身体，林秋石有点疑惑："可是江英睿为什么要帮他隐瞒？"

"不隐瞒又能如何？"阮南烛说，"如果说出来了，其他人信不信另说，况且就算是信了，对江英睿也没什么好处，反而会防着他。"

林秋石："……"

"而那个院长，"阮南烛道，"他藏在门外人的身体里，护士杀他就必须要遵循法则，不能随便下手。"而那个院长显然是想让其他人死得越早越好，因为其他人越早死掉，最后一个被留下的人是江英睿的可能性就越大。

但是人算不如天算，江英睿最后还是没能玩过阮南烛，当然，这要是换了另外一个人，可能就不一定了。

他们两人走到了房间门口，推门就看见封永乐焦急地在屋子里转圈圈，见到两人回来，他大大地松了口气，道："你们终于回来啦！吓死我了，我还以为你们两个出事了呢。"

阮南烛点点头："没事。"

"怎么样，发现隧道了吗？"封永乐问道。

"发现了，钥匙应该会在今晚出现。"阮南烛说。

"哇，你们还找到了钥匙？！"封永乐很是兴奋，这下变成高兴得在屋子里转圈，“太好了，我们是不是很快就可以出去了？”

阮南烛：“不出意外的话。”

没了皮囊作为保护的院长就是护士的囊中之物，想要动手，只要等到天黑就行。

院长室那个空白的相框，终于可以填满了。

林秋石却想起了什么，他打字道：对了，我突然想起来，那个胡蝶晚上去偷婴儿的尸体做什么？难道那个尸体有什么用处？

阮南烛思考片刻，摇摇头没说话。

不过也有这种可能性，他们不能去验证，就只能猜测。

封永乐不知道发生了什么，听得云里雾里：“什么胡蝶偷婴儿的尸体？昨天晚上到底发生了什么事？”

又开始问问题了，封永乐说出这些话后，阮南烛瞅了他一眼，却一个字都没回答。

封永乐被阮南烛瞅得有点委屈：“我只是个正常人……”

阮南烛：“我不正常？”

封永乐：“你当然不正常了，你们说话都打哑谜似的，就不能说得通俗易懂一点吗？”

阮南烛：“不能。”

封永乐：“……”你为什么拒绝得那么坦然啊？

林秋石乐得在旁边装哑巴。

结果最后封永乐还是不知道昨天晚上到底发生了什么事情，只能放弃寻找真相。

他们三人趁着白天的时间去检查了一下昨天晚上看到的隧道，确定隧道是通向外面的。不过隧道里堆积了密密麻麻的黑色裹尸袋，从外面看进去颇为瘆人，是属于那种如果不是出口，那肯定不会有人想进去的地方。

封永乐看完之后用手搓着手臂，直念咒语。

阮南烛皱眉道：“这是门内世界，你那些咒语有什么用？”

封永乐：“那我念什么？”

阮南烛：“……”

林秋石："……"他心想：你还不如念"阮南烛快出现"来得靠谱一点，毕竟这尊大神就在旁边，随时都能请出来，而且还挺好用的。

阮南烛看了林秋石一眼，那眼神好像看出了林秋石在想些什么。

林秋石露出尴尬的笑容，赶紧装作无事发生的样子，他现在怀疑阮南烛是不是有读心术，不然为什么每次他想什么，阮南烛好像都能猜到。

07

林秋石猜测钥匙大概率和校长室有关系，阮南烛的猜测和他的差不多，所以他们两人都在等待着夜晚的到来。

封永乐见他们平静地等待着的模样，也按捺下了焦虑的心情。

漫长的一天终于过去了，当时针指向八点，太阳落入地平线，整个疗养院再次被黑暗吞没。

阮南烛和林秋石他们一直待在房间里。

八点到了，高跟鞋的声音却没有出现。与之相对的，林秋石听到离他们不远处的地方传来了男人的惨叫声。这叫声林秋石很熟悉，正是江英睿——也就是院长的声音。

封永乐本来站在窗户边上，听到这叫声，朝着外面支了支脑袋，小声道："你们来看……"

林秋石站过去，看到了外面的景象。

只见楼底处，护士再次以一种扭曲的姿态出现了。她手里拖着一具已经看不清楚模样的尸体，慢慢地从楼下走过，最后爬上了楼梯。

那尸体虽然认不出模样，但可以从衣着上判断出正是院长。

林秋石听到了孩童的哭啼声，他看了阮南烛一眼，见对方神色平静，似乎是什么都没听到。

林秋石犹豫片刻，还是把自己听到的声音告诉了阮南烛。

阮南烛看着他打出的字，稍做沉吟："我去楼顶找钥匙，你们在隧道门口等我。"

林秋石闻言摇摇头，示意自己不同意：我要和你一起去。

封永乐讪讪地道：“那我也一起去吧。”看着两个姑娘为他冒险，总是让人觉得有些于心不忍。

谁知道阮南烛瞅了他一眼，道：“你还是去隧道口等着吧。”

封永乐：“……”是错觉吗，他居然从阮南烛的语气里听出了嫌弃的味道。

封永乐挣扎着还想说点什么，阮南烛却手一挥，抓着林秋石转身就走，留下封永乐在原地露出哭笑不得的表情。

阮南烛和林秋石上了六楼。

今天和之前都很不同，护士没有再在走廊上奔跑，也没有不停地跳楼。她似乎找到了自己想要的东西，于是便安静了下来。

阮南烛和林秋石走到了院长室门口。

院长室里很黑，也很安静，似乎并没有什么异样之处。阮南烛伸手握住了门把手，轻轻一拉，面前的木门应声而开。他走到了里面，摸索着墙壁打开了灯。

灯光亮起，整间屋子的景象都一览无遗，林秋石的眼睛适应了亮光几秒后，便看见最后剩下的那个空着的相框果然被填满了。

只是这个相框里却不止一个人，而是一对男女。

男人穿着医生服，女人穿着护士服，男人的表情有些僵硬，而女人却笑容甜美，仿佛心满意足。

阮南烛看了眼相框，拿了张椅子过来，因为相框挂得有些高，必须得踩在什么东西上面才能取下来。

林秋石的目光则放到了屋子里的其他地方，他突然注意到屋子里的抽屉被打开了，便慢慢地走了过去。

开着的抽屉里放着那具婴儿的骸骨，林秋石盯着骸骨，突然想起了什么。他记得昨天胡蝶逃跑的时候，似乎很看重这具骸骨，难道是这具骸骨有什么用处……他略微犹豫，伸出手将那骸骨拿了起来。

林秋石刚拿起骸骨，那边阮南烛也将相框取了下来。他将相框翻了个面，看到了挂在相框后面的钥匙。

阮南烛神色一松，知道他们的猜测是正确的，他迅速将钥匙取下，然后想要将相框挂回去。

事情进行到了这一步，却出现了一个巨大的问题——相框挂不回去了。

本来很容易做到的事情，却变成了无法完成的事，相框不断地从墙壁上滑落，阮南烛的神情也变得严肃了起来。

林秋石注意到了屋子里气氛的变化，那相框一取下来，其他的遗像就开始慢慢地动了起来。起初只是眼神，接着是表情，最后——他们伸出了手，想要从相框里爬出来。

而阮南烛手里的那张合照上，院长开始露出怪异的笑容，护士的神情竟然和他有些相似。

这些变化不过是发生在一瞬之间，阮南烛迅速反应过来，表情大变："不对劲，我们走——"他不再试图把相框挂回去，说完便转身狂奔。

林秋石跟在了他的身后。

两人冲出院长室，便朝着楼梯的方向跑去。

但林秋石发现了异样，原本很容易跑下去的楼梯，此刻却变得漫长无比，他们拐了好几次弯，却还在原地打转。

阮南烛的脚步停了，他蹙起眉头："我们被困住了。"

林秋石还没说话，便看见楼梯前面出现了影影绰绰的身影，起初他以为只有一个，但很快，他发现身影并不是一个，而是一群——遗像里面的那些人，全部从相框里跑出来了。他们站在走廊的尽头，对着林秋石和阮南烛咧开嘴笑了，黑洞洞的眼睛和黑洞洞的嘴，让他们看起来不像是人，更像是纸糊起来的假人。

林秋石后背起了一层凉气。

阮南烛深吸一口气，慢慢地从口袋里拿出了一个血红色的玉镯，他把玉镯递给林秋石，道："戴上。"

林秋石看向他："这是什么？"

阮南烛说："可以保你一命的东西。"他的神色少有地出现了些许焦躁，也让林秋石清楚地感觉到眼前的情况非常不妙。

林秋石道："那你自己呢？"

阮南烛说："我有我的办法。"他把钥匙也给了林秋石，"待会儿我们冲过去，你直接往楼下跑。"

林秋石看着阮南烛的脸，再次问了一遍："那你自己呢？"

阮南烛不说话，他的语气很淡："应该死不了吧。"

他说的是应该，而不是死不了，林秋石看着他，语气坚定："不，我不要一个人走。"

阮南烛闻言一愣。

"我不要一个人走。"林秋石说，"要走就一起。"

阮南烛："别闹——"他还想再劝林秋石，面前的人影却开始朝着他们移动过来。

他们移动的速度很快，转瞬之间便到了林秋石和阮南烛的面前。就在这一刻，林秋石突然做了个动作，他把手伸进包里，掏出了他刚才从院长室里拿出来的婴儿骸骨。

这个举动很突兀，林秋石也不知道这么做有没有用，他只是凭着自己的直觉——

本来朝着他和阮南烛靠拢的人影突然散开了，他们的眼睛虽然只是黑色的洞，但林秋石却从他们的神情之中看出了一种惊惧的味道。这些东西的确是怕这个婴儿……林秋石心中一喜。

阮南烛也看到了这一幕，不过这会儿他也没有时间细究什么，抓着林秋石的手直接穿过了黑影，继续往前跑去。

这一次，那些黑影没敢拦住他们。

林秋石心中重重地松了一口气，知道他们又逃过一劫。

不过虽然楼梯的景色开始变得正常了，但事实上周围的情况却开始不对劲起来，空气里开始散发着浓郁的血腥味，林秋石和阮南烛跑过四楼的时候，看见四楼走廊上洒满了鲜血。阮南烛和林秋石对视一眼，都在对方眼里看到了苦笑的味道，他们在想同一件事——希望封永乐没事吧。

疗养院开始躁动起来，原本在房间里睡觉的病人们陆续离开自己的房间，互相攻击。

林秋石路过二楼，亲眼看见一个病人将另一个病人推倒在地上，然后低头咬住了那个病人的喉咙，听到他们的脚步声，这病人抬起头，冲着他们笑了笑。

类似的情形不计其数，简直好像整个疗养院里的恶意都被释放了出来。

阮南烛和林秋石终于到达了他们和封永乐约定的地方。

封永乐见到他们，高兴得差点从地上跳起来，他似乎也受了点伤，脸颊上有些擦痕："你们终于来了——我都要被吓死了，这些病人在发什么神经——"

阮南烛说："快进去！"

封永乐点点头。

白天的时候，他们已经确定了铁门就在隧道的尽头，所处的位置不是很远，但需要经过一段堆满了裹尸袋的道路。

白天他们进来的时候还好，但此时他们踏上隧道，却发现脚下的裹尸袋突然动了起来，甚至于有尸体将裹尸袋挠破，从里面伸出了惨白的手到处摸索——他们想要抓住路过的人。

阮南烛走在最前面，绕开了那些手，林秋石紧跟他的步伐。封永乐则脸色惨白，但好歹是没有掉队。三人都非常小心，尽量远离这些惨白的手。

但事实上很难完全避开，毕竟整个隧道都被尸体堆满了，甚至于他们脚下踩的都是柔软的尸体。

这真是一种糟糕的感觉，林秋石额头上溢出一点冷汗。

走在最后的封永乐突然发出一句叫骂声，林秋石扭头一看，发现他的脚竟然被一只手抓住了。

那手抓得极紧，封永乐差点整个人直接摔倒，他颤声道："我……被抓住了……"

他用力挣扎着，但那手仿佛铁铸的似的，怎么都挣扎不开。

林秋石看了眼阮南烛，见阮南烛的眉头皱了起来。林秋石花了三秒钟来犹豫，随后便露出坚定的表情，从兜里掏出了一把折叠刀。

这折叠刀很锋利，是阮南烛帮他选的，据说是削铁如泥……

林秋石拿着刀走到了封永乐面前，封永乐瞪着眼睛："秋……秋秋……你要做什么……"不得不说，这么个柔弱的姑娘拿着把刀面无表情地看着你，确实有种莫名的惊悚感。

林秋石没理他，直接蹲了下来。

“别——别砍我的脚——”封永乐正在叫，就感到脚下一松，低头看去，却是发现抓着他的手被林秋石一刀砍断了。

然后林秋石用一种看弱智的眼神看着他。

封永乐有点尴尬，干笑两声：“哈哈，我开个玩笑。”

林秋石心想：要不是你叫得那么惨，我就真的信了你是在开玩笑。

那边阮南烛已经用钥匙打开了铁门，铁门一开，露出后面散发着微光的道路。

阮南烛冲着他们招了招手，道：“快过来——”

随着铁门被打开，隧道的尸体更加躁动，林秋石和封永乐加快了自己的脚步，终于到达了隧道面前。

封永乐这次没客气，和阮南烛他们打了招呼之后直接冲进了门内。

阮南烛道：“走，进去。”

林秋石点点头。在进门之前，他朝着隧道的尽头看了一眼，却看到那个护士站在那，正面无表情地看着他，而院长站在她的旁边，眼神怨毒无比，看得人心中发凉……可以想象到，还没有到达这里的人，遇到门口的两个东西，会遭遇什么。

林秋石收回目光，转身跟着阮南烛进入了门内。

08

经过长长的隧道，他们回到了现世。

林秋石重新出现在了别墅里，顿时有种恍如隔世之感。

栗子正巧从他的身边路过，“喵呜喵呜”地叫了两声，竟是少有地用脑袋蹭了蹭林秋石的脚。林秋石这才回神，面露欣喜之色：“栗子！你终于肯让爸爸抱抱了！”

他高兴地把栗子抱起来，然后露出栗子毛茸茸的白肚皮，再把自己的脸埋在里面……

从楼上下来的阮南烛一到饭厅就看见了这个模样的林秋石，他的表情有一瞬间的凝滞，但很快恢复过来，道：“林秋石。”

林秋石还在沉醉于吸猫，直到阮南烛又叫了他一声。

“嗯？什么事啊？”林秋石抬头。

这会儿已经是春天，正是栗子掉毛的季节，林秋石一抬头，嘴唇上还沾着一根白色的猫毛。

阮南烛走过去，用手按住了林秋石的嘴唇，把那白色的猫毛取了下来。

林秋石道：“终于出来了。”他松了口气，感觉身体有些疲惫。

“嗯，好好休息。”阮南烛说，“你看看你的包。”

林秋石点头，打开自己的背包，看见里面的东西后微微一愣。

只见他的包里，竟然还放着那具婴儿骸骨，只是这骸骨被他带出来之后出现了些许变化——身体变得漆黑无比。

阮南烛：“果然是可以使用的道具。”

说到道具，林秋石想起了阮南烛给他的红色的手镯，之前在门里面没有仔细看，这会儿出来了他才发现这镯子是血玉质地的，看起来非常漂亮，颜色通透，其中有红色的雾气点缀，一看就不是凡品。他把镯子取下来，递给阮南烛，道：“哦，这个还你，这镯子还挺漂亮的啊。”

阮南烛接过来，淡淡地道：“漂亮倒是漂亮，可惜是死人身上的东西，不然送你戴着也没什么关系。”

林秋石笑道：“我又不是姑娘，戴这个做什么。”他对首饰之类的东西没什么兴趣。

阮南烛却挑了挑眉：“真的吗？”

林秋石这才想起自己还穿着女装，他叹了口气，道：“那这骸骨怎么办？就放在家里？”

阮南烛说：“屋子里有个书房，书房里有几个保险箱，这种东西你平时锁在保险箱里，进门的时候再带着。”

林秋石歪了歪头：“所以这东西有什么用处……”

阮南烛摇摇头：“不知道，但肯定有用。”

至于什么用处，还需要自己去摸索，和之前的日记本一样。

林秋石点点头，示意自己知道了，之后他便回了房间，将身上的女装换了下来，又洗了个澡，坐在卧室里打开论坛上网。

说实话，这样高强度高频率地进门的确是件非常累人的事情，至少林秋石就觉得很疲惫，也不知道阮南烛是怎么熬过来的。

林秋石休息了一晚，才感觉好了些。

第二天，程千里问他这次门里面感觉怎么样。

林秋石说："还行吧，在门里面遇到个和你挺像的人。"

程千里："和我挺像的……什么意思？"

林秋石："聪明又可爱？"

程千里面露狐疑之色，道："真的假的？你别是骗我的吧，虽然我的确聪明又可爱。"

林秋石道："呵呵。"

之前阮南烛说过，越到后面的门，对于进门的时间就会预感越精确，等到了第十扇的时候，你甚至可以清楚地知道自己进门的具体时间是哪一分哪一秒——这大概也算是门对他们的一种宽容，至少在进门之前可以做好充足的准备。

林秋石从这扇门出来之后，思考了很多，还在第三天找到了阮南烛，表示自己想和他交流一下。

阮南烛好像正在网上和人谈什么事情，扬扬下巴示意林秋石坐，直接道："说吧。"

林秋石说："其实……我一直想知道，真的有人从十二扇门里面活着出来了吗？"

阮南烛敲击键盘的手微微顿住了。

"你这么厉害的人，也才过了十扇门。"林秋石说，"你见过过了十二扇门的人吗？"

阮南烛说："没有。"

林秋石一愣。

"事实上谁都没见过。"阮南烛的语气很平静，说出的话却让人非常惊讶，他道，"但只能这么想。"他停顿片刻，"这是唯一的路。"

林秋石沉默了。

“你很坚强，这很好。”阮南烛说，“但不是每一个人都能像你这么坦然地接受现实，所以说，他们一定要有一个目标。”

所以大家便默契地将这个目标设置成了十二扇门，并且坚信，只要过了十二扇门，便是他们期待的新生。

林秋石道：“就没有一点证据证明这件事？”

阮南烛道：“要是其他人，我或许会说有，但对于你，我不想撒谎。”他合上了面前的笔记本电脑，转过头，眼神深沉地凝视着面前的队友，“你很合我的心意。”

面对阮南烛的目光，林秋石微微有些不自在。

这目光太深沉了，里面藏了太多的东西，多得林秋石根本无法解读出来，他道：“他们都知道吗？”

阮南烛：“有的知道，有的不知道。”他摊开手，做了个无所谓的手势，“知不知道有什么关系呢，反正都是要这么过的。”

反正都要经历那么多扇门，无论是自愿还是不愿。

林秋石其实没想到阮南烛会对他这么直白，他以为阮南烛至少会找些借口敷衍一下，谁知道对方就这么坦然地说了出来。

林秋石苦笑：“你是不是太看得起我了？”

阮南烛眨眨眼睛：“我看错了吗？”

林秋石沉默。

阮南烛没有看错，其实这个问题的答案对他而言并没有那么重要，他只是单纯地好奇而已。

阮南烛说：“程一榭就要过他的第九扇门了。”

林秋石闻言一愣。

“我得陪他进去。”阮南烛道，“我还在思考要不要带你一起。”

林秋石现在已经过了六扇门，如果他能从程一榭的第九扇门里出来，那他就能直接跳过第七扇和第八扇。

林秋石说：“那你的思考有结果了吗？”

“没有。”阮南烛说，“至少目前还没有，你呢，你怎么看？”

林秋石想了想，老实地道：“我不知道。”

阮南烛看着他的模样，笑了起来，道："林秋石，我很喜欢你，我们很适合合作，是天生一对。"

阮南烛说这句话的时候语气很坦然，林秋石并没有感觉哪里有问题，他和阮南烛的合作的确很愉快。

"去吧。"阮南烛说，"好好休息。"

林秋石点点头，站起来出去了。

虽然阮南烛说过很多次了，但事实上林秋石并没有对自己的特殊之处有什么特别的认识，直到之前新加入他们团队的那个叫作秦不殆的新人突然出了意外。

这意外还是林秋石先撞破的，那天他半夜突然饿醒了，想去楼下的餐厅找点东西吃。

结果走到门口的时候，他却听到里面传来了狼吞虎咽的咀嚼声。

林秋石脚步微微一顿，没有开灯，他轻轻地走进了厨房，借着不算明亮的月色看到了蹲在角落里的秦不殆。

秦不殆蹲在地上，手里捧着一大块生肉，正埋着头用力啃食，他没有听到林秋石的脚步声，几乎全身心都沉溺其中。

这一幕太过怪异，甚至给了林秋石一种他还在门里面的错觉。好在这错觉只是一闪而过，林秋石略微犹豫地开了口，叫出了对方的名字："秦不殆……"

秦不殆的动作顿住了，表情瞬间僵住，他慢慢地抬起头，看见了站在门口的林秋石。

在和他视线相接的一瞬间，林秋石甚至觉得面前蹲着的人不是人，而是一头野兽。

但秦不殆很快恢复了神志，他慢慢地从地上站起来，把肉一丢，他说："你听我解释……"他朝着林秋石走了过来。

林秋石不由自主地想要后退，但他忍住了这种感觉，看着秦不殆走到了他的面前。

秦不殆说："我不想这样，可是我忍不住。"他舔了舔唇，目光在林秋石白皙修长的颈项上打量片刻，又垂了眸子，“我真的……忍不住了。”

听到秦不殆那一句“忍不住了”，林秋石内心深处生出了毛骨悚然之感，面前的人嘴上沾满了鲜血，瞪着一双布满了红血丝的眼睛静静地看着他，那强行压抑的眼神，让林秋石手臂上起了一层薄薄的鸡皮疙瘩，他的直觉在此时敲响了警铃——眼前的人非常危险。

秦不殆慢慢地朝着林秋石靠近，最后停在了林秋石的面前，他慢慢地叫出了林秋石的名字，语气又黏又冷，带着一股子含糊不清的味道。

林秋石在这一瞬间甚至是想要转身跑掉的，但他又感觉自己在转身露出后背的刹那，会有什么事情不可控制地发生，于是便死死地压制住了内心深处逃避的想法，道：“秦不殆，你没事吧？”

秦不殆对着林秋石露出一个怪异的笑容：“我没事。”还不如不笑，这个笑容将他的表情衬托得更加扭曲。

就在两人僵持的时候，厨房外面却传来了陈非疑惑的声音：“你们两个在干什么？”

陈非伸手打开了墙壁上的开关，整个厨房都亮了起来，他也看清楚了眼前的一切。

“秦不殆——”陈非道，“你在做什么？”他的目光放到了秦不殆啃咬的那块肉上面，在问出这个问题的下一刻，他似乎就明白了秦不殆到底干了什么，停顿片刻后，他接着道，“你刚从门里出来？”

秦不殆慢慢地点头。

“饿了吗？”陈非的语气很冷静，似乎对这样的场景见怪不怪了，“我给你煮点东西吃。”

秦不殆没说话，转身走了。

看着他的背影，陈非也没叫住他，只是微微叹了口气。

“到底是怎么回事？”林秋石没有陈非那样丰富的经验，无法理解秦不殆到底是怎么了，说实话，看到秦不殆这个模样，他只能想起门里的那些怪物。

“他应该是被门内世界影响了。”陈非走到冰箱旁边，从里面拿出了一块牛排，真的打算煎牛排给秦不殆吃，“人的精神是很脆弱的，一旦受到强烈的刺激，就容易出现紊乱的情况。”他说完这话，又看了林秋石一眼，“不是每个人都能像你这样这么平静地接受。”

林秋石不知道该说什么。

“最糟糕的情况是人死光了，门和钥匙都还没出现。”陈非点火，热油，牛排在锅里发出滋滋的声音，“一个人被困在门里面，不知道还要被困多久……”他的声音越来越低。

这的确是个噩梦。

一个人被困在门里面，这种事情即便是想一想就觉得遍体生寒。林秋石靠在门旁边：“秦不殆……没事吧？”

陈非摇摇头：“不知道。”

林秋石：“不知道是什么意思？”

陈非说：“不知道的意思就是不知道他能不能恢复，能不能把现实世界和门内世界分开。”

林秋石蹙眉：“如果分不开呢？”

陈非的动作停了片刻，脸上出现自嘲般的笑容：“分不开？分不开……他这个人就算完了。”

人在门内世界的行为是不受约束的，但是在现实世界里面，却有法律作为制裁的依据。

况且这样的人会变得非常危险，就算是没有杀人，也可能会做出什么别的过激举动。分不清门内外的人，是不能继续待在别墅里的，当然，这句话陈非没有和林秋石说，因为他觉得没必要。

牛排煎好了，陈非端起来走到了外面的餐桌旁，把牛排递给了秦不殆。

秦不殆用刀叉分解着牛排，余光却在注视着林秋石，他还是觉得很饿，眼前的牛排完全没有办法解除他全身焦躁的饥饿感，但他不敢表现得太过明显，于是只能垂了头，假装自己吃得很开心。

陈非就在旁边看着，林秋石注意到他的眉头拧成了一团，眼里也带着审视的味道，似乎在对秦不殆的状态做出判断。

陈非问：“你在门内世界遇到了什么？”

提到门内这两个字的时候，秦不殆浑身颤抖了一下，他张了张嘴，半晌没有出声，似乎无法组织语言对那个世界进行描述。

陈非道："嗯？"

秦不殆含糊地道："很可怕的世界，那里没什么吃的，我一直都很饿。"

陈非没说话，陷入了思考之中。

秦不殆吃完了牛排，很有礼貌地和他们说了晚安，然后上楼睡觉去了。

林秋石站在原地看着秦不殆慢慢走远，他总觉得秦不殆的状态还是不太对劲，但是到底哪里不对劲，他又没办法说出来。

陈非说："明天我问问阮哥。"

林秋石："问他什么？"

陈非叹气："当然是问他秦不殆到底是进了哪个世界。"秦不殆现在还是新人，进的都是前面的世界，他没有林秋石的好运气，大家只带了他两扇门，最近一扇，只有他一个人进去了。

林秋石点头表示同意。

这天晚上，林秋石没怎么睡好，翻来覆去脑子里都是秦不殆啃食生肉的模样。说实话，在看到那一幕的时候，他甚至也有了一种分不清门内外世界的感觉，这感觉非常糟糕，让人充满了不安全感。

第二天，林秋石顶着两个黑眼圈下楼了。

程千里刚遛完他家吐司回来，吐司正摇着它肥嘟嘟的小屁股在和栗子追逐打闹。

程千里见林秋石一副严重睡眠不足的模样，道："你怎么啦，怎么一脸没有睡醒的模样？"

林秋石打了个哈欠："没事，昨天晚上睡太晚了。"

程千里："哦，来吃早饭吧，我哥刚做的。"

程一榭熬了粥，又做了几个小菜，这会儿正坐在桌子旁边慢慢地吃。林秋石走过去和他道了声"早安"，便也端起了碗。

别墅里的人陆陆续续都醒了，林秋石看到了陈非，也看到了秦不殆。

秦不殆的身上已经完全没有了昨天晚上见到的那种可怖的味道，他换了身干净衣服，脸上带着笑容，走到了林秋石旁边，道："早上好。"

林秋石："早上好。"

"抱歉，昨天吓到你了。"秦不殆说，"我才从门里面出来，没能调整好状态。"他弯起眼角，表情很温和，"真的很对不起。"

"没事。"林秋石说，"你……调整过来了吗？"

秦不殆点点头，示意自己已经没事了。

陈非坐在旁边看着两人互动，不动声色地打量着秦不殆，显然并没有完全相信秦不殆的说辞。

没一会儿阮南烛也下来了，他保持着惯有的冷淡模样，吃完饭正打算出趟门，却被陈非叫住了。

"阮哥，"陈非说，"我有些事情想和你说。"

阮南烛点点头，两人走到了一侧的角落里。

林秋石知道陈非大概是要和阮南烛说关于秦不殆的事情。说实话，此时的秦不殆，看起来并没有什么异样，林秋石很难将他和昨天那个疯狂啃食生肉的人联系起来。不过他的精神状态到底如何，有没有恢复，林秋石无法完全判断，所以觉得这事情就留给陈非来做好了。

林秋石吃完饭，回到了自己的房间。

09

此时正是盛春，阳光灿烂，凉风微拂，林秋石坐在窗户边上，打开电脑浏览那个只有门内人士才能进去的论坛。

这论坛上面有很多有趣的信息，林秋石已经养成了每天都要看一看的习惯。他随手拿起桌子上的一颗糖塞进嘴里，拖动鼠标开始看帖子。

帖子很多很杂，千奇百怪。

有聊门内世界的，有讲都市传说的，甚至还有同城交友的。

林秋石看得津津有味。

因为才从门里面出来，阮南烛也没有给林秋石安排什么活动，只是让他好好休息。

林秋石觉得这样浪费时间的感觉其实非常舒服，他吃了午饭，又午睡了一会儿，一天就这么过去了。

早上陈非和阮南烛说了事情之后，两人就离开了别墅，不知道去了哪里。

不过林秋石早就习惯了他们这样神出鬼没，一点没好奇。

倒是程千里和程一榭两人也不见了踪影，林秋石猜测可能是程一榭带着程千里去刷低级门去了。

别墅里还有易曼曼、卢艳雪和秦不殆，他们四人简单地吃了晚饭，林秋石便打算回房休息了。

洗了个澡，林秋石躺在床上玩数独。这个小游戏可以让他的心情很快平静下来，也有利于进入睡眠状态。

他正在慢慢地填着，却听到门口传来了敲门的声音。

“谁？”林秋石走到门口，拉开了门，看见了站在门口的秦不殆。

秦不殆说：“你好，我想找你聊聊天可以吗？”

林秋石一愣：“现在？”

秦不殆点点头。

林秋石犹豫了一下：“可以……我们在书房聊吧，你等我一会儿，我换身衣服就过来。”他现在穿着睡衣。

秦不殆静静地看着林秋石，此时林秋石穿的是一件白色的棉质睡衣，露出了修长的颈项和漂亮的锁骨，他模样清俊，气质温和，一看就知道是个很好相处的人，看起来也……很好吃。

秦不殆突然舔了舔嘴唇。

林秋石疑惑地看着他：“秦不殆？”他感觉眼前的人好像有些不对劲。

秦不殆说：“我就耽误你五分钟，很快的。”他说着话，慢慢地将身体挤进了林秋石的房门。

林秋石注意到了秦不殆的动作，他后退一步，做出防备的姿态：“你有什么事吗？”

秦不殆看着林秋石，眼神里流露出一种难以言喻的渴望。

林秋石被秦不殆看得毛骨悚然，他说：“秦不殆？”

秦不殆道：“我……”他还没说完这句话，突然就朝着林秋石扑了过来。

林秋石虽然已经有了心理准备，但还是被秦不殆扑了个正着，秦不殆的力气极大，直接就将林秋石扑倒在了床上。

林秋石："秦——"他话刚出口，就被秦不殆死死地捂住了嘴。这完全不是人类的力量，秦不殆轻轻松松地用一只手就制住了林秋石的挣扎，林秋石瞪大了眼睛，看见秦不殆用渴望的眼神盯着自己的颈项。

"我就尝一口。"秦不殆轻声道，"我就尝一口……"他低下头，用舌头舔了舔林秋石的下巴。

林秋石想到了昨天那块被秦不殆撕扯得粉碎的肉，他开始用尽全力挣扎，可是秦不殆的力气却让他的反抗如同蚍蜉撼树一般。

秦不殆看着林秋石的颈项，重重地吞了吞口水，他微微张开嘴，露出一口洁白的牙齿，对着林秋石的颈项就要咬下去……

林秋石继续挣扎着。

就在他感觉到秦不殆牙齿冰冷的触感的时候，房门口却响起了敲门的声音。秦不殆露出紧张的表情，看了眼门口。

"咚咚咚。"敲门声还在继续。

林秋石和秦不殆视线相触，他本来以为有人来了，秦不殆就会放开他，谁知道他竟是从秦不殆的眼神里看出了决绝的味道。

"抱歉。"秦不殆在林秋石的耳边低语，"你看起来太好吃了，我真的……忍不住，就算是被发现了，我也不想放开……"他的牙齿停留在了林秋石的颈项上面，开始微微用力。

林秋石瞪圆了眼睛，感觉到了肌肤上传来的钝痛，他没想到，秦不殆居然真的会下口。

"砰"的一声巨响，锁起来的门被人一脚踢开了。

趴在林秋石身上的秦不殆被一双手抓住，然后被提起来狠狠地扔到了墙壁上。秦不殆吃痛惨叫，林秋石则狼狈地从床上爬起，看到了一脸冰冷的阮南烛。

阮南烛没说话，走到秦不殆面前，顺手拿起了桌子上由青铜制成的装饰物，然后抓住秦不殆的下巴强迫他张开了嘴。

秦不殆吓得浑身发抖。

阮南烛的语调冷如冰霜，他说："这么喜欢吃，那就吃个够吧。"他直接把那东西砸到了秦不殆的嘴里，硬生生地砸断了秦不殆的两颗牙齿。

秦不殆痛得直接晕了过去，阮南烛这才松了手，又回到了林秋石的面前，他蹙着眉头，心情很不好似的："还好？"

"没事。"林秋石道，"是我太大意了。"他没想到在这样的情况下，秦不殆还敢对他动手。陈非的话虽然已经给了林秋石警醒，但他还是低估了门内世界对秦不殆的影响。

阮南烛盯着林秋石。

林秋石被他的眼神搞得很不自在，他注意到阮南烛的目光停留在他的颈项上，于是伸手摸了摸，才发现自己的脖颈已经被秦不殆咬出了一个牙印……虽然没破皮，但也挺疼的。

这是不是需要去打个疫苗什么的……林秋石正在心里想着这事儿，就见阮南烛直接俯身过来。

林秋石被阮南烛的动作吓了一跳，正想问阮南烛怎么了，便被阮南烛牢牢地抓住了手臂——下一刻，刚才被咬的地方就被用力地擦拭着。林秋石的第一个反应就是阮南烛是不是被秦不殆传染了不正常的情绪，他吃痛大叫，用手推拒着："阮南烛——你冷静一点！我是林秋石！"

阮南烛一口咬了下去，停顿几秒后才松了口，此时林秋石脖子上的牙印已被他的牙印覆盖。大概是听到了林秋石的叫喊，他淡淡地道："我知道你是林秋石。"

"你被传染了？"林秋石捂着脖子，痛得直嘶气，"你咬我做什么？！"

阮南烛从嘴里吐出两个字："消毒。"

林秋石："……"阮南烛到底怎么了？

阮南烛说完这话，拖着已经陷入昏迷的秦不殆转身就走，林秋石看着屋子里一片狼藉和被踹坏的门，一时间竟不知道该做些什么。

林秋石检查了一下自己的伤口，有点疑惑自己需不需要去打个狂犬疫苗什么的，他也没被人咬过，于是上搜索引擎搜索了一下该怎么办。

结果没搜索还好，这一搜索林秋石看得真是胆战心惊，差点以为自己会当晚暴毙。

于是第二天一大早，林秋石就匆匆忙忙地去了医院。

谁知医生看到他的伤口后，颇为轻描淡写地说："不用打疫苗，消毒就行了，咬你的人没有传染病的话问题不大。"

林秋石："可是搜索引擎上说……"

医生一拍桌子："生病了能不能别用搜索引擎？那玩意儿不是越用越觉得自己得了绝症吗？"这医生看起来也就三十一二岁，还挺年轻的，给林秋石随便开了点药就嫌弃地挥手让他回去了。

林秋石回了别墅。

昨天晚上秦不殆被带走之后，林秋石也没去问他到底被怎么处理了。今天一直没看到他，也没看到阮南烛，林秋石便私下里找到陈非问了一下。

陈非看着林秋石脖子上的伤口，叹气说："是我的问题，我不该放着他不管的，还以为他最起码能忍一忍呢，谁知道自制力那么差。"

林秋石："那现在他人呢？"昨天晚上阮南烛把秦不殆拖出去的样子简直像是要直接拉去火化了。

"弄到别的地方去了。"陈非说，"有个地方是专门放他们这样的人的，他们被门影响之后在现实里行为会出现偏差，所以需要心理辅导。"至于能不能辅导成功，那就是另外一回事了。不过这样的人放在哪儿都是危险人物，如果昨天晚上阮南烛没有及时出现，林秋石可能已经被秦不殆直接咬死了。

"哦……"林秋石想了想，小声说，"南烛呢，我怎么没看见他？"

"他好像有点事情出去了。"陈非说，"你这伤口不要紧吧，都破皮了，有去医院看看吗？"

林秋石心想要不是阮南烛补的那一口，他也不至于破皮啊，真是很过分了。不过这些话他也没敢说出来，只是摇摇头示意自己没事，说已经去医院看过了。

之后秦不殆就消失在了别墅里。

大家很是默契地没去问他到底去了哪儿，就连程千里这个最不会看眼色的也再没提过他。

他们似乎早就为突如其来的离别做好了准备。

这事情发生的第三天，林秋石才看见阮南烛。那会儿他的伤口已经结痂，他和程千里从外面遛了吐司回来，看见阮南烛坐在客厅里吃水果。

听到两人的脚步声，阮南烛只是抬了抬眼皮，对着他们投来一个不咸不淡的眼神。

“阮哥，你回来了。”程千里高高兴兴地和他打招呼。

“嗯。”阮南烛应了声，看向林秋石。

林秋石莫名被看得有点不自在，感觉那天晚上的阮南烛有些怪怪的，连带着现在的他也有点怪。

“好了？”阮南烛开口。

林秋石知道阮南烛是在问他的伤口，点点头：“好了。”

“哦。”阮南烛说。

也不知道是不是林秋石想多了，他竟是从阮南烛的语气里听出了一丝遗憾的意味。林秋石：“那天晚上谢谢你……”要不是阮南烛，他这会儿估计已经凉了。

阮南烛：“客气。”

林秋石迟疑地道：“秦不殆，还有救吗？”

阮南烛慢慢地把嘴里咀嚼的水果咽了下去，才回答了林秋石的问题：“不知道，看他自己的造化。”

林秋石：“这样的事情以前也发生过？”

阮南烛：“家常便饭。”

林秋石没想到居然会得到这样的答案。

“一百个新人里面至少九十九个会出现心理问题。”阮南烛站起来，“剩下那个是程千里。”

程千里在旁边听着这话满脸茫然，说：“什么叫剩下那个是程千里啊？”

林秋石怜爱地摸了摸程千里的脑袋：“没事，阮哥夸你呢。”

程千里：“哦，嘿嘿嘿嘿。”

林秋石心想，其实能傻成程千里这样也挺不容易的……

“准备一下。”阮南烛道，“程一榭的第九扇门就要开了。”

林秋石心中一惊：“我也一起？”

阮南烛：“不想去？”

林秋石：“我……我不知道……”

阮南烛倒也没有强求，只是淡淡地道：“不想去也没关系，给你三天时间想一想。”

林秋石点点头示意自己知道了。

阮南烛说完这话转身就走了，程千里看着他的背影，说不知道为什么，总感觉最近的阮哥给他的感觉和之前有些不一样。

林秋石道：“怎么不一样了？”说实话，经历了秦不殆的事情之后，他才察觉自己在现实世界中太放松了，这要是在门里，他是肯定不会让秦不殆进来的。

“不知道。”程千里挠挠他的傻脑壳，“我也说不好……”

林秋石看着程千里，一时间竟是有些担忧眼前的这货到底要怎么通过接下来的那些门。他完全可以想象到程一榭为了这个傻弟弟操碎了心的模样。

很快，对于阮南烛的提议，林秋石的心中便有了答案——他决定要和阮南烛一起进入程一榭的第九扇门。

对于林秋石的决定，阮南烛并不惊讶，他只是又问了林秋石一句：“你想好了吗？”

林秋石点点头：“想好了。”

“第九扇门的难度会比较高，我也不能保证你能安全出来。”阮南烛说得很直白，“这有可能是你的最后一扇门。”

林秋石说：“没关系。”

阮南烛凝视着林秋石的表情，片刻后才点点头示意自己知道了。

林秋石总觉得阮南烛似乎想要说点什么，虽然最后他什么也没说。

在确定了林秋石要进入第九扇门后，阮南烛便将第九扇门的线索告诉了林秋石，林秋石拿到线索简单地看了一下，露出惊讶的表情：“这是线索？”

阮南烛：“嗯。”

只见纸条上写着一句话：以铜为镜，可以正衣冠；以史为镜，可以知兴替；以人为镜，可以明得失。

“这什么意思？”林秋石记得这是唐代李世民说过的名言，还入了课本，但是放在门内的环境里，这样的线索几乎等于无迹可寻。

“不知道。”阮南烛说，“之后的门线索都会比较模糊，不会像之前那样有明确的指向性，所以具体是什么情况，还得等进门之后再说。”

林秋石捏着线索看了一会儿，道了声“好”。

具体进门的时间是在下个月的十五号，这是程一榭告诉林秋石的，他知道林秋石要和他一起进门之后表现得很平静，似乎早就料到了阮南烛会把林秋石带上。

程一榭大概是整个别墅里最不喜欢说话的人了，整日都很沉默，除了教训他弟弟的时候。

程千里虽然和程一榭是双子，但两人的性格却大相径庭，程千里整天咋咋呼呼的，像个没长大的小孩，而程一榭则非常成熟。

离进门还有段时间，林秋石继续在别墅里休息。

其间谭枣枣和那个影帝张弋卿也过来了一趟，一起来的还有带着张弋卿过门的男人。

那人的名字叫白铭，无论是长相还是气质都非常的阳光，头发微微有些自然卷，笑起来的时候脸颊上还有个可爱的梨窝。

说实话，这样的人，林秋石很难把他和门里面的大佬扯上关系，他实在是有些好奇，这个白铭在门里面是什么模样。

不过这个问题有点侵犯人隐私的感觉，所以林秋石也没去问。

张弋卿的状态倒是比之前好了很多，至少不是一副精神崩溃的模样。

白铭倒是对林秋石也很感兴趣，当然当着阮南烛的面，他没敢表现得太明显，但林秋石还是注意到了他那若有若无的打量目光。

“弋卿的电影五月份就要上映了，你们一定要去看啊。”白铭到别墅做的第一件事就是分发张弋卿电影点映的门票，“我已经看过了还没剪辑的版本，太好看了。”

张弋卿坐在旁边听着白铭给别人推销自己的电影，脸色有点不大好看。林秋石猜测那是因为他觉得很羞耻……

“弋卿真的是太厉害了，我超级喜欢他。”白铭表白的模样，简直像是个追星的痴汉，平时倒也还好，可是现在当着当事人的面夸赞，简直让人受不了。林秋石亲眼看见张弋卿虽然一脸严肃，但耳根子已经红了一片，故作镇定地站起来说自己想要去阳台上抽根烟。

林秋石看在眼里暗暗好笑，这白铭也算是把张弋卿给治住了。

谭枣枣也很不客气地哈哈大笑起来。

“枣枣你是不是又要进门了？”林秋石计算了一下时间，感觉谭枣枣的下一扇门应该快了。

“嗯。”谭枣枣点头，“这次是陈非带我进去……你呢，过到第几扇了？”

林秋石说：“还是第六扇。”他没有提自己要和阮南烛他们进入第九扇门的事。

“哦……”谭枣枣有点失神，似乎在想什么。

林秋石问她：“怎么了？”

“没事。”谭枣枣叹气，“只是在想之后的门该怎么办。”她并不能像阮南烛和林秋石他们一样彻底放下自己在现实世界中的工作专心过门，也没有勇气不断地刷门，这意味着她在面临高级门的时候凶多吉少，况且第六扇门之后的门，就算是阮南烛也几乎是不接的。

据说第六扇门之后，门的难度会有一个质变。至于怎么变化谭枣枣也不清楚，反正就是很难。

几人聊了会儿天，吃了个午饭，林秋石从阮南烛和白铭的对话中了解到他们两人已经相识了四年之久，算是老朋友。

白铭已经过了第九扇门，在等着第十扇门的到来。

吃完饭，白铭和阮南烛去了书房，两人似乎有什么事情想要私下里谈谈。

谭枣枣则拉着林秋石和张弋卿在楼下玩游戏。

两人到底谈了什么林秋石不知道，不过他们两个从楼上下来的时候，目光却都放到了他的身上。

林秋石微微一愣，问了句：“怎么了？”

“没事。”白铭笑着，“只是对你有些好奇。”

林秋石：“好奇？”

白铭道：“你难道觉得自己没有特别之处？”

林秋石想了想，小声道：“特别喜欢猫？”他说这话的时候，还正在暗暗地捏着栗子的肉垫，栗子斜着眼睛一脸不爽地看着他。

阮南烛："……"这也算是个特别之处吧。

白铭闻言笑了起来，道："你真有意思。"他也不再提关于林秋石的事，又坐了一会儿，便和张弋卿、谭枣枣一起走了。

林秋石看着坐在他旁边的阮南烛，小声地问道："我有什么特别的地方吗？"

阮南烛看了他一眼："你觉得呢？"

林秋石摇摇头，想不明白。

阮南烛："你就没有觉得自己哪里不太对劲？"

林秋石："没有。"

阮南烛站起来："没有就算了。"他说完这话转身就走，没有再给林秋石询问的机会。林秋石却莫名地感觉到阮南烛的心情似乎不太好……

程千里也知道了他们要进第九扇门，他非常担心，还在自己的房间里摆上了香案，认真地祭拜起来。

林秋石硬是被他拉着去上了三炷香。

"一定要保佑他们平安回来。"程千里的神情很是虔诚。

林秋石本来是不信这些的，但是门内世界颠覆了他的世界观，所以他也没有对着香案说出什么不敬的话来。

"我好怕啊。"程千里上完香，就坐在自己卧室的床上和林秋石嘟囔，"就是特别怕。"

"别怕，会没事的。"林秋石摸了摸程千里的脑袋，他才十六岁，也不过是个半大的孩子，"有你阮哥在呢。"

"嗯。"程千里说，"我想变得更厉害一点，到时候，到时候就能……"他说到这里，似乎有些不好意思。

林秋石问他："就能什么？"

程千里说："就能变成我保护我哥啦！"他挺起胸膛，一副得意的模样。

林秋石笑了："嗯，那你可要努力。"程千里有些时候看起来真是傻得可爱。

"虽然他脾气不好，又嫌弃我，但谁叫他是我哥呢。"程千里躺在床上，自言自语，"毕竟和我长得一模一样呢……"

林秋石就在旁边静静地听着。

其实他不太明白程千里口中的手足之情，他自幼便没有接触过什么家庭之类的氛围，也没有兄弟姐妹，活到二十六了，连个喜欢的人都没有。林秋石如此想着，忽然觉得人生有些遗憾，如果他死在门里面了，感觉这辈子很多事情都不曾经历过。

程一榭那扇门开的时间在一点点推进。

别墅里的气氛也紧张了起来。

除阮南烛之外，程一榭的门是等级最高的，林秋石大致计算了一下程一榭开门的时间，发现他居然在十一二岁的时候就已经进门了。这么小的年纪还能从那么多扇门里面出来，程一榭的确厉害。

而他的弟弟程千里现在才进到第六扇，两人第一扇门的时间至少相差了好几年。

这次阮南烛并没有让林秋石穿女装，在庆幸之余，林秋石内心深处竟是生出了一丝遗憾。他察觉了这种遗憾情绪后被吓一跳，没想到穿女装这种事情还能上瘾。

当然，林秋石很快就处理掉了这种遗憾的情绪，还是挺高兴自己不用装哑女了——至于伪音这种东西，他还是没能摸着头脑。

时间过得飞快，眼见便到了快要进门的时间。

天气也逐渐炎热了起来，林秋石吃过晚饭，坐在阳台上乘凉的时候，看见程一榭站在楼下的花园里。他的表情很严肃，手里竟是拿着一根烟在慢慢地抽。

林秋石居高临下地看着他，想了一会儿，叫了他一声："程一榭！"

程一榭抬头。

林秋石大声道："未成年不能抽烟——"

程一榭皱起眉头，他的长相和程千里有九分相似，唯一不同的便是身上那冷淡的气质。虽然年龄小，但他那气质却可以让人明显地感觉到这人并不好惹，没想到他听了林秋石的话，居然真的把烟灭了。

林秋石从兜里掏出了一把糖，从二楼扔了下去："吃这个。"

五颜六色的糖果落在绿绿的草地上，像是炸开的烟花，看起来倒是十分漂亮。

程一榭弯腰，捡起一颗剥掉糖纸塞进了嘴里。

林秋石笑眯眯地看着他："好吃吗？那紫色的是葡萄味的——"这是他在网上买的果汁硬糖，味道很不错。

程一榭看了他一眼，没说话，只是仔仔细细地把糖全都捡了起来，塞进口袋里转身走了。

林秋石看着他的背影挺高兴的，虽然程一榭比他先到门里面，但在他的眼中，程一榭也只是个没满十八岁的孩子。

进门的前一天，阮南烛又换上了一身女装，三人都戴好了那个特殊的手镯，开始等待着门的到来。

程千里的情绪变得很焦虑，他在屋子里到处转个不停。

最后还是程一榭受不了了，蹙着眉头道："你转什么，我眼睛都要花了。"

程千里无辜地道："我转转都不行啊。"

程一榭："不行。"

程千里："……哼，我就不，我偏要转。"他嘴上虽然说着要继续转，但还是乖乖地坐回了沙发上面，抓过旁边的吐司就是一顿狂撸。

吐司被程千里撸得晕头转向，瞪着黑眼睛，嗷呜嗷呜委屈得直叫。

"你别折腾它。"程一榭又说话了。

程千里："哇，你太过分了，这不让我干，那不让我干——"

程一榭也不吭声，就这么面无表情地看着程千里。两人僵持了十几秒，程千里毫无悬念地再次落败，满目遗憾地放开了吐司肥嘟嘟的屁股，眼睁睁地看着它跑了。

程一榭看了看表。

程千里看着程一榭的动作，情绪越发焦躁，他嘴唇嚅动了一会儿，微不可闻地挤出一句话："一定要回来啊。"

程一榭抬眸看了他一眼。

"喂，我和你说话呢。"程千里说，"你听到没有，程一榭，你一定要回来啊。"他好像是鼓足了勇气才把这话说出口，"一定要回来！"

程一榭轻轻"嗯"了声。

程千里这才满意了，又嘟囔着说了些别的叮嘱的话。

兄弟二人互动的时候，林秋石就坐在旁边，亲眼看见程千里嘟囔的时候，程一榭的嘴角微微向上勾了勾，不过弧度太小，转瞬即逝，很容易让人觉得这是自己的错觉。

第八卷 铜镜

01

入门的时间是第二天傍晚。

林秋石吃完了饭，回了自己的房间。

他坐在电脑前，刚按下开机键，身体却出现了一种非常奇异的感觉，这感觉他很熟悉——门开了。

林秋石起身，打开了卧室的门，毫不意外地看见走廊上出现了十二扇铁门。其中已经有八扇封上了封条，另外三扇无法打开。

唯一能打开的，就是属于程一榭的第九扇门。

林秋石走到了门前，拉开了铁门——周遭的景色扭转，林秋石出现在了一条空旷的道路上。

他环顾四周的景色之后，表情微微有些惊讶，因为四周并不是荒凉的野外，而是繁华的商业街。五颜六色的招牌挂在道路两旁，虽然因为时间太晚大部分的店铺已经关门，但依稀可以想象出白天繁华的盛景。

脚下的道路非常平坦，林秋石顺着道路往前，看到了一栋高耸入云的公寓。公寓的外墙上面贴满了镜子，似乎吸收了周围所有的光芒，在黑暗的夜色里，也吸引着人的目光。

林秋石看到这一栋公寓，却莫名想到了一个词：趋光性。

趋光性是一种生物上的习性，在动物和植物身上都有体现，最明显的就是晚上的虫子会朝着光源扑去，即便那光是会焚烧它们的火焰。

林秋石想，人也是生物的一种吧，在黑暗的夜色里，看见光芒总会想要朝着那里走去，不去思考光芒的尽头到底有着什么。

公寓的门口大开着，林秋石慢慢地走了进去，看到大厅里已经站了八个人。这些人已经分好了队伍，看见林秋石走进来，大部分人都露出打量或者评估的表情。

这一次，林秋石没有看见不在状况内的新人。

以第九扇门的难度，如果真的有新人，那林秋石只能怀疑那个新人是因为下一秒就要死了所以才被拉进了门内。

环顾四周，林秋石没有找到自己想找的人，他便随便找了个沙发坐下，开始观察周围的情况。

现在加上他一共有九人，五男四女，大约分成了三组的样子。大概都是老手了，这些人也没有再装作不认识对方的样子，而是互相窃窃私语，低声讨论起了关于这扇门的事情。

林秋石在沙发上坐了一会儿，便看到外面走进来了两个人。一高一矮，高的那个是个穿着长裙的女人，矮的那个是个表情冷漠的少年。

虽然长相完全不同，但林秋石还是从他们的衣着和神色上，认出了两人的身份——正是阮南烛和程一榭。

他们两人也看到了坐在沙发上的林秋石，朝着他的方向来了。

“人齐了？”林秋石问道。

“应该还没有。”阮南烛在林秋石的身边坐下，“有人还在朝外面观望，应该是在等队友。”

闻言，林秋石不得不佩服阮南烛的观察力，走进这里不过几分钟的时间，他就好像将周围人的信息收集得差不多了。

果不其然，三四分钟后，外面又走进来了两个人，也是一男一女，一进来就朝着角落里的人走去。

林秋石见到他们去的方向有些惊讶：“他们……一队就有五个？”

阮南烛：“应该是。”

“门里面存在人数优势？”林秋石想了想，觉得好像哪里不对劲。

“从某种程度上来说是有的。”阮南烛靠着沙发，道，“你多带点人，不就能多排除几个死亡的条件了吗？”

林秋石：“……”

阮南烛看了角落里一眼，冷冷地笑了笑：“有的人为了活下去，什么事都做得出来。”

有的人在过门的时候，为了排除死亡的条件，会故意带很多新人进来。这些新人什么都不懂，很容易在门里面出现意外。当然，他们出现意外也没什么关系，毕竟对于带他们进来的人而言，这反而是件好事——他们占了当日死亡的名额，按照门的规则，每天死去的人是有数量限制的，所以这样自己反而安全了。

林秋石没想到还能这样：“那些新人愿意进来？”

“有什么不愿意的。”阮南烛懒懒地道，“有的人总想一口吃成大胖子。”

谁不想免除中间那些过程直接通过第九扇门呢。风险和收益通常都是对等的，想要获得什么，总得付出点什么。

人生亦是如此。

后来又进了四人，人终于到齐了，一共有十七个，大致是分成了五六组的样子。其中人最多的那一组一共有五个，林秋石明显地感觉到其中领头的是那个表情不善的女人。

将近二十个人聚集在大厅里面，嘈杂的声音越来越响亮。

就在这时，从电梯的方向走出来了一个穿着服务生制服的人，他手里拿着一摞门卡，微笑着看着聚集在大厅里的人。

“不好意思，让各位久等了。”服务生说，“这里是各位的房卡。”

他开始给大家分发房卡。

人群里有人发问：“这是几人间啊？单间还是标准间？”

服务生道：“是标准间哦。”他笑了笑，“红色房卡对应的是大床房，白色房卡是双人间，绿色的可以住三个人，不过需要有人睡沙发。”他声音轻柔，“欢迎你们来这里旅游，希望大家可以在这里玩得愉快。”

原来他们的身份是旅游者，林秋石心中一动。

“我们什么时候结束旅游？”那个五人组的领头女人突然开口，“周围有什么旅游景点吗？”

服务生笑道：“明天会为大家派发一本旅游指南，上面记载着周围的旅游景点。”他把手里的房卡发了出去，“今天就请大家好好地睡一觉吧。”

林秋石起身，去领了一张绿色的卡。服务生说绿色房卡对应的房间可以睡三个人，他们三人正好合适。

房卡陆陆续续发放了下去，众人便各自散去了。

林秋石他们的房间在三十四楼。地上铺着厚厚的地毯，走廊里散发着一股子浓郁的熏香气息。

灯光很暗，他们到了房间之后把房卡插好，屋子里的灯便亮了起来。

林秋石走到了窗户边上，透过玻璃往外望去，看到了陷入黑暗中的城市，整座城气氛死寂，甚至连盏路灯都看不到——可是他从外面走进来的时候，明明看到路边的路灯是开着的。

阮南烛说："这屋子真有意思。"

林秋石扭头："嗯？"

阮南烛说："到处都是镜子。"

林秋石环顾四周，才发现屋子里的确有很多镜子，其中最不可思议的是连地板上都有一块。

而看到镜子，林秋石便不由自主地想起了线索里的那句"以铜为镜"，他直觉钥匙和镜子有关，但线索太少，一时间并不能牢牢抓住。

程一榭盯着脚下的镜子，很久没有说话，直到林秋石打算走开的时候，他突然低低地说了句："这是双面镜。"

林秋石的表情僵住了。

程一榭说话的速度很慢，他道："楼下的人，可以看见我们屋子里的情况。"

阮南烛听到这话，突然低头看了眼自己的裙子："那我岂不是被看光了？"

程一榭："……"

林秋石："……"

阮南烛："仔细想想，还有点不好意思呢。"

林秋石："……"你这么不好意思还把裙子撩起来干吗……

这个屋子里只有两张床，所以就注定了有个人要睡沙发。林秋石非常自觉地表现出了尊老爱幼、女士优先的优良品德，坚定地表示自己非常乐意睡沙发，程一榭和阮南烛可以睡床。

程一榭没和林秋石客气，换了身睡衣爬上床准备睡觉。

阮南烛则坐在床边看了他好一会儿。

林秋石被他看得莫名地有些毛骨悚然："你为什么要看着我？"

阮南烛："因为你好看啊。"

林秋石："……"

阮南烛："要不要和我挤一挤？"他拍了拍自己身下的床铺。

林秋石拒绝了，表示要是自己实在是睡不着再过来。阮南烛闻言歪了歪头，也没有强求，道了声"好"。

其实这里的沙发很宽大也很软，睡在上面没有什么不舒服。林秋石在身上搭了一层薄薄的毯子，将目光放到了地面上镜子所在的位置。此时那镜子上面已经被覆盖上了一层浴巾，明亮的镜面被盖住了，下面的人再也看不到他们屋子里的景象。他们还检查了房间里面的其他镜子，发现屋子里既有双面镜又有单面镜，于是便花了些时间，将所有的双面镜都用毛巾盖住了。

这个公寓很新，似乎才装修过，林秋石缩在沙发里，迷迷糊糊地睡了过去。

来到门内世界的第一晚通常都会比较平静，林秋石以为他会一觉睡到第二天，没想到半夜却被程一榭叫醒。

林秋石醒的时候，看见程一榭皱着眉头坐在床边，鼻子不断地翕动着，像是在嗅着什么气味。

"一榭，怎么了？"林秋石迷迷糊糊地开口问道。

"有味道。"程一榭低声说，"……有什么东西被烧焦的味道，你闻到了吗？"

林秋石闻言一愣，他努力地吸了吸鼻子，却什么气味都没有捕捉到，于是便摇摇头："没有，我闻不到。"

程一榭不说话了，他站起来，走到墙壁旁边，蹲下来开始观察。

这个举动看起来实在是有些怪异，林秋石看着他的背影，正想发问，便听到旁边床铺上的阮南烛轻声问了句："怎么了？"阮南烛也醒了。

程一榭还在观察墙角。

淡金色的墙纸几乎覆盖了屋子的每一个角落，林秋石看见程一榭起身，走到桌子边上拿起了一把削水果的刀，然后回到了墙壁旁，开始刮墙纸。

几分钟后，墙纸被刮了下来，露出了一片漆黑的颜色。

林秋石借着昏暗的灯光，看到了墙纸后面的墙壁。他露出有些愕然的表情：“这房间里……发生过火灾？”那墙壁竟呈现出一种被烧焦了的黑色，显然这间屋子里曾经发生过什么。

程一榭开始低低地咳嗽，像是被什么气味呛到了。

阮南烛看着程一榭的模样，起身去了厕所，在厕所里拿了一块湿润过的毛巾，递给了程一榭：“捂着。”

程一榭接过来，捂在口鼻上，咳嗽声才略微有所缓解。

“看来这栋公寓里曾经发生过事故。”阮南烛道，“至少有过一场火灾。”

他刚说完这话，林秋石居然也闻到了一股子东西被烧焦的味道，他起初以为自己出现了幻嗅，看向了阮南烛。阮南烛却对着他点点头：“我也闻到了。”

阮南烛迅速冲进了厕所，又准备了两块湿毛巾，递给林秋石一块，然后道：“我出去看看。”

林秋石用毛巾捂住了口鼻，表示：“一起吧，我也去。”

阮南烛没有拒绝，抬步朝着门口走去。

屋子外面一片寂静，似乎并没有其他人闻到这种气味。但程一榭一出屋子，眉头就皱得更加厉害。

阮南烛看了他一眼：“味道更浓了？”

程一榭点点头，他的目光在走廊上逡巡，似乎在辨别什么，而林秋石也隐约听到了一些奇怪的声音，这些声音很微妙，有些像是人在抓挠着门板……他的目光朝着声音所在的方向看了过去，而与此同时，程一榭也指了指走廊尽头的位置。

走廊尽头都是大床房，住在那边的好像只有两个姑娘。

他们朝着那边走了几步，林秋石正欲朝着发出声响的地方走去，却被阮南烛伸手拦住了。

“怎么了？”林秋石微微一愣。

阮南烛没说话，只是突然抬起了头。

林秋石顺着他的目光看去，才发现走廊的头顶上竟然也安着一排镜子，将整个走廊都映照在了里面。此时镜子里的那个影像也抬了头，和林秋石做出同样的动作。

阮南烛又指了指走廊尽头的位置。

林秋石心领神会，抬头从镜中看向走廊的尽头，只是一眼，他的呼吸都屏住了，只见镜子里面，走廊的尽头竟然燃着熊熊烈火。

那烈火从门缝里窜出来，伴随着火焰的便是浓浓黑烟。

林秋石终于知道了那种呛人的气味到底是从哪里来的了，他收回目光，又看了眼走廊，看见现实世界里的走廊尽头依旧陷在一片黑暗之中，见不到一丝火光。

“咯咯咯。”程一榭忍耐不住地咳嗽起来。

林秋石道：“这火会烧过来吗？”

阮南烛摇摇头：“不知道。”

林秋石看着镜子里的走廊尽头，火焰燃烧得更加凶猛，铁做的防盗门好像都被烤变了形。而那种敲打门的声音开始变得尖锐起来，同时还伴随着低低的号哭——那扇门里面，似乎有人。

“救命，救命……”有人在呼救。

林秋石不确定这声音是他一个人能听到，还是他们都能听到，于是便问道：“你们听到没有？”

阮南烛和程一榭都摇摇头，示意并未听到什么。

不过阮南烛却说：“虽然没听到，但是我看到了。”

“看到了什么？”林秋石疑惑地问。

阮南烛说：“屋子里伸出了一只手。”他仔细观察了一下，“现在是两只。”

林秋石正在想自己什么都没看到的时候，后背却被一只手轻轻拍了一下，他被吓出一身冷汗，扭过头看见一男一女站在自己的身后。这两人林秋石有些印象，应该是之前在公寓大厅里见过的，属于团队里面的人。

“你们在看什么？”女的发问。

这两人出现得无声无息，他们三个居然都没有发现，要不是之前看见了这两人，林秋石都要以为他们是什么怪东西了。

林秋石心想，这第九扇门，果然是卧虎藏龙的地方。

阮南烛看见这两人，倒是显得很平静，他道：“看烟花。”

女人闻言笑了："烟花？好看吗？"

阮南烛："一般。"

女人说："比我还好看？"

阮南烛也笑了，然后很平静地说："比你好看，没我好看。"

女人脸上的笑容没了，眼神里面开始透出愤怒的味道，她盯着阮南烛的脸，神情颇为不善。

女人旁边的男人适时站了出来，简单地做了个自我介绍，说他和这个女人是兄妹，他叫罗千山，妹妹叫罗千水。

罗千山说："走廊尽头发生了火灾？"

林秋石他们三个都没有回答罗千山的问题，毕竟从某种程度上来说他们是竞争对手，给竞争对手提供线索，的确不是什么明智之举。

"着火了。"罗千水也看到了镜子里和现实之中完全不同的景象，她看向罗千山，"里面的人会被烧死吗？"

罗千山道："不知道。"

于是便成了五人站在走廊上继续静静地看着。

火灾似乎并没有向外蔓延的趋势，仅限于那一间屋子，林秋石看了眼窗外沉沉的夜色，小小地打了个哈欠。

阮南烛看了他一眼，道："走吧，回去睡觉。"

林秋石："不继续看了？"

阮南烛说："难道在这里看一晚上？"

这倒也是，而且身边还站着两个奇奇怪怪的人。他们三人不再理会这一对兄妹，打算转身回房。

程一榭的嗅觉有些过分的灵敏，也正因如此，他被烟味呛得一直在咳嗽，脸色很不好看。

阮南烛是最后一个进房的，他在进去之前又朝着走廊尽头看了一眼，微微皱起眉头。

接着进屋后，他对林秋石和程一榭说的第一句话便是："屋子里的东西出来了。"

林秋石道："什么东西？"

“被烧死的人。”阮南烛回答。他在进屋的前一刻，看见镜子里走廊的尽头多了两个身影，一大一小，似乎是个大人牵着一个孩子，他们身上焦黑，还冒着火焰，就这么静静地立在走廊的尽头，凝视着这层楼所有的房间，让人看了便生出不适的感觉。

林秋石听着阮南烛的话，想起了线索里的某个提示：以古为镜，可以知兴替。难道这个古，是指这个公寓里曾经发生的事情?

三人沉思着，那股子烧焦的味道却渐渐淡了下来。

“先睡吧。”阮南烛看了眼时间，“明天再想，不然身体受不了。”

接着三人各自躺下。

说实话，正常人遭遇了这些事情，估计脑子里都会是那些可怖的画面而难以入睡，但是林秋石现在觉得他们已经不属于正常人范围了，他不但很快入睡，而且睡眠质量很好，一觉睡到了第二天早晨。

太阳升了起来，带着一股子灰蒙蒙的味道，林秋石被落地窗外射入的光线唤醒，迷蒙地睁开眼。

“早上好。”阮南烛和他打招呼。

“嗯。”林秋石揉揉眼睛，从沙发上坐起，进卫生间洗漱。

程一榭倒是早早地醒了，这会儿已经换好衣服，沉默地站在窗边看着外面的景色。

“餐厅在二楼。”阮南烛说，“走吧，我还真有点饿了。”

他们三人下了楼，看见餐厅里面已经聚集了不少人。

林秋石的目光扫过人群，看到了自己想要找的对象——就是那两个住在大床房里面的姑娘。

她们朝气蓬勃，还在愉快地交谈着，似乎昨晚发生的那一切对她们毫无影响。

林秋石一直在观察她们，耳边却传来了阮南烛似笑非笑的声音，他道：“看别人看得那么认真，怎么，比我还好看吗？”

林秋石闻言面露无奈：“你自然是最好看的。”

“怎么说得那么不情愿？”阮南烛吃了一口面包，道，“那两个人也来了。”

那两个人是指他们昨天晚上在走廊上遇到的罗千山和罗千水兄妹，两人从外面进来，一个对着林秋石笑了笑，另一个恨恨地看着阮南烛。

看来罗千水对于昨天晚上阮南烛的挑衅已是怀恨在心。

阮南烛丝毫不惧，对着她扬了扬下巴，靠在林秋石肩膀上，声音不大不小："哎哟，那个女人的眼神好可怕啊，吓到人家了啦。"

林秋石哭笑不得。

程一榭似乎早就习惯了阮南烛的戏多，全程面无表情地啃着面包。

在他们吃得差不多的时候，昨天给他们发房卡的服务生出现了，手里拿着一叠东西，应该就是他提过的旅游指南。

服务生道："不知道昨天晚上大家睡得可好？"他笑了起来，"这个便是这里的旅游指南，大家拿到之后一定要仔细地看哦。"然后他开始向众人发放。

林秋石也拿到了一份，他翻开之后，发现这居然真是这座城市的一些景点介绍，其中便有这座外表满是镜子的公寓。

看过资料，林秋石知道了这公寓是当地的地标性建筑，在两年前翻修过，翻修之前的模样和翻修后的样子简直就是大相径庭。公寓的外面被贴上了无数的镜子，看起来格外怪异。

林秋石正在翻，却听到程一榭又开始低低地咳嗽。

"咯咯咯，咯咯咯。"程一榭捂住鼻子，艰难地道，"有东西燃起来了……"

"什么？"林秋石和阮南烛都很莫名其妙，他们两人什么都没有闻到。

但很快，他们就不需要闻到了，因为他们眼前出现了浓烟——燃起来的东西，是一个人，正是住在大床房里面的姑娘之一。

起初只是她的身上开始冒出一些烟，当众人将愕然的目光投向她时，她的身体竟是直接窜出了刺目的火苗。这些火苗仿佛是从她的血肉里面冒了出来，不过瞬息之间便燃遍了她的全身。

"啊啊啊啊！"姑娘发出凄厉的叫声，开始疯了似的在地上翻滚，然而火焰是由内而外燃烧的，她的翻滚根本无济于事，林秋石抓起桌子上的牛奶试图浇在她的身上灭火，但也毫无作用。

只不过一两分钟的工夫，原本如同花儿一般娇艳的姑娘，就在众人的面前变成了一具焦黑的尸体。

“呕——”当场有人吐了出来，其他人的脸色也不太好看。

都说烧死是最痛苦的一种死法了，林秋石慢慢地走回了阮南烛的身边，放下了手里的牛奶罐。

看来昨天晚上发生的事，就是这个姑娘死去的原因。

“小颜！小颜！”剩下的那个姑娘号啕大哭，扑到焦尸旁边，神情近乎崩溃。

林秋石在旁边看着没说话。

阮南烛道：“没事吧？”

林秋石摇摇头，示意自己没事。其实他也见过不少血腥的场景，但眼前这一幕也太过恐怖了……不愧是第九扇门的难度，进来的第一天晚上，就有人中了招。

“真恶心。”坐在不远处的罗千水冷冷地说了一句，站起来便要走，“倒胃口。”

她哥哥跟在她的身后离开了餐厅。

罗千水的态度太过冷漠，但其实她的这种态度才是主流。发生了这样的事，餐厅里的人大多都是一脸麻木，只有那个带着些新人的五人组里面，有人在呕吐，有人露出害怕的表情。

“我好害怕啊，夏姐。”有个年轻的男孩子对着领头的女人说。

被叫作夏姐的女人应该就是带他们进来的人，她如此道：“别怕，没什么好怕的，只要乖乖听话，遵循规矩，不会出事的。”

虽然这话像是敷衍，但好像也只能如此了，年轻男人脸上的恐惧之色并未减少。

阮南烛站了起来：“走吧，去附近走走看。”

他们离开了餐厅，去了公寓附近的街道上。

和之前的世界不同，这个世界似乎是开放的。繁华的街道上人群川流不息，周边是各式各样的商铺，还有可以到达其他地方的公交车，甚至连使用的货币都和他们原本所在的世界一样。

林秋石看着周围的一切，着实有些好奇：“可以去其他的地方吗？”

“可以。”阮南烛说，“只要你在天黑之前赶回来。”

林秋石："如果赶不回来呢？"

阮南烛："那你就能见识千奇百怪的死法了。"他的语气很笃定，显然是见识过这些情况的。

"这个世界是完整的吗？"即便是已经克制了自己，但林秋石心中还是有好多想要问的问题，他看着街头的可丽饼，"东西能吃？"

"嗯。"阮南烛说，"味道应该不错。"

于是林秋石便掏钱买了三个，一人一个。

林秋石选的是巧克力味的，可丽饼里面是冰激凌，他吃了一口，觉得真的还挺好吃的，于是他又咬了一口，含混不清地道："那这个世界和现实世界有什么区别呢？"

"区别？最大的区别大概就是这个世界是有某种奇怪东西存在的吧。"阮南烛继续道，"我去打听一下关于公寓的事。"

他去了公寓附近的小店，询问了一些店主。

不得不说，女装的优势在此时显露无遗，这些店主对待阮南烛的态度非常友好，甚至还有个三十几岁的糖果店店主送了阮南烛一盒糖，表示如果晚上有空的话可以约一下……

阮南烛很直白地拒绝了他的邀请。

不得不说，眼前这些非玩家角色和之前那些门里面的非玩家角色完全不同，他们更像是正常的人类，并不能从他们的言语或者行为上看出和现实世界的不同。

甚至林秋石都有些恍惚了："我们真的是在门里面？"

阮南烛："当然。"他看了林秋石一眼，"门的难度越高，和现实的重合率就越大，我之前进的第十扇门……"他说到这里便停了下来，眼神里流露出些许阴郁的味道，似乎是想起了什么令人不愉快的事情。

林秋石见状也没有去问，只当自己没有看到。

除去这点之外，他们还是打探到了不少关于公寓的消息。

这公寓在两年前发生过一场火灾，火灾之中有两人丧生，一人失踪，据说这三人还是一家三口，正巧来这个城市旅游，结果却遇到了这样的事……

"公寓是被烧掉了一层？"阮南烛打听到这个消息的地方，是公寓旁边的一个小报亭，这个报亭似乎有些年岁了，卖报的是个老大爷。

“对啊，整整一层呢。”老大爷说，“后来这公寓就被重新装修了，外面的墙壁因为被烟熏黑，所以全部贴上了镜子。”他推了推眼镜，用苍老的声音说，“反射的光真是刺眼睛……”

林秋石想到了阮南烛提过的镜子里的两个身影，看来他们就是那场火灾的受害者。

“你们最好不要住在里面，里面很吓人啊。”老大爷道，“据说每天晚上都有人在哭……”

“公寓被烧掉的那层是第几层啊？”林秋石问。

“三十四层。”老大爷回答。

三十四层——正是他们住的那一层，看来钥匙应该是和这场火灾有些关系了。

在外面转了一圈后，到了午饭时间，三人打算回到公寓里。

这会儿正是正午，阳光从天空中投射下来，打在公寓外面的镜子上，反射出耀眼的光芒。整个公寓明亮得让人无法直视，整栋建筑仿佛陷入了一团刺目的火焰之中，林秋石只看了一眼，眼睛便被刺激得流出了泪水。

阮南烛在旁边来了句：“怎么哭得那么可爱？”

林秋石红着眼睛看了阮南烛一眼。

结果这货的戏瞬间就来了，到了餐厅当着众人的面让林秋石别哭了，并表示自己会对他负责的。

林秋石：“……”算了，你开心就好。

程一榭一直没吭声，很机智地假装自己是块背景板，林秋石见状严重怀疑他是不是也被阮南烛戏弄过很多次了。

午餐时间，倒是有很多人没有来这里吃饭。毕竟外面就是繁华的街道，可选择的食物有很多，不用非要挤到餐厅里。

不过之前见过的罗千山和罗千水倒也在，罗千水看见阮南烛，又朝着他抛来了两个白眼。

阮南烛笑眯眯地把白眼接了，拍着自己胸口说怎么有种被狗追着咬的感觉，差点把罗千水气得冲过来和他打一架。

林秋石对阮南烛“撩妹”的功夫再次表示佩服，只不过撩这个字在阮南烛的身上有了新的注解，四舍五入基本等于挑衅。如果说生气的妹子是头牛，那阮南烛就是那块惹牛生气的红布……

02

如果要说这座公寓和其他地方的不同之处，便是里面随处可见的镜子了。

无论是走廊上、地板上，还是天花板上，只要一个扭头就能在数不清的镜子里看到自己的身影。就连吃饭的餐厅，本该可以看到外面景色的落地窗，也都安装了明亮的镜子——还是双向的。

一想到外面的人能看到他们，就未免让人有种被人窥视的感觉，非常不舒服。

公寓一共有三十四层，他们到了其他几层大致地检查了一下情况，发现几乎每一层都有人居住，虽然人数不多，但整个公寓并不是空楼。阮南烛也向他们打听了两年前这座公寓里发生的事情，却发现这些住户几乎都是近段时间才搬进来的，对两年前的那场火灾事故并不了解。

在外面跑了一天，他们获得的信息非常少，只知道死在火灾里的是一对母子。

“为什么是一对母子？”林秋石仔细想想，觉得有点不对劲，“来旅游的不是一家三口吗？那父亲呢？”

“反正父亲的尸体没有找到。”阮南烛道，“或许他身上有我们想要的突破口。”

这会儿天色已经渐渐暗下，夕阳将金色的光芒投射在布满镜子的公寓外墙上。

“但是要去哪里找他？”林秋石皱眉，“这栋楼里似乎没有认识他的人了。”

阮南烛摇头，表示自己还没能理出头绪。

夜晚的城市，渐渐安静下来。

喧嚣的街道上空无一人，黑漆漆的，伸手不见五指。

林秋石站在窗口向外看，事实上只有这个时候，他才能感觉他们所在的世界是门内世界，因为门外的世界晚上不可能这么安静，就算夜再怎么深，市中心至少会听到车辆驶过的声音，道路上也不会一个行人也没有，而此时外面异样的寂静，给人一种非常不舒服的感觉。

阮南烛和程一榭都洗漱完毕，已经爬上床铺。

林秋石走进了厕所，也打算简单地洗漱一下。

他打开热水的开关，拿着毛巾将热水淋在上面。厕所里面的镜子也很多，林秋石的前后左右都挂着镜子。这些镜子在烟雾缭绕之中变得有些模糊不清，林秋石低着头，将吸满了热水的毛巾覆盖到了自己的脸上。

厕所里只能听到“哗啦啦”的水声，林秋石低着头，突然觉得哪里不对劲，那是一种非常玄妙的感觉，他并未看到什么异样之处，只是直觉对他发出了警报。林秋石的动作微微顿了顿，用余光观察着周围。

几秒钟后，林秋石发现了不对劲的地方——他低了头，可他面前镜子里的那个人，依旧保持着直立的状态，用那张和他一模一样的脸静静地看着他。

林秋石心中了然，他把毛巾拿在手里，一边拧干一边朝着外面走，当他走到厕所门口的时候，他又朝着那边的镜子看了一眼，却看到镜子已经恢复了正常，里面的人和他做了同样的动作。

林秋石低低地骂了句脏话。

“怎么了？”阮南烛抬头看着他。

林秋石说：“镜子……”他把厕所门关上了，“刚刚镜子里的东西和现实里的我出现了不同。”

阮南烛道：“不同？你没事吧？”

“没事。”林秋石道，“我装作没看见，出来了。感觉不太好。”

如果可以，他很想把屋子里的镜子全给砸了，但是他们并不知道砸碎镜子是不是触发死亡的条件，所以保险起见，只能咬牙忍着。

“怎么办？”林秋石低着头，瞅着自己的脚，“还没洗脚呢……”

阮南烛眨眨眼睛，看着他笑了，拍了拍床铺：“没事，上来吧，我不嫌弃你。”

林秋石：“……”

程一榭在旁眼观鼻鼻观心，神情淡然，假装自己仿佛没有看见这一场景。

然而就在林秋石纠结自己到底要不要进去洗个脚的时候，屋子外面却爆发了激烈的争吵声，伴随着争吵的，是镜子破碎的声音。

林秋石走到门口从猫眼往外看，才发现是之前那个夏姐带来的新人出了状况。

“我不要进去，你不要拉我进去，镜子里面有怪物！”发出嘶吼的是个年轻女生，她愤怒地对站在自己身边的另一个女生大叫，“别碰我，我要去找夏姐！你要睡就自己在里面睡吧！我才不要和你一起！”她说话的时候，看到自己的身侧有一面镜子，竟是直接用手砸了上去，镜子应声而碎，尖锐的镜片落了一地。

这女生走到了走廊的另一侧，抬起手“咚咚咚”地敲门，看来那个房间应该就是那个夏姐住的地方。

片刻后，门开了。

“夏姐，我不想住我的房间了。”女生道，“我的房间里有奇怪的东西！”

因为角度问题，林秋石看不到夏姐的表情，但是能听到她的声音，她的语气不太好，甚至听起来十分冷漠：“你不住你的房间还能住哪里？我的房间只能住两个人。”

“我可以不睡床，我睡沙发好不好……”女生哀求道。

“沙发？”夏姐很不客气地拒绝了，“你在分房间的时候难道没有听到那个人说的话吗？每个房间住的人数都是固定的，不能随便增加，如果你住进来了触发了死亡条件，那岂不是一屋子的人都要倒霉？”她大概是觉得自己说话的态度有些过了，便又故意放软了声音，“这个世界恐怖的地方很多的，你得自己学着习惯，说吧，你到底看到了什么？”

女生委屈道：“我看到镜子里的那个我做出了和我不同的动作……”

林秋石闻言一愣，想到自己刚才也遇到了这样的情况。

“不同的动作？”夏姐说，“你是不是看错了……”

“我没有看错！”女生被夏姐如此敷衍，有些生气了，“夏姐，你就不能想办法帮帮我吗？我不想进那屋子了！”

“不如这样吧，”夏姐说，“既然你说是镜子出了问题，你干脆把所有的镜子都打碎，这样就不用怕了。”

女生道："可是……"

夏姐打断了她的话："不然我也没有其他办法。"

女生陷入了沉默，此时此刻，她再怎么迟钝，也会发现眼前被她叫作夏姐的人态度不对劲了。她之前只过了两扇门，还是在网站上认识的这个自称夏姐的女人，夏姐说能帮着自己直接跳到第九扇，她这才跟着夏姐进了这里，可是进来之后，她却发现自己完全是一头雾水，而夏姐也并未如承诺的那般保护他们。

"我知道了。"女生嘟囔了一声，看见夏姐直接关上了门。

她面露无奈，只好转身和另外一个女生回了自己的房间。片刻后，林秋石隐约听到她们的房间里传来玻璃破碎的声响——那个女生似乎是按照夏姐说的法子，将屋子里的所有镜子都打碎了。

林秋石把他看到的听到的告诉了阮南烛和程一榭。

"这个夏姐倒是聪明。"阮南烛的声音听起来有点冷，"用带着的人来试验。"

林秋石轻声叹息。的确，如果砸碎镜子没事，那么他们也能把镜子砸了，如果砸碎镜子有事，那夏姐也没什么损失。看来她带那么多新人进来，果真如阮南烛所言，是拿这些人的命来冒险的。

不久之后，空气中又开始弥漫起了那股东西被烧焦的味道。

程一榭的嗅觉非常灵敏，嗅到这种味道后便开始低低地咳嗽，无奈之下只能拿条湿毛巾盖住口鼻。

林秋石和阮南烛本来没打算出去看的，但是就在他们强迫自己入睡的时候，走廊上却再次出现了响动，这次是女人凄惨的尖叫声，发出叫声的位置，便是刚才那个砸碎镜子的姑娘所在的房间。

"啊啊啊——"凄厉的惨叫在寂静的夜晚里显得格外刺耳，林秋石透过猫眼看到那个女生挣扎着从自己的屋子里跑了出来，她的表情痛苦极了，跌跌撞撞的模样好像下一刻就要倒在地上再也爬不起来。

阮南烛出现在了林秋石身后，他伸出手轻轻地按下门把手，将门拉开了一条缝。

缝隙能够让他们更清楚地看到外面，阮南烛透过缝隙，朝着走廊天花板上的镜子看去，然后轻轻啧了一声。

林秋石顺着阮南烛的目光，也看到了镜子里面的景象。

只见镜中的女生整个人都被红色的火焰包裹了起来，她的身体一点点地焦黑炭化，却还在不停地挣扎，画面可怖到了极点。

林秋石甚至闻到了一股子肉被烤焦的气味。

“啊啊啊，啊啊啊……”她最终倒下了，如果就这么看，会发现她身体上没有一点伤痕，只有透过镜子，才能知道她到底经历了怎样痛苦的折磨。

就在林秋石以为这一切就这么结束了的时候，他的手却被阮南烛抓住了，阮南烛微微扬了扬下巴，示意林秋石看某个方向。

林秋石朝着那处望去，发现不知何时，被烧死的女生对面的镜子里，出现了一个和她一模一样的人。同样的长相、同样的穿着，只是脸上的笑容有些怪异和僵硬，镜中人看着镜子外面被烧死的人，居然慢慢地伸出了手——那双手直接从镜子里探出，抓住了女生的手腕，然后将女生被烧焦的尸体慢慢地拉进了镜子里面。

这一幕太过骇人，林秋石的呼吸都微微屏住了。

阮南烛伸出手慢慢地合上了面前的门，灼热的吐息就在林秋石的耳边，声音里带着些淡淡的笑意：“吓着了？”

林秋石扭头：“没有。”他停顿片刻，感叹道，“还好我没有砸碎镜子。”

看来镜子的确是不能砸碎的，一旦砸碎了就会出现很严重的后果。

阮南烛却道：“走廊尽头的房子又烧起来了。”

林秋石一愣：“昨天晚上的那间？”

“对。”阮南烛说，“只是这次又有些不同。”

林秋石刚才只顾着看那个打碎镜子的女生，并没有去注意走廊尽头发生的事。

“那边燃起来的地方多了一间房间。”阮南烛说，“火在朝着这里蔓延。”

他抓着林秋石的手腕，将林秋石拉回了屋子里，让靠在床边的程一榭也能听到他们的对话内容：“我们房间的位置不是很好，如果火继续往这边烧，很快就会到我们所在的房间了。”

“换房？”程一榭开口建议。

“不知道能不能换。”阮南烛说，“明天去找那个服务生问一问，他要是不给我们房卡也没关系。”他笑了起来，“虽然电子锁有点麻烦，但也不是不能开。”

听着他自信的语气，林秋石心中顿时对他生出了浓重的敬佩之情。

“好了，先睡吧。”阮南烛看了看手表，“已经这个点，再熬下去，天都亮了。”他看向林秋石，“要和我一起吗？”

林秋石谢绝了阮南烛的好意，决定还是自己睡沙发。当然，在睡觉之前他还是鼓起勇气再次进了卫生间，认认真真地洗了个脚，这一次镜子里面没出什么幺蛾子。

后半夜的时光非常平静，没有再发生什么意外。

第二天一大早，林秋石才刚迷迷糊糊地睁开眼，就看到阮南烛已经换好了衣服准备出门。

“这么早？”林秋石看了眼时间，才六点左右，天刚蒙蒙亮，昨天他们睡的时候已经凌晨三点了，看来阮南烛就只睡了三个小时。

“有点事。”阮南烛声音很轻，“我一个人去就行，你们继续睡。”

林秋石看向床边，程一榭到底是个孩子，这会儿正在熟睡之中，没被吵醒，他压低了声音：“等等我，一起吧。”

“不用了。”阮南烛说，“不是什么危险的事情。”他说完这话，已经走到了门边，轻手轻脚地打开门，直接出去了。

林秋石看着他的背影，到底还是没能继续睡着。林秋石从沙发上坐起来，因为怕吵醒程一榭，他换衣服的时候格外小心。

等到林秋石换好衣服出门，阮南烛早就不见了踪影，林秋石想了想，干脆去了二楼餐厅。

这会儿餐厅还很空，但也坐了两三个人，林秋石注意到昨天和阮南烛不对盘的那个罗千水就坐在角落里。她的神情有些焦躁，看表的动作很频繁，似乎在等着什么人。

林秋石随便拿了点东西找了张桌子，坐下后的第一个反应就是看了看自己的手表。看完之后，他才惊觉自己和罗千水的反应似乎有些像，顿时哑然失笑，之后便控制住了自己的动作，拿出手机继续玩数独。

十几分钟后，两个身影出现在了餐厅的门口。

罗千水“噌”地一下站起来，高兴地朝着门口喊了一声“哥”——罗千山来了。在罗千山的身后，另一个人也正在往里面走，正是林秋石等待着的阮南烛。

罗千山走到了罗千水的身边，虽然两人压低了声音，但林秋石还是将他们的对话听得一清二楚。

罗千水问：“哥，换到了吗？”

罗千山道：“换到了。”

“哪一间？”罗千水问，“是最里面那一间吗？”

“不是。”罗千山说，“她的动作比我快一点，我只换到了倒数第二间。”

罗千水低声咒骂了几句，听用词显然是在骂某个姑娘，她说：“你就没有态度强硬一点？”

罗千山的语气里带了无奈：“我强硬了。”

罗千水：“那？”

罗千山：“没硬过她。”

罗千水：“……”

比罗千山还强硬的姑娘这会儿走到了林秋石的面前坐下，心情颇好地拿起一个白煮蛋开始剥。

林秋石看向阮南烛：“换房卡去了？”

阮南烛从兜里掏出一张卡，递给林秋石：“嗯。”

林秋石拿过房卡，看见上面的号码是走廊最里面的，也就是离燃烧的房间最远的位置。

“这大概就是时限。”阮南烛说，“在走廊被烧完之前离开这里。”他张开口，洁白整齐的牙齿在水煮蛋上面留下了一排漂亮的牙印，“那个罗千山身手不错。”

林秋石一愣：“你们打了一场？”

阮南烛淡淡地道：“嗯。”

这要是放在门外的世界，那可能还要说一句女士优先，但是性命攸关的事情哪有什么优先不优先的，罗千山在确定阮南烛拿到了最好的房间号后，便对他出手了。

阮南烛要真是个姑娘，可能真就被欺负了，但他不是，所以他毫不留情地反手就把罗千山揍了一顿。

林秋石从阮南烛的表情里看出他肯定是没吃亏，道："感觉他们兄妹也挺厉害的呀。"

阮南烛把水煮蛋咽了下去："有我厉害？"

林秋石："不不不，你是最厉害的。"

阮南烛这才满意地点点头。

这会儿时间接近七点半，外面的天空已经亮了起来，住在三十四楼的人们陆陆续续进入了餐厅。

林秋石看到了程一榭。

程一榭走到他们旁边，坐下，语气有些懊恼："你们怎么不叫我？"

"小孩子就该多睡一会儿。"阮南烛说，"况且你起来了也帮不上什么忙。"

程一榭沉默。

林秋石道："想吃点什么？我去帮你拿。"

"不用。"程一榭拒绝了林秋石的好意，站起来自己拿吃的去了。

阮南烛看着他的背影，轻声叹气。

林秋石道："你刚开始进门的时候是多大？"

阮南烛掰了掰手指头："已经记不太清楚了，十八还是十九来着。"

林秋石闻言，心想，从第一扇门到第十扇门，阮南烛花了六七年的时间，也不知道他在这六七年里，到底经历了些什么。

程一榭拿了食物回到了桌子旁，林秋石正打算和他说点什么，却注意到了一个从门口走进来的人。当他确定自己没有看花眼的时候，他的表情凝固了几秒。

进来的是个穿着普通、相貌普通、一切都很平平无奇的女生，她脸上还带着笑容，走到了放食物的地方开始挑选早餐，乍看上去，她的身上没有引人注目之处——如果林秋石昨天没有从门缝里看到那些画面的话，或许也会觉得眼前的不过是个普通人。

没错，她就是昨天晚上砸碎镜子，被活活烧死后，又被镜子里面的人拉进去的那个女生。此时她十分正常地出现在了众人面前，仿佛昨晚发生的一切都不过是梦中的幻觉。

阮南烛也看到了她，他的表情变得有些严肃。

女生拿了食物，笑意盈盈地走到了夏姐那边的桌子旁，开始吃东西。

林秋石注意到和她同住的那个女生的表情开始变得不自在，甚至于眼神里面开始流露出惊恐。最后那女生有些控制不住，狼狈起身后直接冲出了餐厅。桌子旁边的其他人似乎并不知道昨晚这女生身上发生了什么，所以没有表现出排斥——他们甚至不知道眼前的女生不是人了。

“昨天晚上她砸镜子的时候用的是右手。”阮南烛开口说了一句。

林秋石一愣，随即明白了阮南烛的意思，他再朝着女生望去，果不其然发现女生拿筷子的手变成了左手。

“是镜子里的人出来了？”林秋石顿时觉得嘴里的食物有些难以下咽。

“可能吧。”阮南烛撑着下巴，随手撩起一缕耳边的发丝，道，“还好我没有砸碎镜子，不然……今天说不定就能看见两个我了。”他说到这里，竟是很微妙地笑了起来，“仔细想想好像也挺有意思的。”

林秋石：“……”你在笑什么？为什么笑容那么诡异啊？

程一榭蹙起眉头，有些不高兴地道：“她身上很臭。”

阮南烛：“很臭？”

程一榭：“对，一股子烧焦了的味道。”他放下手中的食物，似乎被这种味道严重影响了食欲，表情里流露出了一些疑惑。

阮南烛问他：“怎么了？”

“我觉得自己第一天的时候好像就闻到了这种味道。”程一榭说。

“第一天？第一天晚上吗？”林秋石想到第一天晚上发生的事。

程一榭却摇了摇头，眉头拧得死死的，他嘴唇微张，说出了一句让林秋石和阮南烛都没有想到的话，他说：“不，不是第一天晚上，而是第一天在大厅里。”

阮南烛神色一凛：“大厅？！”

程一榭点头：“对，味道很淡，我当时还以为是自己闻错了。”他似乎想到了什么，正欲说出来，阮南烛却做了个噤声的手势，示意他不要将猜到的事说出来。

不过虽然不让说，林秋石却也明白了程一榭说出的话意味着什么，意味着可能在第一天的大厅里，就有被烧死的人混在了人群里面——甚至，可能还不止一个。林秋石想到这里，不由自主地舔了舔干涩的唇，脑子里却冒出了一句话：以人为镜……

03

以人为镜，可以明得失。只是林秋石现在还不知道线索里面的“得失”二字到底是什么含义。

昨天晚上那个被烧死的女生突然完好无损地出现在了餐厅里，林秋石注意到餐厅里面有些人的脸上出现了些许不自在的表情。这些人应该是离昨晚出事的房间比较近，因而也看到了走廊上发生的一切，故而知道眼前出现的女生，并不是人类……

而作为害死女生的罪魁祸首夏姐，显然还不知道发生了什么。

她还在和女生若无其事地聊着天，道：“文静，昨晚后来没出什么事吧？你和小绵晚上睡得怎么样，没有出意外吧？”被烧死的女生名字就是文静，而小绵是和她住在一起的女生。

“没事呢，夏姐。”文静露出恬静的微笑，用很慢的语速道，“昨天晚上什么事都没有发生……”

夏姐闻言笑了笑：“没有就好。”

本来还算热闹的餐厅，因为文静的突然到来变得安静得有些诡异。知道昨天晚上出了什么事的人都开始陆陆续续起身离开，离开时还将异样的眼神放在文静的身上。

夏姐似乎也注意到了这些奇怪的眼神，她略微思考片刻，本来还带着些许笑容的表情变得有些严肃和冷漠，接着她从椅子上站起来，也找了个借口离开了餐厅——看来她在观察气氛这方面，还是很敏感的。

文静看着夏姐走开，却也没有伸手拦她，只是微笑着看着夏姐的背影，那眼神怎么看怎么让人觉得后背发凉。

程一榭道："我们也走吗？"

阮南烛点点头："走吧。"

这会儿餐厅里已经没剩下多少人，除了还在缓缓吃东西的文静，只有几个比较迟钝的人还坐在位置上，一脸茫然，完全不知发生了什么事的模样。

然而林秋石他们刚走到餐厅门口，就听到外面传来了激烈的争吵声。

林秋石走出去一看，发现居然是夏姐和文静的室友小绵在走廊尽头吵架。

"都怪你，都怪你——要不是你说的那些话，文静根本不会死！"小绵是文静的室友，昨晚亲眼看到了文静凄惨的死状，情绪已经接近崩溃，她带着哭腔的声音里隐藏着怨毒和愤怒，"你就是想害死我们，文静现在回来了，来找你报仇了！贱人，你等着吧！"

夏姐冷笑一声，很是不客气地反驳道："什么叫我害死的她？我难道知道打碎镜子会死人？小姑娘，饭可以乱吃，话可不能乱讲啊。"

听着二人的对话，林秋石低声问身旁的阮南烛："这不算是夏姐害死的文静？"

阮南烛摇摇头。

"那怎么才算？"林秋石有点不明白门里面杀人的判定方法了。

"一般都是得亲自动手才算是杀了人。"阮南烛解释道，"以她们的事情为例，夏姐的确不知道砸碎镜子会死人。"

林秋石："……"

阮南烛："她也只是给了文静一个建议，至于文静要不要听从这个建议，就是另外一回事了。"

这大概就是门内规则的漏洞。

如果照这么说，也就意味着进入门里面的人是可以自相残杀的，只是杀人的法子不能那么粗暴，至少不能亲自动手，而除了亲自动手，想要人死显然还有很多别的法子。

林秋石"哦"了一声，明白了。

小绵还在哭，她似乎和那个叫作文静的女生在门外就认识，她道："你这个可恶的骗子，都怪你，你明明答应会保护我们——"

夏姐闻言，冷冷地道："你是三岁小孩吗，别人说什么你都信？"她说完这话，对着小绵厌烦地摆了摆手，转身就打算离开。

然而就在此时，小绵竟然从口袋里掏出了一把切面包的餐刀，朝着夏姐就捅了过去。这餐刀虽然不够锋利，但也非常尖锐，如果真的捅进人体，那肯定是会出人命的。

夏姐的反应倒是极快，她闪身一躲，躲开了小绵用尽全力的一击。她看到了小绵手里的餐刀，怒道："你想杀我？"她一把抓住了小绵的手臂，直接将小绵狠狠地推到了墙壁上。

"啊！"小绵似乎完全不是夏姐的对手，身体撞在墙壁上发出"砰"的一声巨响，接着整个人都软倒在了地上。

夏姐还嫌不够，抓起小绵的头发便继续朝着另一个方向扔去，她的力量非常大，小绵一个接近一米六的女生在她手里简直跟个娃娃似的。

林秋石见此情景微微皱了皱眉，正欲上前拦住，却听见小绵发出一声凄厉的惨叫，随后脸颊上淌出鲜红的血液。

看到这一幕，夏姐也微微愣住了，她并没有打算将小绵直接杀掉，只是想教训她一顿而已。夏姐慢慢地将小绵的身体扶起来，看见小绵靠着的窗框上，竟然莫名其妙地多了一根尖锐的钉子，而小绵的后脑勺，不偏不倚刚好被钉子扎了进去。

"不，不——我没想杀你，我没想杀你——"夏姐一下子慌了，她松开了小绵已经软下来的身体，不由自主地后退了好几步，"我没想杀你，不是我，不是我——"

林秋石也愣了，他没想到事情会是这样的发展。

鲜血不断地从小绵的身体里涌出，她睁着眼睛，用怨毒的眼神死死地盯着眼前的夏姐，就这样没了气息。

夏姐的情绪却似乎已经崩溃了，她不断地摇头说不，踉踉跄跄地从走廊跑走，神情慌乱至极。

林秋石看着这一幕，心情十分复杂，道："这样的事经常发生吗？"

阮南烛："不经常。"他看了眼小绵，"只是这个女人的运气比较差而已。"没想到小绵会死于这样的意外。他走到了小绵身边，蹲了下来，仔细地观察了一下那根导致小绵死亡的钉子："这钉子真有意思。"

林秋石："有意思？"

阮南烛："昨天的时候还没有。"

林秋石一愣："你确定昨天没有？"这个角落并不是个容易让人注意到的地方，事实上如果不是今天这里出了人命，林秋石可能直到离开这个世界都不会往这里看上一眼。

"当然。"阮南烛却非常自信，他说，"这钉子要么是昨天晚上钉的，要么是今天早晨……你来的时候餐厅有人了吗？"

林秋石马上想到了早上餐厅里的情况，当时有两三个人比他早到，其中就有罗千水，他道："罗千水先来了。"

"哦。"阮南烛起身，"这样啊。"

林秋石说："这钉子是她钉的？可是……"他本来是想说她怎么会知道小绵和夏姐将要在这里发生争吵乃至于打斗，最后小绵被推到了窗框上呢，但仔细一想，这里是门内世界，似乎并没有什么是不可能的。能走到第九扇门的人，显然都绝非善类。如果真有人用什么办法预料到了今天要发生的事，再动动手脚，也不是不可能的。

这么想着，林秋石还真在一个角落里看到了罗千水和她哥哥。

他们两人站在围观的人群中，不仔细寻找并不容易发现，而在和林秋石的目光对上后，罗千山冲着林秋石笑了笑，而罗千水依旧保持着一脸不屑。接着两人便转身走了，好似对接下来的事失去了兴趣。

阮南烛站起来："我们也走吧，我有个地方想去看看。"

"那个小绵会找夏姐复仇？"这是林秋石比较在意的事。他来门里面也有段时间了，但并没有经常看见门外人复仇的场景……印象中似乎只见过一次，想来这次也应该不是什么让人觉得愉快的画面。他问："会不会牵连到我们？"

"不会。"阮南烛说，"这只是她一个人的事。"

林秋石这才放心了，他道："你想去哪儿？"

阮南烛道："我们之前不是还没去那个燃着的房间看过吗？"

林秋石恍然大悟。

他们回到了三十四楼，找到了那一间晚上一直燃烧着的屋子。

白天来看，这个房间并没有什么特别之处，是一间非常普通的大床房。

但程一榭进到屋子里之后就感觉不是很舒服，一直在咳嗽。

“你又闻到烧焦的味道了？”阮南烛问他。

“嗯。”程一榭艰难地道，“很浓。”

阮南烛环顾四周，随手从兜里掏出了一把餐刀，走到角落处开始剥墙纸。

林秋石看着他手上的餐刀，愣了：“你什么时候拿的？”

阮南烛：“吃白煮蛋的时候。”

林秋石就坐在阮南烛的旁边，按理说阮南烛干点什么他都能看见，但他却完全没有注意到阮南烛藏餐刀这个动作，他面露无奈：“我怎么没看见？”

阮南烛颇有深意地瞅了林秋石一眼：“你没看见的事可多着呢。”

林秋石无话可说。

墙纸剥落之后，露出后面焦黑的墙壁，显然这间屋子里面的确发生过火灾事故。

林秋石环顾四周，忽然，他注意到了一个有意思的小物件。

那是一面铜镜，放在梳妆台的旁边。

镜子在这里并不是什么稀罕的物件，但眼前的镜子，是林秋石在这里看到的第一面铜镜。

这铜镜不过巴掌大小，周遭是流云的图案，还有一个小小的把手，精致又古朴。

林秋石把镜子拿了起来，低头看着。

大约是因为制作工艺的差别，铜镜里面的人像并没有铝制涂层的镜子里的人像那么清晰，看起来有些模糊和变形。

林秋石用手轻轻地摩挲了一下镜面，感觉镜面上像是铺了一层淡淡的灰，他将灰放到鼻间嗅了嗅，闻到了一股子焦味——这不是普通的灰尘，而是什么东西燃烧之后留下的灰。

“铜镜？”阮南烛走到了林秋石的身边，看到了他手上的镜子。

“以铜为镜……”林秋石小声地念着线索，“可以正衣冠？”

阮南烛没说话，从林秋石手上接过了镜子。

“可是这个‘正衣冠’是什么意思？”林秋石有点不明白，“是指可以看到人群里面混进来的那些东西吗？”

阮南烛歪了歪头：“去试试不就知道了。”

林秋石：“嗯……”

试倒是可以试的，毕竟他们现在已经确定了一个有问题的人。他们又检查了屋子的其他地方，程一榭在厕所一个角落的抽屉里发现了一张被烧掉了三分之一的照片。

照片上剩下两个人，是一个女人和一个小孩，女人露出甜蜜的笑容，右手牵着小孩，和阮南烛那天在走廊上见到的姿势有几分相似。而小孩的右边部分则被火烧掉了，不用想也该知道，这部分是属于小孩父亲的。

“一家三口住在公寓里。”阮南烛说，“最后只找到了两具尸体，剩下的那一具呢？”他说着这话，用手轻轻地摩挲了一下照片的边缘，“还有一个，去哪儿了？”

没人知道答案，在公寓的火灾之后，周围所有的人似乎都被换掉了。他们对这场火灾不甚了解，有的人甚至都不知道这栋公寓曾经着过火。

接下来的时间，林秋石他们都在公寓的周围转悠，看见认识的人便用手上的铜镜照一下。

但让林秋石非常疑惑的是，他们最开始用铜镜照了照本该不是人的文静，可是铜镜里文静的脸并没有出现什么变化，依旧保持着人的模样。

连死去的文静都没有变化，其他人则更是如此。

林秋石有点想不明白，他看着镜子，说：“难道这镜子不是这么用的？”

阮南烛：“那还能怎么用？”

林秋石苦笑道：“我哪里知道。”他仔细琢磨了一下线索里的那句话：以铜为镜，可以正衣冠……是他们对这句话产生了什么误解吗？等等……正衣冠？

“正衣冠。”阮南烛却和林秋石想到了同样的事情，甚至比林秋石快一步说出了这句话，“我们刚才是不是只照了文静的脸？”

林秋石：“再去试试？”

阮南烛：“可以。”

于是他们又到了二楼餐厅，但是发现本来坐在这里发呆的文静已经不见了踪影。

“来晚了一步。”林秋石有点遗憾。

阮南烛：“没事，她肯定还会再出现的。”他倒是很笃定。

“文静混在人群里是想做什么呢？”林秋石有点不明白她为什么要回来，“杀人？可是你不是说她不能复仇吗？”

阮南烛道：“文静是不能复仇的，但这个人到底是不是文静，还不一定呢。”说不定出现在他们眼前的，根本就不是文静，而是门内的东西模仿成了文静的样子。

林秋石觉得这话很有道理。

他们一边讨论，一边打算回三十四楼。电梯“叮咚”一声开了，林秋石看见之前给他们发房卡的那个服务生也在电梯里，对着他们露出礼貌的笑容：“中午好。”

“中午好。”阮南烛随口应道。

程一榭却突然微微皱了皱眉，他的目光放到了服务生的身上，似乎觉得有些不舒服。

林秋石注意到了程一榭的异样，他心中微微一动，将口袋里的铜镜拿了出来，然后用身体做掩饰，小心翼翼地照了照服务生。

并没有什么异样，铜镜里的服务生依旧保持着那公式化的笑容，林秋石想到了之前他们讨论的内容，慢慢移动着铜镜，从头顶，到肩膀，到腰腹……直到铜镜移到了服务生的脚上。

镜子的画面，终于有了变化。

只见铜镜里，服务生的那双脚，竟是前后反过来的。

脚跟在前，脚尖在后，怪异得让人毛骨悚然。

林秋石的身体微微绷紧了一下，阮南烛察觉了他的异样，也朝着他手里的镜子看了一眼。阮南烛也看到了服务生不同寻常之处，但脸上没有露出一丝的变化，依旧和服务生聊着些有的没的。

“你在这里工作多久了啊？”阮南烛问。

“两年了。”服务生回答，“真是漫长的岁月呢。”

阮南烛：“两年？发生火灾的时候你也在？”

服务生道："那时候还不在，直到火灾之后，我才应聘上了这里的服务生。"

"叮咚"一声轻响，电梯门应声而开。

服务生做了个请的姿势，示意他们先走。

林秋石跟着阮南烛走出了电梯门，虽然没有回头，但林秋石却知道那服务生一直在电梯里面静静地看着他们——因为电梯门一直没有合上，直到他们到达了自己的房间门口，林秋石才又听到了"叮咚"一声，他紧绷的心这才松了下来。

"居然是他。"阮南烛说，"没想到啊。"

一般情况下，关键非玩家角色都不会是门里面的东西，但这次他们门里面的关键非玩家角色显然并不同于以往。

"我也没想到。"林秋石说，"一榭，你是不是闻到了什么？"如果不是程一榭的表情变化，他还真的没有想到用铜镜照一下服务生，事实上直到刚才为止，他们的目标范围都是从门外进来的人。

程一榭点点头："对，他身上也有一股焦味。"

显然门里面发现这人身份有异的方法并不止一个，铜镜是其一，如果能有程一榭这样敏锐的嗅觉，或许不用铜镜也可以发现。当然这样的能力也存在着一定的缺陷，便是如果人都在一起，那么味道将会很难被分辨出来。

"你觉得那个服务生会不会就是三口之家的父亲？"阮南烛坐在床边说。

林秋石摇摇头："不知道，但是不排除这种可能。"

阮南烛不说话了，他从兜里掏出了一颗糖，剥掉糖纸塞进嘴里，含混不清地道："你们要吗？"

林秋石有点奇怪："你怎么开始吃糖了？"

阮南烛："这不是要戒烟嘛。"

林秋石："为什么突然戒烟？"

阮南烛："你有肝癌啊。"他说这话时的语气理所当然，"不能总在病人面前抽烟吧。"

事实上林秋石都快忘记自己患了肝癌的事情了，一般人得肝癌都会很痛苦，他却幸运地进入了门，感觉自己的身体比之前还强壮。

林秋石道："好吧，也给我一颗。"

程一榭看了眼糖果，也伸出了手。

于是三个大男人开始坐在床边吃水果糖，屋子里弥漫着一股子属于水果的淡淡香气。

关于钥匙的线索，还是非常模糊，林秋石觉得钥匙和消失的那一家三口中的父亲有很大关系。

阮南烛赞同林秋石的说法，认为他们的当务之急就是找到失踪的父亲。

就在他们三人讨论的时候，门却突然被人敲响，林秋石走到门边，透过猫眼看到了一个熟人——罗千山。

此时罗千山一个人站在门外，对着猫眼露出微笑。

林秋石扭头问阮南烛："是罗千山，要开门吗？"

阮南烛："开。"他倒要看看，罗千山找他们要做什么。

林秋石便开了门，罗千山见到他，脸上的微笑愈发明显，他说："我有些事情想和你们谈谈——介意我进去说吗？"

林秋石："请吧。"

罗千山对着他点点头，进了屋子。一进来，他的目光便落到了阮南烛的身上，随即若无其事地移开，说："你们有钥匙的线索了吗？"

阮南烛回答得很不客气："如果你是来问这个的，那你可以离开了。"

罗千山苦笑："何必这么咄咄逼人？"

阮南烛扬起了下巴，从模样上看，简直像个傲慢的女王："我从来不和手下败将废话。"

罗千山无话可说。

没打过阮南烛，大概已经被他算作了自己人生的污点——林秋石想，如果他知道眼前这个人是个女装大佬的话，心里会不会好受一点。

"我是很真诚地来找你们谈事情的。"罗千山道，"我和我妹妹找到钥匙的线索了。"

他本来以为他说出这句话，眼前的三个人都会非常激动，谁知道这三人的表情一个比一个冷漠。

程一榭这个面瘫就不说了，阮南烛早就见过了无数的大场面，而林秋石早已有了心理准备，所以也没觉得有什么可吃惊的。

结果最后吃惊的变成罗千山自己，他道：“你们就不想说点什么？”

林秋石：“恭喜？”

阮南烛：“哦。”

程一榭没说话。

罗千山：“……”他现在已经在思考，眼前这三人是不是已经找到钥匙了……

好在阮南烛接下来的话打消了他的担忧，阮南烛道：“好吧，你想让我们用什么来换你的线索？”

罗千山：“我……”

他还没说话，阮南烛便靠在了林秋石的肩膀上，柔柔弱弱地说：“先声明一下，人家是有男朋友的，你不要提出什么不合理的要求。”

罗千山：“……”我不是，我没有。

他表情扭曲了一下：“你别想太多。”虽然眼前的人的确长得漂亮，可是那身手谁敢对她出手啊，以后要是真有什么争执，谁揍谁还不一定呢。

阮南烛：“呵，你真没眼光。”

罗千山：“……”对不起，我道歉。

04

虽然被阮南烛这么说，但罗千山还真不敢有这个眼光。

说到底，能走到这扇门里还带着几分悠闲的人，无论外表表现得多么无害，恐怕都绝非善类，而眼前这个自称祝萌的漂亮女人，更不像是什么好招惹的对象。

“说吧，你到底想来找我们谈什么？”阮南烛开口问道。

“是关于钥匙的事。”罗千山说，“我们找到钥匙所在的地方了，但是……”他的语气变得有些艰涩，“但是我们没办法拿到手。”

阮南烛：“没办法拿到手是什么意思？”

罗千山很直接地说：“实力不够。”

阮南烛听到这话，表情却是似笑非笑：“实力不够？我倒是觉得你们兄妹实力挺强啊。”

罗千山并不辩解，只是摊开手做出一个无奈的姿势。

“继续。”阮南烛知道罗千山还有想说的话没有说完。

罗千山道:“所以我想和你们做笔交易,我告诉你们关于钥匙的线索……”

他说到这里，停顿了片刻。

阮南烛等着他接下来的话，这天底下本来就没有白吃的午餐。

“但是你们在离开这里的时候，得叫上我和千水。”罗千山说出了他的条件。

“只是这样？”阮南烛的眼神之中出现了些许估量之色，似乎在评判罗千山话语中到底有几分真假。

“只是这样。”罗千山的语气很笃定。

阮南烛点点头，道：“说吧。”这算是应下了这笔交易。

“钥匙在那间烧焦的房子里。”罗千山开口道，“但是取得钥匙的条件非常特殊，必须得晚上进去……”

林秋石闻言反问：“你们去过了？”

罗千山摇摇头：“没有，我们只在门口看见了钥匙，并没有进去过。”

“那你怎么肯定钥匙在里面？”虽然罗千山表现得很诚恳，但林秋石总觉得他有些问题，钥匙在门里面的作用太重要了，眼前的人如此轻易就说出了钥匙所在的位置，到底真如他所说的那般还是有什么别的企图？

“我们看到了。”罗千山道，“当时门开着……”

阮南烛道：“门开着你们为什么不进去？”

罗千山的表情有些尴尬，他道：“因为那对母子在里面。”

沉默。

阮南烛开口：“所以你就来告诉我们，想让我们进去？你没看到我们的门牌号？”

罗千山蹙眉。

阮南烛道：“看见上面的数字了吗？我们的房间才是最后一间，就算这一层都燃起来了，我们也是最后死的。”

罗千山叹气：“我并没有让你们去送死的意思，如果你们愿意，我们可以合作。”

阮南烛：“怎么合作？”

罗千山说：“我们负责把那间屋子里的母子二人引到别的地方去，你们负责把钥匙取出来。”

阮南烛闻言挑眉：“你确定？”

罗千山道：“我确定。”

“我不信。”阮南烛却如此道，“除非你们先表示一下诚意，至少做个示范。”

罗千山沉默片刻：“这事情太危险，我们不能做示范。”

阮南烛道：“那就抱歉了。”

罗千山和阮南烛视线相接，都在对方眼里看到了无法改变的固执。罗千山叹了口气，竟是没有再劝，最后从椅子上站了起来，走到了门边，在即将出门的时候回头看了眼阮南烛：“只是想告诉你们，如果真的到最后，活下来的一定是我和千水。”

阮南烛冷冷地看着他，没说话。

“再见。”罗千山笑了笑，推门而出。

阮南烛看着他的背影，眉头拧了起来。

林秋石道：“他哪里来的自信？”他刚才在罗千山和阮南烛对话的时候也用铜镜照了罗千山的脚，确定罗千山是个活人。

阮南烛摇摇头，沉声道：“罗千山既然能这么说，那肯定是有自己的王牌。”

林秋石没说话。

阮南烛沉吟道：“晚上看有没有机会，去那间屋子看看吧。”

林秋石点了点头，程一榭在他们交流的时候，一直没说话，直到这会儿，他突然轻轻地开了口：“罗千山的身上也有那股烧焦的味道。”

“什么？”林秋石一愣。

“他身上也有，虽然非常的淡。”程一榭说，“但我的确闻到了。”

这句话一出，阮南烛和林秋石都陷入了沉默。

罗千山身上也有烧焦的味道？难道他也和那些被烧死的人有关系？但罗千山又的的确确是个人，一个人的身上，怎么会有这样的气味？

"昨天有吗？"阮南烛问程一榭。

程一榭摇摇头，很笃定地说："没有。"

这样事情就非常奇怪了。

阮南烛的表情阴晴不定，他道："或许罗千山说的是真的。"

林秋石："嗯？"

阮南烛道："他真的有活到最后的王牌。"

只是他们现在还不知道，罗千山的王牌到底是什么。

天色渐渐暗下，又一个夜来临了。

在回房间的时候，林秋石注意到那个夏姐站在走廊的边上对着墙壁碎碎念，表情狰狞可怖。

虽然声音很小，但林秋石还是听到了她嘴里念叨的内容，她在不停地重复一句话："别杀我，别杀我，别杀我，别杀我——"

林秋石想起了早晨因为意外死在夏姐手里的小绵。按照门里面的规则，夏姐恐怕是活不过今晚了。林秋石这么想着，并未朝着夏姐多看，转身进了他们自己的房间。

天色越暗，整个城市越安静。黑暗如同一个罩子，将所有人都笼罩住了。

晚上九点左右，林秋石听到走廊上传来了玻璃碎裂的声音。他看向阮南烛和程一榭，发现这两人似乎都没有听到。

林秋石迟疑片刻，道："你们有听到什么声音吗？"

阮南烛摇摇头："什么声音？"

林秋石："镜子碎掉的声音……我要不要去看看？"

阮南烛道："去吧。"

于是林秋石站起来，走到猫眼附近，朝着外面看了一眼。

因为角度问题，他只能看到夏姐。

夏姐还站在刚才的位置，只不过嘴里没有再碎碎念，她的眼睛直直地朝前瞪着，眼珠子鼓得仿佛都要从眼眶里落下来。林秋石无法知道夏姐到底看到了什么，但他看到了一双手——一双从天花板的镜子里，慢慢探出的手。

那双手还滴着鲜血，就这样伸到了夏姐的身后，从后面抱住了夏姐的头。

夏姐浑身一颤，似乎想要发出尖叫，但那叫声却卡在了喉咙里，她想要转身看看到底是什么东西抱住了自己的脑袋，然而当她的身体向后转时，脑袋却还保持着向前的姿势。

“咔嚓”一声，林秋石听到了一声脆响，那是骨头折断的声音。

从天花板里面伸出来的细长的手臂，抱住了夏姐的脑袋，然后用力地逆时针拧动，竟是就这样把夏姐的头拧了下来。

这一切都发生得寂静无声，林秋石屏住了呼吸。

那双手慢慢地收了回去，恍惚之中，林秋石仿佛听到了一声属于少女的娇笑。

夏姐就这样死了，身体直直地倒在地板上，鲜血涌出润湿了地毯。

就在这时，林秋石的身体突然顿住了，他感觉自己的头顶上，投射出了一股冰冷的视线。林秋石缓缓抬头，看到不知何时，他头顶上的镜子里竟然出现了一个抱着夏姐人头的人，从长相上来看，她就是白天里死掉的小绵……

小绵在镜子里，林秋石在镜子外。

两人隔着一块薄薄的玻璃，沉默相望。

林秋石看到小绵的眼神里多了一种浓郁的恶意，她缓缓地松了手，夏姐的脑袋便从镜子里掉了出来，直接砸到了林秋石的身上。

随后，她的身影也消失在了镜子的那头。

“扑通”一声，是重物落地的声音。

阮南烛他们朝着林秋石看去，看到了半身沾满鲜血的林秋石，和他身边死不瞑目的人头。

林秋石木着一张脸，扭头看向阮南烛：“怎么办？”

阮南烛走到了林秋石面前，看见了那颗血淋淋的脑袋，他歪着头想了想：“丢出去？”

林秋石：“我……不想用手拿。”

阮南烛：“哦，那就用脚吧。”他说着将门拉开了一条缝，直接将地上的人头一脚踹了出去，整个动作一气呵成，仿佛已经非常熟练。

林秋石干咳两声：“她不会来找我们报仇吧？”

“凭啥找我们报仇？”阮南烛冷漠地道，“又不是我们杀了她，况且既然敢做这种事情，难道还会怕死？”他说的是夏姐故意带几个新人进门，然后拿新人的命来尝试死亡条件这件事。

林秋石吐出一口气，看向头顶上的镜子：“那些东西好像可以通过镜子到处游走……”

阮南烛也看了眼镜子，却没说什么。

夏姐如他们预料般地死去了，而且还死得特别惨。大概是因为有了心理准备，林秋石也没觉得多刺激……如果不是小绵把头扔到他身上的话。

就在他们交谈的时候，外面又开始出现了那股子浓郁的东西被烧焦的气味。和他们之前猜测的一样，今天被烧焦的房间继续往外延伸了。

林秋石把门打开一条缝隙，看到了走廊的另一头一片焦黑，其间还有火苗在建筑里隐隐乱窜。

而火苗之后，依旧站着那对被烧焦的母子，这次他们两人站的位置又往前靠了一些。

同时开门的还有别的屋子里的人，林秋石看见罗千山和罗千水也从房间里面走了出来。

“时间不多了。”罗千山突然说了这么一句。

他说完这话，林秋石竟然发现前面的房间开始迅速变黑——今天晚上被烧掉的房间竟然不止一间。

“咯咯咯。”程一榭再次被呛得咳嗽起来。

“我希望你们可以好好考虑一下。”罗千山的声音淡淡的。

阮南烛说：“我们考虑好了。”他和罗千山看着同样的地方——正是那一对静静地立在走廊上的母子，“你们展现诚意，我们去冒险。”

罗千山还欲说什么，罗千水却伸手拦住了他。

林秋石本来以为依照罗千水的性格，会说出什么过激的话，却见她冷冷地点了点头，说：“好，我给你们看我们的诚意。”

她走到了走廊旁边的一块镜子边缘，接着伸出了手。

神奇的一幕出现了，只见罗千水的手竟然毫无阻隔地伸入了面前的镜子里——她竟是可以在镜子世界和外面世界之间穿梭！

林秋石脸上露出愕然之色，连阮南烛都有些惊讶。

不过罗千水很快收回了手，道："但是我不能在里面待太长时间。"她看向走廊尽头的被烧死的母子二人，"那是属于他们的世界，如果我留在里面的时间太久，就出不来了。"

阮南烛歪了歪头："既然你可以单独引开他们，为什么你哥哥不去取钥匙呢？"

"我需要他的协助才能进出镜子，他空不出时间去拿钥匙。"罗千水似乎有些厌烦了解释，"你们到底干不干吧？"

阮南烛："我们再想想。"他并未一口应下。

罗千水嗤笑一声，拉着罗千山便又进了房间。

阮南烛和林秋石他们也回了屋子。

阮南烛问林秋石："怎么看？"

林秋石想了想："我觉得可以接受。"如果钥匙真的在那间屋子里，冒这些险是值得的。

"我也觉得可行。"程一榭显然非常讨厌这个世界，他灵敏的嗅觉在到处被烟熏过的公寓里简直是种难以言喻的折磨。

阮南烛没有马上接话，仿佛在思考着什么。

"先睡吧。"但到了最后，阮南烛只是道，"时间不早了。"

林秋石也并未强求，洗漱之后便准备睡觉。

只是在睡前林秋石摸了摸自己的口袋，他的口袋里放着那面漂亮的铜镜。他想到了什么，眼神微微沉了沉，但很快又轻轻闭上眼，陷入了梦乡之中。

第二天早晨，林秋石和罗千山他们在餐厅里相遇了。

每天的早餐时间，大概是团队里的人最齐的时候，林秋石坐到一个偏僻的角落，开始用铜镜确认周围人的身份。

阮南烛坐在他的旁边，嘴里啃着一个白煮蛋，含混不清地道："怎么样？"

林秋石："……不太妙。"团队一共十七个人，能确定死了的分别是被火烧死的小颜、打碎镜子死的文静、被夏姐杀掉的小绵、被小绵报复的夏姐，活人应该还剩十三个。

但林秋石用镜子照了周围的人，却发现活着的人数根本没有他想象中的那么多。

这十三个人里面，至少有四个人，脚都换了个方向——脚跟向前，脚尖朝后。他们走路倒是和常人无异，偏偏就是这和常人没什么差别的外貌，让人生出一种毛骨悚然的感觉。

程一榭皱皱眉："怪不得越来越臭了。"这些气味着实难闻。

他们正在说话，罗千山和罗千水也正好从外面进来了。

林秋石心中一动，便用手里的铜镜照了照罗千水的所在之处，然而铜镜里面显示出的景象，却让他愣住了。

林秋石甚至还揉了揉眼睛，确定不是他看错了。

只见本该出现两个人的镜面，此时竟然只出现了罗千山一个人的身影，他扭过头，对着身边的空气露出温和的笑容，嘴里还在低声交谈。

林秋石："……"罗千水无法出现在铜镜里，这是什么意思？她不是人？

林秋石没说话，伸手就将镜子递给了阮南烛，然后冲罗千水所在的位置扬了扬下巴，示意他看镜子里的景象。

阮南烛接过铜镜，看到罗千山身边那空空如也的景象，低低地道了声"有意思"。

程一榭也看到了罗千水的异样，他微微蹙眉，道："她不是人？"

林秋石觉得自己说不好。

如果说罗千水不是人，那么只有她是特殊的？别人都是脚颠倒方向，可她却连身影都看不见。

而她又和是人的罗千山是什么关系？难道这两人都是门里面的非玩家角色？林秋石这么想着，却又觉得哪里不对。

原本的疑惑还没有得到解决，新的问题却又出现了。

林秋石摩挲着铜镜光滑的镜面，在心里面微微叹息。

阮南烛却直接站了起来，朝着罗千山和罗千水走了过去。

林秋石见状一惊，正欲起身跟上，便听到阮南烛淡淡地道："你们在这里等着，我过去和他们谈谈。"

林秋石只能说好。

程一榭点点头。

阮南烛走到了罗千山和罗千水的桌子面前，罗千水对于阮南烛向来不喜，这次也不例外，看见他便没好气地道：“怎么，想明白了？要谈站着等，我还饿着呢。”

阮南烛不说话，沉默地凝视着罗千水。

“有事吗？”罗千山温声询问。从个性上来看，罗千山应该比罗千水温和许多，不过林秋石倒是更愿意和罗千水那样的人打交道，至少她的喜恶都表现在脸上。

阮南烛还是不语。

罗千水显然是被阮南烛盯得有些发毛，坐立不安地道：“你有毛病吧？盯着我做什么……”她似乎想到了什么，接着大声道，“我哥有女朋友了，你想都别想！”

罗千山在一旁面露无奈。

林秋石莫名地有些想笑。

程一榭突然小声道：“他们在说什么？”

林秋石闻言一愣，才反应过来按照正常人的听力坐这么远是听不到阮南烛他们的谈话内容的。

“罗千水告诉阮南烛她哥有女朋友了。”林秋石忍着笑给程一榭描述。

程一榭闻言，眼里也流露出些许笑意。

“你是不是想太多了？”阮南烛道，“你对我的眼光有什么误解？”

罗千水闻言，拍桌大怒：“你什么意思？我哥这么优秀，你凭什么看不上他？”

阮南烛说：“可是我已经有喜欢的人了。”

罗千水：“谁？你喜欢谁？”

罗千山露出头痛的表情，道：“不好意思……请问你来找我们有什么事？千水，你别说话了。”

罗千水显然还想继续说话，被罗千山抓了一下手腕才面露不甘地息了声，但从她的眼神里面可以明显看出——她内心深处已经对阮南烛产生了无数的意见。

“我来是想找你谈谈昨天你的提议。”阮南烛拉开椅子，动作自然地在罗千山面前坐下，“我觉得我们可以合作。”

罗千山眼睛一亮。

“但是，这扇门的线索必须得我们拿。”阮南烛一边说话，一边用余光观察着罗千水的表情，“有问题吗？”

“没有。”罗千山道，“这一点我们可以达成共识。”

阮南烛歪了歪头：“你们是亲兄妹吗？”

“是啊，怎么了？”罗千山笑了笑，“不像？”

阮南烛：“不像。”

罗千水皱眉：“我和我哥哪里不像了……”

她话还没说完，便听到阮南烛轻飘飘地来了句：“活人和死人哪里像了？”

空气仿佛瞬间凝固了，罗千水愕然瞪着眸子，而罗千山的眼睛却如暮色一般沉了下来，他说：“你什么意思？”

“字面上的意思。”阮南烛说，“你妹妹是在第几扇门死的？”

罗千山直接从椅子上站了起来，吼道：“闭嘴！”

阮南烛已经从他的反应里得到了自己想要的答案，他点点头：“不要紧张，我对你们并没有恶意，只是想确认一件事。”

罗千水皱眉看着阮南烛。

“合作愉快。”阮南烛起身离开。看来这两个人的确是从门外面进来的，不是门里面的非玩家角色，如果他得到的答案是后者，那他们和罗千山，也就没有合作的必要了。

05

林秋石对于罗千水不是人这件事感到非常惊讶，但是观察阮南烛和程一榭的表情，他们两人的脸上却似乎并未见太多的愕然之色，仿佛早就见惯了这样的事情。

阮南烛回到了他们的旁边，道：“我和他们聊了一会儿，没什么大的问题，罗千水是在其他门出的事。”

林秋石看着他道：“这样的事情很常见？”

阮南烛淡淡地道："自然是不常见的。"

林秋石："可是罗千水在其他门死掉后为什么还可以……"

阮南烛却突然打断了林秋石的话，他的语气里竟是含了几分冰冷，似乎并不想让林秋石在这件事上多做纠缠，最好连问题也不要问，他道："这件事不重要——至少在这扇门里不重要。"

林秋石闻言只好点点头，虽然他觉得阮南烛此时的态度有些奇怪，不过阮南烛的话并没有问题，罗千水的事情和这扇门的确无关。

在确定了罗千水的身份之后，阮南烛便同意了和他们合作，开始讨论起了晚上如何找到钥匙的事。

阮南烛道："我们不能全部进屋，你们两个在外面等着。"

林秋石不同意阮南烛的提议："我觉得我去比较好。"他停顿片刻，将自己内心的想法说了出来，"毕竟现在罗千山和罗千水到底是敌是友还不能分清楚，如果我在里面遇到了什么事，你也好施以援手。"

但若是阮南烛在屋子里遇到了情况，恐怕他和程一榭都束手无策。

阮南烛沉吟片刻，显然有些犹豫。

程一榭淡淡地道："阮哥，你总不能一辈子都护着秋石的。"

林秋石闻言微愣，他总觉得程一榭话中有话，扭头看了对方一眼。

阮南烛面无表情："你怎么知道我不能？"

程一榭不说话了。

两人之间的气氛有些僵，林秋石只好道："南烛，让我去吧，没事的。"

阮南烛的手指在桌上点了点，终是同意了林秋石的计划，决定由他一人进入屋内取钥匙，而自己和程一榭在外面守着罗千山和罗千水，防止出现什么意外。

不过短短几天时间，整个团队里的人便死了个七七八八。

这扇门和其他门的与众不同之处，便是如果没有道具，你甚至无法判断自己身边的人到底是死是活，有可能和你在同一张床睡觉的人，甚至已经死了好几天了。

下午三点左右，阮南烛又和罗千山他们讨论了一些关于取钥匙的细节。

"到时候我会进入镜子里，将那对母子从门口引开，这段时间在五分钟左右。”罗千水似乎早就坦然接受了自己已经死亡的事实，她平静地叙述着，“所以你们的时限就是五分钟，必须在五分钟内离开那间屋子。”

“嗯。”阮南烛说，“你们找到门的位置了吗？”

“还没有。”自从早晨阮南烛挑明了罗千水是死人这件事后，罗千山脸上便没了那种彬彬有礼的温和，取而代之的是一种懒得再伪装的冷漠，他说，“但是肯定就在三十四层。”

阮南烛在思考着什么。

“你们呢，准备派谁进去？”罗千山问。

“我去。”林秋石说出了他们讨论的结果。

“你去？谁决定的？你的朋友？”听到林秋石的回答，罗千山的目光移到了阮南烛身上。

林秋石说：“不，是我自己想去的。有问题吗？”

罗千山对于林秋石的答案有些惊讶，也对，会有谁主动将自己置于险境呢，他的眼神里出现了些许别的意味：“你不怕？”

林秋石道：“怕什么？”

罗千山笑了：“自然是怕死。”

林秋石有点奇怪他这个问题：“没有人会不怕死吧。”

罗千山摇摇头：“不，那是你没有见过真正怕死的人。”

真正害怕死亡的人反而会被恐惧打倒，有的人甚至会在进入第一扇门的时候就因为恐惧而做出不可挽回的举动，当然这些事情罗千山也懒得和林秋石说，他只是觉得，眼前这个叫余林林的人有些特别。

于是这件事情就这么定下来，五人静待着夜晚的到来。

晚上八点，走廊上又开始出现那股浓郁的焦臭味。

林秋石他们按照约定时间到了走廊上，看到了已经在那里等待的罗千山和罗千水。

罗千山抬手看了看手表：“八点四十罗千水会进入镜子引开他们，八点四十五你们必须从里面出来，钥匙就在屋子里最左边的墙壁上挂着，很容易找到。”

阮南烛道：“这是罗千水在镜子里面看到的？”

罗千山看了阮南烛一眼，点点头。

果然，他们之前的说法是在撒谎，那扇门根本没有开，兄妹二人之所以能看到钥匙所在的位置，只是因为罗千水可以在镜子里面穿梭。

离八点四十还有三分钟，阮南烛将一个血红的镯子递给了林秋石。

他什么也没说，林秋石便默契地将镯子接了过来，戴到了自己的手腕上。

“以生命安全为第一目标。”阮南烛的声音轻轻的，“实在拿不到就算了，一定要出来。”

林秋石点点头。

“嘀嗒”一声，八点四十到了，罗千水转身走进了身边的镜子，林秋石注意到她的手腕上似乎系着一根红线，将她的身体和罗千山的连在了一起。

走廊尽头静静站着的被烧焦的母子二人也终于有了反应，他们看向身侧的镜子，真如罗千水所说的那样，转身进入了身侧的镜面之中。

林秋石拔腿就跑，用最快的速度冲到了尽头那间被烧焦的房间外面。

浓郁的焦臭味灌入了他的鼻腔，他一只手用湿毛巾捂着口鼻，一只手拉开已经被烧得变形的房门。

眼前的房间已经完全看不出白天的模样了。

整个房子都是黑色的，无论是家具还是墙壁都因为高温而变形发黑，但和整个屋子格格不入的，是那一面面挂得到处都是的镜子。

镜子依旧完好无损，几乎每个角落都被笼罩在镜面之中。

林秋石不敢耽搁，快步走进了房间，目光在屋子里搜索，想要寻找到罗千山口中那面挂着钥匙的墙壁。

林秋石在屋子里转了一圈都没有发现，直到进入了位于左侧的卧室，才找到了自己想找的东西。

在看到了卧室里面的情景后，林秋石少有地骂了句脏话。

只见卧室不大的墙壁上，竟是挂满了密密麻麻的钥匙，这些钥匙每一把都长得一模一样——正是用来开门的青铜钥匙。

乍一看去，足足有一两百把。

林秋石抬头看了看表，他还有三分半的时间——他要怎么从这几百把钥匙里面，寻找到他想要的那把呢？林秋石额头上溢出点点汗水，他强迫自己冷静下来。

“咔嚓。”然而就在林秋石思考时，他身后突然传来了镜面被敲打的声音。林秋石转身，居然在自己身后的镜子里面看到了一个人形，虽然换了套衣服，身体也有一半是焦黑的，但林秋石还是从对方的长相认出这人正是这个酒店里的服务生。

他站在镜子里，用怨毒的眼神盯着林秋石。

这眼神太过可怖，让林秋石不由自主地后退一步。

“咔嚓，咔嚓……”镜子里的男人开始用力敲打面前的镜子，镜子上面开始出现明显的裂纹，一副随时可能会碎掉的模样。

男人走到了镜子边缘，将那半边焦黑的脸贴到了镜子上，嘴里嗫嚅着诅咒般的话语。

林秋石看到了男人的眼睛。

和男人丑陋的面容格格不入的，是他黑色的眸子。那眸子如同波澜不惊的湖水，反射着暗色的光。

林秋石看着他的眼睛，神情突然变得有些恍惚，仿佛听到了女人的哭闹和孩子的号哭。

有男人的咒骂声，还有镜子被摔碎的声音传来。

“你走，你走，你不要再回来了。”女人如此说着，“我恨你，我恨你——”

“你恨我？你凭什么恨我？”男人说，“你算什么东西？”

“啊啊啊！”有东西摔碎了，红色的火苗从里面窜了出来。

女人发出一声凄厉的惨叫，然而随着镜子碎裂的声音，惨叫声却渐渐微不可闻。

孩子的哭声也是如此，他们似乎被什么东西夺走了叫喊的能力……不，或许是直接夺走了生命。

接着便是摔门而出的狼狈脚步声。

恍惚之中，林秋石感觉画面似乎移到了别的地方，他看到了一面巨大的镜子，镜子将男人的模样映照其中，而就在男人转身想要狼狈逃离时，一双焦黑的手却从镜子的角落里慢慢地伸了出来，抓住了男人的脚，将他硬生生地拉入了镜子里。

林秋石看到这里，忽然感觉手腕刺痛，他神色一凛，才发现自己竟然已经走到了镜子的面前，再往前走一步，便要和镜面贴上了。

而镜面的那头，便是带着恶意眼神的男人。

“咯咯咯。”林秋石咳嗽几声，终于从幻境里挣脱出来，抬起手腕看了眼表——八点四十四——他只有一分钟了！

钥匙，钥匙，钥匙，到底哪把才是真正的钥匙？

在这一刻，林秋石有种自己真的置身于火焰之中的错觉。而林秋石敏锐的听力，却捕捉到了一串从镜子里面传出来的轻微的脚步声……时间快到了，那对母子要回来了！

如此危急的情况，反而让林秋石的头脑更加清醒，他的脑海里浮现了线索纸条上的话：以铜为镜，可以正衣冠；以史为镜，可以知兴替；以人为镜，可以明得失。

铜镜找到了，史镜也找到了，那么最后剩下的人镜呢？

到底什么叫作“以人为镜”，什么又是“得失”？

林秋石看向了镜子里的男人，忽然想起了阮南烛说过的话，阮南烛说，门是有规则的，因而一般都不会设出必死的局面。

那么眼前这个被困在镜子里的男人，是否有着别的用途？

林秋石走到了男人的面前，开始观察起男人的模样。

男人站在镜子里，黑色的眸子怨恨地看着林秋石，林秋石盯着他的眼睛，忽然注意到了什么——男人的眼睛里，映照着一片小小的景象。

那景象并非是屋子里场景的倒影，而是完全不同的画面。

那是一个小小的床头柜，床头柜上面摆放着属于一家三口的合照，这一刻林秋石恍然大悟。

他转身朝着床边奔去，用手翻开了那张已经被烧焦的全家福，全家福下面，是一把漂亮的青铜钥匙。

林秋石终于明白了“得失”二字到底是什么意思。

此时时间仅剩十秒钟，林秋石抓起钥匙便转身狂奔，不敢再做停留。

五秒，四秒，三秒……林秋石看到门口时，面露喜色，然而，他的脸颊刚挂上笑容，便僵住了，因为门口出现了两个身影。

一高一矮，高的牵着矮的，浑身已经被烧得焦黑，高的那个一只手牵着小孩，另一只手竟是抓着房门，对着林秋石露出一个扭曲的微笑。

房门要被关上了——林秋石的脑子反应极快，他手一扬，便将手中的钥匙直接扔出了门口。

“咔嚓”一声，房门重重地落了锁。

林秋石跪倒在了地上，大声地咳嗽起来。

屋子里的温度开始猛地升高，伴随着浓郁的烟雾，林秋石感到了意识在逐渐抽离，他清楚地意识到，自己似乎就要死了。

面对死亡，林秋石的内心却处于一种难以言喻的平静之中，他的脸颊贴在地上，看着焦黑的墙壁，脑子里走马灯一般闪过了无数的场景。

有他的，有栗子的，有朋友的，还有……阮南烛的。

走马灯里的阮南烛可真好看啊，林秋石闭上眼睛前觉得自己挺没出息的，这都快死了，还没谈过恋爱……

黑暗笼罩了林秋石，他感到自己的身体软了下来。

滴答，滴答，是水滴的声音。

林秋石感到了一种剧烈的干渴，他微微张了张嘴，艰难地吐出一个字：“水……”

接着便有湿润又柔软的东西轻轻地在林秋石嘴唇上拂过，他慢慢睁开眼，眸子感觉到了微弱的光。

“醒了？”有声音传来。

林秋石剧烈地咳嗽了好几声，终于看清了眼前坐着的人，是程一榭。

程一榭的手里拿着一根棉签，上面沾着水。

“一榭？”林秋石看见他后有点迷茫，“我……我没死吗？”他现在还记得自己昏迷前的画面。

从理论上来说，处于那样场景的他怎么都是必死无疑。

“我是千里。”双子里的另一个无辜地睁着他的大眼睛，“秋石，你居然没有认出我，脑子里只想着我哥哥。”

林秋石：“……”为什么明明挺正常的事，在你嘴里就变了个味道？

“我出来了？”林秋石觉得自己浑身上下都在痛，连声音也格外虚弱，“我还以为我死了呢……”

“没死。”程千里说，“阮哥才差点死了。”

林秋石一愣，立马从床上坐起来：“什么？！”

程千里道：“嗯……现在已经没事了，放心吧，只要不直接死亡，以我们身体的恢复能力很快就会没事的。”

林秋石：“不不不，南烛怎么会出事？”他记得自己在出来之前已经把钥匙丢出去了呀。

程千里：“那我就不知道了，他现在还在昏迷中。”

林秋石揉揉头：“我出来多久了？”

程千里：“两天。”

林秋石呼出一口气：“你哥呢？没事吧？”

“没事。”程千里说，“他中午的时候会过来，你想问什么自己问他吧。”

林秋石点点头，示意自己知道了。

中午时分，给程千里送饭的程一榭出现在了医院。

“醒了？”程一榭道，“感觉怎么样？”

林秋石躺在床上，看着自己手上扎着的点滴：“还不错，我是什么病？”

程一榭说：“和阮哥一样，失血过多。”

林秋石“哦”了声。虽说是失血过多，但林秋石并没有觉得身体有什么疼痛的地方，事实上除了那种浓重的虚弱感，就没有其他异样了。

“南烛没事吧？”林秋石还是很担心他，“我到底是怎么出来的……”

“他没事，休养几天应该就能出院了。”程一榭停顿片刻，低声道，“是阮哥又开了一次门，把你救了出来。”

“重新开了门？”林秋石道，“可是那对母子不是守在门口吗？”

程一榭：“说来话长。”

林秋石：“那就慢慢说，反正我也不急。”

程一榭点点头，用简洁的话语描述出了惊险的场景。在看到母子提前回来把门关上之后，阮南烛直接疯了，他毫不犹豫地掏出武器制住了罗千山，逼着罗千水再进了一次镜子，再次引开母子后冲进了门里把林秋石救了出来。

当时整个走廊都燃烧了起来，抱着林秋石回来的阮南烛几乎成了个火人，皮肤被烧伤大半。

万幸这样的伤是在门里面，不然人可能早就没了。

之后火势开始蔓延，他们在被烧死之前找到了出去的门，离开了那个镜子世界。

当然，因为阮南烛的举动，他们和罗千山兄妹的合作关系也直接宣告破裂，程一榭对此非常不屑，表示门里面本来就没有永远的朋友，只有永远的利益。

林秋石听完笑着问道："那我们会是永远的朋友吗？"

程一榭闻言微微一愣，随即没什么表情的脸上露出些许无奈，然后很轻地点了一下头。

林秋石有种自己在逗小孩子的感觉，哈哈大笑起来。

大约在傍晚的时候，阮南烛也清醒了过来。他虽然和林秋石的症状一样是大量失血，但因为身上有外伤，而且那些伤口看起来就像是被人用镜子划的，医生还问了要不要报警。

林秋石坐着轮椅被程一榭推着去看了阮南烛。

阮南烛躺在床上，漂亮的脸上没有一丝血色，鼻孔中还插着氧气管，看起来整个人都处于极度衰弱之中。但那双黑色的眸子却亮得吓人，如同布满繁星的夜空，让人有种灵魂也被吸进去的感觉。

林秋石叫他的名字："南烛。"

阮南烛嘴唇微动，轻轻"嗯"了声。

林秋石道："谢谢你。"他说完这话又感觉有些不合适，都道大恩不言谢，如果不是阮南烛，他可能已经没办法从门里面出来了。这会儿门外面的他可能已经从楼上跳了下去，或许是什么别的死法。

"应该是我谢你。"阮南烛的声音很轻，好像飘在空中的羽毛。

林秋石道："你别说话了，好好休息，等着你出院。"阮南烛现在太虚弱了，即便是几句话，已经耗尽了全身的力气。

林秋石的目光移到了阮南烛的手上，阮南烛的手很漂亮，手指白皙修长，无力地放在床边，可以看到上面棱角分明的筋骨。而此时这双漂亮的手，却被绷带裹住了，这似乎只是阮南烛身上伤口的一个缩影，很难想象在阮南烛的病服下面，到底隐藏了多少个这样的伤口。

林秋石敛了目光，让程一榭推着他离开了病房。

身后的阮南烛呼吸渐渐平缓，似乎又睡着了。

林秋石在门口听了一会儿，突然低声开口，他说："值得吗？"

程一榭站在林秋石的身后，虽然这句话没头没尾，但他还是明白了林秋石的意思。

他说："只要他愿意，就值得。"

林秋石笑了起来："也对。"

"走吧。"程一榭说，"你也要好好养身体，争取尽快好起来。"

林秋石点点头，被程一榭推着回了病房。

06

黑暗的走廊上，阮南烛一直抬手看表。

五分钟的时间并不算长，特别是在凶险的门内，这短短的几分钟更是一闪而过。

林秋石已经进入了房间，此时周遭一片寂静，只能看见走廊尽头那时明时暗的火焰。

时针一点点地转动，一圈、两圈、三圈……就在它转过第四圈的时候，程一榭终是忍不住低低地问了句："他能回来吗？"

阮南烛看了程一榭一眼，并未回答，但他的眼神却告诉了程一榭答案——林秋石一定会回来的。

程一榭心中微叹，不再说话。

时间还剩下三十秒，门内依旧没有动静。

镜子里面的动静却越来越大，甚至偶尔可以看见罗千水在里面穿梭的身影，看来五分钟的确是她的极限。

阮南烛的目光停滞在手表的秒针上面。

站在他旁边的罗千山突然道："千水，不要硬撑。"

还有十五秒就到了他们约定的时间，但林秋石依旧没有出来，看来是凶多吉少。罗千山对于这样的情况并没有感到惊讶，本来门内就是极为凶险的情况，况且，他们还有所隐瞒。

钥匙的确是被挂在墙壁上。只是挂上去的钥匙，却不止一把。罗千山对祝萌很有信心，他直觉如果是祝萌进去，一定能在五分钟内找到那把真正的钥匙，但此时换了那个叫余林林的男人，他就不确定了。

不过这些事情都是祝萌他们自己决定的，罗千山也懒得去说。

嘀嗒嘀嗒，几秒钟的时间在此时显得漫长极了。

镜中的罗千水，狼狈地从镜子里跌了出来，她似乎受了点伤，嘴里道："拿到了吗？"

罗千山见她出现，面色沉沉地摇摇头。

但就在他们说话之际，走廊上传来了一声轻微的响声，有什么东西落在了走廊的地毯上。

其他人或许看不清，但阮南烛却看得一清二楚——在门合上的前一刻，门里面竟然飞出来了一把青铜钥匙。不用想也知道，那把青铜钥匙到底是谁扔出来的。可钥匙虽然出来了，人却被关在了里面。

阮南烛黑色的眸子里，浮现出浓郁的阴郁。

他慢慢地走到了面露喜色的罗千山身边，罗千山本来还在和罗千水说话，可很快就察觉到了身侧有些不对劲的气氛，正欲扭头，却感到了一个冰冷的利器抵住了颈项。

"进去。"阮南烛冷冷的声音传来。

"什么？"罗千水见状一愣，"你在做什么——"她瞪圆了眼睛，似乎完全没有想到阮南烛会突然发难。

阮南烛抬手看了眼手表，毫不犹豫地加重了手中的力道，锋利的餐刀割破了罗千山的皮肤，流出了鲜红的血液。罗千山恨恨地道："有本事你就杀了我！"

阮南烛却笑了，他道："你以为我不敢？"

罗千水不说话了，她从阮南烛的语气里判断，眼前这人是真敢，真敢将那把锋利的刀刃插入她哥哥的颈项。

罗千山和她不一样，他是会受伤会死亡的人类，罗千水咬了咬牙：“再给你们三十秒……”

阮南烛冷笑：“整整一分钟，少一秒你哥就会死在这儿。”

罗千水：“你——”

罗千山被突然发难的阮南烛气得浑身发抖，他没想到阮南烛居然会为了进屋子的那个人做出这样不明智的举动。

“一榭，你来。”阮南烛把手里的刀递给了程一榭，“他要是敢反抗，直接捅进去。”他的语气笃定，丝毫不像是在开玩笑。

罗千山也知道阮南烛是认真的。这人根本就是不按常理出牌的疯子，一般人看见青铜钥匙早就把队友忘在脑后了，谁会想着去那么危险的地方将人救出来！

罗千山给罗千水递了个眼神，罗千水正欲微微点头，便听到阮南烛继续吩咐：“看好手表，一分钟，罗千水只要敢提前出来一秒钟，直接动手。”

程一榭道：“好。”

罗千水怒道：“祝萌你这个出尔反尔的骗子！”

阮南烛冷笑：“骗子？你好意思叫我骗子？说好的五分钟你居然提前出来了，他要是死了，你们都得陪葬。”

罗千水道：“只是提前了五秒而已——就算多给他五秒——”

她后面的话语断在了阮南烛冷如冰霜的眼神里。

罗千水知道这事儿没有再回旋的余地，于是愤愤转身，再次进入了面前的镜子。

阮南烛看向走廊尽头，在那对母子再次消失后便拔足狂奔，朝着林秋石进去的那间屋子跑去。

一分钟的时间，不过瞬息。

阮南烛打开了门，在看见了离门口不远的林秋石时，心中猛松了一口气。他冲进了屋子里，想要将林秋石从房间里带走。

然而此时整个屋中却已经开始燃起火焰，温度高得吓人，阮南烛低声咳嗽着，艰难地将林秋石抱起来，朝着门口走。

短短的几步路，好像变成了通过地狱的桥。

滚烫的地面和灼烧的火苗炙烤着阮南烛的肌肤，据说烧伤的疼痛等级是最高的，阮南烛很疼，但他的脚步却很稳。

一步一步，十几秒后，阮南烛终于离开了已经被烤得快要变形的屋子，到了走廊上。

林秋石还在阮南烛的怀中沉睡，阮南烛一低头，便能看到他的睡颜。阮南烛垂了眸子，脑子里想的竟是还好林秋石昏了过去，不然这会儿看见了他的样子可怎么办，此时的他，可不漂亮了。

“祝萌！”程一榭在走廊那头看得心惊胆战。

只见阮南烛从屋子里出来的时候已经变成了个火人，狼狈地跌倒在了走廊上，滚了几圈后身上的火焰才熄灭了。

不过这几个动作却好似耗尽了他所有的力气，好一会儿他都没有再动弹。

一分钟时间马上就要到了，就在程一榭想着要不要过去帮忙的时候，阮南烛挣扎着从地上爬了起来，他在地板上找到了钥匙，随后艰难地拖着林秋石，回到了他们的身边。

嘀嗒嘀嗒，一分钟的时间刚好到。

罗千水从镜子里出来的时候半身都是血，她也受了伤，一抬眸便看见了已经被烧得面目全非的阮南烛。一般人受这样的伤恐怕早就晕过去了，但阮南烛竟还有意识，他靠着墙壁，那双黑色的眸子冷冷地瞪着罗千水，声音也没了之前的清悦，被烟熏得嘶哑极了：“钥匙找到了，找门。”

罗千水慌张地看了罗千山一眼。

罗千山的神情也有些复杂，他倒是第一次看见阮南烛这样的人，他说：“门，我没有头绪，还得一层一层地找。”

只是阮南烛受了这样重的伤，不知道能不能撑到找到门的时候。

阮南烛不说话了，就在其他几人以为他已经晕过去的时候，他竟是又开了口，嘴里吐出了四个字：“安全通道。”

罗千山一愣。

“去安全通道看看。”阮南烛的声音听起来非常虚弱，需要人很认真才能听得清楚，“门大概率在那儿。”

就在他们说话的时候，周围的温度开始渐渐升高。

程一榭起初以为是自己的错觉，但他很快就发现这不是他的错觉——整个走廊都在燃烧。

壁纸开始发黑，有火苗从墙壁里面窜出来。

“没时间了！”罗千山也没有料到这样的情况，他道，“他们不见了！”

程一榭扭头，果不其然看见走廊尽头的母子二人消失在了房门外，而他们周围的镜子里，却出现了这两个焦黑的身影。

团队里面的其他人也察觉了异样，开始陆陆续续地从房间里出来。

“怎么了，到底怎么回事……”嘈杂的讨论声让人心烦意乱。

阮南烛突然道：“一榭，离镜子远一点。”

程一榭闻言，急忙朝前跨了一步。这时，他身后的镜子便发出一声脆响，一双黑色的手臂从镜子里伸出，试图抓住镜子前面的他。

“快点离开这儿。”阮南烛扶着墙壁，艰难地站了起来，他道，“带着他……”

那个他，自然是指还在昏迷中的林秋石。

罗千山看着这三人的模样，眸子沉了沉，他的手刚伸入口袋，却被旁边的罗千水抓住了。

罗千水对着他露出哀求的眼神，慢慢地摇了摇头。

为什么……罗千山眼神里露出疑惑之色，你不是讨厌她吗？

罗千水踮起脚尖，凑到了罗千山的耳边：“她让我想起了当初的自己。”

罗千山的动作停了，表情流露出几分痛苦，他看了罗千水一眼，又看了看阮南烛，最后什么也没有做。

安全通道就在走廊的尽头，四个绿油油的大字，在黑暗之中格外醒目。

但从这里移动到安全通道并不是什么容易的事，走廊周遭两边的镜子里出现了无数双被烧焦的黑色手臂，这些手臂冲破了镜子，想要将活着的人硬生生地拖入属于死者的世界。

罗千山扶住了阮南烛。

阮南烛瞅了他一眼：“你不杀我？”

罗千山没说话，但从那表情上看起来，他是很想对阮南烛动手的。

“你该庆幸你没有动手。”阮南烛却突然笑了起来，他的脸被烧得面目全非，眸子却亮得吓人，“不然这会儿，谁死谁活还不一定呢。”

罗千山沉默片刻：“你就没想过，你进去了可能会出不来？”

阮南烛：“没想过。”

罗千山的表情微微扭曲，觉得一时间竟是无法对阮南烛这无比自信的态度多说什么，他只好道：“他很重要？”

阮南烛的语气很平静：“重不重要我不知道，我只知道如果换作是我进去了，他也会进去找我的。”他有这个自信，林秋石就是这样的人。

罗千山不说话了。

在离开走廊的时候，团队里面有好几个人都被黑色的手臂抓住，就这样被硬生生地拉入了镜子里的世界。

这些人一掉进镜子，身体便开始着火，嘴里发出凄厉的惨叫声，简直让人不忍观看。

好在他们的身边有罗千水，罗千水可以进入镜子，先把那些焦黑的手臂处理掉。

“我发现门了，我发现门了！”有人突然大叫起来，朝着走廊里的人大喊，“就在这个房间里，你们快点过来啊……”

“门？”罗千水闻言一喜，看向罗千山。

罗千山还没说话，程一榭便淡淡地道：“那个人不是活人。”大叫的人便是他们之前发现混在团队里的死人，脚尖向后，脚跟朝前。

“钥匙，钥匙在我这儿！”又有死人开始大叫，他们的叫声在惨叫声中格外清晰，果不其然吸引了几个活人过去。

“你们呢，你们不过来吗？”那人看向阮南烛和罗千山他们。

“不了。”罗千山说，“你们自己玩吧。”

那人闻言还想再说什么，罗千山便道了句：“适可而止。”

那人听了这话，表情扭曲片刻，竟是真的转身走了，而被他骗去的那两人一进屋子，屋子的门便落了锁，随后屋子里就传来了凄厉的叫声，很快散发出属于肉被烤熟的气味。

这里简直是地狱。

经过艰难的移动，他们终于走到了安全通道。

罗千山看向阮南烛："门真的在这里？"

阮南烛已经很虚弱了，能不说话就不说话，听到罗千山的提问，他也只是抬了抬眸子，一副你爱信不信的模样。

罗千山便也懒得再问，用力推开了那扇防火门。防火门之后，果然出现了一扇黑色的铁门，铁门上面挂着的大锁，显然在告诉他们这里便是离开的道路。

罗千水喜极而泣。

阮南烛把钥匙递给了程一榭，示意他开门。

程一榭打开门后，露出后面充满了光芒的隧道，他弯下腰，把线索捡起来放进了口袋。

"我们先走了。"罗千山看了阮南烛一眼，"保重。"

阮南烛低声道："保重。"

罗千山和罗千水一起进了隧道，在跨进隧道的那一刻，站在他身边的罗千水便消失了，显然她只能存在于可怖的门内世界，只要一离开门，她便会消失不见。

程一榭正打算叫阮南烛一起走，却发现他已经晕了过去。程一榭轻轻地叹了口气，把背着的林秋石也放到了地上，拽着两人的腿把他们往外拖。

此时火焰已经烧到了门口，只要他们再走慢一点，恐怕都不能幸免——至于那个唯一能活下来的名额，谁知道会属于谁呢。

隧道走到了尽头，程一榭周遭的画面一转，他出现在了别墅里。

他回到门外后，便直接快步朝着阮南烛和林秋石的房间去了，在敲门没有动静后，程一榭用备用钥匙打开了门，果然在屋子里看见了两个气息微弱的人。

一个脸色惨白如纸，气息近乎没有；一个躺在血泊里，简直像已经断了气。

程一榭赶紧叫了救护车，把两人送到了医院。

接着，他便开始漫长的等待，等着两人苏醒。

阮南烛可以说是捡回了一条命，要不是他那异于常人的身体素质，恐怕去医院的半路上人就没了。

林秋石比阮南烛稍微好一点，但因为失血也险些器官衰竭。

总而言之，这两人能活下来单纯是运气好。

程一榭守着他们两个的时候一直很沉默，程千里给他送饭的时候用手指戳了一下他的后脑勺，说："小朋友，你怎么这副表情，你的小脑瓜里在想什么呢？"

程一榭冷眼瞪过去，程千里立刻认输："好好好，你随便想，我先吃饭。"然后他嘀嘀咕咕地说"真是凶巴巴的"。

程一榭很不客气："就算我说了，以你的智商也理解不了。"

程千里："你还没说，怎么知道我理解不了？"

程一榭面露不屑。

程千里委屈巴巴又没办法反驳，谁叫他是真的笨呢。

两天后，林秋石先醒，阮南烛后醒，好在都苏醒了。

两人在医院待了足足两个多月，身体才逐渐恢复。

其间倒也没有出什么别的意外，唯一的变数是程千里这货天天推着坐在轮椅上的林秋石玩飞车，从医院的花园这头飞到花园那头，周围的护士病人全对他们两个投来了看弱智的眼神。

最后林秋石实在是受不了了，对程千里说："求求你放过我吧，我只是个可怜的病人，你为什么要这么对我？"

程千里很无耻地解释道："运动有益于身体康复！"

林秋石闻言差点崩溃："可是运动的是轮椅又不是我——"

程千里："你坐在轮椅上，四舍五入不也等于运动了吗？"

林秋石无话可说，和程千里大眼瞪小眼一会儿后，自己从轮椅上站起来，默默地走了。

程千里："哎哎哎？你能走路啊——"

林秋石骂道："我腿又没断，怎么就不能走路了？"

程千里面露遗憾。

晚上，林秋石把这事儿给阮南烛说了。

阮南烛还躺在病床上，脸色虽然好些了，但气息依旧虚弱，他听完后说："也就你能和程千里玩上了。"

林秋石："……"为什么他总觉得这句话是在骂他呢？

阮南烛看见林秋石如同吃了屎一般的表情，忍不住露出笑容。

他的身体依旧处于未痊愈的状态，门里面受的伤对他的身体产生了严重的影响，以至于现在都不能下床。林秋石和阮南烛聊着聊着，目光突然移到了他的手上。

“林秋石？”阮南烛见林秋石突然安静下来，轻轻地叫了他一声。

林秋石这才回神，抱歉地笑了笑：“抱歉，走神了。”

“在想什么？”阮南烛问他。

林秋石：“没什么。”他停顿片刻，抿了抿唇。

“说吧。”阮南烛的声音很温柔。

林秋石又安静了一会儿，才道：“是不是很疼？”

阮南烛看着林秋石的眼睛，反应过来对方是在问自己在门里面受伤的时候，他歪了歪头，似乎在认真地回忆，半晌后才“嗯”了声。

林秋石伸手抓住了阮南烛的手腕。他的动作很轻，显然是怕弄疼了阮南烛，他将阮南烛的手腕翻了一面，看到了上面裹着的纱布。

在换药的时候，林秋石见过伤口。

这伤口很长，血肉模糊，在阮南烛白皙的皮肤上显得格格不入。林秋石还看到了阮南烛身上其他地方的伤，那些伤口密密麻麻，纵横交错，即使是只看一眼，也能让人感到隐隐发疼。

阮南烛不是个娇气的人，连他都觉得疼了，那一定是特别疼。

林秋石目光灼灼地望着阮南烛，一时间不知道该说些什么。

阮南烛也不问，两人就这么安静地对视着。

林秋石嘴唇微微翕动，正欲说点什么打破沉默，程千里却刚好从外面进来，他手里端着一个巨大的果篮，说：“阮哥，谭枣枣他们来看你了。”

谭枣枣站在程千里身后，支了个脑袋出来，说：“阮哥啊，你怎么样啦？”

她一进来，就看到林秋石握着阮南烛的手腕，啧啧道：“秋石，你怎么趁着我们不在就占阮哥便宜啊？”然后她很不要脸地凑过来，“谁不想摸摸阮哥的手呢……”

阮南烛默默地把手从林秋石的手里抽出来，塞到被子底下去了。

谭枣枣面露遗憾的表情。

林秋石："……"谭枣枣你就不能矜持点吗？

程千里把果篮放在旁边，说："你们想吃什么啊？我去洗。"

谭枣枣头也不回："你把荔枝挑出来吧，美人就该吃荔枝。"

阮南烛："谭枣枣。"

谭枣枣："嗯？"

阮南烛："你是不是以为我病了就不能削你了？"

谭枣枣道："我没有，我不是。"这不是没怎么见过这么虚弱的阮南烛，突然有了异样的感觉嘛！

阮南烛："你给我等着。"

谭枣枣瞬间蔫了，委屈巴巴地看着林秋石，说："林哥，你劝劝阮哥啊，他要削我。"

林秋石说："用什么刀削，水果刀削得动吗？"

谭枣枣："……"你们这对狼狈为奸的坏人。

07

来探病的谭枣枣对阮南烛展开了亲切的慰问，虽然全程阮南烛都对她爱答不理。

"你第四扇门过得怎么样？"坐在旁边没事做的林秋石随口问了她一句。

"第四扇门啊？"谭枣枣挠挠头，"还行吧……"她似乎对于门内的世界并不愿多谈，很快绕开了这个话题。

林秋石见状也没有继续追问。

医院墙壁上挂着的电视里，偶尔还会插播一个谭枣枣拍摄的香水广告，大屏幕上的她高贵冷艳得不可一世。林秋石看了眼广告，再看了眼缩在阮南烛旁边埋头吃芒果吃得满脸都是黄色果肉的她，陷入了一种微妙的沉默。

谭枣枣显然从林秋石的表情里猜到了他在想什么，怒道："别看了，都是假的！"

林秋石："嗯……"

谭枣枣看着林秋石，含着恶意地问了句："你有特别喜欢的明星吗？"

林秋石很耿直地说："没有。"他不追星。

谭枣枣遗憾道："那就可惜了，说不定我还能帮你要签名呢。"更说不定我还能爆料几个毁三观的八卦……

他们聊着天，电视里却播出了一条突发新闻，说某明星在去参加演唱会的途中突然遭遇车祸，当场死亡，然后还播了一个车祸现场的惨烈画面。

本来还在啃芒果的谭枣枣表情出现了一瞬间的茫然，她道："他……"

躺在床上的阮南烛轻声道："你认识？"

谭枣枣点点头。

她把手里的芒果放下，低声说："这个人好像也是进门的人，我们一起拍过广告，倒是没有深交……"

林秋石看着谭枣枣，她的情绪明显低落下来。

"后来他出了一些意外。"谭枣枣说，"演唱会的时候头顶上的灯直接砸了下来，但是他只受了轻伤，之后又出现过一些意外事件。"她缓缓地说，"我那时候就有点怀疑……"

"会不会只是个意外？"林秋石皱眉，"不一定是门……"

"应该是门。"谭枣枣叹气，情绪明显低落了，"我先走了，你们好好养病吧。"

林秋石看着她的模样，也不知道该怎么劝，最后只能由着她匆匆离去。

谭枣枣走的时候，阮南烛的神情一直很平静，林秋石道："她没事吧？"

阮南烛："没事，过两天估计就好了。"

林秋石觉得谭枣枣一直挺乐观的，却没想到她情绪会突然崩溃……虽然在崩溃之前，她匆匆忙忙地离开了这里。

面对林秋石的茫然，阮南烛流露出几分无奈，他道："你就没有特别喜欢过什么人？"

林秋石仔细想了想，缓慢但是又确定地摇了摇头。"没有。"他道，"我家庭关系简单，印象里……的确是没有什么特别喜欢的人。"

从小到大，他身边的朋友屈指可数，也正因如此，他才能毫不留恋地离开原来的城市，来到这里工作。

"总会有女孩子喜欢你吧？"阮南烛的语气笃定，"莫非你没被人表白过？”他可不信林秋石这样的个性和长相会不受女孩子欢迎。

“表白倒是被人表白过，但是我都拒绝了。”林秋石回答。

阮南烛：“你为什么拒绝？”

林秋石：“因为我不能给她们想要的。”

阮南烛蹙眉：“你怎么知道自己不能？”

林秋石安静了一会儿，声音轻轻的：“我不喜欢她们呀。”

阮南烛哑然失笑，他道：“你倒是清醒。”

林秋石笑道：“总不能耽搁她们，她们都是好姑娘。”

林秋石的确是个温暖的人，只要遇到需要帮助的对象，他总会尽力施以援手。但他的善良又并不是无限度的，说白了，就是他从来不会慷他人之慨，他对自己的实力有着充分的认知，也不会要求别人做出什么超出他能力范围的事。

一个善良、聪明、懂得审时度势的人，总归很吸引人。

阮南烛缓缓合了眼。

林秋石见阮南烛闭眼，便以为对方累了。他从阮南烛身边站起来，轻手轻脚离开了病房，出去时正好看见程千里拿着洗好的荔枝回来。

“怎么出来了？”程千里问。

“别进去了。”林秋石说，“他正在休息，枣枣也走了。”

程千里：“哦，那荔枝怎么办？”

林秋石看了眼：“放着吧，等他醒了再端进去，要不你吃了也行。”

程千里：“我还是不吃了，阮哥好像挺喜欢吃荔枝的。”

林秋石闻言突然有点好奇：“他除了荔枝还喜欢什么？”他和阮南烛在一起生活也有段时间了，对阮南烛的喜好却并不十分清楚。

程千里说：“喜欢的东西？喜欢的东西还挺多。”他看了看荔枝，又看了眼林秋石，“好像也挺喜欢你的。”

林秋石：“难道他不喜欢你？”

程千里憨笑：“嘿嘿嘿，也对哦，我这么可爱。”

林秋石心想，你可真够不要脸的。

阮南烛在医院休养的这段时间，有不少其他组织的人过来看望。说是看望，其实更多的是想打探消息，毕竟阮南烛这种已经过了十扇门的大佬可不多见。

白鹿的黎东源也厚着脸皮来了，阮南烛虽然同意他进病房，但全程都没给他好脸色看。

林秋石在旁边坐着给阮南烛剥荔枝吃，阮南烛微微张嘴，乳白色的柔软果肉便被他含进了淡色的唇里，细细咀嚼之后，嘴一张，林秋石便把果盘递过去，看阮南烛用舌头将黑色的果核推出来。

整个吃东西的过程竟是十分的优雅，看着阮南烛的模样，林秋石突然就理解了谭枣枣的那句“美人就该吃荔枝”。

黎东源坐在旁边，那张娃娃脸上带着亲切的笑容，和门里面的他简直是大相径庭，他说：“南烛啊……”

阮南烛斜眼瞪了他一眼。

黎东源只好改口：“阮哥，阮哥，你还好吧？”

阮南烛：“好不好你没看见？有事直说。”

黎东源转头看了眼林秋石。

阮南烛知道他的意思，敛了眸子：“不用避着他。”

黎东源说：“我马上就要过第九扇门了，就是那个……”

阮南烛：“没有，滚。”

黎东源：“……”

林秋石听了想笑，但又觉得笑出来不太合适，于是垂着眼睛假装自己在认真地剥荔枝。

“你不要那么凶嘛。”黎东源却委屈了起来，“你假装祝萌和我谈恋爱的事我都还没和你计较呢。”他那双大眼睛水汪汪的，林秋石看着他，莫名想起了程千里养的那条柯基犬……

然而阮南烛心硬如铁，丝毫不为所动，甚至对黎东源说出他身份的事一点都没表现出吃惊：“别废话，说正事。”

黎东源道：“我不是听说你还有一张第九扇门的线索嘛……”

阮南烛似笑非笑：“听说？”

黎东源：“我是真的听说的，他们都在传。”

他们聊到这里，林秋石却突然想起了阮南烛已经通过了第十扇门，那他岂不是可能已经拿到了第十一扇门的线索？也不知道第十一扇门的线索是什么，和其他的门相比有没有什么特别之处。

“所以？”阮南烛看着黎东源。

“所以，能不能把线索卖给我？”黎东源终于说出了今日来这里的目的。

阮南烛毫不犹豫地拒绝了：“不可能。”

黎东源：“你可以随便出价，只要我能够付得起——”第九扇门的线索太难得了，即使是他也没有拿到。

也只有阮南烛这个疯子才能拿到两张。

阮南烛吃了一颗喂到他嘴边的荔枝，并不回应。

见阮南烛是这样的态度，黎东源显得有些焦躁，他说：“十三天之后就是我进门的日子，我没有那么多时间了。”

阮南烛：“你不是撬我生意撬得挺开心吗？还说我以色侍人。”他笑了起来，眼神却是冷的，“现在知道来求我了？”

黎东源尴尬地笑了起来：“对不住，对不住，不然我陪您睡一晚，您就大人有大量把这事儿忘了？”

阮南烛指着门口：“滚。”

黎东源露出委屈的表情。

林秋石心想，你这人是有点过分啊，想拿线索就算了吧，还想占我们老大的便宜，被叫滚真是一点也不冤。

“第九扇门的线索给你也不是不可以。”阮南烛道，“但是我有个条件。”

黎东源：“什么条件？”

阮南烛：“你得陪着他进第十扇门。”

黎东源闻言一愣，看向林秋石：“你该不会是……”

阮南烛道：“对。”

黎东源表情大变：“你疯了？！”

阮南烛已经不耐烦了：“要么答应要么滚，不要在这儿浪费我的时间。”

黎东源的脸色阴晴不定，最后还是咬牙答应下来跟林秋石一起进入第十扇门。但看神情，他似乎还有什么想说的，但是碍于林秋石在场没说出来。

林秋石适时站起来，表示自己想去洗个手。

阮南烛这次没拦。

结果林秋石刚去厕所洗完手回来，就听见阮南烛在和黎东源吵架，黎东源并不是阮南烛的对手，最后被气得直接摔门而出，看见林秋石还狠狠瞪了他一眼。

林秋石被黎东源瞪得莫名其妙，谁知黎东源又来了句："你自己小心点吧，祝萌不是个好人！"

林秋石："……"

林秋石进了屋子，看见阮南烛面无表情地坐在床上，便道："怎么吵起来了？"

"有人非要对我指手画脚。"阮南烛不屑地道，"他也配？"

"你还生着病呢，别生气了。"林秋石温和地问，"晚上想吃点什么？"

阮南烛靠着床："喝粥吧，你熬的粥。"

黎东源负气离开，林秋石并未放在心上，他以为黎东源和他们之间还会有很多故事，无论是好的还是坏的。但林秋石却没有想到，那一天，是他和黎东源见的最后一面。

十三天后的早晨，已经出院的阮南烛接到了一个电话，当时别墅里的人正在一起吃早饭，他挂断电话后，表情有一瞬间的凝滞，随后低声开口："黎东源死了。"

还在交谈的众人突然安静下来，大家都听到了阮南烛的话。

程千里啃包子的动作也停下了，他"啊"了一声，问出了所有人都想问的："阮哥，你在说什么……黎东源，是那个白鹿的黎东源吗？"

阮南烛"嗯"了声，站起来："我要过去一趟。"

林秋石道："我陪你吧。"阮南烛虽然出院了，但是身体并没有完全恢复，现在看来脸色都有几分苍白。他担心阮南烛要是在外面遇到了什么事，身体支撑不住。

"好。"阮南烛同意了林秋石的跟随。

林秋石迅速换了件衣服，同阮南烛上了车。

阮南烛说了一个地点之后，便坐在副驾驶座上闭目养神，他脸色苍白，更衬得长长的睫毛黑如鸦羽，此时轻轻颤动，平添了几分脆弱的味道。但这种脆弱，又好像只是林秋石的错觉。

阮南烛是在伤心吗？不，林秋石觉得他身上透出的更多的是一种兔死狐悲的悲哀。阮南烛讨厌黎东源，但又不希望他就这样死去，因为看见黎东源的下场，未免会想到他们自己。

林秋石想起了十几天前和黎东源见过的最后一面，他长长呼出一口气，像是要将压在胸口的那团气息吐出去。

四十分钟的车程后，他们到达了一座位于城区内的公寓。

林秋石以为白鹿是住在公寓的某间房子里，结果到了才知道这栋公寓都被白鹿买了下来。

此时公寓底下已经围了不少人，林秋石看了便有种不妙的预感。果不其然，在他停好车后，朝着拥挤的人群凑了凑，就看到了人群中央围着的尸体。

那是一具被摔得粉碎的尸体，已经看不出长相，但从衣着和形态特征上可以辨认出，眼前这个摔死的人，便是黎东源。

林秋石不是第一次在现实里看见死人了，却是第一次看见熟悉的人就这样死了。他侧过头，看了看阮南烛，见对方依旧保持着平淡的表情，只有那双黑色的眸子波光涌动，仿佛被惊扰的深湖。

有女人的哭声响起来，人群之中扑出了一个十几岁的少女，她跪在黎东源的尸体旁号啕大哭，还想要伸手将黎东源已经破碎不堪的尸体揽入怀中。

周围的人阻止了少女的举动，将她强行从黎东源的尸体边拉走了。

林秋石环顾四周，发现有些人在窃窃私语，有些人却表情悲痛，眼神麻木，想来应该属于白鹿的成员。

一个漂亮的女人走到了阮南烛面前，对着他低声道：“阮先生，你好。”

“你好，金小姐。”阮南烛说。

“你可以叫我的名字，金羽芮。”女人似乎想要对阮南烛露出笑容，表情却格外僵硬，只是硬生生地将嘴角弯了起来，看上去十分勉强，“之后，将由我来接手白鹿内部的事宜。”

话语中的含义，便是她就是白鹿的下一任首领。

“嗯。”阮南烛点点头，示意自己知道了。他沉默片刻，突然又道了句：“不想笑就别笑了。”

金羽芮的笑容瞬间淡了，她深深地呼吸了一下，似乎是在控制自己的情绪，接着哑着嗓子说：“里面请，阮先生。”

阮南烛点点头，朝着屋中走去，林秋石跟在他的后面。

公寓的大厅里六个人或坐着或站着，加上外面的那些，白鹿整个组织应该在二十人左右。

金羽芮开始宣布黎东源死前准备好的事，整个过程非常安静。

不过在这寂静之中，林秋石却感觉到了暗流涌动。人群里有人似乎对金羽芮作为接班人有些不满，但目光却落到了阮南烛身上——他们竟是在忌惮阮南烛这个外人。

林秋石终于明白了阮南烛来这里的含义，他竟是来这里替黎东源镇最后一次场子的。

金羽芮成了白鹿的下一任首领，她刚刚过了第八扇门，离第九扇还有些时日。

但显然，她并不能像黎东源那样让白鹿众人服气。

阮南烛肯定也看出来了，但他并没有打算插手白鹿的事，只是沉默地坐在旁边。

林秋石见他脸色惨白，想着他大概是觉得有些不舒服了，有些担心。想了想，林秋石从兜里摸出了一颗糖悄悄地塞给阮南烛。

阮南烛回头看了他一眼，轻轻点头，将糖纸剥开，放进了嘴里。

糖果的味道很甜，冲淡了某种让人不适的感觉，阮南烛在大厅里坐了很久，直到金羽芮吩咐完了事情。

大厅里的人开始散去，最后只留下了他们三个。

金羽芮抬起头，苦笑着道：“谢谢你，阮先生，要不是你在，我都不知道怎么办才好了。”

阮南烛站起来，道：“我只能帮你到这里，剩下的路还得你自己走。”

金羽芮点点头，她并不是什么脆弱的菟丝子，虽然在面对风雨时有一时动摇，但终究还是得自己立于风暴之中。

“那我们就先告辞了。”阮南烛说。

“阮先生不留下来吃个晚饭吗？”金羽芮客气地问道。

“不用了。”阮南烛谢绝了金羽芮的好意，他说，“等到他下葬的时候我再来。”

金羽芮也并未强求，点点头，将阮南烛和林秋石送到了门口。

黎东源的尸体已经被收拾了起来，地上只剩下一团污浊的血迹在告诉世人这里曾经发生过什么。

而再过几天，这团污渍也会消失不见，白鹿里面人来人往，或许很快他们就会忘记曾经有个叫作黎东源的首领。

这一路过来，阮南烛的脸色都不太好看。

等到回去的路上，坐进了驾驶室，林秋石才觉察出不对劲，他道：“南烛，你身上的伤口没事吧？”他闻到了一股子淡淡的血腥味。起初林秋石还以为这血腥味是因为黎东源，但现在林秋石还是能闻到这味道。

“没事。”阮南烛斜斜地靠在车门上。

林秋石一点也不相信他没事，皱起眉头，道：“给我看看。”

阮南烛道：“不给。”

林秋石一愣，他没想到阮南烛拒绝得这么干脆。

“回去再说。”阮南烛说。他说完这话，就缓缓地闭上眼，似乎有些累了。

林秋石十分担心，不由得将车开得更快了一些。

几十分钟后，他们回到别墅，阮南烛疲惫地睁开眼，林秋石赶紧扶着他进了屋子里，看见他趴在床上后，便非常自然地坐在了床边，伸手抓住了他的衣角。

阮南烛抬眸看着林秋石：“你要干吗？”

林秋石道：“我要看看你的背……”阮南烛背上的伤口是最严重的。

阮南烛歪头看了林秋石一眼：“不看行不行？”

林秋石蹙眉：“不行。”他觉得阮南烛的伤口肯定裂开了。

阮南烛想了想：“那你给我一颗糖。”

林秋石从兜里掏出糖果，剥开之后塞进了阮南烛的嘴里。

“看吧。”嘴里含着糖的阮南烛含混不清地道，“其实也没什么好看的……”

林秋石掀开了阮南烛的衣服，果不其然看见伤口裂开了，血水顺着背脊流下，最后被衣服吸收掉了。

他蹙眉：“这样不行，得去趟医院。”

阮南烛不动了，呼吸变得轻缓起来。

林秋石抬眸看去，叹气：“怎么开始装睡了呢？”

阮南烛还是不说话。

林秋石面露无奈，只能起身去旁边拿了纱布，帮阮南烛简单地处理了一下裂开的地方，嘴里道：“明天早上一定要去医院啊。”

阮南烛含糊地应了声，便再次闭了眼，他的确是有些累了，想要好好休息。

08

黎东源的死仿佛只是一个无足轻重的插曲，换了首领的白鹿很快便重新走上了正轨。不过那些对金羽芮不满的人还是成了隐患，没过多久，林秋石就听说白鹿分裂成了两派，一派是以金羽芮为首的旧白鹿，一派离开了白鹿原本的基地，自称是新白鹿。

对于这件事，阮南烛倒是没有多少惊讶，显然是早就料到了。

“这对金羽芮来说反而是件好事。”阮南烛如此评价，“她现在根基不稳，想要掌控白鹿里面的所有人很难，与其将怀有异心的人留在身边，倒不如让他们另立门户。”

林秋石“哦”了声。事实上他觉得挺不可思议的，大家都是随时可能会死的人，还在乎这一点名利做什么？争得再多，最终也不过是黄土一抔。

阮南烛听着林秋石的话觉得有些想笑，他摇摇头，语气淡淡的：“人总是贪婪的。”

得到的再多也永远不会满足。

林秋石觉得他明白阮南烛的意思，但着实很难对那些人的所作所为感同身受。有了现实和门内世界的对比，他才觉得活着是件如此美妙的事，以至于其他东西带来的满足感都被淡化了。

就好像只有从沙漠里出来，才能明白自己对水源的珍惜和渴望。

栗子最近对待林秋石的态度已经恢复到了从前，经常“喵呜喵呜”叫着，跳到林秋石的胸口上趴着哼哼唧唧，还喜欢用脸颊蹭着林秋石的下巴，一副嗲到不行的样子。

林秋石看着撒娇的栗子，心都软成了一汪泉水，用手指抚摸着它的下巴温柔地呼唤道：“乖宝宝，乖宝宝。”

程千里看见林秋石这样子，说：“秋石啊，你知不知道自己逗猫的时候很像一个慈祥的母亲？”

林秋石闻言一愣：“为什么不是慈祥的父亲？”

程千里：“……”你真会抓重点。

慈母就慈母吧，林秋石也懒得去介意这种细节。

离林秋石从门里面出来已经有三个月的样子，他的身体已经恢复得差不多了。但是阮南烛依旧看起来很虚弱，虽然和他刚从门里面出来的时候相比已经算是康复了不少。

在某个阳光灿烂的下午，阮南烛突然找到了林秋石，说想和他谈谈。

林秋石去了阮南烛的卧室，看见他坐在窗户旁边的椅子上面，温暖的阳光在他的身上镀上了一层淡淡的金色，让他整个人看起来简直像是在散发着淡淡的光芒。

林秋石叫他：“南烛。”

阮南烛睁开眼睛，眼里并无睡意，依旧是如湖水般深沉宁静，他道：“坐。”

林秋石走过来，在阮南烛身边坐下。

“身体感觉怎么样？”阮南烛问。

林秋石点点头：“已经恢复得差不多了。”

阮南烛看着林秋石，这次他的目光里多了点打量的味道，似乎在评估林秋石的身体状态。很快，阮南烛的估量就有了结果，他说：“你可以一个人进门了。”

林秋石对阮南烛说的话并不惊讶，事实上他最近也在考虑这件事。从他接触门开始，他就没有单独进过门，一直是阮南烛带着他护着他，而别墅里的其他人，除程千里之外都能独当一面。

林秋石并不想成为阮南烛的累赘，相比被阮南烛保护着，他更想和阮南烛并肩战斗。

阮南烛道："你怎么看？"

"挺好的。"林秋石回答，"我也觉得，我应该一个人去试试了。"他的眸子微微垂着，目光却落到了阮南烛的锁骨上，阮南烛的锁骨非常漂亮，线条优美，美得简直像是雕塑里才有的模样。然而唯一美中不足的，便是在锁骨靠下的位置上多了一条暗红色的伤痕，这是第九扇门在阮南烛身上留下的痕迹，至今还未消失。林秋石突然就有些遗憾，阮南烛是完美的，完美的他身上不应该出现这些痕迹。

阮南烛观察着林秋石的表情，问他："你怕不怕？"

林秋石摇摇头。

阮南烛道："真的不怕？"

林秋石说："不怕。"他的确是不怕的。

阮南烛沉默片刻，缓缓开口："我第一次独自进门的时候很害怕。"他似乎觉得有些好笑，"怕得要死，不过怕也没用，身边的人总不能带我一辈子……林秋石。"他叫了林秋石的名字。

林秋石看向了他的眼睛。两人视线相触，林秋石听到了阮南烛轻声开口。

他的语气很淡，却带着股执拗的味道："但如果你愿意，如果愿意——我可以护你一辈子，无论是你的一辈子，还是我的一辈子。"

林秋石一时间觉得有些不好意思。

"怎么样？"阮南烛微微歪了头，问，"只要你开口……"

林秋石说："不，我想自己去。"

阮南烛沉默了，他身上那慵懒的气息瞬间收敛了起来，变成了如风雪般凛冽的冷漠。

林秋石知道阮南烛是误会了什么，赶紧解释："我不是不愿意，是我不想这样。"他说得认真，目光又落到了阮南烛锁骨上的伤口上，"我不想你再受这些伤了，如果当时我能更厉害一点，那么我们两个都能完好无损地从里面出来。况且你的身体还没有好……"

他絮絮叨叨地说了很多，像是一个啰唆的老妈子。但林秋石不敢不啰唆，他担心自己没有说清楚，担心阮南烛误会了他的意思。

其实林秋石是很想和阮南烛一起进去的，但是他不能那么自私，阮南烛的身体还没有康复，他无法对阮南烛提出这样的要求。

阮南烛起初面无表情，但很快眼神里便流露出些许无奈，他道：“好了，我知道了。”他的眉尖拧起一个好看的弧度，“我以前怎么不知道你这么啰唆。”

林秋石：“可能那时候我还不是一个合格的慈父？”

阮南烛：“……”

林秋石：“我开个玩笑……”

阮南烛从椅子上站了起来，用居高临下的眼神看着林秋石：“玩笑？”

林秋石被阮南烛的气势压得莫名想要后退两步，好歹是忍住了，接着就听阮南烛说：“不过现在你是个合格的好爸爸了。”

林秋石想笑又不敢笑。

门里面和门外面的阮南烛差别太大了，搞得林秋石都有点精神分裂。

阮南烛转过身，走到了屋子一侧，取出一把钥匙后弯了腰，打开了放在屋子角落里的保险箱，从里面取出了一张纸条。

接着阮南烛回到了林秋石的面前，把纸条递给他：“这是第四扇门的线索，你可以在网络上接活儿，我也可以给你介绍，等你想进去了，就告诉我。”他加重了声音，“这次，只有你一个人。”

林秋石郑重地点头，接过了阮南烛手里的东西。

“去吧。”阮南烛给林秋石纸条后，便对着他摆了摆手。

林秋石转身离开，出门的时候看见阮南烛又回到了椅子上，半闭上了眼睛，看起来似乎有些累了。他轻轻地合上了门，在心中祝愿阮南烛有一个好梦。

出门后，林秋石才看了线索上的内容——天惶惶，地惶惶，我家有个哭儿郎，路过此处念三遍，一觉睡到大天光。

林秋石记得这似乎是民间的一个奇怪偏方，据说家里的孩子如果一直哭闹不止，便可以将这句话写到纸条上，然后把纸条贴到人经常走动的路口，路过的路人念得多了，家中的小儿便可止住啼哭。

也不知道这到底有没有用，林秋石把线索揣进了兜里，想着看能不能在网上接个属于自己的活儿。

不得不说，网络这东西是真的方便，不用见面，就能快速解决问题。

林秋石打定主意接活儿之后，很快就找到了自己的目标。有一个自称是十六岁的姑娘发了帖子，说她想找人带着过门，但是她没有很多钱，问能不能分期付款。

林秋石在看了她的资料后，给她发了私信，询问了一些细节，得知她是个学生，目前正在读高二，第四扇门是在两个星期后。

林秋石把这些资料给阮南烛看了看，问就这个人行不行。

阮南烛看完资料后表情有点微妙："你确定就是这个人了？"

林秋石："我觉得选女生比选男生安全一点，况且她的年纪也比较小……"如果遇到什么居心叵测的情况，也比较好处理。

"也行。"阮南烛道，"这人半年前注册的论坛，就算出现问题，也应该问题不大……"

林秋石道："能出现什么问题？"

阮南烛："能出现的问题可多了。你去找陈非，让他给你上上课。"

林秋石点头说"好"。

"记得进门的时候一定要把你的道具带上。"阮南烛叮嘱道，"虽然不知道有什么用，但那些东西关键时候都是能救命的。"

林秋石"嗯"了声，示意自己知道了。

之后陈非给林秋石上了课，科普了一下在论坛里面最容易遇到的几种骗局，一是谎报门的数量，这种情况对其他人比较麻烦，因为有的接活儿的人并没有镯子，只能和接活对象在一起才能进门，所以当发现门数量不对的时候就已经晚了，甚至可能出现发布委托的人自称是第三扇门，其实是第五扇门的情况。

"那怎么办？"林秋石没想到还有这样的操作，惊了，"只能进去？"

"对啊，只能进去。"陈非很耿直地说，"在我没加入黑曜石之前就被坑过一次，进去之后简直想把那个人给宰了。不过现在我们有镯子，不用担心这个，如果到时候你发现自己被坑了，不是她说的第四扇门，直接把手镯取下来就行了。"

林秋石道："好的！"

陈非说："还有一种情况嘛，就防不胜防了。"

林秋石："什么情况？"

陈非道："谎报自己的信息。"

一米八的壮汉假装成一米六的姑娘，为了让人放心地接下这个委托。陈非说这样的情况其实非常普遍，让林秋石做好心理准备……

林秋石："……他就不怕我认错人吗？"

陈非拍拍林秋石的肩膀，长叹："不要想太多，其实我们经常认错人，比如阮哥，搞错对象已经是家常便饭。"

林秋石："……"他想到了他和阮南烛的第一次相遇。

"还有其他要注意的地方，就是尽量不要泄露自己在门外的身份。"陈非说，"这是很危险的事。"

林秋石道："我知道了。"

"准备什么时候进去？"似乎阮南烛提前和陈非谈过了，陈非知道这次进门只有林秋石一个人，"毕竟是你的第一次，大家给你好好庆祝一下吧。"

林秋石："……不了吧。"这有啥好庆祝的。

"不不不。"陈非说，"还是要庆祝的。"

林秋石："……"

他开始还不知道为什么陈非这么坚持，后来仔细想了想，才明白了陈非的意思。单独一人进门是非常危险的事情，很容易折损在里面，与其说是庆祝，倒不如说这更像是一场提前准备好的欢送会，如果在里面出了什么意外，至少和别墅里的人好好告别了。

程千里这货在饭桌上直接哭了起来，说："秋石，你安心地去吧，我一定会好好照顾栗子的。"

林秋石："你能不能别说话了？"

程千里："别说了，从今天开始，栗子就是我的儿媳妇，我会好好照顾它的！"

林秋石："栗子是公猫。"

程千里："吐司还是公狗呢！"

林秋石无话可说，很想给程千里的脑壳来几下，反正都那么傻了，再打几下也不会更糟，而且万一像是修电视那样拍两下给拍好了呢。

不过除程千里之外，林秋石自然也能看出别墅里的其他人都在担心他，虽然几人都表现得很克制。

进门的时间还有两个星期，林秋石本来以为他会平静地度过这段时间，却没想到又出了意外。其实也不算是意外，而是林秋石居然见到了罗千山——没错，就是在他们刚离开的那扇门里，和妹妹罗千水在一起的那个罗千山。

只是在门外面，他的名字叫卓飞泉，他的妹妹叫卓鸣玉——飞泉鸣玉，至少比程千里和程一榭的一泻千里好听多了。

“这可能就是读书的重要性吧。”程千里知道这事儿之后悲伤得不能自已，“谁想在自己叫作千里的时候有个叫一榭的哥哥呢……”

程一榭：“程千里，你皮痒了？”

求生欲很强的程千里只能接了一句：“当然是我想了，毕竟我哥哥这么可爱。”

程一榭：“呵。”

其实从第九扇门出来之后，阮南烛便调查了关于罗千山兄妹的事情，确定他们不属于任何组织。

这两人太特殊了，一个过了九扇门还有亲人去世的人，如果在组织里一定是被重点关注的对象，甚至极有可能是那个组织的首领级人物。国内的大型组织屈指可数，过了九扇门的人更是少之又少，所以阮南烛很快就确定了罗千山和罗千水并不属于任何组织。

阮南烛对他们两人的兴趣并不强，倒是程一榭似乎很在意，并且成功地挖出了两人在现实中的身份。

至于程一榭到底是怎么挖出罗千山现实身份的，林秋石也没去问，反正某天他从外面回别墅时，就看见一个二十多岁的年轻男人坐在别墅沙发上，正愤怒地和双子的其中一个争论着什么。

林秋石远远地就听到了两人争吵的内容，归纳总结一下，大概就是男人警告他不要再调查自己，否则别怪他不客气。

“程一榭”什么话也没说，就傻乎乎地看着男人，一脸“我不是，我没有”的模样。

林秋石看了一会儿，才发现那人压根儿就不是程一榭，而是程千里。

林秋石：“……”

“程千里，你别以为你装出这一副无辜的模样我就会信你。”男人说，“和我比扮猪吃老虎，你还嫩了点！”

林秋石听着他们的对话，很想告诉他：你眼前这人不是在扮猪吃老虎，他真的是猪……

程千里被吼得莫名其妙，委屈极了，他道：“卓飞泉，你这个人讲不讲道理啊？我都说了和我没关系了，你找我哥去，肯定是我哥干的。”

卓飞泉冷笑：“你别想骗我，照片里的人和你长得一模一样！”

程千里：“可是我哥和我也长得很像啊！”

卓飞泉：“那也不会一模一样！从来没人把我和我妹妹认错过！”他似乎并不知道程千里和程一榭是双胞胎，以为两人虽然是兄弟，但还是有年龄差的。

程千里差点委屈得哭出来，他是干过不少坏事儿让他哥背了黑锅，但是眼前这人真不是他招惹的啊。他抬头正好看见林秋石，赶紧道：“秋石，你和他说一说，这人有毛病！”

林秋石道：“你哥呢？”

程千里：“我哪儿知道他去找哪个小妖精鬼混去了？！”

他们正在僵持，门又开了，只见程一榭提着一篮子菜从外面走了进来，看见别墅里诡异的场面，表情丝毫未变。

而卓飞泉在看到程一榭和程千里一模一样的脸后表情僵住了：“你们真是双胞胎啊？”

程千里怒道：“我都和你说了三百多遍了！”

卓飞泉有点尴尬：“还挺像。”

“双胞胎能不像吗？”程千里看了他哥一眼，本来想生气的，结果面对程一榭的眼神，他又没出息地蔫了，说，“你看看，你看看，你招惹回来的小妖精。”

被称为小妖精的卓飞泉：“……”

程一榭去厨房把菜放了，洗了个手，这才慢慢悠悠地出来，看着卓飞泉：“有事？”

卓飞泉："是你一直在调查我？"

程一榭在卓飞泉对面坐下："对。"

卓飞泉："你能不能——"

他话还没说完，程一榭就打断了他。"不能。"此时的程一榭看起来完全不像一个十六岁的少年，他冷冷地道，"你有什么资格来要求我？"

卓飞泉的眸光沉了下来，不再说话，站起来便要离开。

林秋石在他路过自己身边的时候，注意到他胸前挂了一个漂亮的吊坠，吊坠上面是个姑娘的黑白照片，想来里面的姑娘应该就是卓飞泉的妹妹……也就是门里面的罗千水。

卓飞泉愤然离开，程一榭也没拦，只是对着程千里说下次遇到这种人就别理他，连门都别开。

"你到底怎么折腾人家了呀？"程千里问。

程一榭冷笑道："阮哥和秋石都差点因为他没了，没折腾死他是我心软。"

门里面的卓飞泉或许非常的牛，但门外面的他却只是个普通人，最重要的是他没有加入任何组织，身后并无助力。

"好吧。"程千里说，"你别太过头了，不然要被阮哥说的。"

程一榭没说话，进厨房去了，没一会儿厨房里就传来了食物的香气。

程千里道："你们在门里面到底发生了什么呀？我好久没有看到我哥用这样的态度对待别人了。"

林秋石道："也没什么特别的……"他也觉得程一榭的态度有点怪怪的。

事实上大部分时间，程一榭都没什么强烈的情感表现，并不像那种看起来会去寻仇的人，或许真的是因为卓飞泉在门里做的事把程一榭惹恼了？

对于这件事，林秋石并未多想，因为他进门的时间很快就要到了。

林秋石准备好了一切，跟和他相约的人定好了暗号和衣物，便开始等待着入门时间的到来。

几天后的某个下午，林秋石感到了周围气氛的变化，他推开房门，并不意外地看见走廊上的景象变成了十二扇黑色的铁门。

林秋石数了数，确定他要进的门的确是第四扇后，才走到门口，伸手将面前的铁门拉开。

随后他身边的景色一变，两边的房间变成了低矮的古式建筑，脚下的地毯也变成了一条狭窄的青石板路。

这是林秋石第一次独自进门，没了阮南烛在旁护着，他心中未免多了几分忐忑，不过很快这种忐忑就消失了，变成了冷静和淡然。他一边朝着青石板路前面走去，一边环顾着四周的景色……

番外一 欢乐群像

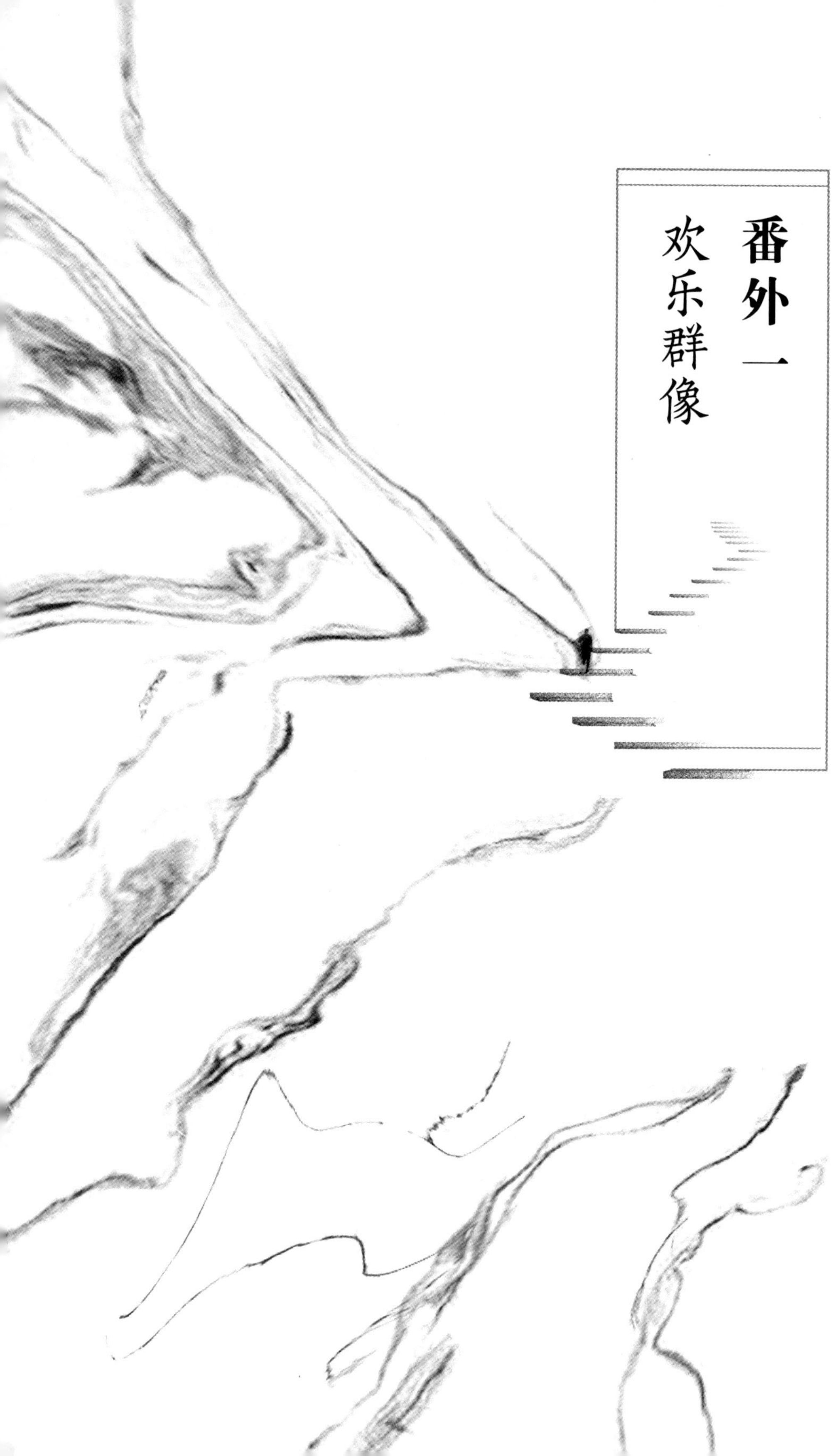

01

“这屋子怎么这样啊？”许晓橙看到屋里的景象，被吓了一跳，这屋子完全不是她想象中的那种正常房型，只是一个单间，而且只有一扇门和一扇窗，最中间摆放着一张木制的床。乍看上去，整间屋子简直像副整整齐齐的棺材。

“房子太小了，没法一起住。”阮南烛说，“分一下。”

“我想和你一起。”许晓橙直接举起了手，“小姐姐，我和你一起吧，我太害怕了。”

她都这么说了，阮南烛却没有理她，而是看了眼林秋石，指了指他：“你和我一起。”

林秋石：“我……我吗？”

阮南烛：“嗯。”

其他人闻言，都向林秋石投来艳羡的目光。

林秋石：“……”别瞪我了，这并不值得羡慕好吗！

见阮南烛扬起嘴角，林秋石流下了悲伤的泪水。

02

阮南烛：“你说，我要是趁着她不能杀人的时候，把她的画给一把火烧了……”

听到阮南烛的话，谭枣枣和林秋石的表情顿时变得扭曲。

谭枣枣惊恐不已地道："阮南烛，你别在作死的边缘试探好不好！"

阮南烛："哦，我就是开个玩笑。"

林秋石和谭枣枣都露出不相信的表情，阮南烛这语气可一点都不像在开玩笑。

阮南烛拿出打火机："我真的是开玩笑……"

女主人："……"

林秋石："皮一下你就那么快乐吗……"

03

阮南烛指了指胸口："他胸口不是挂着学号牌吗，上面都写着啊。"

夏如蓓："……"

阮南烛："哎呀，你这都没看到？"

夏如蓓："……"

阮南烛："没事，我看到了就行。"他故意对着夏如蓓露出虚伪的假笑。

夏如蓓差点被阮南烛这一套操作直接给气哭了。

阮南烛："演戏使我快乐。"

林秋石："你不进娱乐圈，真是娱乐圈的一大损失……"

阮南烛："不演戏是不可能的，自己不演也得看别人演。"

林秋石："……"

04

阮南烛："要抱抱。"

林秋石："谭枣枣，你阮哥要抱你。"

谭枣枣："……"

祝萌："要抱抱。"

林秋石红着脸道："抱抱抱。"

阮南烛扎起自己的裙子：“林秋石看我打不死你！”

05

鬼影：“举高高，举高高！”

众人：“人家卖萌要钱，你卖萌要命啊……”

番外二

二人剧场

01

阮白洁：“嘤嘤嘤。”

林秋石：“你别‘嘤’了，你一‘嘤’，我就想到一个词。”

阮白洁：“什么？”

林秋石：“老‘嘤’抓小鸡。”

阮白洁：“那你是小鸡哦？”

林秋石：“……”

02

阮白洁发动技能：“嘤”击长空。

林秋石被“嘤”击中，掉在地上被阮白洁拖回家去了。

03

林秋石：“阮南烛，全世界那么多人，你为什么总欺负我？！”

阮南烛：“我就喜欢欺负老实人。”

林秋石：“……”

04

阮南烛居高临下地看着林秋石，表情有点奇怪："你就没有想过，万一我其实是想害你呢？"

林秋石老老实实地摇头："没有想过啊。"

阮南烛："……"林秋石，你怎么这么可爱。

05

林秋石："你到底是谁？"

阮南烛："你看我的眼神就知道我的身份了。"

林秋石："确认过眼神，遇见的不是人……"

阮南烛："……"

06

林秋石："祝萌不见的第一天，想她。"

阮南烛："……"

林秋石："祝萌不见的第二天，想她想她。"

阮南烛："……"

林秋石："祝萌不见的第三天，想她想她想她。"

阮南烛："林——秋——石！"

林秋石："对不起，我开玩笑的……"

07

林秋石："只要不让我穿女装，让我干什么都行！"

阮南烛："真的？干什么都行？"

林秋石哆嗦了一下，然后默默地捡起了地上的裙子。

阮南烛：“啧。”

08

阮南烛：“林林，你身上好香啊！”

林秋石：“这可能就是……”

阮南烛：“嗯？”

林秋石：“单身狗的芬芳吧。”

阮南烛：“……”

09

阮南烛：“没有女朋友，可以考虑一下……”

林秋石：“和猫过一辈子……”

阮南烛：“……”

10

阮南烛：“林秋石，要是你的情商能有你智商的二分之一，现在孩子都能打酱油了。”

林秋石：“哼！”

11

阮南烛：“生气了吗？”

林秋石：“没有。”

阮南烛：“生气了吗？”

林秋石：“没有。”

阮南烛：“生……”

林秋石："再问我打死你。"

阮南烛："嘻嘻嘻……"

每个人害怕的反应都不一样，有的人哭，有的人笑，而我，喜欢逗秋石。

——阮南烛

番外三

双标之人

01

阮南烛看见了一个东西，停下脚步：

程千里好奇地搓“爪爪”。

阮南烛：“想说什么就说吧。”

程千里：“阮哥，你刚才看见什么了？”

阮南烛：“小孩子家家的，问那么多做什么？”

程千里：“……哼！”

林秋石一点也不好奇。

阮南烛：“想知道我看见了什么吗？”

林秋石：“不是很想吧……”

阮南烛：“你给我颗糖，我就告诉你。”

林秋石：“……啊？”

02

阮南烛实力演绎什么叫作“双标”：

程千里做坏事了。

阮南烛：“今天打不死你算我输。”

程千里：“……哼！”

林秋石做坏事了。

阮南烛：“秋石真可爱，再做一个，很棒哦。”

林秋石：“……啊？”

03

前方出现了一个不明危险物：

程千里害怕得直往后缩。

阮南烛：“缩什么缩？”

程千里：“我怕……”

阮南烛：“你已经不是三岁小孩了，去吧，去战斗吧。”

程千里：“……哼！”

林秋石兴奋得想往前冲。

阮南烛：“秋石，你怕吗？”

林秋石：“不怕……”

阮南烛：“可是我怕，你快站到我身后来。”

林秋石：“……啊？”

番外四 秋石与猫

林秋石养了一只漂亮的猫。

猫通常是很骄傲的动物，林秋石家里那只也一样。猫咪很挑食，不是林秋石做的东西从来不吃，它最喜欢做的事是在夕阳落下的时候，慵懒地躺在花园的长椅上。柔和的余晖在猫的身上镀上一层美丽的金色，林秋石走到猫的旁边，挠了挠猫的下巴，问它晚上想吃什么。

猫没有说话，舔了舔林秋石的手指，黑色的眸子里映着林秋石的影子。

林秋石懂了猫的意思，他笑了起来，道："可以。"

大概世界上没有人会不喜欢这种可爱的生物吧，时而冷漠时而热情，捉摸不透的性子却让人欲罢不能。

吃完晚饭，林秋石坐在沙发上，猫便趴在他腿上。

面前的电视里放着恐怖电影，然而无论多么血腥的画面，林秋石与猫都没有露出恐惧的表情。

许久之后，猫似乎觉得有些无聊了，打了个哈欠，爬到林秋石的肩上，用下巴蹭着林秋石的头顶。

"想睡觉了？"林秋石问猫。

猫点点头，把下巴搭到林秋石的肩膀上，林秋石侧过脸，便嗅到了洗发露的香气。他们家的洗发露是混合果香，闻起来有种温暖的味道，正如靠着他的猫。

林秋石挠了挠猫的下巴，猫漂亮的黑眸眯起，神色间露出满足。

林秋石笑道："那电影怎么办？不看完吗？这可是你选的。"

电影其实拍得不错，但和他们曾经经历的事比起来，着实有些枯燥了，也难怪向来挑剔的猫咪不满意。

猫咪咬住林秋石的手指，有些不满地用牙齿慢慢磨着，像是在撒娇，又像是在责怪。

而身为猫“奴”的林秋石只能妥协，他叹息着点了点头，同意了猫咪的提议，眼神中是满满的宠溺：“好吧，既然如此，那就不看了。”

他抬手，关掉了电视。

猫凑过来，在他的耳边轻声叫唤。

林秋石瞬间领会了猫的意思，他家猫是在问：“电影有我好看吗？”

他扭头，看见他家猫美丽的侧颜，即使过了这么多年，林秋石也没有见过比他家猫更美的面容。

他微笑着回答了猫的问题：“自然是没有。”

猫满意了，在林秋石的脸颊上留下了一个牙印。

林秋石倒也喜欢上了猫这标记般的举动，毕竟野兽和人类是有些不同的。

他又何必用人类的标准，去要求一只野兽呢？虽然这只野兽……似乎已经完全被他驯化，习惯了家猫的生活。

但野兽终究是野兽，就算平日里一直是慵懒猫咪的模样，可只要一张口，便会露出锋利的牙齿。

林秋石笑了起来，而他，只要知道利齿不会对自己咬下，便已足够。

— 第一套完 —

图书在版编目（CIP）数据

万花筒．入梦：全2册 / 西子绪著．-- 南京：江苏凤凰文艺出版社，2021.7（2022.3重印）
ISBN 978-7-5594-5699-1

Ⅰ．①万… Ⅱ．①西… Ⅲ．①长篇小说－中国－当代
Ⅳ．① I247.5

中国版本图书馆 CIP 数据核字 (2021) 第 053710 号

万花筒．入梦：全2册

Wanhuatong Rumeng

西子绪 著

责任编辑	丁小卉
装帧设计	小茜设计 Miniqian
责任印制	刘　巍
出版发行	江苏凤凰文艺出版社
	南京市中央路165号，邮编：210009
网　　址	http://www.jswenyi.com
印　　刷	长沙鸿发印务实业有限公司
开　　本	710毫米 ×1000毫米 1/16
印　　张	43
字　　数	654千字
版　　次	2021年7月第1版
印　　次	2022年3月第2次印刷
书　　号	ISBN 978-7-5594-5699-1
定　　价	98.00元（全2册）

万花筒

入梦·上·

Kaleidoscope

Like A Dream

西子绪 著

江苏凤凰文艺出版社
JIANGSU PHOENIX LITERATURE AND ART PUBLISHING

雨中的人影似化为了一尊不会动弹的雕像，僵硬地伫立在那里，一动不动。

林秋石想，人也是生物的一种吧，在黑暗的夜色里，
看见光芒总会想要朝着那里走去，
不去思考光芒的尽头到底有着什么。

目

录

欢迎来到门的世界。

第一卷

独自莫凭栏

01

那是一座山中的小村庄，被层层叠叠的繁茂树木隐匿起来。

只有一条小路通向村庄，因为刚下过雨，小路泥泞不堪，走在上面需要格外小心。

林秋石和一个姑娘走在小路上，这姑娘似乎是个混血儿，眉深目阔，很是漂亮，个子也很高，甚至比林秋石还要高一些，她身上穿着一条不合时宜的长裙，眼睛里噙着满满的泪水。

姑娘轻轻抽泣着："这里到底是哪儿啊？"

林秋石问道："你之前是在哪儿？"

姑娘小声回答："我家厕所里。"

林秋石叹了口气："我是在我家门外的走廊上。"

姑娘道："哦……"

林秋石抬头看了一眼阴沉沉的天空："你是不是推开了一扇门？"

姑娘似乎想起了什么，表情出现了一些细微的变化："对。"

林秋石回头看她："我也是。"

一阵风吹过，树梢上的叶子簌簌作响，将周围的气氛烘托得更加静谧。天空中突然飘起了小雪，仿佛在催促他们加快进程，一定要在天黑之前，到达前面的村庄。

经过交谈，林秋石知道姑娘姓阮，叫阮白洁。

林秋石听到这名字时愣了三秒，然后违心地夸赞了一句："好名字。"

阮白洁用那双水汪汪的眼睛瞪了他一眼，说："男人都是骗子。"

林秋石：“啊？”

阮白洁：“别以为我不知道你联想到了什么。”

林秋石：“……”看来这姑娘也不像他想象中那么柔弱嘛。

现在唯一可以确定的是，他们俩都是因为推开了一扇门，而突然出现在这荒郊野岭。

“那是一扇黑色的铁门，上面什么装饰物都没有。”阮白洁的声音细细的，“我当时还疑惑，家里怎么突然多了这么一扇门，但我也没多想，就顺手推开了……”

推开的下一秒，她就到了这里。

“我推开的也是黑色的铁门……”林秋石刚说到这里，就看见前方的小路上出现了一个高大的身影，看样子应该是个成年男性。

“前面的大兄弟！”林秋石远远地招呼了一声。

那人的脚步顿住，似乎听到了林秋石的声音。

林秋石赶紧跑上前去，伸手在他的肩膀上拍了一下：“你好，请问你知道这是哪里吗？”

男人转头，露出一张满是络腮胡的脸，配上他高大健壮的身躯，乍看上去简直像是一头熊。

男人问道：“你是新来的？”

林秋石有些疑惑：“什么新来的……”

男人不语，看了看他，又看了看他身后有些害怕的阮白洁，才说：“走吧，到村子里再和你们解释。”

林秋石点点头，三人便一起朝着村子走去。

这里明显是冬季，天色暗得格外早，刚到这儿时，天边明明还有夕阳，一转眼就只剩下黑压压的云层和飘下的雪花。

林秋石一边和男人搭话，一边观察着周围的情况，这里除了村庄，并没有别的光源。周围是一眼望不到头的林海，没有其他道路，更无人烟。

他从兜里掏出一根烟，递给男人：“大哥，这是哪儿啊？”

男人却摆摆手拒绝了：“你叫我熊漆就行。先别问了，等到了村子里，你就知道是怎么回事了。”

“哦。”林秋石道，“好吧。”

于是一路无言，三人努力赶路，在天色完全暗下来之前，总算到达了村子。

熊漆明显松了口气，朝着身后的黑暗瞟了一眼：“还好到了，走吧，先去和他们会合。”

“新来的”“他们”……

林秋石抓住了这些关键词，心中不妙的感觉越来越强烈。

阮白洁似乎也感觉到了什么，她没有再哭，那张漂亮的脸蛋煞白一片，眼神里透着恐慌。

熊漆继续往前走，很快就将他们带到了一栋三层小楼前，然后抬手敲了敲门。

里面传来年轻女孩的声音：“谁呀？”

“是我，熊漆。”熊漆说。

“是熊哥啊，进来吧。”女孩道，“就等你了。”

熊漆伸手推门，“嘎吱”一声轻响后，露出了门后的景象。门后是一间宽阔的客厅，里面坐了八九个人，正围着一盆熊熊烈火，像是在讨论什么。

“新人？”有人看到了熊漆身后的林秋石和阮白洁。

“新人。”熊漆走进屋子，随便找了个位子坐下，“小柯，你和他们解释。”

小柯就是给熊漆开门的女孩，看起来只有十五六岁的样子，面容清秀。小柯看着林秋石和阮白洁，开口道：“你们也坐吧，我简单说一下情况。”

林秋石和阮白洁对视一眼，坐在了靠近门口的位子。

“其实也没什么好说的。”小柯的态度并不热情，“我们需要在村子里待上一段时间，解决掉一些问题，然后就没事了。”

林秋石：“什么问题？”

“我们暂时也不知道，得明天去找村主任……”小柯说，“你们里面有唯物主义者吗？”

林秋石举起手：“我。”

小柯道：“那你的思想得改一改了。”

林秋石：“……什么意思？”

“意思就是，这里会发生超自然事件。”

林秋石："……"

众人对林秋石和阮白洁这两个新人的态度十分冷漠，除了小柯，甚至没有其他人主动和他们打招呼。

在进来之前，林秋石以为他们是在讨论事情，但是在里面坐了一会儿，林秋石却发现他们什么话也没有说，大部分人都是就这么静静地坐在客厅里，看着面前的火焰发呆，个别人则拿着手机在玩游戏。

在这里，手机是没有信号的，无法跟外界联系，不过还是可以玩玩单机游戏的。

林秋石数了一下，屋子里加上他一共是十三个人，九男四女，从面容上看都比较年轻，年龄最大的应该也不超过四十岁。

火堆里的柴发出噼里啪啦的响声，阮白洁坐了一会儿，似乎有些困了。

她环顾四周，见大家都没有要离开的意思，便小声问道："那个……不好意思，请问这里有可以睡觉的房间吗？我有点困了。"

不知道是不是林秋石的错觉，他发觉，在阮白洁说出这句话之后，屋子里的空气仿佛凝固了。

"算了，也该去休息了，不然到时候还是会在客厅里睡着。分一下房间吧。"熊漆站起来，看了眼林秋石，"你和她一起吧，晚上小心一点，别到处乱跑……"

阮白洁道："我和他睡一间房？可是……"

熊漆叹气："男女有别？等过了第一晚你就知道这里不讲究那个了，命都没了，还说什么男女有别？"

阮白洁还想再说什么，却见众人之间的气氛不太对，只好作罢。

林秋石见她一副担心的模样，便出言安慰："别担心，我不会对你做什么的。"

阮白洁点了点头。

这是栋三层小楼，一共九间房，但大家并没有分开住，最少也是两人一间，有间房还住了三个人。

"走吧。"熊漆说，"明天见。"

众人散去，在离开之前，小柯突然走到林秋石身边，轻轻地说了一句："不要太相信别人，只要能活过这一次……”

林秋石正欲发问，却见她匆匆离开，看样子不打算再和他多说什么。

“走吧。”阮白洁道，“我们去睡觉吧。”

林秋石点点头。

他们的房间在二楼走廊的右边，屋子里只有一张床，床边挂着人物画报。

这里没有电，只能点一盏煤油灯。因为光线不够亮，整间屋子里都呈现出一种陈旧的色调，空气中还弥漫着一股发霉的味道。

林秋石本来以为阮白洁会嫌弃一下环境，却没想到她适应得极快，迅速洗漱完毕后就去床上躺着了，反而是他坐在床边有点别扭。

“睡吧。”阮白洁把头埋进被窝里，声音有些闷闷的，“你不累吗？”

林秋石道：“有点累。”

“对啊，今天一天都太奇怪了。”阮白洁说，“我甚至怀疑你们是不是节目组请来搞恶作剧的，但是恶作剧哪有这么全套……”

“是很奇怪。”林秋石脱下外套，也爬进了被窝。为了避嫌，他和阮白洁虽然躺在一张床上，却各自盖着一床被子。

阮白洁道：“还有那些人，你注意到他们的眼神了吗？”

林秋石点点头：“他们在害怕。”

“对，他们在害怕……所以，他们在怕什么呢？”

林秋石想了一会儿，正欲说话，却听到身边传来了均匀的呼吸声。他扭头，见阮白洁已经沉沉地睡了过去。

林秋石望着天花板，在昏暗的灯光中陷入了沉思。他其实挺佩服阮白洁的，突然出现在陌生的地方，突然遇到这么多奇怪的人，她竟然眼睛一闭就能睡着。

不过林秋石想着想着，睡意逐渐涌上来，他闭上眼睛，也睡了过去。

半夜，林秋石突然惊醒，他听到了一种模糊的声音。

那声音仿佛是凛冽的风拍打着破旧的窗户而发出的咯吱声，又好似是人光着脚在地板上行走，地板被压得不堪重负而发出的声音。

林秋石睁开了眼睛，发现外面的雪不知道何时停了，巨大的月亮高高挂在半空中，冷色的光照进来，像薄纱一样洒在地板上。

当视线慢慢移到床边的时候，他的呼吸突然屏住了——床头竟坐着一个女人！那女人背对着林秋石，长长的黑发遮住了她的轮廓。

这一幕实在太像恐怖片里的场景，致使林秋石整个人都僵了片刻。好在他胆子比较大，咬咬牙，直接从床上坐了起来，骂了句："喂，你是什么人？跑到我房间里来做什么？"

女人的动作微顿，随后发出声音："你叫什么呢，是我啊。"

是阮白洁的声音。

林秋石松了口气："这么晚你不睡觉，坐在床头干什么呢？"

"你看见屋子前面的井了吗？"那女人说。

"井？什么井？"林秋石正准备从床上爬起来，却忽然僵住了——阮白洁还睡在他的右边，根本没有动过。

"就是院子里的那口井。"声音和阮白洁的一模一样的女人还在说着，"我们一起去看看吧？"

林秋石："……"

女人："你怎么不说话呀？"

林秋石："我读书时被评为过优秀班干部。"

女人："……"

林秋石："我是坚定的唯物主义者。"

女人："……"

林秋石："所以你换个人吓好不好？"

女人慢慢地扭过头，模样是陌生的，声音却无比熟悉："你不怕我吗？"

借着月色，林秋石看见了她的脸，那是一张很难用言语形容的脸，惨白、浮肿，眼珠几乎要挤出眼眶。

沉默了三秒，林秋石低头看了下自己的被窝："别这样，我到这边就只带了一条裤子。"

女人："……"

林秋石抹了一把脸："再吓真尿了。"

说完这话，他伸手就开始拍旁边的阮白洁："快起来了！"

阮白洁迷迷糊糊地醒来，揉着眼睛说："干吗呀？"她一睁眼，就看到了床头坐着的女人，“这谁啊？林秋石，你半夜不睡觉去哪里找了个女人来啊？你太不要脸了。还有，我哪里比不上她？”

林秋石：“……”这是重点吗？

阮白洁小声地骂了几句之后，突然意识到哪里不对。她瞪圆了那双漂亮的黑色眸子：“她的脖子怎么越来越长了……”

林秋石再一看，发现那女人已经站了起来，脖子变得越来越长，简直像是一条突变的蛇。

这画面看得两人都呆住了，最后林秋石受不了了，大喊一声：“跑啊！”喊完他就抓起阮白洁的手，朝着门外狂奔而去。

没想到看起来柔柔弱弱的阮白洁，这会儿跑得比林秋石还快，一阵风似的就窜出去了。

林秋石：“你跑慢点啊！”

阮白洁：“我跑慢点不就‘凉’了吗！”

林秋石：“……”啧，女人。

两人跟兔子似的一路窜到了一楼，确定那东西没跟下来之后才松了口气。阮白洁哭得比谁都惨，跑得比狗还快。林秋石气喘吁吁的时候，她已经再次眼眶含泪，准备又来一轮了。

“别哭了别哭了。”林秋石道，“你小声点，把那东西招来了怎么办？”

阮白洁：“你就想着那东西，都不关心我。”

林秋石：“……”

大概是林秋石的表情太嫌弃了，阮白洁好歹把眼泪憋了回去，乖乖地坐在凳子上，轻轻擦拭着自己湿润的眼角。

此时他们身处一楼的客厅，整个屋子都空荡荡的。刚才闹出了那么大的动静，却没有一个人出来看热闹，乃至于除了他们的喘息声，根本听不到别的声音。

林秋石在原地站了一会儿，犹豫着道：“我们怎么办呢？”他和阮白洁一点经验都没有，完全不知道该如何处理这些事情，这会儿站在客厅里跟两根木桩子似的。

“外面雪停了。”阮白洁突然说了一句，慢慢地走到了门边，朝着庭院看去。

林秋石也走去门边，看见庭院里已经积起一层薄薄的雪，还看见了之前那个东西口中所说的那口井。那口井所在的位置有些突兀，是庭院的最中心，甚至刚好挡住了大门……这似乎并不是什么好格局。

“有石入口，有口难言。这口井修得妙啊。”阮白洁忽然笑了起来，眼角弯弯的模样格外漂亮。

“什么？”林秋石道，“你还懂这些？”

“家里有人做这个的，学过一点。”阮白洁斜睨着林秋石，“你是做什么的？”

林秋石：“做设计的……”

阮白洁：“哦，头没秃啊，还没做几年吧？”

林秋石：“……”您可真会说话。

“你猜猜我是做什么的？”阮白洁撩了撩自己的发丝。

“模特？”林秋石很少看见阮白洁这么高的女孩子，身材挺拔，气质又好，除了不够丰满，好像再没有别的缺点。

“不是。”阮白洁笑眯眯地说，“我是算命的。”

林秋石一愣。

“让我算算啊。”阮白洁的手指飞快地掐算了一下，“今天的月亮这么圆，我觉得要死人了。”

林秋石哭笑不得：“这是什么逻辑啊，怎么月亮圆就要死人了？”

阮白洁没有理林秋石，她朝着院中走去，还对林秋石招了招手。

林秋石被她的动作吓了一跳：“你干吗去？这么晚了……”

阮白洁道：“我想看看这口井。”

“明天白天再看吧，现在看多危险。”林秋石虽然这么说着，但还是担心阮白洁出什么事，跟着她往庭院里走了过去。

阮白洁穿着一身白色的长裙，在雪地里步伐轻盈得像个精灵。她走近井口，却没有靠过去，而是等着林秋石过来。

林秋石说：“怎么了？”

阮白洁道：“没怎么，突然不想看了，我们回去吧。”

林秋石莫名其妙："怎么就要回去了？"

"太冷了，我都要冻僵了。"阮白洁说完，动作自然地挽住了林秋石的手臂，然后硬生生将他拉回了屋中。

林秋石被阮白洁拉着，发现她的力气极大，一时间竟无法挣脱。

"阮白洁？"林秋石被阮白洁的力气吓到了。

阮白洁这才松了手："走了，好冷啊，赶紧回去，还能再睡一会儿。"说完，她没再理会林秋石，自顾自地上楼回房。

林秋石只好跟在她身后回到了二楼的房间。万幸的是之前那个恐怖的东西已经不见了，但窗户被打开了，寒风呼啦啦地往屋子里灌。

阮白洁上了床，闭上眼睛就睡了过去。和初识的男人睡同一张床，她却毫无戒备之意，呼吸均匀，洁白的脸颊上带着浅淡的红晕，模样看起来格外诱人。

林秋石看了一眼便移开了目光。他虽然不是坐怀不乱的君子，但也不是那种乘人之危的小人。

这里的夜晚漫长得可怕，屋外是呼啸的风雪，屋内是沉睡的美人。林秋石实在睡不着，重新点燃了煤油灯，就这么熬了一晚上。

02

第二天早上，太阳升起来，照着银装素裹的村子，恐怖气息消散了不少。

阮白洁哼哼唧唧地睁开眼，先伸出一只手臂，然后瞬间缩回去："好冷啊……"

林秋石看着她，心想：你昨晚非要跑出去看井时，可看不出冷。

"秋石。"阮白洁道，"你去帮我找两件衣服吧，我就穿了一条裙子……太冷了。"

林秋石说了声"好"，他其实也正打算去给自己找两件衣服添上，毕竟他来到这里之前，所处的世界还是炎热的夏天。

他走到楼梯拐角，正准备下楼，却听到三楼传来嘈杂之声，像是有一群人在讨论着什么。他本不打算去看，忽然又听到了女人的哀号，仿佛遭遇了什么极为悲惨的事。犹豫了一下，他还是转身去了三楼，想看看楼上出了什么事。

木质的楼梯有些老化了，踩在上面嘎吱嘎吱直响，有的地方还会颤动一下，仿佛快要承受不住人体的重量。

林秋石到了三楼，看见好几个人站在走廊上。但吸引他注意力的，却是空气中那股浓郁的血腥味。

这血腥味太浓了，刺得人鼻腔生疼，林秋石生出些许不妙的感觉，他挪动着脚步，小心翼翼地走到了几人身后。

“我就知道，”熊漆声音低沉，“昨天果然出事了……”

小柯接话道：“我也觉得，本以为是……”她转身看了一眼走到自己身后的林秋石，话锋一转，“算了。”

林秋石心想：你这话是什么意思，本以为是谁，难道本以为是我和阮白洁吗？他抬眸，看到了小柯身后的一扇门。

门半掩着，地板上蜿蜒着一地鲜血。因为天气太冷，鲜血已经凝固了，但依旧能看出血量非常大。

“出什么事了？”林秋石问。

“死人了。”熊漆的语气很平淡。

如果是昨天，林秋石大概会觉得不可思议，这些人为什么能以如此平淡的语气说出这样的话。但是经历了昨晚那些事，他已经清楚地意识到，他现在所处的地方已经不是那个可以用常识来解释的世界。

林秋石换了个角度，朝着门内望了一眼。这一眼，让他不由自主地倒吸了一口凉气——两具尸体凌乱地摆放在地板上，屋子里到处都是凝固的鲜血。

虽然做好了心理准备，但他还是被这一幕恶心到了，捂着嘴转过身。

小柯倒是很善解人意：“旁边屋子里有厕所。”

林秋石赶紧冲进厕所，吐得天昏地暗。

等他吐完出来，小柯似笑非笑地说：“我还以为你不会吐呢。”

林秋石：“啊？”

小柯淡淡地道：“你和阮白洁已经是素质很好的新人了，一般新人在第一扇门的状态都会特别差，存活率能有个百分之二十吧。”

林秋石："……"

小柯说："走，下去吃早饭吧。"

林秋石道："不管那两具尸体了？"

小柯闻言，表情十分奇怪："你想怎么管？"

林秋石无话可说，只能跟着他们往下走。突然，他想起了什么，疑惑地道："等等，我刚才听到三楼有女人在哭……"他环顾四周，确定他们几人里就小柯一个姑娘，看她冷静的模样，怎么也不像是会号啕大哭的人。

"有女人在哭？"小柯道，"我们都没听到，你听错了吧？"

林秋石："……好吧。"

早饭已经做好了，热气腾腾的，被摆放在一楼客厅的桌子上。做饭的人据说是这里的村民，看起来和正常人没什么区别。

林秋石吃了早饭之后，跟他们借了几件厚实的衣服，又打听了一下村子里的事。

"我们村啥事儿也没有嘞。"村民似乎给不出什么有用的信息，"就每年冬天会来几个旅游的。"

林秋石："哦……平时你们的生活用品怎么办呢？"

村民道："去山外买，虽然山路不好走，但是总要想办法的嘛。不过只要一下雪，就没法儿出去啦，山路被封死了，整个冬天都只能待在这儿。"

林秋石想了想，问道："你们村里的井都是打在院子中央吗？"

不知道是不是林秋石的错觉，在他提到"井"这个字的时候，村民的表情似乎变得紧张了许多，然后点点头，转身就走。

林秋石想了会儿，没理出什么头绪，便决定先把衣服送给阮白洁，再说其他的。

他进屋子时，阮白洁正躺在床上玩手机，见他进来了，轻轻地哼了声："你好慢哦。"

林秋石把借来的衣服递到床上："起来吧，一楼有早饭。"

阮白洁"嗯"了声。

林秋石说："我出去等你。"

"等等。"阮白洁突然叫道，"你头顶上是什么？"

“什么？”林秋石莫名其妙。

阮白洁冲着林秋石招了招手，他便靠近了她。

“全是红色的……”阮白洁伸手在林秋石的脑袋上一摸，随后将掌心翻转过来，“这是什么东西？”

林秋石一看阮白洁手里的东西，顿时感觉不妙，因为那东西很像被冻硬的血液。

“我去看看。”他赶紧进了厕所，站在镜子前，发现自己的头发上有不少碎冰碴。那些冰碴是暗红色的，藏匿在头发里，一时间根本看不出来，也不知是什么时候弄上去的。

林秋石低低骂了句，用毛巾擦了擦自己的头发，这不擦还好，越擦越触目惊心，一条热毛巾都被染红了，他头发还没擦干净。

穿了身厚衣服的阮白洁走了过来，很不客气地说：“还好这玩意儿不是绿色的。”

林秋石：“……你见过绿色的血？”

阮白洁道：“这是血啊？”

林秋石叹气，把三楼发生的事情说了一下。当他说到死人了的时候，阮白洁又柔柔弱弱地哭了起来，说：“林哥，我好害怕，下一次死的会不会就是我们？”

到底是个漂亮姑娘，哭得这么惨，让人心生不忍，林秋石上前安慰。

阮白洁正准备把头靠在他肩膀上，突然问道：“林哥，你多高啊？”

林秋石：“一米八。”

“哦。”阮白洁道，“比我还矮呢。”

林秋石：“……”委屈你了啊。

林秋石转身，一边清理自己的头发，一边思考这些血是从哪里弄来的。最后他有了一个很惊悚的想法……这不会是从三楼的天花板上……滴下来的吧？

“我想去三楼看看。”林秋石说，“你先去一楼吃饭吧。”

“你一个人去吗？”阮白洁道，“我们一起吧。”

“你不害怕？”林秋石狐疑地道，阮白洁刚才可还哭得梨花带雨的。

“这不是有你在吗？”阮白洁撩了撩耳畔的发丝，很温柔地笑了，“你在，我怕什么呢？”

林秋石心想：也对啊，毕竟从昨晚来看，你跑得可比我快。

于是两人顺着走廊又去了三楼，依旧是满地鲜血，依旧是那两具没有收拾的尸体。不过这一次，林秋石将注意力放在了天花板上，他抬起头，果不其然在天花板上看到了血液的痕迹。这痕迹让人感觉非常不舒服，看上去像是有什么东西黏在天花板上慢慢爬过去时留下的血迹。大约是时间久了，天花板上的血迹同样被冻结了，但依稀可见滴落在地上的血渍。

林秋石看得头皮发麻，他真的不愿意去思考他第一次出现在三楼的时候，天花板上到底挂了个什么东西……而且从头到尾他们都没发现。

阮白洁抬头看了天花板好久，林秋石问她看到了什么。

“看到了天花板啊。”阮白洁说，“不然能看到啥？星空和梦想？”

林秋石：“……”

她的胆子也是真的大，看完天花板之后还去围观了那两具尸体，全程没有表现出任何不适，甚至看起来还有点兴奋。

直到林秋石狐疑地看了她一眼，她才像想起了什么似的，很配合地开始“嘤嘤嘤”。

林秋石：“……别嘤嘤嘤了，你还吃不吃早饭？”

“吃吃吃。”阮白洁点头，“我也饿了。”

两人下楼，看见众人已经吃完早饭，似乎在等他们两个。

“你们去哪儿了？”熊漆道，“就等你们了。”

阮白洁面对众人的打量，一点也不紧张，身姿轻盈地坐到了桌子旁边，端起碗就准备吃早饭。

林秋石没有阮白洁那么厚的脸皮，他把自己头发上有血迹的事说了一下，还说在三楼的天花板上看到了某些奇怪的痕迹。

听完之后，众人的脸色都不大好看，更有人条件反射地抬头看了一眼天花板。

这时，门被推开了，来人是一个四十多岁的中年男人。男人穿着厚棉袄，手里提着煤油灯，慢吞吞地走了进来。

“你们好。”男人开口道，“我是这个村的村主任，你们就是我请来帮忙的人吧？”

他一开口，屋子里的人都安静了下来。

“天冷了，我们村想造口棺材为来年做准备，”男人用沙哑的声音说，“就托你们给木匠帮帮忙了。”

没人回答村主任的话，村主任似乎也不准备从他们这里获得什么答案。他说完话，咳嗽了几声，便又提起那盏摇摇晃晃的煤油灯，朝着屋外走去。

虽然外面的雪停了，但是风还在继续刮着，呜呜的风声砸在门板上、树梢上，乍一听来，好似某种兽类的哀号。

“开始了。”熊漆轻轻地说了一句。

话音刚落，屋外就刮起一阵大风，将半掩着的门吹得重重地砸在了墙壁上。随着一声巨响，看起来还算结实的木门硬是直接裂成了几块。

屋里一片寂静，最后还是熊漆先开了口：“应该就是造棺材了。”

“怎么会这样，怎么会这样？”团队里的一个男人情绪崩溃了，“居然是这种难度的世界……我们怎么可能活下去？谁会造棺材？我们会死的，我们会死在这里……”

熊漆似乎见惯了这样的场景，神情毫无动容。

情绪崩溃的男人咆哮着把桌子上的东西全部砸在了地上，眼泪鼻涕糊了一脸：“一进来就是十三个人，第一天就死了两个……这种难度，我以前从来没有遇到过！”

“好了！”熊漆不耐烦地道，“你哭就不用死了？闹什么情绪，你以为自己是新人呢，看看人家新人的素质！”

这话导致林秋石莫名其妙地被那男人狠狠地瞪了一眼。林秋石心想：原来心理素质太好也是一种错吗……

不过那男人心态崩掉其实也不是什么奇怪的事，异于正常世界的异度空间、各种恐怖的预兆，很难让人保持平静。

“先讨论一下到底要怎么做吧。”熊漆说，“村主任说要造棺材，那钥匙肯定就是这个。”

林秋石问道："打扰一下，什么叫钥匙？"

熊漆瞅了他一眼，解释道："就是用来开门的东西。我们进来之后，需要根据里面的人物提供的线索，找到一把钥匙，再找到一扇铁门，然后就能离开这里。"

林秋石道："有时间限制吗？"

熊漆冷笑："当然是在人死光之前。"

原来如此，林秋石心下稍安，至少是有办法出去的，他其实最害怕的是那种无解的恐怖，逃不掉甩不脱，无论做什么都是徒劳。

"线索是棺材。"熊漆看了看外面的天气，"我们先去找村里的木匠问问情况。"

"好。"小柯说，"我和你一起去吧。"

林秋石举手："我也想去。"

"行。"熊漆无所谓地点点头，不知不觉中他已经成了整个团队的领导者，他吩咐其余的人，"你们在楼里检查一下，看看有没有什么有用的线索。"

这时阮白洁走上前来，轻轻拉住了林秋石的袖子，小声道："我怕，我想和你在一起。"

虽然这姑娘的个子的确挺高，完全没有小鸟依人的感觉，奈何她长得不错，到底是让人生出些许怜惜之感，林秋石点点头："好吧，但是我不确定自己能保证你的安全。"

"没关系。"阮白洁笑了，撩起耳畔的发丝，"和你在一起就挺安心的。"

林秋石心想：姑娘，你还挺会撩啊。

于是四人趁着天色还早，赶紧出门去了。

一路上，林秋石又问了熊漆一些关于这个世界的细节，得知了这里的东西一般情况下不会乱杀人。但是也有例外，如果遇到高难度的世界，那东西就会百无禁忌，随意动手。遇到这种情况，那当真是有去无回。

"这个世界存在的意义到底是什么？"林秋石问出了他最好奇的问题。

熊漆听到这个问题，深深地看了他一眼："等你活着回去，就什么都知道了。"

林秋石："……哦。"

雪天的道路实在难走，林秋石慢慢地走着，顺便观察了一下村子的情况。

这村子不大，周围全是茂密的丛林，只有一条路通向外界。村子里的人也不多，偶尔能看到两三个人走在路边，按理说这种地方遇到外乡人是很特别的事，但是看村民的神情，似乎他们对林秋石一行人的到来并不好奇。

木匠的家在村东头，从门缝依稀可见里面油灯微弱的光芒。

熊漆上前敲了敲门，片刻后，门后出现了一个矮小的老人。老人六七十岁的样子，头发稀疏，穿着一件破旧的灰色棉袄，脸上的皱褶层层叠叠，眼球混浊无比。

老人道："有事吗？"

"外面太冷了，可以进去说话吗？"熊漆问道。

老人没说话，侧身让他们进去了。

屋子并不大，而且十分杂乱，林秋石注意到窗户破了一个洞，上面随意钉了一块木板来挡风。

"老人家，我们是村主任请来做棺材的。"熊漆说，"但是我们对这东西不太了解，听说您是村里有名的木匠，所以特意来请教。"

老人冷漠地看了熊漆一眼："要做棺材，先砍树。砍了树，把木材送到我这里，再去庙里拜一拜，就可以开始做了。"

熊漆抓住了关键信息："去庙里拜一拜？"

老人点点头："在我们这儿，做棺材是损阴德的事，得先去村子旁边的古庙里拜一拜，拜一拜……"

他说了很多次"拜一拜"，让人听得莫名不舒服。

"拜完之后呢？"熊漆说。

老人不吭声了。

熊漆道："老人家？"

老人还是不说话。

在熊漆的再三追问下，老人压低了声音道："到时候如果你们还活着，再来问我吧。"说完，老人笑了笑，那笑容在火光的映衬下显得无比狰狞。

熊漆脸色铁青。

阮白洁一点都没客气，说："别这样啊老人家，天儿这么冷，要是我们好不容易做完了，您却先死了，怎么办？”

老人冷笑：“老头子命硬。”

阮白洁：“我看您也就命能硬得起来了。”

老人：“……”

众人：“……”

林秋石心想：你为什么那么熟练啊？招惹非玩家角色这种事情真的没问题吗？一般人遇到这种带着恐怖气息的人都会有点怵，但看阮白洁那小白眼翻得，似乎完全没觉得有什么不妥。

“好了好了。”林秋石道，“他不想说，我们就不要勉强了……”

“这能不勉强吗？如果我们先死了也就认了，要是他先死咋办啊？”阮白洁说着，撸起了袖子，眼睛在屋子里扫视，最后停在了一根手臂粗的木棍上。

林秋石简直惊呆了，心想：真的要动粗啊，这可是恐怖世界，对非玩家角色动粗的人真的不会死吗？

谁知阮白洁还没拿起棍子，老人先示弱了，气急败坏地说：“拜完古庙之后，再去填一口井，棺材就做好了！”

阮白洁：“嘤嘤嘤，秋石，他瞪我……”

林秋石：“……”你刚才的眼神比他恐怖多了。

熊漆和小柯似乎也没想到还有这样的操作，愣了好一会儿。他们来到这个世界后，无论对哪个人都是客客气气的，就怕得罪了别人，谁知阮白洁完全不按套路出牌，还十分轻易地得到了终极答案——虽然这个答案不一定是正确的。

从木匠家里出来的时候，熊漆心情复杂地询问了阮白洁的姓名。

阮白洁楚楚可怜地说：“我姓阮，叫阮白洁，大哥您唤我洁洁就好。”

熊漆叫了声“洁洁”，总觉得哪里不太对劲，最后还是和林秋石一样叫她白洁。

阮白洁来到这里快一天了，熊漆还是刚知道她的名字——他昨天看到阮白洁那哭得梨花带雨的模样，觉得她在这个世界里根本活不了多久，干脆连名字都没问。不过经过刚才一事，熊漆感觉这姑娘好像并没有她表现出来的那么柔弱。

“你刚才不怕吗？”熊漆问她。

阮白洁挑眉：“怕？为什么要怕？怕那东西就算了，连人也怕的话是不是太惨了？而且这种人一看就是关键的非玩家角色，要是他真死了，我们的信息就断了，那还怎么活到最后？”

三人无言以对，居然都觉得她说的话很有道理！

好歹从木匠那里得到了关键信息，众人心里安定了不少，于是决定启程回去，把这件事情和大家说一下。

早晨升起来的太阳已经不见了，天空中覆盖着一层厚厚的乌云，凛冽的风呼呼刮着。阮白洁穿着她的长裙，在外面套了两件厚棉袄，跟在林秋石身后，脆弱单薄的模样像是随时会被风刮走。

林秋石听着呼呼的风声，想了想，实在不忍心，便转身绕到阮白洁身后，替她挡下了后面的风。

阮白洁颇为感动，眨着那双漂亮的眼睛：“秋石，你真好。”

林秋石：“客气。”

阮白洁：“你对谁都这么好吗？”

“你看我这样对熊漆了吗？”林秋石开玩笑道，“还不是因为你长得太好看。”

走在前面的熊漆说：“我听见了啊。”

阮白洁闻言，露出若有所思的表情：“只要好看就行了？”

林秋石只当她在说着玩儿，便胡乱答道：“当然还要长得高。”

阮白洁：“哦……”

03

踏着风雪，四人走过漫长的道路，顺利地回到了住处。

但是他们一进屋，就感觉到气氛似乎不太对劲——留守的几个人面色惨白地坐在客厅里一动不动，一片死寂，这气氛简直比众人刚到达这里时还要糟糕。

林秋石迅速清点了一下人数，在确定屋里人员并没有减少之后，微微松了口气。

“出什么事了？”熊漆发问。

一个发着抖的男人回答道：“楼上……楼上的尸体不见了。”

“只是尸体不见了？”熊漆说，“你们是新人吗，尸体不见了有什么好害怕的？”

“被吃掉了。”旁边的女生呜呜咽咽，眼泪流个不停，“到处都是血……”

四人对视一眼，决定去三楼看看情况。

他们顺着楼梯往上爬，到二楼的时候，林秋石注意到了不对劲的地方——二楼墙壁上也有血渍。

“小心点，上面可能有东西。”熊漆走在最前面。

到了三楼，林秋石终于明白“被吃掉了”是什么意思——房里只剩下满地的碎肉和骨头。

看到这样的情形，林秋石不由得脸色一白，胃部也不适地翻腾起来。

“吃得挺干净啊。”小柯倒是习惯了，“不知道到底是个什么东西。”

“唉。”熊漆叹气，“走吧，把三楼锁了，今天都住二楼。”

小柯应声道：“嗯，我去问下他们具体的情况。”

四人重新回到一楼，楼下的人这才将屋子里的事一一告知。

原来熊漆他们走后，一群人就在楼里搜查，结果搜到二楼的时候，他们听到三楼传来非常奇怪的声音，就像是有人在咀嚼什么东西，外带着狼吞虎咽的吞咽声。

大家数了一下人数，确定三楼没有他们的人之后，就开始冒冷汗了。

没人敢上去看，全愣在二楼观察着情况，等到咀嚼声消失了，他们才壮着胆子去三楼看一下情况，却只看到了一地的碎肉和骨头。

“太可怕了。”团队里另外一个年长的姑娘神情已经有些呆滞了，“我才第三次进门，怎么就遇到了这样的世界，我们能活着出去吗？那东西到底是什么……”

没人能回答她的问题，屋子里寂静一片。

熊漆微微叹气，说：“我饿了，想找点东西吃。有没有人跟我一起去厨房？”

林秋石道：“我陪你去吧。”

阮白洁坐在林秋石旁边，细声细气地道："秋石，我也饿了，我想吃面条。"

林秋石："我去看看有没有，有就给你煮一碗。"

"好。"阮白洁温柔地看着林秋石，"注意安全哦。"

林秋石点点头。

厨房在客厅的左边，这里没有天然气，只有最原始的木柴。

熊漆和林秋石一路上都没怎么说话，直到进了厨房，熊漆低头生了火之后，才轻声说了句："我不打算把所有的事情都告诉他们。"

"什么意思？"林秋石愣了一下。

熊漆探身看了一下，确定外面没有人后，才小声道："我不能确定我们的团队里都是人。"

林秋石因为这句话，后背起了一层鸡皮疙瘩。

"这样的事情以前发生过。"熊漆说，"我们以为的队友其实并不是队友，而是那些东西。"

林秋石道："那你为什么相信我？万一我也是那些东西呢？"

熊漆看了他一眼："你不像。"

林秋石："……"

熊漆继续说："而且他们完全不像是经历过几次这种事情的人，都太慌了，比你还慌。"

林秋石被夸得有点不好意思了："其实我也挺怕的。"

熊漆听到这话，自嘲地笑了笑："你这算什么怕，我第一次进到门里的那天晚上，尿了三次裤子。"

林秋石想到了昨晚那个长头发的恐怖东西，沉默地看了一眼自己的裤裆，心想：还好自己稳住了……

熊漆："我建议你也保留一些线索，不要全部说出来。"

林秋石点点头："我知道了，谢谢你的提醒。可以问一下你进来过几次了吗？"

熊漆："六次了。"

"哦……"林秋石尽量消化着熊漆给他的信息，关于门，关于团队，还有学会隐藏线索。

“你想那么多也没有用，尽量活着出去就好。虽然我看这个世界是悬了。”熊漆揭开锅盖，锅里的水已经沸腾了。

林秋石在旁边找到了一个装着食材的筐子，里面有鸡蛋和面条，甚至还有一些蔬菜。他把面放进锅里，又煎了鸡蛋，食物的香气弥漫在厨房里，祛除了阴凉的恐惧。

熊漆见状赞了一句：“手艺不错。”

“还好。”林秋石笑了笑。

他煮了四碗面，熊漆、小柯、阮白洁，还有他自己的。至于其他人，他就管不了那么多了。

阮白洁饿狠了，捧着碗就开始吃面条。平常人吃面总会有点声音，她却悄无声息地把整碗面吃了个干净，连汤都没剩一口。吃完之后她也不吭声，而是转头眼巴巴地看着林秋石。

林秋石被她火热的视线盯得不自在，无奈地道：“你没吃饱？”

阮白洁：“吃饱了。”话音刚落，她的肚子就很配合地响了一下。

林秋石：“……你吃吧，我再弄点别的去。”

阮白洁：“不了不了。”

林秋石：“真的不了？”他作势要继续吃，却见阮白洁咽了一下口水，那模样实在是太可爱，他不由自主地笑了起来，“好了，你吃吧，我差不多了。”

“好好好。”这次阮白洁没客气。

熊漆一边吃面，一边把他们从木匠老人那里得来的信息告诉了大家，当然，他没有说全部，保留了最后一个填井的线索。

“会不会钥匙就在棺材里？”团队里还是有相对比较冷静的人，其中一个名叫张子双的男人分析着，“既然关键线索是棺材，那我觉得很可能就是这样……”

“唉，希望是吧。”熊漆道，“我计划明天去山上砍树，男人都去，女人也可以跟在旁边，实在怕冷的人就躲在屋子里吧，不过如果屋子里出了什么事，我们就帮不上忙了。”

众人讨论之后，都同意了熊漆的提议，虽然有人觉得在这种风雪天气上山太过危险，但在这个空间里，最危险的其实不是天气，而是那些奇怪的东西。

显然，早一点造好棺材，离开这里，才是上上策。

夜幕降临后，大家简单洗漱了一下，也没有心思做别的事情，都早早回了房间。

林秋石问熊漆，为什么不能让大家聚在一起。

熊漆道："因为聚在一起，会在固定的时间全部睡着。"

"什么意思？"林秋石有点蒙，"意思是到了点，所有人都会睡着？"

"嗯。"熊漆道，"在这个空间里，只要一间屋子里的人数超过了某个数值，大家就会在固定的时间睡着，到时候无论发生什么都没办法反抗。"

"那我们岂不是只能束手就擒？"林秋石蹙眉。

"其实那些东西也不会随便杀人。"熊漆说，"他们杀人需要一些特定的条件，门里的世界难度越高，条件就越宽泛，而且有些条件非常……让人难以理解。"

林秋石："比如？"

熊漆："比如可以杀脚上穿了鞋的人。"

林秋石："……"他默默地看了眼自己脚上的鞋。

熊漆见到他的模样，笑了起来："我只是随便举个例子而已，万一这个世界的条件是可以杀脚上没穿鞋的人呢，你脱了鞋反而死了。况且这些条件不是单一的，有的需要很多条件叠加在一起。所以经过总结规律，发现晚上一觉睡到天亮反而是比较安全的做法。当然，前提是你能够睡着。"

听着熊漆的话，林秋石想起了昨晚发生的事。他看了眼身侧正抓着一把瓜子在漫不经心地嗑着的阮白洁，总觉得昨夜的自己已经和死神擦肩而过了。

似乎只要一个不小心，自己就会变成三楼那两具冰冷的尸体之一。

"去睡吧。"熊漆道，"晚安。"

林秋石点点头："晚安。"他又唤了阮白洁一声，叫她一起去睡觉。

阮白洁打了个哈欠，把剩下的瓜子随手放在桌子上，揉揉眼睛嘟囔着："好困啊，今天早点睡吧。"

林秋石道："好，早点睡。"

三楼因为昨晚发生的事，已经彻底不能使用了，于是团队里的所有人都搬到了二楼。

林秋石依旧和阮白洁睡在同一张床上，这次他有了准备，决定先把窗户锁好，把窗帘也拉上，但是那窗帘好像很久没有用过了，很难拉动。

阮白洁穿着睡衣，躺在被窝里哼哼唧唧：“秋石，好冷啊。”

林秋石还在研究窗帘，闻言头也不回地说：“冷就多穿点。”

阮白洁：“……你没有女朋友吧？”

林秋石莫名其妙：“女朋友？为什么要有女朋友？”

阮白洁陷入沉默，等到林秋石拉好窗帘转身回去的时候，她已经跟条死鱼一样硬邦邦地躺在床上了。

林秋石还没搞懂：“你怎么了？”

阮白洁轻声说：“你……就没什么想对我说的吗？”

林秋石陷入沉思，看着阮白洁美丽的面容，终于有了个想法，点头道：“有。”

阮白洁露出满意的笑容：“你想说什么？”

林秋石：“那个，就是那个……今晚要是咱们又遇到危险，你能跑慢点吗？”

阮白洁一脸冷漠：“不行。”

林秋石怒了：“那你干吗问我想说什么？睡觉！”

于是两个人各找各的被窝，背对背开始睡觉。

按照熊漆的说法，睡觉是度过这一晚的最好方法，但林秋石的脑子里全是各式各样的念头，一时间竟完全无法入睡。他身后的阮白洁倒是跟头猪似的，眼睛一闭就睡过去了，气得他牙痒痒。

随着夜渐深，温度也越来越低。好在被子挺厚，身边又睡着一个温暖的活人，所以倒也不太难熬。

林秋石闭着眼睛，梳理着白天的线索，意识逐渐模糊。然而就在他快要睡着的时候，忽然隐约听到一种奇怪的声音。和昨天的声音不同，这声音来自他们头顶，像是一种黏腻沉重的东西在三楼缓慢挪动所发出的声音。林秋石听觉敏锐，原本的睡意瞬间消除，他的呼吸顿了顿，还是缓慢地睁开眼睛，看向他们头顶的天花板。

那里没有什么异常，只有陈旧的木头。

林秋石的身体开始发冷，因为他清楚地听到，那声音在移动到他头顶上的时候停了下来。

“吧嗒，吧嗒。”黏糊糊的敲击声刺激着林秋石的耳膜，他只觉得浑身上下的鸡皮疙瘩都冒了出来。他咬了咬牙，正欲从床上坐起，身旁却伸出一只手搂住了他。

“你做什么呢？”是阮白洁含混不清的声音。

“你有没有听到什么奇怪的声音？”林秋石压低了声音，“楼上传来的。”

“声音？什么声音？我什么都没有听到。你别动了，我冷。”她的气息轻轻地喷在林秋石的耳畔，带着冰雪的气味。

“你……”林秋石还想说什么，却感觉阮白洁伸手拍了拍他的被子。

“睡吧。”阮白洁这么说。

林秋石只好闭上了眼睛。

阮白洁用手轻拍着林秋石盖着的被子，动作缓慢而轻柔，充满了安抚的意味。

楼顶上的敲击声还在继续，林秋石却好像没有刚才那么害怕了，睡意重新袭来，他终于睡了过去。

第二天早晨。

林秋石醒了过来。

阮白洁被他的动静弄醒，迷迷糊糊地磨蹭着：“别闹，再睡会儿。”

林秋石：“……”这人过分了。

他躺了一会儿，见阮白洁还是没有起床的打算，只好道：“我要起来了。”

阮白洁：“嗯……”

林秋石：“阮白洁？”

阮白洁：“昨晚还叫人家小甜甜，今天就叫人家阮白洁。”

林秋石：“……”

不过话虽这么说，阮白洁还是坐了起来，就这么靠在床头看着林秋石穿衣服。

林秋石穿了一会儿，总感觉气氛有点奇怪，琢磨了一下，扭头看向阮白洁：“你能别用这种眼神看着我吗？”

阮白洁：“什么眼神？钱放在桌子上了，你自己拿好走吧，把烟递给我，我要来一根。”

林秋石：“……”这是事后烟还是怎么的？

阮白洁：“怎么，还不肯走啊？五百可是我们昨天说好的，多一分你都别想要。”

林秋石无话可说，把衣服穿好之后就跑下楼了。

其他人已经坐在了客厅里，吃着村民送来的早饭。林秋石照例清点人数，发现除了阮白洁，屋子里还少了三个人。

熊漆看见他，示意他坐过去。

“昨晚没发生什么事吧？”林秋石问。

“没有。”熊漆道，“没死人。”

没死人就好，林秋石舒了一口气，而后试探性地问他们有没有听到什么异常动静，大家的说法都很一致——很安静的一夜，除了外面的风声，再没有别的声音。

“吃完饭我们就去砍树，然后把木材给木匠送过去，速度得快一点。”熊漆似乎有些疑惑，“看这天气只会越来越冷，而且昨晚居然没有出事……”

“嗯，是啊。”林秋石随口应了句。

剩下的四个人也陆陆续续下了楼，阮白洁是最后一个下楼的，她依旧穿着那身漂亮的长裙，只是在外面加了两件厚外套，还套了一条大棉裤。因为裙摆很长，所以她走得很慢，姿势十分优雅。

林秋石看到她来了，有点不自在地移开了目光。

“秋石。”阮白洁唤了声他的名字。

林秋石无奈地“嗯”了一声。

“你怎么不理人家了？”阮白洁嘟嘴，“人家想吃你下的面。”

林秋石：“我中午给你做吧，现在来不及了。”

阮白洁：“你昨晚在床上的时候可不是这么说的。”

小柯正在喝粥，听到这句话，“噗”的一声喷了出来，差点呛死。熊漆的表情也微妙了起来，眼神有意无意地在林秋石和阮白洁之间扫来扫去。

林秋石哭笑不得："行了啊，别闹了，昨晚的确谢谢你，中午给你下面，还多给你煎两个蛋。"

"好吧。"阮白洁妥协了，"唉，如果有葱花该多好。"

这么冷的天，有东西吃已经是很幸运的事，至于葱花什么的就别妄想了。

吃了早饭，又穿上了御寒的衣物，一行人便提着斧头出门了。

砍树的地方是在村边的山林里，只有一条小路可以通往那里。因为下雪，小路变得更加狭窄，只能容一个人行走。

林秋石走在小路上，暗想：上山都这么难走，下山时拖着木材估计就更麻烦了。

十一个人里，还好有人是会木工活儿的，那是一个三十多岁的中年男人，自称是个木工，会砍树，也会做简单的家具，但是棺材那种东西就不太懂了。他走在最前面，选了几棵树，然后开始教大家该怎么砍。

这里的大部分人都没干过这活儿，虽然有人教，但第一次上手砍树都颇为生疏。

林秋石拿着斧头比画了两下，砍下去后，只在树干上留下了一道淡淡的痕迹。

"你这手法还是不对啊。"阮白洁站在旁边，把手插在兜里，哈着白气，"力气得往下使，不然斧头这么沉，哪里抬得动？"

林秋石："你砍过树？"

阮白洁："我看过别人砍树。"

林秋石"哦"了一声。

阮白洁道："小心一点哦，别伤到自己。"

林秋石点点头，继续挥动斧头。砍树比他们想象的麻烦多了，好几个小时过去，几个大男人才合力砍倒了一棵树。

"熊哥。"有人道，"怎么办？"

熊漆看了看天气，咬咬牙："走吧，把这棵树扛回去，明天再继续。"

虽然才下午三点多，但天色已经暗了下来，而且空中又开始飘起雪花，看样子晚上可能会有场大雪。

林秋石道："做一口棺材需要几根木头？"

“村主任说是三根。”熊漆道，“努力两天，就差不多了。来，谁过来搭把手？”

林秋石正欲上前扛树，却听到阮白洁来了句：“哎呀，我好像把脚给扭了，秋石你背我下山吧。”

林秋石：“啊？”

阮白洁：“啊什么啊，快点啦，不是有这么多人吗，你去凑什么热闹。”

林秋石正欲说话，熊漆拍了拍他的肩膀，道：“去吧。”

林秋石：“……”

他看了一眼阮白洁，并未从她楚楚可怜的模样里看出什么别的意味，但他敏感地察觉到阮白洁突如其来的要求，应该没有想象中那么简单。

04

林秋石背着阮白洁，而剩下的人则分出三个扛起了那根沉重的木头。

雪天路滑，大家都走得格外小心。

熊漆提着油灯在前面开路，招呼着大家慢慢来。

原本雪花只是星星点点地往下落，然而在他们往回走的路上，雪突然大了起来，如鹅毛一般飘飘洒洒，布满了整个天空。

阮白洁并不重，林秋石背着她还算轻松，他低着头仔细看着脚下的路，一步一个脚印地往前走着。

风声越来越大了，甚至到了有些刺耳的程度，飘落的雪花遮挡了林秋石大半的视野，他开始有些看不清楚前面的人。

这种感觉非常糟糕，林秋石脚步微顿，正欲停下，耳边却传来阮白洁的声音。她说：“别停，继续走。”

林秋石闻言，只好继续往前走。

然而越往前走，他越觉得不对劲。起初林秋石以为是天太冷自己被冻糊涂了，但随着路途渐远，他终于察觉出了违和感的来源。

太轻了，他背上的人太轻了，仿佛已经没了重量一般。林秋石吞咽了一下口水，尝试性地将背上的人往上抬了一下——果然不是他的错觉，伏在他背上的人很轻，如同纸糊的一般，虽然形态俱在，但是毫无重量。

林秋石的额头上瞬间起了一层薄汗，他唤道：“白洁。”

没有回应。

“白洁。”林秋石继续叫。

“怎么啦？”阮白洁把脸贴到林秋石的颈项上，“你叫我做什么？”

她的脸冰冷一片，皮肤又湿又软，让林秋石有了一种不太妙的联想：“没事，就是问你冷不冷。”

“我不冷。”阮白洁说，“一点都不冷。”

林秋石不敢停下脚步，之前他一直埋头走路，此时抬头观察四周，才发现自己和前面的人相隔很远。

大雪之中，他只能隐约看见前面模糊的油灯和几个在风雪中行走的背影。

林秋石微微咬了咬牙，他背上背着的似乎不是阮白洁，而是别的什么奇怪东西。

“你在发抖。”背上的东西有着和阮白洁一样的声音，她柔声说道，“你很冷吗？”

“还好。”林秋石道，“只是有点冷。”

“你想去一个不冷的地方吗？”她这么问，“一个温暖、不会下雪、不会天黑的地方。”

林秋石想着接下来他是不是该问是什么地方，但是他一点都不想问这个问题，于是干脆沉默下来。

“你怎么不说话了？”她道。

“因为我在想。”林秋石干巴巴地回答。

“在想什么？”

林秋石的脚步停了片刻，而后大声道：“我在想怎么把你丢下去！”他说完这话，瞬间撒手，然后朝着前面狂奔而去。

显然他的抉择是正确的，因为他撒手之后，并没有听到任何重物落地的声音——那东西绝对不是个人。

林秋石拔足狂奔，抓着空隙朝身后望了一眼，这一眼差点把他心脏病吓出来——只见那个被他扔下来的东西的身躯毫无生气地趴在雪地上，脖子却越伸越长，朝着他的方向一路延伸，披散着黑色头发的脑袋在雪地里摩擦，还歪着头追问他：“你为什么要丢下我，你不是最喜欢我了吗？”

林秋石怒道：“我喜欢你个头……”

越伸越长的头：“……”

林秋石不敢停下自己的脚步，只求快点追上前面的伙伴。但让他绝望的是，无论他跑得多快，都没有丝毫靠近前面的人影和灯光，他仿佛是在追逐梦境中的海市蜃楼。

而身后的那东西，离他越来越近。

完了！在那个东西即将追上他的时候，林秋石心中泛起了绝望。然而就在这时，他的脚好像被什么东西绊了一下，整个人重重地跌倒在地上。

“哎呀！”林秋石跌了个狗吃屎，乃至于啃了好大一口雪，不过这个动作却让他感觉有什么东西从自己的身体里抽离了出来。

“林秋石，林秋石，你行不行啊，我有那么重吗？”是阮白洁的声音。

林秋石艰难地从地上爬起来，扭过头，看到了蹲在旁边正用手指戳着他脸颊的姑娘。

熊漆也在旁边，问道：“没事吧？”

林秋石长长地吐出一口气：“我刚才以为我死定了。”

阮白洁歪着头问：“为什么？”

林秋石简单地讲了一下刚才发生的事，说还好最后被绊了一下，不然怕是已经“凉”了。

“哦。”阮白洁道，“我说你为什么摔倒了，还以为是我太重了呢。”

林秋石：“还行，不是特别重。”

阮白洁弯起嘴角。

熊漆道：“快起来吧，他们都要走下山坡了。天要黑了，我们也得快点。”

林秋石点点头，爬起来的时候感觉膝盖有点疼，估计是刚才摔伤了。但他没有提这事儿，而是跟着熊漆他们继续往前走。本来他还想继续背阮白洁，却被阮白洁拒绝了——她说林秋石太瘦了，被他背着硌胸。

林秋石听后，小声地问了句：“你有胸吗？”刚才背着阮白洁时，他感觉她的胸前一片平坦，完全没有任何柔软的感觉。

不想阮白洁听到他这句话就怒了，气道："好好好，你胸大你先说！"

林秋石无语。

三人加快脚步，想要赶上前面的人，可就在此时，林秋石听到了一声凄厉的惨叫。

"你们听到了吗？"林秋石问，他担心这也是他的幻觉。

"听到了。"熊漆脸色发黑，"快点，出事了。"

三人大步跑过去，看到了可怖的一幕——原本扛木头的是三个人，此时有两人被木头直接拦腰砸断，但他们还没有立刻断气，不停地发出呜咽声。

而剩下的那个人则瘫软在地上，裤裆湿了一片，崩溃地号啕大哭："救命啊——救命啊——"

熊漆大吼："怎么回事？到底是怎么回事？"

小柯道："他们本来走在路上，结果突然都松了手，木头直接下滑，砸在了前面两个人的腰上。"

熊漆还没说话，那个幸存者就从地上爬了起来，开始一路狂奔，嘴里哭号着："救命，救命啊——"

众人还没反应过来，他就已经狂奔着消失在了雪幕之中。

而地上躺着的两人已经奄奄一息，不一会儿便断了气。

"怎么办啊……"有个女人哭了起来，"我们是不是都要死在这儿了？"

熊漆的胡须上挂满了雪花，他叹了口气，语气倒还算得上平静："走吧，先把木头扛回去。"

这木头砸死了人，谁还敢扛？大家都不肯动，最后还是林秋石主动站出来，和熊漆一起扛起了这根沾满血液的木头。

回去的路上，大家都很沉默，还好没有再发生什么意外。

两人先将木头送到了木匠那儿，木匠老头看到木头上的血液一点也不惊讶，甚至连问都没有问一句，只是哑着嗓子提醒他们："还差两根。"

熊漆和林秋石都没说话，转身回了住所。

木头砸下来的事情实在有些蹊跷，肯定是有什么东西在作祟。林秋石觉得自己又躲过了一劫，他愣愣地看着面前燃烧着的火堆，整个人处于一种茫然的状态。

阮白洁坐在他的旁边，突然说：“我想吃面条。”

“嗯。”林秋石道，“我先休息一会儿。”

阮白洁说：“你怎么了，累了吗？”

“没有，我只是在思考我出现在这个世界的意义到底是什么。”林秋石说，“本来我在原来的地方活得好好的，有一天我走出家门，发现走廊上出现了十二扇铁门，然后我打开了其中一扇……”

阮白洁安静地听着。

“接着我就出现在了这里。”林秋石道，“那十二扇铁门，只是意味着恐惧和折磨？”

阮白洁闻言笑了起来：“我觉得现在想这些是没有意义的，不过这样的经历或许不是折磨呢。”

林秋石：“那是什么？”

“或许，”阮白洁神情温柔，“意味着新生。”

林秋石蹙眉。

此时客厅里只剩他们两人，其他人都回房休息了。今天发生了那样的事，众人都疲惫不堪，于是熊漆决定休整一个小时后再讨论接下来该怎么办。说是怎么办，其实大家心里都清楚，想要早点离开这里，该去砍树还是得去，哪怕下次砍树的时候可能会发生更恐怖的事。

“去吧。”阮白洁轻声道，“我饿了。”

林秋石站起来，往厨房走去。

阮白洁看着他的背影，露出了一个意味不明的笑容。

面条味道不错，两人吃完后，大家也休息得差不多了。于是众人再次聚集在客厅之中，讨论应对之策。

“他们应该是在下山的时候被魇着了。”和其他人比起来更加冷静的张子双说，“我看到前面两个人的脚步停了一下。”

“这里的死法千奇百怪，根本不用关心他们到底是怎么死的。”熊漆不客气地说，“现在是要弄清楚死亡的条件。”

是砍树，还是扛木头，或者是在雪天出行？这些都有可能是那东西杀人的条件。

“排除法吧。”小柯说，“砍树的话大家都砍了，但是只有他们三个扛着木头。”

“那为什么我和熊漆扛木头没事？”林秋石问。

“有两种可能性，第一种是扛树，第二种是有其他的条件。”熊漆说，“因为那东西每天杀人是有数量限制的，不可能一口气把我们全部杀死。”这也是他有勇气扛那木头的原因。

“可是怎么验证？”小柯问。

“为什么要验证呢？”阮白洁玩着自己的发丝，很不给面子地说，“只要避开这些条件不就行了？验证失败的代价，我们谁都付不起。”

“哦。”小柯冷漠地应了声。她对阮白洁的态度一直不太好，爱答不理的。也对，阮白洁这种漂亮偶尔又喜欢矫情的妹子，总是不太受同性的欢迎。

“那明天就不让人扛树了。”熊漆道，“我们弄个工具，把木头拖下山。”

其他人表示赞同。

“跑掉的那个人怎么办？”有人担心那个情绪崩溃的队友，“就不管他了？”

“怎么管？”张子双道，“你看看外面的天色，天马上就要黑了，天黑之后会发生什么事都说不好，你拿命去找？”

众人都沉默下来，算是同意了张子双的说法。

在这样的世界里，大家的生命安全都没有保障，自己能活下来就已经是万幸了。

“走吧，早点休息，明天还要继续呢。”熊漆站起来准备回房。

阮白洁却看了眼外面的天气，似是不经意地道：“也不知道明天这雪会不会停呢。”

结果雪下了一整晚，到第二天早上也没有要停下的意思。

大约是刚死了两个人，当晚倒很平静，大家又成功地熬过了一夜。

雪太大了，连出门都成了困难的事，更不用说在这样的风雪中砍了树再运回来。然而和恶劣的天气相比，显然暗处的那东西更让人恐惧，所以即使天气再糟糕，也没有人提出延迟一天。

沉默的早晨，沉默地出发，大家好像因为昨天发生的事丧失了对话的能力和欲望。

唯一没受影响的就是阮白洁，她走在雪地里，嘴里哼着歌儿，仿佛这趟出行只是令人愉悦的旅游。

雪极大，人走在狭窄的山路上，几乎是步步难行。

林秋石担心阮白洁的身体受不了，一路都护着她。小柯在旁边不咸不淡地说了句“你们感情真好”。

林秋石道：“她是女孩子，我多照顾一点总归是应该的。”

阮白洁柔弱地贴在林秋石的身上，朝着小柯看了一眼，露出楚楚可怜的表情。

小柯则面无表情地移开了视线，似乎很不待见她。

总算到了砍树的地方，众人行动起来。这次大家选了两棵没那么粗的树，打算今天一口气砍完。

天气虽冷，但砍了一会儿树之后，林秋石的身体便有些发热，于是伸手解开外套的扣子，站着休息了一会儿。

阮白洁靠在旁边的树上，若有所思地看着林秋石。

林秋石瞥她一眼：“你看什么呢？”

阮白洁：“屁股挺翘啊……”

林秋石举着斧头，差点闪了腰。他转过头盯着阮白洁：“你说什么？”

阮白洁：“我没说话啊，你听错了吧。”

林秋石满脸狐疑。

阮白洁：“不然你重复一遍我刚才说的话？”

林秋石：“……”这人就是算准了他不好意思是吧？

林秋石一边和她聊天，一边砍树，偶尔和队伍里的其他男人轮换着休息。在天色完全黑下来之前，众人就砍倒了两棵树。

砍树还好，搬运却让众人犯了难——昨天被树压死的那两个队友已经被厚厚的积雪埋了起来，可他们凄惨的模样依然历历在目。

“不扛了。”熊漆道，“把绳索套在上面，拖着走吧。”

“那谁来拖呢？”张子双问。

熊漆说："男人分成两组，都拖。"

这法子很公平，大家都在做同样的事，谁要是遇险就单纯是自己倒霉，怪不得别人。

林秋石没说话，伸手接过了熊漆手里的绳索，跟另外一个没怎么说过话的队友一起，开始努力地拖动沉重的木材。在狭窄的山路拖动木材，比扛更加困难，但是好歹安全，不至于发生之前那样的事故。

有了前车之鉴，大家都很警惕，直到离开山道，到了木匠家门口，众人才松了一口气。

"老人家，"熊漆唤道，"我们把木材送来了。"

门内"嘎吱嘎吱"处理木材的声音停了，片刻后，门开了，露出一张满是皱褶的苍老面容，示意他们将木头送进去。

"老人家，"熊漆伸手抹了一把脸，"我们把木材送来了，之后去庙里拜一拜，需要带什么东西吗？"

老人手上拿着长长的烟杆，狠狠地吸了一口后，吐出浓郁的白色烟雾，含糊地说了句："带着人去就行了。"

熊漆闻言皱了皱眉。

"必须晚上去。"老人说，"天黑之后，一个一个地进庙，拜完之后再出来。"

阮白洁听到这个要求，表情有些细微的变化。林秋石以为她会说点什么，但最后她什么都没说，只是神色微妙地笑了起来。

"必须一个一个地进去？"熊漆觉得这要求有些奇怪，"不能一起进去吗？"

"一起进去？"老人冷笑了一声，"你们可以试试。"

"谢谢您了。"熊漆没有再问，转身招呼着大家离开了木匠家。

林秋石总觉得老人怪怪的，问道："村子里的人都不会骗我们吗？"

"有的会。"熊漆说，"但是关键人物一般都不会说谎，如果他们给我们的钥匙线索是错的，那我们还有什么可努力的？"

直接等死算了。

林秋石"哦"了一声。

众人回到住所，生起火堆取暖，开始讨论之后的事。

中途阮白洁说想上厕所，便出去了，结果半天都没回来。

林秋石等了一会儿，实在有些担心她，也跟着跑了出去，结果在厕所里没见到人。他在屋子旁边找了一圈后，却看见阮白洁一个人坐在井口边，似乎已经坐了好一会儿了，身上、头上都积了一层雪。

林秋石试探着叫了一声她的名字。阮白洁却好像没有听见似的，头也不回，继续看着井底。

“阮白洁？”林秋石朝着她的方向走了过去，“你在做什么呢？外面这么冷。”

“别动。”阮白洁突然出声。

林秋石脚下顿住。

“别靠近我。”阮白洁的语气冷极了，全然没了平日里的温柔，“离我远点。”

“出什么事了？”林秋石敏锐地察觉到，阮白洁突如其来的变化和那口井有着莫大的关系。

阮白洁摇摇头，并不回答。

林秋石大着胆子又朝阮白洁走了两步，到了可以看清井口的地方。这不看还好，看了之后，林秋石浑身一颤，只见井口被一层黑色的东西覆盖着。起初他以为那是水，后来发现那些东西在慢慢地蠕动，这才确定自己没有看错——井里面，堆满了黑色的头发。

阮白洁的脚似乎被那些头发缠住了，身体根本无法移动。

“别过来，林秋石。”阮白洁说，“你会被一起拉下去的。”

“没关系。”林秋石声音轻轻的，他害怕自己太大声，会惊动那些黑色的发丝，“没关系的，不要怕，我来帮你了。”

阮白洁转头看着林秋石，眼里没了之前那样的似水柔情，此时变成了一汪深不见底的湖，黑沉沉的，让人莫名有些害怕。

她道：“何必？”

林秋石说：“你等我一会儿，坚持住！”说完，他朝着屋内跑去。

坐在客厅里的熊漆看到狂奔的林秋石，疑惑地问出了什么事，林秋石却没有理会他，直奔厨房而去。

到了厨房，他拿起几根干柴，迅速用火石点燃后，又转身奔向屋外。

短短几分钟的时间，却好像隔了几个世纪那么久，林秋石的手不住地发抖，他在害怕，害怕自己回到井口边时，那里只剩下一口空空如也的井。

好在当他拿着火把回来时，阮白洁还坐在那里，仿佛这一生都是为了等他前来。

“我回来了。”林秋石气喘吁吁，“待会儿我把火把丢进井里，你抓住我的手……别放开。”

阮白洁轻声问道：“你不怕吗？”

林秋石一愣：“怕什么？”

阮白洁道：“怕死。”

林秋石笑了：“死谁不怕？但是总有比死更可怕的东西。”他虽然对这个世界还有些疑惑，但还是能感觉到阮白洁救了他好几次。如果没有阮白洁，或许他连第一晚都熬不过去。

“好了，我要过来了。”林秋石怕耽搁太久阮白洁会体力不支，他缓缓移动脚步，朝她身边走了过去。

等到了足够近的位置，他便一把抓住阮白洁的手，然后将手中的火把扔进了还在翻滚着的头发里。

“啊——”一声凄厉的尖啸从井口传出，那些头发被火点燃，剧烈地蠕动起来。

恍惚之中，林秋石在井里看到了一张惨白的脸。虽然只有一瞬间，但林秋石还是认出了那张脸，就是那晚伪装成阮白洁声音的东西的模样。

“快跑！”见阮白洁脚上的头发断了，林秋石拉着她就开始狂奔。

阮白洁也没反抗，由着林秋石动作。两人冲进了屋子，大口地喘着气。

“怎么了？”屋子里的人都很讶异。

“井里有东西……大家离井远一点，白洁刚才差点被拉下去了。”林秋石喘息着说完，转头看向阮白洁，问她有没有受伤。

“没有。”阮白洁道，“我没事。”

林秋石闻言，将视线投到了她的脚踝上，那上面被缠出了一圈血红的痕迹，还在慢慢地往下滴着血，他顿时怒了：“这叫没事？你赶紧坐下，我给你包扎一下。”

阮白洁这才后知后觉地发现自己受伤了，她歪了歪头，最后还是听林秋石的话，乖乖地坐在了椅子上。

林秋石找来药，半跪在阮白洁面前，将她的脚放在自己的膝盖上，开始慢慢地处理伤口。他的动作很轻，也很认真，似乎生怕把阮白洁弄疼了。

“你对女孩子都这么小心翼翼吗？”阮白洁突然发问。

“这和女孩子有什么关系。”林秋石随口答道，“如果你是个男的，莫非我就对你粗手粗脚的了？”

阮白洁：“……”

林秋石随口来了句：“你不会真是个男的吧？个子这么高，胸又那么平。”

这话真的只是随口说的，因为阮白洁长得很漂亮，林秋石根本不信世界上会有这么好看的男人。

“是啊。”阮白洁感叹，“胸还没你的大呢。”

林秋石：“……”

阮白洁补了句：“屁股也没你的翘。”

林秋石：“……你话怎么那么多？”

阮白洁笑了起来。

林秋石帮阮白洁处理好伤口后，才把刚才的事情告诉了熊漆他们。其他人的反应还好，倒是熊漆和小柯的脸色都不大妙，显然是想起了老人所说的做棺材的最后一步——填井。

棺材和井有什么关系呢？是这个村独有的习俗，还是木匠给他们布下的陷阱？

阮白洁好像知道熊漆在想什么似的，微笑道：“不用想那么多，该怎么做就怎么做。”

熊漆叹气：“我们计划今晚就去拜庙，你要一起吗？”

“我？”阮白洁道，“我脚受伤了，走不了路，秋石，你背我去吧。”

林秋石点头答应了。

小柯没好气地道：“就这么点伤，怎么就走不了路了？”

阮白洁闻言也不生气，只是甜甜地笑，说：“小姐姐你多包涵一点，我在家里都是娇生惯养的，出来了自然也要娇气一些。”

小柯道：“你就仗着林秋石脾气好，继续折腾吧。在这门里的世界，谁也不认识谁，凭什么要惯着你？”

“哦，我还以为你和熊漆是认识的呢。”阮白洁若无其事地说了这么一句。

谁知阮白洁这话一说，小柯和熊漆的脸色都变了，眼神里更是出现了警惕之色。

林秋石瞬间感觉到了气氛的变化。

“你这话是什么意思？”小柯反问。

“没什么意思啊。”阮白洁道，“只是觉得你们两个关系好而已……你们不会真的认识吧？”

“怎么可能！”小柯的神情很不自在。

阮白洁笑笑，倒是没有继续这个话题。

小柯也没有再阻拦阮白洁让林秋石背着她去庙里，而是面色沉沉地转身走了。

05

夜色沉沉，众人举着火把行走在凛冽的寒风中。

雪已经停了，但风还是冷得吓人，众人踩在雪地上，发出“嘎吱嘎吱”的声音。林秋石穿着厚厚的衣服，遮住了耳朵和下半边脸，身体微微弓着，背着一个漂亮的姑娘。

一路上，大家都没有说话，气氛安静得可怕。

待那木匠口中的古庙出现在众人面前时，终于有人打破了沉默。

“这是庙？”张子双开口，“这庙看起来……也太古怪了吧。”

夜色中的庙宇看起来的确有些古怪——乍看起来十分破旧，但若是细细观察，会发现这庙其实非常精致，光是门口的两根柱子上的浮雕便不似凡品。

林秋石把阮白洁放下，举着火把看了看柱子上的浮雕，上面雕刻的是关于十八层地狱的景象，无论是狱中恶鬼还是受苦的灵魂，在柱子上都显得栩栩如生。

“这柱子真漂亮。”阮白洁突然夸了一句。

“是挺漂亮的。”林秋石也赞同。

这些浮雕完全不像是这个落后山村的产物，甚至称得上是工艺品了。

要不是现在还有更重要的事，林秋石可能会花时间好好观察一下。

“谁先进去？”熊漆发问。

无人应话——这种事情实在是太危险了，如果进庙是触发死亡的条件，那先进去的岂不是就会成为牺牲品？

“为什么一定要一个人进去呢？”阮白洁忽然道，“如果那个老头子是骗我们的，怎么办？”

熊漆说：“但是听他的总比和他对着干好。”

“那可不一定。”阮白洁扭头看向林秋石，“秋石，我害怕，我们两个一起进去吧？”

林秋石闻言，有些犹豫：“可是如果双人入庙才是触发条件呢？”

“现在根本没有正确答案，我宁愿赌一把，如果一个人进去，真出了什么事都没人知道。”阮白洁说着，看向面前的庙宇，“毕竟……进去的是个人，出来的时候是个什么东西，就说不好了。”

她这话让众人一阵发冷，连林秋石也不例外。他伸手搓了搓自己的胳膊，看着阮白洁，咬咬牙道：“好。”

熊漆皱眉：“你们知不知道自己在做什么，如果两个人才是……”

阮白洁打断他的话：“万一一个人才是呢？这种事情谁说得准？”

熊漆沉默了，事实的确如此。

“你们怎么安排顺序，我们懒得管。”阮白洁的声音柔柔的，“这天儿太冷了，秋石，我们先进去，然后早点回家睡觉吧。”

听到“睡觉”两个字，众人想起可怖的夜晚马上就要来了。如果他们再磨蹭，极有可能整晚都浪费在这里，到那时会遇到什么东西是完全不可控的。

“走吧。”阮白洁挽着林秋石的手臂，整个人都贴在他的身上。

林秋石已经习惯了阮白洁的黏人，迈开步子朝庙里走去。

其他人看着他们的背影，陷入了沉默。

庙门半掩着，里面一片漆黑，什么也看不见。阮白洁伸出手，轻轻地推开了面前的门。

“嘎吱”一声脆响，门应声而开，里面的空气扑面而来。这种气息很淡，也很香，在这样的环境里显得格格不入。

借着火把的光，林秋石发现这座庙并不大，构造也非常简单，中间摆放着香案和一些古老传说中提到的人物的雕像，旁边是一个巨大的功德箱。功德箱上似乎还刻着什么字，因为距离太远了，他看不太清。

“走吧。”阮白洁道。

两人继续往前，走到正中的雕像前。那雕像看上去慈眉善目，并无异样。

阮白洁的表情很平静，她在蒲团上跪下，朝着雕像拜了一拜。

林秋石站在旁边屏住了呼吸。

安静的等待之后，什么也没有发生。雕像依旧半闭着眼眸，沉默地看着眼前的人。除了呼啸的风声，庙中是一片让人安心的宁静。

林秋石松了口气。

“没事。”阮白洁站了起来，拍干净膝盖上的灰尘，“你来吧。”

林秋石点点头，把火把递给阮白洁，自己跪在蒲团上拜了拜。

“好了。”拜完之后什么都没有发生，林秋石大大地松了口气，短短的几个动作，却好似耗尽了他的力气。

“走吧。”阮白洁转身，“我们该出去了。”

站在外面的人看到他们两人完好无损地走出来时，都露出了惊讶的表情。

熊漆道：“有什么事情发生吗？”

林秋石摇摇头：“没有。”

大家虽然没说什么，但是脸上的表情都很奇怪，有人犹豫起来。

“不如我们也每次进去两个人？”熊漆说，“既然前面的人都没事……”

“你确定他们没事？”有个队员警惕地看着阮白洁和林秋石，“刚才她还说过，进去的是人，出来的是什么就说不好了，你们怎么就能确定他们两个还是人？”

被怀疑身份的林秋石正欲解释，阮白洁却手一挥，阻止了他说话，而后她不咸不淡地说：“我们不劝，你们随意。”

“熊哥，我也怕。”小柯道，“我们也一起进去吧？”

熊漆有些犹豫。

其他胆子小的成员也开始找伙伴，也有成员还是固执地不肯违背木匠的说法。

“那就按自己的想法来吧。”最后熊漆下了决定，“小柯，我们一起进去。”

小柯惊喜地点点头。

各自下定决心之后，一个独身的男人进去了。他一个人进去，也是一个人出来，同样没有发生任何意外。只是他出来的时候，表情有些疑惑，似乎想要说什么。

但他还没来得及说，第三组的人就已经进去了。

“你们在庙里看到了什么？”那个独身进去的男人小声地问林秋石。

“没看见什么，就是雕像和蒲团。”林秋石说。

“你们不觉得那个雕像有点奇怪吗……”男人说，“我从来没有见过那样的雕像。”

林秋石闻言愣了愣，没明白男人的意思。

男人低声道：“你难道见过？那雕像的模样也太奇怪了……”

林秋石摇摇头，不太明白男人的意思，不过他转念一想，脑子里冒出了一个让他后背发凉的念头：“你……看见的雕像是什么样子的？”

“是一个女人。”

这句话一出，林秋石脸上的笑容就没了。

那男人没有发现林秋石脸上的表情不对劲，还在低声诉说：“那雕像笑眯眯地看着我，手里拿着的东西也不像法器，更像是……”

“像什么？”林秋石追问。

“更像是砍树用的斧头。而且我拜完之后，她好像动了一下……”男人说到这里，终于发现林秋石的神情不对劲，“你们呢？你们是不是也看见了？”

“没有。”虽然很残忍，但林秋石还是把真相告诉了男人，“我们看到的雕像和你看到的不一样。”

“怎么不一样了？”男人一听这话，脸色瞬间变了，“你们看到的雕像是什么样的？”

“男的。”林秋石道。

男人的脸色惨白如纸，看向庙里的眼神充满了恐惧和绝望，他浑身哆嗦，嘴里道："不……不会的，不会是这样的，怎么会？有问题的一定是你们，一定是你们……"他说完这些话，又警惕地看向周围，似乎害怕自己所说的内容被别人听了去。

第三组进去的是熊漆和小柯，两人出来时也很平静，似乎并没有发生什么奇怪的事。

接下来就是第四组、第五组……这些分组有男有女，有一个人也有两个人，但林秋石很快就发现了规律，只要是一个人进去的，出来时的表情都不太妙。

当最后一个人出来后，众人终于确定了某种规律：一个人进去和两个人一起进去，看到的是完全不同的雕像。

林秋石他们看到的是一个男性雕像，而一个人进去的都看到了一个女人，一个笑容怪异、抱着斧头的女人。

"一定是他们错了，我们是按照木匠的提示进去的……"有人情绪崩溃，嘴里不住地念叨着，"不会出错的，我们不会出错的，雕像一定是个女人……对，就是女人！"

林秋石只能安慰他们："这事情还不一定呢，你们不要太紧张。"

其实大家心里都清楚，那个女人绝不可能是庙里的雕像，有哪个庙会供奉这样的东西？

"对啊，还不一定呢。"阮白洁笑了起来，"况且这么多人都进了庙，就算要死，死的也不一定就是自己嘛。"

"你能不能不要笑了？"小柯很不客气地说。

"为什么不笑？"阮白洁冷冷地反驳，"笑着死，总比哭着死要好吧。"

她说完这话，有人便叫了起来："你们快看柱子！"

林秋石闻言看去，发现柱子上的浮雕竟缓缓蠕动了起来。

黑暗之中的画面并不明显，但因为此景太过骇人，导致众人将所有注意力都投到了上面。

只见柱子上的浮雕开始扭曲变形，好似有什么东西要从里面挣脱出来。这情形不过持续了片刻，众人便看见一只手硬生生地从浮雕里面挤了出来。

那只手很苍白，指甲却是红艳艳的，四处摸索着，最后抓住了旁边的木栅栏。抓住木栅栏后，那只手就好像找到了着力点，开始拉住木栅栏用力，身体从那根柱子里钻了出来。

整个画面怪异又恐怖，看得众人的呼吸几乎停滞。

“还看什么？跑啊！”阮白洁的声音惊醒了众人，林秋石也恍然醒来，而此时那东西已经从柱子里挤出了大半。

“跑！”阮白洁道，“跑啊！”

她一声令下，众人拔足狂奔，林秋石也不敢再浪费时间，铆足了劲儿往住处的方向跑去。

身后的声音越来越响，那东西好像已经成功从柱子里挣脱了出来，开始追逐他们。

林秋石听到了那东西在雪地里爬行的声音，知道此时不能回头，却还是没忍住，朝着身后看了一眼。

这一眼吓得他一个踉跄，只见那东西披散着黑色的长发，身体比正常人大了好几倍，在地上怪异地蠕动，面容看不清楚，但最为醒目的，是她手里那把长柄斧头。

林秋石忍不住骂了句脏话，之前几次都有点幻觉的意思，这一次他却是无比清晰地看到了这东西，也终于有了自己处于异度空间的切实感。

队里还有其他人回头看，都被这东西吓了一大跳。

求生欲使得众人加快了步伐，但雪天路滑，又是山村小道，再怎么快也快不到哪儿去，不过一转眼的工夫，大家便要被追上了。

“救命——”小柯似乎因为跑得太急，一脚踏空，整个人摔倒在雪地上，她想要爬起来，却因为恐惧而手脚发软，根本无法发力，只能喊道，“熊哥——救命啊——”

众人都以为小柯死定了，在这种关键的时刻，自己的命能不能保住都是问题，哪有心思去管别人？谁知听到小柯的求救后，熊漆居然咬了咬牙，停下了脚步，转身将她从雪地里拉了起来：“快走！”

“熊哥。”小柯呜呜直哭，眼泪流了一脸，正欲感谢熊漆，就感到一个阴影笼罩在自己的头顶上方。

那东西来了，居高临下地看着被吓傻的两人，咧开嘴笑了笑，嘴里全是密密麻麻的牙齿。而后，那东西举起锈迹斑斑的斧头，对着两人劈砍下来……

“啊——”小柯发出凄厉的惨叫声，伸手死死地抱住了熊漆，根本不敢再看眼前的画面。

熊漆也闭上眼，似乎放弃了挣扎。

然而就在斧头落下的那一瞬间，两人身上忽然浮起了一层淡淡的金光。斧头落在金光上面，发出一声利器相接的清脆响声。

那东西见状，发出一声不满的怪叫，竟没再管小柯和熊漆，继续朝着前面的人追去了。

小柯和熊漆死里逃生，两人都瘫软在了雪地里。

“熊哥，这是怎么回事？”小柯颤抖着声音发问。

熊漆沉默了一会儿，哑声道：“你还记得我们刚进庙里拜的那尊雕像吗？”

小柯点点头。

“可能是那个雕像护了我们。”熊漆看着女人奔去的方向道。

“所以那些一个人进庙的……”小柯显然明白了熊漆的意思。

“死定了。”熊漆苦笑。

林秋石和阮白洁一路狂奔，最后也经历了和小柯、熊漆差不多的事。不过这次，却是阮白洁把力竭的林秋石护在了怀里。

面对眼前狰狞的怪物，她似乎并无太多恐惧，甚至分神用下巴蹭了蹭林秋石的头顶，说了声“不怕”。

林秋石本来想帮阮白洁拦一下，结果却被她抱得死死的，几乎是动也不能动了。他眼睁睁地看着斧头朝他们劈来，接着被他们身上的金色光芒挡下。

“喏。”阮白洁笑了。

林秋石一个愣神，便看着那东西迅速转身，朝着他们身边的人奔了过去。

那人也看到了林秋石和阮白洁身上发生的事情，对着林秋石发问：“我……我们是不是得救了？我们身上的光……”

忽然，一道利器破开身体的声音响起。

他的话只说了一半，整个人就被锋利的斧头劈开了。直到临死前，他的脸上都还是满满的不可思议，似乎完全不明白，为什么同样的事情放在他身上，就是不同的结局。

那东西发出“咯咯”的笑声，提着斧头继续找别的人去了，留下一地残骸。

林秋石坐在雪地里，抿了抿唇，想要抑制住呕吐的欲望。

“没事了。”阮白洁在旁边拍着他的背，“结束了。”

林秋石道：“是因为进庙的人数不对吗？”

阮白洁没说话。

林秋石：“单独进庙的有两个人，他们是不是……都死定了？”

阮白洁道：“我也不知道。”

对啊，这种问题的答案，谁知道呢。

林秋石从雪地里站起来，对着阮白洁伸出手：“走吧，回家。”

阮白洁笑了笑，握住了林秋石的手。

大约一个小时后，大家聚在屋中，人数再次减少。

果然如林秋石所预料的那般，独自进庙的人，没有一个活下来。

“那东西把残骸全部带回去了，拖进了庙里。”有人说着自己看到的情形。

“所以是那个木匠骗了我们？”小柯哑声道，“如果我们真的按照他说的法子进了庙里，岂不是所有人都得死？”

“死不了。”熊漆语气疲惫，“至少能剩下一半吧，在这里面一般不会被团灭，至少也会留下一半。”

“留下一半也没用，谁知道她还会不会再来。就算她一天杀一个，都够呛的。”阮白洁倒是恢复得很快，这会儿又靠在椅子上开始慢慢地嗑瓜子了。她嗑瓜子的模样也很漂亮，甚至可以说是优雅。

但众人无心欣赏，都陷入了沉默。

“已经拜了庙，我们是不是可以做棺材了？”有人发问。

熊漆点点头：“明天去和那个木匠说一声，不过我总觉得事情没那么简单。”

自然没那么简单，井可还没填呢。

填一口井在现实世界里或许不是什么难事，但在这个世界里，却足够要人命了。谁知道填井的时候，里面会冒出点什么东西。

不过那都是明天的事情了，今天大家被那东西追着跑了一路，又目睹了同伴的惨状，无论是精神还是身体都有些承受不了。

于是众人早早散去，准备好好休息一晚。至少今晚，不用担心会死人了。

林秋石躺在床上，看见阮白洁躺在了他的身侧。

“今天谢谢你。”林秋石说，“你太厉害了，我的体力居然还不如你。”

今天逃命的时候，先跑不动的是林秋石，看阮白洁的状态，他甚至怀疑她能一路蹦跶着回家。

“男人体力不好可不行。”阮白洁深沉地说了句。

林秋石：“……”

阮白洁：“你说对吧？”

林秋石：“……”对你个头。

阮白洁侧过脸，笑意盈盈地看着林秋石：“你说我们能活着出去吗？”

林秋石摇摇头，表示自己不知道。

阮白洁道：“如果你活着出去了，想做的第一件事是什么？”

林秋石想了想：“如果能活着出去，我就回老家结婚。”

阮白洁：“你有女朋友？”

林秋石笑道：“设计师加班忙成狗，哪里来的女朋友？”

阮白洁：“梦想总是要有的嘛，等出去了，我在网上买一个宝贝送你好了。”

林秋石：“……你真是个好人。”

阮白洁：“客气啊兄弟。”

两人聊了会儿天，然后渐渐睡去。

这一晚，林秋石一个梦也没有做，似乎他已经习惯了这个世界的残酷和无情。

06

第二天，是个阳光灿烂的晴天。

林秋石已经很久没见过这么好的天气了，风停了，雪也停了，太阳挂在天空中，温暖重回大地，仿佛昨夜经历的那些事，不过是一场不足为道的噩梦。

林秋石少有地跟着阮白洁一起赖了会儿床，从诗词歌赋聊到了人生哲学。

最后阮白洁饿了，催着林秋石去弄点东西吃。

林秋石下了楼，发现大家已经早早起来吃了饭，正在讨论待会儿去找木匠的事。

熊漆看见林秋石，打了声招呼，又问阮白洁在哪里。

“还在床上呢。”林秋石说，“说太冷了，不想下床，我给她带点吃的回去。”

熊漆“哦”了一声，说他们打算待会儿就出去，让林秋石最好一起。这要是放在平日，大家估计会怀疑林秋石和阮白洁做了点什么，但昨晚发生了那样的事，要是林秋石他们还有这个兴趣和精力，那还真是天赋异禀。

今天去木匠那儿，熊漆主要是想问问关于填井的事，怎么填、什么时候填，他们都还不知道。不过最重要的事情，应该是问清楚为什么要填井。

来到这里已经有段时间，林秋石已经确定这里几乎每家每户都有那么一口井，井口大部分都立在院子中央，刚好挡住人出去的路。这从构造上来说并不科学，似乎隐藏着什么奇怪的风俗。

到了木匠家里，由于木匠给出的错误信息导致死了两个人，大家再次看到他时都没好气，连一向和善的熊漆的表情都冷了几分。不过木匠也不甚在意，还是握着那杆烟枪，眯着眼睛吞云吐雾。

“老爷子，拜完之后，我们需要做什么呢？”熊漆问。

“自然是填井了。”木匠说，“选个晚上，把死物往井里一放，就成了。”

“死物？什么死物？”小柯感觉不妙，语气一下重了许多，“您这话是什么意思？”

木匠说：“字面上的意思。”

“只要是死掉的生物就可以？”熊漆连忙确认。

“对，只要是死掉的都行。”木匠说，“鸡鸭狗鹅，只要你们能找得到，三天之内丢进井里，盖上土，这棺材就能做出来了。”

得知只要是死掉的生物就行，熊漆松了口气，但他这口气还没松完，阮白洁就冷笑道：“我们来村子里这么多天了，就没看见这村里有什么活物，去哪里找什么鸡鸭狗鹅？”

“可我们不是吃了鸡蛋吗？”林秋石想起了厨房里的那个菜篮子，“既然有鸡蛋，就应该有鸡啊。”

“你是没仔细看那篮子吧？”阮白洁道，“厨房根本没有外人进来，那篮子里的东西都是凭空出现的。”

林秋石：“……所以那鸡蛋到底是什么生的？”

阮白洁：“管它是什么生的，反正味道不错。”

林秋石：“……”他觉得胃不太舒服。

在阮白洁的提醒下，大家才想起这村子里的确没有什么活物，此时正值寒冬，山野里更不可能有东西。

熊漆脸上的血色逐渐褪去：“老人家，您到底是什么意思？”

木匠说：“我只是个做棺材的，能说的、能做的，只有这么多，我也不会故意害你们。”

终于有人忍不住了，怒吼道：“什么叫不会故意害我们？你让我们一个一个地进庙里，结果只要是听你的话单独进去的人，都死了！”

木匠冷冷道：“棺材是用来做什么的？”

众人愣住。

“不就是用来装死人的吗？没有死人，做什么棺材？”木匠笑了起来，那张满是皱褶的脸看起来诡异极了，“况且你们为什么不听我的话呢……”

阮白洁：“听你的什么话？”

木匠指了指他们：“还剩这么多人，她可还没吃饱。”

“吃饱？”林秋石听到这个词，一下子就想起了之前三楼发生的事，还有昨天众人提到的那些细节，现在他终于知道了那些残骸最后的下落。

“那到底是什么东西？”熊漆忍不住发问。

木匠摆了摆手，不肯再说。

阮白洁的眼神开始飘，最后停留在某个空荡荡的角落，嘟囔了一句：“怎么把棍子收起来了啊？”

木匠差点气笑了，心想：我不把棍子收起来，难道等着你像上次一样拿起来威胁着要揍我吗！

阮白洁轻笑：“虽然棍子没了，但是还好我有别的准备。”说着，她从口袋里掏出一把折叠小刀，“老爷子，好好说道说道吧，反正你要是不说清楚，我们都得死在这儿，死前把您一起带走，做个伴儿也挺好的。”

木匠："……"

不仅是木匠，连林秋石都看得目瞪口呆。众人陷入了一种诡异的寂静之中，同时在想，居然还有这种不要脸的操作方式？

木匠气得要死，又拿阮白洁没办法，只能咬着牙说了一下那东西的事。

原来那东西是他们村里供奉的一尊神，然而说是神，却是邪神，在保佑村子平安的同时，又极喜食生骨肉。每到冬天，村里人都会以活牲祭祀。但今年村子里出了意外，活牲都没了……

好在这时，来了几个愿意帮他们做棺材的外乡人。

话说到这里，大家都懂了，原来他们就是村民眼里的活牲。

"必须喂饱吗？如果没喂饱会怎么样？"熊漆问。

"没喂饱……她就会来找你们。做棺材的人都得供奉她，所以今年除了你们，没人做棺材。"木匠抽了口烟，"我能说的就这么多，只要你们去填了井，我就开始做棺材。"

阮白洁没说话，低头玩着手里的小刀。她的手指修长，锋利的刀刃飞快地在她的指尖穿梭，看得人眼花缭乱。

木匠也沉默下来，他似乎颇为忌惮阮白洁，说话时经常看她两眼。

就在众人以为阮白洁还会说点什么的时候，她却叹了口气，道："走吧。"

"这就回去？"熊漆说。

"不然呢？他就知道这么多，再问也问不出什么。"阮白洁有点不耐烦，转身推门而出，态度十分决绝。

大家见状，也陆陆续续走了出去。

林秋石感觉阮白洁的心情似乎不大好，忙追出去问她怎么了。

阮白洁道："今天晚上小心点吧。"

"什么意思？那东西还有可能来找我们？"林秋石只能想到这个原因。

"呵呵。"阮白洁笑了，突然扭头凑到林秋石的耳边，轻声道，"有时候呀，人可比那东西可怕多了。"

林秋石愣住了。

"回去了。"阮白洁转身就走。

林秋石看着她的背影，突然觉得这姑娘真是令人看不透。

如果说去木匠那儿之前，大家还会互相说几句话，那么从木匠那儿回来之后，众人间的气氛就彻底变成了一潭死水，还是快要发臭的那种。

林秋石不明白为什么会这样，阮白洁慢吞吞地解释："你傻啊？因为之前大家还会想着齐心协力一起活下来，但是现在嘛……"

"现在？"林秋石疑惑。

"现在，大家都在盼着对方早点死啊。"阮白洁靠在椅子上吃着烤红薯，"只要有人死了，就有了死物填井，棺材也就做出来了，大家都能活着离开……"

林秋石完全没想到这一茬儿，听完后连神情都有些恍惚起来："门里的世界都是这样的吗？"

阮白洁继续道："这其实还算好的。今晚你可千万别出门，不然……"

林秋石："会遇到那个东西？"

阮白洁摇摇头："可能会遇到比那东西更恐怖的东西哦。"

林秋石其实已经猜到了，阮白洁是在暗示有人会为此杀了同伴，以获得可以填井的死物。但他还是不太愿意承认，也不愿意相信真的会有人这么做。

然而该发生的事情，迟早都会发生。

凌晨两点，阮白洁睡得像一头无忧无虑的猪，而失眠的林秋石，再次听到了人类的惨叫声。

这不是林秋石第一次听到惨叫声，只是今晚的惨叫似乎和之前的有所不同，在叫声发出的同时，还伴随着重物倒地的声音和怒骂声。他甚至能听到有人在走廊上匆忙跑动，口中不住地发出凄惨的求救声。这声音有些熟悉，林秋石确定应该是来自团队里一个叫王潇依的姑娘。

"救命啊……救命……有人要杀我，救命……"王潇依声嘶力竭地叫着，仿佛用尽了全身的力气。

林秋石无法确定这声音到底是不是自己的错觉，他呼吸微乱，因为那惨叫声离他越来越近了。

"救命啊……"王潇依似乎就在二楼，她在走廊上奔跑着，用力地拍打走廊上的每一扇门，"有人要杀我，救命，求求你们开开门！求求你们开开门啊……”

并没有响起开门的声音，众人仿佛都陷入了深眠，根本听不到这刺耳的求救声。

林秋石躺在床上没动，直到求救者到了他的门口。

“救命啊，救命啊！”王潇依哭叫着，重重地拍打着门板，“求求你开开门，他疯了，他要杀了我，求求你，求求你……我不想死，求求你救救我吧！”

林秋石慢慢地从床上坐起来，思考着到底要不要去开门。

本来应该在他身侧熟睡的阮白洁却轻声开了口：“你想救她？”

林秋石道：“我能救？”

阮白洁眨眨眼睛，隔了一会儿，才道：“如果你想的话。”

林秋石见阮白洁不打算阻拦自己，便迅速站起身走到门边，咬咬牙，打开了门锁。

门一打开，他就被门外的场景吓了一大跳，只见王潇依浑身鲜血，一边哭一边捂着受伤的手臂。

见林秋石开了门，王潇依疯了似的扑过来：“救命……救救我！”

林秋石道：“出什么事了？”

“他想杀我……”王潇依哭叫着，“他想杀我！”

林秋石后退一步，让她先进了屋子：“谁想杀你？”

王潇依说：“程文！”

对于程文，林秋石有点印象，那个人似乎是团队里的一个男人。林秋石还想再问什么，楼梯处却传来“哐哐哐”的砸门声。一楼和二楼之间有一扇破旧的木门，平日大家睡觉时都会关起来，大约也就是这扇门，救了面前这个姑娘一命。

“哐当”一声，那扇木门在暴力的破坏下终于坚持不住，很快走廊上就传来了急促的脚步声，以及男人的怒骂声。

程文道：“跑哪里去了……你们快点把王潇依交出来，别让她进门！”

因为害怕，王潇依小声地啜泣起来。

阮白洁也下了床，面对这样的情形，她倒是一点也不急，还在慢吞吞地整理自己的头发。

程文的脚步在林秋石的屋外停住了。走廊上的血迹太过明显，让他一下就找到了王潇依的所在之处。

“开门！林秋石！”程文大叫，“王潇依是不是在你房间里？”

林秋石没说话。

阮白洁娇滴滴地开了口：“这么晚了，你们闹什么呢？”

程文说：“你们快点把她交出来！她不是人，别被她骗了！”

林秋石：“你什么意思？”

程文似乎十分烦躁，语气充满了狠辣：“她真的不是人，你们信我……”

王潇依闻言哭叫起来：“你才不是人！程文，你居然想用这种借口来杀我，你以为杀了我，你就能活下去吗？”

程文听到这话，语气更加狰狞：“王潇依，你别装了，你就是藏在我们中间的那个怪物，我已经发现了你的秘密！给我滚出来！”说完，他开始重重地撞门，表现出一副誓不罢休的模样。

这门本就有些破旧，被一个成年男人大力撞击，恐怕坚持不了太久。

林秋石站在门边骂道：“你要是杀了王潇依，就算是活着出去了，也是杀人犯！”

程文道：“林秋石，你别多管闲事！”

“我今天还就管定了！你有本事进来，我弄不死你！”林秋石被外面这人气得直喘粗气，撸起袖子就开始在屋子里寻找反击的工具。

程文也察觉到了林秋石的怒意，撞门的动作缓缓停了下来，最后他哑着嗓子说了句：“林秋石，今天我来当这个坏人，你把她弄出来，只要死了人，我们就能回去了。”

林秋石：“你做梦。”

程文：“你……”

林秋石：“你走吧，我不会让你杀了她的。”

外面安静了一会儿，居然真的传来了离开的脚步声。

林秋石也没想到程文会这么容易放弃，愣了片刻后才对王潇依说：“他走了。”

王潇依再次抽泣起来。

下半夜，屋子里的三个人都没怎么睡。林秋石帮王潇依处理伤口的时候，阮白洁就坐在窗边沉默地看着外面。

林秋石问阮白洁在看什么，她道："我在看外面那口井。"

"井有什么好看的？"林秋石对那口井没什么好印象。

阮白洁温声道："多看几眼挺好的，说不定最后我也要去井里呢。"

"我不会让你去井里的。"林秋石把地板上的血迹擦干净，认真地说，"就算要去，也是我先去。"

阮白洁笑了起来，最后说了一句："你是个很有趣的人。"

天亮了。

王潇依还是活了下来，虽然右手受了伤，但能保住性命就已经是万幸了。

林秋石本来以为第二天程文会心虚得不敢出现，谁知他竟然是一副什么事都没发生过的模样，坐在一楼的大厅里吃着早餐。

王潇依看见程文时，往林秋石的身后躲了一下，差点又哭出来。

林秋石冷冷地道："程文，你还有脸出现？"

程文无所谓地看了林秋石一眼："为什么不能出现？"

"你居然想杀了王潇依。"林秋石无法理解他的理所当然，"她是个活生生的人！"

程文冷笑一声，不说话了。

队里其他人听到两人的对话，有的向程文投去了厌弃的眼神，有的却是眼神麻木、无动于衷，好似杀掉队友根本就是无足轻重的事情。

熊漆似乎也有些不高兴，说了句："那么有本事，就去杀那东西啊，对自己的队友动什么手。"

程文往嘴里塞着食物，压根儿不应话。

林秋石怕程文突然暴起，一直在谨慎地观察对方，他总感觉程文的状态有点不对头，但一时间又找不到违和点。

直到吃完饭回到屋子里，阮白洁突然问了一句："你觉得接下来的三天，那东西还会杀人吗？"

"什么意思？"林秋石一愣。

“那东西显然是有头脑的。”阮白洁说，“如果我是她，接下来的三天我一个人都不会杀。”

林秋石：“……”

阮白洁修长的手指慢慢剥去了红薯皮，薄唇轻启，在柔软的红薯上留下一排整齐的牙印：“如果三天之后，我们还没有死物来填井，你猜会发生什么？”

林秋石明白了阮白洁的意思，喉头动了动：“队里会出现不止一个程文。”

阮白洁点点头。

林秋石叹气：“那怎么办？”

阮白洁道：“等吧，事情总会结束的。”无论更好还是更坏。

大家都在等着夜幕降临。虽然没人明说，但大部分人都在隐隐期盼着第一个死者能够出现。

然而事与愿违，当晚没有发生任何意外，原本危险的夜晚变得无比宁静，仿佛除了风雪，再也没有别的。

林秋石找了个时间，去问木匠如果三天之内不能填井会发生什么，木匠说：“那你们只能再去砍一次树、拜一次庙了。”

这个答案让大家的心情更加沉重，他们已经没有那么多时间，如果重复一遍那些事，整个团队可能会无人生还。

“其实也不用太紧张，每扇门内至少会活下来一个人。”小柯自嘲地笑了笑，“万一那个人就是自己呢。”

其他人却没说话，因为大家心里都清楚，这场博弈的代价实在是太大了，没人赌得起自己就是那最后的幸存者。

07

到第二天下午的时候，队里再次爆发了矛盾，熊漆居然和小柯发生了激烈的争吵，只是因为一顿不合口味的饭。

熊漆暴躁地将饭直接丢到了门外，小柯一气之下摔门而去。

团队里的气氛越来越糟糕，本来可以依靠的队友，此时却成了被怀疑的对象。一次对话、一个动作，乃至于一个眼神，都能够成为爆发的导火索。

这是林秋石第一次如此清晰地感觉到大家快要不行了，死亡带来的压力和互相怀疑，几乎成了压倒他们的最后一根稻草。

阮白洁似乎早就料到了这样的情况，所以并不惊讶。她随便找了个角落坐下，看着客厅里众人越来越神经质的模样，忽地轻轻开了口："你们忘记了吗，还有一个地方有尸体。"

这句话简直就像是落入干涸大地里的雨水。

熊漆急切地问道："什么地方？"

林秋石道："是坟地？可是我之前去找了，这村子里的墓不知道在什么地方，一直没有找到。"

"自然不是坟地。"阮白洁说，"在这个世界，下葬应该没有我们想象中那么简单。"

"那是哪里？"林秋石发问。

阮白洁说："还记得几天前扛树的时候，被树压死的那两个人吗？"

林秋石恍然："对啊，他们两个不也算是死物吗？"

"走吧，去把他们的尸体挖出来，填井的事情不就解决了嘛。"阮白洁说，"大家也不用像现在这个样子了。"

这话一出，气氛瞬间缓和了不少，但依旧算不得太轻松，毕竟谁也不知道那尸体到底能不能找到。况且外面已经积满了雪，尸体早就被埋在深雪之中，要挖出来也不是件容易的事。

但再怎么不容易，也肯定比杀人简单。

大家知道时间紧迫，在有了这个想法之后，纷纷表示最好尽快将那些尸体挖出来，以防生变。

林秋石没想到众人对这件事的接受程度这么高，从头到尾都没有人提出任何异议。

不过仔细想来，这的确是目前的最佳方案了。虽然在雪天里挖尸体并不是件容易的事，但至少大家有了奋斗方向。况且就算有人在挖尸体的过程中遇险，也恰好合了大家的意——不用动手杀人，便有了可以填井的死物。

片刻后，大家聚在了屋子门口，每个男人手里都拿着一把铁铲。

“走吧。”熊漆嘴里叼着根烟，这是他带到这个世界里的最后一根烟，所以抽得格外仔细，“今天必须挖出来。”

之前追杀王潇依的程文眼眶赤红，眼白里布满了红色的血丝，整个人看起来充满了神经质的味道：“挖不出来，我们都得死。”说着，他狠狠地瞪了眼王潇依和林秋石。

林秋石没给他面子，毫不客气地瞪了回去。

“走了。”阮白洁叫了一声。

熊漆便领着众人朝着山间小路去了。

这几天一直是晚上下雪白天晴，地上的雪积了厚厚一层，踩在上面印出清晰的脚印。

半个小时后，大家来到了那条熟悉的山间小路，再往上就是林场。

“好像就是这儿附近了。”因为没什么标志物，所以熊漆只能确定大概范围，“大家就从这儿开始挖吧。”

众人点头，开始动手挖。虽然这么找尸体着实有些费劲，但男人们都干得很认真，丝毫没有偷懒。

阮白洁坐在旁边的石头上，慢悠悠地嗑着瓜子，那悠闲的表情和小柯紧张的神色形成了鲜明对比。

大约是看不惯阮白洁这副无所谓的模样，小柯忽道：“你就不怕死吗？在这个世界里死了，在现实世界也会死去。”

阮白洁懒洋洋地说：“怕啊。”

小柯道：“你怕？那怎么还是这副表情？”

“每个人怕的反应都不一样，有的人哭，有的人笑，而我呢，就喜欢嗑瓜子，”阮白洁看都懒得看小柯，手一伸，把瓜子壳撒在了雪地上，“还喜欢乱丢垃圾。”

小柯：“……”她清楚地感觉到阮白洁是在愚弄她，可是一时间又不知该如何反驳，只能恨恨地低骂一声，转身走开了。

阮白洁的表情似笑非笑，看着林秋石。事实上，从到这里开始，她的眼神就没从林秋石身上移开过片刻，仿佛他身上有什么极为有趣的东西吸引着她的注意。

林秋石倒是没看阮白洁，他低着头认真地铲雪，心中祈祷着快些找到那两具尸体。

然而天不遂人愿，夜色很快便降临了大地，雪又开始飘飘洒洒地往下落。

林秋石往冻僵的手上哈了一口气，抬头望了天空一眼。

今晚的月色倒还不错，巨大的月亮挂在天空中，月光映照在洁白的雪地上，让山林之间不至于太过黑暗。

熊漆边和小柯说话边铲雪；情绪暴躁的程文也没有停，一边咒骂一边挖着，动作还算迅速；剩下三个姑娘则在路旁，静静地看着林秋石。

林秋石挖了一会儿，突然觉得有些不对劲，他抬起头朝着阮白洁的方向看了一眼，确定那里的确是三个人。

其中两个人并排站在一起，似乎还很友好地牵着手。

看到这一幕，林秋石手上的动作停了。

“怎么了？”不远处的熊漆发现了林秋石的异样，“林秋石？”

林秋石道：“好像有点奇怪……”

“什么奇怪？”这是小柯的声音。

听到她的声音后，林秋石终于发现了奇怪之处。他们还剩下六个人，熊漆、小柯、王潇依、程文、阮白洁，还有他自己。此时小柯站在熊漆的身边，那阮白洁的身旁怎么会有两个牵着手的姑娘呢？

林秋石的喉头上下滚动了一下，他装作若无其事的样子，继续挥动着铲子，嘴里叫着：“阮白洁，你过来一下，我有点事情想和你说。”

阮白洁站起身，朝着林秋石走了过来：“什么事？”

林秋石没吭声，余光还注视着那两个牵着手的人。他发现那两个人站在树梢的阴影里，基本看不清楚模样，但是身高几乎一模一样，两只手连在一起，仿佛感情很好似的，只是此刻看来，着实让人头皮发麻。

“林秋石？”阮白洁问道，“怎么了？”

林秋石还是没说话，正打算等阮白洁靠近点再说，忽然感到手里的铲子微顿，像是挖到了什么硬物。

阮白洁正好走到林秋石的面前，她一低头，便看到他的铲子下面躺着一具冻僵的尸体：“你找到了？”

“什么？”林秋石一时间没反应过来。

“你挖到尸体了？”阮白洁的语气轻快起来，“可以啊，运气不错嘛……”

这时林秋石才惊觉自己挖到了东西，低头果然看见了一具冻僵的尸体，正是之前扛树而死又被积雪掩埋了的同伴。

“找到了！”林秋石大叫了一声。他叫完之后，朝着刚才看见两个人影的地方再次投去目光，却发现原本的两个人变成了一个，而后那个人影慢慢地朝着他们移动，等到了月光照到的地方，林秋石认出那人是王潇依。

王潇依走过来，觉得林秋石的眼神有点奇怪：“你看着我做什么？”

林秋石摇摇头：“没事。”

“谢谢你，你真厉害。”王潇依看向雪坑里的尸体，眼神温柔极了，“要不是你，我昨天可能就死了，你居然还能找到尸体……”

“运气好而已。”林秋石突然伸手牵住了阮白洁，“你过来点。”

阮白洁感受到林秋石的动作，微微挑了挑眉，正欲说话，却感觉到他的手指在她的手心里轻轻写了起来。

他一共写了四笔，是一个“王”字。

几乎是片刻之间阮白洁就心领神会，她紧了紧两人相握的手，示意自己明白了，而后她看向尸体，道：“既然找到了，我们就赶紧把尸体带回去吧。”

“好呀。”王潇依笑了起来，她说，“我们快点回去吧。”

其他人似乎并没有发现王潇依的异样，都将注意力放到了面前的尸体上。

“太好了，没想到这么快就找到了尸体。”熊漆赞叹着林秋石的好运气，“我还以为我们要在外面过夜了呢。”

“走吧，把尸体弄回去。”程文看见尸体，情绪稳定了一些，朝地上啐了一口，恨恨地瞪了王潇依一眼，“算你命好。”

王潇依露出恐惧的表情，仍旧打算躲到林秋石的身后去。

不过这次林秋石没让她这么做，他一把抓住王潇依的手腕，道：“别怕他，有我们在呢。程文，你有病吧，吓人家姑娘干吗？”

“她根本就不是人，我全都看见了！”程文似乎精神上出了点问题，情绪一直很暴躁。不过被林秋石说了几句，他好歹没有再威胁王潇依，而是低头和熊漆一起将雪坑里的尸体挖了出来。

如果是刚到这个世界的时候，林秋石看到这一幕，估计又想吐了。但经过这几天的历练，此时的林秋石看见尸体，已经能够做到内心毫无波动，甚至还想再研究研究。

“怎么弄回去？”小柯发问，“背吗？”

“背着太危险了，拖回去吧。”熊漆道，“虽然不太尊重死者，但是总比再死两个活人好啊。”

“行。”林秋石表示赞同。

而后他们两人用绳索把尸体捆了起来，又将之前带来的木板放在尸体下面，做成了一个简易的雪橇，便于在雪地上拖行。

“走。”弄好之后，熊漆和林秋石一人拉着一边，顺着小道往回走。

姑娘们走在前面，林秋石一边拖，一边将注意力放到王潇依身上。

他刚才故意抓了一下王潇依的手腕，体温和触感都很正常，并没有什么异样，难道刚才那一幕是他的错觉？不……下一刻，林秋石就否决了自己的怀疑，在这个世界里，就算是错觉也该多加小心，毕竟踏错一步，可能就会没了性命。

阮白洁慢下脚步，渐渐走在林秋石的身边，低声道：“你看见什么了？”

林秋石说：“两个人影。”

阮白洁心领神会地“哦”了一声。

林秋石道：“是人吗？”

阮白洁听到林秋石的问话，轻轻笑了一声：“我说是人就是人了？你怎么这么相信我？”

林秋石想了想：“可能是因为你长得很好看？”

“这话我爱听。”阮白洁停顿片刻后，又道，“其实我也不太确定。虽然可能是人，但也不能放松，毕竟哪怕本体是人，可谁知道身边带了什么奇奇怪怪的东西。”

林秋石觉得很有道理。

山道很窄，好在尸体不算太重，他们下了山道之后都松了一口气，至少路上没发生意外。

“快点回去吧。”熊漆看着天色，露出担忧的表情，“这天快要完全黑了。”

“嗯。”林秋石应了声。

夜幕降临后，整个村庄就陷入了死一般的寂静，雪花落地的沙沙声反而将周围衬托得更加静谧。

就在众人继续往前时，走在前面的王潇依突然剧烈地咳嗽起来，好像是被什么东西呛住了，身体也跟着弯了下去。

“王潇依，你没事吧？”站在她旁边的小柯询问道。

王潇依没说话，摆了摆手，示意自己没事。谁知下一刻，本来情绪已经稳定的程文突然爆发，抓着手上的铁铲就冲着王潇依砸了过去。

“你做什么？”林秋石及时拦下了程文，“程文，你疯了？”

程文眼眶赤红，仿佛一个失去理智的疯子，声音嘶哑地吼叫着：“她不是人！你们不要拦我！”

王潇依咳得越来越厉害，半跪在地上，甚至因为剧烈的咳嗽开始不住地呕吐。

小柯离她近，当看清楚她呕出来的东西时，不由自主地发出了一声惊呼。

林秋石转身，看见王潇依吐出来的居然全是黑色的头发。她用手抓着颈项，表情痛苦至极，那些黑色的头发从她的嘴里涌出，如同有生命一般在地上不住地蠕动。

“我要杀了她！不然她会杀了我们的！”程文已经完全失去理智，疯狂地甩开了林秋石。

林秋石重重地跌倒在地上，只能眼睁睁地看着程文挥舞着铁铲，将其砸在了王潇依的头上。

“啊！”王潇依只来得及发出一声凄厉的惨叫，就这样保持着痛苦的姿态，缓缓倒了下去。

“哈哈哈！她死了！”程文用脚踢了一下王潇依的身体，脸上露出了满足的笑容，“哈哈哈，我们可以活下去了！”

没人说话，剩下的四人都沉默地看着这骇人的一幕。

王潇依呕吐出来的头发逐渐变淡，最终消失不见。她的眼睛睁得大大的，仿佛不明白自己为什么会以这样的方式死去。

程文松了手，沾满了鲜血的铁铲落在地上。他环顾四周，看见了众人要么恐惧要么厌恶的表情，便说：“你们这样看着我是什么意思？是我救了你们！”

“沙沙沙……”

就在气氛凝固之时，雪地里传来的沙沙声打破了沉默，好像有什么东西在地上摩擦着，而且正朝这里靠近。

“这是什么声音？”林秋石感觉很不好，“我们快走吧。”

“嗯。”熊漆脸色微变，没有精力再去管杀了王潇依的程文，和林秋石默契地拉起了绳索，朝着住所的方向奔跑了起来。

松软的积雪和厚重的衣物给他们带来了不少麻烦，林秋石喘着粗气，却不敢停下脚步，他清楚地听到那声音越来越近了。

程文也在跑，还跑在了队伍的最前面，第一个到达了住所的门口。

“程文，快把门打开！”熊漆暴躁地大喊。

程文慌乱地打开门，却没有冲进去，反而像是看到了什么东西，抓着铁铲对着空气一通乱劈，嘴里不住地大叫：“啊，它来了，啊……”

林秋石以为程文是情绪崩溃了，但在仔细观察之后，他愕然地发现程文的确出了问题：程文被月光映照在地上的影子，变成了两个。一个是属于程文自己的，另一个则是一个长发女人的。那女人伸出手牵住程文，两个影子就这样静静地并排躺在地上，仿佛已经脱离了程文的肉体。

“啊！啊！”程文凄惨地叫着，恐惧已经让他彻底崩溃了。最后还是林秋石看不下去，上去给了他一记手刀，直接将他劈晕了。

“快进来！”阮白洁在屋子里叫，“那东西快要来了。”

林秋石和熊漆分工合作，一个人搬尸体，一个人搬程文。刚将尸体和程文都搬进屋子，就听到那刺耳的沙沙声到了门口。

“咚咚咚。”有人敲门。

屋子里有意识的四人都在喘气，无人应和。

似乎是察觉到了他们不会开门，那个女人说：“开开门呀，我好饿，你们给我点吃的吧。”

林秋石听到“饿”这个字，顿时想起了木匠口中的那个邪神。

“我好饿啊。”女人的声音越来越大，“你们行行好，给我点吃的吧。”

小柯突然骂了句脏话，然后大声道：“你们看围墙！”

林秋石闻言侧头，竟在围墙上面看到了半个探出来的脑袋，脑袋上还有一双黑乎乎的眼睛。这围墙足有两米高，正常人根本不可能从上面冒出头。

“我好饿呀。”那双眼睛慢慢地移动，发现了站在院子里的他们，“我好饿呀，你们不给我吃的，我就只能自己来找了。”

“怎么办？”林秋石嘴巴发干。

阮白洁道：“不管她，先把尸体扔下井再说。”

“好。”林秋石同意了阮白洁的话。

他和熊漆一起抬着尸体，朝着井口去了。阮白洁一直跟着，等到了井口，她居然还大着胆子朝井里看了一眼。

“扔吧。”阮白洁说。

林秋石和熊漆同时松手，那具尸体顺着井口滑下。许久之后，井里传来一种让人很不愉快的咀嚼声。

大家僵在原地很久，再回头时，围墙边的女人已经不见了。

林秋石重重地松了口气。也不知道是不是错觉，他总感觉在女人消失之前，自己隐约听到了一声轻微的打嗝声……好像是什么东西吃饱了似的。

08

天终于亮了，在院子里坐了一晚上的林秋石恍如隔世，轻声道：“都结束了吗？”

阮白洁不置可否，只说了一句“或许吧”。

砍了树，拜了庙，填了井，剩下的事便是去木匠那里拿棺材。

众人脸上都是疲惫之色，但疲惫之下，又暗藏些许兴奋。这应该就是最后一步了，只要拿到钥匙，再找到那扇铁门，他们便可以离开这个可怖的世界。

所有人都这么想着，连带着步伐也轻快了不少。

白天的村庄不像夜间那般阴森恐怖，仿佛只是一个普通的小山村，住着一群淳朴的村民，没有那东西，也没有死亡。

他们去木匠那里时，正好经过王潇依死去的地方，但地上只剩下白色的积雪，仿佛昨晚什么都没发生。

“她的尸体被那东西拖走了吗？”林秋石问了句。

“应该是吧。”阮白洁说，“那东西胃口还挺大的。”

到了木匠家，木匠正坐在门口抽烟。

林秋石和他打了声招呼，道：“老人家，我们来取棺材了。”

那木匠也不说话，随手指了指屋内。

大家依次走进屋子，看见了一副红色的棺材。这棺材非常漂亮，制作精良，每一处都严丝合缝，完全不像是短时间内赶制出来的。

林秋石总感觉刷在棺材上的油漆有点奇怪，他伸手摸了一下，发现这油漆带着腥味，手感还有些滑腻。

阮白洁比他的反应快了很多，脱口道：“是血浸的吧？”

“应该是。”熊漆说，“哪有油漆是这样的。”

“算了，管它是什么浸的，先带回去再说。”阮白洁道，“走吧。”

林秋石本以为这棺材会很重，谁知抬起来居然轻飘飘的。他和熊漆两人一前一后将棺材抬起，朝着住所的方向去了。

“接下来怎么办呢？”林秋石抬着棺材问。

“先回去看看棺材里有没有东西吧。”阮白洁道，“我猜那钥匙就在棺材里面，等把钥匙拿出来，一切就都好办了。”

林秋石心中默念：希望如此。

到家后，众人发现之前被打晕的程文已经醒来了。程文正神情呆滞地坐在大厅里，见到抬着棺材回来的大家也没有打招呼，那表情看起来简直像个智障。

林秋石见状有点担心，小声道：“我不会把他打傻了吧？”

阮白洁：“嗯……”

林秋石：“可我就只是随手那么一打……”

阮白洁安慰他：“傻了就傻了呗，反正又没人要你负责。而且傻子还不怕那东西，这不是刚好帮了他吗，你是他的恩人啊！”

林秋石：“……”阮白洁，推卸责任时你为什么那么熟练啊！

因为程文昨天的表现，大家都不太想搭理他，熊漆和小柯直接装作没看见他。

“开棺吧。”熊漆沉声道。

“好。”林秋石点点头，和熊漆一起用力。

棺盖掀开了，一股属于木材的潮湿气息扑面而来。小柯是最紧张的，她一看到盖子打开，就连忙探头去看棺材里面有没有他们想要的东西。

“找到了！钥匙！”下一刻，小柯发出狂喜的声音，几乎要喜极而泣了，“真的有，真的有！”

林秋石一看，小柯手里果然多了一把青铜钥匙。那把钥匙的造型古朴简单，透着陈旧的气息，上面沾着红色的液体。如果是之前，林秋石会觉得那一抹红色是油漆之类的，但现在他却觉得那是人的鲜血。

“我们有钥匙了，有钥匙了！”小柯拿着那把钥匙，眼泪一个劲儿地往下流，情绪处于崩溃的边缘。

看来，她虽然平日表现得很冷静，但到底还是快要承受不住死亡威胁的压力了。

“门应该也出来了，可以开始找门了。”熊漆的语气有些疲惫，“一定要快点，我们没剩几个人了。”

“门会出现在哪里？”林秋石在这方面没什么经验。

“一般都会在我们的住处附近，不会特别难找。”熊漆说，“但是十三个人的门内世界，我也没有经历过，所以……我也不清楚。”

“好吧。”林秋石看着小柯手里的钥匙，心想至少找到钥匙了。

阮白洁倒是没有表现出太激动的模样，反而漫不经心地道：“钥匙归谁保管？让她保管，我可不放心。”

受到质疑的小柯满脸怒意：“你什么意思，什么叫你不放心？难道让你保管，我们就放心了？”

阮白洁似笑非笑：“这可不光是我一个人的事儿，如果你把钥匙弄丢了，我们都得死在门内世界，你确定要保管吗？可得想清楚了。”

小柯的脸色一阵青一阵白，还未开口，熊漆已经按住了她的肩膀，看向林秋石：“秋石，你来保管吧。”

林秋石一愣，没想到这事儿突然落到了自己的身上。他欲推辞，阮白洁却表示了同意，还凑到他耳边轻声说了句：“你就拿着吧。”

林秋石蹙眉：“可我是第一次进门，没什么经验……”

“没事。”熊漆说，“我们都对你很放心。”

“好吧。”林秋石只好同意。

他伸手接过钥匙后，仔细观察了一下，感觉如果不说的话，这对于他来说就是一把普普通通的青铜钥匙而已。

熊漆说大家累了一晚上，提议先去吃点东西，再讨论门的位置。林秋石表示同意。

于是熊漆和小柯去了厨房做饭，林秋石和阮白洁坐在客厅里守着程文。

“他们为什么要把钥匙给我？”林秋石还是有点不解。

“因为这钥匙又不是什么好东西，拿着的人一般都死得特别快。”阮白洁笑了起来，伸出手指在林秋石的额头上点了一下，“当然，你不用担心。”

林秋石道：“嗯？”

阮白洁突然低头，凑近林秋石的耳边，低声道：“我找到门了。”

林秋石瞬间瞪大了眼睛：“什么？”

阮白洁说：“嘘，小声点。”

林秋石赶紧收声，压着嗓音道：“你说什么？你找到门的位置了？”

“对啊。”阮白洁笑眯眯的，她似乎对林秋石的耳朵起了浓厚的兴趣，手指在他的耳朵上划啊划的，搞得他直痒痒，“你想知道门在哪儿吗？”

如果是平日，林秋石的所有注意力肯定都得放在阮白洁碰他耳朵的那只手上，但此时阮白洁的话太重要，让他无暇顾及其他：“你知道在哪里的话，为什么不说……”

耳垂上突然传来一阵刺痛，林秋石倒吸一口凉气：“啊！你干吗？”他伸手摸了一下，才发现自己的右耳被阮白洁硬生生地扎了个耳钉上去。

“没事。”阮白洁满脸无辜，“就是觉得你戴这个耳钉应该蛮好看的。”

林秋石摸着耳钉惊呆了，一时间竟不知道要先追问门还是先追问耳钉了。

阮白洁没给他反应的机会，继续道：“那门就在离我们很近的地方，晚上我们就能回去。”

“小柯和熊漆呢？”林秋石问。

“他们？”阮白洁似乎对这两个人的印象不太好，“看我心情吧。”

林秋石道：“如果可以……也带他们一起回去吧。”虽然小柯脾气差，但熊漆对待他们的态度到底还是不错的，况且他们一起经历了那么多。

“你呀，就是太心软。”阮白洁笑着，“不过这样才显得可爱。”

林秋石听了这话，莫名有点脸红：“你别逗我了。”

阮白洁笑而不语。

被阮白洁这么一打岔，林秋石一时忘记了追问耳钉的事，所有的心思都放到了晚上。直到熊漆端着食物从厨房出来，问他耳朵上怎么多了个东西，他才反应过来阮白洁又把他给忽悠了。

“不好看吗？”阮白洁说，“你为什么要嫌弃我，你是不是有别的女人了？”

林秋石：“……你不要无理取闹。”

阮白洁嘟嘴：“你居然说我无理取闹？你好过分，嘤嘤嘤……”

没交过女朋友的林秋石露出绝望的表情。

反正阮白洁只要“嘤嘤嘤”，林秋石就拿她没什么办法。

晚饭很简单，大家边吃边讨论那扇门的位置。

“我觉得木匠的家也得搜一下。”熊漆说，“那人不像是普通的村民。”

“嗯。”因为最担心的事情解决了，小柯的心情好了很多。

众人讨论时，程文就在旁边沉默地坐着。此时他的表情总算没有之前那么呆滞了，但脸色看起来依旧有些阴沉。他也没怪林秋石把他打晕了，或者更准确地说，他从醒来后就没再和林秋石说过话。

眼见大家都讨论得差不多了，程文才慢慢地开口：“林秋石。”

林秋石警惕地看向他：“怎么了？”

程文道：“王潇依是人吗？”

林秋石摇摇头，表示自己也不知道，但程文既然问出这个问题，就说明他的精神状态非常不乐观。

“她一定不是人，我全都看见了。”程文歪了歪头，很神经质地质问大家，“你们都看见了吧？她的影子，还有她吐出来的东西……”

大家都没吭声，事实上林秋石觉得王潇依仍然是人，不然也不会那么容易就被程文一铲劈死。但现在人都死了，再说这些事情，意义不大。

然而程文却好像和这件事纠缠上了，反复地问王潇依是不是人。

最后小柯被问烦了，来了一句："无论她是不是人，都已经被你杀了，再说这个有意思吗？还是你害怕自己杀错了人？"

这话一出，程文脸色大变，猛地从椅子上站起来，转身就走。

小柯继续嘲讽道："怎么，杀的时候那么果断，这会儿倒怕了？敢做不敢当，懦夫。"

"在这里杀队友是很严重的事？"林秋石问出了自己的疑惑。

"门里的世界，是万物皆有灵。"熊漆神情复杂，"所以千万不要乱开杀戒。"

林秋石"哦"了一声，又道："可这不就存在漏洞了吗？你们说这里至少得有一个人活着出去，那只要那个人把其他人都杀了，岂不是就达成了只有一人的条件？"

"想得美。"小柯说，"大家哪里会等着被杀？只要先动手的人不能一次性杀光其他人，然后以最快的速度跑掉，就绝对会死在这里。"

"早上杀了人，可能还不到中午，那些东西就会来找他了。我见过。"说完，熊漆用眼神示意了一下程文离去的背影，摇了摇头。

原来如此，林秋石的脸上露出了然之色。

上午去搬了棺材，下午大家都在四处找门，然而一直都没能寻到关于门的线索。

林秋石和阮白洁去了木匠那里一趟，走在路上时，阮白洁忽然轻声道："晚上保持状态，我们今晚就走。"

一想到终于可以离开这儿，林秋石的步伐都轻快了起来。他伸手摸了摸自己的耳垂，那里多了一枚红色的宝石耳钉："这耳钉到底是个什么东西？"

"我给你的小礼物。"阮白洁温声道，"门内姻缘一线牵，珍惜这段缘……"

林秋石闻言，也没再计较这件小事，毕竟一出去，两人或许再也不会相见。他悄悄地看了眼阮白洁漂亮的侧脸，有些遗憾地叹了口气，心想：如果不是在这么特殊的地方遇到她就好了……

下午四点，天色渐渐暗下来，没下雪，但风很大，刮在人脸上刺得皮肤生疼。

林秋石和阮白洁回来的时候，熊漆和小柯已经到家了。

“找到了吗？”大家互相问着。

在得到否定答案后，熊漆叹气：“这事儿也急不得，看来今晚又要在这里过夜，大家早些休息，明天继续找吧。”

阮白洁和林秋石表示同意，早早回了房，但并没有像往常一样上床睡觉，而是坐在床边等着天黑。

阮白洁靠在床头，慢慢地吃着瓜子打发时间。

林秋石本以为他们等到晚上就能离开了，谁知还是发生了意外。住在他们隔壁的程文发出了凄厉的惨叫声，仿佛要叫破喉咙一般。

“救命！救命！”程文大力敲着墙壁，“救救我，来人啊……”

“呜呜呜，呜呜呜……”伴随着程文惨叫声的，还有女人的哭泣声。

这声音林秋石听过很多次了，是属于王潇依的。

不过片刻之间，程文的惨叫声就微弱了许多，随之而来的，是一种利器劈砍在肉类上面的声音，一下又一下，好像举着利器的人永远不会累一样。

程文的求救声中止了，王潇依却还在哭。

阮白洁的表情逐渐变得严肃，她看向林秋石，问道：“你怕吗？”

林秋石道：“还好。”

阮白洁说：“事情可能有变，我们不能再等了，走吧。”

林秋石点点头，跟着阮白洁离开了屋子。出来后，他看见隔壁房间的门缝下流出了一摊血，看来程文已经凶多吉少。虽然有些不忍，但林秋石也清楚，有些事情他无能为力。他只是个普通人而已，面对这些东西，也毫无还手之力。

不再多说什么，阮白洁很自然地牵起了林秋石的手。两人直奔楼下的院子，站定在那口井边。

阮白洁俯身朝井里看去，林秋石见状，也学着她的动作，朝井里望了几眼。

井里漆黑一片，什么都看不见，散发着一股泥土的腥臭味，让人觉得非常不舒服。

林秋石正在仔细地看，忽然感到自己被人猛地推了一下。他踉跄着想要站稳，身后的人却重重地按住了他。

阮白洁说：“去吧。”

话音落下，一股大力袭来，林秋石直接被她推进了井里。

这突如其来的状况让林秋石措手不及，他胡乱地伸手想要抓住旁边的东西，但井壁湿滑，根本没有给他挣扎的机会。就在林秋石以为自己会摔得很惨时，却落在了一片柔软的东西上。

那东西很软，跟绸缎垫子似的，林秋石落在上面一点也没受伤。他艰难地从垫子上站起来，借着井口照进来的微弱月光，看清了自己身下的东西。

那哪里是什么垫子，分明就是一大堆正在蠕动的黑色头发！林秋石脸色微变，没想到井里竟然是这样一幅景象。好在他很快就冷静了下来，环顾四周之后，发现井下有一条不起眼的小道。

林秋石本来还想问井外的阮白洁是怎么回事，但又担心自己的喊叫会惊动这些奇怪的头发，只好作罢。他慢慢地移动脚步，朝着小道走了过去。

小道很窄，但看得出是有人专门修建的，而那些黑色的头发一路往前延伸，像是一条铺好的地毯。

也不知道走了多久，林秋石终于到了小道的尽头，他也发现了头发的来源——这些头发竟像是从墙壁上长出来的，而墙壁的尽头立着一扇高大的黑色铁门，铁门上面挂着一把醒目的青铜锁。

林秋石曾经在自家门外的走廊上见过这样的铁门，唯一不同的是，那次所见的门上没有青铜锁。他掏出放在兜里的青铜钥匙，缓缓走上前去，将钥匙插入锁孔，轻轻扭动。

“咔嚓”一声，锁开了，一张白色的纸条掉了下来。

林秋石弯腰捡起，看见纸条上写着四个字：菲尔夏鸟。

林秋石并不理解这四个字的含义，但他不愿在这里久待，便随手将那纸条往兜里一揣，然后握住铁门的把手，重重一拉。

门开了，外面是一片柔和的光，虽然看不见其他的景物，却让人感到格外安心。

林秋石扭头看向身后，那些黑色的头发仿佛被光刺激到了一样，变得有些躁动。他不敢再停留，迈开脚步，走入了光晕之中。

“阮白洁可一定要活着出来呀……”这是林秋石离开时，心中的最后一个想法。

09

林秋石一直往前走，光越来越强烈，刺得他有些睁不开眼。好在脚下的路足够平坦，不至于让他走得太过困难。

就在林秋石思考着自己到底还要走多久的时候，脑子突然一阵眩晕，他条件反射地闭上眼，想要扶住旁边的墙壁，没想到真的摸到了一堵冰冷的墙。

这冰冷刺激得林秋石睁开眼，看清了面前的景色。

普通的楼道、普通的住户，淡色的白光从头顶上小小的灯罩里投射出来，周围的一切是这样熟悉——他竟是回到了自家门外的走廊上。

他回来了？林秋石一时间有些茫然，不知道接下来该做什么。他思考片刻后，掏出了口袋里的手机。

七月十七号，星期五，晚上八点，他回到了他离开这个世界的时间节点。

林秋石记得很清楚，十七号晚上，他和朋友约了吃夜宵，推门而出后，却看到了一幕难以描述的景象。

走廊上原本普通的住户所在的位置，出现了十二扇黑色的铁门。当时林秋石被这一幕吓到了，他在走廊上站了好久，甚至以为自己出现了幻觉。但铁门冰冷的触感，却告诉他这不是幻觉。林秋石观察了一下四周，发现其他可以离开走廊的出口已经全部消失，甚至包括自己家。

黑洞洞的走廊一眼看不到尽头，寂静像是虫子，啃食着人的灵魂。

林秋石尝试着去推铁门。然而面前的铁门却严丝合缝，根本无法推动分毫。而后，他就这样一扇一扇地试，直到他去推最后一扇门。

门居然被轻松地推开了。

在推开门的那一瞬间，林秋石感到自己的身体像是被什么力量重重地拉了一下，接着他整个人就跌入了门内，下一刻，他便出现在了那个可怖的小山村里。

而现在，他回来了，再次回到了自家门外的走廊上。他在原地站了很久，甚至怀疑这一切只是自己所做的一场奇怪的梦。忽然，他想起了什么似的，伸手摸了摸自己的耳垂和口袋……

他的耳垂上的确多了一枚小小的耳钉，口袋里也有一张纸条。

这一刻，林秋石终于意识到，他不是在做梦，而是经历了一个比噩梦还要可怖的故事。

手机铃声突然响了起来，林秋石拿起来一看，发现是朋友打来的电话。

"喂，林秋石，你做什么呢？"打电话的人叫吴崎，是林秋石的同事，"怎么还没下楼？"

林秋石恍惚了一会儿，才反应过来，吴崎在楼下等着他下去，两人好一起去吃饭。他看了下两人的聊天记录，发现时间才过去了一刻钟——如果以现实的时间来计算，他在那个村子里才待了十五分钟而已。

"林秋石？"吴崎有点奇怪，"你怎么不说话？"

"哦，没事。"林秋石道，"刚才有点事耽搁了，我马上下去。"

吴崎说了声"好"，把电话挂了。

林秋石匆匆忙忙下了楼。此时正值七月盛夏，天气炎热，虽然已经到了八点钟，但太阳还没落下去，火红的光芒将地平线那头晕染成了漂亮的红色。路边有行人摇着扇子悠闲地走过，一切都充满了生机。

林秋石紧绷的身体逐渐放松了下来。吴崎站在小区门口，见他来了赶紧冲他招招手："今天太慢了吧，不知道的还以为你化了个妆呢。"

林秋石笑了笑，没应声。

两人边走边说话，目标是小区附近的一家烧烤店。

吴崎抱怨说林秋石他们小区的蚊子太多了，站了没多久就被咬得惨不忍睹，还露出自己的小腿让林秋石看。

林秋石瞅了一眼："毛太多了看不见。"

吴崎："什么，你还嫌我毛多？要不是有这点毛撑着，我能等你那么久？"

林秋石："……辛苦你了行吧，晚上我请客。"

吴崎："好的好的。"

烧烤店的生意很火爆，两人点了烤串，又叫了一箱啤酒，便开始边吃边聊。

吴崎问林秋石："你真的打算辞职回老家？"

林秋石："啊？"

吴崎奇了怪了："你今天晚上到底怎么了，怎么一直不在状态啊？你叫我出来不就是为了说这事儿吗？"

林秋石喝了一口冰啤酒，含糊地道："没事儿，只是下午做了个噩梦，没缓过来。"他脑子里还想着门里面发生的事情，他有种隐约的预感，这件事还没有结束。

"哦。"吴崎说，"你最近的状态确实不好，去医院检查了吗？"

林秋石说："检查了，报告还没出来。"

吴崎叹气："干我们这行啊，就是容易出事儿，前几个月所长辞职，其中的原因你知道吧？好像就是因为差点猝死。"

林秋石道："嗯……"

两人正聊着天，旁边突然传来一阵剧烈的响声，像是发生了车祸。这家烧烤店临街开着，外面就是大马路，食客们听到声音，有人站了起来，有人则支着头朝着外面观望。吴崎的位置靠窗，他看了一眼窗外，惊讶地道："出车祸了呀。"

林秋石站起来，跟着众人走到门边，看清楚了门外巨响的来源。

居然是一辆私家车撞到了一棵树上，那私家车的速度也不知道有多快，整个车头都被撞了个稀巴烂。

司机只怕是凶多吉少。

旁边有人帮忙打了 120，警车和救护车很快就来了。

吴崎这家伙也是个心大的，一边看热闹一边吃着烤猪心，还吃得津津有味："这车肯定超速了，车头都能被撞成这副德行，速度怎么也得有个一百码吧？"

林秋石不太赞同："这是闹市区，怎么开一百码？"况且这会儿正好是周五晚高峰，到处都是车，不太可能开出这种速度。

"不知道。"吴崎说，"别看了，回来吧，你点的烤鱼来了。"

林秋石点点头，在转身之前，他又朝着出车祸的地方看了一眼，这一眼差点让他以为自己看错了。那个出了车祸的人正好被警方从驾驶室里抬出来，几乎是一片血肉模糊，但身上的衣着搭配，却让林秋石觉得有几分熟悉。

林秋石仔细回忆了一会儿，终于想起来自己曾经在哪里见过这身衣服。刚进入村子里，在大家还没换上冬装的时候，他们团队里似乎就有人穿着这一身，林秋石记得那个人的名字，好像叫张子双来着。

林秋石突然感觉浑身发冷，他没敢继续看，转身回了烧烤店，但也无心继续吃东西了。

吴崎："你到底怎么了？今天晚上一直在神游啊。"

林秋石摇摇头。

吴崎："还有，你什么时候打的耳洞？"他伸手想要摸一下，却被林秋石条件反射地躲开了。

"哇，你变了，你以前都让我摸的。"

林秋石："什么，我让你摸什么了？"

吴崎："你忘了那天晚上……"

林秋石知道吴崎又准备开始胡说八道，赶紧打断了他的话，表示这耳洞是刚打的，有点疼，怕脏手摸了发炎。

吴崎这才作罢，不过还是有点介意："你为什么要戴耳钉，难道是打算谈恋爱了？"

林秋石："一屋子的大男人，我找谁谈恋爱，找你啊？"

吴崎羞涩地道："你别说得这么直接，我考虑一下好吧？"

林秋石无情地说："滚。"

两人插科打诨，眼见天色就要黑了。如果是平日里，林秋石看见天黑估计无所谓，但是今天他刚从那个地方回来，看见天黑总是觉得有点慌，况且他还在想着那张纸条，便说身体不舒服，想早点回去。

吴崎没有阻拦，叮嘱林秋石好好休息，说他最近的脸色实在是不好看。

两人到了小区门口，相互道别后，林秋石就匆匆忙忙地回了家。

掏钥匙，开门，林秋石进屋之后松了口气。他打开客厅里的灯，看见他家的猫正乖乖地坐在玄关的位置，冲着他喵喵地叫。

"栗子！"林秋石冲过去就想抱住它。栗子却转身一扭，露出嫌弃的表情后，扭着自己圆嘟嘟的屁股走了。

林秋石："栗子……让爸爸抱抱啊。"

栗子“喵”了一声，然后动作轻盈地跳到了林秋石给他制作的猫爬架上面，居高临下地看着自己的主人。

又不让抱，林秋石叹气。

栗子是一只两岁大的狮子猫，虽然外表看起来颇为威武，但是性格非常好，平日里乖巧黏人，还会哼哼唧唧地撒娇，是林秋石最爱的小宝贝儿。

但是最近不知道怎么回事，栗子开始变得嫌弃林秋石，不但不让抱了，还开始对着他竖飞机耳甚至哈气，如果林秋石企图强抱，那肯定会弄得一手伤痕。

林秋石实在弄不明白这到底是为什么。今天栗子的态度好歹是好了一些，没有再对着他伸爪子。林秋石叹了口气，看着自家的祖宗，决定先去洗个澡再做打算。

热水冲去了身上的汗渍和炎热，林秋石洗完澡后坐在了电脑面前，敲击着键盘输入了四个字：菲尔夏鸟。

菲尔夏鸟，是他在门里捡到的纸条上面写着的四个字。林秋石搞不明白这四个字是什么意思，便想着去网上找找答案。

过了零点几秒后，网页上出现了林秋石想要的东西，他点开第一个链接，发现是一个论坛，论坛上面的人在讨论格林童话故事，其中便有一个童话的名字叫作《菲尔夏鸟》。

菲尔夏鸟，因为译名的不同，又被叫作费切尔怪鸟，讲述的是三个姐妹和一个伪装成乞丐的男巫的故事。

故事的大概内容是：男巫伪装成乞丐，到处去抓新娘子，他抓到新娘子之后会给她一把钥匙和一个鸡蛋，同时告诉她自己会出门几天，让她不要进某间屋子。而姑娘因为好奇心，在男巫走后，用钥匙打开了禁忌的大门，当她看到门内的一地尸块时，手中的鸡蛋便落在了地上。鸡蛋落地，染上了红色的血液，姑娘怎么都没办法将鸡蛋上的血液擦干净。男巫回来后，看到了鸡蛋上的红色痕迹，便将姑娘拖到了房间里，用刀将她砍死了。故事中的三姐妹，只有最小的那个妹妹幸免于难，最后她用智慧救下了姐姐，还杀死了男巫。

都说童话是给小孩子看的，但林秋石看到这个故事时却觉得毛骨悚然，特别是小妹妹高高兴兴地看着姐姐们复活的场景，总觉得格外瘆人。

这故事和《蓝胡子》有些相似，但总感觉比那个还要血腥一些。

可是纸条上的菲尔夏鸟是什么意思呢？林秋石陷入了沉思，他想要将这几个字和自己的经历联系起来，又觉得有些牵强。

如果不是之前的经历，难道是以后的预言？林秋石想起了那十二扇黑洞洞的门，那种不妙的感觉越来越强烈了。

得不到答案的他躺回了床上，看着天花板发呆。

本来最近他是打算辞掉工作回到家乡去的，但是现在突然出了这么一件事，一切的计划都被打乱了。

门里发生的事情完全超出了他的理解范围，根本无法用常理解释，他一时间却又寻不到头绪，只觉得思维有些混乱。

就这么想着想着，林秋石慢慢地陷入了浅眠之中。他的睡眠质量很一般，屋子里有个什么动静就会马上醒过来。迷迷糊糊之中，林秋石听到了轻微的响动。他以为这声音是栗子搞出来的，便含糊地叫了声："栗子……"

没有回应。

声音消失了，林秋石的鼻间却出现了一缕淡淡的香气，这香气有些特别，像是冰雪的气息，与此同时，闭着眼睛的他感受到了一道奇怪的视线。

这是一种很难形容的感觉，林秋石虽然闭着眼，但是明显能感觉到有人在看着他，那道视线灼热，让原本快要睡过去的他后背慢慢浮起了一颗颗鸡皮疙瘩。

屋子里有人！林秋石的意识逐渐清醒，并且清楚地意识到了这一点。

"怎么这么容易醒。"一个陌生的男声突然响起，那声音近在咫尺。

被人发现在装睡，林秋石只好睁开了眼。

屋子里没开灯，他只能借着月色勉强看清来人的长相。这是个长得极为漂亮的男人，虽然漂亮，但是不见一丝女气。此时他微微偏着头，笑意盈盈地看着林秋石，黑色的眸子隐匿在黑暗中，让林秋石无法准确判断出他此时的情绪。

"醒了？"男人用手指轻轻地碰了碰林秋石的脸。他的手指很冰，没有人类该有的温度，却足够细腻，仿佛玉石一般。

林秋石条件反射地想要躲开，却被男人直接抓住了手腕。男人的力气极大，手如同铁铸成的镣铐，以至于林秋石想要挣扎都会感到手腕隐隐作痛——好像只要男人再微微用力，他的手便会直接断掉一样。

“你是谁？”林秋石道，“私闯民宅是犯法的……”

男人却被林秋石逗笑了，他慢慢地靠近，仔细地观察着林秋石的模样，随后轻言细语地说：“和我想象的一样可爱。”

林秋石被这句话搞得毛骨悚然。

就在他以为男人会做出什么更加过分的事情时，男人却直接松开了手，然后随手打开了床头上的灯。

光明再次笼罩了整个屋子，也驱散了黑暗带来的未知和恐惧，林秋石终于能清楚地看到眼前人了。

男人的模样比他想象中的还要好看，但也是陌生的。两人眼神相接，大约是看出了林秋石目光中的警惕和隐隐的恐慌，男人又笑了，他对着林秋石伸出手，语调温和：“欢迎来到门的世界。”

林秋石没有和对方握手，神情狐疑地问道：“你是谁？为什么会出现在我家里？”

男人也不介意林秋石冷淡的态度，道：“你好，林秋石，我叫阮南烛，我知道你有很多问题，但是现在我没办法一一为你解答。”

林秋石抿唇，表情看起来有些固执。

阮南烛抬手看了一眼表：“你现在有十分钟可以穿好衣服，接下来我会带你去一个地方。”

林秋石刚张嘴，就被阮南烛打断了，这个漂亮到看起来毫无威胁的男人，身上透出的却是强烈的压迫感。他微笑着，让林秋石神经紧绷：“你没有拒绝的权利。”

林秋石面露无奈。刚才他已经尝试了阮南烛的力气，知道如果正面对抗，他的确是毫无胜算。

气氛变得有些凝固，就在林秋石思考着要不要听从男人的命令时，原本在客厅里趴着的栗子突然出现在了卧室里，嘴里喵呜喵呜地软软叫着，还用头蹭着阮南烛的小腿。

阮南烛身上那种强烈的压迫感瞬间不见了，他弯下腰，抱起了栗子，动作娴熟地挠起了它的下巴："你还养了猫？"

林秋石道："嗯……你……"他还想问阮南烛的身份，可是话到了嘴边，又觉得阮南烛并不会如他所愿回答他的问题。不过他想起了什么，便迟疑着问："你和阮白洁是什么关系？"阮这个姓氏并不多见，况且男人还说了一句"欢迎来到门的世界"，那定然是和那十二扇铁门有关。

阮南烛并不答话："你还有七分钟。"

林秋石面露无奈，心想：这人虽然长得好看，但脾气真是比石头还硬。于是他自认倒霉，穿起了衣服，也亏得现在是夏天，穿衣服不过花了几分钟。

七分钟后，两人准时出现在了楼下。

林秋石离开自己家的时候还非常疑惑地观察了一下自家的门锁，但门锁完好无损，没有任何被破坏过的痕迹。

阮南烛似乎猜到了他在想什么，随手指了指："我是从窗户进来的。"

林秋石："……哈哈，你真会开玩笑。"他家在十六楼，外面并没有什么遮挡物，难道阮南烛是从窗户飞进来的？

阮南烛见他不信，也不解释，转身就走。

林秋石跟在他后面嘟囔，说私闯民宅是犯法的。

阮南烛："你报个警试试？"

林秋石："……"

两人到了车库，没想到车库里的车里还坐着其他人，那人坐在驾驶座上，看起来快要睡着了。

阮南烛伸手就在玻璃上拍了一下："程千里。"

被叫作程千里的少年这才惊醒，揉着眼睛说："阮哥，你这么快就完事儿了？"

阮南烛："走。"

程千里"嗯"了声，转头打量了一下林秋石："果然挺可爱的。"

林秋石："……"被一个十几岁的小男生说可爱，他真是一点都不高兴。说实话，要不是之前阮南烛提了一下铁门的事情，他都要以为这是一伙人贩子了。

被程千里打量的时候，林秋石也在打量着他，这男生看起来应该只有十六七岁的样子，声音还在变声期，脸上带着稚嫩的痕迹。

观察到这种情况的林秋石在后座上突然坐直了，他想到了一个非常关键的问题……

阮南烛见他神情紧张，便道："怎么了？"

林秋石："冒昧地问一下，你朋友几岁了啊？"

阮南烛一脸茫然。

坐在前面的程千里回答："我十六岁。"他本来以为林秋石会感叹他年纪小，正打算好好炫耀一番，谁知道突然听到林秋石嘀咕："十六……还没驾照吧？"

程千里："……"不愧是阮哥想招收的队友，这"脑回路"和正常人不太一样啊。

阮南烛也笑了，他说："我见过那么多人，你是第一个问这个问题的。"

林秋石问道："所以你有驾照吗？我今天才看见一个人因为车祸死了。不然我来开？我开车技术挺好的。"

车里陷入了一种难以言喻的沉默。

程千里长叹一声，说："您别担心了，只要不遇到交警……"

结果刚出小区门口，三人就看见不远处站了个交警，正在临时抽查酒驾。

程千里："……"

林秋石一脸"我就说了"的表情。

于是程千里面无表情地和阮南烛换了位置，看着自家老大坐进了驾驶室，程千里坐到林秋石旁边后还瞪了林秋石一眼。

林秋石一脸无辜，心想：我只是随口说说，哪里能想到这么灵。

10

车驶出小区后一路向前。

林秋石和程千里坐在后排座位上，两人没有太多的交谈，车内非常安静。

直到车驶上了高速公路，林秋石才忍不住发问：“你们到底要带我去哪儿？”

“我还以为你不会问呢。”程千里道。

林秋石：“我问了，你们就告诉我？”

程千里：“不会。”

林秋石：“……”你们可真有意思。

半个小时后，车停在了郊区的一座独栋别墅外面。

林秋石从车上下来，观察着眼前的建筑。这别墅独门独栋，就这么孤零零地矗立在荒郊野岭，周围完全不见人烟。

别墅周围种满了茂密的草木，站在门外，便能听到嘈杂的虫鸣声。

待阮南烛停好了车，三人便顺着小道一路往前。林秋石拿出手机看了眼，发现现在刚好凌晨一点，大约是这里太偏了，手机信号很弱，只有一小格。

阮南烛走在前面，到了别墅门口，抬手推门而入。

林秋石进门后才发现别墅里面灯火辉煌，一楼客厅里坐了三个人，似乎正在讨论事情。三人是两男一女，见到他来，都向他投来了注视的目光。

“阮哥。”其中一人叫着阮南烛，从态度来看非常恭敬，“你回来了。”

阮南烛微微点了点头，随便找了个沙发坐下，抬手示意林秋石坐在他的旁边。林秋石犹豫片刻，还是听从了阮南烛的指示。

阮南烛道：“你才从门里出来吧？”他手一伸，“纸条呢？”

林秋石微微一愣，没想到阮南烛如此直接，没有任何铺垫，便找他索要那张纸条。

“你不觉得你应该先解释一下情况吗？”林秋石道，“突然闯进我家，把我带到这里来，什么也不说，就问我要东西？”

阮南烛道：“千里，你解释。”

程千里耸耸肩，露出一副无奈的模样。他起身，拿起面前的笔记本电脑，打开之后敲击了一阵子，然后顺手递给了林秋石。

林秋石虽然觉得莫名其妙，但还是接过了笔记本电脑，看见屏幕上打开了八九个网页，便问：“什么东西？”

程千里：“你看看。”

林秋石滑动鼠标，大致浏览了一下网页页面，发现这些网页写的全是昨天的新闻，大部分都在报道意外死亡事件。其中一条林秋石很眼熟，说的是 × 市发生了一起车祸，司机超速驾驶，车子撞在了树上，司机当场死亡。看着新闻里死者姓氏的缩写和照片，林秋石终于意识到这些内容到底是什么。

网页里新闻中死掉的人，和他之前在门内看到的人是同一批人。他们几乎在同一个晚上死了，虽然死法千奇百怪，有自杀，也有他杀。

林秋石："在门里死了，外面的人也会死？"

程千里点头："我先告诉你这个事情，让你做好心理准备，那门不是开玩笑，也不是噩梦，在里面出了事儿，在外面人也会没了。"

林秋石道："我知道了，但是那到底是什么东西？"

"很难用科学来解释它到底是什么东西，因为它本来就是违反常理的。"程千里看了眼坐在旁边的阮南烛，"你刚从门里出来吧，快点把你从门里得到的那张纸条拿给我们，那东西很重要。"

林秋石："那纸条我没带在身上。"

"没带没关系，你记得上面写了什么吗？"程千里发问。

林秋石点点头，迟疑了一下，但面对众人的注视，他还是说出了纸条上的内容："菲尔夏鸟。"

"查。"阮南烛一声令下，所有人都动作了起来。

他们神情紧张的模样，搞得林秋石也跟着有点紧张，他道："到底是怎么回事，我没明白……"

阮南烛道："最近你身边有发生什么奇怪的事吗？"他看着自己的手机，"一些预兆之类的东西。"

林秋石道："预兆？"

"对，预兆。"阮南烛解释，"比如看见一些以前没有看见过的东西，出现一些小小的意外，或者是……"说到这里，他停顿了一下，"家里的动物不让碰了？"

林秋石："有有有，我家的猫不让我抱了，你看我这毛病还有得治吗？"

程千里："没得治了，割了吧。"

林秋石："……"

阮南烛看了程千里一眼，程千里赶紧做出一副"我在认真工作"的模样。

阮南烛道："你快死了。"

林秋石愣住了："啊？什么意思？"

"字面上的意思。"阮南烛慢慢地说下去，"不过只要你能撑过十二扇门，就能活下来，彻底脱离门的控制。"

"门的控制？"林秋石觉得有无数的问题涌上脑海，但他又不敢全都问，因为面前的这个阮南烛怎么都不像是个耐心特别好的人。

果不其然，阮南烛道："你不用急着发问，你还有一个星期的时间，可以慢慢搞清楚到底发生了什么。程千里，交给你了。"

程千里："我发誓，这是我最讨厌的新手问答环节。"

林秋石："……"委屈你了啊。

"那我问今天最后一个问题好不好？"林秋石想了想，觉得这个问题是目前最重要的。

"什么问题？"程千里道。

"那个……阮白洁是你们什么人啊？"林秋石问道，"她跟你们肯定有关系吧？"

屋子里顿时陷入了一种诡异的寂静之中，程千里的表情非常奇怪，甚至说得上扭曲。林秋石研究了一会儿，才发现他在憋笑。

"以后你会知道的。"阮南烛温声道，"不要急。"

林秋石："……"你们的表情怎么都那么奇怪啊？

他们对话的时候，屋子里的人已经查出了菲尔夏鸟和一些相关的资料。

阮南烛听完众人的汇报之后宣布："程千里，带着他认识一下大家，我有事要出去一趟。"

程千里："好。"

阮南烛说完就走了，没一会儿，屋外就传来了汽车发动的声音。

被留下的林秋石和程千里面面相觑，最后程千里站起来，道："我来给你介绍一下吧，这是卢艳雪，我们团队里唯一的一个姑娘，胆子比男人还大，性格比男人还糙。"

卢艳雪："喂，程千里，你会不会说人话？"

程千里没理她，又介绍另外两个人："陈非，易曼曼，陈非是戴眼镜的那个，另外一个叫易曼曼，这人很事儿，废话也特别多，最好离他远一点。”

陈非对着林秋石点了点头。

易曼曼：“程千里，你是皮痒了还是怎么着？”

“这位是林秋石，你们都知道了吧，”程千里说，“阮哥带回来的人。”

从态度上来看，三人还是挺友好的，但话都不多，没有要和林秋石交流感情的意思。

程千里似乎看出了林秋石的想法，很真诚地解释：“你不要怪他们不欢迎你，毕竟我们都不知道你能活多久，在一个死人身上浪费感情是很难受的事。”

林秋石：“……”难道你觉得你这么说，我就会好受吗？什么叫不知道我能活多久？

“至少要撑过下一扇门吧。”程千里说，“不过下一扇门阮哥应该会带着你过，不会出什么大问题。”

林秋石：“那阮白洁……”

程千里：“你饿了吗？要不要吃点东西？”

林秋石：“……”你这话题换得也太生硬了吧。

林秋石没饿，半夜被叫起来后他也睡不着，于是就坐在客厅里看着他们做事。他们似乎都在查找关于菲尔夏鸟的事情，虽然这只是个童话的名字，但他们却好像要挖地三尺，找出所有的线索。陈非和易曼曼还在讨论明天去图书馆一趟。

程千里说林秋石闲着没事儿可以上楼睡觉，房间已经给他准备好了，右手最靠里面的那一间，里面还有电脑什么的，他可以玩玩游戏打发时间。

林秋石：“……那我去睡觉了。”

程千里：“晚安。”

林秋石“噔噔噔”上了楼，刚转进右手边，就看见一个人站在走廊尽头，他本来以为是住在别墅里的其他人，正欲上前打个招呼，结果刚看清楚那人的脸，他后背上的冷汗就下来了。

原本应该坐在楼下的程千里，居然出现在他的面前，还面无表情地朝着他走了过来。

“程千里？”林秋石慢慢地后退一步，“你怎么在这儿？”

那人眼神冷漠，气质和程千里完全不同，听到林秋石的话，他淡淡地开口：“我不是程千里。”

林秋石：“那你是谁？”

那人说：“我是程千里他哥。”

林秋石：“啊？”

那人说：“程一榭。”

林秋石陷入了沉默，他没说话，转身跑回了一楼，看见程千里的确坐在客厅里，正在和卢艳雪聊天。程一榭也跟着林秋石下来了。

见到林秋石跑回来，程千里疑惑地道：“怎么了？”

林秋石：“你有个双胞胎哥哥啊？”

程千里：“哦，对，我忘了。”

林秋石：“……”这么重要的事都能忘？而且你们两个的名字是怎么回事啊，一榭千里？一泻千里？

大约是很多人吐槽过他们两个的名字，林秋石还没开口，程千里就道：“我知道你要说什么，别说出口！”

林秋石摊手：“好吧。”

“那是我的双胞胎哥哥。”程千里说，“他性子怪，你最好别理他，离他越远越好。”

程千里的哥哥程一榭被弟弟这么说也不生气，只是抬头看了程千里一眼。程千里便干笑两声：“哈哈，我开玩笑的。”

这一对双生子虽然穿的衣服不同，发型也有细微的差别，但是模样当真是一模一样，至少目前林秋石看不出什么差别。

他又和程千里说了声“晚安”，回到了二楼。这次他走得格外小心，害怕走廊尽头又冒出来一个三胞胎之类的。

当然，三胞胎肯定是没有了，林秋石成功地进入了程千里说的那间卧室，卧室门口还挂着一块名牌，上面写着林秋石的名字，大约是怕他走错地方。

卧室里的环境很不错，中间摆放着一张柔软的大床，旁边是电脑，靠窗的位置还摆放着一张小桌子，上面有水果和零食。

林秋石打开电脑，又搜了一下刚才程千里给他看的那些新闻，但是当他看到某张照片时，却发现了不对劲的地方。

这是一条社会新闻，说的是某个王姓女子在桥上自杀身亡，自杀的全过程被路人拍摄了下来。

这段视频大概上传不久，还没有被“和谐”，于是林秋石点开之后看到了全过程。

其实在门里的世界里，林秋石只记得张子双和王潇依的衣着。两人的衣服比较特别，一个人穿的是制服，另一个人穿的是cosplay（角色扮演）的装束。

视频拍得很清楚，甚至拍下了自杀者的面容，林秋石将画面放到最大，看着视频里的人，露出狐疑的表情。

这人的穿着和王潇依一样，模样却完全不同。门里的王潇依长相很普通，视频里的姑娘却非常漂亮。

怎么会长得不一样？林秋石觉得奇怪极了，然而最奇怪的是他有种感觉，那就是视频里的人虽然和王潇依长得不同，但的确就是王潇依本人。

视频播放到最后，那姑娘无视所有人的劝阻，纵身一跃，跳下了大桥。视频下面还有文字描述，说尸体已经找到了，死者是 ×× 大学的大一学生，本来今天要去参加一个动漫展，却突然失踪，最后出现在了一座很偏远的大桥上。至于自杀的原因，目前还在调查之中……

这情况显然就很奇怪了，程千里他们故意隐瞒了这件事。林秋石皱着眉头，又想寻找相关新闻看一下死者的具体情况。但遗憾的是，其他几人都没有正面照片，不过从衣着来看，的确就是门里死掉的那几个。

这到底是怎么回事呢？林秋石躺在床上，陷入了沉思。程千里他们到底想隐瞒什么？

整个晚上林秋石都没怎么睡着，第二天一大早就起来了。

六点多钟他下楼的时候，看见程千里坐在屋子里，旁边趴了条狗。那狗屁股圆嘟嘟的，跟个吐司似的，一看就是只柯基。

“你们还养了狗？”林秋石有点诧异。

谁知道程千里面无表情地抬头看了林秋石一眼，没理他。林秋石这才反应过来，这人不是程千里，而是程千里他哥程一榭。

好吧，又认错人了，林秋石有点无奈。

夏季天亮得早，不到七点，整栋别墅里的人都开始活跃起来。

林秋石听到屋外传来汽车发动机的声音，片刻后，阮南烛从外面走了进来。他看见林秋石坐在客厅里发呆，便道：“这么早？”

林秋石：“有点饿了。”

阮南烛：“程一榭，你去做饭。”

对谁态度都挺冷淡的程一榭居然真的站了起来，面无表情地去了厨房。

林秋石对阮南烛投去佩服的眼神，看来阮南烛在这个团队里的地位的确不一般。

阮南烛在林秋石旁边坐下：“知道多少了？”

林秋石：“没多少。你们为什么要把我带到这里来？”

阮南烛从兜里掏了根烟出来：“不介意吧？”

林秋石摇摇头，表示不介意。

阮南烛点上烟：“因为我打算下次和你一起进入门里。”

林秋石一愣：“还能一起进去？”

“当然可以，不然你以为熊漆和小柯为什么认识？他们两个也是老手了。”

“等等，熊漆和小柯？”结合昨天的异常情况，一个念头出现在了林秋石的脑海里，他不可思议地瞪大了眼睛，“白……白洁？”

阮南烛吐了口烟：“嗯。”

林秋石：“不！我不信！”

“有什么不信的，你见过一米八的女生？”

“可是你为什么进到门里会变成女的？”

阮南烛纠正了林秋石的错误：“不是变成女的，是穿上了女装。”

林秋石：“……怪不得你的胸那么平。”

阮南烛没说话，似笑非笑。

林秋石：“……”阮南烛这笑容倒是有几分阮白洁的风韵。唉，他早就该明白，怎么会有那么高的姑娘，虽然模样的确是挺漂亮的。但说实话，阮南烛如果扮成姑娘，大概也比阮白洁差不到哪里去。

“所以你为什么扮成姑娘啊？”林秋石道。

阮南烛：“爱好。”

林秋石无法反驳。

阮南烛：“女人总是比男人方便一点。”他笑了笑，“至少不用去扛树。”

林秋石：“……”这倒也是。

“每一扇门都会留下下一扇门的线索。”一根烟抽完，阮南烛将火灭了，“你的下一扇门，就是菲尔夏鸟。”

菲尔夏鸟，真是一个让人觉得不愉快的童话故事，林秋石蹙眉。

阮南烛从怀中掏出一个东西，随手递给了林秋石：“这是你刚离开的那个门的线索。”

林秋石接过来，发现这也是一张纸条，只是上面写的内容不一样：“一人不入庙，二人不观井，三人不抱树，独自莫凭栏。”

入庙、观井、抱树，和门里发生的一切一一吻合，到此时，林秋石才明白在门内的世界里，阮白洁为何能万事先知。

“可是为什么只有你一个人进来了？”林秋石道。

“说来话长。”阮南烛说，“以后有时间再和你解释。总而言之，住在别墅里的都是一样的人，大家都必须进入门内的世界，所以要互相照应。”

这时候程一榭做好了早餐，端到了桌子上：“阮哥，吃饭了。”

阮南烛道：“走吧，先去吃点东西。”

林秋石点点头。

程一榭的手艺很不错，他不仅熬了个粥，还炒了两个小菜。三人吃饭的时候，其他人也陆陆续续下来了。林秋石得到的信息太多，一时间很难处理完，于是全程安静地吃着饭，没有再问问题。

刚下楼的程千里见林秋石这么安静，很感动地表示：“好久没见过情绪波动这么小的新人了，之前来的那几个不但问个不停，还像被踩到了尾巴的猫……”

林秋石：“别墅里还有其他人？”

“还有两个，进门里去了，鬼知道他们能不能出来。”程千里张嘴尝了口程一榭煮的粥，嘟囔道，“都不多加点糖。”

程一榭听到这话，面无表情地看向自己的弟弟。

程千里赶紧做了个拉上嘴巴拉链的动作。

这对双胞胎的互动倒是很有意思，林秋石正这么想着，就听到程千里说：“估计下周你就要进门，不过不用担心，到时候阮哥会陪着你一起进去，应该问题不大。”

林秋石看了眼旁边的阮南烛，心里暗暗叹息，完全想象不出门里的阮南烛居然是那样的姑娘。他道：“对了，是不是进入门里，我的长相会发生变化？”

程千里：“对啊，门里的我可丑了。”

程一榭：“你现在也不好看。”

程千里：“……”

“那我在门里长什么样？”林秋石有点好奇。

阮南烛吃了最后一口饭：“下次进去的时候你照照镜子不就知道了？”

也对哦，林秋石觉得他说的挺有道理的。

“准备一下。”阮南烛说，“菲尔夏鸟的世界应该不会太难，通常第一次进入门里都不会太难，只要拿到了提示，一切都好说。”

林秋石：“可是为什么我的第一世界感觉挺难的？”

“因为门里有三个老手。”阮南烛将嘴擦干净，“除去我，熊漆和小柯也是老手。他们应该隶属于另外一个组织。”

林秋石一愣，没想到居然还有这种内情。

虽然有很多的疑惑，但看来一时半会儿是了解不清楚了。林秋石吃完早饭后，委婉地表示自己想回家，家里的猫还没喂呢。

“去吧。”阮南烛居然同意了林秋石的要求，并且表示自己会在周五去找他，让他做好准备。

林秋石道：“做好准备的意思是周五我会进入第二扇门？”

阮南烛淡定地“嗯”了声。

林秋石想到门内的光景，只觉得眼前的食物都变得无味了起来。吃完饭后，阮南烛真的如他说的那样送林秋石回家，全程两人都没什么交流。直到林秋石下了车，阮南烛才开口道：“周五见。”

林秋石冲着他点点头，温声道谢。

阮南烛开车离开，而林秋石则回到了家中。

栗子见到林秋石回来了，还是懒洋洋地趴在沙发上。林秋石叫它的名字，它也不动，只是慢悠悠地挥舞着自己的尾巴，示意自己知道了。

林秋石趁着这个机会，赶紧上去撸了它两下。栗子好歹是不怎么躲了，只是态度还是不热情。

林秋石：“栗子，再让爸爸抱抱嘛。”

他刚伸出手，栗子的后腿就抬起来给了他一个飞踹。被踹中的林秋石流下了悲伤的泪水，知道自己暂时是没办法获得栗子的恩宠了。

星期一。

林秋石照例去上班，并且再次和自家老板说了一下辞职的事情。

老板听到林秋石想辞职，自然是万般挽留，并且当场承诺可以给他加薪升职。

但林秋石的态度十分坚决。如果说之前他还对这份工作怀有不舍和犹豫，那么现在则是毫无留恋了。人都要快死了，自然要做想做的事，林秋石不知道自己能不能从下一扇门里出来，所以他并不想将宝贵的时间花在上班这件事上。

老板见劝不动，只能面露遗憾，同意了林秋石的辞职申请。

终于不用每天加班了，林秋石长舒一口气，决定好好享受这宝贵的几天时间。

人和人心态的差别在此时体现得淋漓尽致，有的人在等待的时间里焦虑不安，有的人却好好享受着最后的时光。

第二卷

菲尔夏鸟

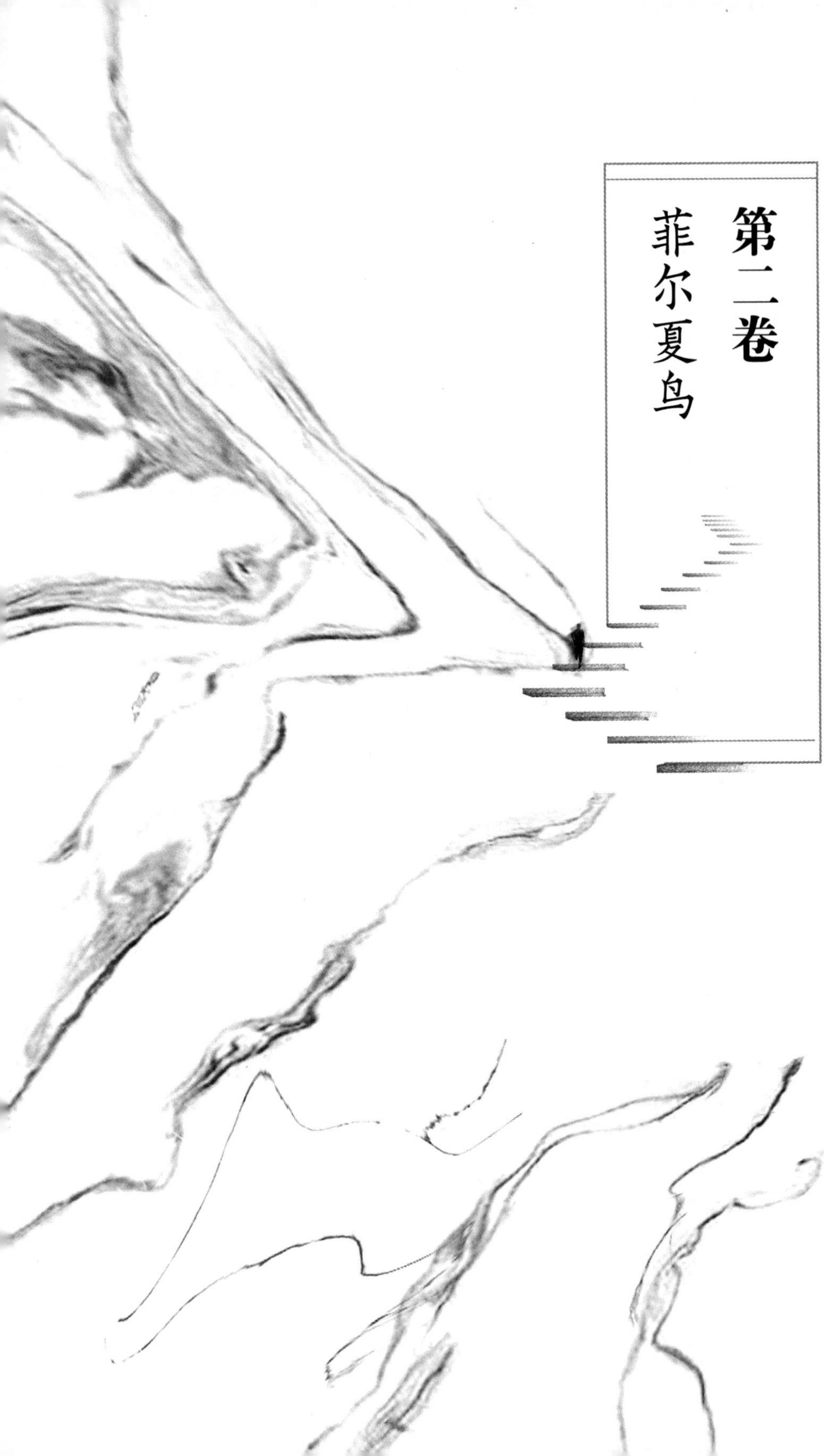

01

时间转瞬即逝，很快就到了周五晚上。

这几天林秋石也去了图书馆，查了不少关于菲尔夏鸟的资料。但无论他怎么查，这也不过是一则有些血腥的童话，并没有什么太有用的信息。

周五晚上八点，林秋石家的门被敲响了。

他走到门边，拉开门后就愣住了，只见门外站着一个女人，非常漂亮，穿着一袭长裙，脸上化着淡妆，模样是典型的古典美女。此时，女人神色淡淡地看着林秋石："林秋石？"

林秋石："你……阮南烛？！"

阮南烛："叫我阮白洁，谢谢。"

林秋石瞪圆了眼睛："你为什么要穿女装？"

阮南烛："爱好。"

林秋石："……"虽然之前阮南烛就说过是爱好，可是真的看见阮南烛这么穿的时候，林秋石还是受到了严重的刺激。

作为一个天天沉迷于加班，完全不知道什么是女装大佬的老实人，林秋石失魂落魄地给阮南烛开了门，表情悲伤到了极点。

"你这模样是怎么回事？"阮南烛说，"是知道自己快死了吗？"

林秋石："没…… 没事。"他太悲伤了，以至于完全无法控制自己的神情。

也不知道到底是谁给阮南烛化的妆容，原本毫无女气的模样此时却变得楚楚可怜，一颦一笑皆带着十足的风情。除了身高和声音，他身上完全看不出男性的特征。

“和命比起来，尊严就没那么重要了。”阮南烛坐在林秋石家的沙发上，栗子直接跳到了他的膝盖上，“当然我也不是每次都会这样，这次是接了活儿。”

“什么活儿？”林秋石看着撸猫的阮南烛，面露艳羡，他也想撸猫嘛。

阮南烛：“你的眼神很变态。”

林秋石：“有吗？”

阮南烛：“有。”

林秋石流下了悲伤的泪水。

阮南烛看了眼表，便让林秋石去换身衣服，最好穿他平时不怎么穿的那种风格的衣服。林秋石也没问为什么，便乖乖地去换了，换完之后，阮南烛才告诉他：“最好不要让游戏里的人在现实里把你认出来。”

“什么意思？”林秋石问，“认出来会怎么样？”

阮南烛：“以后你就知道了。”

他说完这话，便道了句：“差不多了，出门吧。”接着他便放下了栗子，起身走到了门边。

当阮南烛推开门后，林秋石发现门后的景色发生了变化。原本普通的走廊不见了，十二扇寒冷的铁门出现在了他们眼前。其中一扇铁门上贴了血红色的封条，这扇门应该就是林秋石上次去过的地方。

第二次看到这样的景象，虽然已经做足了心理准备，但林秋石的心脏还是忍不住快速跳动起来。

阮南烛做了个请的姿势，林秋石便开始尝试着拉开铁门。

一扇、两扇……直到快走到尽头，林秋石才感到把手微微松动，看起来沉重无比的大门，“嘎吱”一声被他拉开了。

和之前一样，林秋石刚拉开门，就感到有一股大力袭来，整个人被这股力量推着直接进入了门中。随后景色一转，他的眼前出现了一栋孤立的高楼。

四周都淹没在黑暗之中，唯有眼前的楼宇散发着微弱的光芒，像是在呼唤着他过去。

林秋石环顾四周，并没有看见阮南烛的身影，甚至他身边也没有任何一个人。迟疑片刻后，林秋石还是迈着步子，走向了眼前的楼宇。

走到门口之后，林秋石看见六七个人聚集在楼梯口，这些人有的神色平静，有的却好像要崩溃一般，在大声地质问着什么。

林秋石走过去，听见有人在咆哮："这里是哪里？你们是谁？我要报警！"

林秋石瞬间明白发生了什么事，这个咆哮的男人，似乎是第一次来到门内的世界。

"你们别想骗我了，什么门里面的世界，你们是在做节目还是想要骗钱？"咆哮的是个四五十岁的中年男人，穿着富贵，从手腕上那只百达翡丽的表就能看出这人身价不菲。但大概也就是因为出身富贵，所以他一时间才完全无法接受这种超出了常识的事情。

"我绝对不会相信的，我马上就离开这儿。"男人说，"你们别想拦住我！"

男人旁边一个瘦弱的姑娘正在悲伤地哭泣，她似乎被这个场面吓到了。剩下几人脸上要么是茫然，要么是冷漠。另一个年轻男人冷嘲热讽道："你要走就走呗，说得好像谁会拦你似的。"

那个中年男人冷笑一声，竟真的转身就离开了这栋楼。

除了眼前这一栋孤楼，其他的建筑全部掩映在黑暗之中，好似有浓雾将整个世界都笼罩了起来。那中年男人的胆子也是大，居然头也不回地走进了黑雾中。林秋石刚想感叹一句这人脾气真大，黑雾中就传来了那个中年男人凄惨的叫声。

随后，黑雾中踉踉跄跄地跑出了一个人，那人浑身上下沾满了鲜血，甚至看不清楚长相，只能从身高和体型来判断，那人就是刚才跑进黑雾中的中年男人。

"也是运气不错。"站在人群中的一个高个子御姐不咸不淡地开了口，"居然没死。"

林秋石将眼神投到了那个御姐身上。她个子很高，一头漂亮的黑色长发带着微卷，面容精致，神情冷漠。因为她站在人群里，林秋石也没有看得太清楚，直到她朝外面走了两步，林秋石才注意到她的穿着——和进门之前的阮南烛一模一样。

林秋石瞬间明白了怎么回事。他在心里骂了好几句脏话，脸上却还是做出一副茫然无措的表情。

“这里到底是哪儿啊？”那个一直在哭的小姑娘看到这一幕之后哭得更惨了，“我好害怕……”

“门内的世界。”伪装起来的阮南烛如此说道，“我叫祝萌，第二次进来，你们呢？”

“我是余林林。”林秋石随便想了个名字，“也是第二次。”

“哦。”阮南烛点点头，很温和地说，“你也别哭了，这里虽然很可怕，但是也能活着出去。你叫什么名字？”

那姑娘抽泣着道：“我叫许晓橙。”大约是从进门就开始哭，这会儿她已经哭得两眼红肿，“这里好可怕。”

其他人也陆陆续续地做了自我介绍，加上外面的那个中年男人，人数一共是七个，其中三个是新人。许晓橙和另外一个年轻男孩都是第一次到门里，许晓橙在哭，而另外一个年轻男孩则脸色发青，看起来一副随时可能会晕过去的模样。

阮南烛在队伍里起到了主导作用，他和上个门内的熊漆一样，简单地解释了一下大家需要做的事，然后便提议先进楼里看看情况。

“那他呢？”先前进过门的有一男一女，女的是个面容普通的年轻姑娘，名叫唐瑶瑶，自我介绍的时候说自己是第三次进门了，她指了指那个狼狈地逃回来、浑身上下都是鲜血的中年男人，“不管他了吗？”

阮南烛看了眼那个中年男人，态度非常冷淡：“我懒得管，要管你管吧。”

“好吧，那就不管了。”唐瑶瑶点点头。

那中年男人喘着粗气，见众人都打算走了，赶紧跟了上来。他的表情惊恐无比，也不知道在浓雾里看到了什么东西。

这栋楼是很老旧的单元楼，只有一部摇摇欲坠的老式电梯。这电梯一次最多坐五个人，于是只能分成两拨，大家都想和老手阮南烛走在一起，便在电梯门口卡住了。

阮南烛见状，温声道：“不如这样吧，我先带几个老手上去看看情况，你们在底下等着，待会儿我再坐电梯下来接你们。”

“好。”一直在哭的许晓橙这会儿终于止住了泪水，可怜兮兮地看着阮南烛，“姐姐，你一定要下来呀，我好害怕。”

“嗯，我会的。”阮南烛应声。

于是，林秋石、阮南烛，还有剩下的两个老手，四人一起进了电梯。

这电梯显然超过使用年限了，电梯周围画满了乱七八糟的涂鸦，有广告，有骂人的话，还有一些意义不明的图案。

电梯键一共有十四个，阮南烛本来想一层一层地看，却发现一到十三楼的键都按不动，只有十四楼的键能按亮。

“只能去十四楼了。”阮南烛说，“走吧。”

林秋石点点头。

根据阮南烛的说法，这个门的难度应该不高，而且他还说了自己接了活儿，却又没有解释那个活儿到底是什么。

电梯缓缓上升，发出“嘎吱嘎吱”的声音。

四人都没说话，表情甚至说得上凝重。在电梯门打开的时候，林秋石条件反射地往后退了一步，害怕有什么东西出现在门口。但什么东西都没有出现，呈现在林秋石面前的，是一条老旧的走廊，走廊的尽头是一扇半掩着的门，门里传出电视机的声音，看来这家住户应该是在看什么电视节目。

阮南烛神色平静，直接走到了门口，敲了敲门。

“你们来啦。”一个中年女人出现在了门后，她穿着围裙，似乎正在忙着做饭，看见门外的四人，笑了起来，“进来吧。”

阮南烛抬步进了屋子。

另外三人跟在阮南烛身后走了进去。

这是一间陈旧的老屋，三室两厅，看起来还算宽阔。屋子里虽然看起来很陈旧，但看得出经过很认真的打扫，连比较偏僻的地方都看不到一丝灰尘。

林秋石走到客厅中央，看见了那台发出声音的老旧电视机。电视里正在播放一部动画，咿咿呀呀的，有些吵闹。

但吸引住林秋石目光的并不是电视机，而是坐在电视机前沙发上的三个小女孩。

她们的长相居然一模一样，穿着和发型也别无二致。见到四个陌生人，她们只是移动了一下视线，似乎对来者丝毫不感兴趣。

“这是我的女儿们。”中年女人说，“谢谢你们来参加她们七天后的生日聚会。”

因为有了上一扇门的经验，林秋石一下子就抓住了女人话里的重点，七天后参加生日聚会，似乎就是他们来到这扇门里的目的。

知道这个目的后，林秋石松了口气，参加生日聚会什么的总比做棺材好多了。

女人说完了话，便表示自己要去做饭了，然后给了他们几把钥匙，告诉他们旁边的屋子都能住。

阮南烛把钥匙放进了怀里，让他们先在楼上等一会儿，他要去楼下接那几个新人上来。

三人点点头，看着阮南烛又进了电梯。

“你是第二次进门吗？”唐瑶瑶问林秋石。

林秋石点点头，他观察着屋子里的三胞胎，想起了那个叫菲尔夏鸟的童话故事里的三个姐妹。

唐瑶瑶见林秋石魂不守舍，便不再出声，安静地看起了电视节目。

几分钟后，阮南烛带着剩下的新人上来了，没想到其中还有那个浑身是血的中年男人。

大约是在黑雾里受到了严重的刺激，那中年男人现在看起来很是魂不守舍，他脸上的血液已经干了，变成了一种让人觉得不愉快的酱黑色。

“条件已经出现了。”阮南烛道，“在这里住七天，参加完三胞胎的生日聚会。”他把中年妇女给他的钥匙放在手心里，“这里有四把钥匙，分别是四个房间，你们看着选吧。”

“我们不能住在一起吗？”新人许晓橙虽然不哭了，但还是一副瑟瑟发抖的模样，小声道，“人如果够多，我们就不用害怕了。”

阮南烛看了她一眼，没说话，拿着钥匙去了最近的一间房间，然后把钥匙插了进去。

一声轻响，眼前的门开了。

“这屋子怎么这样啊？”许晓橙看到屋里的景象，被吓了一跳。这屋子完全不是她想象中的那种正常房型，只是一个单间，而且只有一扇门和一扇窗，最中间摆放着一张木制的床，但是因为房间太小，床简直是紧贴着墙壁放着的。乍看上去，整间屋子简直像副整整齐齐的棺材。

“房子太小了，没法一起住。”阮南烛说，“分一下。”

“我想和你一起。”许晓橙直接举起了手，“小姐姐，我和你一起吧，我太害怕了。”

她都这么说了，阮南烛却没有理她，而是看了眼林秋石，指了指他：“你和我一起。”

林秋石：“我……我吗？”

阮南烛：“嗯。”

其他人闻言，都向林秋石投来艳羡的目光。

林秋石：“……”别瞪我了，这并不值得羡慕好吗！

在其他人看来，林秋石能和阮南烛这么漂亮的美女住一间房，那真是一件值得庆幸的事。但林秋石自己心里却很清楚，阮南烛可完全不像他在这个世界里表现得那么温柔可爱。

“先去看看其他房间吧。”阮南烛道，“确定一下大家都住在哪儿。”

其他人纷纷点头。

屋子里的女主人一共给了他们四把钥匙，这四把钥匙分别对应了十四楼的四家住户。阮南烛在楼上转了一圈，把能打开的门都开了，发现这些房型基本都是一样的，一门一窗一张床，房间小得如同棺材，层高又很低，躺在床上的感觉真的像是躺在棺材里。

“我想洗个澡。”之前那个情绪非常暴躁的中年男人突然开口，“这里连浴室都没有吗？”他现在满脸都是鲜血，眼神里还带着惶惑，但情绪好歹是稳定下来了，没有像之前那样天真地以为这只是一个恶作剧。

“有倒是有，好像是在走廊的尽头。”林秋石道，“我上来的时候看见那里有个公共浴室，待会儿我们过去看看？”身边站了个满身是血的人总归让人觉得有些不舒服，而且总有股子让人作呕的血腥味。

“好。”中年男人点点头，随后做了自我介绍，说自己叫曾如国，是个做珠宝生意的，他言语之中还带着些自傲，看来在现实的世界里的确是个自我感觉良好的人。只可惜来到门内之后，现实成了一抔黄土，这里的那些东西可不会因为你有钱就手软片刻。

“分房间吧。”阮南烛说，“我要和余林林一组，其他的你们自己看着办。”

剩下的人面面相觑，最后经过讨论，找到了各自的同伴。许晓橙和唐瑶瑶一组，另外两个男人约在了同一间房，而曾如国则理所当然地被大家排斥了。他脸色铁青，被气得半晌没说话，但这里可没人给他面子，大家都装作没看见。

阮南烛对待曾如国的态度倒也没有很差，还温声劝他早点去把身上的血洗干净。

“难道我要一个人住吗？”曾如国虽然还不知道在这里死了，现实里也活不下去，但他也隐约感觉到了什么，颤声道，“万一出了什么事怎么办？”

唐瑶瑶对待这个中年男人的态度很不客气：“你放心吧，要死的早晚会死，和谁住一起都一样。”

曾如国还想再说什么，但看见大家都没有想理他的意思，只能作罢。

分配好房间之后，阮南烛又提议大家一起去天台看看有没有什么特殊的东西。

唐瑶瑶表示同意。

十四层就是顶楼，再往上就是天台。通往天台的门挂着一把锈蚀的大锁，看起来已经很久没有使用了。

林秋石顺着门缝往天台上看，并没有看见什么特别的，便说：“去楼下看看吧，楼上好像什么都没有。”

“等明天天亮了再来看吧。”唐瑶瑶提议，“现在天马上就要黑了，我们洗漱之后赶紧睡觉。”

“就不能聚在一起互相守夜吗？”那个第一次进门的年轻男孩子提出了之前林秋石也纠结过的问题，“大家人多力量大，这么分散的话，晚上出了什么事都不知道。”

“不行。”阮南烛说，“大家如果聚在一起，到了某个时间点就一定会睡着。作为一个老人，我给你们的建议是越早睡着越安全，晚上出现任何意外都不要出来看。”

那男孩子闻言，只好点点头，示意自己知道了。

“先去洗漱吧。”阮南烛道，“趁着现在时间还早。”

此时是晚上六点，虽然依旧算得上是下午，但天边的乌云却将整个天幕盖得严严实实，仿佛下一刻世界就会陷入黑暗之中。

队伍里的四个男人先到了公用的浴室，曾如国在他单独住的那间房里找到了换洗的衣物，看起来是想洗个澡。

林秋石觉得洗澡太麻烦，打算简单洗漱后就回去。

其他人似乎也不打算在浴室里多待，手上的动作都很匆忙。

林秋石一边洗脸，一边观察着这间浴室。这浴室让人觉得很不舒服，地板上全是滑腻腻的污渍，无论是墙壁还是旁边的蹲坑，都给人一种肮脏的感觉。因为天色有些暗了，天花板上的灯亮了起来。灯光呈现出的是一种黯淡的黄色，投射在浴室里，让人感觉周遭的一切仿佛成了张加了滤镜的旧照片。

两个住同一间房的男人已经洗漱完毕，准备回去，他们对着林秋石唤了一声：“余林林，我们先走了。”

林秋石点点头，他也洗漱得差不多了，拿起自己的毛巾便打算和他们一起离开。

“余林林。”在沐浴间的曾如国却突然叫住了他，“你就走了吗？”

“嗯。”他知道曾如国肯定有些害怕，问道，“你还要多久？我等你一会儿？”

曾如国连声道谢。

林秋石便站在浴室门口，等着曾如国出来。

这里每间浴室都有一个小小的浴帘，浴帘后面就是喷头。浴室里很安静，只能听到水流落地的声音。

“怎么洗不干净啊？”过了一会儿，浴室里的曾如国突然道，“我身上的血怎么洗不干净啊？”

林秋石道：“怎么了？”

曾如国说：“洗不干净……”他的声音惶惑无比，暗藏着巨大的恐惧，“全都是血。”

林秋石朝着曾如国所在的浴室方向看了过去，虽然灯光昏暗，但他还是清楚地看到曾如国的脚下在不停地流出血水，血水顺着凹槽灌入了下水道。就算曾如国身上全是血液，但洗了这么久还洗不干净也太奇怪了。

曾如国越来越恐惧：“还是洗不干净……”

林秋石感觉到了什么，他道：“洗不干净就别洗了吧，你快出来。”

曾如国突然就不说话了。

林秋石正欲发问，那薄薄的浴帘突然被一双手拉开。林秋石看到了站在浴帘后面的曾如国——他也明白了，为什么曾如国会洗不干净身上的鲜血。

只见浴室的喷头上面，趴着一块血肉模糊的肉块，血水顺着喷头不断地往曾如国身上流——这要是能洗干净，就有鬼了。

林秋石道：“你别洗了，快出来吧！”

曾如国见林秋石的表情难看极了，赶紧拿着毛巾跑了出来，连衣服都没来得及拿。

曾如国往外跑的时候，那趴在喷头上的肉块慢慢地抬起了头，林秋石没敢多看，赶紧转身离开了浴室。

两人匆忙地跑了出来，正好遇到站在走廊上的阮南烛。

这会儿曾如国还光着屁股，全身上下都是血。阮南烛一脸疑惑：“你们两个在浴室里那么久干吗呢？”

林秋石：“我看着他洗澡。”

阮南烛的表情有些微妙：“你的爱好可真特别。”

林秋石：“你想到哪儿去了！”他面露无奈，把浴室里发生的事情告诉了阮南烛。

阮南烛听完后，朝着还在瑟瑟发抖的曾如国看了眼：“赶紧回去换身衣服吧，别感冒了。”

曾如国点点头，狼狈地回去了。

阮南烛面色深沉地看着曾如国的背影。林秋石见阮南烛这副模样，以为他在思考什么严肃的事情，刚准备发问，就听到他来了句：“太短了吧。”

林秋石：“啊？”

阮南烛：“没事，回去睡觉。”

林秋石缓了一会儿，才反应过来阮南烛那句“太短了”是什么意思。他表情扭曲了一下：“你一个姑娘家家的，盯着人家那儿看……”

阮南烛：“是啊。”他压低了声音，“一个姑娘掏出来比你还大，你好意思吗？”

林秋石：“……”不得不说，阮南烛顶着这张漂亮的脸蛋说出这样的话，着实让林秋石脆弱的心灵受到了震撼。

阮南烛倒是一副皮惯了的样子，说：“溜了溜了，天要黑了，得赶紧回去睡觉。”

两人一前一后回了屋子，躺在了那张木床上。

这屋子太窄了，窄到让人有些喘不过气的地步。林秋石一翻身就能看到灰色的墙壁，并不干净的天花板好像随时会压下来。阮南烛还是一如既往地容易入睡，用他自己的话来形容就是闭上眼睛就是天黑。

林秋石也闭了眼，缓缓进入深眠之中。

不得不说，在这样的环境里还能没有任何心理负担地睡着，的确是厉害的本事。

02

一夜无梦，林秋石本以为来的第一天晚上会发生点什么，却没想到如此平安地度过了一晚。

早上起来，三胞胎家里已经给他们准备好了早餐。

三胞胎的母亲态度很温和，做的食物味道也不错。一开始大家坐在桌子面前的时候都没动筷子，直到阮南烛吃了第一口。

“还不错。”阮南烛道，“你们看我做什么？怎么不吃？”

“这能吃吗？”许晓橙眼睛下挂着黑眼圈，看上去一夜没睡好的模样，她道，“这里的食物没问题？”

阮南烛笑道：“有问题你还不是得吃，难道这七天你只喝水？”

这倒也是，这栋楼里并没有别的食物来源。

大家想通之后，纷纷拿起了筷子，开始品尝早餐。他们吃饭的时候，三胞胎正好从屋子里出来，她们三人穿着一样的红裙子，脑后扎着两条小辫子，脸上没什么表情。三胞胎从头到尾都没有对突然出现的陌生人表现出任何的情感，仿佛只是面对着一堆空气。

唐瑶瑶小声道：“小朋友，你们叫什么名字呀？”

这话一出，三双眼睛齐齐地看向唐瑶瑶。那三双眼睛黑白分明，不带一丝情感，看得人莫名觉得瘆得慌。

“不能随便告诉别人我的名字。”站在中间的那个小女孩开了口，她说，“况且就算我说了，你也认不出我来。”

唐瑶瑶被这话堵得有些尴尬：“好吧……”

“你不说，怎么知道我们认不出来？”坐在旁边的阮南烛突然开口，他似乎一点也不害怕眼前这三个气质有些诡异的小孩，优雅地放下了手里的筷子，语气冷淡，“家里来了客人，总该有点礼貌吧？”

三个小女孩闻言，互相交换了一下眼神，最后还是中间那个开了口，她说：“我叫小土，左边的叫小十，右边的叫小一。”

林秋石听到这三个名字，差点把嘴里的东西喷出来，心想：你们的妈也真是够敷衍的，这种名字都能取出来。

其他人听了，也露出淡淡的笑容。

小土道：“告诉你们了，就一定要记住哟。”

阮南烛观察着她们的模样，忽地伸手摸了摸小土的脑袋，笑了：“好，记住了。”他又拍了拍离他最近的一个姑娘的肩膀，“去吧，你们的妈妈做了早餐。”

三个小女孩蹦蹦跳跳地离开了。

林秋石总觉得那个小女孩最后说的一句话有点不对头，什么叫告诉了他们就要记住，难道没记住就会发生什么吗？但看阮南烛如此自信的模样，难道他真的能分辨出这三个几乎一模一样的女孩？

面对林秋石疑惑的眼神，阮南烛却没有解释的意思，他喝掉最后一口牛奶，道：“走吧，我们去楼下看看。”

昨晚他们到这里时已经太晚了，没敢在外逗留太久，只查看了这一层和楼上。今天趁着天色早，阮南烛提议去楼下看看，看一下这栋楼里还有没有其他的住户。

曾如国身上的血水到现在还没弄掉，看他满脸疲惫的模样，估计也是一晚上没睡。听到阮南烛的话后，他小声地询问林秋石能不能陪着他去趟公共浴室，他想洗个澡。

林秋石对此表示佩服：“昨天都看到那东西了，你还敢去？随便打点热水洗洗脸将就一下吧，命总比干净重要。”

“看到了什么东西？”唐瑶瑶闻言发问。

林秋石说：“昨天曾如国洗澡的时候有个东西趴在喷头上面，不确定到底是什么，看起来有点像一具婴儿的尸体。”

唐瑶瑶“哦”了一声。

许晓橙听到林秋石的话，又开始嘤嘤直哭，说她以后都不敢去洗澡了。她哭的时候还看了眼唐瑶瑶，似乎对对方的淡定感到震惊。

唐瑶瑶不咸不淡地说：“被吓多了就不怕了，反正人没死，就说明那东西没有什么威胁性，有什么可怕的。”

这话的确有些道理，林秋石吃了口饼干，拍拍手上的饼干屑：“反正尽量别去吧。”

曾如国到底是个惜命的，犹豫之后还是没有再去浴室洗澡，而是在屋子里打了盆热水，将就着把脸擦干净了。

“走吧，去楼下看看。”阮南烛起身，走出了屋子。

其他人紧随其后。

这楼里的每家每户，用的都是同一种颜色的铁门。铁门是朱红色的，上面的油漆都已斑驳，不知道到底用了多少年。楼梯间的走道上堆放着煤块和一些杂物，看起来像是有人居住的样子。

但阮南烛在经过简单的观察后，却断定这里没有人。

“怎么看出来的？”唐瑶瑶说，“虽然的确没听到声音。”

“因为这里缺少最关键的东西。”阮南烛道。

“什么东西？”唐瑶瑶发问。

“垃圾。”阮南烛说，“这里每一层的垃圾桶都是干净的。”

原来如此，唐瑶瑶点点头：“那这栋楼里就只剩下顶楼那一户人家了？这也不太可能吧？”

阮南烛朝楼上看了眼："是不太可能，每个世界的存在都是符合逻辑和常理的，不可能随意出现空楼的现象，肯定是有什么原因，导致这栋楼空了。"就好像之前世界的山村里，虽然环境恶劣，但是依旧有村民的存在，而那些看起来无足轻重的人甚至有可能提供关键信息。

"继续往下走吧。"林秋石道，"不是还有六层吗？"

虽然楼梯间的灯光非常昏暗，但好歹是大家一起行动，不至于让人太害怕。众人继续往下，到达第四层的时候，终于发现了一些人类生活的痕迹——林秋石在角落里看见了一个被人啃了一半的苹果。

"这是苹果？"林秋石开始还以为自己看错了，走近了才确定那的确是个苹果，虽然那苹果又瘦又小，看起来一点也不好吃。

"还真是。"许晓橙小声说，"这一层有人住啊？"

他们现在所在的楼层是四楼，乍看上去和其他楼层没有任何区别，但这个苹果却暴露了它的与众不同。阮南烛当即决定，每家每户地敲门过去，看看有没有人住在这里。

于是林秋石"咚咚咚"一路敲过去，在敲到靠近窗户的某一家时，他听到里面传来了走动的声音。

也亏得是老楼隔音效果差，如果是新楼，林秋石肯定得错过。

"这里好像有人。"林秋石停下脚步，"我听到屋子里的声音了。"

众人闻言都围了过来，唐瑶瑶抬手敲了几下门："里面有人吗？"

里面寂静一片，仿佛林秋石听到的声音只是他的错觉。

"里面有人吗？"唐瑶瑶大声道，"我们是新来的住户，想问您点事情。"

她敲了好久，都没有人答应，便说："余林林，你确定没听错？"

"没有吧。"林秋石道，"这里是最后一户了，难道声音是从窗户外面传来的？"

外面什么遮挡物都没有，只有一片暗沉沉的雾气。

阮南烛研究了一下那锁："老锁了，想开挺容易的。"

林秋石惊了："你还有这技能？"

阮南烛道："生活所迫。"

林秋石："……"生活到底对你做了什么？

阮南烛随手从头发上取下了一个发卡，半蹲下开始捣鼓，但还没捣鼓出结果，那门就“嘎吱”一声开了，门后露出一张惊恐无比的脸：“你们在做什么？”

阮南烛被抓了个现行，倒是一点也没慌张。他起身之后甜甜一笑：“先生您好，我们是新搬进来的，想问您点事情可以吗？”

门后的是个年轻男人，蓬头垢面，起初他的眼神里全是警惕和恐惧，但在看到阮南烛那张极具欺骗性的脸后，就松懈了：“我什么都不知道，你们不用问我。”

“先生，”阮南烛楚楚可怜地道，“就帮我们这么个小忙都不可以吗？”

男人犹豫片刻：“你们想问什么？”

阮南烛说：“为什么这栋楼没有人呢？”

男人低声道：“你们是新搬来的？赶紧搬出去吧，这栋楼被诅咒了，住在这儿的人都活不长……”

阮南烛：“那顶楼的那一户呢？”

也不知道这句话触动了男人的哪个点，他一下子变得歇斯底里起来：“我说了让你们搬走，这里有怪物！有怪物！”他喘着粗气，想要将门合上，门却被队里的两个男人拉住了。

“什么怪物？”阮南烛继续问。

“你们不是知道吗？”男人说，“顶楼的那一户，就是怪物！”

众人闻言都有些惊讶，男人却趁着他们发呆的工夫，用力地将门关上了。

“什么意思？”唐瑶瑶惊讶地道，“难道这次给我们任务的不是人？”

阮南烛摇摇头，没说话。

林秋石却注意到了什么：“他门口洒的是什么东西……是血？”

众人低头，才发现这人门口似乎有一层黑乎乎的东西，像是干涸的血液，黏糊糊地贴在黑色的地面上，不仔细看，还真看不出来。

“还真是血。”蹲下来仔细观察之后，唐瑶瑶下了结论，“只是不知道是人血还是别的什么血，有些年头了……”

林秋石：“这血是故意洒上去的吧。”

唐瑶瑶：“怎么说？”

“如果不是故意洒上去的，肯定早就清理干净了，你看旁边都没有小广告。”林秋石说出了自己的看法，“这主人肯定比较爱干净。”

“也对。”唐瑶瑶道，“那这血有什么用处呢，辟邪？”

林秋石没说话，事实上他看到血之后马上想起了纸条上的童话故事——菲尔夏鸟。

拿着鸡蛋的姐妹进入全是尸体的房间时，手里的鸡蛋就掉到了血迹上面，只是不知道眼前的这些血液和童话有没有关系。

接着他们又去了楼下，发现一楼居然还有一家住户。这家住户是一个年迈的老奶奶，听力有着严重的问题，他们敲了好久的门，那老奶奶才过来开门，然后一群人又鸡同鸭讲地交流了许久，最后众人选择了放弃，毕竟双方的对话内容都是类似于他们问“老奶奶，你知道楼里为什么没人吗”，然后那老奶奶答“我吃过了”。

这样的对话多了，大家都露出无奈之色。

这栋楼一共有十四层，可除了顶楼那家，就只有两家住户，一家在四楼，一家在一楼。不过他们还是有所收获，就是这两家人的门口都有过喷洒鲜血的痕迹。

“我觉得这是给我们的提示。”吃午饭的时候，唐瑶瑶小声地和大家交流，“要不要尝试着在门口洒点血？”

“你准备去哪儿弄血？”阮南烛突然发问。

唐瑶瑶：“随便找只动物什么的。”

阮南烛：“那洒在谁的门口？你门口？”

面对阮南烛咄咄逼人的追问，唐瑶瑶不吭声了，显然她并不敢在自己的门口洒上鲜血，毕竟谁都不知道这到底是辟邪还是死亡触发的条件。

“就算你不同意，也不用这么凶吧。”唐瑶瑶有点不高兴，“或者说你有什么好的见解？”

阮南烛的语气不咸不淡：“没有。”

唐瑶瑶气得磨牙。不得不说，这个模样的阮南烛虽然看起来很强势，却非常吸引人，他坐在那里，什么也不做就让人格外安心。团队里的成员讨论的时候，几乎所有人的目光都落在阮南烛的身上，特别是那一新一老两个男人，看向阮南烛的眼神更是多了一分别的味道——毕竟他们可不知道阮南烛是女装大佬。

“那我们现在怎么办？”唐瑶瑶问。

阮南烛道：“等。”

唐瑶瑶说：“等什么？”

阮南烛道：“自然是等着事情发生。当然，如果你愿意先试试在门口洒上鲜血到底好不好用，我也不介意。”

唐瑶瑶不说话了，以沉默表示拒绝。

许晓橙似乎又想哭了，只是最后和阮南烛的眼神对上，硬生生地把眼泪给憋了回去，弱弱地道：“三胞胎真的是人吗？她们看起来好可怕啊。”

“不知道。”阮南烛说，“还不确定。”

当真是说曹操曹操到，几人正好讨论到三胞胎的时候，那三个女孩就神出鬼没地出现在了他们身后，林秋石是第一个看到的，见到她们三人手拉手地站在门边，他被吓了一跳：“你们什么时候来的？”

三个女孩都没说话，林秋石又问了一句，其中一个才开了口，只是并没有回答林秋石的问题，而是询问：“你知道我是谁吗？”

“什么？”林秋石一时没反应过来。

“你知道我是谁吗？”另一个女孩也说了同样的话。

屋子里瞬间安静了下来，大家都明显感觉到了不对劲。唐瑶瑶勉强笑道：“小妹妹，我们在讨论事情呢，你们不要闹哦。”

“你不知道我是谁吗？”最后一个小女孩开了口。

“我知道呀。”阮南烛的声音打破了寂静，他站起来，走到小女孩的面前，蹲下，伸手掐了一下其中一个女孩的脸颊，“你是小一。”

小一眨了眨眼睛。

“你是小十。”阮南烛指了指右边那个。

小十笑了笑。

“你是小土。”阮南烛说，“我们认出来了，有什么奖励吗？”

“奖励你可以陪我们多玩一会儿。”小一咧开嘴笑了，她红艳艳的嘴唇后面是雪白的牙齿，她的牙齿非常整齐，看起来密密匝匝，让人莫名有些发寒，

“姐姐，我很喜欢你。”

“我也很喜欢你。”阮南烛起身，“去玩吧，姐姐还有别的事情要做。”

阮南烛说完这话，三胞胎居然真的乖乖地转身离开了。

众人瞠目结舌地看着这一幕，不知道阮南烛到底是怎么辨别出那三个小女孩的。

面对众人的凝视，阮南烛表情冷静地坐回了桌子旁边，从嘴里吐出两个字：“猜的。”

所有人：“……”

林秋石心想：我信你才怪。他完全不相信阮南烛会在没有根据的猜测下如此轻易地给出答案，这人定然是有自己的识别方法，只是不愿说出来。

“我总觉得那三胞胎不对劲。”许晓橙小声道，“她们看起来好吓人。”

“是挺吓人的。”阮南烛沉思着道，“但是她们现在应该是人，至少摸上去是有温度的。”刚才他掐了一下那小女孩的脸蛋，就是想确定这件事。

“还有六天。”唐瑶瑶说，“在她们的生日宴会上，到底会发生什么呢？”

这种等待的感觉并不好受，简直就是度日如年。

林秋石也差不多了解了整个团队的成员，许晓橙、唐瑶瑶、曾如国是介绍过的，剩下两个一老一新的男人，分别叫张星火和钟诚简，张星火是第三次进入门内的世界，钟诚简是第一次。两人的性格都特别内向，在讨论的时候几乎不怎么说话。

众人在楼里平静地度过了两天，就在林秋石思考会不会直到生日当天才发生恐怖事件的时候，意外打破了平静。

03

有人死了。

那人死在了楼梯口的位置，鲜血顺着楼梯往下流淌，在地面上形成了黑色的污渍。

林秋石听到许晓橙的惨叫声后，匆匆赶了过去，还没赶到便听见许晓橙凄厉的哭喊声：“有人死了……有人死了……”

林秋石听到这话后，第一个反应就是去找阮南烛，结果一扭头，却看见阮南烛站在他的旁边，笑意盈盈地看着他，轻声问道：“找什么呢？”

阮南烛的面容和微笑实在是太具有欺骗性。

“没事。”林秋石道，“只是找找你。”

阮南烛笑了笑：“不用太担心我。”

两人一起走到楼梯口，看到了那一地的狼藉，以及瘫软在地的许晓橙。

“呜呜呜，好可怕啊。”许晓橙见有人来了，赶紧爬了过来。

因为有上个门内世界的经验，林秋石倒也没有显得太过慌乱，他走到楼梯口的位置，也看到了许晓橙口中的死人。不过只是一眼，他便愣住了：“这是……”

阮南烛蹙起了眉头。

他们都以为死去的人会是他们团队里的人，却没想到看到的是一个女童。虽然女童的身体已经被砍得乱七八糟，让人看了头皮发麻，但还是能从衣着认出死者的身份——居然是三胞胎中的一个。

“呕……”后到的曾如国承受能力比许晓橙还差，只是看了一眼便忍不住呕吐了起来。

林秋石倒是显得非常冷静，他的目光扫过凌乱的地面，在角落里发现了头部。果然如他所料的那般，死者的确是三胞胎中的一个。

“怎么会这样？”唐瑶瑶觉得有些荒谬，“第一次死的怎么会是非玩家角色？”

“谁杀了她？”许晓橙的声音里带着恐惧，“我们一点声音都没有听到……”

一个人被砍成这副模样，在同一层楼的大家却没有听到任何动静，实在诡异。

“啊啊啊啊！”凄厉的叫声在他们身后响起，林秋石回头，看见了女孩的母亲，她身上还穿着围裙，似乎正在为他们做午饭，见到女儿七零八落的尸体后，她的情绪直接崩溃了，整个人倒在了地上，号啕大哭了起来，“女儿啊……我可怜的女儿啊……你死得好惨啊……是谁杀了你……”

林秋石正欲上前，阮南烛却手一伸，拦住了他。

“等会儿。”阮南烛说，“别过去。”

林秋石面露疑惑之色。

阮南烛低声道：“你看她的鞋子。”

林秋石低头，朝着女孩母亲的鞋子看去，发现女孩母亲的鞋底似乎被什么东西浸染透了，从颜色上判断，浸透鞋底的，似乎就是鲜血……

看到这样的情况，林秋石脸色微变。

而其他人并没有注意到这个细节，都对着因为失去女儿而号啕大哭的母亲投去了怜悯的眼神。

唐瑶瑶上前安慰了几句，却被那母亲一把抓住了手臂：“是你们，一定是你们，你们是这里唯一的外来者，肯定是你们杀了我的女儿！”她的力气似乎极大，唐瑶瑶被她抓得直接喊了疼，想要将手收回来，却发现自己根本敌不过她的力量。

“和我们没关系，你抓得我好疼，松手啊……”唐瑶瑶发出惨叫声。

其他人见状，赶紧上前帮忙，张星火用力推开了女孩的母亲，将唐瑶瑶从她的手里救了下来。

“你没事吧？”张星火问。

“没事。”唐瑶瑶满脸惊恐，撩开袖子之后看见自己手臂上出现了五个乌青的印子，“她力气好大……”

“呜呜呜，我可怜的女儿啊，我可怜的女儿啊……”女人继续趴在地上号哭。

而就在她哭着的时候，身后的门里出现了两个影影绰绰的身影，林秋石定睛一看，发现是三胞胎中剩下的两个。

两人远远地站在门内，神情冷漠地透过门缝朝着这边看，自己的亲姐妹如此惨死，她们的脸上却没有露出丝毫悲伤，甚至也没有要过来劝说母亲的意思。两人在那儿站了片刻就消失了，要不是阮南烛也看到了，林秋石恐怕会觉得那不过是自己眼花。

女人在地上趴着哭了很久，就在众人的耐心都要被她哭没了的时候，她默默地从地上站起来，接着转身回了屋子，片刻后，她带着一把拖把和一个口袋出来了。

“女儿，我可怜的女儿，妈妈这就把你带回家。”女人如此说着，然后神情温柔地将那些破碎的肢体全部放入了口袋，接着开始埋着头清理地上的血迹。

她头发凌乱，面对惨案现场，却没有丝毫不良反应，就这么慢慢地把一地狼藉给收拾好了。

众人看到这一幕均是神情微变，承受能力弱的又开始呕吐。

“走吧，吃点东西去。”阮南烛倒是很淡定，“我饿了。”

“你怎么吃得下？”唐瑶瑶不可思议地看着阮南烛，像是在看着一个怪物，“才看了这样的东西……”

阮南烛道：“这种东西多了去了，要是看了就吃不下东西，我岂不是得被饿死？”

唐瑶瑶还欲再说话，阮南烛却已经不想再听，拉着林秋石就进了屋子。

两人坐在桌子前，吃着桌子上放着的干面包。林秋石有点食不知味，小声道：“她们妈妈到底是怎么回事？”

“我猜是她把女儿砍死的。”阮南烛说，“她鞋底上全是血，也亏得其他人都没注意到。”

“那她为什么要这么做？”林秋石有些愕然，“而且我看她收拾尸体的样子，总觉得很熟练……”

阮南烛撑着下巴没说话。

那女人做这些事情的时候看起来的确很熟练，简直就像是在做什么无足轻重的家务事。

两人正在讨论，门口传来了脚步声，林秋石一看，发现是瑟瑟发抖的许晓橙。她第一次看到这么恐怖的场景，此时脸色如同纸张一样惨白。她虚弱地走到阮南烛旁边坐下，捂着嘴没吭声。

林秋石正打算说什么，就看见阮南烛转过头，温柔地对着许晓橙说：“乖孩子，不要怕，我不会让你死掉的。”

许晓橙点头如捣蒜，看那模样简直恨不得缩进阮南烛的怀里。她道：“姐姐，这个人也是你接的活儿吗？”

活儿？林秋石听到这个词，愣了一下。

“不，他不是。”阮南烛说，“他是我男朋友，和我一起保护你的。”

许晓橙闻言松了口气，看向林秋石的眼神里多了些依赖。

被称为男朋友的林秋石突然有点不好意思，他看着阮南烛漂亮的面容，莫名其妙地生出一种自己真的有了个女朋友的感觉。当然，这感觉不过是刹那，因为他想起了一件非常重要的事情——他在门内的世界到底长成什么样来着？

阮南烛还在安抚许晓橙，林秋石找了个借口去了厕所，然后在厕所的镜子里，看到了一张完全陌生的面容。

那是个年轻的男人，一双桃花眼，眼角微微下垂，这让他笑起来的时候更显得温柔，鼻梁挺直，嘴角微微勾着，带着温暖的笑意——这是一张丝毫没有侵略性的脸，属于那种女孩子见了就会放心的长相，用直接一点的形容词来形容，林秋石现在的长相就是个标准的“中央空调”。

林秋石：“……”唉，好歹不丑。

见了自己的模样后，林秋石从厕所出来，发现许晓橙的脸色好了许多，也不知道阮南烛到底是怎么安慰她的。

“对了，我告诉你们点事情。”阮南烛说，“我在三胞胎身上留了点痕迹，如果她们来问你们她们的名字，你们根据痕迹就能辨别出来了。”

“什么痕迹？”林秋石一愣。

“一种很细微的亮粉，借着光就能看到。”阮南烛说，“肩膀上有亮粉的，是小十；头发上有亮粉的，是小土；什么都没有的，是小一。”说完，他耸了耸肩膀，“当然，现在少了一个就更好认了。”

“你什么时候留下的？”林秋石道。

阮南烛：“她们第一次自我介绍的时候。这应该是个蛮重要的信息，她们提问的时候，你们不要说错了。”

“那要不要告诉其他人呢？”林秋石又问。

阮南烛摇摇头：“暂时不要，如果不能确定他们到底是敌人还是朋友，一律当作敌人对待。”

许晓橙中途去上了个厕所，林秋石便问阮南烛什么叫作活儿。

“就是有人花钱请我保护他们。”阮南烛指了指厕所的方向，“她，看起来平平无奇吧？在现实里却是个大明星，你肯定看过她演的电影。”

林秋石：“……”完全没认出来。

“她也不是第一次进门了。”阮南烛说，“所以在防着东西的时候，还得防着自己的队友。”他说到这里便停住了，因为有其他人从门外走了进来。

林秋石看到了唐瑶瑶他们几个。

“你们还真吃得下？”唐瑶瑶冷冷地道，“真是心大。”

“饱着走总比当饿死鬼的好。”阮南烛修长的手指抓着面包，又是一口，本来没什么滋味的东西，被他这么一吃，竟是仿佛变得美味了起来，“你要来一口吗？”

唐瑶瑶还没说话，她旁边的张星火就点点头，道：“吃吧，我也饿了。”

于是大家都坐在桌子面前吃起了面包。

“今天晚上肯定会出事。”唐瑶瑶揉着手臂，她刚才被抓出来的痕迹看起来挺严重的，“大家都小心点，尽量别出门。”

“到底是谁杀了那个姑娘？”曾如国战战兢兢地问，“不会真的是我们中的人吧？”

他说完这话，松了口气，小声道了句：“还好我一个人住。”

其他两人住的人脸色都变得难看起来，特别是张星火和钟诚简，眼神警惕地看了对方一眼。

“不用多想了，肯定不是人干的。”阮南烛说，“如果是人杀的，那姑娘会不呼救？况且我们都在楼上，这么大的事情，怎么会一点声音都没听到？”

这话倒是挺有道理，大家稍微冷静了一些。

唐瑶瑶看了曾如国一眼，忽地发问：“对了，忘了问你，你在浓雾里看到了什么？”

曾如国听到这个问题，表情顿时变得十分难看，嗫嚅了许久后，才哑着嗓子说了一句：“全是……会动的尸体。”

这话一出，大家都不说话了。

林秋石暗暗庆幸自己没有大着胆子去挑战一下浓雾，虽然曾如国只说了寥寥数语，但他们已经想象出了那地狱一般的画面。

就在他们进行讨论的时候，三胞胎的母亲又出现了，她不知道是什么时候回来的，身上换了件深色的围裙，手里捧着一个大碗。

碗里冒着热气腾腾的烟雾。

她说："你们饿了吧？我给你们做了好吃的。"她走到桌边，把碗放下，"你们快尝尝吧。"

那是一碗汤，汤中漂浮着新鲜的肉丸子，散发着浓郁的香气。

然而看着这一碗肉丸汤，大家却都没有动筷子，脸上的表情也跟着难看了起来。

来到这里之后，他们已经吃了三胞胎母亲做过的几顿饭。

但每顿饭都有个特点，便是食材几乎都是素的，基本上属于有个鸡蛋就算是加餐了——因为这个，许晓橙曾经还不满地抱怨过。

但是今天的食物却不一样，淡色的汤中漂浮着鲜红的肉丸。肉丸的颜色非常漂亮，透出一种诱人的深红色。浓郁的香气窜进了大家的鼻间，如果不是才看到了那么可怕的凶案现场，恐怕他们都会因此食欲大开。

"你们吃啊。"女人说，"怎么不吃？我特意给你们做的。"她的头发有些凌乱，脸上带着让人不愉快的微笑，站在旁边轻声道，"可好吃了。"

没人动筷子。

虽然眼前的肉丸是如此诱人，但大家显然都想到了一件比较糟糕的事情——这肉丸到底是用什么肉做的。

"你们为什么不吃？"女人还在疑惑地继续发问，她撩了撩耳畔的发丝，然后拿起筷子，夹住了一颗肉丸，"很好吃。"

她将肉丸放进嘴里，雪白的牙齿咀嚼着红色的肉丸，看起来香甜极了。

许晓橙又捂住了自己的嘴，看表情似乎又被这场景刺激得有些想吐，其他人的脸色也不好看。但女人却好像没有注意到这些似的，用筷子夹住了第二颗丸子，一脸餍足地继续塞进嘴里，大口吞咽。

"嘎吱嘎吱。"吃到后面，女人的口中发出了类似于咀嚼脆骨的声音。许晓橙听到这声音，终于忍不住了，站起来冲向了厕所。

其他人也纷纷离开了桌子，想要离这个女人和这碗热气腾腾的肉丸汤远一些。

女人见到他们害怕的模样，却仿佛不明白为什么，嘟囔着说："我做的饭菜不好吃吗？他们都喜欢吃啊。"

没人说话，大家在这一刻都想念起了那干巴巴的面包，至少那个不会出现什么问题。

吃饭的时候，三胞胎中剩下的两个小女孩又出现了，她们手拉着手站在门口，沉默地看着大快朵颐的母亲。

林秋石离她们比较近，便用余光观察了一会儿，发现果然如阮南烛所说的那般，她们一个人的肩膀上有闪光的粉末，一个人的发丝上有。林秋石记得阮南烛说过，肩膀上有亮粉的是小十，头发上有亮粉的是小土，如此看来，被杀掉的那个小女孩，应该就是她们的姐妹小一。

双胞胎依旧神出鬼没，在门口站了一会儿后，便不见了踪影。

这顿午饭搞得大家非常不愉快，本来以为晚饭会好一点，谁知道晚饭的时候，女人端出了一锅热气腾腾的骨头汤。

肉汤里面的骨头是和萝卜一起炖的，浓郁的香气再次充斥着众人的鼻腔。

大家一整天都没怎么吃东西，可看见这锅骨头汤后，脸色却一个比一个难看。

张星火忍不住低声骂了起来："我前几天天天想吃肉，却什么都没有，今天怎么全是肉？！"

"这肉你敢吃？"唐瑶瑶也有点烦躁，"鬼知道是什么做的。"

女人见大家还是不动筷子，也不再劝说，而是自顾自地拿起汤勺开始喝汤。那汤虽然大家都没有品尝，却莫名地让人觉得美味。

"真好喝。"女人如此赞叹着，"你们不吃，太可惜了。"

于是，一天没怎么吃东西的众人，就看着女人吃了满满一锅肉，喝了一大碗汤。

等着女人吃完后，大家才聚在一起沉默地吃着没滋没味的干面包。

"那汤看起来好好喝啊。"曾如国对刚才桌子上的食物有些恋恋不舍，"真的不能喝吗？"

"谁知道那汤是什么做的。"唐瑶瑶不耐烦地道，"坚持几天就那么难吗？

等回到了原来的世界，你想吃香的喝辣的都没人拦你。”

“那个小女孩的尸体呢？被她妈妈带到哪里去了？”许晓橙小声发问，她动了动鼻子，装作不经意地看了眼桌子上的肉汤，“如果找到尸体，这汤就能喝了吧？”

林秋石面露无奈，心想这姑娘的心也是够大的，就算看到了尸体，他也不想尝这锅汤的味道。闻着再香又如何，谁也说不清楚原材料到底是什么。

“找找看？”唐瑶瑶说，“之前我还以为有问题的是三胞胎，现在倒感觉有问题的是三胞胎的母亲。”

“不如我们先找找尸体？”阮南烛忽地提议，“反正这屋子也不大。”

那女孩的尸体被装起来之后也不知道放到哪里去了，好在这屋子不大，想要找到应该是很容易的事。

“那就找一找吧。”唐瑶瑶同意了阮南烛的提议，“正好我们没有搜过这个房间，顺便可以看看有没有什么新的线索。”

于是一行人便开始在屋子里四处检查。

这屋子并不大，三室两厅而已。厨房是重点检查对象，林秋石在厨房里看到了一些食材。这些食材几乎全是素的，而且看起来很不新鲜，也难怪做出来的东西味道那么糟糕。

厨房旁边就是厕所，厕所倒没有什么特别之处，唯一比较吸引人眼球的，就是那个巨大的浴缸。

浴缸里有些黑色的污渍，看起来似乎很久没有使用过了，林秋石仔细看了看，感觉那黑色的污渍有些像血液，但又不是很确定。

众人找了一圈，几乎把屋子的每个角落都翻遍了，却还是没有找到那一袋子尸体。

“到底放哪儿去了？”唐瑶瑶道，“难道这里还有别的房间？”

阮南烛思考了片刻，突然起身去了厨房。

唐瑶瑶说：“你去厨房干吗？那里都找过了。”

谁知阮南烛进了厨房片刻，众人便听到了一句：“找到了。”

林秋石赶紧跟了过去，发现阮南烛站在冰箱前。此时冰箱门大开着，露出了里面一个黑色的袋子。

那袋子就是昨天女人用来装小女孩尸体的裹尸袋，此时塞满了整个冰箱。

“居然放在冰箱里。”唐瑶瑶感觉有些恶心，“我再也不想吃她做的东西了。”

阮南烛伸手就将那黑色的袋子从冰箱里拖了出来。

林秋石见状，问道：“你要做什么？”

“检查一下。”阮南烛低着头，“你们不是想吃肉吗？”

说过自己想吃肉的曾如国讪讪地笑了：“我也不是一定要吃……”

阮南烛没理他，径自解开了袋子的绳索，将袋子里的东西露了出来。里面果然是小女孩的尸体，尸体被砍得乱七八糟，甚至无法辨认出具体的部位。

看到血腥的尸块，阮南烛仍然非常冷静，他仔细地检查了一下袋子，然后抬头：“没有缺少比较关键的部位，说明骨头汤不是用她女儿的尸体熬的。”

众人：“……”

唐瑶瑶看着阮南烛，干笑道：“祝萌，你也太冷静了吧。”

阮南烛说：“不冷静的都已经死了。”他沉思片刻，“如果真的是母亲杀了女儿，那么问题来了，她为什么要杀掉自己的女儿？”

“谁知道呢，或许是她疯了？”唐瑶瑶烦躁地道，“我们还是离她远一点吧。”

“嗯。”阮南烛随口应了声。

这一天大家都没吃什么东西，就随便啃了几口面包，到晚上的时候都饿得无精打采，最惨的是那锅肉汤，一直摆放在桌子上，散发着浓郁的香气。

众人想着女人美滋滋地喝汤的样子，都有点扛不住，纷纷表示自己有点困了，先去睡觉。

林秋石也饿了，没滋没味地啃了一个面包之后就回屋躺在床上准备睡觉。

阮南烛躺在他的旁边，说：“你知道以前为什么每家每户都会生那么多孩子吗？”

林秋石说：“不知道……”

阮南烛侧过脸，把嘴凑到了林秋石的耳边：“因为那时候没有电子产品，他们晚上都没事情做。”

林秋石：“……”

阮南烛："你看我们现在……"

林秋石冷静地掏出了自己的手机，表示自己还是有电子产品的。

阮南烛："你手机还有电啊？"

林秋石："我带了充电器。"

阮南烛陷入了沉默，片刻后，才委屈地道："你就知道玩手机，都不陪我说说话。"

林秋石被阮南烛搞得神情恍惚，有种自己真的有了个可爱的女朋友的错觉，而这可爱的女朋友此时正在向自己撒娇，埋怨自己不够热情。

"好吧，你想说什么？"林秋石把手机收起来。

阮南烛说："你猜今天晚上会死人吗？"

林秋石一愣，没想到阮南烛会突然说这么一句。

"我觉得会哦。"阮南烛轻声细语地道，"因为鸡蛋上已经沾了鲜血。"

林秋石陷入沉默，开始思考阮南烛话语中的含义。

阮南烛没有详细地解释，只是温声道："睡吧，明天见。"说完，他就闭上眼睛，陷入了沉沉的深眠。

阮南烛睡了，林秋石却没能睡着。

这狭窄的屋子如同棺材一般逼仄，如果是有幽闭恐惧症的人，在里面一定会觉得喘不过气。

好在林秋石并没有这个毛病，但他依旧感觉到了浓重的不适。天已经黑了，雾气变得越发浓郁，透过浓雾完全看不清楚周围的景物。矗立在浓雾中的楼宇，孤零零地立在原地，与世界隔绝起来。

夜晚是寂静的，这种寂静却给人带来了安全感，林秋石希望这样的寂静可以保持到天亮。

然而阮南烛的话，却好像成了预言。

04

凌晨三点左右，林秋石从梦中醒了过来。他的耳朵里，钻进了一种让人觉得十分不愉快的声音。

那声音好像是利器在凿着墙壁，沉闷却刺耳，一下、两下，声音近在咫尺，林秋石仿佛和声音的源头只有一墙之隔。

他睁开了眼睛，缓了一会儿才意识到自己不是在做梦。

阮南烛还在睡觉，林秋石有些犹豫要不要把这人叫醒，但就在他犹豫的时候，那声音的频率开始变快了，就好像外面的人失去了耐心，加快了速度。

“咚咚咚。”一声接着一声。

林秋石伸出手，轻轻地推了推阮南烛：“南烛，醒醒。”

阮南烛睁开了眼睛，眸子里是一片清明，仿佛刚才熟睡的那个人根本不是他一样：“怎么了？”

“外面有声音。”林秋石说，“好像有人在凿墙壁。”

阮南烛看向他们旁边的墙壁。因为是旧楼，墙壁并不厚，声音也很容易传播。他伸出手，轻轻地将手掌贴在墙壁之上，随后脸色微变，道：“往后退一点，离那面墙壁远一些。”

林秋石点点头：“怎么了？”

“外面有东西。”阮南烛说，“不知道是什么。”

两人打开了灯，借着屋子里的余光，看向那面不断发出声音的墙壁，敲击声连绵不绝。

如果只是敲击声也就罢了，很快，林秋石就明白了阮南烛让他远离墙壁的原因。

只见并不厚实的墙壁之上，竟渐渐地被凿出了一个小孔，从那小孔里，慢慢地伸出了一个尖尖的锥子……

因为房间太小，林秋石的床边就是墙壁，那锥子又长又尖，对着他之前所躺的位置就戳了过去。看到这一幕，林秋石脸色微变，如果他刚才还睡在床上，恐怕这会儿头已经被刺了个窟窿。

锥子伸进来之后，又退了出去，似乎因为没有看到鲜血，又连着戳了好几下，在仍没有看到鲜血之后，似乎终于放弃了，收回了那尖尖的锥子。

声音停了下来，林秋石道：“走了？”

阮南烛蹙眉：“再等等。”

“我看看。”林秋石突然想到什么，他弯下腰，朝着被凿出来的洞口看了一眼，这一眼差点把他的魂吓飞。只见洞口外面堵了一只黑色的眼睛，那眼睛里布满了红色的血丝，带着一股癫狂的味道。

那眼睛也看到了林秋石，在知道自己杀不掉他之后，下一刻就消失在了外面。

林秋石被这一幕吓得冷汗都出来了，嘀咕道："外面到底是人是鬼？"

阮南烛道："不知道，先别出去，等天亮再说。"

林秋石抬手擦掉额头上的冷汗："嗯……"这情形简直和恐怖片一模一样，他万万没想到会在那里看到一只眼睛，他们还对视了片刻。

"你怎么那么容易醒？"阮南烛问，"这声音也不大啊。"

"我听力特别好。"林秋石说。

"好像的确是。"阮南烛说，"每次你都是第一个醒。"

林秋石叹气，又看了那洞口一眼："还好醒了。"不然现在他的脑袋估计已经被开了个洞。

然而他刚松一口气，就听到"咚咚咚"的声音再次响起，只是响起的位置比刚才远了一些，似乎是去凿其他房间的墙壁了。

"他还没放弃啊。"林秋石道，"我们怎么办？要去通知他们吗？"

阮南烛看了眼林秋石："你在这里等着我，我去看看那到底是什么东西。"

林秋石道："一起吧，出了事也好有个照应。"

阮南烛似笑非笑："你不怕？"

林秋石："这不是有你在嘛。"

阮南烛闻言，笑容更深，他道："你知不知道，你这样全身心地信任别人的样子很诱人？"

林秋石一愣："什么？"

阮南烛敛起笑容："算了，没事。"

两人走到门边，打开了铁门，铁门发出的"嘎吱"声格外刺耳，这声音一出，外面的凿墙声立马停了。阮南烛先走了出去，林秋石跟在他的身后。走廊上没有灯，一片漆黑，林秋石为了照亮，打开了手机里的手电筒，朝着前面照了过去。好在这走廊并不长，站在尽头便能将整条走廊一览无余。林秋石记得声音的来源是在右边，于是便朝着右边走了两步。

“等等。”阮南烛突然拉住了林秋石，“那里有人。”

林秋石朝着阮南烛指的方向看了过去，果然发现了一个蹲在角落里的人影，他仔细一看，面露愕然：“那不是三胞胎小女孩吗？”

“还真是。”阮南烛道，“小姑娘，你在那儿干吗呢？”

缩在墙角里的人影慢慢地立了起来，她穿着可爱的小裙子，扎着可爱的羊角辫，面无表情地朝着林秋石和阮南烛走了过来。

“我睡不着。”小女孩的声音带着稚嫩的味道，她走到林秋石的面前，抬起头看向他，“我睡不着了。”

“快回去吧。”林秋石说，“太晚了，外面不安全。”

小女孩闻言，看了眼自己家门所在的位置，最后什么也没有说，转过身朝着家的方向去了。

林秋石和阮南烛看着她消失在黑暗里。

“是她吗？”林秋石疑惑地道，“她为什么要这么做？”

阮南烛抿着唇：“她身上和头上都没有粉末。”言下之意，她既不是小十，也不是小土，而是那个冰箱里的小一。

林秋石：“或许她们洗了个澡换了衣服？”

阮南烛嘲讽地笑了笑：“希望如此吧。”

因为这件事，后半夜林秋石都没怎么睡着。

阮南烛倒是一贯的心大，睡得憨甜无比，甚至早上起床的时候还赖了一会儿床。

“我起不来了，需要秋石抱抱才能起来。”阮南烛趴在床上。

林秋石对于阮南烛的撒娇表示很痛苦，说：“哥，你能不能别用这张脸撒娇？”

阮南烛：“为什么啊，你不喜欢萌萌了吗？”他的表情楚楚可怜，大大的眼眸里蓄起了泪水——当真是很有戏精的职业修养了。

林秋石说：“萌萌，站起来。”

阮南烛：“……”

在床上折腾了好一会儿，两人才磨磨蹭蹭地去洗漱。洗漱的时候阮南烛这家伙还没演够，靠在林秋石的身上说：“林林哥，你昨晚好厉害呀。”

林秋石还没吭声，这话就被旁边刷牙的曾如国听了去，他的眼神一下子变得暧昧起来，说了句：“年轻人真是身体好。”

林秋石咬牙切齿：“我怎么厉害了？”

阮南烛说：“讨厌，非要人家说得那么清楚吗？”

林秋石差点把嘴里的牙刷咬断。

今天的早饭又变成了没滋没味的干面包，不过经过昨天的折腾，大家都觉得干面包还是挺好吃的……至少原料不会是奇怪的东西。

“我得告诉你们一件事。”吃饭的时候，唐瑶瑶小声地开口道，“我吃饭之前去看了一下冰箱，里面的尸体不见了。”

“不见了？”许晓橙瞪圆了眼睛，“不见了是什么意思？难道我们的午饭又要有肉了？”

提到肉，大家的胃部又开始翻腾起来。

“说不定是个误会呢。”唐瑶瑶说，“昨天不是检查过尸体，那尸体没有缺少关键部位吗？”

“谁知道。”阮南烛说，“少了一两块肉，难道你能发现？”

众人聊天的时候，三胞胎中剩下的两个小女孩刚好从卧室里走出来。

林秋石想起了什么，他站起来装作去拿电视的遥控器，路过两个小女孩身边时，趁着这个机会，看了一下两人的身体。

然而不可思议的事情发生了，两个小女孩，一个肩膀上有亮粉，一个发丝上有亮粉——那今天凌晨他们看到的那个又是谁呢？还有凿墙壁的人，难道就是死去的小一？

想到曾放在冰箱里的那一堆尸块，林秋石的喉头上下动了动。

阮南烛对林秋石投来了询问的目光，林秋石微微摇了摇头，告诉了阮南烛答案。阮南烛见状也不惊讶，只是平静地笑了笑，道：“今天的干面包挺好吃的。”

“每天的干面包味道不都一样吗？”唐瑶瑶不高兴地说。

“当然不一样。”阮南烛笑了笑，“死前的最后一顿饭，总归比平时的食物要美味许多。”

阮南烛的话让大家都沉默了下来，虽然他的语气听着像是在开玩笑，但在这样的气氛里，众人总觉得这样的玩笑会成真。

小一的尸体就这样莫名其妙地消失了，而此时他们已经在这里待了三日，距离生日还有四天。昨天小一惨死，她母亲还哭得撕心裂肺，不过一天的时间，她好像就从悲痛之中缓了过来，嘴里念叨着该准备生日蛋糕了，便又匆匆忙忙地在厨房里忙碌了起来，至于她到底在忙什么，也没人知道。

大家的心情都很沉重，总感觉有什么东西在逼近，但一时间又无法清楚地思考那种危险的感觉到底是什么。

唐瑶瑶觉得楼下的老奶奶和年轻人是突破口，于是便和张星火他们一起去了楼下，想要再打探一下消息。阮南烛没有去，而是和林秋石在屋子里讨论着一些事情，和他们一起的还有许晓橙、曾如国。这两人都面色憔悴，一副不堪再受到惊吓的模样。

厨房里传出窸窸窣窣的声音，偶尔还会传来母亲哼唱的歌声。

卧室的门紧闭着，幸存的两个小女孩躲在屋子里，不知道在做什么。

曾如国因为紧张喝了太多的水，提出想要上厕所，还将眼神移到了林秋石身上，里面充满了恳求的味道。

“怎么了？”被他的眼神盯得毛骨悚然，林秋石道，“你这么看着我是什么意思？”

“余小哥啊，就是那个……”曾如国有点不好意思，但咬了咬牙，还是将话说出了口，“你能不能陪我去？我有点害怕。”

这里就一个公共厕所，便是林秋石见到婴儿尸体的地方。他见到曾如国担忧的神情，便点点头道：“可以，我正好也要上，走吧，一起。”

曾如国高兴地说好。

于是两人一起去了厕所。

外面的天色十分昏暗，雾气沉沉的，看起来马上就要入夜了。厕所旁边有一扇窗户，可以透过玻璃看到外面。林秋石进厕所之前，朝着外面望了一眼，只看到一片沉沉的雾气，和他们来时并无两样。

林秋石迅速解决了问题，见曾如国蹲在最里面的位置上，便道：“我在外面等你。”

“好。”曾如国不好意思地笑了笑。

林秋石走到门口去等曾如国，他掏出手机看了看，发现居然有信号，但想了一会儿也没敢打电话——他怕打到什么奇怪的地方去。

林秋石本来以为曾如国很快就会出来，但是在等了四五分钟，里面还是没有动静后，他突然感觉到了一丝不妙的气息——他嗅到了一股淡淡的腥味。这种腥味林秋石已经闻过无数次了，他几乎立刻就能确定，这是血液的味道。

“曾如国！”林秋石没敢直接进去，而是在门口大声地叫了一遍曾如国的名字。

没有回应，厕所里是一片让人不安的寂静。

林秋石犹豫片刻，还是抬步走进了厕所，然而刚走进去，他就听到了一种很难用言语形容的声音。

这种声音林秋石之前从未听过，如果一定要描述，那就像是什么东西正在一下一下砸着硬物，但那硬物又不是特别硬，因为林秋石清楚地听到了咔嚓碎裂的声音。

林秋石后背起了一层薄薄的冷汗，他唤道：“曾如国，你还在吗？”

依旧没有声音，林秋石的心瞬间沉下，知道曾如国肯定已是凶多吉少。而他借着隔间的缝隙，看到曾如国所在的那个位置上，慢慢淌出了鲜血，鲜血顺着地面瓷砖的缝隙蜿蜒流下，眼见就要流到林秋石的脚边，却被他反应极快地躲开了。

“曾如国，你还在吗？”林秋石呼唤着，却注意到脚下的鲜血像是有生命一样，开始追逐着他的脚步，起初速度很慢，接着慢慢加快，他差点躲闪不及被鲜血沾上。

林秋石看到这一幕，再也不敢在这里继续停留，匆匆跑出厕所，回到屋子后喊道：“不好，曾如国出事了！”

阮南烛和许晓橙两人停下交谈，扭头看了过来：“怎么回事？”

林秋石说：“我在厕所外面等他，结果一直没有听到声音，进去的时候看见了一地鲜血。”他蹙起眉头，“那鲜血好像有生命似的一直往我这里流，我没敢多待，赶紧出来了。”

阮南烛说："鲜血？你没被沾上吧？"

林秋石摇摇头。

"哦，那还好。"阮南烛道，"走，一起过去看看，总不能之后几天都不上厕所了吧。"

许晓橙听了林秋石的描述，脸色又开始变差。按照阮南烛的说法，她在现实世界中是个明星，也不是第一次进入这个世界，那她这副恐惧的模样，到底是真实的反应，还是演戏呢？林秋石分了会儿神。

"想什么呢？"他走神的样子被阮南烛看出来了。

"没事。"林秋石摇摇头。

"你倒是习惯了。"阮南烛说，"适应能力不错。"

阮南烛走在最前面，脸上没多少惊讶和害怕，好似早就料到了曾如国的死亡。林秋石内心的感受其实和阮南烛差不多，虽然他不知道理由，却有种直觉，觉得曾如国会是第一个死去的。

阮南烛进了厕所，直接往里面走，他一边观察着地面，一边叮嘱他们："别踩到血了。"

不过几分钟的时间，地上鲜红的血液就变成了酱黑色，仿佛已经过去了好久，干涸了一般。

阮南烛跨过鲜血，看到了曾如国的尸体，轻轻地"啧"了一声，说："他死了。"

接着林秋石也看到了那个蹲位的情况，曾如国的确死了，而且是死透了。

许晓橙捂住了嘴，又开始反胃。

而林秋石却想起了刚才他在厕所门口听到的那种敲击声，此时的他终于明白了那声音代表着什么——那是有人在用锤子砸曾如国的脑袋。

"嗯……"阮南烛道，"你们有没有觉得少了点什么？"

林秋石道："少了点什么？"他仔细观察之后，终于发现了缺少的东西，"他……他的脑浆呢？"

阮南烛："嗯，没了。"

林秋石陷入了沉默。

曾如国的脑袋被砸了个稀巴烂，几乎快要看不出原本的形状，但是本该糊一地的脑浆此时却不见了踪影，只余下碎骨和烂肉乱七八糟地摊在地上。

林秋石终于明白了什么，他少有地骂了句脏话，问道：“难道我们就是鸡蛋？”

阮南烛：“大概率。”

“那他把脑浆取走做什么？”一想到当时有个人趴在曾如国的身上，小心翼翼地敲开了他的头骨，然后取走了脑浆，再将他的脑袋敲得稀巴烂，林秋石就不寒而栗，“我不明白。”

“肯定是有用。具体什么用处，还有待考证。”阮南烛说，“我们走吧。”

“尸体怎么办？”林秋石问。

阮南烛说：“别碰了，就让他待在这儿吧。”他平静地笑了笑，“说不定待会儿就没了呢。”

结果还真如他所说的那样，等去一楼和四楼的人回来的时候，曾如国的尸体已经消失了，只留下一些干涸的鲜血凝固在地板上，证明他们刚才看到的画面的确不是幻觉。

“曾如国死了？”唐瑶瑶听到这个消息时有些惊讶，“怎么死的？”

林秋石简单地解释了一下过程。

“好吧，死了就死了。”唐瑶瑶的反应居然也很平淡，显然他们所有的老人都已经习惯了死亡，她自嘲地笑了笑，“他也算是运气好，一般人在冲进浓雾的时候就已经凉了，他还苟活了这么多天。”

林秋石：“……”

“尸体呢？我想去看看。”唐瑶瑶说。

“在厕所里。”林秋石道。

然而等一行人进入厕所之后，却发现尸体已经不见了，蹲位所在的地方只余下些许残留的血迹。

“不见了？”唐瑶瑶道，“尸体被谁带走了？”

“不知道。”林秋石摇摇头，“我们一直在屋子里，没有注意厕所，况且他肯定不是死在人的手上，那些东西想要带走尸体，是很容易的事吧？”

阮南烛朝着蹲位的洞看了两眼，说：“应该是从这个洞口拉走的。”

“怎么说？”唐瑶瑶疑惑。

“洞里有人体组织。”阮南烛道，“还有头发。”

众人仔细观察后，才发现真如阮南烛所说，狭窄的洞口里有破碎的人体组织，还有一些黑色的头发。如果这是现实世界，将一个人的尸体从厕所的管道拉走是不可能的事情，奈何这个世界本就不能用常理解释。

不过经过一段时间的相处，林秋石倒是发现阮南烛的观察力惊人，很多他们没有注意到的细节全是阮南烛点出来的。林秋石心想，如果没有阮南烛，那么这趟门内之行，自己恐怕会凶险许多。

“你们呢？在楼下得到什么消息没有？”阮南烛看向唐瑶瑶。

“没有。”唐瑶瑶显得有点烦躁，“四楼那个年轻人开门看见是我之后就把门摔上了，还得你出马——都是女的，凭什么他就给你开啊？”

林秋石听见这话，悄悄地想，当然是因为阮南烛长得好看了……在场的男生估计都是这么想的，不过大家都没敢说，面上还是一副疑惑的表情。

“可能是因为我个子比较高吧。”阮南烛也没有揭穿事实，而是轻描淡写地说了句。

“那个老太太也是老糊涂了。”唐瑶瑶说，“我观察了一下她家里，好像也没有其他人，就剩下她一个。我们问什么，她也听不懂，就一个劲儿地说吃过了吃过了，谁关心她吃没吃过啊。”

阮南烛听到这句话，神色微动，却什么都没说。

“怎么办，我觉得现在一点线索都没有，难道只能等到她们生日那天？”唐瑶瑶说。

“能不能等到那天才是最大的问题，我看曾如国就是开始。”张星火说，“一般只要死了人，事情就开始变得麻烦了。”

大家闻言都没说话，许晓橙又“嘤嘤嘤”地哭了起来。

唐瑶瑶被她哭得烦死了：“能不能别哭了，哭如果有用的话，大家都不用死了。”

许晓橙楚楚可怜地说了声“对不起”。

“好了。”阮南烛道，“有些事情，急也是没用的，该来的总会来。”

唐瑶瑶叹气：“也只能这么办了。”

05

因为曾如国的死，众人间的气氛都沉重起来。

虽然他们不高兴，三胞胎的母亲却好像心情很不错，晚上又做了几个肉菜——大家看着那些肉菜，都没动筷子。

女人也不介意，一个人吃得津津有味。许晓橙的承受能力最差，啃了两口面包就回房间了。

一直不怎么说话的新人钟诚简也打算回屋，却在门口遇到了站在原地的两个小女孩。她们向来神出鬼没，也不知道在门口站了多久。

“你认识我吗？”其中一个女孩突然对着钟诚简开了口。

钟诚简听到这个问题，很不耐烦地说：“你们让开，别挡着我。”他第一次进到这个世界，被诡异的环境和突如其来的死亡搞得整个人都处于崩溃的边缘，看见这两个小女孩就想赶快离开，哪有心思回答她们的问题。

“你认识我吗？”穿着裙子的小女孩却不依不饶，继续问着自己的问题。

林秋石正欲上前帮忙，钟诚简却直接伸出手，一把推开了小女孩，嘴里骂着脏话，神情愤怒地离开了。

小女孩被重重地推到墙壁上，她慢慢地直起身体，黑色的眼眸盯着钟诚简离开的方向。

站在她旁边的女孩嘴唇嚅动了一下，不知道说了什么，被推倒的女孩脸上才露出一个怪异的笑容。

林秋石顿住了脚步，看向阮南烛。

阮南烛摇了摇头。

“这人平时不爱说话，脾气倒是挺大的。”唐瑶瑶有点不喜欢钟诚简的态度，她道，“就三胞胎那样的还敢这么招惹……”她啃了口干面包，没滋没味地叹气，“等出去了，我一定要好好地吃一顿。”

谁不想出去，谁不想回到充满烟火气的现实呢，只是现实从来不会以人的意志为转移，他们还得在这里熬上好几天。

黑暗的夜晚总是给人带来不安和恐惧。

林秋石记得阮南烛曾经说过的话，他看到钟诚简和那两个小女孩发生了冲突，便猜测今晚会有事情发生。

“或许是我猜错了死亡条件呢。”阮南烛知道林秋石在想什么，趴在床边安慰他，“你的心太软了，在这个世界，舍弃一些东西是必要的。”

林秋石没说话，只是轻轻地叹气：“我本来可以避免……”

阮南烛：“你不必对他们的生命负责。”

林秋石闻言苦笑，说道：“我哪里负得起责，只是想着能少死几个人就好了。”他的命还是靠阮南烛捡回来的，自然不会自大到觉得自己能英勇地护着所有人。

“嗯。”阮南烛说，“生死各有命。”不过，若是林秋石对其他人的性命毫不在乎，是个胆小如鼠的自私鬼，他也不会对林秋石另眼相看。

有些事情本来就是矛盾的。

狭窄的屋子、昏暗的灯光，林秋石按下开关后，屋子里便黑了下来。

因为昨晚发生的事，他们睡觉时换了一个方向，没敢再将脑袋对着靠走廊的墙壁。

“晚上就靠你了。”阮南烛睡前非常耿直地表示，“我一睡着就跟头猪似的，什么声音都听不到，除非别人把我叫醒。”

林秋石：“……”他第一次觉得听力好是件很痛苦的事情，和阮南烛一样睡着了啥都听不见不是挺好吗，一觉睡到大天亮。

他们两人都以为今天晚上钟诚简死定了，结果一晚上过去，居然什么事都没有发生。第二天钟诚简走到桌子旁边坐下吃早饭的时候，众人都对他投去异样的目光。

“你们这么看着我做什么？”钟诚简奇怪地问。

大家都没说话，低下头继续吃东西。

今天的早饭是粥和干面包，连续吃了几天，林秋石现在真的是看见干面包就觉得没胃口，可还是得吃。

钟诚简坐下，端起碗便开始喝粥。

然而他没喝两口，动作却突然顿住，表情大变，用手捂住嘴重重地咳嗽起来。

“怎么了？”坐在他旁边的唐瑶瑶被吓了一大跳。

"喀喀，喀喀喀喀，这是什么东西……"钟诚简把粥吐在了地上，只见粥已经被鲜血染成了红色，他用手在嘴里抠了几下，取出来一个细长的东西。

众人看见那东西都倒吸了一口凉气，那竟然是一根拇指长短的针，两头尖尖，还沾着鲜血。也幸亏钟诚简没有直接吞下去，不然恐怕会被这根针划破食道，直接死在这儿。不过即使是发现了，他嘴里还是被针戳出了伤口，正在往外冒血。

钟诚简一下子就火了，把针扔在地上："谁放我碗里的？"

没人说话，只有沉默在蔓延。

"这粥是那个女人准备的。"唐瑶瑶道，"我们来之前就摆好了，位置也是随便坐的。"

"不。"阮南烛道，"钟诚简通常都是最晚来的一个。"因为他来得最晚，所以大家习惯性地将最外面的位置留给他，"那人的目标就是钟诚简。"

"所以针是那个女人放的？"唐瑶瑶疑惑。

阮南烛盯着地上的血迹："可能吧。"

钟诚简气得浑身发抖，冲到厨房里打算找那个女人讨个说法。

面对盛怒的钟诚简，女人的神情却很平淡，她穿着围裙，手里拿着汤勺，道："我听不懂你在说什么。"

"是不是你在我的碗里放了针？"钟诚简语句含糊，指着自己满口是血的嘴，道，"你想弄死我？"

女人冷漠地看着他，那是一种看死人的眼神。

众人纷纷赶来，劝钟诚简不要太激动，张星火更是拉住了他，让他别和女人正面起冲突。

"你们都是胆小鬼！"钟诚简却被激怒了。来到这个世界后一直压抑着的愤怒和恐惧此时彻底爆发，没人想到他的下一个动作竟然是冲到案板旁边，拿起那把女人经常用的菜刀，大喊道："什么鬼啊神的，全部杀了不就完了？"他挥舞着菜刀，直接朝着女人砍了下去。

众人都被这突如其来的一幕惊呆了，阮南烛反应最快，抓住站在他前面的林秋石和许晓橙就往后退去，唐瑶瑶他们却没反应过来，直接被鲜血溅了一身。

“啊啊啊啊！”女人被砍中了身体，发出一声凄厉的惨叫，整个人倒在了地上，瞬间没了气息。

“杀了你，杀了你！”钟诚简眼睛赤红，跟中了邪似的，一刀又一刀地砍着。

直到他力气衰竭，才喘着粗气坐在了地上，眼神中的疯狂也逐渐褪去，只余下一片恐慌和茫然。他虚弱地颤声道：“我……我杀人了？”

“钟诚简，你这个神经病！”唐瑶瑶尖锐的声音响了起来，“你知不知道你做了什么？”

“我杀人了？”钟诚简的声音里带了哭腔。

“重点不是你杀人了，而是你杀的到底是不是人。”唐瑶瑶的身上被溅射了好多鲜血，她看着钟诚简，怒道，“你信不信她晚上就回来找你了？”

钟诚简慢慢地从地上站起来，看样子他的精神已经快要崩溃了，他嘴里重复着“我杀人了，我杀人了”，然后慢慢松开了手里的刀。

“这就是我讨厌新人的原因。”阮南烛把下巴靠在林秋石的肩膀上，小声道，“神经细得跟头发丝一样，一个没看紧就要闯大祸。”

林秋石道：“杀了非玩家角色会怎么样？”

阮南烛道：“其实也不会怎么样。”他停顿了一下，“反正都是死，也就是死法稍微惨了点。”

林秋石：“……”

钟诚简突如其来的爆发，导致整个团队都陷入低落的情绪里。

女人的尸体被钟诚简砍成了凌乱的几块，血液布满了整个厨房。

钟诚简浑身是血，他用手捂着脸，不住地呜咽，看起来快要坚持不下去了。

众人脸上的神情都十分复杂。唐瑶瑶站在水池边，一脸晦气地想要清理干净自己身上的血迹。

“呜呜呜呜呜，怎么办啊？”钟诚简说，“我没有想杀她，只是一时气愤而已……”

“杀了就杀了。”这些话说得次数太多，搞得张星火的心情也跟着变差了，他说，“反正不是在现实世界，也没有警察来抓你，你哭个屁啊？”

“对，对，这里不是现实世界。”经张星火这么一提醒，钟诚简才恍然大悟，脸上浮起了笑容，“只要出去了，就没人知道我杀过人了吧？”

大家听到这话都没出声，唐瑶瑶却嘲讽地笑了笑，显然所有之前进过门的人想的都一样，的确是出去了就没事了，但前提是要能出去啊。

众人正在说话，林秋石却注意到门口又晃过了两个身影，虽然他没有看得太仔细，但也能确定身影的主人是仅剩下的两个女孩。

“接下来怎么办？”看着变得乱七八糟的厨房，唐瑶瑶有点头疼，“厨房这样子，我可不想进去打扫。”

“等等吧。”阮南烛道，“或许明天就干净了呢。”

众人只当他在开玩笑，没人应声。

整个下午，所有人都待在自己的房间里，因为未清理的厨房的味道实在是太糟糕了，即使是坐在客厅也能闻到。所以大家纷纷散去，无奈地逃避着事实。

然而到了晚餐时间，坐在床上低着头玩手机的林秋石却闻到了一股食物的香气。

这香气实在是太诱人了，林秋石嗅到之后，嘴里不由自主地分泌出了唾液：“这是什么味道？”

“有人在做饭？”阮南烛蔫蔫地趴在床上，说，“饿死了，等回去了，我一定要好好地吃一顿。”

林秋石：“去看看？”

阮南烛：“走。”

自从来到这个世界，大家就没好好吃过一顿饭，看见好吃的也不敢动筷子，天天吃干面包，用阮南烛的话来说就是“吃得人都要干了”。

他们两个从屋子里出来后，发现其他人也陆陆续续出来了，看样子也闻到了这股子香味。

“谁在做饭啊？”许晓橙吞着口水，又馋又怕，“厨房里好像有人……”

“过去看看。”阮南烛道。

几人循着香气，回到了那本该被鲜血沾满的厨房。让人没想到的是，原本满地狼藉的厨房此时却焕然一新，灶台上放着两口大锅，正“咕嘟咕嘟”地炖着，散发着浓郁的香气。

林秋石上前一步，走到锅边，看见锅里炖着几块肉。他又仔细地看了看地板，发现地板上本该很难清除的血液，此时却不见了踪迹，只有些许残留的黑色污渍。

这一幕，让林秋石想起了曾如国死去之后发生的事。

“没了。”林秋石道，“尸体没了。”

许晓橙道：“才几个小时，怎么可能弄得这么干净……”

“这本来就不是正常世界。”阮南烛说，“不要用常规的思维来思考。”

他们正说着话，剩下几个人也纷纷过来了。唐瑶瑶看见干净的厨房后松了口气，嘟囔着还好厨房干净了，不然接下来几天要吃什么呢。然后她走到林秋石旁边，也朝着锅里望了几眼：“好香啊。”

林秋石苦笑：“香你也不敢吃啊。”

唐瑶瑶没吭声。

钟诚简也在人群里，他现在的精神状态看起来还是不太好，神神道道的，嘴里一直念着无意义的话语，估计再受点刺激，就离疯不远了。

也对，在一个封闭的环境里，周围发生那么多诡异的事情，想保持精神状态良好并不是件容易的事。

才几天时间，众人脸上都是憔悴的神色，眼见着磨人的夜晚又要到来，大家的心情看起来都很沉重。

吃不好，睡不好，还要面临怪异东西的威胁。

白天发生了太多事情，所有人都显得有些疲惫。林秋石也是如此，他早早地洗漱完毕，就准备回屋睡觉。离开厕所的时候，他看见唐瑶瑶还站在女厕里，蹙着眉头正在搞什么东西，便出言唤了一声：“唐瑶瑶？”

“怎么了？”唐瑶瑶回头。

“天晚了，你还不去睡？”林秋石指了指窗外的夜色。

“马上。”唐瑶瑶说，“我身上的血怎么都洗不干净。”

林秋石：“什么？”

唐瑶瑶大声重复了一遍：“我说我身上的血怎么都洗不干净！”

洗不干净，林秋石马上想起了第一天来这里时，曾如国站在浴室喷头底下也对他说过这句话，他道：“别洗了！都这么晚了，赶紧回去吧！”

大约是听出了林秋石语气里暗藏的焦急，唐瑶瑶停下了手中的动作：“好吧，你先回去，我马上就出来。”

林秋石道：“你快点啊。”

“嗯。”唐瑶瑶随口应道。

在童话故事菲尔夏鸟里，男巫离开家时，给了姐妹们鸡蛋，只要她们打开了那扇禁忌之门，鸡蛋就会染上血，男巫在回归时便会将姐妹们砍成几大块，再扔到地下室里——到了这一刻，林秋石终于明白了纸条的重要性，如果他不知道这个线索，恐怕此时还是一头雾水。

但是现在，门内世界和童话之间的联系，渐渐地浮到了水面之上。

林秋石发现女厕里的水声停了，便先回了自己的房间。

阮南烛正趴在床上，拿着林秋石的手机在玩连连看。

林秋石靠在他旁边，说：“唐瑶瑶身上的鲜血好像洗不干净了。”

“鸡蛋上的鲜血本来就洗不干净。”阮南烛头也不抬地说，“洗干净了，男巫拿什么找人呢？”

林秋石：“谁是男巫？”

阮南烛摇摇头不说话，也不知道是不知道，还是不想说。

“那今晚又要死人了。”今天除了他们三个，其他人都沾到了鲜血，林秋石说，“也不知道是谁。”

阮南烛放下手机，歪着头看着林秋石：“你知不知道你很有趣？”

林秋石：“嗯？”

阮南烛说：“我以为你会想办法救他们呢。”从接触开始，林秋石给人的感觉就很柔软，面对生命的态度也很重视，可这样一个他，在知道死亡即将降临后的表现却非常平静。

“我没你聪明，你都没想到办法，我能怎么办？”林秋石说，“有点困了，我先睡了。”

“晚安。”阮南烛道。

“晚安。”林秋石说。

有了心理准备，这天晚上林秋石已经做好了被吵醒的打算。果然如他预想的那般，凌晨三点左右，他又被奇怪的声音吵醒了。声音隔得有些远，但依稀能听见。

林秋石转身，旁侧就是阮南烛安静的睡颜。不得不说，阮南烛作为女生的确很漂亮，此时长长的睫毛正随着他的呼吸微微抖动，仿若展翅的蝴蝶。

声音继续响着，林秋石却开始思考到底要不要把阮南烛叫醒。

然而还没等他想出一个答案，外面就传来了一声凄厉的尖叫，这叫声是张星火发出来的，他好似看到了什么极为恐怖的景象，叫得嗓子都破掉了。

这声音太大，即使是睡眠质量一向很好的阮南烛也被吵醒了。他一睁开眼，就和林秋石两眸相对。林秋石还没说话呢，阮南烛就羞涩地道："讨厌，你居然看了人家一晚上。"

林秋石："我没有，我不是……"

阮南烛："好啦好啦，没关系的，我也知道我好看。"

林秋石："……"你随便说吧，开心就好。

外面的惨叫还在继续，林秋石和阮南烛穿好衣服拉开灯，刚打开门就看见张星火蹲在走廊的尽头，满脸惊恐地号叫。

其他人也被吵醒了，纷纷出来查看。

唐瑶瑶走过去问："别叫了，到底出了什么事？"

"死了……钟诚简死了！"张星火整个人蜷缩成了一团，显然是受到了严重的刺激，"死在屋子里了……"

唐瑶瑶道："不就死个人吗？你至于反应那么大？一个大男人能不能争点气？"

钟诚简白天做出了那样的事情，大家都知道他活不长了，可也不知道到底发生了什么，能把张星火刺激成这样。

不过当他们进入张星火所在的房间时，才明白了为什么张星火的反应会那么大。

因为，床上只剩下了一张单薄的人皮。

许晓橙这下没忍住，转身就吐了。

唐瑶瑶也脸色惨白地后退了几步。

只有阮南烛的表情没什么变化，还嘟囔了句什么。

林秋石离他近，清楚地听见这家伙小声地说了句："好像身体被掏空……"

林秋石："……"皮一下你就这么快乐吗。

"呜呜，呜呜，我半夜听到了什么声音，一开灯就看见他死了。"张星火蹲在地上，瑟瑟发抖，"有什么东西来了我们的房间，杀了钟诚简，又走了……"

林秋石："那声音是不是像勺子在什么东西上面刮？"

张星火道："对对对，你也听见了？"

林秋石："嗯……听见了。"

按理说林秋石的房间和张星火他们的房间离得并不近，这种细微的响动应该听不到，但他不但听到了，还听得一清二楚。

林秋石不说还好，一说大家的脸色更差了，什么叫勺子刮过东西的声音，难道钟诚简的肉体是被一把勺子一点点刮干净的？

"你可以不要形容得那么仔细吗？"唐瑶瑶一想到那个场景就毛骨悚然，她咽了咽口水，哑声道，"况且你怎么知道是勺子，而不是别的什么东西？"

林秋石道："不知道，我第一个想到的东西就是勺子。"他也不知道为什么自己会说出这样的形容词，不过在听到那声音的第一时间，他脑子里就冒出了类似的情景，并且第一个反应就是勺子刮东西的声音。

"也亏余林林你形容得出来。"张星火面色惨白，"我倒是第一次听见这种声音，的确是勺子刮东西……"他说着说着，身体又开始颤抖，一副随时会昏过去的模样。

想想也对，自己身边的人死掉了，骨肉还被勺子刮走，就留下一张血糊糊的人皮，换成谁都受不了这刺激。

发生了这样的事，大家都睡不着了，感觉这栋楼里就没一个安全的地方。

所有人都回到了客厅里，坐在沙发上发呆。

阮南烛到底是心大，靠着林秋石的肩膀就开始打瞌睡。

唐瑶瑶在旁边酸溜溜地说："祝萌这都能睡着啊，余林林你肩膀不酸吗？”

“不酸。”林秋石说，“他能睡着就好。”

“呵呵，你们真有意思。”唐瑶瑶道，“在这里还能谈恋爱……”

林秋石没说话，他总不能说他身上靠着的这个“姑娘”其实是一个大男人吧。这话说出来谁信啊，鬼知道阮南烛为什么会是进入门里的姑娘里最好看的那个。

就这么熬了一会儿，张星火终于从恐惧中挣脱了出来，苦笑着说自己好饿，好想吃点东西。

“只有干面包。”唐瑶瑶道，“冰箱里的东西你不会有兴趣吧？”

张星火摇摇头，表示自己没兴趣，之前死的那个小女孩的裹尸袋曾放在冰箱里，一想到这个，谁能吃得下去。

本来今天死了人，众人都以为门内的定律不会起作用，谁知道一群人聚在一起还没半个小时，居然真的全都睡了过去。

等到第二天天亮了，大家才醒过来。

林秋石是第一个醒的，他睁开眼睛看见大家都瘫在沙发上。许晓橙和唐瑶瑶互相靠着，张星火则缩成了一团。阮南烛紧挨着林秋石，动作自然地靠着他的肩膀。

林秋石一动，阮南烛也醒了，他迷迷糊糊地睁开眼，道：“早上了？”

“嗯。”林秋石道，“我们居然全都睡着了，太危险了……”

“有什么危险的。”阮南烛无所谓地道，“睡在那个棺材房里不也会死？阎王要人三更死，挣扎也到不了五更。”

仔细想想，好像的确如此，林秋石面露无奈。

两人的对话声将其他人从睡梦中唤醒，许晓橙醒来之后和林秋石的反应差不多，都感觉就这么坐在沙发上睡着了很危险。

“有东西吃吗？”张星火昨天晚上就开始叫着饿了，这会儿醒过来，第一件事就是叫着想吃东西。

“我去厨房看看。”唐瑶瑶站起来进了厨房，片刻后，厨房里传来了她的声音，“你们过来看看。”

林秋石感觉她的声音有些怪异，等进了厨房，才明白了为什么她的语气这么奇怪。

因为厨房的案板上，摆好了做好的早饭。

清淡的粥、烤好的面包，还有一个个圆乎乎的煮鸡蛋。这些食物若是在门外面的世界或许会觉得有些清淡，但对于好几天没有好好吃饭的他们来说，已经算是非常诱人了。

“谁做的？”林秋石问。

“不知道。”唐瑶瑶道，“我进来的时候就已经做好了。张星火，你急什么……”

他们还在说话，张星火却已经捧着碗“咕咚咕咚”地喝起了粥，喝完之后一抹嘴，道：“我太饿了，不想等了。”

“应该没事，我也饿了。”阮南烛观察了一下，觉得没什么问题，“吃吧。”

他现在基本是团队里的主心骨了，听他说可以吃，大家都动了筷子。

林秋石其实也挺饿的，一口气吃掉了一大块面包和三碗粥，但因为过不去心里的那个坎儿，他一直没碰鸡蛋。

阮南烛倒是百无禁忌，一口一个鸡蛋，连吞了三个，才擦擦嘴，表示自己吃饱了。

终于缓解了饥饿，众人脸上都露出餍足之色。

“好饱。”许晓橙摸着肚皮，“好开心啊，好久没有吃这么饱了，可到底是谁做的饭呢？”

“管他谁做的。”唐瑶瑶说，“吃饱了就……”她大约是想说吃饱了就行，可话到嘴边，却又硬生生地吞了回去。

因为一个人影缓缓地出现在了众人的面前，那是一个穿着围裙的女人，披散着头发，普通的面容上带着慈祥的笑容。她注意到了众人惊恐的目光，便扭过头，微笑着道：“你们看着我做什么？吃呀，我特意给你们做的，怎么样，好吃吗？”

许晓橙捂住嘴，“咚咚咚”地冲到厕所去了。

气氛安静得可怕，所有人都将目光投到了女人身上——她就是昨天才被钟诚简乱刀砍死的三胞胎的母亲，本该惨死的女人，此时却完好无损地站在他们面前，还一脸慈祥地问他们早饭好不好吃。

也难怪许晓橙又跑到厕所去吐了。

“怎么，不好吃吗？”女人似乎并不明白为什么大家用这样的眼神看着她，还在继续发问。

“好吃。”最后还是阮南烛开了口，“谢谢你的食物。”

“你们喜欢就好。”女人甜蜜地笑了起来，“家里的孩子挑食，不像你们，什么都爱吃。”她说完，转身笑呵呵地出去了，留下一屋子表情如同吃了屎一般的观众。

林秋石还好，唐瑶瑶却已经开始骂起脏话，看她气急败坏的模样，显然是被刚才吃下肚子的东西恶心到了。

也对，昨天还是四分五裂的人，今天就给你做了一桌美味的饭菜，换作谁恐怕都会觉得这顿饭有问题。这就是典型的吐不出来，又咽不下去了。

就在厨房里的人面面相觑之时，女人又悄无声息地走到了厨房里，开口道：“你们中午想要吃点什么？冰箱里又有了好多肉……”她拿起菜刀，轻轻地摩挲了片刻，“可以给你们做好吃的东西。”

她手里捏着的刀，就是昨天钟诚简将她砍成了几块的那把，上面还沾着些许黑色的污渍。

大家都没说话，慢慢地从厨房里退了出来。

许晓橙也回到了客厅里，她吐得脸色发白，整个人像是要晕过去了一般，坐在沙发上直喘粗气，带着哭腔道：“我真的不行了，我要死了……”

“你早该习惯了。”阮南烛无情地表示，“你这几天吐了几回啊？比怀了孕还厉害。”

许晓橙哭了起来。

“她怎么会活过来了？”唐瑶瑶说，“那她现在是人还是鬼？”

“人肯定不是人，鬼也不是鬼，”阮南烛，“或许她只是一个不可或缺的非玩家角色，因为重要，所以只要死亡了就会刷新？”

唐瑶瑶：“你这个说法倒是新鲜。”

“但是现在有个问题。”阮南烛说，“如果她会一直刷新，那她有关于自己死亡的记忆吗？”

唐瑶瑶：“没有吧？如果有，她看到我们怎么会那么冷静？”

阮南烛："因为凶手已经不见了？"

唐瑶瑶抿唇。

他们之中的确少了个人，那就是杀掉了女人的钟诚简。也亏得女人复活的时候钟诚简不在了，不然按照他那种精神状况，真的极有可能提着刀再把那女人砍死。

"往好里想，至少有人帮我们做早饭了呢。"阮南烛心很大地说，"我不想再吃干面包了。"

"她做的你敢吃？"唐瑶瑶对阮南烛的心大表示无语。

"你今天不就吃了吗？"阮南烛无情地揭穿了这个残酷的事实，"还吃得比我多，而且大家都吃了。"

唐瑶瑶："……"

旁边坐着的许晓橙弱弱地举手："我全都给吐出来了。"

众人："……"那你很棒吗？

06

有些事情一旦开了头，就再也收不回来了。

被人杀死的小一仿佛一幕序曲，拉开了死亡的帷幕。曾如国和钟诚简两人在短短两天内相继惨死，而死神的镰刀却并未因此停止。就在女人复活的第二天，出现了第四个死者。

只是这次死去的并不是他们中间的一个，而是三胞胎中的小十。

这次是许晓橙发现的小十的尸体，她刚进厕所，就尖叫着跑了出来，大喊："又死人了！又死人了！"

"谁死了？"唐瑶瑶发问。

"不知道，感觉像是那两个小女孩中的一个。"许晓橙瞪圆了眼睛，她看见尸体的反应已经冷静了很多，至少没有吐个不停，"我没敢多看，只瞅了一眼就跑了出来。"

于是众人去了厕所，看见了散落在厕所里的尸体。

和被乱刀砍死的小一差不多，小十的尸体也呈现出乱七八糟的状态。

这次大家看见尸体后情绪都比较冷静，林秋石简单地检查了一下现场，确定小十是死得不能再死了。

阮南烛没说话，沉默地站在一旁。

林秋石低声问他在想什么。

“没事。”阮南烛道，“我只是好奇这次她妈看见这场景，会是什么反应。”

一想到那个女人，众人的脸色都难看了起来。

真是说曹操曹操到，阮南烛刚提到了那个女人，她就出现在了厕所门口。这一次，她没有哭闹，神情非常平静。她手里拿着拖把和袋子，低着头，缓慢地收拾起女儿的尸体。

整个画面诡异得如同哑剧一般，只有拖把拖在血液上发出的黏腻声音，女人动作娴熟地将所有尸块装进了袋子，然后沉默地拖走了。

“我感觉很不舒服。”唐瑶瑶脸色煞白，“你们呢？”

“我也是。”张星火说，“我们真的能活到她们生日那天吗？”

离三胞胎的生日还有两天，可他们已经是度日如年。

没人能回答张星火的问题，在这样的世界里，生命没有丝毫保障，能活下来似乎只是单纯地依靠运气。

下午的时候，唐瑶瑶觉得身体不适，便早早地回去休息了。

林秋石记得昨天发生的事，所以委婉地提醒她小心一点。

唐瑶瑶并未将林秋石的话放在心上，随意点了点头转身便走，许晓橙看着她的背影欲言又止。

“怎么了？”林秋石见到许晓橙的模样，便问。

“没事。”许晓橙说，“我只是觉得大家待在一起可能会安全一点。”

张星火道：“没什么安全不安全的，就算现在大家待在一起，晚上也得分开。”

确实是这么个道理，林秋石叹气。

大家的心情都很糟糕，也没有太多的心思闲聊。

简单地吃了晚饭后，阮南烛说自己累了，于是拉着林秋石回了棺材屋子。

“怎么了？”林秋石问，“今天怎么这么着急？”

阮南烛道：“人家想和你多待一会儿嘛。”

林秋石：“说人话。”

阮南烛：“我好像知道门在哪儿了。”

林秋石惊了：“你知道门在哪儿了？”

“只是一个猜测。”阮南烛说，“我要去验证一下，这个事情比较危险，所以你……”

“我和你一起去。”林秋石知道阮南烛想说什么，打断了他的话，“虽然我帮不上太多的忙，但两个人一起至少互相有个照应。”他抿了抿唇，声音低了下来，“我知道我现在很弱，可是如果你出了什么事……”

阮南烛似笑非笑：“也对，如果我出事了，你就是鳏夫了。”

林秋石：“……”

阮南烛：“我可不许你去找别的女人。”

林秋石服了：“大佬，我们能不能别闹了？”

阮南烛伸手在林秋石的屁股上拍了一下，说：“行，咱们这就走。”

林秋石：“……”你真的是“手欠”。

几分钟后，两人出现在了通往天台的门口。门上依旧挂着一把沉重的大锁，锁上锈迹斑斑，应该是很久没有使用了。但是和之前比起来，林秋石却注意到锁上多了一点东西，像是有人开过了的样子，特别是锁孔的位置，有摩擦后的痕迹。

“有人来过天台？”林秋石马上想到了童话故事里那扇不能开的门，道，“这里就是那扇门？”

“或许。”阮南烛说，“不确定，所以我打算上去看看，你帮我在这里望风。”

林秋石点点头。

阮南烛掏出发卡便开始开锁，他在这方面果真很在行，三下五除二就打开了那把大锁。

“咔嚓”一声，锁头落了地，铁门被阮南烛缓缓地拉开，发出轻微的“嘎吱”声。

天台上的景色，随着拉开的铁门展露在了两人的面前。外面虽然已经黑了，但林秋石还是勉强看得清天台上的情况。只见天台上放了无数个黑色的布袋，这些布袋是如此的眼熟，林秋石今天下午才见过——就是女人用来装三胞胎尸体的裹尸袋。

然而此时他的眼前却出现了几十个这样的袋子。

“啧。”阮南烛轻轻地啧了声，扭头看向林秋石，“我们好像闯祸了呀。”

林秋石：“嗯？”

阮南烛道：“要是打开那扇门的不是三姐妹，而是鸡蛋，会怎么样？”

林秋石还没说话，就见阮南烛抬步跨上了天台：“不过既然来都来了……”

林秋石：“……”朋友，你以为你是来旅游的吗，什么叫来都来了，你是不是还要买点纪念品回去啊？

阮南烛上了天台，左看看右看看，像是在找什么。

林秋石看见他在天台上转了一圈，最后停在了一个角落里。那个角落里堆满了黑色的布袋子，让人看了就不想靠近。

林秋石站在门口给阮南烛把风，看着他弯下腰，开始在布袋上翻找什么。然而就在这时，他听到了轻微的脚步声，似乎朝着这个方向来了。

“南烛！有人过来了！”林秋石低声叫道，“快出来！”

阮南烛“嗯”了声，却没有动。

脚步声越来越近，林秋石急出了一额头的冷汗。虽然不知道来者是谁，但是他总有一种感觉，就是他们上了天台这件事，最好别让其他人知道。

“来了。”阮南烛似乎终于找到了自己想要的东西，这才起身过来，好在他行动迅速，飞奔到了门口，然后拉上铁门，挂上铁锁，整个动作一气呵成。

而脚步声也已经到了楼下。

林秋石灵机一动，牵起阮南烛的手，将他推到墙壁上，然后贴近阮南烛，装出一副两人正在亲热的模样。

“谁？”林秋石这才转头，表情带着被打扰的不耐，“谁在那儿？”

没人说话。

阮南烛给林秋石递了个眼神，两人便起身朝着楼下走去，然而他们并没有在楼下看到任何人，仿佛刚才听到的脚步声，不过是两人的错觉。

“没人？”林秋石道。

阮南烛摇摇头，指了指墙角。

林秋石朝着他指的方向一看，才发现墙角多了一抹血迹，那血迹像是什么东西在地上拖过的痕迹，林秋石唯一能想到的，就是黑色的裹尸袋。

“还好。”阮南烛说，“林林，你反应够快啊。”

林秋石：“还好吧。”其实他手心里都是汗水，他随手擦了两下，“看见什么了？”

阮南烛说：“回去说。”

于是两人又回到了棺材房里。

因为这里的隔音效果太差，他们说话都不敢太大声。阮南烛靠在林秋石身边，声音尽量放低，道：“找到门了。”

“找到了？”林秋石没想到事情这么顺利，“在天台？”

“对，在天台的地板上，被裹尸袋遮住了。”阮南烛说，“我猜钥匙会在三胞胎生日那天出现，到时候一定要抓住机会。”

“嗯。”不知道为什么，阮南烛在身边的时候，林秋石总觉得特别安心，而且现在已经发现了出去的道路，他感觉可以松一口气了。

“睡吧。”阮南烛道，“再熬一段时间，就可以出去了。”

第二天早晨，所有人都聚在了客厅里。

因为唐瑶瑶身上也沾了血，所以林秋石还特意关注了一下她，发现她并没有出现什么意外，很随意地和大家一起吃起了早饭。

“我今天想去楼下看看。”阮南烛说，“楼下那两个人身上应该还有信息。”

“我和你一起吧。”林秋石道。

唐瑶瑶却表示不想再去了，她前两天一直往楼下跑，可是什么信息都没有得到，要么吃闭门羹，要么就是无法交流。而且最惨的是这电梯还有问题，十几层楼都得跑楼梯，每次跑的时候都感觉像是在恐怖片里。

“那你们待在上面吧，我和余林林下去。”阮南烛道。

“我想和你们一起。”许晓橙赶紧说，她怯生生地看着阮南烛，“祝萌姐，可以吗？”

“随便你。”阮南烛无所谓地道。

于是三人便站起来朝着门外走，走的时候林秋石注意到卧室的门开了一条缝，缝里露出一双眼睛，似乎是三胞胎中最后剩下的小土正在暗暗地打量他们。

不过当她的眼神和林秋石的对上之后，立马就移开了，门也再次合上。

林秋石见状，蹙了蹙眉。

从十四楼到四楼，不能走电梯到底是件痛苦的事情，特别是楼梯间阴暗狭窄，还带着一股旧楼特有的潮湿味。

“我们什么时候才能出去啊？”许晓橙在下楼的时候问了这么个问题，“祝萌姐，我每天都好害怕。”

“快了。”阮南烛说，“再熬两天吧。”

许晓橙神色憔悴地点点头。

林秋石看着她的模样，倒是有些好奇起来。阮南烛说过她是他接的活儿，在现实里她还是个大明星。只是他不知道阮南烛是用什么方式接的活儿，又是如何和许晓橙接上线的呢。

“到了。”就在林秋石思考着问题的时候，他们已经到了四楼，但他们刚离开四楼的楼梯间，就闻到了一股浓烈的血腥味，这血腥味实在是太浓郁，即使是嗅觉不灵敏的人恐怕也能闻个一清二楚。

“什么味啊，好恶心。”许晓橙捂着鼻子，用手扇了扇。

“血的味道。”林秋石对这味道可以说是很熟悉了，他走在最前面，一眼就看到了走廊尽头的那家住户。

在看清楚了那家住户的状况后，林秋石不由自主地骂了一句脏话。

只见住户家的门大开着，门口洒满了鲜红的血液，血液呈现出喷射状，此时已经凝结在地面之上。

三人都没说话，快步走到了那家住户的门口。

“有人吗？”林秋石不抱希望地在门口叫了一声。

如他所料的那般，屋子里没有任何回应，他跨过门口的鲜血，朝着屋子里看了一眼，虽然是早上，但整个房屋却是黑洞洞的。他拿出手机，打开了手电筒，用手电筒的灯光照射了一下屋内。

虽然早已有了心理准备，但当微弱的光线照出了一具血淋淋的尸体时，林秋石还是不由自主地后退了一步。

“死了。”阮南烛迈步进了屋子。

这屋子里所有的窗户都用木板封死了，看不到一点光线，屋内还算整洁，屋子的主人便是前几天给他们开门的那个年轻男人。

此时他已经失去了生命体征，尸体瘫软在沙发上，脸朝上，面部表情非常惊恐。

“眼睛被挖了。”阮南烛说。

林秋石走到阮南烛的身后，朝着那尸体看了一眼，发现男人的眼珠子没了，只留下两个血糊糊的大洞。这让他想起了团队里同样离奇死亡的曾如国和钟诚简。

“为什么会突然就死了？”林秋石说，“是出了什么问题吗？”

阮南烛没说话，他去附近的墙壁处找到了屋子里灯的开关，按下之后，头顶上的灯亮了起来。

“窗户上也有血。”有了充足的灯光，观察起来就简单了许多，林秋石注意到了屋子里的一些异样情况，他看到封起来的窗户上面全是鲜血，这些血液应该不是死者的，因为死者离窗户至少还有两三米的距离。

“你还记得他们门口的血吗？”阮南烛说，“之前我觉得那些血可能是用来辟邪的，现在想来……”

“是有人想杀他们？”林秋石恍然大悟，“有人故意在他们门口泼血？”

“嗯。”阮南烛点头。

“这人是替唐瑶瑶死了吗？”林秋石又想起了什么，唐瑶瑶身上也沾了血液，但是她却平安地活下来了，他本以为是她逃过了一劫，却没想到下楼后看到了另一个死者。

“应该是。”阮南烛道。

“我们再去一楼看看吧。”林秋石想到了楼下那个老奶奶，想知道那里的情况。

“走。”阮南烛赞同。

他们离开了四楼，去了一楼，在一楼看见了紧闭着的大门。果然如阮南烛推理的那样，一楼的门虽然关着，但是也出现了一些新的情况——门口被泼了新鲜的血液，这些血液甚至还没有凝固，乍一看简直像是刚泼上去的。

阮南烛伸手敲了敲门。

他们本来都没指望里面的人会有回应，谁知道片刻后，那老人家居然真的给他们开了门。她半眯着眼睛，用混浊的眼神打量着他们三人，嘴里一直在嘟囔着什么。

林秋石不用听也知道，她一定是在重复那一句话：“我吃过了。”

之前他一直没太在意老太太重复的话，现在想来，这句话却莫名地让人毛骨悚然。

为什么她会一直重复“吃过了”？是谁要给她吃东西？吃什么东西？而她虽然老糊涂了，却还是条件反射地一直拒绝。

“老太太，您不想吃什么？”林秋石发问。

这个问题问出口之后，那老太太竟沉默了两秒，随后才用沙哑的声音道：“吃过了，蛋糕吃过了。”

林秋石：“……”

“不吃了，不吃了。”老太太口齿不清，抬手便要关门，阮南烛却伸手拉住了铁门，温声道：“老人家，今年的生日聚会，你不去吗？”

老人听到“生日聚会”四个字，身体竟抖了一下，混浊的眼神中透出怪异的神色，片刻后才道：“不去不去。”

阮南烛道：“为什么不去？”

老人道：“去的还没回来呢，我要等他们。”她念念叨叨地说完了这话，便又开始重复“不吃了”，无论阮南烛怎么问，都问不出别的东西。

无奈之下，阮南烛只好松了手，让门关上了。

不过虽然只是寥寥数语，却已经证实了他们的猜测，这一栋楼之所以空了，果然是有原因的，而其原因，似乎就是十四楼里的三胞胎姐妹的生日聚会。

“参加生日聚会的都没有活下来？”林秋石分析着，“可是这个世界对我们的要求就是等待七天，在七天之后参加她们的生日聚会，这不是悖论吗？”

阮南烛道：“门的世界不会设置死局，参加生日聚会或许并不是死亡的必要条件。”

“那是什么？”林秋石蹙眉。

“暂时还不知道。”阮南烛道，“只能等着。”

他们一边讨论，一边回到了十四楼。

林秋石刚进门就看见唐瑶瑶神情冷漠地坐在沙发上，张星火在她旁边，脸色也不好看。两人见到他们回来了，也没打招呼，甚至连说句话的意思都没有。

“出什么事了？”许晓橙怯生生地问。

“没事了。”唐瑶瑶说，“刚才那个姑娘来找我们麻烦。”

“找你们麻烦？”阮南烛道，“怎么说？”

“她非要我说出她的名字，”唐瑶瑶说，“我哪里知道，三人都长得一模一样，谁知道死的是哪一个，晦气。”她说完这话，有些气恼地啐了一口，“张星火还说别和小孩子生气，那是小孩子？我看是小鬼吧。”

张星火道：“你别这个态度行不行？如果她是小鬼，你用这种态度对她，岂不是死得更快？”

“谁先死还不一定呢！”唐瑶瑶暴躁地道，“真不知道你脑子里在想什么，难道你能认出她们？”

张星火陷入了沉默。

好像自从那天身上沾上了血之后，唐瑶瑶的心情就一直不太好，现在尤其如此。

“剩下的那个是小土，下次别说错了。”阮南烛很平静地说，“这可能是死亡的条件，我们刚下去，看见四楼的那个男人死了。”

接着林秋石将四楼的情况说了一下，也把那老人给的一些信息说了。

谁知道听了他分享的信息，唐瑶瑶的态度更糟糕了，她站起来，如同困兽一样在屋子里绕着圈，表情狰狞无比。

“唐瑶瑶，你怎么啦？”许晓橙看见她的模样，有些担心地问。

“不用管我。”唐瑶瑶说，“我好得很！”她边说着话，边用力搓着自己的手臂。

这里的天气并不冷，大家都穿的短袖和外套，唐瑶瑶也是如此，里面穿了件T恤，外面套着件单衣，但她手上的动作幅度非常大，也非常粗暴。

大家都没说话，都感觉到了唐瑶瑶的不对劲。

“唐瑶瑶，你的手怎么了……”许晓橙到底是没忍住，小声地问了一句。

唐瑶瑶怒道：“我怎么了？我没怎么，我好得很，好得很！”她说完这话，顺手撸起了袖子，然后继续揉搓手臂。

而她撸起袖子之后，林秋石却看到了她手上的一抹痕迹。

那是一抹红痕，有点像是血溅上去的样子，唐瑶瑶用手用力地搓着，像是那里痒极了。

接着，林秋石看见那抹红痕开始扩散，从小臂逐渐蔓延到肩膀上。所有人的眼睛都瞪大了，显然都看见了这恐怖的一幕，而唐瑶瑶却毫无所察，依旧继续着自己的动作，直到她注意到了众人的目光。

“你们看着我做什么？”脸颊也开始变成血红色的唐瑶瑶疑惑地问。

“唐瑶瑶……”许晓橙被这一幕吓呆了，她眼神惊恐地看着唐瑶瑶，“你身上那是什么？”

唐瑶瑶闻言，疑惑地低头，终于看清了在自己身上发生的事，只见她全身的肌肤都变成了刺目的红色，仿佛下一刻就会有鲜血从身上溢出来。

“啊啊啊啊啊啊！”唐瑶瑶发出凄厉的惨叫声，疯了似的揉搓起自己的身体，然而随着她的动作，红色却开始飞速蔓延，最后她整个人都变得通红。

“啊啊啊啊！救命，救命啊……”唐瑶瑶嘴里不住地惨叫着，身体却开始出现另一种变化，她的皮肤开始变得僵硬，最终整个人直挺挺地倒在了房间地上。

这些事情的发生不过在瞬息之间，大家还未反应过来，一切便结束了。

唐瑶瑶瞪大了双眼倒在地板上，已经没有了呼吸，她浑身赤红，连白色的眼球都染上了一抹疯狂的红色。

许晓橙被这一幕吓得号啕大哭，林秋石也觉得嘴里发苦，说不出话来。

张星火吐出一口气，呆呆地道：“又死了一个，我们真的能撑过去吗？”

没有人回答他的问题，所有人都陷入了沉默。

唐瑶瑶的尸体就这样僵硬地摆放在地上。林秋石没敢仔细看，但也发现她的尸体似乎有什么地方不对劲。和之前几个死去的人相比，她的身体并没有缺少什么部件，而是突然就这样在众人面前暴毙了。

就在他们陷入沉默的时候，那个一直喜欢待在厨房里的女人再次出现了。

她站在厨房门口冲着众人笑了笑，用手在围裙上擦了擦：“我给你们做了好吃的，你们想尝尝吗？”

当然没人应话。

“哎呀，哎呀。”女人笑起来，“怎么都不高兴啊，生日聚会马上就要到了，到时候你们一定会高兴的。”她说着说着，又咯咯地笑了起来，那笑声格外瘆人。说完，女人又转身回了厨房，不知道忙什么去了。

“等吧。”长久的沉默之后，还是阮南烛打破了寂静，他的语气里并无惊恐和焦虑，更多的是平静，“应该不会再死人了。”

“为什么？”许晓橙问。

“直觉。”阮南烛笑了笑，“我的直觉一向很准。”

张星火闻言，来了句：“希望你是对的，不过女人的直觉的确很准，特别是漂亮女人的。”

阮南烛：“有眼光。”

林秋石：“……”你为什么能那么镇定地应话啊?

不过虽然阮南烛不是姑娘，但他的直觉的确没有什么问题，接下来确实再没有人死亡。他们吃着无味的干面包，等待着即将到来的生日宴会，如同等待着判决的囚徒。

在生日聚会的前一天晚上，阮南烛和林秋石又去了一趟天台，这次他们到了天台后，在天台上的一间铁皮小屋里发现了点别的东西。

“这是什么？”林秋石刚看到那些东西时，还没反应过来，他的面前摆放着几个大碗，有的碗里放着白色的液体，有的碗里放着红色肉糜状的东西，不过当他看到旁边的东西时，就明白了。就在这些东西的旁边，还有一个玻璃罐子，罐子里放了一堆圆球球，仔细看了之后才发现，那些圆球球全是人的眼珠。

林秋石看着那一瓶子的眼珠，立马想到了四楼被杀死的年轻人，而按照这个进行联想，不难猜测出，这些东西全部属于这栋楼里的人。

曾如国的脑浆、钟诚简的肌肉，还有唐瑶瑶的变得血红的骨头……

“这些该不会是……”林秋石看了阮南烛一眼。

“应该是。”阮南烛说。

林秋石说不出话来。

“走吧。”阮南烛说，“明天就知道答案了。”

“嗯。”林秋石点点头。

07

又是一夜过去，闹钟的铃声把他们从梦中唤醒。林秋石醒来的时候以为天还没有亮，因为周围完全是黑的，原本就不明亮的朝阳此时还被厚厚的云层笼罩着。

阮南烛却已经醒了，靠在床边似乎在思考什么。

“已经是早上了？”林秋石从床上爬起来，确定自己没有看错时间。

“嗯。”阮南烛说，“天一直没亮。”

平日虽然阴沉沉，但好歹会有点阳光，但今天是真的一点阳光都没有，一切都沉浸在黑暗之中，只有昏黄的灯光勉强提供着微弱的光明。

林秋石穿好衣服，和阮南烛一起出了门。

今天中午，就是三胞胎的生日聚会，按照阮南烛的推测，到时肯定会发生什么事。他们出门后，看见许晓橙和张星火也起来了，两人站在走廊门口，一直没敢进屋子。

“都到了吧。”团队里此时仅剩四人，阮南烛道，“到了就进去吧。”说着，他第一个迈出了脚步。

屋子里只开了一盏小小的壁灯，但林秋石还是清楚地看到，房间里所有的装饰都变了，像是有人精心装饰过。墙壁上挂着彩带，地板上撒着漂亮的纸片，沙发上放着几个巨大的毛绒玩具，好一派庆祝的景象。

他们刚进屋子，卧室里便传出了歌声，那是一首英文版的《祝你生日快乐》，用僵硬的声音哼唱着，听起来格外诡异。

三胞胎中剩下的那个小姑娘，沉默地坐在沙发的角落上。她穿着一身红裙，手里抱着一个洋娃娃，面无表情地看着进入屋子的四人。

“我是谁？”小女孩突然发问。

“你是小土。”阮南烛冷静地回答。

“你看到我的姐姐们了吗？”小女孩说，“她们去参加生日宴会，至今还未回来。”

“看见了。”阮南烛说，“她们死了。”

小女孩眨了眨眼睛，那双黑白分明的眸子静静地凝视着四人，林秋石以为她还会继续问问题，却没想到她点了点头，静静地道了声：“我知道了。”

在她问问题的时候，厨房那边也传来了脚步声，还有女人哼着歌的声音，她的心情似乎非常好，一边哼着歌，一边推着一个小推车朝着客厅走来，小推车上还有一个巨大的物品。

等到她走近了，林秋石才看清楚小推车上的东西是什么。

那是一个巨大的蛋糕，乍看上去非常漂亮。蛋糕一共做了三层，用雪白的奶油装饰了起来，周围铺着不知道是什么材质的红色果子，最上面点了三根蜡烛，正散发着幽暗的光。

“生日快乐。”女人如此说。

小女孩站起来，沉默地看着她。

女人说：“快点唱歌吧，唱完歌，就该吃蛋糕了。”她笑了起来，“记得给邻居也送两块过去。”

小女孩便抱着洋娃娃，开始唱起生日快乐歌。稚嫩的童音回荡在光线暗淡的屋子里，莫名地增添了几分诡异。

一曲生日歌结束，小女孩踮起脚尖吹灭了蜡烛。

女人咯咯直笑，将一把刀递给了女孩，道：“乖女儿，快把蛋糕切了。”

小女孩接过刀，然后用力地朝着蛋糕切了下去。一刀落下，雪白的奶油里面红色的蛋糕芯子露了出来。

许晓橙似乎好久没有吃饱了，看见这蛋糕，重重地吞咽了一下口水，嘴里还嘟囔了句：“居然还是红丝绒的……”

因为昨晚看到的东西，林秋石对这蛋糕完全提不起任何兴趣，虽然这蛋糕看起来的确很好吃。

“将蛋糕分给他们。”女人催促着，“让他们尝尝妈妈的手艺。”

小女孩在女人的催促下，将蛋糕分成了几大块，然后装进盘子里，递给了众人。

张星火和许晓橙都接了，但两人没敢吃，就这么眼巴巴地看着手里的蛋糕，看那表情真是垂涎欲滴。

然而当递到阮南烛那里的时候，他却没有伸手，而是眼神冷漠地看着小女孩。

“吃蛋糕。”小女孩说了一句。

“不想吃。”阮南烛说，“没兴趣。”

小女孩又重复了一遍：“吃蛋糕。”

阮南烛说：“不想吃。”他的态度非常坚决，一点也没有要妥协的意思，即使小女孩母亲的神情已经因为他的拒绝而变得疯狂起来。

“为什么不吃？”女人发问。

“不想吃。”阮南烛说，“没有为什么。”

女人道：“你……”

她似乎还打算说什么，阮南烛却直接站了起来，他的下一个动作让所有人都大吃一惊——他竟抬手直接掀翻了放着蛋糕的桌子。

巨大的蛋糕全都落在了地上，摔了个稀巴烂。站在旁边垂涎欲滴的许晓橙和张星火还没来得及心疼，就嗅到了一股浓郁的腥臭味，两人一低头，发现那个漂亮的蛋糕不知何时完全变了个模样。

鲜红的蛋糕芯变成了肉糜，雪白的奶油是脑浆，上面可爱的圆形装饰物是人的眼珠子，而刚才被吹灭的蜡烛，是三根鲜红的骨头。

“啊！”许晓橙吓得直接把手里的东西丢了。

女人见到此景，表情瞬间变得扭曲，然而她还没来得及做什么，阮南烛就上前一步，冲着她的身体就是一刀。

即使是林秋石，看到阮南烛的动作后也惊呆了，他瞪着眼睛，看着阮南烛拿着不知道从哪里掏出来的刀，对着女人就是一通乱砍，动作狠辣干脆，丝毫不留情面。

“咯咯咯咯。”站在旁边的小女孩见到这一幕，竟笑了起来，她用力丢掉了手里的洋娃娃，站在原地拍着手大笑，“妈妈死啦，妈妈死啦！”

瞬息之间，阮南烛就将女人肢解成了几块，他的身上也因此沾满了鲜血。

许晓橙和张星火都以为他疯了，转身就跑到了门边，只有林秋石对着他露出担忧之色，道："你没事吧？"

阮南烛扭头，脸上全是血，他无所谓地啐了一口，笑了："你不怕我？"

林秋石伸手擦了擦他脸上的血："不怕。"

阮南烛："你还敢沾血？"

林秋石："你不也沾上了吗。"他虽然知道童话故事，但也相信阮南烛绝不会无缘无故地做出这样的事情，所以除了一开始的惊讶，他的情绪倒是很快平静下来，甚至开始思考阮南烛到底为何要这样做。

"嗯。"阮南烛说，"我刚才看了，钥匙不在蛋糕里。"

林秋石蹙眉："不在？"

他昨晚才和阮南烛讨论过这件事，两人一致认为钥匙出现在蛋糕里的概率最大。刚才阮南烛的动作，显然就是为了确认他们的猜测，然而蛋糕被摔碎后，该出现的钥匙却没有踪影。

阮南烛慢慢伸出了手，道："在这儿呢。"只见他手心里躺着一枚漂亮的青铜钥匙，那钥匙上沾满了鲜血。根据阮南烛刚才的动作，林秋石瞬间猜到了钥匙的来源，他微微瞪大眼睛："这钥匙是在她的身体里？"

"对。"阮南烛站起来，"之后再和你详细解释，我们快走。"

林秋石点点头，两人一起奔向了屋外。

就在他们离开的时候，地上被阮南烛砍得乱七八糟的女人尸体却自己动了起来，并且以极快的速度组装成了人的模样，不过片刻，一个浑身沾满鲜血、神情癫狂的女人就再次出现在了屋子中央。她用手慢慢地把自己的头掰正，沙哑着嗓子道："你们要去哪儿？你们为什么不吃我的蛋糕？你们回来！"她提起用来切蛋糕的尖刀，用别扭的姿势，朝着屋外冲了出去。

阮南烛却好似已经猜到了这一切，拉着林秋石就往楼上跑。

许晓橙和张星火虽然不知道发生了什么，但都看到了阮南烛手里的钥匙。两人脸上的恐惧变成了惊喜，跟着林秋石他们冲到了天台门口。

"我开门，你们拖延一下。"阮南烛抓着铁锁开始开。

林秋石"嗯"了声，站在他身后。底下传来了脚步声，下一刻，刚刚被肢解的女人就出现在了他们身后。女人手里提着尖刀，面容扭曲地开始爬楼梯，大约是她的身体刚组装好，走路还不算太顺利，所以爬楼梯的姿势非常扭曲，速度也不算太快。

这时候换成一般人早就慌了，阮南烛开锁的手却是一下都没有抖，他道：“再给我十秒！”

林秋石知道这时候的阮南烛绝对不能被打扰，他上前两步，掏出手机，对着女人的脑袋砸了过去。女人被砸中之后，头微微偏了一下，林秋石抓住这个机会，借着身高优势抬脚对着女人就是一踹，这一踹用尽了他的力气，却好似踹在了一堵墙壁上，差点把他的脚给崴了。

好在女人也因此后退了一小步，她正欲往前，这时，一道铁锁落地的声音在林秋石身后响起。

“走！”阮南烛大叫一声。

张星火和许晓橙跟在阮南烛身后奔跑起来，林秋石也迈步狂奔，但那女人似乎是知道他们要走了，竟是用尽了力气朝着林秋石扑了过来。

林秋石虽然躲闪到了旁边，却还是被她手上的刀划破了手臂。

而此时天台上那些堆起来的黑色袋子竟都开始蠕动起来，有的袋子甚至渐渐显出了人形，里面的东西硬生生地冲出了黑色的布袋。

阮南烛刚拉开黑色的铁门，便有光从中射出。

“你们先走。”阮南烛对着张星火和许晓橙道。

两人闻言也不敢在此多作停留，皆毫不犹豫地跳进了铁门之中。

阮南烛却转过身，对着林秋石道：“快过来！”

林秋石狂奔而至，在离阮南烛还有些距离的时候，阮南烛一把抓住了他的手，然后用力将他搂入怀中，随后朝着身后的门直直倒下。

也不知道是不是林秋石的错觉，他感觉在自己掉入门内的下一刻，脑后刮过了什么东西。

两人落入温暖的光晕之中，黑暗被驱逐，阮南烛身上的血迹也逐渐褪去。

眼前是一条长长的隧道，这画面和之前一模一样，看来他们已经从门里的世界逃脱了出来。

阮南烛牵着林秋石的手，一直往前走，两人都很有默契地没有说话，直到那熟悉的眩晕感再次出现。

林秋石看到了自家的大门，还有周遭的墙壁。

阮南烛站在他的身边，注视着他。

“我们出来了？”林秋石语气艰涩地问。

“嗯。”阮南烛随手把一个东西揣进了兜里，“走吧，先进屋子。”

林秋石想要移动身体，却在迈步的时候，感到了一阵天旋地转，眼见他整个人都要倒在地上，最后却落入了一个温暖的怀抱。

“你在门里受伤了？”阮南烛问。

“嗯。”林秋石感觉浑身无力，低低地应了声。

阮南烛没说话，而是直接将林秋石抱了起来。一米八几的大男人，阮南烛抱着却一点也不费劲。两人进了屋子，阮南烛将林秋石放到床上：“你先睡一觉。”

林秋石已经说不出话来，他闭上眼睛，整个人陷入了近乎昏迷般的深眠。

林秋石也不知道自己睡了多久，反正他醒来的时候，眼前是一片花白，鼻间萦绕着消毒水的味道。他做了好多个奇怪的梦，梦里乱七八糟什么画面都有，时而听到有人号哭，时而觉得有人在追杀自己。因为这些奇怪的梦，林秋石隔了一会儿，才反应过来自己已经从门里的世界出来了，此时躺在医院里，手臂上还打着点滴。

旁边坐着一个少年，是之前在别墅里见过的程千里，他见到林秋石醒了，忙凑过来打招呼：“林秋石，你醒啦，感觉怎么样？”

林秋石觉得整个人昏昏沉沉的：“我睡了多久……”

程千里说：“也没多久，怎么，有什么急事？”

林秋石：“我家猫……”

程千里：“……”他服了，这人可真是个称职的铲屎官，脑子里就想着猫啊猫的，刚醒过来都不忘记问这事。

“没事，你才睡了半天。”程千里说，“猫还好好的。”

林秋石松了口气，他道：“我这是怎么了？”

“生病了。”程千里说，“高烧，问题不大，你在门里受伤了吧？”

“嗯。”林秋石道，“手臂被划伤了。”

程千里说：“那还好，只是发烧而已。记住，在门里面能不受伤就尽量别受伤，里面很小的伤口，对于门外世界的人来说都有可能很严重。”

林秋石点点头：“南烛呢？”

程千里道：“阮哥有点事情，忙去了，让我先守着你。怎么样，第二次进门感觉如何？”

林秋石老老实实地说：“还好。”他停顿片刻，“差点没出来。”现在想起那个提着刀的女人，他都头皮发麻。

“哎呀，这有什么差点不差点的，能出来就行。”程千里说，“况且阮哥跟着你呢，一般来说不会出什么大事的。你要不要吃苹果，我给你削一个？”

林秋石点点头，接受了程千里的好意。

不得不说，从门里出来之后，真的有一种焕然新生的感觉。无论是阳光还是温度，或者是嘈杂的人声，都让人觉得充满了幸福感。

林秋石啃着甜滋滋的苹果，觉得自己幸福得快要飞起来了，连带着平时不喜欢的医院都没那么讨厌了。

程千里坐在旁边玩游戏，时不时和林秋石聊聊天。

林秋石聊着聊着又开始昏昏欲睡，眼睛快要闭上的时候，忽然听到身边传来了脚步声。他条件反射地睁开眼，看见阮南烛出现在他的眼前。

“醒了？”阮南烛轻声问道。

因为逆着光，林秋石有些看不清楚阮南烛脸上的表情，但能听出他声音里的关心是实打实的。

林秋石轻声叫他的名字：“南烛……”

阮南烛轻轻摸了摸林秋石的额头，说：“安心睡吧，我们出来了。”

林秋石听到阮南烛的话语后，心奇迹般平静了下来。他合上眼眸，再次陷入了深眠。这次没有奇怪的梦，唯有宁静伴他左右。

08

睡了一天一夜之后，林秋石才醒了过来。醒来时他的烧已经退了，虽然身体没什么力气，但是已经能够下地行走。医生检查之后说再输一天的液巩固一下，第二天就能出院。

程千里一直陪在他的身边，闻言让他别担心，说家里的猫有人在喂，不用急着回去。

林秋石躺在病床上，第一次觉得医院也是如此亲切。进入门内世界几天后再出来，他竟有种恍如隔世的感觉，虽然现实的世界才过了十几分钟。

第三天，程千里给林秋石办理了出院手续，开着车将林秋石载回了家。

林秋石到家之后拿出钥匙开了门，还没进去呢，就听见他家栗子“喵呜喵呜”撒娇的声音。他支了个脑袋一看，发现阮南烛坐在他家沙发上，手里拿着一本书在看，对着他态度颇为高冷的栗子此刻却蹭着阮南烛的脚踝，哼哼唧唧地叫着，还时不时躺下露出柔软的毛茸茸的肚皮求抚摸。

林秋石之前也有这样的待遇，只是最近栗子嫌弃他得很，不让摸也不让抱，吸更是不可能了。

林秋石嫉妒得眼睛都直了，或许是注意到了他灼热的眼神，一直没抬头的阮南烛看了过来：“好了？”

“嗯。”林秋石屁颠屁颠地走到阮南烛的身边，矜持地坐下，想要假装不经意地抱起他家的猫，谁知道栗子一扭屁股就躲开了他的手。

林秋石见状，流下了悲伤的泪水：“栗子，你不爱爸爸了吗？”

阮南烛没说话，弯下腰轻而易举地把栗子抱了起来，栗子“喵呜”一声，开心地用头蹭着阮南烛的胸膛。

“摸吧。”阮南烛指着栗子露出来的肚皮，看向林秋石。

林秋石伸出手，终于摸到了他家的猫：“栗子你怎么了，不认识爸爸了吗？”

仿佛一个失去了儿子的可怜父亲，林秋石悲痛欲绝，看着自己辛辛苦苦拉扯大的猫崽子黏上了别的男人，总有种被绿了的微妙感觉。

“猫对这些事情比较敏感。”阮南烛解释，“多过几扇门就好了。”

一提到门，林秋石整个人都蔫了，他靠在沙发上说：“我能问问最后你为什么杀了那个女人吗？不是说不能沾血吗？”

“我以为钥匙在蛋糕里。”阮南烛道，“但是没有，那就肯定是在其他地方。你记得童话故事的最后一幕是什么吗？”

林秋石想了想，似乎理解了阮南烛的意思，他坐直了身体：“三姐妹被复活，男巫被杀掉了？”

“对。”阮南烛说，“所以我就怀疑……”

“如果不是怎么办？”林秋石没想到他只是怀疑，行动力就那么强。

“不是就不是。”阮南烛倒是很淡定，“再找找其他地方，总是能找到的。”

林秋石露出佩服的表情，一般人哪里敢提刀就砍，况且有之前的例子在，一般人都不愿意沾上鲜血，也就是阮南烛能有钥匙在女人身体里这么个想法，想出来也就算了，他竟然还当场把女人砍成了几块。

“下一扇门的提示拿到了吗？”林秋石又想起了什么，道，“是不是一定要通过十二扇门？”

“嗯。”阮南烛说，“先吃点东西，我慢慢和你说。”

于是三人离开了屋子，准备出去找点东西吃。

林秋石大病初愈，按理说应该吃点清淡的，但他在门里面啃了七天的干面包，嘴馋得要死，于是他把阮南烛和程千里带到楼下一家做江湖菜的小店，点了好几个辣菜。

江湖菜是他们这边比较特殊的菜系，重麻重辣，配着啤酒更是舒服。

林秋石吃得浑身上下都浮起一层薄汗。

“你的下一扇门应该是在十天后。”阮南烛倒是没有像林秋石一样吃得那么开心，他似乎不太能吃辣，只是吃了几口，鼻尖上便泛起了红色，眼神也没了平时的冷淡，变得湿润起来，“这十天可以好好休息。”

“那门里的提示是什么？”林秋石比较关心这件事。

“不能告诉你。”阮南烛居然来了这么一句。

“为什么？”林秋石有点迷茫。

“因为那一扇门不一定是你的门，也可能是别人的门，到时候你或许不会进去。”阮南烛说，“一扇门的提示只会给第一个打开门的人，谁开了门，那个提示就在谁的手里，谁就拥有更多的主动权，但是这些提示不一定会自己用。”

林秋石惊呆了：“那岂不是下一扇门我没有提示了？”

阮南烛：“情况比较复杂，我这么说吧，下一扇门你可以蹭程千里的。”

林秋石听得晕头转向。

最后还是程千里给他解释："一扇门只会有一个主题，但是呢，如果你和我进的是同一扇门，那这扇门既是你的，也是我的。而这门又有别的规矩，打个比方，现在我是开了第四扇，你才开第二扇，如果你跟着我进了第四扇门的世界，并且出来了，那你前三扇门就自动开了。"

还有这种好事？林秋石瞪圆了眼睛："那如果找到一个即将开第十二扇门的人，岂不是……"

"哪有这样的好事。"程千里吃了一口菜，含混不清地道，"这种跨越绝对不能跨太多，不然会死得很惨。有些事情你现在还不知道，我不能和你讲得太清楚。"

林秋石说："为什么不能？"

程千里："因为就算讲清楚了，你还是会继续问为什么。"

看两人的表情，显然都对喜欢问"十万个为什么"的新人深恶痛绝，林秋石见状也就没有自讨没趣，安静地吃饭。

果然程千里长叹一声，说："还是阮哥的眼光好，看看其他人带回来的新人，哪个不是问题多得数不过来？最惨的是刚给人解完密，没多久他就死在了门的世界里，之前说的话全成了废话。"

林秋石："可是你也才进四扇门，为什么那么熟练啊？"

程千里："我虽然只过了四扇门，但我哥已经过了八扇了。"他说着嘟囔起来，听起来像是在抱怨什么。

林秋石吃着饭，思考着两人说的话，思考了一会儿又想问问题了。

阮南烛大约是看出了他那副欲言又止的模样，伸出了一根手指："最后一个。"

"那我的第一个世界为什么会遇见你？"林秋石道，"你在第一个世界不是没有认识的人吗？"

"这是两个问题。"阮南烛说，"还有，谁说我在里面没有认识的人了？"

林秋石惊了："你认识谁？"

阮南烛："还记得第一天晚上死的那两个吗？"

林秋石："记得。"

"其中一个就是我的顾客。"阮南烛干咳一声，"我当时搞错对象了。"

林秋石陷入了沉默。

阮南烛："我当时以为你是我的顾客，等到第二天发现不对的时候，我的顾客已经死了。"他擦了擦嘴，用非常平淡的语气说出了让人目瞪口呆的话，"后来我发现你资质不错，就把你带了回来。"

程千里在旁边憋笑，让林秋石别惊讶，说这已经不是阮南烛第一次搞错服务对象，主要是当时林秋石的衣服颜色和那个顾客穿的很相似，再加上两人一开始就在小道上相遇……

林秋石仔细一想，好像的确是这样，他就说为什么当时阮南烛对他那么特别，没想到居然是出于这样的原因："我还以为是因为我们两个一见如故。"

阮南烛："你也可以这么想。"

吃完饭后，林秋石准备回家。

阮南烛却和他说如果可以，最好搬到别墅去住，这样大家有个照应。

"会出什么事吗？"林秋石有点疑惑，"不是已经离开门了吗？"

"现实里我们这样的还有其他人。"程千里说，"这些人有的已经心理变态了……唉，反正是你能过来就尽量过来吧，总没有错的。"

"好吧，我想一下。"林秋石点点头，表示自己知道了。

三人吃完了饭，往回走的时候看见了路边一块巨大的广告牌。

阮南烛随手一指，说："喏，她就是许晓橙。"

林秋石抬头一看，发现广告牌上印着一个当红女星，这女星走的是御姐路线，神情高冷，举手投足之间皆是傲气，和门内世界里那个天天喜欢哭的许晓橙简直就是两个人。

林秋石本来还觉得惊讶，但是想到身边这个神情冷淡的大男人在门里还是个姑娘就释然了。

"我们就先回去了，你自己一个人在家注意安全，有事就打电话。"程千里说，"拜拜。"

"再见。"林秋石挥挥手，见到他们上车走远了，才转身回了屋子。

回去之后，他趴在沙发上休息，栗子就远远地坐在旁边看着他，也不肯过来让他摸一摸，至于想要像之前那样趴在栗子的肚皮上吸一口，就更是不可能了。

林秋石看电视看得昏昏沉沉，就要睡过去的时候，却听到楼下传来了呼救声。他一下子就醒了，第一个反应是自己出现了幻觉，但那叫声越来越响，还伴随着其他嘈杂的议论声。

林秋石从沙发上爬了起来，走到窗户边上，竟然看见一个人在小区里狂奔，另外一人提着刀在追。

这画面太过玄幻，林秋石用手狠狠地揉了揉眼睛，才确定这的确不是他眼花了。

被追的是个姑娘，模样是完全陌生的，但是衣着却让他觉得有几分眼熟，奈何此时夜色太深，林秋石看不太清楚。

其他住户也被这声音吵得纷纷走到窗边围观，林秋石确定自己没看错之后，赶紧报了警，简单地说明了一下情况后，随便抓了根晾衣棍，就打算下去帮忙。但他刚走到电梯间，就听到一声凄厉的惨叫，随后叫声戛然而止……

完了，林秋石瞬间明白了什么。

等到他下楼的时候，那个姑娘已经倒在了血泊里，胸口上插着一把匕首。

杀死她的那个人坐在旁边大笑，说："臭婊子，你也有今天，我看你还怎么出去勾引人！"

他见到林秋石过来，也没反应，像个神经病一样自言自语。

林秋石没敢再刺激他，拿出手机打了120，之后便在旁边等待，好在警察和医生都来得很快，迅速地结束了这荒诞的一幕。

林秋石作为目击证人，去了一趟警察局，得知姑娘当场身亡，连抢救的机会都没有。

第二天，这件事就上了社会版的新闻，结果却让人大吃一惊——这根本不是情杀！凶手是个精神错乱的神经病，家属没看好被放出了家门，那个姑娘便遭受了这么一场无妄之灾。最荒谬的是因为凶手是神经病，还不用被追究法律责任……

林秋石看完新闻之后就去了别墅，找到阮南烛，问他们认不认识这个被杀的姑娘。

"应该是唐瑶瑶。"阮南烛看了眼报纸，便下了结论。

“她死了？”林秋石道，“怎么会死得那么奇怪……”

“能进门里的人，都是快死的。”阮南烛说，“车祸、谋杀、疾病、意外，你不进门也是死。”

林秋石听到阮南烛的话，突然想起了自己还没去拿的体检报告。

大约是看出他的表情不对劲，阮南烛说：“怎么？”

“没。”林秋石道，“就是想起来一点事，我先走了。”

阮南烛点点头，也没拦。

林秋石去了趟医院，把自己的体检报告领了。

他撕开装着体检报告的信封，翻到结果那一页，便看见几个整齐的小字：肝癌早期。

林秋石：“……”怎么会这样？

林秋石苦笑起来。他从来不抽烟，酒也很少喝，除了工作，便没有别的娱乐活动。可就是这样兢兢业业勤勤恳恳，最后却落得这么个下场。

拿着体检报告的林秋石失魂落魄地回了家，面对家中依旧不愿意靠近他的栗子，挫败感达到了顶峰。

手机铃声响了起来，林秋石却躺在床上没动，现在谁的电话他都不想接，只想一个人待一会儿。

手机铃声响了又停，停了又响，持续了两三次之后，终于消停了。

林秋石还以为给他打电话的人放弃了，谁知道半个小时后，门口就传来了“咚咚”的敲门声。

林秋石走到门边，通过猫眼看见了站在外面的阮南烛，他拉开门，还没说话，阮南烛就一步跨了进来：“遇到什么事了？”

林秋石摇摇头。

阮南烛上下打量了一下他：“说吧。”

林秋石沉默片刻，转身指了指放在桌子上的体检报告。

阮南烛伸手拿过来，简单地翻阅几下，便随手丢到了旁边：“就这？”

“什么叫‘就这’？”林秋石以为他会安慰自己几句，结果他不但没有安慰，反而是这个态度，顿时震惊了，“肝癌！绝症！”

阮南烛："你是不是没记住我说的话？"

林秋石："什么话？"

"我说了，能进门的人都是快死的人，你现在进去了，自然也不例外。"阮南烛说，"你这还算好的，至少还有个缓冲期，看见昨天的唐瑶瑶了吗？她就是快死了，如果她成功地从门里出来，就能躲过神经病，但是她没有。"

林秋石："可是我得了肝癌，难道那门还能治病？"

"能不能我说了你也不信，过段时间就知道了。"阮南烛抬手看看时间，"你还是搬到别墅去吧。你刚才不接电话，我还以为你死了呢。"

林秋石："……"

阮南烛："明天我来帮你搬家。"

林秋石还想说什么，阮南烛却做了个暂停的手势，然后指了指栗子："在别墅里，栗子说不定就让你摸了。"

已经快一个月没碰到自家小可爱的林秋石立马叛变："那……那我试试？"

阮南烛："……"他还以为林秋石会继续挣扎。

这天晚上，阮南烛没有回去，而是在林秋石家里将就了一晚。

林秋石不好意思让他睡沙发，就把床让出了一半，一左一右，盖被子纯聊天。

和门内的世界不同，现实里的阮南烛看起来话并不多，甚至有些冷淡。好在面对林秋石时，他还是有问必答，态度比较温和。

林秋石对此非常感动，感动的同时，又有一种精神分裂的感觉，就好像门里的那个人其实不是阮南烛，而是阮南烛的姐姐或者妹妹……

不过好在他今天有点累，没分裂多久，就迷迷糊糊地睡了过去。

第二天，林秋石醒了过来。

两人的姿势可以说是非常自然，他靠在阮南烛的胸口，像只树袋熊一样贴在人家身上。

他默默地想要移开身体，身边还睡着的阮南烛却突然睁开了眼，沉默地看着他。

林秋石尴尬地笑道："早……早上好？"

阮南烛："好。"

林秋石："我……先起来了。"他移开放在阮南烛身上的手，假装不经意地从阮南烛身边挪开。

阮南烛一直没说话，直到林秋石马上就要坐起来了，他才突然来了句："你脸红了。"

林秋石："……"

阮南烛："没关系的。"

林秋石："……"

阮南烛："都是男人，我理解。"

林秋石表情痛苦，只求阮南烛不要继续说下去，然而阮南烛却很无情地揭破了一切，他说："我也一样。"

林秋石直接落荒而逃。

他发现虽然性格不太相似，但是现实世界中的阮南烛和门内的同样难搞，虽然难搞的类型不大一样。

狼狈地起了床，林秋石去厨房做了早餐。阮南烛躺在床上，说自己想吃面条。

"什么味的？"林秋石问他。

阮南烛说："就是门里面你做的那种。"

"行。"林秋石穿上围裙，进了厨房。

阮南烛趴在床上也不知道在干吗，过了一会儿，门口响起了敲门的声音。

"有人敲门。"阮南烛道。

"你去开一下。"林秋石正在煎蛋，"可能是送快递的。"

"嗯。"阮南烛去开了门，看见一个姑娘站在门口。那姑娘看见他也愣了一下，说："你好，我找林秋石。"

"秋石，找你的。"阮南烛转过身。

因为昨天在这里睡了一晚，阮南烛身上穿的还是林秋石的睡衣，这睡衣他穿着有点小了，就没扣扣子，漂亮的六块腹肌若隐若现，莫名地多了一分色气。

于是林秋石一出来，就看见同事曹莹面红耳赤地站在门口，露出一副手足无措的模样。

“你做什么了？”林秋石看向阮南烛。

阮南烛莫名其妙：“我能做什么？”他停顿了一下，“与其问我对她做了什么，倒不如担心一下你自己。”

林秋石：“……”

“咯咯咯。”被两人的对话呛到，曹莹猛烈地咳嗽起来。

林秋石的耳朵都红了，但还是强装镇定：“有事吗，曹莹？”他已经递交了辞呈，交接工作也做好了。

“你有东西没有带走。”曹莹从提着的袋子里拿出了一个笔记本。

“哦，谢谢你。”林秋石接过笔记本。这个笔记本是他用来记录工作内容的，于他而言还挺重要，只是不知道怎么忘拿了。

“能冒昧地问一下，这位是你的……”曹莹的眼神又移到了阮南烛身上。

“我朋友。”林秋石道。

“哦。”曹莹红着脸说，“之前没见过呀。”

“你……”林秋石正打算问她要不要一起吃个早饭，阮南烛就面无表情地来了句“我饿了”，然后顺手把门一关。

林秋石蹙眉，结果一抬头就看见了阮南烛的眼神，他被那眼神吓得后退了一步：“阮南烛？”

阮南烛道：“怎么？”

林秋石：“你这个表情是什么意思？”

阮南烛勾起嘴角笑了笑：“意思就是饿了，想吃东西。”他的眼神十分露骨地上下打量起了林秋石，林秋石正欲说话，却见他转过身去了厨房，片刻后，里面传来了吃面的声音。

林秋石：“……”一定是他想太多了吧？

09

阮南烛很喜欢林秋石煮的面条，他认认真真地吃掉了一整碗，连汤也没有放过。

林秋石道："有那么好吃？"

"比门里面的东西好吃多了。"阮南烛擦了擦嘴，又看了眼时间，"尽快收拾吧，我下午来接你。"

"好。"林秋石点点头。

阮南烛说完这话起身便走。栗子哼哼唧唧地用尾巴缠着阮南烛的腿，一副舍不得的模样，看得林秋石妒火中烧。不过他妒火中烧也没办法，谁叫栗子是只猫呢。

这房子是林秋石租的，租期还有半年，他也不打算退掉。他其实不是这个城市的人，只是因为在这里上了大学，毕业后才留在了这里，也习惯了这里的天气和生活。

林秋石开始收拾东西。他衣服不多，很快就全部装好，最麻烦的是一些工作上的书籍，死沉死沉的。他看着这些书，犹豫了一会儿，干脆下楼叫了保洁阿姨，全送了出去。

命都快没了，总该做点让自己高兴的事。

整理好了行李之后，林秋石把自己要搬家的事情告诉了朋友吴崎。

吴崎一听说他要搬家，就嚷着要来帮忙，却被他拒绝了，他说已经找好搬家公司，不用特意过来。

"那你打算搬到哪里去？"吴崎问。

"郊区，等那边收拾好了，我再叫你过去玩。"林秋石说，"你好好上班吧。"

"你记得把地址发给我啊。"吴崎道，"辞职玩一段时间也挺好的，天天加班谁受得了啊，虽然年轻，但也得考虑自己的身体。"

"嗯。"林秋石应声。

下午三点，阮南烛和程千里准时来了，帮着林秋石把行李提到车上。"喵呜喵呜"叫着的栗子也被装在航空箱里，放在了后座上。

林秋石："等到了别墅，栗子就真的让我摸了吗？"

阮南烛："嗯。"

程千里："林秋石，你知不知道你现在看起来就像是个被丈夫抛弃的妻子？"

林秋石："……"我不是，我没有。

车一路向前，周围的景色逐渐变得荒凉，最后驶出了环城高速，到达了孤独地矗立在郊区的别墅。

这是林秋石第二次来，他搬着大包小包进去的时候，在客厅里看到了程一榭。

程一榭正在吃什么东西，见到他们进来了，脸上一点表情都没有，只是冷淡地打了个招呼："阮哥。"

林秋石条件反射地看了眼身边的程千里。

不得不说，虽然是双胞胎，但是这两人的风格差得很远。程千里活泼外向，说什么表情都很夸张。程一榭却内敛冷淡，是一副一看就很不好相处的样子。

阮南烛说："准备得怎么样？"

"还行。"程一榭说，"具体情况还得进去看看，你什么时候走？"

阮南烛说："几天后。"

程一榭点点头，转身走了。

林秋石听到这话，小声地问了句："你是几天后要进门？"

"嗯。"阮南烛应声。

"是不是很凶险？"林秋石的第二扇门就这么恐怖了，阮南烛的岂不是更恐怖？

"还好。"阮南烛说，"不用太担心。"他神色淡淡的，仿佛说着要去哪里旅游一样，丝毫不见紧张的情绪。

林秋石见他如此冷静，也跟着平静了下来。

之后阮南烛给林秋石安排了住的地方，在三楼的走廊尽头，对面就是阮南烛的房间。

林秋石把行李搬到了自己的房间，便迫不及待地将栗子从航空箱里放了出来。

来到了陌生的环境，栗子却一点也不认生，开开心心地扭着毛茸茸的屁股冲着阮南烛就飞奔而去，到了阮南烛身边便开始蹭蹭挠挠，求抱抱。

阮南烛弯下腰把栗子抱起来，坐在沙发上对着林秋石招招手："过来。"

嫉妒得眼睛都红了的林秋石屁颠屁颠地跑了过去，嘴里叫着："南烛，南烛……让我吸一口！"

旁边的程千里：“……”林秋石，你这是染上了猫瘾？

阮南烛低头看着栗子：“吸吧。”

林秋石：“好嘞！”他先是伸手摸了摸栗子，发现栗子的确没有用爪子抗议了，这已经是天大的进步了。

机不可失，时不再来，林秋石抓紧机会就是一个猛扑，一头扎进了栗子软乎乎的毛里。

栗子“喵呜”一声，粉红色的爪子软软地拍打着林秋石的头。

吸猫使人快乐，不吸猫是不可能的，这辈子都不可能不吸猫，只有吸猫才能维持生活的样子。快一个月没碰到自己宝贝的林秋石此时终于得偿所愿，感动得几乎快要热泪盈眶。

“喂，你们这是在干吗呢？太刺激了吧？”突然有男声从门口传来，林秋石还没明白怎么回事，就感觉阮南烛突然伸手轻轻地抓住了他的头发：“林秋石，你别跪着吸。”

“厉害了！跪着吸！”那人道，“阮哥，你们太会玩了！”

林秋石沉默了三秒钟，才反应过来发生了什么。只见此时阮南烛将栗子放在腿上，而他半跪在阮南烛的面前，正一脸陶醉地将脸扑在栗子的身上……这姿势，怎么看怎么不对劲。

林秋石默默地站了起来，扭头看了眼身后的男人。

这人之前他在别墅里见过，叫易曼曼。

大约是林秋石的眼神太过幽怨，搞得易曼曼有点怵，他说：“没关系啊，你们继续，我只是路过。”

阮南烛低声笑了起来。

栗子还一脸茫然地坐在他怀里，身上的毛因为林秋石的动作变得乱糟糟的，不过即使如此，也贼可爱。

林秋石换了个姿势，露出面前的猫咪，伸手指了指，表示自己并没有在干什么少儿不宜的事。

“哦，玩猫呢。”易曼曼尴尬地露出笑容，“对不起，我误会了。”

“没事，我不该太激动……”

围观了全程的程千里终于没忍住，拍着桌子哈哈大笑起来，边笑边拿出手机，让林秋石过来看他拍的照片。

林秋石凑过去一看，就看见自己半跪在阮南烛两腿之间，阮南烛则是一脸温柔地看着他，还伸出手轻轻地抓住了他的头发……

林秋石："喂，你什么时候拍的，赶紧给我删了！"

程千里："好好好，你别激动，我马上就删。"他当着林秋石的面把照片删了，这事才作罢。

林秋石一脸疲惫地坐回了沙发，表示这年头想吸个猫怎么就那么困难。

他说完这话，就看见栗子高高兴兴地用脑袋蹭了蹭阮南烛的胸口，一副"你怎么还不吸我"的表情。

林秋石："……"栗子你这个大叛徒！

当天晚上，为了庆祝林秋石的入住，大家一起吃了顿饭，林秋石也重新认识了一下别墅里的人。

易曼曼、陈非、卢艳雪是上次见过的，据说还有几个人在其他地方办事，过段时间才会回来。别墅里还养了一只叫吐司的柯基犬，这两天生病了在医院里住着，程千里说明天才会把它接回家。

"他们会不会打架啊？"林秋石看着栗子，有点担心地问。

"不会吧，你家栗子脾气挺好啊。"程千里说，"我家吐司脾气也好，就是有个缺点，喜欢闻猫屁股。"

"它公的母的？"林秋石问。

"公的。"程千里说，"带它出去遛弯，遇到野猫就要挨揍，唉。"他看了眼栗子。

林秋石点点头："我家栗子也是公的。"

既然如此，应该不会发生什么跨物种的意外……

陈非和易曼曼都敬了林秋石一杯酒，说以后大家互相关照。卢艳雪坐在旁边笑得很甜，表示很高兴林秋石加入他们。

林秋石也小酌两杯，鉴于自己的身体情况，没敢多喝。

结束了晚宴，林秋石回了自己的房间，躺在床上翻来覆去睡不着。他的脑子有些混乱，奇奇怪怪的念头窜来窜去。

实在是无法入睡，林秋石便从床上爬起来，想去窗边换口气。

结果走到窗边，他却透过窗户，看见阮南烛和陈非站在园子里说话。

两人的表情都非常严肃，面前放着一个黑色的笔记本，时不时用笔在上面写写画画。

陈非气质斯文，戴着一副黑框眼镜，笑起来很温柔。林秋石听程千里说他以前好像是老师，但并不清楚他具体是怎么加入这个团队的，因为程千里其实是最后一个进别墅的。

按理说这么远的距离，林秋石应该什么都听不到，但奇迹似的，他居然隐隐约约听到了他们的谈话内容，虽然不是特别清楚，但还是能猜出一二。

他们似乎是在讨论阮南烛的下一扇门，关于线索的背景，其间可能隐藏的暗示……

林秋石正打算继续听，站在楼下的阮南烛却好像背后长了眼睛似的，直接扭过头朝着他的方向看了过来。

两人眼神相接，林秋石尴尬地挥挥手，冲着他打了个招呼。

阮南烛转头和陈非说了句什么，便朝着别墅的方向来了，林秋石走也不是，站着也觉得怪怪的，只好打开了自己的房门，坐在门口等着。

片刻后，阮南烛果然出现在了他的房间门口。

“睡不着？”阮南烛问。

“嗯。”林秋石道，“脑子里乱七八糟的。”

阮南烛说：“既然睡不着，那我就给你看点东西吧。”他坐到房间里的电脑前，按下了开机键。

一阵开机音乐响过之后，电脑屏幕亮了起来。阮南烛移动鼠标，打开了网页里收藏的第一个网址。

那网址的图标是一扇黑色的门，和林秋石进去的铁门几乎一模一样。

阮南烛打开网址，又输入了一个账号，片刻后，一个血红色的论坛出现在了林秋石的眼前。

“这个论坛，是进过门的人建的，里面的内容很丰富，也有一些信息，你闲着没事可以先逛逛。”阮南烛说，“只能用这台电脑，不要用其他的设备进入这个论坛。”

“用其他的会被发现地址？”林秋石问。

阮南烛点点头。

“被发现了会怎么样？”对于这一点，林秋石很疑惑。

“被发现了会发生糟糕的事。”阮南烛沉默片刻，用冷静的语调说出了惊人的事实，“门是可以被夺走的。”

“什么？”林秋石瞪圆了眼睛。

“我早就说过，门不是惩罚，而是奖励。”阮南烛说，“必死之人进入门里，只要通过了十二扇门，就能获得新生。”

“可是门怎么会被夺走？”林秋石还是想不明白。

阮南烛说：“没有门的人只要和门的主人一起进入门内，在门内的世界里杀掉那扇门的主人，那么这扇门就会易主。当然，这件事操作起来比较困难，但是只要有心，总有办法。”

林秋石听到这话愣了几秒，随后手心里浮起冷汗，他没想到，自己要抵抗的并不只是门里地狱般的恐怖世界，还有门外有心人的觊觎。难以想象，如果他没有遇到阮南烛，就算从门里出来了，估计也是糊里糊涂的。

他又想到了在第一扇门里死掉的张子双，张子双不是第一次进门了，只是进去的时候甚至都没有来得及换上一身衣服，导致他出车祸后，林秋石直接辨识出了他的身份。

林秋石看着电脑屏幕，发现这论坛的活跃度居然很高，现在已经是凌晨两点了，竟然还有六千多个在线用户。

“我们的活儿也是在网上接的。”阮南烛说，“不过不是这个网站。你现在刚进来，不用了解那么多，先看看这个论坛就行。”

“哦。”林秋石对阮南烛道谢，“谢谢你。”

阮南烛：“道谢就不用了，来点实际行动吧。”

林秋石道：“行啊，你想我怎么感谢，不如……”他刚想说明天请阮南烛吃个饭，阮南烛就打断了他的话：“不如找个时间再在我腿上吸一次猫？”

林秋石：“……”这人是在耍流氓吗？这人是在耍流氓吧！

阮南烛：“好了，我开玩笑的。”他站起来，朝着门口走去，“你自己先看吧，我还有点事。”他脚步一顿，停在门边，扭头，“别偷听了哦。”

林秋石“嗯”了声。

阮南烛："真乖。"他笑了起来，转身走了。

林秋石看着他的背影，总觉得哪里不对，仔细一想才惊觉阮南烛是在诈他，他们当时离得那么远，正常人都不会觉得林秋石会听到他们的对话，阮南烛却突然冒出了这么一句，林秋石也没反应过来，直接认了。

不过他的听力到底是怎么回事……

怀着此疑惑，林秋石坐上了椅子，开始浏览论坛。

这个论坛里的帖子很多，内容很杂，甚至还有交友的信息。经过阮南烛的提醒，他对这种东西一点兴趣也没有，而是点进了一些关于门内世界的推测帖子。

这个论坛六年前就已经存在，然而论坛上的用户至今还在讨论门到底是什么。

是未来的科技？是神明的赠礼？还是外星球的实验？各种猜测不计其数，看起来没一个靠谱的。

论坛上还有一些关于门内世界的讨论，林秋石简单地浏览了一下，没发现什么特别有用的信息。

他看了一个多小时，睡意便渐渐涌了上来，他关了电脑，重新躺回床上。

这次林秋石没有失眠，一闭上眼睛就睡着了。

早上起来，是一个天空晴朗的清晨。

林秋石刚下一楼，就看见程千里愤愤不平地在和他哥吵架，与其说是吵架，倒不如说是他单方面的碎碎念。

"我都说了我不吃辣，你为什么要给我放辣？你根本就不在乎我到底喜欢什么，你只在乎你自己……"程千里看着面前的油茶嘟嘟囔囔。

程一榭面无表情地坐在他对面："不吃就滚。"

程千里开始假号，但还是伸出手端过油茶开始吃。林秋石本来以为他不能吃辣，结果发现这家伙根本就是在乱叫，嘴上说着不想吃，身体却诚实得很，林秋石刷个牙出来就看见油茶的碗已经空了。

"我还想吃一碗。"程千里说，"你给我加点辣。"

林秋石："……"你真好玩。

大家聚在一起吃完早饭，便各做各的事情去了。林秋石以为别墅里的气氛会很紧张，但是观察之后才发现其实气氛挺轻松的。别墅二楼是健身房和游戏室，四楼一整层都是书房，想干什么都有去处。

程千里约着林秋石一起去把吐司接回家，林秋石应下了。

两人开着车去了市内，林秋石委婉地问了句阮南烛在忙什么，是不是快要进门去了。

“是啊。”程千里坐在副驾驶上嚼着泡泡糖，“可能也就这几天吧。越到后面，你对门的预感就会越精准，基本上就会知道自己什么时候进去了……嗯……当然，具体时间最好谁也别告诉，除了要和你一起进门的人。”

“那这次他是一个人进去？会不会很危险？”林秋石最担心的就是这个。

“危险是肯定的。”程千里说，“好像有人会陪着阮哥进去，是谁我就不知道了。”

“哦。”林秋石道，“希望以后我能帮上忙……”

程千里看着他笑了笑，也没说什么。

之后的几天，林秋石都没怎么看见阮南烛的身影，他好像一直很忙，待在别墅里的时间非常少。

林秋石倒是对别墅里的其他人熟悉了不少。

易曼曼是个二十三岁的男生，和程千里一样是个话痨，只要两人凑一起，基本上唠嗑就能唠一天，不过他比程千里成熟一点，很少发脾气的样子。卢艳雪的年纪比易曼曼大一点，是目前别墅里唯一的一个姑娘，她长相普通，平时基本上没什么存在感，看起来不像胆子很大的人。不过据程千里说，卢艳雪在门里的表现很让人惊艳。

至于程千里的哥哥程一榭，用程千里的话来说就是：“最好离他远一点，他的精神有问题……”

而鉴于两人的关系，林秋石对这个观点持保留意见。

进入别墅的第五天，一直神龙见首不见尾的阮南烛突然出现了。当时林秋石正打算去楼上睡觉，刚走到走廊上，面前就凭空出现了一个人影。林秋石被那人影吓了一大跳，定睛一看，却发现是阮南烛。

阮南烛的脸色非常难看，手扶着墙壁，一副随时可能会倒下的样子。林秋石赶紧上前扶住了他：“南烛，你没事吧？”

阮南烛摇摇头：“扶我进房间。”

林秋石“嗯”了声，把阮南烛扶到了卧室里。

阮南烛一沾床，整个人就晕了过去，林秋石吓得赶紧跑到楼下去叫人，他也是第一次遇到这样的情况，不知道能不能直接把阮南烛送到医院去。

陈非上来后，迅速检查了一下阮南烛的情况，说没什么大事，只是太累了，不过保险起见，还是要去一趟医院。

林秋石闻言松了口气。

他第一次看见这么虚弱的阮南烛，脸色白得像张纸。平日里的阮南烛给人的感觉无比可靠，好像只要有他在，什么事都不用担心。看见这个模样的他，林秋石未免生出了些许心疼的感觉。

陈非开车将阮南烛送去了医院，林秋石也跟去了。

挂了急诊后，医生经过初步诊断，确定阮南烛身上没有外伤，生理特征也很平稳，就是睡着了。

“还好。”陈非感叹，“没出什么大事。你看着他，我出去打个电话。”

林秋石点点头。

陈非出去了一会儿，回来的时候脸色却暗了下来，林秋石问他什么事，他沉默了片刻，低声道：“和阮哥一起进去的那人没了。”

林秋石瞪大眼睛。

“刚死。”陈非说，“从楼上……跳了下去。”

林秋石将目光移到了阮南烛身上，突然重重地松了口气。

还好，他……还活着。

10

阮南烛在医院里睡了整整一天，第二天才醒来。

其间林秋石一直守在他的旁边，担心他出什么意外。别墅里的几人都来了趟医院，在得知阮南烛没什么大碍后才离开病房。

阮南烛醒的时候，林秋石正在用手机看新闻。也不知道是他的错觉还是怎么，这两天出意外的人特别多，而且死状千奇百怪，其中有三个人在发生火灾时坐电梯，结果电梯卡在空中，里面三个人全被活活烧死了。

林秋石看完新闻后抬头看了眼阮南烛，发现他已经醒了，只是醒来后既没有说话，也没有动，就这样沉默地看着头顶的天花板。

“南烛！”林秋石见状，很是担心他的状态，小心翼翼地唤了声他的名字。

阮南烛没说话，眼神慢慢移到了林秋石的身上，那双黑色的眸子里是一种林秋石看不懂的情绪。

“你渴吗？”林秋石见他嘴唇有些干，便上前将他扶起来，然后把倒满了温水的杯子递到他嘴边，“医生说你的身体没什么大问题，只是太疲惫了，休息几天就好。”

阮南烛一口一口将水咽下，又闭了闭眼，才说了句：“知道了。”

林秋石道：“你饿不饿？我去给你打碗粥。”

“不饿。”阮南烛说，“你就在我旁边坐着。我的手机呢？”

林秋石把阮南烛的手机递给他，看见他拨了号码。也不知道电话那头说了什么，阮南烛“嗯”了两声后便随手挂了。

“程千里第五扇门的提示出来了。”阮南烛说，“五天后你和他一起进去。”

“好。”林秋石愿意听从阮南烛的安排。

“我这边看看情况，可以的话带着你们两个一起。”阮南烛半闭上眼睛，“但是还不确定情况，尽量吧。”

“你不用太勉强。”林秋石道，“我一个人也行的。”

阮南烛摇摇头，没有回答。

后来林秋石才知道，这已经是阮南烛的第十扇门了，和他一起进门的，是另外一个组织同样第十扇门的一个男人。两人关系不错，只是从第十扇门里出来的，却只剩下了阮南烛。

“最后就我和一个不认识的女人活了下来。”回到别墅后，阮南烛简单地描述了门里的事，“那个女人肯定不是一般人。”

能活到第十扇门里的，哪里会有等闲之辈。

“程千里，你的提示拿到了吧？”对于这扇门的事情，阮南烛似乎不愿多谈，转移了话题。

“拿到了。”程千里说，“就在阮哥你昏迷的那天晚上拿到的。”他从兜里掏出一张纸条，“在这儿。”

阮南烛看完了纸条上的字，然后将纸条递给了旁边坐着的林秋石：“你看看，这也是你的下一扇门。”

“哦。”林秋石接过来，看见纸条上写了“阿姐鼓”三个字。

“这是什么？”林秋石没懂这三个字的含义，“是乐器？”

“不，是一首歌名。”程千里已经大致查了这三个字的含义，“歌词大意就是一个妹妹四处寻找姐姐……”

“只是这样？”阮南烛道。

程千里道：“肯定还有别的意思。”他不好意思地挠挠头，笑了，“这不是还没来得及查嘛。”

程一榭在旁边不咸不淡地道：“你死的时候也能这么从容就行了。”

程千里：“哇，你怎么说话呢，这不是还有好几天吗？”

眼见两人又要吵起来，阮南烛做了个停的手势：“赶紧去给我搞明白，你现在进门的时间还不算太稳定，别出什么岔子。”

“好。”程千里乖乖应声。

这不查还好，等查到了这首歌的隐藏含义时，林秋石感觉后背凉飕飕的。《阿姐鼓》前面几句歌词是：

我的阿姐从小不会说话
在我记事的那年离开了家
从此我就天天天天地想
阿姐啊
一直想到阿姐那样大
我突然间懂得了她
从此我就天天天天地找
阿姐啊
玛尼堆上坐着一位老人
反反复复念着一句话

唔唵嘛呢叭咪哞

乍一看这只是一个妹妹寻找哑巴姐姐的故事，但是查了故事背景后，他才发现这首歌说的是人皮鼓。

很久之前，某个宗教有一个习俗，便是将处女的皮活剥下来，做成鼓面，据说这样的鼓击出的鼓声可以连通生死，超脱轮回。

而歌词中的哑巴姐姐，据说是自愿被做成鼓的，但是到底是不是自愿的，便众说纷纭了。

“人皮一定要选择没有经历过情爱的少女，这样的才最纯洁，如果是哑巴就更好了，因为哑巴没有说过谎，灵魂也没有被玷污。”程千里读着查到的内容，“而且必须是活剥，这样人皮鼓的音色才是最好的……”他读完之后打了个哆嗦，“还好现在是法治社会。”

有时候人能做出来的事情，总是比那些东西还可怕。

林秋石道：“这首歌的创作者说是在旅游的时候遇到了一个去寻找姐姐的妹妹，妹妹不知道姐姐为什么突然消失了，直到她听到了一声唔唵嘛呢叭咪哞，以及天边传来的击鼓声。”

阮南烛静静地听着，不置可否。他现在的脸色其实仍不大好看，虽然医生说并无大碍，但精神上的损伤总归是难以量化的。

“这次我陪他们进去吧。”坐在旁边的程一榭突然开口，“你休息一段时间。”

阮南烛道：“你去？”

程一榭点头，虽然他的年纪看起来和程千里差不多，但气质上比程千里稳重许多，完全不像个十七八岁的少年。从某种程度上来说，他和阮南烛乍看起来很有几分相似的味道。

“我考虑一下。”阮南烛看了眼林秋石，没有直接答应。

程一榭微微皱眉，似乎对阮南烛的犹豫有些不理解，但他到底是没有再说什么，应了声“好”。

好在阮南烛虽然状态不好，但到底是从凶险的门里出来了。

晚上的时候众人打算好好庆祝一番，卢艳雪下厨做了一桌子好菜，林秋石在旁边打下手，发现卢艳雪的厨艺让人很是惊艳。一问才知道，卢艳雪以前就是开私厨的，后来遇到了门的事，才把店铺关了，住进了别墅。

“其实我的厨艺不是最好的。”卢艳雪说，“张蛟的厨艺比我的还好，但是这段时间他不在，等他回来了，你就有口福了，不过看你也挺熟练的，平时经常做饭？”

“一个人住嘛。”林秋石低头切菜，“总要会做点东西。”

饭菜上桌，还开了几瓶好酒，饭桌上的气氛非常轻松，众人说说笑笑，完全看不出暗藏的阴霾。

林秋石也喝了两杯，但没多喝，他心里有事，怕喝醉。

阮南烛的酒量倒是很不错，一个人干掉了一整瓶红酒。

酒足饭饱之后，大家各自散去。林秋石也回了自己的房间，洗了个热水澡，再出来时，却看见阮南烛坐在他的床上等着他。

“南烛，有事吗？”林秋石擦着头发走了过去。

“我需要你。”阮南烛语出惊人。

林秋石听到这句话愣了：“什么……意思？”

“字面上的意思。”阮南烛说，“你不能死。”

林秋石完全没有多想什么，他道：“可以说得更清楚一些吗？”

阮南烛最后只说了一句话，他说：“有的人，天生就是为门而生的。”

他说完这话，便离开了，留下一脸茫然的林秋石。

林秋石总感觉从第十扇门出来的阮南烛身上出现了某些变化，但是一时间他又无法搞明白这种变化到底是什么。

在休息了几天之后，阮南烛的状态渐渐恢复了。

林秋石知道几天后自己即将面对自己的第三扇门，所以一直在积极地做着准备工作。

说是准备工作，其实就是晚上和程千里一起看看恐怖片。

“这真的有用？”林秋石对此表示怀疑。

“有用的有用的，看多了我们就不怕了。”程千里怀里抱着一包薯片。

“我们不需要再去查一下那个线索吗？”林秋石还是觉得不靠谱。

“现在门简单，线索就那么多，再查也查不出什么内容。”程千里说，“哎呀，你看，女鬼出来了。”

两人看恐怖片的时候，吐司就趴在旁边的垫子上暗暗地瞅着栗子，栗子趴在沙发的角落里，悠闲地摇着尾巴。

易曼曼路过的时候看见林秋石在陪着程千里看恐怖片，长长地叹了口气。

林秋石开始还在想易曼曼为什么要叹气，结果三分钟后，他就知道了答案——程千里特别怕鬼。

只要鬼一出来，他就开始惨叫，叫得跟惨叫鸡似的，还企图往沙发缝里钻。

林秋石惊了："你这么怕吗？"

程千里哆哆嗦嗦地道："你不怕？"

林秋石："虽然怕，但也没有你这么怕吧，你能不能别抱着我的手臂了……"他感觉自己的胳膊都快被程千里掐断了。

程千里松开了林秋石，准备转身去抱栗子，林秋石赶紧阻止了他，说："你还是抱着我吧。"

程千里感动地道："你真是个好人。"

林秋石："……"不当这个好人，我怕我会失去我的猫。

结果最后一部恐怖片还没看完，整栋楼里都充斥着程千里的鬼叫声，林秋石后来已经麻木了，看见鬼的第一个反应是离程千里远点。

程千里的叫声太过凄惨，把本来上楼睡觉的人都给引了下来。

"叫什么叫？程千里，你是不是欠揍啊，大半夜鬼哭狼嚎的。"卢艳雪脸上敷着绿色的面膜，从楼梯上走下来的时候把程千里和林秋石都吓了一跳。

"我怕。"程千里道。

"怕的话你还看什么鬼片？"卢艳雪说，"叫成这样，我要是鬼，都被你吓死了。"

程千里："可是我过两天就要进门了啊。"

卢艳雪："那你等进到门里再叫呗，反正那时候我们都听不见，你叫给别人听。"

程千里："我不，我就要叫给你们听，啊啊啊啊！"

卢艳雪："程一榭，快来管管你的熊孩子弟弟，他要翻天了！"

程千里："……"

在卢艳雪的呼唤下，程一榭姗姗来迟，他穿着睡衣，面无表情地对着程千里说了一句话："今天晚上你嘴里再冒出一个字，下一扇门你就自己进去。"

程千里："……"

程一榭转头看向林秋石："晚安。"

林秋石哭笑不得："晚安。"

一句话解决掉了一个"惨叫鸡"，卢艳雪走之前叮嘱林秋石，让他下次别陪程千里看恐怖片了。

林秋石重重地点头，表示绝对没有下次。

可怜程千里在旁边露出幽怨的表情，如同被丈夫背叛的可怜妻子。

卢艳雪走后，林秋石和程千里说了几句话，程千里都不敢开口，只能掏出手机打字。

林秋石："你还真不说话了？你哥难道不是在开玩笑？"

程千里打字：他从来不开玩笑。

林秋石："那我也去睡了，晚安。"

程千里打字：晚安。

林秋石这才得以脱身，赶紧回去睡觉。

第二天早晨，陈非问了句："昨天程千里看恐怖片了？谁这么闲，居然陪着他干这事？"

林秋石不好意思地指了指自己。

陈非沉默三秒，然后说："对不起，忘了和你说这个事了，其实这栋别墅里的每个人都有些怪癖，相处久了你就知道了。"

怪癖？林秋石的第一个反应就是看了阮南烛一眼。

结果他的眼神出卖了他的想法，程千里在旁边用微不可闻的声音说："喜欢穿女装还不是怪癖吗？"

林秋石："……"他居然无法反驳！

阮南烛突然停下了筷子："程千里。"

程千里："哈……哈哈？阮哥？"

"没事。"阮南烛擦了擦嘴，露出一个笑容，"就是想叫叫你。"

程千里瞬间噤声，看他的表情，恨不得把自己的嘴缝起来。

林秋石看着他们倒是觉得好笑，他本以为别墅里的气氛会比较严肃紧张，但相处下来却发现大家其实更像是聚在一起的伙伴。除了进门的那几天，其他时间都很轻松。

时间一点点过去，眼见林秋石进门的时间就要到了。

在进去的前一天晚上，阮南烛最后还是决定亲自带着林秋石和程千里进这一扇门。

程一榭在这件事上和阮南烛产生了分歧，说他的身体还没有完全恢复，自己也可以胜任这件事。

“我不放心。”阮南烛却非常平静地说出了这四个字，“你也不想你弟弟出什么意外吧？”

程一榭沉默了，程千里就坐在楼下的客厅里，正抱着吐司开心地揉着它的屁股，一副少年不知愁滋味的模样。

程一榭说：“如果林秋石不在，你还会坚持由你带队吗？”

阮南烛道：“不会。”

程一榭说：“他到底有什么特别的？”

阮南烛笑了笑：“可爱算是特别之处吗？”

程一榭挑了挑眉，显然并不相信阮南烛所说的话。相处了这么久，他非常清楚阮南烛并不是个轻易被感情支配的人。阮南烛那么看重林秋石，定然有他的原因。只是目前，程一榭还不知道那个原因到底是什么。

事情就这么定下了，程一榭也没有继续纠缠。

因为这次要进的是程千里的门，所以接下来的几天，他们三人几乎每时每刻都在一起，连上个厕所都只能约着一起去。

好在这样的时光并没有持续太久，在第十天的下午，林秋石靠在沙发上和程千里打游戏，阮南烛坐在他们旁边看书，怀里还搂着一只猫。

本来玩得很开心的程千里却好似感觉到了什么，突然停下了动作，开口道：“来了。”

阮南烛说：“在哪儿？”

程千里道：“二楼。”

“走。”阮南烛把栗子放下，三人起身，一起朝着二楼走去。

拐过楼梯的拐角后，林秋石看到原本的走廊变成了十二扇整整齐齐的铁门。其中四扇上面贴上了封条。

“去吧。”阮南烛看向程千里。

程千里的脸色微微有些发白，他勉强笑了笑，走上前去，拉住了第五扇门的把手。

第三卷
阿姐鼓

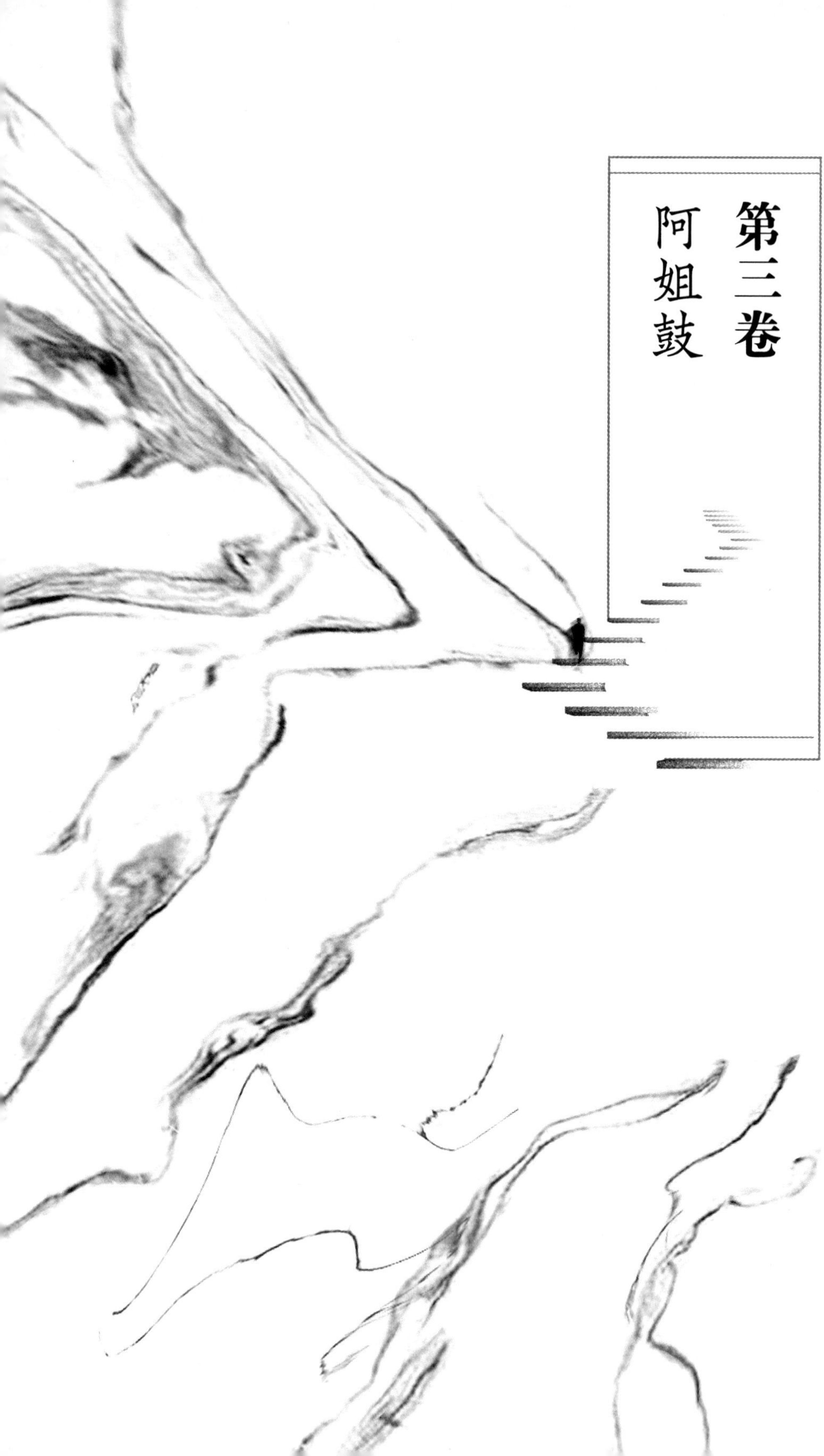

01

“嘎吱”一声轻响，面前看似沉重的铁门被轻易地拉开。林秋石感到一股力量将他推入了门内，他的视线倒转，眼前的景色出现了巨大变化。

别墅的走廊消失了，出现在林秋石面前的，是一片茂密的丛林。他环顾四周，本该站在他身边的阮南烛和程千里都不见了踪影，面前的树木高大葱郁，其间一条石子小路，通向丛林的深处。

林秋石拿出手机看了看，毫不意外地发现上面没有一格信号。他顺着唯一的小道向前，没走几步就看到了一个坐在路边哭泣的姑娘。

那姑娘蜷缩成了一团，哭得上气不接下气，林秋石看见她的第一反应却是这画面怎么那么眼熟，仔细一想，他猛然想起自己与阮南烛的第一次相遇和这个场景格外相似……

这人难道是阮南烛？林秋石站在原地没过去，表情颇为复杂地观察着那个哭得十分凄惨的姑娘。

那姑娘哭了一会儿，一抬头就看见林秋石皱着眉头看着她，她被吓得赶紧后退了几步，满脸惊恐：“你是谁？你要对我做什么？这里是哪里？”

林秋石听见她的话才松了口气，知道她应该不是阮南烛了，他道：“你是不是刚到这里？”

姑娘楚楚可怜地点点头，样子还挺可爱的，个子也不高，小小的一团，很是惹人怜爱。

林秋石说：“你过来吧，天快黑了，我们得赶紧去目的地。”

姑娘说：“目的地？哪里是目的地？你到底是谁？这里是哪儿？我不是

在家吗？”

一连串的问题搞得林秋石颇为头大，此时他终于明白了别墅里的人起初为什么那么反感新人，因为每个新人都意味着一本《十万个为什么》——还是随时可能被撕书的那种。

“边走边说吧。”林秋石只能这么说。

大约是林秋石没有攻击性的长相给了姑娘勇气，虽然依旧有些怀疑，但她还是跟着林秋石走了。

两人顺着小道一路往前，林秋石顺便简单地解释了一下门内的世界，当然，他没有说得太清楚，因为如果要详细说起来，估计一整天都说不完。姑娘说她的名字叫作徐瑾，本来在路上走得好好的，结果走到自家楼下时，一进楼梯间却看见了十二扇铁门……

半个小时后，两人到达了小道的尽头，看到了一座隐藏在葱郁丛林里的村落。

这个村落充满异域风情，房子几乎全是木制的吊脚楼，吊脚楼外面挂着一些骨制品，只是不知道是用什么骨头做的。

“你们来啦。”刚到村口，就有一个年轻女人热情地招呼他们。

“他们都已经进屋去了，就等你们了。”女人说着，指了指旁边的一栋大型木楼。

“请问这是哪里？”徐瑾还在发问。

那女人却没有回答，只是笑意盈盈地看着他们。起初林秋石觉得这笑容挺热情的，但仔细一看，却感觉这笑容着实有些怪异，因为无论他们说什么，女人都不再回话，从头到尾都保持着一个表情。

林秋石猜测这女人估计不是门外的人，而是门里面的非玩家角色。

徐瑾也被她的笑容搞得有点害怕，朝着旁边走了两步。

林秋石道：“我们先进去看看吧。”

徐瑾弱弱地点头。

两人顺着楼梯去了旁边的木楼，结果还没进去，里面就传来了激烈的争吵声。

“这里到底是哪儿，你们别想骗我，我已经报警了！”——这台词着实有些耳熟，林秋石瞬间明白里面发生了什么。

二人刚走进去，就看见一个染了一头黄毛的青年站在原地跳脚。青年穿着非主流的衣服，嘴唇上挂着唇环，看起来就像是最底层的小混混，此时他正对着人群咆哮，人群之中的其他人皆是面色冷漠，看他的眼神如同看小丑一般。

那人见到林秋石和徐瑾，情绪更激动了，指着二人喊道："你们是不是和这些人是一伙的？把我骗过来想要做什么？你们快点把我送出去，不然我弄死你们！"

林秋石听见这人虚张声势的话，着实觉得好笑："你刚才不是还要报警吗？怎么又要弄死我们了？"

"你找死吗？"那青年听到林秋石的话更生气了，怒道，"你再废话，我一刀捅死你，你知道我是谁吗，就敢这么和我说话？"

林秋石没再理他，眼神在人群里扫了一圈。

这一扫让他的心瞬间沉了下来，只见青年身后的屋子里，或坐着或站着的人一共有十三个，加上青年、林秋石和徐瑾，足足有十六个。

林秋石还是第一次看见这么多人，可想而知这个世界的难度有多大了。

人群里的大部分神情冷漠，对这个态度恶劣的青年很不屑，并不打算同他多讲什么。

也对，讲道理这么麻烦的事情，何必浪费精力和时间在一个死人身上。

十三个人里，有五个男人、八个女人。林秋石很快就在里面找到了自己要找的人——站在人群前面的少年，以及坐在角落里的女人。

他们的面容虽然是陌生的，但是身上穿的衣服，却告诉了林秋石他们的身份。

女人是阮南烛，少年是程千里。

林秋石看到他们后便移开了目光。

"我和你说话呢，你什么态度？"黄毛青年见林秋石态度冷漠，一下子恼了，竟从兜里掏出一把小刀比画起来，"你是真的想死是吧？"

他说完这话，身后却传来了一句"差不多就行了"，接着就有一双手按住了青年的肩膀，一道好听的男声响了起来："朋友，年纪轻轻的，火气怎么那么大呢？”

林秋石顺着声音，看到了一张俊美的男性面容，面容的主人此时微笑着看向青年，声音听起来十分温和：“有什么事，大家可以慢慢说嘛。”

也不知道声音的主人做了什么，青年的脸色一下子变得惨白，他咬了咬牙，还是没敢动手，把刀收了起来，小声道：“你们可别想骗我。”

男人松开了按着青年的手，向前一步，对着林秋石露出微笑：“我叫蒙钰，第四次进门。”

林秋石握住了他伸出来的手：“余林林，第三次。”

男人笑着说：“坐吧，我们正在讨论事情。”

林秋石点点头。

蒙钰非常有亲和力，微笑起来的模样也格外温柔，隐隐有成为这个团队领头人的倾向。

之前习惯性占主导地位的阮南烛这次却始终很安静，林秋石装作无意地坐到了他的身边，发现他的脸色不大好看。

“姑娘你没事吧？”林秋石道，“哪里不舒服吗？”

阮南烛微微摇头，柔弱地浅笑着：“没事，我从小身体就不好，谢谢你的关心。”

林秋石道：“我叫余林林。”

阮南烛：“我叫祝萌。”

“很高兴认识你。”说完，林秋石便移开了目光。

这扇门里的阮南烛和前两扇门中的样子不太一样，他的身高似乎矮了一些，身体看起来非常虚弱，虽然脸还是一贯的漂亮，却多了一种病美人的味道。

林秋石猜测，会不会是因为阮南烛身体没有痊愈才会出现这样的变化。

“你们都看到外面那个女人了吧？”蒙钰站在人群中间，简单地分析起了情况，“我刚才去问了她这是怎么回事，她说自己是个导游，我们一群人都是来这里旅游的。”

这大概就是故事背景了。

“来旅游的？”人群里的一个姑娘接了话，“我们要旅游几天？”

“她没说，只是说参观完所有的景点就可以返程。”蒙钰道，“应该有时间限制，但是目前还不能确定。”

“我们的住处呢？”程千里突然发话，“我们住在哪里？”

蒙钰走到窗边，指了指靠近丛林的那一排小竹楼：“那里。”

小竹楼整齐地排列在一起，后面就是茂密的丛林。竹楼外面种着一些观赏性植物，还开着小花，只是林秋石认不出那些是什么花。

“我们分一下房间吧。”蒙钰突然来了这么一句，“大家肯定不能一起住的。”

“为什么不能一起住啊？”新来的徐瑾小心翼翼地发问，“我们在一起，不是更安全吗？”

“在一起住会睡着的。”林秋石道，“并不安全。”

“哦哦……”徐瑾虽然还是一头雾水，但到底没有继续追问。她的反应比那个黄毛青年好多了，至少没有在没明白发生了什么事的时候就得罪大多数人。

“现在情报还很少，明天应该会多一些。”蒙钰道，“天晚了，大家准备睡觉吧。”

接着，众人便一起去了那排小竹楼。

十六个人，人数也算是很多了，因此虽然天色已暗，但大家走在一起并没有太害怕。

林秋石率先走进竹楼，简单地看了一下竹楼里的构造。

每栋竹楼里面有三张床，都在二楼，一张靠窗，两张靠墙。这里的温度挺高的，所以床上只放了一床单薄的被褥。

十六个人，分床又成了大问题。

蒙钰还没说话，同行的几个姑娘便提出想和他一起住。

“那多不好意思。”蒙钰笑着说，“还是男女分开住吧。”

“命都快没了，有什么不好意思的。”其中一个姑娘非常直接地表达了自己的想法，还凑上前去，抱住了蒙钰的手臂，“蒙哥，我就想和你住在一起……”

蒙钰笑了笑：“行吧。”

这样的情形，林秋石还是第一次见。不过仔细想想也不奇怪——有经验丰富的老人带队，生存概率总会大一些。

“你好，我可以和你一起住吗？”阮南烛的声音传了过来，他慢慢地走到林秋石的身边，巴掌大的脸有些苍白，“我有点害怕。”

林秋石立马点头，说了句“可以”。

“我也想和你一起住。”另一个姑娘的声音也冒了出来，竟是林秋石刚才认识的徐瑾。她的模样楚楚可怜，眼眶里含着泪水：“余林林，我也好怕。”

林秋石：“……”突然这么来一下，有点不适应啊。

他犹豫片刻，觉得在答应阮南烛的同时拒绝徐瑾会显得有些突兀，只好点点头，也道了声“好”。

“谢谢你。”徐瑾笑了起来，然后转头不经意地看了一眼阮南烛，眼神里多了点估量的味道。

阮南烛也注意到了她的目光，勾起嘴角冲着她淡淡地笑了笑。

这似乎是姑娘间的默契和较量，还在想着门内世界的林秋石完全没有意识到发生了什么。

很快就分好了组，众人各自散去。

简单洗漱之后，林秋石就躺在了竹床上，他的床位靠窗，一扭头便能看到外面的景色。

此时天色已晚，万籁俱寂，丛林之中既无虫声，也无鸟鸣，静得吓人。

阮南烛的床位挨着林秋石，他没有睡觉，而是侧着身体，静静地和林秋石对视。

林秋石其实有很多事情想和阮南烛说，奈何屋子里还有个徐瑾，于是只好忍耐下来。

“晚安。”林秋石道。

“晚安。”阮南烛弯起眼角。

夜半时分，林中起了山岚。

窸窸窣窣的响声把林秋石从梦中唤醒，他睁开眼睛，发现屋子里的其他人还在熟睡。

那声音很轻，仿佛是从丛林深处传来的，隔着雾气和葱郁的树，无法听得清晰。即使是林秋石这样的听力，也只能听得模模糊糊。

他似乎听到了少女在唱歌，不，与其说是在唱歌，不如说更像是在诵经，起初只是喃喃絮语，之后变得越来越清晰。

林秋石彻底清醒了，他从床上坐了起来，一时间竟有些无法分辨自己到底是在做梦，还是这一切都是真的。他透过窗户，看到一个个人影在雾气之中若隐若现。

那些人影密密麻麻地站在树林之中，他只能透过浓郁的雾气看见模糊的轮廓。

林秋石正看着，忽地感到一双手搭在了自己的肩膀上，他心中一惊，扭头却看到了阮南烛。

“别看了。”阮南烛将下巴靠在林秋石的身上，黑色的眸子里仿佛有星光闪烁，“你没发现他们在靠近吗？”

林秋石一愣，随即发现阮南烛说得的确不错，那些人影离他们越来越近了，轮廓也越来越清晰。

“我有些冷。”阮南烛说，“一起睡吧。”

他的语气有些虚弱，听起来有气无力的。林秋石握住他的手，感觉他的手冰冷一片。

“不舒服吗？”林秋石有些担忧。

“这次身体太虚弱了。”阮南烛半闭着眼睛，看起来已经要睡着了，“比较麻烦。”

“好。”林秋石揽住了阮南烛。他发现阮南烛的身体特别轻，简直跟一片纸似的，而且肌肤几乎没有什么温度。

林秋石有点心疼，便贴紧了阮南烛的身体，用自己的体温温暖着他。

阮南烛似乎觉得舒服了许多，闭上眼睛，沉沉地睡了过去。

林秋石还在听着窗外的动静，那窸窸窣窣的声音持续了一会儿，终于消停下来，林秋石猜测那些东西应该消失不见了。他也渐渐地来了睡意，闭上眼睛睡了过去。

第二天，林秋石是被徐瑾的尖叫声吵醒的。

徐瑾指着他们两个：“你……你……你们两个怎么躺到一张床上去了？”

林秋石还没说话，被吵醒的阮南烛就往他这边钻了钻，哼哼了两声：“还想睡。”

林秋石条件反射地拍了拍他的头：“你再睡一会儿？”

阮南烛：“冷……”

林秋石：“过来点。”

阮南烛便动作自然地用手勾住了林秋石的腰，把脸埋入了他的胸膛。

徐瑾看着这一幕，眼珠子都要瞪出来了，她说：“你们……你们……怎么会……”

阮南烛似乎这才清醒过来，他慢条斯理地离开林秋石的怀抱，撩了撩头发：“昨天半夜我觉得太冷了，就麻烦了一下林哥，你别误会，我们没什么。”他说着还低下头，腼腆地笑了笑。

徐瑾虽然嘴上没说，但她的眼神已经暴露了她的想法，她此时最想说的话大概是那句：这人也太能装了吧，都躺到一张床上去了，还能笑眯眯地说两人没什么。

“余哥是个好人。”阮南烛也是相当入戏了，他道，“你不要误会他。”

被莫名其妙发了张好人卡的林秋石并没有意识到阮南烛和徐瑾之间的战火，他道：“出去吃早饭吧，昨天不是说八点钟集合吗？”

“嗯。”阮南烛应声。

于是三人洗漱了便去吃早饭。

到达众人约定的地方时，那里已经有几个人坐好了，林秋石找了找程千里，确定他也在后，才松了口气。

早饭是这边的特色食物——一种味道很奇怪的炒面。林秋石尝了一口就觉得非常难吃，但为了身体，只能勉强吃完。

阮南烛本来就不舒服，现在胃口更差了，尝了一口就把面丢到一边。

林秋石担心他身体受不了，便去了趟厨房，想找点其他吃的。灶台旁边，一个中年妇女正用磨盘磨着什么东西，林秋石走过去客气地问了她几句。

那妇女听到林秋石的问话，随手指了指旁边的竹篮。

林秋石走到竹篮前面，看见里面装了几个蔫蔫的苹果，虽然卖相不怎么样，但味道应该不会太差。

他把苹果拿起来，路过妇女身边时，随口问了句：“阿姨，您在磨什么呢？”

妇女垂着头：“磨粉呢。”

林秋石看了眼磨盘上磨出来的东西，那是一种白色的粉末，质地看起来有些奇怪。

妇女注意到他的目光，便用小碗装了一点，笑眯眯地递给他，道：“你要不要尝尝？这东西可补了，特别是身体虚的人，只要吃一口就能恢复。”

林秋石下意识地拒绝了她的好意，他总感觉这不是什么好东西。

好在妇女也没有强求，低着头继续做自己的事情去了。

林秋石拿着苹果回到屋子里，又看见了昨天在村口见到的那个女人。那女人手里拿着一面红色的旗子，脑袋上还戴了个帽子，当真像个带着旅游团的导游。

“今天我要带大家去看的是一座神庙。”女人说，“那座神庙是这里最漂亮的建筑，相信大家看完之后一定会被其风采所倾倒。事不宜迟，我们现在就出发吧。”

她说完这话，便挥了挥旗子，示意大家跟上。

众人互相看了看，然后陆续从椅子上站起来，跟着女人出了门。

女人一边走，一边介绍着这里的风俗习惯，说这里的人信奉某种宗教，相信死人也会复活，因此本地有很多奇怪的习俗。

“比如？”蒙钰发问。

女人露出神秘的笑容：“等到了神庙，你就知道了。”

02

她带着大家走上了一条偏僻的小路，小路蜿蜒向前，通向丛林深处。

小路两旁的树木都有些奇怪，树枝上挂着一些五颜六色的彩条，女人说这是一种祭祀的方法，据说这种彩条可以引领迷途的亡灵回家。

路边的树木十分茂密，几乎遮住了所有的阳光，只余下斑驳的光斑洒落在地面上。

林秋石听着女人的介绍，忽然想起了那首歌的调子。

大约走了二十分钟，众人都有些疲惫了。徐瑾觉得这里的气氛很诡异，她有些害怕，到底还是没忍住，开口问了句：“还要多久才到啊？”

女人道：“快到了。”

她说完这话没多久，前方就传来了乐音。

林秋石从未听过这样的乐音，像是笛子，又比笛子的音色清悦，曲调也很怪异，像是盘旋在空中的秃鹫，带着死亡的味道。

听见这声音，众人一下子安静了下来。

导游微笑着道：“相信大家都听见声音了，这声音是本地特殊的乐器奏出的，只有在这里才能听到，大家一定要好好地欣赏。”

导游带着大家继续往前走，没多久，隔着层层叠叠的树林，林秋石终于看见了隐匿其中的建筑。

那是一座气势磅礴的神庙，用巨大的石块堆砌而成，绿色的藤蔓蜿蜒而上，风格古朴苍凉。

在神庙旁边，立着无数彩色的旗帜。

那些旗帜正随着微风飘荡，仿佛在应和着那怪异的调子。

阮南烛突然靠近林秋石，低声道：“离那些旗帜远一些。”

“怎么了？”林秋石疑惑地道。

阮南烛说：“旗帜的材质不对劲。”

林秋石闻言仔细看了看，才发现那些旗帜的材质的确有些不对劲，很厚实，不像是布做的，却又足够柔软……他一下子想到了某种东西，喉结上下动了动。

“会是那东西吗？”林秋石想到了歌谣里暗藏的含义。

“或许。”阮南烛的语气并不肯定。

导游领着大家到了神庙门口，便停下了脚步，开口道：“接下来是大家的自由参观时间。”她抬手看了看手腕上的表，“在天黑之前，我会过来将大家领回去，请大家在这里好好观赏，不要到处乱跑。”

她说完，又重申了一遍：“不要到处乱跑哦。”

说完这话，导游便转身离开了，将面面相觑的十几人全都留在了原地。

“这人太莫名其妙了吧。”昨天那个脾气暴躁的黄毛青年又暴躁起来，道，“我们不如趁这个机会跑出去。”

“你打算跑到哪里去？”旁边的男人不耐烦地说，“都告诉过你这里不是正常的世界，能不能别一直说蠢话？”

那青年似乎也被周围的景色搞得有些害怕，他强撑着露出不屑的表情：“哪里不正常，我看你们就是胆子太小了。”

其他人闻言，不再理他，都转身朝着神庙去了，显然大家现在的重点都是想看看神庙里面有没有关于钥匙的线索。

“我们也进去吧。”林秋石看了眼神庙，转头对站在他身后的阮南烛和徐瑾道。

“这庙看起来好可怕啊。”徐瑾小心翼翼地道，“你们说里面会不会有什么怪物？”

“不然我们进去，你在外面等着？”阮南烛轻轻地咳嗽了两声，提出了这个建议。

“不不不，我还是和你们一起吧。”徐瑾赶紧说，“我一个人在外面更害怕。”

“那走吧。”林秋石抬步跨上了高大的石头台阶。

阮南烛和徐瑾跟在林秋石身后，和其他人一起走进神庙。

这座庙宇里面有些昏暗，没有开窗户，只在四周点了一些光线微弱的煤油灯。

林秋石刚一进去就觉得有点奇怪，他道：“那乐器的声音是从二楼传来的？”

阮南烛：“好像是。”

“那我们上楼看看吧。”林秋石说。

阮南烛点点头。

然而他们在神庙里转了一圈，始终没有发现可以上楼的台阶。林秋石突然觉得哪里不对，他敏锐的听力在告诉他一个可怕的事实：那乐音，似乎并不是从二楼传来的，而是从天花板上传来的。

所以一眼看不到尽头的黑洞洞的天花板上，到底有什么东西，可以奏出这样的乐声？

林秋石僵硬的表情被阮南烛发现了，阮南烛道：“怎么了？”

林秋石干笑，指了指他们的头顶："我们的头顶上，好像有什么东西……"

听到林秋石的话，阮南烛的动作微微顿了顿，不过他的下一个动作却是制止了林秋石企图继续观察的动作，小声道："别管这个了，先把程千里找到。"

林秋石这才想起他们还有一个同伴。从到达神庙开始，他就没看到程千里，也不知道这会儿程千里跑哪里去了。

跟在后面的徐瑾看见他们往庙里走，战战兢兢地道："你们要去哪儿啊？还要进去吗？我觉得这里好可怕啊。"

"嗯，进去看看。"林秋石应了徐瑾一声，便一边观察着周围，一边继续往神庙里面走。

这神庙很大，最外面是一间空旷的大殿。殿前有一尊雕像和一些燃着的香案，看起来平日里有人祭祀。

再往里面走，便是许许多多被分开的小房间，这些小房间大部分上了锁，林秋石透过窗户看到里面放着类似雕像的东西，只是那雕像被红色的布幔遮掩了起来。

"真想进去看看。"阮南烛嘟囔了一句。

"这里面是什么东西啊？"徐瑾用手摸着自己手臂上的鸡皮疙瘩，"好吓人……"

阮南烛听到这话，转身就靠在了林秋石身上，柔弱地说："林哥，我也害怕。"

林秋石知道他是又演上了，有点哭笑不得地牵住他的手，道："不怕，我在呢。"

徐瑾见状，在一旁恨得牙痒痒，估计在心里骂了一万句"狗男女"。

三人继续往前，在通过一个过道之后，终于看到了程千里的身影。

程千里这家伙正站在一个偏殿的角落里，面对着墙壁，不知道在看什么。

听到脚步声，他回头，看见来人是林秋石他们，便道："你们过来看看，这上面有壁画。"

林秋石走过去道："什么壁画？小兄弟，我叫余林林，你叫什么名字？"

程千里说："叫我牧屿就行。这两位漂亮姑娘呢？"

徐瑾和阮南烛先后做了自我介绍。

“唉，你们运气真差。”程千里说，“这么漂亮的姑娘，还要进这么恐怖的世界。”

“对啊，我好害怕。”徐瑾的委屈终于有了发泄的目标，她哽咽着说道，“这里好奇怪，我直到现在也没有搞懂是怎么回事。”她用手擦了擦湿润的眼角，模样看起来可怜极了。

“这壁画画的是本地风俗吧。”阮南烛的声音夺走了程千里的注意力，他伸手在墙壁上摸了摸，“这壁画的颜色很鲜艳，要么是新画上去的，要么是有人经常维护。”

“嗯，画的是什么？我看不太懂。”程千里彻底忽略了旁边的徐瑾。

“是说他们在庆祝新生儿的诞生。新生儿有两个，一个代表月亮，一个代表太阳……”阮南烛简单地描述着壁画上的图案，“代表月亮的新生儿喜欢敲鼓，代表太阳的新生儿被人藏起来了。”他的脸上出现些许疑惑，重复了一遍，“藏起来了？”

“什么意思？”林秋石没明白阮南烛这话的含义。

“不知道。”阮南烛道，“壁画上是这么画的，我也不知道太阳藏起来到底意味着什么。”

徐瑾在旁边酸溜溜地道：“小姐姐，你懂得好多啊。”

阮南烛微微一笑：“你还没问我年龄呢，怎么就叫我小姐姐。我今年二十，你呢？”

徐瑾：“二十三……”

阮南烛：“哦，你才是小姐姐。”

徐瑾被阮南烛气得直嘟嘴。

林秋石在旁边看了，觉得实在是好笑，阮南烛这家伙是逗小女孩逗上瘾了吧。

“你们找到上二楼的楼梯了吗？”程千里说，“楼顶一直传来乐声，应该是这庙里的人吧？”

说到音乐，林秋石想起了自己在大殿里听到的声音。他现在的听力非常敏锐，可以轻易分辨出声音的来源。也正因如此，他非常确定那声音的确是来自大殿的天花板，且离得越远，声音越小。

“没有找到。”阮南烛说，“我们再找找看吧。”

原本还算热闹的十六个人，在这空旷巨大的神殿里彻底走散了。他们顺着长廊一直往前，中途只遇到了三四个人，剩下的人也不知道跑到哪里去了。

不过这种时候，林秋石也没有多余的精力去关心别人，他更关心的是如何在这庙里找到更多关于钥匙的线索。

四人一路往前，终于走到了尽头。

神庙的尽头是一片空旷的荒野，这里有很多乱石，还有一个用木头搭建起来的平台。那平台似乎有什么特别的用处，搭得特别高，他们站在底下，无法看清平台上面到底是什么。

“要不要上去看看？”林秋石问。

“可以去看看。”阮南烛道，“一起。”

“你别去了。”林秋石担心阮南烛的身体受不了，“我一个人就行。”

程千里道：“我们一起去吧，你们两个在下面，有什么事就叫我们。”

“好，你们两个上去看看。”阮南烛说，“有什么不对，马上下来。”

平台旁边有一架可以往上走的木梯，但是非常窄，也很高，往上爬的速度会非常慢。林秋石爬上去的主要目的是想看看平台上到底有什么，其次这平台很高，爬上去后几乎可以将四周的景色一览无余，应该能大致看清周围的情况。

程千里走在林秋石后面，小声地对林秋石道：“阮哥什么情况啊，脸色怎么那么难看？”

“他身体不舒服。”林秋石解释，“应该是还没有痊愈。”

程千里：“那那个徐瑾呢？”

林秋石：“一个新人，我怕引起怀疑，就把她也带上了。”

两人说话之际，已经快要爬到高高的木制平台上面。林秋石走在前面，踩着最后一阶楼梯，终于跨上了那个高高的平台。一上去，他就后悔了。只见平台上面全是碎肉和骨头，还有一些黑色的头发，这些碎肉和骨头都还很新鲜，并没有腐烂的痕迹，简直像是刚放上去的。

“别上来了。”林秋石道，“上面全是死人。”

程千里顿住脚步，骂了句脏话。

虽然林秋石很想骗自己这些碎肉和骨头是别的生物的，但他已经在这些东西之中清楚地看到了几个属于人类的头盖骨，这些头盖骨上黑洞洞的眼眶正对着林秋石，竟让他生出了一种被凝视的恐怖错觉。

“赶紧下去。”林秋石感觉出了不对劲，立马转过身。

程千里的反应倒是很快，“嗯”了一声后就开始往后退。林秋石正欲转身往下，却听到底下站着的阮南烛大喊了一声：“不要转身！”

然而他的提醒还是太晚了，林秋石在背对着平台的那一刻，感到一双手按在了自己的后背上，随后一股大力袭来，他整个人被猛地推了一下。

这平台足足有十米高，下面全是嶙峋的乱石，真要掉下去，肯定是非死即伤。

万幸程千里眼疾手快，一把抓住了重心倾斜的林秋石，两人狼狈地顺着高高的木制台阶往下滚了几阶，但好在没有受伤。

林秋石狼狈地爬起来，没敢继续在台阶上停留，和程千里一溜烟地跑了下来。

“吓死我了！”程千里也被吓出了一身冷汗，“余林林你怎么了，脚滑？”

“没。”林秋石道，“被推了一下。”

“真的没人吗？你们从那儿下来的时候，平台上面伸出了一双手，然后推了一下余林林。”徐瑾满目惊恐。

“林林。”阮南烛突然道，“你后背上有两个手掌印。”

林秋石一愣，随即扭身，扯了扯自己的T恤，果然在自己的后背上看见了两个血糊糊的手掌印。那手掌印并不大，介于孩童和成人之间，就这样印在了他的后背上，格外扎眼。

“这台子不会是葬台吧？”林秋石看到上面的骨肉之后，很难不生出这样的联想。

“可是这种茂密的丛林中一般不会有大型猛禽。”程千里道，“那破坏他们尸体的是什么东西？”

林秋石：“……”

“还能是什么，自然是把余林林推下来的东西。”阮南烛闭了闭眼睛，“是我大意了，不该让你们上去的。”他的神色之间出现些许疲惫，整个人昏昏欲睡，看起来精神状态很不好。

“你是不是不舒服？”林秋石赶紧询问，“我们先回去休息吧。”

阮南烛“嗯”了一声。

于是众人便开始往回走。

徐瑾也看到了阮南烛看到的东西，她的描述和阮南烛的差不多，都说林秋石转身的时候，那台子上面突然伸出了一双血淋淋的属于小孩的手，那双手只有骨肉，没有外皮，裸露在外面的肌肉包裹着脆弱的骨头，然后就这样贴在了林秋石的后背上。这是她第一次看见这么可怕的事件，整个人有点被刺激到了。

但林秋石没有多余的精力关心她，因为他发现阮南烛的状态很不好。

见阮南烛的脸色极为难看，林秋石便提出干脆背着他走。他也没有拒绝，就这么静静地趴在了林秋石的后背上。

结果还没回到大殿，阮南烛就睡着了。

“怎么就睡着了？”徐瑾显然无法理解阮南烛居然能睡着这件事，她现在怕得跟只受了惊的鸡似的，浑身哆嗦个不停，躺在床上肯定都睡不着，再看看身边这人，居然趴在人家背上眼一闭就睡了过去，绝对是装的吧？

程千里道：“可能是这姑娘的身体不太好吧。”

他们还未到大殿里，便听到嘈杂的人声，似乎是大殿里发生了什么事。

“他就是在大殿里消失的！”女人的哭叫声传来，“我去看了一眼那个雕像，谁知一转身，他就不见了。”

“可是我们一直在附近，没看到有人从正门出来。”另一人说，“他是不是走到走廊里面去了？”

女人道：“不可能，他的速度不可能那么快，肯定不会是跑到了走廊里面。”

林秋石背着阮南烛走在后面，程千里则快步上前，询问发生了什么事。

原来是有两个人在这里等着集合的时候，其中一人突然在大殿里消失了，而另一个人从头到尾都没有发现异样。

在这个世界里，失踪几乎就意味着死亡，只是不知道他到底做了什么，才触发了死亡的条件。

“你们在殿里等待的时候，谈论了什么内容？”蒙钰问道，“有说要去什么地方吗？”

哭叫着的女人一脸茫然，她思考了片刻后，似乎想起了什么，身体僵在了原地。

“怎么了？”蒙钰发现了女人的异样。

女人缓缓抬头，看向了黑漆漆的屋顶，道：“失踪之前，他一直在和我讨论天花板上有什么……”

闻言，众人都沉默了。

那乐声从他们进庙开始就没有停过，起初他们以为是从二楼发出来的，但是在仔细观察之后才发现，这神庙根本没有二楼。黑暗遮掩住了众人的双眸，让他们看不清天花板上的东西，有人或许会觉得这是一种障碍，然而他们从未想过，这是对他们的保护。

天花板上的东西，只要看见了，便会没命。

听了女人的话后，大部分人的反应是低下了头。

蒙钰却好像一点也不害怕，他抬头观察着头顶的天花板：“这建筑最起码有六米高，在没有光的情况下，想要看清上面的东西是不可能的，所以他们的光源是从哪里来的？”

“手机？”林秋石脱口而出。

蒙钰扭头看向林秋石，道了句：“也对。”

其实大部分人进到这里都是不会带手机的，林秋石问过阮南烛这个问题，阮南烛当时的回答是，有时候带手机会比较危险，不过带着也无妨，进去之后丢了就行了。因而林秋石就养成了带手机的习惯，而且晚上没事的时候，还能拿着手机玩玩游戏。

“我们先出去吧。”有人实在受不了这里的气氛了，小声道，“感觉已经查不出什么线索了。”

蒙钰看了看时间：“想出去的就出去吧，离导游和我们约定的时间还有一个多小时呢。”

“可是外面在下雨哎。”徐瑾现在怕得恨不得站在人最多的地方，然后把自己缩成一个球。

“下雨？”林秋石一愣，“什么时候开始下的？”

徐瑾道："就刚才啊，你们说话的时候。"

按理说雨落在地上，怎么也会发出滴答的声音，但是这雨如同瓢泼一般，却一点响声都没有，如同一出默剧，就连林秋石那么灵敏的听力都没有听到一点动静。

这雨下得实在是太过蹊跷，本来想出去的人都不敢动了。

就在众人看着外面那悄无声息的大雨时，一直响个不停的乐声突然停了，整个庙宇立刻陷入了一种可怖的寂静里。

"没声音了。"徐瑾道，"好吓人啊……"

林秋石却蹙起眉头："你们没有听到吗？"

徐瑾一头雾水："听到什么？"

林秋石："鼓点……有人在敲鼓。"

众人闻言，脸上都是茫然之色，但很快，鼓点的声音就越来越响，当所有人都听到了鼓点声的时候，又有别的声音伴随着鼓点一起出现了。

那是类似于木门被打开的声音，嘎吱作响，林秋石迅速察觉出了不对劲，他推醒了阮南烛："祝萌，不能再睡了，出事了。"

阮南烛睁开眼睛："我睡着了？"

"嗯。"林秋石道，"事情不对劲。"

阮南烛说："怎么了？"

林秋石："有鼓点。"如果只是鼓点也就罢了，然而他清楚地听到就在他们刚才走过的那条走廊上，有什么东西朝着这边过来了。

阮南烛安静了一会儿，似乎是想让自己从蒙眬的睡意中醒来，他道："不要怕，大家都在这里，不会被团灭的。"

很快，其他人也听到了走廊上传来的声音。那窸窸窣窣的声音越来越近，虽然寺庙里的灯光分外昏暗，但大家还是看清楚了长廊上出现的东西。

那是一个个血肉模糊的人，他们半蹲在地上，手中拖着尖锐的长刀，朝着大殿里奔跑过来。

看到这一幕，大殿里的人都露出惊恐无比的表情，有些承受能力比较差的人已经开始放声尖叫。

"大家冷静一点！"蒙钰道，"他们不一定会杀了我们！"

“你放屁呢，这东西不会杀人？”那个第一次入门的黄发青年似乎精神崩溃了，一边骂着脏话一边朝门外冲了出去，“你们就在里面等死吧！我先走了！”

蒙钰的表情瞬间冷了下来，平时那温柔的笑意仿佛都成了错觉，但这变化不过是在刹那之间，很快他就恢复了温和的模样：“大家别急，门内不会布置死局的，这么多人不可能同时触发死亡条件，先不要急着出去！”

仿佛是在印证他的话一般，刚冲出门的黄毛青年发出一声凄厉的号叫，身上爆开了红色的血花。

趴在林秋石后背上的阮南烛突然开了口，说：“那不是雨。”

“嗯？”林秋石一愣。

阮南烛道：“那是刀。”

林秋石：“……”他似乎明白了是怎么回事。

慌乱地跑出了神庙的青年，付出了惨痛的代价。不过刹那之间，他身上的肌肤便被那些锋利的刀刃割得血肉模糊，如同凌迟一般。

那青年企图往回跑，却踉跄着跌倒在地上。然而即使已经见了骨头，他的惨叫声也没有停止，似乎那锋利的刀刃避开了能够致命的地方。

徐瑾看得头皮发麻，忍不住干呕起来。

而刚刚从长廊冲进神庙的那些血肉模糊的怪物，却发出兴奋的叫声。

终于，青年的惨叫停了下来，他躺在地上，整个人只剩下一副没什么肉的骨架。

怪物们冲到他的身边，开始大声地咀嚼、吞咽，很快他们便将青年身边被剥下来的肉吃得一干二净，连血迹都看不到。

吃完之后，怪物们仿佛没有看到神庙中的活人般，一哄而散。

庙中静得可怕，没人说话，也没人动。

“怎么会这样？”终于有人呆呆地出了声，“那些东西到底是什么……”

蒙钰道：“谁知道呢？”

“我们还能出去吗？”徐瑾战战兢兢地问道，“我们会不会死在外面？”

“应该不会。”林秋石低声说，“那个导游和我们约定的地点就是大殿门口，时间也快到了。”

“我们要出去吗？万一又下刀子雨怎么办？”徐瑾还是心有余悸，那具只剩骨架的尸体就摆放在门口，刺激着所有人的眼球。

“我说了，门内不会设计必死的局。”蒙钰倒是很平静地接受了这一切，“如果大家都做一样的事情，那就肯定不会出事。”

阮南烛闻言轻笑了一下。林秋石问阮南烛笑什么，他说：“这个蒙钰有点意思。”

林秋石不明白阮南烛为何会这么说。

“你觉得如果大家做了同样的错事会怎么样？”阮南烛用很小的声音问。

“死？”林秋石有些疑惑，“可之前你不是说不会全部死去吗？”

阮南烛：“对，的确不会全部死去，但是怪物可以随便挑选想要杀掉的人，只要最后留下一个，就行了。”

林秋石：“……”

阮南烛：“所以蒙钰为什么要故意误导大家？”

林秋石陷入了沉默。

就在两人说话的时候，外面突然传来了导游的声音：“集合了，集合了，快点出来，我只等你们五分钟。”

因为刚才发生的事，虽然外面传来了导游的声音，但是根本没人敢动。

这门内最糟糕的事情，是不但要面对可怖的怪物，还得面对身边随时可能背叛自己的队友。门里面的他们虽然乍看起来像是可以互相信任的伙伴，可一旦出现了意外，“伙伴”这个词随时可能换一种意思。

阮南烛还趴在林秋石身上，他轻轻地拍了拍林秋石的肩膀，道：“走。”

林秋石：“就这么出去？”

“应该不会出事了。”阮南烛道，“况且总不能在庙里过夜吧。”

倒也是这个道理，林秋石想了想：“不如我先出去，如果出了什么意外，你们再见机行事。”

“一起吧。”阮南烛说道，“信我一次。”

林秋石见阮南烛态度坚决，便背着他朝着神庙外面试探性地走了几步。林秋石刚离开神庙大门，便看见导游站在之前和他们分开的地方，正微笑着冲他们挥舞着旗子：“过来呀，快过来呀。天快黑了，我们得在天黑之前赶回去。”

林秋石环顾四周，发现刚才从天上掉下来的刀子都不见了踪影，只有门口那具只剩骨架的尸体在告诉他，刚才的一切不是他的幻觉。

他慢慢走到导游身边，如阮南烛所说的那样，并未发生什么可怕的意外。

程千里跟在他们身后，一直朝那具尸体看，脸上的表情看起来有些熟悉——之前林秋石陪他看恐怖片的时候，他就保持着这样一副随时想要尖叫的模样。

不过程千里好歹忍住了，憋得整张脸都红了。

见他们没出什么意外，剩下的人也开始往外走。

导游仿佛完全没有看到那具尸体，她微笑着询问大家今天玩得是否开心，有没有领略到神庙独有的风情。

即使没人理她，她也说得津津有味，根本不在意众人的答案。

从来时的小路往回走时，天色开始变暗，丛林之中多了几分幽寂。插在树梢上的旗帜被大风吹得猎猎作响，像是怪物展翅欲飞的羽翼。

回去的路上并没有发生什么事，他们安全地到达了住宿的竹楼，吃了一顿并不美味的晚饭。

导游离开的时候和他们约定了时间，说明早八点，不见不散。

蒙钰问明天去参观哪个景点。

导游却神神秘秘的，说明天去的地方很特别，到时候就知道了，大家一定不要迟到，还说今天晚上山风很大，夜半时分最好别出门。

这个提示她不说大家也清楚，倒也没有太大的作用。

晚饭的味道实在是糟糕，阮南烛没什么胃口，但还是勉强吃了点东西。他从到达这个世界开始，状态就很差，此时看起来满脸疲惫，似乎随时可能睡过去。要是一般人是他这个样子，大约会让人觉得不精神。奈何阮南烛长了一张漂亮的脸，即使看起来身体不适，也有种病态的美。

徐瑾在旁边酸溜溜地说：“她都睡了一天了，哪有那么困呀？”

阮南烛用自己的下巴在林秋石颈项上蹭了蹭，柔声道：“对不起呀，我从小身体就不好，林林哥，给你添麻烦了。”

林秋石：“……不麻烦。”

徐瑾："……"啧，这对狗男女。

面对不美味的晚餐，程千里还是塞了个肚饱，用他的话来说，就是死也要当个饱死鬼。

林秋石其实挺佩服他的，毕竟这晚饭实在是太难吃了，换作一般人吃这么多，基本只能降低求生欲。

吃完饭，众人便各自散去，准备休息。

阮南烛沾床就睡，几乎是瞬间进入了深眠状态。

林秋石和徐瑾没他那个本事，于是两人便有一搭没一搭地聊着天。

徐瑾讲了一点她在门外世界的事情，说她是个普通的大学生，今年刚毕业，回家的时候被强行拉进了这个门里，她开始还以为自己是在做梦，后来才意识到没有梦境会这么真实。

"我们会死在这里吗，林林哥？"徐瑾说，"我好害怕。"

林秋石靠着窗户，道："我也不知道。别想太多，早点睡吧。"

徐瑾瞅了眼正在睡觉的阮南烛，咬咬牙，颤声道："林林哥……"

林秋石："嗯？"

徐瑾说："我冷……"

都怪阮南烛，把人家姑娘给教坏了。林秋石有些无奈，他虽然对女孩子不了解，但也不是傻子，徐瑾这动作和表情所表现出来的意图，实在是太明显了。

林秋石面露无奈，只能装作听不懂，他说："哦，你冷啊，那我去给你拿床被子吧。"

徐瑾咬咬牙，跺跺脚，放下了最后的矜持："那多麻烦呀，我……能和你挤一挤吗？"

林秋石冷静地拒绝了："你太胖了，感觉有点挤不下。"

徐瑾陷入了沉默，她看了眼已经陷入熟睡的、瘦弱的阮南烛，又看了看自己，一时间竟无法反驳。

林秋石："还要被子吗？"

徐瑾自暴自弃："不要了，我脂肪多，坚持一下应该能挺过去。"

虽然知道这样挺不厚道的，但林秋石还是有点想笑。不过话说回来，这门内世界那么凶险，哪有多的心思谈情说爱，也不怕两人情到浓时突然冒出来一个怪物，导致终生心理阴影……

徐瑾大约是看透了林秋石不解风情的本质，终于死心地躺回床上，结束了这场尴尬的聊天。

没一会儿，旁边就传来了轻微的鼾声，看样子徐瑾应该睡着了。

林秋石心想：你们睡得可真快啊……他闭上眼睛，尽量放松了身体，让自己也睡了过去。

03

第二天的阳光将林秋石从床上唤醒，他睁开眼睛后做的第一件事就是确认身边的人还在不在。

阮南烛已经醒了，坐在床边慢慢地梳头发。听到林秋石的动静，他头也不回地打招呼："早上好。"

"早上好。"林秋石应道。

"昨天我睡得早，后半夜没发生什么吧？"阮南烛问。

"没有。"林秋石说，"林子里很安静，我也没有听到什么奇怪的声音。"

阮南烛："我是说你和徐瑾。"

林秋石满脸疑惑："我和徐瑾能发生什么？她难道有什么问题？"

阮南烛安静了一会儿，问出了一个问题："你上个女朋友是因为什么和你分手的？"

林秋石："女朋友？我没……没交过女朋友。"自从学了设计，他基本就和社交无缘了，上学的时候天天做作业、接私活，工作之后天天加班，别说女朋友了，连个姑娘都没见过。

阮南烛："哦，挺好。"

林秋石："……"他总感觉自己从阮南烛的脸上看出了一丝微妙的表情。

洗漱完毕后，众人一起吃了顿早餐。

对于今天要去的地方，所有人都很好奇，但好奇之中又带着点担忧，因为总感觉今天的情况会比昨天还凶险。

“尽量找几个伙伴一起走吧。”蒙钰说，“这样出了事，也好有个照应。”

昨天死了两个男人，此时队伍中还剩十四人，虽然数量很多，但总感觉如果真出事了，人再多也没用。

程千里拍了拍林秋石的肩膀，说：“我今天和你们一起吧。”

林秋石点了点头。

八点钟，导游准时出现在外面，她穿着和昨天一样的衣服，脸上挂着同样的表情，挥舞着那面红色的小旗：“人齐了吗？人齐了就要出发啦。”

“齐了。”蒙钰回答。

“好，那我们走吧。”导游说，“今天我们去的地方比较特别，大家到了那里之后，千万不能大声喧哗，要尊重当地的习俗。”

众人纷纷点头。

导游见状，露出笑容，道：“事不宜迟，那我们就抓紧时间出发吧。”

因为这里环境特殊，除走路之外，也没有别的交通方式。今天导游带着他们走了另外一条路，那条路一直往山上蜿蜒，周围依旧是茂密的树林。

大家跟在导游后面艰难地行进，但路实在是太难走，很快就有人体力不支，跟不上大部队了。

“能不能休息一会儿？”队伍里有人询问导游。

“休息倒是可以休息。”导游看了看表，“但是我们一定要在正午之前到达目的地哦。”

“为什么？”那人有点不解，“为什么要在正午……”

“因为你们要在那里参观六个小时。”导游很平静地解释，“如果不能在十二点之前到达目的地，那你们就只能在天黑之后下山了。”说完，她脸上露出一个怪异的笑容，“相信大家不会想在夜晚走这样的山路的。”

大家听到这句话，表情都不太好看。

走不动路的人也咬咬牙想要继续坚持，毕竟这是性命攸关的事。

林秋石怕阮南烛的身体扛不住，半路上就背起了他。也亏得阮南烛的体重轻于常人，不然林秋石还真没办法。

不过即便如此，阮南烛还是吸引了一些嫉妒的眼神。

女孩子的体力到底比不上大男人，能被背着走，自然是十分值得艳羡的事情。

就在众人快要坚持不住的时候，他们终于到达了导游口中的目的地——一片密密麻麻的高塔。

这些高塔高的足足有几十米，矮的也有三四米，立在茂密的丛林之中。很难想象，到底是怎样的技艺才能在如此艰苦的条件下修建出如此宏伟的建筑物。

众人看着这些宏伟的建筑，都感到十分震撼，一时间陷入了寂静之中，甚至忘记了这个世界的凶险之处。

好在导游的声音将他们拉回了现实，她说："接下来是六个小时的自由参观时间，到时间后，我会来接大家，就请大家在此好好参观，领略特色风情吧！"她说完转身就走，消失在密林之中。

看着她的背影，程千里忍不住骂了句脏话，说也亏得这里是门内世界，不然这导游怕是已经被打死好几次了。

"走吧，过去看看。"林秋石放下阮南烛，跟着众人一起进入了塔群。

这些塔大小不一，高度各有不同，但每座塔下面都有一扇木门，用生锈的锁锁着。

"这里是什么地方？祭祀的地方？"林秋石觉得奇怪，"可是祭祀的地方不应该是神庙吗？"

阮南烛观察了一下，开口道："我觉得应该是墓地。"

"墓地？"说到墓地，林秋石马上想起了昨天爬上去的那个木台，"所以并不是所有人都会被放到台子上……"

阮南烛道："打开一个塔，进去看看。"

话音落下，他带着林秋石等人走到了僻静处，然后掏出发卡开始工作。

生锈的锁轻而易举地被打开了，阮南烛推开木门。塔内黑漆漆的，没有光，散发出一股陈旧的气味。林秋石用手机照亮了里面，果然在塔底看到了一具已经腐朽的尸骨。

"的确是坟墓。"阮南烛确定了自己的猜测。

"那导游把我们带到这里来是什么意思？"林秋石道，"难道钥匙不在庙里？"

阮南烛摇摇头，没说话。

把门锁上之后，他们朝着塔群的中心走去，看到了最高的那座塔。那座塔的形状有些特殊，在一众小塔的簇拥下显得分外醒目。塔的最上面有个非常漂亮的雕塑，看起来有点像一块圆盘，圆盘之下是一些流云的图案，只是不知道代表着什么意思。

所有人的注意力都放在了这座塔上，显然大家都觉得这塔里会有关于钥匙的线索。

到了塔下之后，先过去的人却发现那座塔下不是木门，而是一扇石头门，石门也没有锁上，就这样虚掩着。

“这塔里的东西也是尸骨吗？”有人发问。

“谁知道呢？”没人能回答那个问题。

就在众人犹豫着要不要进塔里的时候，林秋石又听到了鼓点的声音，他表情一变，立马将这件事小声地告诉了阮南烛。

“鼓点？”阮南烛道，“从哪里传来的？”

“远处。”林秋石抬头看了看一片阴霾的天空，“昨天鼓点响起来没多久，就开始下雨了……不，准确地说是开始下刀子了。”

阮南烛环顾四周：“看来只能进塔。”

这里是荒郊野外，没有任何可以遮蔽的东西，唯有眼前的高塔能让人躲进去。

“进吧。”阮南烛抬手就要推门。

“你们要进去？”站在不远处的蒙钰有些好奇。

“对。”阮南烛道，“有什么问题吗？”

“你们不怕进去之后出事吗？”蒙钰说，“就这么贸然行动……”

“如果怕，就在外面等着吧。”阮南烛指了指头上的天空，“我只是感觉又要下雨了。”

蒙钰脸色微变。

其他人听到要下雨了，都骚动起来，昨天黄毛青年惨死的景象还历历在目，没人想经受千刀万剐之苦。

阮南烛推开眼前看似沉重的石门，径直走进了塔里。

林秋石紧随其后，他将手机的手电筒打开，看清楚了塔里面的情况。这座塔似乎并不是坟墓，至少一楼没有尸骨。

他们进来之后，其他的人见没有事情发生，也陆陆续续跟了进来。

“这塔应该有八九层的样子。”阮南烛道，“既然进来了，那就上去看看？”他停顿一下，“我想仔细看看塔顶上的那个建筑。”

林秋石知道阮南烛提出的事情定然有其原因，便一口应下了。

于是四个人便开始往上爬。

团队里的其他人看见他们的动作，都露出了不赞同的神情。也对，在不知道如何触发死亡条件的世界，似乎什么都不做才是最安全的选择。

但什么都不做，钥匙可不会就这样出现在大家面前，除非其他的人都死光了。

塔里的楼梯很狭窄，只能够容一人通行。

阮南烛走在最前面，林秋石则走在最后。

他们一路往上，一边爬楼梯，一边观察着塔内的情况。

“有东西。”走在最前面的阮南烛突然出声。

他们已经爬到第八层，应该离塔顶不远了。林秋石拐过楼梯，就看到了阮南烛口中的东西。

那是一面漂亮的鼓。

那面鼓被放置在第八层的中间，鼓身是红色的，鼓面是白色的，其上有一些雕刻的花纹，虽然并无太多的装饰，但依旧可以看出它很精致。

林秋石和程千里立马想到了歌谣里的那面鼓，表情变得严肃起来。唯有徐瑾的神情似乎有些恍惚，她喃喃道：“好漂亮的鼓啊。”说着走到了鼓旁边，小心翼翼地观察着。

“别碰。”阮南烛叫住了她，“这鼓有问题。”

徐瑾没有说话，神情看起来有些恍惚。

“徐瑾，你没事吧？”林秋石察觉到她的异样，开口问了一句。

然而徐瑾没有回答，而是伸出手，在那面漂亮的鼓上轻轻地拍打了一下。

“咚——”清悦的鼓声传到了他们的耳朵里。

林秋石整个人被震了一下，强烈的眩晕感袭向他，他捂着耳朵痛苦地闭上眼，差点栽倒在地上。

为了稳住身体，林秋石伸出手扶住了旁边的墙壁。然而当他的手指触碰到本该是石头的墙壁时，顿时僵住了。

石头不见了，指尖上的触觉像是一种更加柔软的东西——人的肌肤。

林秋石倒吸了一口凉气，他睁开了眼，看到了面前的景象。

本该存在的石壁不见了，取而代之的是柔软的皮肤，皮肤还在缓缓地蠕动，伴随着心脏的跳动。

“我的阿姐从小不会说话，在我记事的那年离开了家……”女孩子的歌声在林秋石身后响起，他僵硬地转身，看到一个浑身是血的小女孩站在自己身后。女孩的脸上没了皮肤，隐约可见白色的骨头，而她的怀里正抱着一面漂亮的鼓，红色的鼓身、白色的鼓面。她黑洞洞的眼睛凝视着林秋石，纤细的手微微抬起，又重重落下，在白色的鼓面上留下一个又一个血色手印。

“玛尼堆上坐着一位老人，反反复复念着一句话……”歌声还在继续，女孩敲着鼓，朝着林秋石走了过来。

林秋石发不出声音，也动弹不了，只能眼睁睁地看着她的手靠近他的身体，然后……从他的身体里穿了过去。

下一刻，林秋石身体剧震，如同触电一般，他眼前的景象又发生了变化——原本的小女孩不见了，他回到了那座冰冷的石塔里，旁边站着两个熟悉的人。

“林秋石。”程千里惊恐地看着他，“你……你在做什么……”

林秋石低下头，看见自己的手正放在那面红鼓之上。

鼓面的质地很柔软，和他想象中的一模一样，是属于人皮的触感。

“秋石。”阮南烛的声音传来，“你看到了什么？”

“一个女孩。”林秋石将自己的手从鼓上移开，“一个浑身是血、被剥了皮的女孩。刚才发生了什么？”

“你突然跑过去敲了鼓。”程千里说，“我拦都拦不住。”

“敲鼓？敲鼓的不是徐瑾吗？”林秋石看着那面鼓，只觉得浑身发凉，他想离那面鼓远一些。

“她？她没跟着我们上来啊。”程千里觉得莫名其妙，“她一直留在底下呢。”

林秋石：“……”

阮南烛却好似明白了什么，他走上前，轻轻地按住了林秋石的肩膀：“别担心，没事的。”

林秋石苦笑：“这怎么会没事？”能看到那些东西，显然并不是什么好的预兆。

阮南烛：“冷静一点，你先告诉我，你看到了什么。”

林秋石呼出一口气，闭上眼睛，开始回忆刚才看到的画面：“我看到这座塔的墙壁，变成了人皮的模样……”

简单地叙述了一下刚才在幻境中看到的一切后，林秋石沉默了下来。

阮南烛听完陷入了沉思，片刻后，他道：“我们去塔顶看看。”

说完，他便起身朝着塔顶去了。

林秋石有些恍惚地跟在阮南烛身后，他总觉得刚才的幻境没那么简单，似乎在隐隐暗示着什么。

塔顶空空如也，什么也没有。

顶上是镂空的天窗，只要一抬头，就能看到外面的天空，还有塔尖之上颇为特殊的圆形雕塑。

阮南烛看着那雕塑出了神，程千里和林秋石都没去打扰他。

林秋石在塔顶转了一圈，什么都没有发现，但就在他打算和程千里说话的时候，旁边的墙壁上却传出了轻微的响声。

这声音像是有人在用手指抠着墙壁，让人听得非常不舒服。林秋石现在已经察觉到自己的听力似乎敏锐得有些过头，大家听不到的声音他却能轻易捕捉到，再看看正在发呆的程千里，显然对方根本没有听到这声音。

林秋石这次没问程千里有没有听到什么，而是直接走到那面墙壁前，用手轻轻地敲了敲。那种抓挠墙壁的声音立马停了，而这一刻林秋石也有了新的发现，他发现整个塔顶的墙壁只有这一块位置是空的。

“里面好像有东西。”林秋石突然出声。

“什么东西？”程千里道，“这里吗？”他也敲了敲，果然听到里面传来了空洞的声音。

阮南烛收回了一直盯着塔顶的目光："怎么了？"

"这块墙壁是空的。"林秋石说，"我在想能不能撬开看看。"

阮南烛走过来，伸出手在墙壁边缘摸了一圈，随后从兜里掏出一个尖锐的硬物，开始慢慢地撬。他的动作很灵巧，似乎对这种工作已经非常熟悉，很快，墙壁的边缘居然真的被他撬出了一条缝隙。

林秋石看得目瞪口呆："还能这样？"

程千里："这还是一般操作，阮哥厉害着呢。"

面前的墙壁被撬开之后，露出了一个暗格，那暗格中有一个红色的小盒子，没有上锁。

阮南烛伸手把那盒子拿了出来。

三人的注意力都放在了盒子上面，阮南烛手上微微一动，便打开了盒子的盖子，露出了里面一个有点像硬皮本子的东西。

"这不会是日记本什么的吧？"程千里瞬间来了兴趣，拿起本子翻开，"里面会不会有钥匙的线索？"

打开本子后，他们看到了里面的内容。

纸上满满地写着同一句话：她不见了。

她不见了，她不见了，她不见了，她不见了……

不同的笔迹，相同的话语，占满了每一页纸，看得人非常不舒服。

阮南烛迅速往后翻，在快要翻完的时候，终于看到了不同的话语。在本子的最后一页，"她不见了"四个字被另一句话代替——找不到她了。

"这是什么？"程千里立马想起了他们得到的线索，"这是妹妹写的？"

阮南烛还低着头，仔细检查着本子，片刻后，他指着其中一页道："中间还有一页，被撕走了。"

林秋石一看，发现那里的确少了一页，只是撕得非常整齐，如果不仔细看，还真看不出来，也亏得阮南烛心细如发，才没有漏掉这条线索。

"你是怎么发现这墙壁有问题的？"阮南烛问了一句。

林秋石："我听见有人在挠墙。"

程千里这家伙居然伸出手就在墙壁上狠狠地挠了几下："这样吗？"

这声音太过刺耳，搞得林秋石头皮发麻。

阮南烛骂道："你'爪子'再贱一下，回去看我让你哥怎么收拾你。"

程千里赶紧把自己的"爪子"收回来，一脸委屈地说他只是示范一下。

阮南烛："上一个这么示范的人，坟头草已经五米高了。"

把本子放进自己随身携带的包里，阮南烛道："我觉得我们还得回神庙一趟。"

"什么意思？"林秋石有些不解。

阮南烛说："现在只是猜测，等确定了，我再和你说。"

他们正在讨论，楼下忽然传来了凄厉的惨叫声，随即便是人在楼梯上慌乱跑动的声音。

"有怪物，有怪物啊！"声音的主人还在不停地大叫着。

林秋石和阮南烛对视一眼，在对方眼里看到相同的表情，林秋石说："走吧。"

阮南烛点头，打算下去看看发生了什么。

04

等他们到达发生意外的四楼时，骚动已经平息了。

发出尖叫的女人此时正瑟瑟发抖地躲在同行男性的怀里，满脸惊恐，哆哆嗦嗦地指着墙壁："那里，那里有个怪物影子……"

因为她的尖叫，几乎所有人都聚集到了四楼。林秋石冲着女人指的地方看去，却只看到了黑色的墙壁。

"什么影子？"抱着女人的男人发问，"你到底看见什么了？"

"就是怪物影子。"女人瑟瑟发抖，"我说不好……"

"大惊小怪。"团队里有人嘟囔，"简直跟第一次进门似的，看见一个影子就叫成这样，真是没出息。"

女人听到了那人的话，一下子变得非常生气，她道："看见奇怪的东西，我叫一下又怎么了，总好过无声无息地死掉吧？"

"好了好了，没出事就行。"蒙钰打着圆场，"不要这么多人聚在同一层楼里，万一出点什么事，大家都跑不掉。"

众人见没出什么大事，便打算散去。

那个尖叫的女人也准备走，却好像被什么东西勾住了衣服，她一开始还以为是后面的人在恶作剧，很不开心地说：“干什么呢？别拉我的衣服。”

“我都说了，别拉我的衣服了！”她又被扯了两下，终于火了，恼怒地朝身后瞪了一眼。然而这一眼，却让她的血液瞬间凝固。

她的身后空空如也。

“啊……”女人的身体有些发凉，连忙迈开脚步想要离开这里，然而就在她迈步的时候，一双血淋淋的手突然抓住了她的双脚。

“啊……嗯！”女人想要尖叫，嘴巴却被另一双手捂住，她艰难地扭头，看见刚才平滑的墙壁上，此时竟伸出了无数条猩红的手臂。那些手臂缠绕住她的身体，将她硬生生地往墙壁里拖。

她想要尖叫，嘴却被死死捂住，发不出一丝声音。

和她同行的男伴察觉出了不对劲，可是当他回过头时，女人已经被拉入了墙壁里……短短几秒钟，一个原本还好好的大活人，就这样消失不见了。

男人脸上出现了一丝茫然，他问其他人：“你们看见小优了吗？”

小优是那个女人的名字。

“小优？她刚才不是还在这儿吗？”走在前面的人也有些疑惑，朝着身后看了眼，却没看见女人的身影，“她不会是上楼了吧？”

“我去看看。”男人迅速爬了上去，但一直到塔顶，都没有看到他想找的人。

等他回到人群里时，苍白的脸上已经挂满了冷汗：“她……她不见了。”

不见了？这话一出，大家都安静了下来。如果是在外面的世界，一个人突然不见了，仔细找找肯定能找到，但是在门内的世界里，不见了，几乎就等于死亡。

“昨天不是还有个人在神庙大殿里不见了吗？”有人想起了什么，“他们会不会都……”

“我觉得不用找她了。”蒙钰突然说了一句，“她肯定没了。”

“你为什么这么说？”男人显得有些生气。

“你还记得导游刚带我们来这里时的嘱咐吗？”面对男人的敌意，蒙钰显得很平静，“她说了，不能在塔群里大声喧哗，小优刚才是不是惨叫了一声？”

男人闻言沉默了。

“有些话还是要听进去的。”蒙钰道，“你们呢，刚才在楼上看到了什么东西？”

他对着林秋石和阮南烛询问道。

“看到了一面鼓。”阮南烛柔声道，“没敢碰，就下来了。”

蒙钰：“鼓？我去看看。”他说着，便和身边几人转身去了楼顶。

阮南烛看着他的背影，轻轻地抿了抿唇。

他们都十分有默契地保留了那个日记本的秘密，虽然不知道为什么，但总感觉还是别急着说出来的好。

消失的小优再也没有出现。

躲在塔里的人们战战兢兢，没人敢再到处游走，害怕自己看见了什么东西后发出的叫声会导致死亡。

林秋石他们也没有继续转悠，阮南烛靠在林秋石的肩膀上闭目养神。

程千里蹲在窗口朝外面看，也不知道在看什么。

天色渐渐暗了下来，呼啸的风声越来越大，甚至带上了一丝凄厉的味道。

林秋石本来是靠着墙壁的，可靠了一会儿后总觉得不舒服，便直起身体坐了起来。这样的姿势虽然比较累，但是一想到刚才在幻境里看到的东西，他便觉得累一点也没关系，总比靠着人皮强吧。

“还要多久啊？”程千里小声地问了句。

林秋石看了一眼手机，此时距离他们和导游约定的时间还有二十分钟。

“二十分钟啊，还有这么久……”程千里蔫蔫地趴在窗户上，“想喝我哥做的油茶了，加辣的那种。”

林秋石伸手在他的脑袋上摸了一下。

这二十分钟，几乎可以用度秒如年来形容，团队里的人连最简单的交谈都没有了。

许久之后，穿着红色衣服的导游终于出现在大家的面前。

“你们好呀，今天玩得开心吗？”导游微笑着挥舞手里的旗帜，“相信大家一定好好地领略了当地的风俗文化。”

没人说话，大家都是死气沉沉的，全是一副劫后余生的模样。

“那么，我们就回去吧。”导游微笑着带着大家踏入了丛林。

天快黑的时候下山，也着实不是件容易的事，众人相互搀扶着，经过一个小时的行程，终于回到了住所。

简单地吃过晚饭，众人便都带着疲惫之色，各自回房休息。

程千里跟着阮南烛他们一起回了房间，他本来是和另外两人睡在一间屋子里的，但是今天发生了那么多事，他便想和林秋石挤一晚上。

“你真的要和我挤啊？”林秋石说。

“挤挤呗。”程千里可怜巴巴地看着林秋石，想让他心软，“这么多人里，我只跟你们比较熟。”

林秋石看了眼阮南烛，在阮南烛微微点了点头后，他才道了声“好”。

林秋石同意了，有人却不满了起来，徐瑾今天没敢跟着他们上塔顶，独自一人在塔下坐了一天，这会儿听到程千里晚上还要赖在这里，小声地说了句：“你不嫌他胖了啊？”

程千里听到这话，觉得莫名其妙：“胖？我不胖啊。”

林秋石：“对啊，他不胖。”

徐瑾：“……”那你昨天说我胖是怎么回事？这人还能不能好了？

林秋石显然已经忘记了昨天自己拒绝徐瑾的借口，开始和程千里讨论起今天谁睡里面谁睡外面。

徐瑾坐在床边嘟着嘴生闷气，阮南烛在旁边安慰她：“你不胖，是余林林的审美有问题，男人都是大猪蹄子。”

徐瑾委屈地表示赞同。

林秋石和程千里一头雾水，完全不明白两人的对话内容到底是怎么回事。林秋石心想，他只是担心和徐瑾男女授受不亲，怎么就成大猪蹄子了？而且，徐瑾呀，这里最大的“猪蹄子”就坐在你旁边呢……

今天走了一天的山路，大家都有些累了，几乎是沾着枕头就睡着了，连向来睡眠很浅的林秋石也不例外。

不过半夜的时候，林秋石总感觉身边有人在走动，他以为是程千里，便没有太在意，直到第二天早晨起床之后，程千里埋怨林秋石怎么一晚上都在起夜。

“起夜？我没有啊。”林秋石道，“我昨天睡得那么熟，一次厕所都没上。”

“你骗人。”程千里说，“你明明就起来了。”

林秋石：“我真没起来，不过我也感觉有人在走动。”

两人的目光移到了屋子里剩下的两人身上，徐瑾惊慌地摇摇头，表示自己也没有起夜，阮南烛则问都不用问，平时他就是睡眠质量最好的那个，肾功能也非常强大，基本夜夜都是一觉睡到大天亮，从不起夜。

“那是谁在走？”程千里脸色白了。

两人正说着，阮南烛突然站了起来，走到他们面前蹲下身子，目光投向他们的床底下。

林秋石被他的动作吓了一跳：“怎么了？”

阮南烛没回答，只是伸手指了指：“你们自己看吧。”

林秋石和程千里战战兢兢地弯下腰，看到了阮南烛说的东西。只见他们床下的木制地板上，竟布满了密密麻麻的血手印，这些手印从地板蔓延到墙壁，看起来瘆人至极。

“啊！”程千里终于没忍住，又开始跟只惨叫鸡一样惨叫，叫得林秋石脑袋疼，连带着觉得这画面都没那么恐怖了。

“你能别这么叫吗？”林秋石痛苦地说。

“好可怕啊！”程千里趴在半蹲着的林秋石身上，抓着他的头发，叫得特别惨。

“你把我的头发松开，松开！”林秋石怒了，“快点给我松开！”

程千里：“我好怕啊啊啊！”

林秋石：“牧屿……”知道一个设计师最珍惜的是什么东西吗？是头发！是发际线！程千里这小兔崽子抓他头发跟薅草似的，谁知道会不会对发根产生影响！

程千里终于松了手：“对不起，我太激动了。”

徐瑾一脸麻木地看着面前的两个人，转头对着阮南烛道：“祝萌，我们去吃饭吧。”

阮南烛："好啊。"

然后两人手拉手，高高兴兴地出去吃早餐了，留下两个"大猪蹄子"看着那一地的血手印发呆。

"走吧。"林秋石说，"既然我们还活着，就说明它没想要我们的命。"

程千里叹气："这扇门也太凶险了。"还好昨天他没爬起来看到底是怎么回事，这要是看了，天知道会看到什么东西在地上爬。

大家无精打采地吃完早饭后，那个导游又准时出现了。

她简直像是个人偶，脸上永远带着格式化的微笑，连手上旗帜挥舞的幅度好像都是一致的。

她道："今天我要带大家去看的是一座神庙，那座神庙是这里最漂亮的建筑，相信大家看完之后一定会被其风采所倾倒。事不宜迟，我们现在就出发吧！"

林秋石皱了皱眉："这话怎么那么耳熟？"

"当然耳熟了。"蒙钰正巧在他的旁边，不咸不淡地来了句，"她第一天也说过一模一样的话。"

林秋石："……"

果不其然，等众人出发之后，导游又开始介绍起当地的风俗习惯，无论是说话的顺序还是语气，都跟第一天没有任何差别。

这种怪异的情况，让众人都露出不适的神情。

"不会是要一直重复吧？"徐瑾小声说，"我们难道还要去一次那个塔群？"

"说不好。"林秋石摇摇头，"估计还得再看两天。"

徐瑾不吭声了。每去一个地方就要死几个人，而他们一共才十六个人，难道得在这个世界里死掉十五个，最后剩下的那个人才能逃脱？

显然有这种想法的人不止徐瑾一个，众人皆神色莫测。

第二次来到神庙面前，他们四个没有急着进去。

这是阮南烛的提议，他说既然之前观察的是里面，那这次就观察一下外面吧，于是他领着三人开始在神庙周边探索。

神庙四周是茂密的树林，阳光层层洒落，只在地面上留下暗淡的光斑。

石板路上铺着细小的藤蔓和蕨类植物，踩上去便会发出窸窣的声音。神庙很高，从他们的角度看不到顶。乐声依旧连续不断，好似奏乐的人永远也不会停下。

“这神庙的建筑风格好奇怪啊。”观察了一圈之后，作为设计师的林秋石越看越觉得不对劲，“整座神庙是一个圆形。”

“圆形？”他不说还好，一说程千里也注意到了，“对哦，整个庙都是圆的。”

圆形的庙宇并不多，甚至可以说得上少见。

“你们看到圆形，想起了什么？”阮南烛问。

片刻的沉默后，林秋石和程千里给出了相同的答案：“鼓。”

阮南烛：“我觉得……”

林秋石：“嗯？”

阮南烛：“我们得去庙顶上看看。”

程千里一听就瞪圆了眼睛：“真要去吗？庙顶上……可是，前天失踪的那个人，不就是因为看了天花板？”

“对。”阮南烛说，“但线索应该也在上面。”他伸手按了一下自己的包，“还记得昨天我们在塔上面看到的东西吧？”

当然不可能忘记，林秋石至今都记得自己的手按在那个人皮鼓上的触感。不过阮南烛说的东西应该不是鼓，而是他们在墙壁里发现的那本日记。

“我们的时间可能不多了。”阮南烛说，“得想想办法。”

乍一听，阮南烛的这句“时间不多了”并没有什么依据，但林秋石却想起了自己床底下的那些血手印。他不确定这是意外还是警告，总而言之，那些东西显然不是什么好的预兆。

这庙很高，没有楼梯可以上到顶层。

但方法总比困难多，只要想上去，总会找到法子。

围着神庙转了一圈之后，阮南烛便有了主意，剩下三人听到他的主意后都有点愣，林秋石的语气里也带着愕然：“你是说用之前的那个木台子？”

阮南烛：“嗯。”

林秋石：“可是那个木台子不是葬台吗？”

阮南烛点点头。

林秋石担忧地道："而且上面有那些东西，这样贸然上去……"

阮南烛看了他一眼："想要活下来，总要承受点风险。"

也对，林秋石心中微叹，甩开了心底的犹豫："你身体太弱了，还是我来吧。"

阮南烛闻言，薄唇微动，正欲说什么，林秋石却手一抬，制止了他想要说的话，道："你的身体状况本来就不佳，如果勉强上去出了什么意外，我们之后该怎么办？况且接下来的几扇门，你总不可能每一扇都陪着我。"

阮南烛听到林秋石的话后，安静了片刻，而后用手指了指程千里："你陪林林一起上去。"

程千里乖乖地"哦"了一声，居然没有反驳。

倒是徐瑾欲言又止，看起来是想劝说林秋石别上去，但是又不知道该怎么劝。

事情定下之后，他们很快就在神庙附近的树林里发现了一个将近十米高的木架子，这个高度几乎和神庙的高度平齐。

"就这个吧？"林秋石伸出手在木架子上按了按，确定是否足够坚固。

"嗯。"阮南烛说，"有什么不对就马上下来，以安全为重。"

林秋石点点头，然后踩上了木架子。

这架子看起来有些年头了，但好在质量不错，爬上去也没有摇摇欲坠的感觉。林秋石走得非常小心，他道："程千里，你不怕高吧？"

程千里："除了鬼，我什么都不怕。"

林秋石心想那就行。不过程千里的动作确实挺利落的，一个十六岁的孩子，反应能力正在巅峰时期，上一次爬台子的时候要不是他拉了林秋石一把，估计林秋石已经"挂"了。

越往上，风越大，到后面，林秋石不得不减慢了速度，一边观察情况，一边继续往上。

这架子将近十米高，最上面有一个木制的平台，平台连通着神庙的屋顶。爬上去后，便可将周围的景色一览无余，无论是恢宏的神庙，还是神秘的丛林。

眼见即将到达那个木制平台，林秋石道："马上到了，小心点。"

程千里点点头，说了声“好”。

深吸一口气，林秋石直接翻到了平台上面，他本来以为平台上会有一些没被吃干净的尸体，上去之后却发现整个平台空空如也。

不，准确地说不是什么都没有，而是彻底被吃干净了。所有的骨头，甚至毛发，都没有剩下，唯有木纹上面隐约可见的血迹在告诉来人这里曾经发生过什么。

平台后面本该是显露出来的神庙屋顶，但此时，山间突然起了一层浓郁的雾气，将本该一览无余的景色笼罩其中，让一切都变得模糊起来。

林秋石上前一步，给程千里让开了位置。

程千里爬上木台后，看见山岚，愣了片刻：“这大中午的，突然起雾……”他扭头看了眼林秋石，“我们还要过去吗？”

林秋石犹豫片刻，朝着身下看了眼。

徐瑾和阮南烛都抬头看着他们，看见他们终于爬上了台子，还冲着他们招了招手。

因为隔得有些远，林秋石看不清他们的表情，想来应该是充满了担忧。

“走吧。”林秋石说，“就像你祝萌姐说的，想要活着出去，总要承受点风险。”

“嗯。”程千里点点头。

两人缓步朝前走去，越靠近屋顶，一直没有断过的乐声就越响亮，似乎演奏乐器的人就在他们前面不远处。

林秋石跨出一步，从平台走到了屋顶上。他跨过去的时候脚步微微顿了一下，感觉脚下的材质似乎有些不对劲。

程千里的反应和林秋石的差不多，他跺了跺脚，道：“这……这不会是我想的那种东西吧？”

“不知道。”林秋石说，“反正不是正常的屋顶。”

屋顶的材质说软不软，说硬不硬，一定要形容站上去的感觉的话，那他们就好像是站在一个颇有弹性的蹦床上。可根据刚才在底下的观察，如果这神庙是一面鼓，那铺在最上面的鼓面，岂不就是人皮了？

猜测被证实，林秋石和程千里的表情都严肃了起来。

林秋石往前走了几步，发现每往前走一下，脚下的鼓都会发出清脆的敲击声，这声音他前天才听过——就在天上下刀子的时候。

所以说当时并不是有人在敲鼓，而是有人在屋顶上奔跑？

05

朦胧的雾气中，乐声为他们指引着方向。神庙不算大，林秋石却觉得走了好久好久，久到他都开始怀疑自己是不是在原地绕圈子的时候，面前终于出现了不同的东西。

那是一个背影，一个少女的背影。

虽然黑色的长发遮住了她大半的身体，但林秋石还是从她的衣着辨识出，她和昨天幻境之中出现的女孩穿得一模一样。

“你在哪儿呢？”女孩突然出声，“你在哪儿呢？”

林秋石和程千里屏住呼吸，他们都知道，眼前的女孩绝不可能是人类。

“你在哪儿呢？”乐声就是从她的身边传出来的，女孩似乎察觉了他们的到来，停下了奏乐，说，“有人来了。”

她缓缓转身，露出了自己的正脸。

那是一张没有皮肤的脸，红色的血肉附在她的脸颊上，眼睛部分只有黑洞洞的眼眶。她说：“我好疼啊。”

林秋石的呼吸屏住了，他顺手拉住旁边的程千里，转身欲走。程千里好像已经被眼前的一幕吓呆了，整个人一言不发，神情狼狈地跟在林秋石后面。

两人的脚踩在柔软的鼓面上，敲击出了清脆的鼓点。

“我好疼啊。”女孩在他们身后重复着那句话，“你在哪儿呢？”

鼓点声越来越响，林秋石感觉自己的身体渐渐变得沉重起来，他粗重地喘息着，有一种缺氧的窒息感……林秋石第一次发现自己的身体是如此笨重。

体力即将耗尽，林秋石的脚步逐渐慢下，他朝着身后看了一眼，却没有看见那个本该追逐着他们的小女孩。

“呼呼……”他沉重地喘息着，就在脚步停下的那一刻，他听到了一个声音。

那个声音是从他的背上传来的，小女孩说：“你为什么不敲鼓了？”

林秋石有些僵硬地扭过头，看见一张血肉模糊的脸就在自己的脑后，静静地凝视他的眼睛。

“咯咯咯！”因为这惊吓，林秋石剧烈地咳嗽起来，身体踉跄着跌倒在地上，双手也触摸到了脚下的人皮。

那是一种很柔软的触感，甚至还带着人体特有的温度。

林秋石低着头想要努力止住咳嗽，趴在林秋石后背上的女孩却爬到了他的面前。

“她在哪儿呀？”女孩还在发问，她歪着头，仿佛只会说这两句话，“我好疼。”

林秋石抬头，终于看清了她的模样。

她没有腿，只能用双手爬行，红色的肌理和骨肉裸露在空气里。此时那黑洞洞的眼眶正冷漠地凝视着林秋石，仿佛在等待着他的答案。

林秋石突然想起日记本上的那些字，他重重地吞咽了一下，说出了自己的答案：“她在找你。”

女孩安静下来。

“她一直在找你。”林秋石说，“直到离开这个世界……她都一直在找你。”

女孩慢慢地直起身体，然后伸出手，重重地拍打了一下鼓面。

“咚！”清脆的鼓声让人浑身发寒，山岚散去，眼前的景色开始变得清晰。

“你……想见她吗？”林秋石这么问。

“带她来我这儿。”女孩说了最后一句话，随即便消失在林秋石的眼前。

林秋石劫后余生，身体几乎脱力了，他勉强站起来，看到了蹲坐在旁边同样脱力的程千里。

程千里见到他，艰难地吐出一句：“林林哥，我们赶紧下去。”

林秋石点点头，和程千里一起往台子边上走。

程千里脸色煞白，一路上一句话都没说，他身上沾了些血迹，只是不知道是不是那个小女孩的。

手脚发软地爬下了木台，两人都是一副差点死掉的模样。

阮南烛赶紧上前询问情况。

林秋石坐在地上摇摇头，用简单的言语叙述了一下上面发生的事。

“程千里，你怀里藏了什么东西？”阮南烛忽然注意到了别的事。

林秋石朝着程千里看去，这才发现程千里的T恤里鼓鼓的，一看就知道肯定有东西在里面。

程千里深吸一口气，从怀里把东西掏了出来——那是一根骨笛。虽然形状已经有所改变，但是依旧能看出来，是用人骨做的。

林秋石：“你胆子是真的大。”这东西都敢带出来？

胆子偶尔大一次的程千里却已经被吓得哭了起来，跟只兔子似的一把鼻涕一把泪，整个人都蹭在了林秋石身上，他说：“我也不容易啊，看见那玩意儿站在你面前，我也不敢去救你，就只能咬咬牙，跺跺脚，看能不能带点啥出来，毕竟来都来了……”

林秋石：“……”

阮南烛伸手在程千里的脑袋上敲了一下：“别哭了，这么大了，丢不丢人？”

程千里委屈：“还要再过两年我才成年呢。”

阮南烛：“和上面那东西说去，看她能不能看在都是未成年的分上让你死得痛快点。”

程千里：“不了不了……”

看到这骨笛，林秋石也明白了为什么那女孩的腿是那副模样了，他道：“不过既然那女孩让程千里带下来了，应该就没什么大事。”

阮南烛：“所以她现在想要我们把她的妹妹带过来？”

林秋石：“应该是这样。”他思考了一会儿，脸上出现些许困惑，“可是我们怎么才能分辨出她妹妹的尸骨呢？”如果他猜得没错，她妹妹的尸骨应该就在塔群那边，可塔群中的尸骨数不胜数，他们不可能一一尝试。

阮南烛陷入沉思，而后道：“总会有办法的。”

程千里总算从恐慌里恢复了过来，等擦干净鼻涕眼泪，他便开始夸张地描述屋顶上的情景到底有多惊险。

“你是不知道当我看见那东西趴在林林哥的背上时有多害怕。”程千里说，“我想告诉林林哥吧，可那东西一直瞪着我，我还以为我们两个都要交待在上面了。”

“唉。”林秋石说，“我也差点以为是这样。”他低头扯了扯自己的T恤，上面一片血红，简直像是刚经历了一场谋杀案。

“能下来就好。”阮南烛很平静地安慰着他们两个，“看来钥匙应该会在姐妹会面的时候出现，而我们现在还需要找到那扇门……”

他们一边说话，一边朝着庙里走。在快走到庙宇的时候，他们看见蒙钰和一个女生正在说话，两人神态亲昵，气氛暧昧。

阮南烛和徐瑾很有默契地对视一眼。

徐瑾幽幽地来了句：“这还真是个谈恋爱的好地方啊。”她说完还看了林秋石一眼。

林秋石觉得她这话有些莫名其妙，阮南烛却听懂了，还故意贴到林秋石的身边，笑眯眯地说：“林林啊，昨天是不是和牧屿挤得很难受？不如今天我们两个睡一张床……”

林秋石：“你开心就好。”

徐瑾气得牙痒痒。

发现自己被看到后，蒙钰也不觉得尴尬，还笑眯眯地冲着他们四人打了个招呼。

“有什么发现吗？”蒙钰问。

“没有。”阮南烛很冷静地回答。

蒙钰挑了挑眉，表情似笑非笑，用那双桃花眼看向林秋石：“你们遇到了什么，衣服怎么弄成这样？”

“运气不好，遇到了上次看见的那种小怪物，还好我们逃掉了。”阮南烛说着，轻轻地咳嗽了几声，做出一副弱柳扶风的样子，倒是让人生出几分怜惜。

蒙钰居然没有追问，只是叮嘱他们注意安全，便和那女人转身走了。

他如此轻易地放过了他们，倒让林秋石觉得有些不可思议，阮南烛却摆摆手，皱着眉头说不用太在意这个人，他应该也是接了活儿的老人。只要能保证接活儿的对象活着出去，有人劳心费力地打开门自然是再好不过的事。

“不过，”阮南烛说，“我倒是觉得蒙钰这人有点眼熟。”

林秋石：“眼熟？”

“好像在哪里见过。”阮南烛沉思片刻，并未想出答案，索性放弃了，“算了，既然他对我们没有威胁，就等出去之后再考虑吧，毕竟现在最重要的事，是早点找到钥匙。”

林秋石点点头。

他们回到庙里后，发现庙里的气氛似乎不太对，仔细一问才知道，原来在他们出去的这段时间里，昨天看见的那种怪物又出现了，依旧拖着长刀，不过这次外面没下刀子，所以大家都跑出去躲避，直到怪物消失才回来。

人群里有人说那怪物似乎是伴随着鼓点声出现的，林秋石立马想起了他和程千里在屋顶上跑了挺久，想来这事和他们也有点关系。

不过他心里这么想，嘴上却什么都没说，只是和众人一起表示疑惑。

好在除这件事之外，团队中并没有新的牺牲者出现。

傍晚，导游依旧按时到达了约定的地点，她微笑着重复了前天的话，然后带着大家回到了住所。

在说了明天集合的时间后，导游同众人告别，临走之前，她突然说了一句前天没有说过的话，她说：“明天早晨，大家不见不散，十二个人一个都不能少哦。”

这句话一出，大家脸上原本轻松的笑容立刻就淡了，有的人脸上甚至还出现了惊恐之色。

导游好似没看见众人的异样，随意挥了挥手，便在众人面前消失了。

“十二个？为什么是十二个？我们不是一共有十三个人吗？”人群里响起了嘈杂的议论声，“难道今天晚上会死人……”

“是了，肯定是这样。”有人应和，“所以明天只会出现十二个人，还有一个人活不过今晚。”

越这么说，众人的心中越是恐慌，显然谁都不想成为那个可怜的牺牲者。

蒙钰和阮南烛两拨人倒是挺安静的，沉默地听着其他人的讨论，没有发表任何看法。

“今天好困，早点回去睡吧。”懒懒地打了个哈欠，阮南烛完全没有被导游的言论所影响，他揉着眼睛，神色倦怠地靠在了林秋石的肩膀上。

“走吧。”林秋石点点头。

蒙钰就坐在旁边，听见阮南烛的话后，笑着说了句：“姑娘真是心大，这都能睡着？”

“不睡觉就不用死了？”阮南烛懒洋洋地摆摆手，“该死还是得死。”

蒙钰：“倒也是这么个道理。”

他们四人回到住所，简单洗漱后都躺上了床。

和白天说的一样，阮南烛今晚睡到了林秋石的床上，而程千里则被赶去单独睡。

徐瑾已经麻木了，习惯性地看着两人的互动。今天她的精神似乎不大好，一天下来都没怎么说话，上床之后很快便睡着了。

“你怎么看导游的话？”就在林秋石以为阮南烛睡着了的时候，阮南烛忽然凑到他的耳边低喃了一句。

“或许他们说的是对的？”林秋石道，“今晚会出事……”

“我倒不这么觉得。”阮南烛说，“不过还不确定，得过了今晚才知道。”

林秋石摸摸他的发丝：“身体感觉怎么样？”

阮南烛：“好多了。睡吧。”

“嗯。”林秋石点点头。

有阮南烛在身边的夜晚，林秋石总会睡得比较安稳。今夜也是如此，他一觉睡到了第二天早上，其间并没有被惊醒。

倒是程千里一副熬了夜的模样，说：“林林哥，你真是心大。”

林秋石：“怎么说？”

程千里惊呆了：“你忘记昨天我们在床底下看到的血手印了？”

嘿，他还真忘了。但他还是装作一副“我怎么会忘记”的样子，语重心长地说：“我没忘啊，这么重要的事，我怎么会忘？”

程千里：“你不怕啊？”

“怕能解决问题吗？”林秋石拍拍程千里的肩膀，“勇敢一点！”

程千里重重地点头，眼里冒出敬佩的小星星。

然后林秋石弱弱地溜到了阮南烛身边，小声道：“南烛，你还记得昨天的血手印吗？”

阮南烛说：“嗯。”

林秋石：“你就这么和我睡着了，不怕啊？”

阮南烛一脸“我不理解你在说什么”的表情：“鬼我都不怕，怕那个血手印做什么？”

林秋石：“……”大佬不愧是大佬。

因为昨天导游的那句话，整个团队都人心惶惶，然而等到早晨大家聚在一起的时候，却发现想象中的牺牲者并没有出现。

昨天是十三个人，今天还是十三个，一个不多，一个不少。

“还好还好，那个导游果然是吓我们的。”有人感叹。

“对啊，还好没少人。”应和的声音也很响亮。

但林秋石却注意到，在发现并没有少人之后，阮南烛的脸色一下子阴了，他没有吃东西，目光在人群之中扫来扫去。

“怎么了？”林秋石有点疑惑。

“还不如死人呢。”阮南烛的心情看起来不大好，“没想到又遇到这种事情。”

“什么意思？”林秋石还是没明白。

阮南烛说：“一般来说，关键的非玩家角色是不会说谎的。”

林秋石瞬间明白了阮南烛话中的意思：“所以……我们这十三个人里面，有一个不是人？”

“如果昨天死人了，事情倒是比较好办。”阮南烛道，“可惜没有。”

他端起水杯，喝了一口水：“现在麻烦了。”

这自然很麻烦，他们已经来这里四天了，而林秋石甚至还没记全大家的名字，更不用说从这些人里找出那个不是人的“人”有多么困难。

大部分人在发现昨晚没有出事之后，心情都是愉悦的。

除了阮南烛，还有蒙钰。

蒙钰和阮南烛的神情乍看起来有几分相似，都是眉头微微蹙着，眼神里透出几分冷漠和深意。

很快，两人便注意到了对方。蒙钰站起来，走到阮南烛身边，露出习惯性的温和笑容：“可以出去聊聊吗？”

“当然。”阮南烛应下了，而后扭头对林秋石说了句“你等我一会儿”，便跟着蒙钰出去了。

“出什么事了？”出去拿早饭的程千里刚回来就看见阮南烛和蒙钰一起往外走，他没有听到阮南烛的话，自然也不知道阮南烛的猜测，还在和其他人一样庆幸昨晚没有死人。

林秋石本来想说，但突然又犹豫了，最后只是道：“蒙钰有点事情想和他说。”

“哦。”程千里点点头。

徐瑾在旁边小声道：“林林哥，他们两个独处，你都不吃醋吗？”

林秋石：“吃醋？吃什么醋？”

徐瑾：“你和祝萌不是……”

林秋石解释：“我们只是朋友。”

徐瑾：“朋友？”

林秋石：“单纯的男女朋友。”

徐瑾陷入了沉默，而后道：“林林哥，你可真是个好人。”就是头发有点“绿”。

过了一会儿，阮南烛和蒙钰从外面回来了，两人脸上的阴郁都消去了不少，虽然仍没有笑容，但比出去的时候好多了。

“你们说什么了？”程千里好奇地问。

“小孩子家家的，问那么多做什么？”阮南烛扭头看向林秋石，“想知道我们说了什么吗？”

程千里：“……”过分了啊。

林秋石乖乖点头。

阮南烛眯起眼睛笑了：“你抱我一下，我就告诉你。”

林秋石：“啊？”

徐瑾在旁边看得一脸痛心疾首。

阮南烛看见林秋石脸上呆滞的表情，道：“怎么，这都不肯抱？”

林秋石面露无奈：“祝萌，别闹了……”

阮南烛凑过来：“我可没有闹，认真得很哦。”

林秋石看着他的眼睛，确定他的确不是在开玩笑后，只好往前一步，伸出右手，轻轻地抱了他一下。这个拥抱无关其他，仿佛是在面对自己无理取闹的妹妹一样。

“好了吧？”抱完之后，林秋石问。

阮南烛显然对这个敷衍的拥抱很不满意，沉默片刻，他幽幽地叹了口气，但也没有再说什么，而是对着林秋石招招手，示意对方附耳过来。

林秋石还以为阮南烛是要告诉自己答案，便乖乖地低下了头，谁知道阮南烛一只手按住他的后脑勺，另一只手搂住他的腰，两人就这样紧紧拥抱在一起。

林秋石：“……”

阮南烛逗到了自己想逗的人，满足地笑了起来：“这样才对。”

林秋石：“你……”

“我怎么了？”阮南烛笑得眼角弯弯，“你想再试试？”

林秋石：“算了，没什么。”他此时终于发现阮南烛这家伙是在故意逗他玩，这人在外面的世界里明明挺正常的，怎么一到门里，画风就变了呢？林秋石放弃了寻找答案，忧伤地往自己嘴里塞了一个馒头。

阮南烛和蒙钰到底说了什么，成了一个谜团，他们也没有要解密的意思。

看见林秋石的下场之后，程千里厚着脸皮也去问了一句，谁知道阮南烛闻言斜眼瞅着他，说：“怎么，你也想抱我？”

程千里：“如果你愿意的话……”

阮南烛：“我看你是皮卡丘的兄弟皮在痒。”

程千里瞬间蔫了。

他们正在说话，那导游就来了，她站在不远处空旷的地方又挥舞起了手里的小旗，对着众人呼唤道：“集合了，集合了。”

团队里的人陆陆续续到了导游身边，导游数了一圈人数：“人齐了，十二个，我们可以出发了！”

导游的话音刚落下，人群里就响起了窃窃私语之声，之前误解了的人们终于明白过来了。

“怎么会是十二个？”有人颤抖着声音说，“难道我们里面有人不是人？”

“应该是，非玩家角色一般情况下是不会说谎的，所以藏在我们之中的那个异类是谁……”

议论的声音越来越大，怀疑如同瘟疫一般在人群中蔓延，本来就紧张的气氛因为导游短短的一句话变得更加紧绷，甚至让人有些窒息。

他们十三个人，一般都是分成两三个人一队，这下之前两人队的队伍都开始寻找新的伙伴，想要保证自己身边至少有两个人。

林秋石他们总是四个人走在一起，所以影响倒是不大。

“我们之中真的有异类吗？”徐瑾瑟瑟发抖，脸色白得跟只兔子似的，她咽了咽口水，小心翼翼地将眼神移到了阮南烛身上……

“怎么？”阮南烛注意到了徐瑾的注视，他走到徐瑾身边，似笑非笑地道，“你觉得我比较像异类？”

徐瑾：“没……没有的事！”

阮南烛转头看向林秋石：“林林，她说人家像异类啦。”

林秋石：“……”大佬，你是戏又来了吧？

徐瑾赶紧解释：“祝萌你别误会，我没有说你，只是所有人里你最漂亮……”

阮南烛：“哦，这样啊。”

徐瑾赶紧点头。

阮南烛：“林林，你也觉得我最漂亮吗？”

林秋石内心实在是痛苦不堪，作为一个审美正常的男性，他真的不愿意承认阮南烛这个假萌妹是这十几个人里最可爱的，但事实就是如此。阮南烛楚楚可怜地瞪眼睛的模样，确实让人很难把持，于是林秋石很没出息地点了点头。

“谢谢你啊，徐瑾姐姐。”阮南烛满意地笑了。

徐瑾面带痛苦之色，显然在她的眼里，阮南烛是异类的可能性极高，不然哪个进入这样世界的人还有心思谈情说爱，还脚踏两条船……

当然，这些话她都没敢说，只能默默地想。

06

今天去的地方，是塔群。

经过漫长的跋涉，众人终于到达了目的地。因为有前两天的经验，所以今天众人到达目的地后的状态好了很多，大家也没有都躲在塔里，而是开始四处搜寻更多线索。

虽然知道团队里多了一个非人类，但阮南烛却显得非常悠闲，他绕着最高的那座塔转了一圈，然后掏出一个尖锐的工具，对着塔上的墙砖动起手来。

林秋石被他的动作吓了一跳，说：“你这是做什么呢？”

阮南烛：“我想看看塔里有没有东西。”

林秋石：“东西？”

阮南烛扭头：“你之前不是说听见里面有人在挠墙壁吗？”

林秋石：“那万一是我的错觉……”

阮南烛却冷静地道：“没事，我比你相信你的耳朵。”

林秋石：“……”

阮南烛正在低着头敲墙壁，旁边的徐瑾忽然小心地扯了扯林秋石的衣服：“我想上厕所，你可以陪我去吗？”

林秋石一愣：“我？”

徐瑾点点头。

林秋石：“我……不太合适吧，不如让祝萌陪你……”

他话只说了一半，便见徐瑾疯狂地摇头。

徐瑾小心翼翼地看了眼祝萌，又故意压低了声音：“林林哥，我有点事情想和你说。”

林秋石看见她的表情，有点犹豫：“有什么事不能在这里说吗？”

徐瑾的声音微不可闻：“你不觉得……祝萌特别……不像人吗？”

林秋石：“……”

徐瑾：“无论是长相还是性格，哪有她那样的姑娘，胆子那么大……”

林秋石对此表示赞同，世界上哪有祝萌这样的姑娘啊，所以她其实不是“她”，而是“他”。

徐瑾：“你不觉得吗？”

林秋石面露难色，其实从某种程度上来说，他能理解徐瑾，因为阮南烛的确非常可疑。奈何他们已经认识那么久了，阮南烛和程千里是这个团队里他仅有的可以确定身份的。

“我……不觉得。”林秋石只能给徐瑾这个答案，“他虽然很可疑，但的确是带着我们在努力活下去，如果他是鬼，他的诉求又是什么呢？”

徐瑾闻言，显得有些为难，嘴唇动了一下，到底是没说出什么来，但看她不甘心的模样，显然还是继续坚持着自己的答案。林秋石无法，只能又低声安抚了她几句。

他们这边说着话，阮南烛那边也有了成效，他居然真的将塔边的墙砖敲开来一块，露出了里面的芯子。

程千里一直在旁边看着，阮南烛把墙砖敲开的时候他倒吸了一口凉气，骂了句脏话。

“怎么了？”林秋石听到声音后，朝着程千里的方向走了几步，也看见了阮南烛从墙壁里掏出来的东西。

只见墙砖之后的水泥里，居然密密麻麻地镶嵌着人体的骨架。

“嗯……”阮南烛看到这一幕也不惊讶，“我就说墙壁里肯定有东西。”

林秋石想起了他在墙壁里听到的抓挠声，脸色白了一下。

徐瑾更是哆哆嗦嗦地躲到了后面，吓得直哭。

“好了，现在知道塔里面是什么了。”阮南烛站起来，拍拍手上的灰，“你们两个刚才说什么呢？”

“没什么。”林秋石看了眼徐瑾，“小事。”

“哦，小事吗？”阮南烛却若有所思地看了眼徐瑾，起身走到她身边，伸手按住了她的后背，“徐瑾，你在怕什么呀？”

徐瑾浑身抖如筛糠。

“难道是在怕我？”阮南烛脸上挂上了一种微妙的笑容，这笑容很难用言语来形容，虽然不难看，却是那种小孩子看了都得做噩梦的表情，“我有什么可怕的？”

徐瑾只是摇头，压根不敢说话。

林秋石哭笑不得：“你别逗她了。”

阮南烛摊手，故作无奈：“好好好，不逗了。”他起身去了塔边，继续研究骨头去了。

徐瑾好歹缓了过来，悄悄地看了阮南烛一眼，委屈地擦干了自己的眼泪。

林秋石："……"阮南烛有那么可怕吗，把人家小姑娘吓成这样？

"这塔至少用了上千人的骨头。"阮南烛说，"如果那个人的妹妹的尸骨就在这里面……"

"那要怎么找出来？"程千里瞪着密密麻麻的尸骨，"就算我们全死了，也找不出来她妹妹的尸骨吧？"

"嗯。"阮南烛说，"所以还有别的办法。"

程千里抠抠头皮："什么法子？"

阮南烛眸光流转，看得程千里后背一紧，果不其然，下一刻他就对着程千里伸出了手："你昨天偷偷捡回来的那根骨笛呢？"

程千里："你该不会是想……"

阮南烛："嗯。"

程千里的眼里瞬间充满了惊恐，他说："你真的要这么做？那可是人的腿骨，而且吹出来到底有什么效果还不知道……"

"就是因为不知道才要试试看。"阮南烛道，"拿来。"

程千里默默地从自己随身携带的兜里掏出了那根骨笛，递到了阮南烛的手上。

阮南烛握住笛子后仔细观察了一番，随后便动作自然地将笛子放到了唇边，张口吐息，笛声从他的口中传了出来。

他吹的是《阿姐鼓》的调子，声音悠扬婉转，却莫名地带上了一丝诡异的凄凉。

"咔嚓……"有微微的响动声从林秋石的身边传出，林秋石愣了片刻，发现这声音的来源竟然是他身边的高塔。那种有人在墙壁里抓挠的声音越来越明显，起初只有他一个人能听到，后来程千里和徐瑾也听到了这个声音，两人的脸色都变了。

"祝萌，别吹了，好像出事了。"林秋石阻止了阮南烛。

阮南烛停下动作，朝着塔顶看去，就看见那个悬挂在塔顶的圆形雕像突然微微抖动起来……

"我们走远点，这塔好像要塌了！"阮南烛说了这么一句，转身就走。

林秋石他们紧跟在阮南烛身后。

其他人也发现了这里的异常，开始朝着旁边散去。在众人散离了没多久后，那塔便发出一声巨响，轰然倒地，露出了里面无数的尸骨。

然而让众人窒息的却是那些尸骨开始缓慢地蠕动，起初动作还很慢，接着速度开始变快，尸骨呻吟着相互攀爬，最终形成了一座高高的塔——只是这座塔，是用骨头搭成的。

所有人看到这一幕都惊呆了，不只是愕然，还有深深的恐惧。

不知从何处传来的鼓点又开始响起，有少女的声音跟着鼓点和唱："唔唵嘛呢叭咪哞，唔唵嘛呢叭咪哞……"

这与其说是歌声，倒更像是在念诵经文。

"我们不会要进那塔里吧？"徐瑾哽咽了一声。

"似乎是这样的。"阮南烛放下骨笛，手指在上面轻轻地摩挲了一下，神情有些复杂，似乎是想起了这首歌谣的背景。

深爱着姐姐的妹妹疯了似的追寻着姐姐的脚步，直到听到了经文，她才发现自己追寻的人已经变成了怀中的那一面鼓。当得知真相时，妹妹又是怀着怎样的心情接受了这个残酷的事实呢？

"走吧。"林秋石的心情意外的很平静。

"我不去，我不去。"徐瑾却好像怕得不行，一个劲儿地哭喊，"我不要过去……"

她说着，朝身后踉跄着跑了出去，跑出去时还狼狈地摔了一跤，连挎着的包掉在地上了也没有捡起来。

"徐瑾……"林秋石正欲上前追赶，却被阮南烛拦住了，他说："她不去就算了，不必勉强，反正只要门开了，谁都能进去。"

林秋石叹息。

程千里走过去，把徐瑾掉的包捡了起来，道："好轻啊……她不是放了两瓶水在里面吗，怎么感觉不到？"他们出来的时候都会准备好在外面要吃的午饭，程千里亲眼看见徐瑾把两瓶水都塞进了包里，而到这里之后他们一直没有分开过，程千里记得自己没有看见徐瑾喝过水。

"打开看看。"阮南烛突然出声。

“就这样打开没问题吗？”程千里有点不好意思，“毕竟是她的私人物品。”

阮南烛：“命都快没了，你还讲隐私权？”

倒也是这么个道理，程千里便伸手将徐瑾的包打开了。那是一个乳白色的背包，似乎是羊皮做的，样式很普通，她到这里的时候就背在身上，偶尔装一些食物和日常用品。

程千里打开了徐瑾的包，却看到里面空空如也，竟是什么也没有，他愣了片刻：“什么都没有……”

阮南烛：“你拿给我看看。”他接过包，仔仔细细地检查了一遍后，在包的夹层里找到了一页陈旧的纸张。

“这是什么？”程千里看见那纸张就呆了，“这是……”

“这不是我们在塔顶看到的那本日记吗？”林秋石立马想了起来，“南烛，你还记得当时你翻阅那本日记的时候，发现日记本被撕掉了一页吗？”

“对对对！”程千里也是福至心灵，“我想起来了，就是阮哥带走的那本日记！”

阮南烛听着二人的对话，顺手将那张叠起来的纸展开。

只见纸上印着一幅画，画上是一对牵着手的双生子，她们穿着长裙，稚嫩的面容上带着满足的笑容。这画本来没什么特别之处，然而仔细看过后，林秋石才发现画像上的两个姑娘竟然和徐瑾长得一模一样。

因为这个，林秋石感觉一股凉气从后背冲到了脑门上：“她……是什么时候撕下这画像的？”

“不知道。”程千里的语气也是干巴巴的，“当时她的确没有和我们一起上顶层。”

这时林秋石回忆起了一个细节，在顶层的时候，他看到的幻境里，就是徐瑾走到了鼓的面前，敲响了第一下。

之前不曾注意的怪异画面也纷纷涌入了脑海，徐瑾作为一个刚进入这个世界的新人，表现得未免也太好了，虽然她一直说着害怕，却从未做出过任何错误的行为，甚至有时候，林秋石都会忘记自己身边有这样一个人存在。

“所以……她其实不是人？”程千里吞咽了一下口水。

阮南烛：“似乎是这样。”

“那如果她发现了我们发现她不是人会怎么样？”林秋石看着那张纸道。

阮南烛把纸张叠好重新放回了包里：“这件事情比较复杂，分很多种情况，待会儿再详细说吧。”他抬头看了眼面前的骨塔，“天快黑了，我们先进去看看吧。”

“嗯。”林秋石点头。

他们往里面走的时候，看见蒙钰站在门口，他只身一人，脸上笑意盈盈，见他们过来，就冲着他们打招呼：“你们来了。”

“你要一起进去？”阮南烛问。

蒙钰：“对啊，钥匙应该就在里面，让别人去，总是有些不放心。”他毫不在意地说出了近乎轻视的话，却因为他身上强大的气势而显得并不突兀。

阮南烛听到这话，笑了起来：“那我们就不去了，就请黎东源先生您把钥匙带出来吧。”

蒙钰闻言，脸色微变：“你是怎么知道我名字的？”

阮南烛：“这有什么好奇怪的。”他微微扬起下巴，神情冷漠且嘲讽，“谁都知道白鹿接了一笔大单子，而能负责起这个单子的，恐怕也只有东源先生您了。”

黎东源听了阮南烛的一席话，眼神里充满了浓浓的兴趣，他上下打量着阮南烛：“我倒是没听说过哪里有你这样的姑娘，有趣，很有趣，等我出去了，一定找你好好聊一聊。”他笑了笑，“毕竟这么有趣的姑娘，实在是很难得。”

林秋石听了这话，在旁边想，是啊，的确很有趣……谁见过比自己还粗的姑娘啊。

黎东源说完，竟真的转身独自进了那塔。

林秋石见状，惊道：“他一个人没问题？”

阮南烛倒是显得非常无所谓，他说：“能出来最好，若出不来，我们也没什么损失，等着吧。”

于是三人便在塔外等待，顺便讨论关于徐瑾的事。

也不知道徐瑾还会不会回来，回来之后大家该用什么表情面对她，林秋石还委婉地提醒阮南烛别调戏徐瑾了。阮南烛却义正词严地拒绝了，表示这时候不调戏，等到徐瑾真的表明了身份，那他岂不是更不能调戏，这买卖实在是很不划算。

林秋石：“逗小姑娘有那么开心吗？”

阮南烛：“其实逗你更开心。”

林秋石：“……”

眼见着天色就要暗下来了，黎东源还没有从里面出来。

林秋石本该担心的，但看阮南烛一副老神在在的模样，他竟也奇异地平静了下来。

就在离他们和导游约定的时间还差五分钟的时候，骨塔里终于传来了异样的声响。

“嘎吱嘎吱……”如同骨头碎裂的声音，然后整个高大的骨塔开始分崩离析，骨头从旁边散落。

入口处出现了一个黑色的身影，林秋石定睛一看，正是黎东源。

但最吸引人的却不是黎东源，而是黎东源手里那把漂亮的青铜钥匙。

钥匙出现了，林秋石心中一松。

黎东源拿着钥匙走到他们面前，伸手一递：“接下来便看你的了，祝小姐。”

阮南烛粲然一笑，便将那钥匙抓在自己手心里：“合作愉快。”

“合作愉快。”黎东源说。

林秋石没想到黎东源如此轻易地就将钥匙交出，微微有些惊讶，程千里倒是显得很淡定，似乎这种事情很是寻常了。

约定的时间一到，那个导游准时出现在了众人的面前，她挥舞着小旗，开始催促着大家离开。而与此同时，天色也逐渐暗下来。

林秋石看到了刚才哭着跑走的徐瑾，程千里将包递给她，她便动作自然地接过了包，似乎完全不知道包里放着什么东西。

“你们真的进到那塔里了吗？”徐瑾小声发问，“找到妹妹的尸骨了吗？”

“没有。”阮南烛回答，“我们什么都没找到。”

“哦。”徐瑾怅然若失地应了声，她似乎想要说什么，可话到了嘴边，却又硬生生地咽了回去。

如果是平时，程千里肯定会问她想说什么，但是自从知道了她不是人这件事后，他总觉得和她有了些距离，害怕问出什么不该问的问题。

于是众人一路都沉默着，直到到达了住所。

导游说了第二天的时间后，便和往常一样离开了。大家聚在一起简单地吃了个晚饭，其间林秋石注意到徐瑾的眼神一直往阮南烛的兜里瞟。

阮南烛的兜里只有一样比较特别的东西，那便是一支由姐姐的腿骨制成的骨笛。

徐瑾似乎对这个东西产生了浓厚的兴趣。

07

按理说阮南烛对周围的环境向来敏感，不会注意不到徐瑾的异样，但他却完全无动于衷，全程神情都毫无变化。吃完饭后，阮南烛对着林秋石招了招手，将他叫到了一个偏僻的角落里。

“怎么了？”林秋石问他。

“今天晚上可能会出事，多留意一下。”阮南烛道，“如果我睡得太死，一定要把我叫醒。”

“会出什么事？”林秋石道，“和徐瑾有关？”

阮南烛也没法给出确切的答案，他说：“只是猜测。”

“嗯。”林秋石点点头，没有再问，“我会注意的。”

这天晚上，屋子里的气氛特别怪异。程千里跟只狗似的缩在床上不敢再皮，阮南烛早早入睡，于是只剩下林秋石一个人无法入眠。

他闭上眼睛，脑袋却是清醒的，周遭的动静皆入他耳，他能听到清风，能听到草木，甚至能听到皎洁的月光。这是一种很难用言语来形容的状态，通过听觉，他的脑袋里呈现出了一幅幅完整的画面。

不过这样静谧的状态，很快就被别的东西打破了。

林秋石听到了窸窣的响声。

夜晚听到的声音，总是让人觉得不安。他清楚地听到有人从床上爬起，轻轻地推门而出。林秋石的眼睛睁开了一条缝，看见出门的人，正是徐瑾。

“南烛，南烛。”林秋石推着阮南烛，想将他从梦中唤醒。然而阮南烛却一动不动，仿佛不是睡着了，而是昏迷了过去。林秋石推了好几下，阮南烛都没有反应。林秋石只好尝试着去叫程千里，没想到程千里也是一副叫不醒的样子。

如果再耽搁，徐瑾可能就不知道跑到哪里去了，林秋石犹豫片刻，便决定独自出去看看。

他迅速地穿好鞋，跟着前面的脚步声一路往前。

徐瑾通过了长长的走道，离开了他们居住的竹楼，看样子竟是朝着密林深处去了。林秋石没敢跟到密林里去，只是远远地看着。

徐瑾在即将要进入丛林时，突然顿住了脚步，她抬头看了看天上皎洁的明月，忽地开始脱衣服。

这一幕搞得林秋石瞬间呆住，他没想到徐瑾居然会来这么一出。

先是外套，然后是T恤，最后是内衣，徐瑾将自己脱得干干净净，在月光的照耀下，洁白的皮肤如同象牙，隐隐散发着迷人的光华。当然，林秋石没敢看完。非礼勿视，非礼勿听，他只看了一半，就移开了目光——直到有别的声音响起。

那是一种撕扯布料的声音，林秋石微微发愣，随即小心翼翼地将余光移了回来。可只是余光瞟到的那一眼，就让他的身体猛地一颤。

徐瑾还在脱，脱掉衣服，便开始扒自己的皮。

她将自己剥成了一个血人，并且她似乎注意到了林秋石的目光，扭过头，咧开嘴笑了起来，巨大的嘴巴形成了一个完全不可能的形状，林秋石甚至能看到里面白色的牙齿和血红的舌头。

如果是之前，看到这样的情景，林秋石估计会直接吓瘫了，但是好歹经过了几次历练，他现在对于这种情景的承受能力已经足够强。可即使如此，他的手脚也因为巨大的恐惧微微有些发麻。

"姐姐，姐姐。"诡异的笑声从眼前的怪物嘴里传出来，她歪着头朝着林秋石藏匿的地方走了过来，"你在哪里呀，你在哪里呀？"

林秋石没敢停留，转身就跑。

他一路跑回了竹楼，用力拍打着阮南烛的身体，可阮南烛却好像睡死了一样，完全没有任何反应。

而此时，那黏腻的脚步声已经到了走廊上面。

“咚咚咚咚。”怪物在重重地敲着门，她趴到地上，眼睛从门缝里往里面瞧，“开开门呀，开开门呀。”

林秋石已经开始后悔自己那该死的好奇心。

好在敲门声响了一会儿，便停了下来，林秋石正欲松口气，却发现窗户上传来了一种让人崩溃的声音，他一扭头，便看到那东西从窗户上爬了进来。

林秋石终于忍不住骂了脏话，倒退几步，试图离窗户远一点。

血肉模糊的怪物轻松地从窗户爬了进来，她趴在地上，开始伸手四处摸索着。

林秋石看见她的姿势，忽地想起了什么，赶紧上了床。

“你在哪儿呀，你在哪儿呀……”那是徐瑾的声音，却让人浑身发冷。怪物趴在地上四处摸索，她爬到了林秋石的床边，却好像无法站立起来，只能用血红的双手在床底下不断地摸索。

林秋石心中一松，知道自己的猜测是对的。之前他和程千里睡在床上，床下却到处都是血手印，这应该不是怪物心软了，而是她根本没办法站起来。

床板被用力地敲打着，怪物的声音和林秋石只有一块床板之隔，她用指甲“嘎吱嘎吱”地抠着脆弱的木板，好像下一刻就要把木板抠出一个洞来。

林秋石闭着眼睛，假装没听见。

这些声音不知道持续了多久，总之等到一切再次安静下来的时候，天边已经泛起了晨光。

而出去的徐瑾回到了房间里，当然，这时候她已经“穿”好了那一身洁白的肌肤。

阮南烛被阳光照醒，伸出手揉揉眼睛后，对着林秋石打了个招呼。

“早上好。”林秋石声音艰涩地回应。

“好。”阮南烛注意到林秋石的脸色非常不对劲，“你怎么了？”他迅速明白了什么，“昨晚出事了？”

林秋石看了眼还在睡觉的徐瑾，低声道：“待会儿出去说。”

阮南烛点点头。

两人悄悄起床，找了个偏僻的角落，林秋石把自己昨晚的所见所闻告诉了阮南烛。

阮南烛听后，蹙着眉道：“你怎么不叫醒我？”

林秋石：“我叫了，你醒不了。”

“哦。”阮南烛道，“看来我们的猜测是正确的。”徐瑾就是那个寻找姐姐的妹妹。

现在他们已经拿到了青铜钥匙，只要再根据提示，把妹妹带到姐姐的面前，出去的门应该就会出现。

“所以她到底是属于哪一种？她知道自己的身份吗？”林秋石有点蒙，他觉得如果徐瑾知道自己不是人，那她的演技未免也太好了一点，可如果她不知道，昨晚的一切又是怎么回事呢？

“或许只有在特定的条件下，她才会变成妹妹。”阮南烛沉思，“比如夜晚，你回忆一下昨晚有没有什么特别的地方。”

林秋石想了想，最后的确是发现了一个与众不同之处：“昨天好像是满月。”他之所以会注意到这个细节，是因为昨晚的月光太亮了，几乎宛若白昼，走在外面甚至根本不需要带照明的设备，他便能将所有的景色看得一清二楚。

“嗯。”阮南烛点点头，“我知道了。”

两人又讨论了一些细节，才回到了餐厅。

此时已经有人陆陆续续地来吃早饭。林秋石在餐厅坐了一会儿后，看见程千里和徐瑾也过来了。

程千里忽略不计，徐瑾却是一副睡眠充足的样子，任谁都无法想象出，她就是昨晚那个在屋子里爬了一晚的怪物。

“我又发现了血手印。”程千里喝着粥，很害怕地说，“你们看到了吗？”

“看到了。”林秋石应声。

程千里：“可是我什么声音都没听到啊，到底是什么东西，那东西会不会爬到我们床上来？”他一起床，就看见满屋子的地板上全是血红色的手印，看起来像是有什么东西在上面仔仔细细地爬了一遍，简直让人毛骨悚然，他不敢去细想昨天夜里在他们睡过去之后屋子里到底发生了什么。

“不知道。”阮南烛说，“不然你明天晚上守夜看看？”

“不了不了。”程千里才不敢。

沿黄色区域边缘裁剪，白色虚线折叠

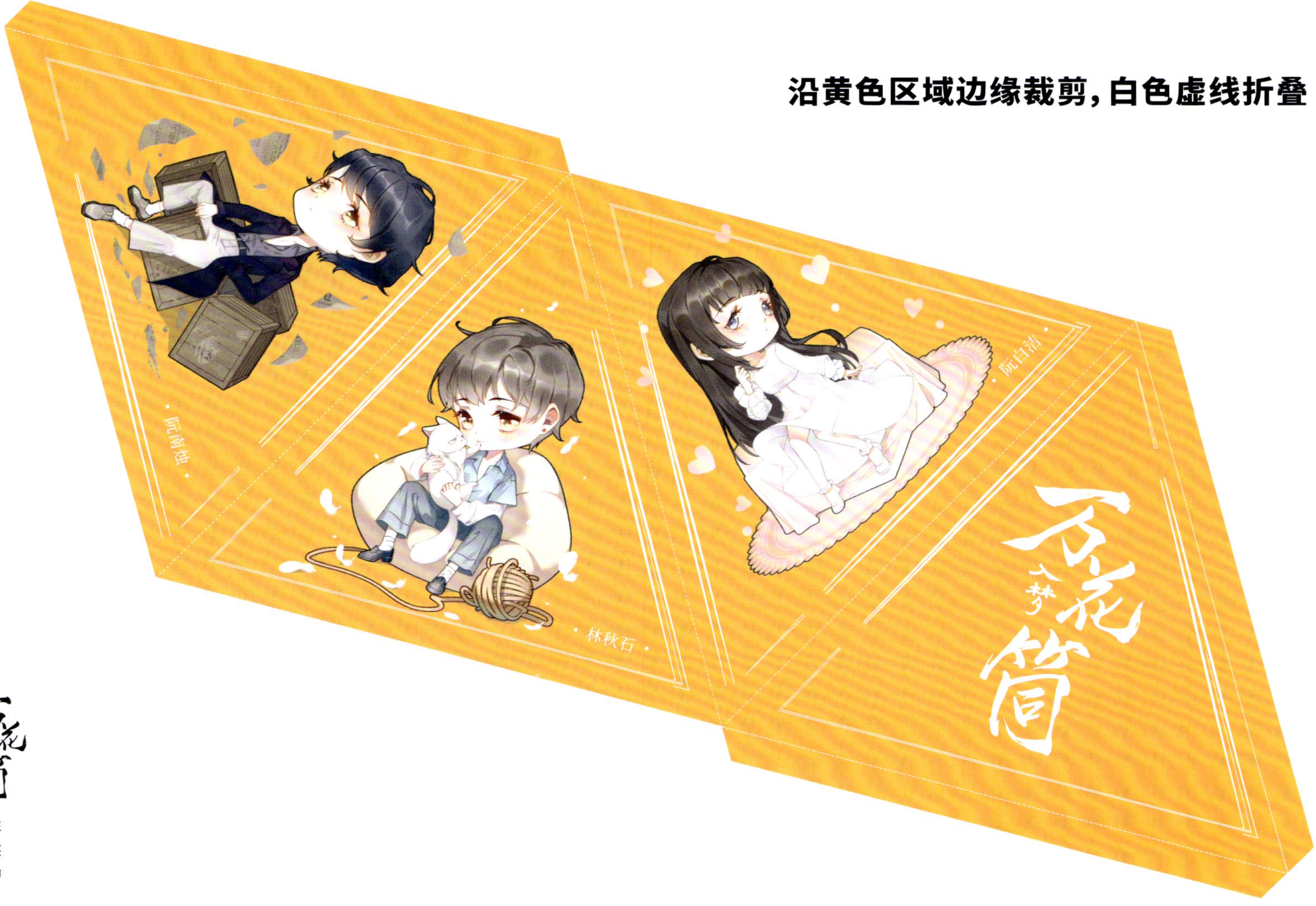

万花筒 入梦 · 非卖品

林秋石虽然知道是怎么回事，但也不能说。他看了眼徐瑾，发现程千里说这些事的时候，徐瑾脸上并没有什么异样，相反，她似乎非常害怕，身体又开始瑟瑟发抖。

“今天又要去神庙了。”阮南烛说，“希望不要出现什么意外。”

“嗯。”林秋石点点头。

导游再次出现，带领着众人到达了目的地。

已经是第三次来到这里，大家脸上没了最开始的恐惧和好奇，反而带上了一丝烦躁，所有人都想要早些离开这里。

这次前来，唯一的不同之处就是乐声停了，其他人不知道为什么，林秋石他们四个却清楚得很，因为能够奏乐的骨笛，就在他们的背包里。

“我们要不要把徐瑾带到屋顶上试试？”林秋石提出这个提议的时候有些迟疑。

“我觉得可以。”阮南烛说。

于是他们便开始讨论再次上屋顶的事，徐瑾安静地听着，在听到打算四个人都上去的时候，却表现出了强烈的抗拒。

“我不想去，我害怕。”徐瑾摇着头，眼泪都快掉下来了，“我真的不想去，你们别让我去……”

“为什么不想去呢？”面对徐瑾强烈的抗拒，阮南烛却没有表现出强硬的态度，相反，他的语气甚至称得上温柔。

“我怕。”徐瑾回答，“我觉得我上去……会死掉的。”

林秋石正欲说什么，却见阮南烛竟点了点头：“既然如此，那就不上去吧。”

徐瑾松了口气。

林秋石没想到阮南烛竟然轻易妥协了，他有些不解，便找了个机会询问。

“如果按照正常的情况，她应该会很想上去，既然她不想上去，那就肯定是有什么别的原因。”阮南烛说。

“别的原因？”林秋石想不通。

阮南烛道：“我暂时也没想到。”

他们坐在神庙里，开始思考到底是哪里出了问题，程千里则带着徐瑾在神庙里乱逛。

逛了一会儿后，程千里突然神神秘秘地跑过来，说他发现了一件事情。

“什么事情？”阮南烛瞅了他一眼。

程千里道：“之前我们不是看见很多小房间里都锁着雕像吗？有一个小房间的门开着……”

阮南烛：“你们进去看了？”

程千里不好意思地笑了：“没敢。”

阮南烛：“那把门锁上吧。”

程千里：“我们不进去看看？”他压低了声音，不想让徐瑾听到自己和阮南烛的对话，“我注意到那些小房间的雕像后面，好像还有壁画。”

壁画似乎是这个宗教的人记录事情的重要手段，如果真的能找到别的壁画，或许能发现徐瑾不愿意上楼的原因。

林秋石和阮南烛对视一眼，站起来拍拍屁股：“去看看吧。”

阮南烛点头。

于是几人便朝着程千里说的地方走了过去。

那小房间很小，只能容纳五六个人的样子，一起进去实在是太挤了，于是程千里和徐瑾待在外面，阮南烛和林秋石进去了。

房间中间是一个用红布盖着的雕像，从轮廓上看应该是佛像之类的东西。阮南烛进入屋子后绕开了雕像，走到了后面的墙壁旁边。

果然有壁画，只是这壁画如同鬼画符一样，让人根本看不懂。林秋石看得一头雾水就罢了，连阮南烛也蹙起了眉头。

林秋石没敢打扰他，便观察了一下这间屋子。

这屋子很小，也没什么可看的东西，唯一比较吸引人眼球的，就是这尊用红布盖起来的雕像，这雕像大约有一人大小，直直地立在屋子的中央。

林秋石正欲移开目光，却愣了愣，起初他以为是自己看错了，用力揉了揉眼睛，但是揉过之后，却发现他并没有看错——虽然幅度非常细微，但眼前的雕像的的确确在动。

“南烛。”林秋石不动声色地扯了扯阮南烛的手，“我们出去吧。”

阮南烛的注意力还在壁画上面，他道：“我想再看看。”

林秋石灵机一动：“我用手机拍下来，你回去慢慢看行不行？”他说话的时候，注意到那红布开始簌簌抖动，像是有什么东西要从里面冒出来。

阮南烛察觉到了林秋石的异样，他扫了一圈屋子，立马发现了不对劲的地方，便点点头，道了声“走”。

林秋石松了口气。

两人刚离开房间，那雕塑就开始剧烈地抖动，林秋石顺手把门拉上，红布正巧掉了下来。

只见红布之下，居然是他们之前在大殿里见过的被剥皮的怪物，那怪物手里提着一把尖锐的长刀，原本僵硬的身体渐渐变得灵活起来。

“还好出来得快。”林秋石被吓出了一身冷汗。

“等等……”程千里似乎发现了什么，声音里充满了恐惧，“怎么走廊里小房间的锁，全部被人开了啊？”

林秋石一愣，随即抬头望去，发现整个走廊的房间门上的锁居然都掉了，而且看样子是有人故意打开的。他赶紧上前捡起一把锁，简单地扭了两下，脸色瞬间黑了下来：“被人暴力破坏了。”

而那种布幔落地的声音越来越多，林秋石环顾四周，发现就他们所在的位置，便有三四张布幔掉在了地上，露出后面血肉模糊的怪物。当然，最引人注目的，还是怪物手里提着的那些长刀。

四人转身狂奔，想要离开这里，路上遇到队伍里的其他人也招呼了两句，很快大家便聚集在了大殿之中，有人崩溃地叙述了整件事，指着长廊的位置发抖。

“我们还要在里面等死吗？”有人想要出去。

“可是你忘记了之前跑出去的人的下场？”有人反驳。

“但现在又没有下雨……”

嘈杂的议论声充斥着整个大殿。

不过很快，他们就没有多余的时间再想这个，因为那些怪物拖着长刀慢慢地出现在了众人的面前。阮南烛见势不对，道：“走，出庙！”

林秋石跟在他身后，四人匆忙跑出了神庙。

他们身边也有一些人陆陆续续地跟着他们跑了出来，但还有一部分人大约是想起了被大雨凌迟的黄毛青年，还在庙门口踌躇。

不过犹豫了片刻，庙里便有人被那些怪物抓住了。

而这一刻，外面的人终于明白了怪物手上的尖刀到底有什么用处——那竟然是用来剥皮的上好工具。

“啊啊啊啊！”被抓住的一男一女发出凄厉的尖叫声，两人疯了似的挣扎，却被按得死死的，直到被剥到了胸口的位置，他们才彻底断了气。

因为这可怖的一幕，众人之间只余死寂。

“皮……把皮给我……给我……妹妹……”属于女孩的声音从屋顶上传来，在众人看不见的黑暗里，出现了一双血红的手，那双手捧起了刚被剥下的皮，细细地闻了起来，随后像是发现了什么，将皮重重地扔在地上，“不是我的，不是我的……”这声音越来越尖锐，刺得人耳朵生疼。

庙里剩下的两人被剥掉皮之后，身体也被砍得支离破碎，林秋石在这一刻终于明白了木台上的那些碎肉是从哪里来的。

怪物们杀了两个人，又将目光转向了门外的他们。

众人被那黑乎乎的眸子盯得呼吸一窒，林秋石甚至还闻到了一股尿臊味——有人被吓尿了。

“嘎吱嘎吱……”利刃拖在地上的声音是如此刺耳，终于，有人受不了这恐怖的气氛，惨叫着冲着丛林奔跑而去。

剩下的人虽然没动，但眼神中的恐惧都快溢出来了。

程千里哆哆嗦嗦地问：“它们要来把我们也杀了吗？”

阮南烛道：“你们冷静一点，它们不可能杀掉所有人。”

但让他们没想到的是，那些怪物最终停在了神庙的边缘，似乎是被什么东西拦住了，开始在门口徘徊。

见到此景，所有人都重重地松了口气。

“看来它们不能离开神庙。”林秋石道，“除非是在……下雨的时候。”

“嗯。”阮南烛的眉头却没有松开，他看了眼徐瑾，“我们似乎漏掉了什么重要的东西。”

“重要的东西？”林秋石重复了一遍，“重要的东西……”一个念头窜入了他的脑海，他愕然道，“我们是不是忘记把那面鼓带走了？”

如果说神庙里的是姐姐，那么她被剥下来的皮就被制成了一面鼓，而那面鼓就在妹妹手里，所以她在寻找妹妹的同时，是否也是在寻找自己的皮？

“啧，居然忘了鼓。”阮南烛道，“我果然状态不好。”他竟然把这么重要的东西忘记了，或者说他们离开那里的时候，没有一个人想到要将那面鼓带走。

“不，不怪你。”林秋石道，“毕竟谁也不知道触发死亡的条件是什么，万一移动了鼓反而死了呢？”

阮南烛摇摇头，没说话。

目睹了身边人被活剥这一幕，所有人都不想再进庙里，况且谁也不知道那怪物还在没在原地。

大家心情低落地坐在神庙外面，沉默地等待着导游到来。

之前跑进丛林里的人又回来了，回来的时候神情恍惚，甚至还有一个不停地喃喃自语，像是已经疯了。

这次事故，对大家的打击都非常大。

林秋石的精神状态还行，偶尔和程千里聊两句，缓解一下紧张的气氛。徐瑾则一直没有说话，只是神情呆滞地看着面前，连程千里叫她，她都好像听不见。

如果是之前，林秋石大概会以为她是在害怕，但经过昨晚的事，他却有了别的思量。

徐瑾真的是在害怕吗？她是在害怕鬼，还是别的什么东西？

当然，这些事情目前都得不到答案。

导游依旧来得很准时，看见人群里少了两个人，她也没有发表任何看法，笑眯眯地领着大家回去了。

这一顿晚饭几乎没什么人吃，大部分人都早早地去休息了。

黎东源倒是没表现出受到多大影响的样子，他安静地吃了饭，又把阮南烛约出去聊了一会儿。

两人到底聊了什么，还是没人知道，不过回来的时候，他们两个脸上的阴郁都少了许多。

“好好休息吧。”阮南烛在睡觉前说了这么一句，“今晚最好别醒了。”

林秋石点点头。

“晚安。”程千里打了个哈欠，闭上眼睛。

“晚安。”林秋石关了灯，屋子里顿时陷入黑暗之中。

08

如果是在正常的世界里，一个月才会经历一次满月，但门内的世界本就毫无道理可言，从这几天经历的事情来看，他们根本就是在不停地重复着那天的生活。每天吃的东西一样，去的地方一样，连带着导游说的话都一样。

第二天早晨，屋子里并没有出现那些鲜血淋漓的手印，林秋石的猜测也被证实——只有在他们去过塔群的那天晚上，徐瑾才会悄悄地在夜晚离开，把自己身上的皮撕下来。

而今天，他们又要去塔群了。

阮南烛已经决定今天就要把塔里的那面鼓带出来，这个决定虽然听起来很冒险，但目前看来也没有别的线索，所以只能尽可能地尝试。

经过漫长的跋涉，他们终于到达了塔群。

之前变成骨塔的高塔果然又恢复了初见时的模样，塔尖高耸入云，几乎一半都埋在浓郁的山岚之中。

阮南烛和林秋石他们直奔塔顶之前，将徐瑾交给了黎东源，当然找的借口是塔上比较危险，如果徐瑾害怕的话，最好待在下面。

徐瑾见状，欲言又止，似乎想要和他们一起上去，黎东源却微笑着伸手按住了她的肩膀，道：“你别担心，就在下面和我一起等着好了，他们不会有事的。”

徐瑾这才迟疑地点点头。

安置好了徐瑾后，阮南烛和林秋石他们这才继续往上爬。爬的过程中，阮南烛道：“昨天出事之前，我们不是看到了那幅壁画吗？”

“你是说屋子里的那幅？”林秋石也想起来了。

“对。”阮南烛道，“那壁画的内容我昨晚又仔细想了想，现在差不多明白了。”

林秋石：“所以到底是什么意思？”

他们说话之际，已经爬到了塔顶，然而在拐过最后一个拐角的时候，走在最前面的程千里却突然顿住脚步，虽然他没有说话，但是林秋石能从他的背影里看出深深的恐惧。

“怎么了？”林秋石心中一惊，低声发问。

“有……有人……”程千里僵硬地扭过头，“鼓上……坐着一个人……”

林秋石向前一步，也看到了程千里眼中的景象。只见那面不大的红鼓之上，居然坐着一个女人，虽然女人背对着他们，但从她的穿着打扮来看，分明就是徐瑾！

徐瑾半跪在那面鼓上，身姿显得异常佝偻，她慢慢抬起手，眼见就要对着身下的鼓敲击下去，阮南烛却大喊一声：“徐瑾，你姐姐在找你！”

徐瑾的动作顿住了。

阮南烛说：“她问你，什么时候才能把她的皮还给她。”

徐瑾慢慢转头，她转过来的时候，所有人的呼吸都顿住了——那根本不是徐瑾，而是一张人形状的人皮。

人皮还保持着刚剥下来的形状，仿佛有骨架支撑一般，就这样立在鼓面上。程千里差点“嗷”的一声直接叫出来，还好在关键时刻用手死死地捂住了自己的嘴。

“徐……瑾？”林秋石的气息也有些乱，但是他却开始不确定眼前的皮到底是徐瑾，还是徐瑾的姐姐了。

阮南烛依旧是他们中最冷静的一个，面对眼前可怖的景象，他冷静地从怀中掏出那根骨笛，放到唇边便吹出了调子。

“啊啊啊啊！”尖锐的惨叫声从眼前的人皮“口”中发出，它被剖开的缝隙如同一张大嘴，发出凄厉的叫声。

林秋石本来就听力敏锐，被这巨大的叫声震得两眼一黑，竟直接晕了过去，他在晕过去之前，好像看见那张人皮朝着他们扑了过来。

有人在争吵，争吵的声音越来越激烈，吵得林秋石头疼。

他勉强睁开眼，看到了阮南烛和黎东源，两人似乎正在争执什么事情，气氛非常不妙。

黎东源说："祝萌，我道歉，这件事的确超出了我的预计。"

面对黎东源的示软，阮南烛很是不屑："道歉如果有用的话，大家都不用死了。"

黎东源："总会有补救的办法的。"

阮南烛正欲反驳，却见林秋石醒了，他眼神一转，立马戏上心来，扑到林秋石身上，哭着说："老余啊，你终于醒了，你不在的时候，我被欺负得好惨啊，别人看着我们是孤儿寡母，根本不给我们活路啊……"

林秋石："孤儿寡母？"寡母就算了，孤儿哪里来的？

阮南烛伸手就在旁边正在吃干粮的程千里的脑袋上敲了一下："傻儿子，你爸叫你呢。"

程千里放下干粮，干号："呜呜呜呜，爸，妈被欺负了！"

林秋石："……"程千里你清醒一点，别跟着阮南烛的戏本走啊！

黎东源看着这两人演戏，很努力才没有让自己的表情扭曲起来，他深吸了一口气，似乎压下了某些情绪，说："等出去了，我一定要会会你。"

阮南烛冷笑一声，没说话。

林秋石心想：算了吧，我怕出去了，你看见阮南烛会受到更大的刺激。

他从地上爬起来，用力揉了揉自己的耳朵，感觉耳朵还在嗡嗡作响："刚才……怎么了？"

阮南烛说："它朝着我们扑了过来。"

林秋石："然后呢？"

阮南烛："然后我和它讲了十分钟的道理。"

林秋石："……"

阮南烛："它觉得我说得挺对的，就走了。"

林秋石："皮一下你就那么开心吗？"

阮南烛："还挺开心的。"

林秋石："……好吧。"你开心就好。

皮完之后，阮南烛还是和林秋石解释了一下刚才到底发生了什么。原来那皮把林秋石叫晕之后就把阮南烛给惹毛了，趁着那皮扑过来的工夫，阮南烛直接冲到红鼓旁边，将骨笛对准了鼓面，威胁那东西如果再作死就把那面鼓砸了。那人皮好像有智慧似的，居然真的停下了动作，随后直接融入墙壁，消失在了他们面前。

然后阮南烛和程千里艰难地把被震晕的林秋石拖下了楼，却看见黎东源一个人站在一楼。

阮南烛问“徐瑾呢”，黎东源指了指外面，说他抽了根烟，结果一转身徐瑾就不见了，也不知道到底跑去了哪儿。

阮南烛听见这话，当时就火了：“人交给你看，你就是这么看的？你们白鹿做事能不能靠谱点，一个当老大的居然能把这么关键的线索看丢了？”

黎东源也觉得理亏，无力反驳，好在最后醒来的林秋石岔开了阮南烛的注意力，让阮南烛没有再和他计较这事。

黎东源在心里苦笑，心中对阮南烛的身份可谓是越来越好奇——现实里，这样的姑娘可真是太难得了。

林秋石醒来之后，才知道徐瑾不见了。

“明天带着鼓过去看看吧。”现在徐瑾失踪，也不知道还会不会出现，阮南烛看见黎东源就没个好脸色，他冷着脸道，“只能先这么试试。”

黎东源摸摸鼻子，苦笑两声。

林秋石同情地拍拍他的肩膀。

程千里还在旁边继续往嘴里塞东西，他的胃口真是出奇的好，无论遇到多么恶心人的场景，他都能毫无障碍地继续吃东西。

导游来的时候，阮南烛的脸色黑得要命，果然和他预料的那样，直到离开塔群，徐瑾都没有回来。

其他人见到林秋石他们这里少了一个人，还来问了两句，阮南烛直接说她不见了，也不知道去了哪儿。

直到回到住所，黎东源都没敢再靠近阮南烛，生怕又把这人惹毛了。吃完饭后，黎东源才委婉地向林秋石讨好了几句，让林秋石回去劝劝阮南烛，让阮南烛别再生他的气。

林秋石哭笑不得，阮南烛这么生气肯定是有原因的，他可不敢去劝，况且黎东源这人到底是敌是友还有待观察，他并不想表现得和这个人太过熟络。

因为徐瑾的失踪，今天晚上他们终于能一人一张床，敞开了睡。

阮南烛把那面鼓带了回来，那鼓其实也不算太大，就两个成年人的巴掌大小。鼓身是漆红的实木，鼓面是细腻的人皮，敲上去，音色非常漂亮。阮南烛坐在床边，摩挲着鼓面说："等到明天把这个带过去，应该就能证实我的猜测了。"

"话说你当时想说的到底是什么？"林秋石想起了当时爬到塔顶的时候，阮南烛想说的话，只说了一半，就被别的事情打断了。

"姐妹是姐妹，情到底深不深就是另外一回事了。"阮南烛说，"如果她和她姐的关系那么好，怎么会不愿意上去看看？"

他伸手抚摸了一下鼓面，乍看上去神情竟有几分温柔。

吃完晚饭，大家就早早休息了。

今天去的地方是塔群，也不知道徐瑾会不会再次出现。

林秋石入睡之前就有些不安，躺在床上翻来覆去。

阮南烛在他旁边，轻声问他："睡不着吗？"

林秋石道："嗯。"

阮南烛便站起来，躺到他的身边，伸手拍了拍他的背。这个动作阮南烛做起来已经十分娴熟，林秋石的身体莫名地放松不少，他含糊道："为什么每次你和我一起，我就睡得特别熟呢？"

阮南烛："可能我是个安眠药精？"

林秋石："……"可以的。

虽然林秋石不知道为什么阮南烛在他身边的时候他会睡得非常舒服，但总而言之，他很快就入眠了。

林秋石本以为自己会一觉睡到天亮，结果半夜的时候还是醒了。醒来之初，他便感觉到了一道带着凉意的视线。林秋石缓缓睁开眼睛，看见了阮南烛的睡颜，他缓缓坐起，环顾屋内，并没有发现什么异样的东西。然而就在林秋石以为那道视线是自己的错觉的时候，他的额头突然一凉，一滴水顺着他的额头往下巴上滑了下去。

林秋石的身体瞬间僵住，他缓缓抬头，看见了一个血糊糊的人形的东西蹲在天花板上，歪着头冲他露出一个怪异的笑容。

即使有了心理准备，林秋石也还是被狠狠地吓了一跳，他浑身猛颤，强行稳住了身体。

那东西和林秋石对视片刻，长长的手指冲着林秋石便伸了出来，她的目标很明确，便是林秋石的头皮。

林秋石低头躲开了她的袭击，浑身被惊出了一层冷汗。那怪物的指甲已经化为锋利的刀刃，只要被碰到，那肯定是要掉层皮。

“皮……皮……”怪物嘴里不断地喃喃着，她黑洞洞的眼睛贪婪地注视着林秋石年轻洁白的肌肤，神情几乎可以用垂涎欲滴来形容。

林秋石连滚带爬地下了床，阮南烛还在深眠之中，似乎完全没有被影响。万幸的是那怪物似乎对其他人不感兴趣，冲着林秋石所在的位置便扑了过来。

林秋石转身欲跑，跑到门口却发现门怎么都打不开。

“皮……皮……”面对眼前的囊中之物，怪物咧开嘴满足地笑了，发出“咯咯”的笑声，从喉咙里挤出声音，“皮……我要你的皮……”

林秋石满头冷汗，环顾四周后看到了阮南烛放在枕头旁边的包。那包鼓鼓的，之前从塔里取来的鼓就塞在里面。

林秋石突然福至心灵，一个转身，朝着那包跑了过去，然后动作迅速地将鼓从包里掏了出来，用力地敲打了两下。

“咚咚咚咚。”清悦的鼓声响了起来，那怪物的表情立马僵住，随后像是害怕什么似的，四处张望了一番，便慌乱地从窗户翻了出去。

林秋石看着她逃跑的样子，终于重重地松了口气，然而当他低下头，表情却再次僵住了。

大约是因为太过用力，只见柔软的鼓面上，竟然被他拍出了一个大洞，而大洞里面，还有一样让他目瞪口呆的东西。

那是一把漂亮的青铜钥匙，看起来平平无奇，林秋石却很熟悉，因为他曾用一模一样的钥匙，打开过门内沉重的铁门。

林秋石瞬间就明白了是怎么回事，不由得在心中大骂黎东源不厚道，他万万没想到黎东源居然会给他们一把一模一样的假钥匙！

“不过鼓怎么办啊？”林秋石把钥匙拿出来后，看着面前破掉的人皮鼓开始头疼，“能补好吗……”他用手掏了两下，决定放弃，想着明天问问阮南烛能不能把这东西补好。

这么想着，林秋石就迷迷糊糊地睡了过去。

第二天早晨，林秋石是被阮南烛的声音吵醒的。

他一睁眼，就看见阮南烛在教训程千里："程千里，你昨晚是不是偷偷玩鼓了？"

程千里："我不是，我没有，这是人皮鼓，有啥好玩的啊？"

阮南烛狐疑地道："你真没有？"

程千里："你为什么不信我？"

阮南烛："我倒是想信你，可你也不想想上一扇门的时候那个关键的线索魔方是被谁给拧坏的。"

程千里："我那不是无聊吗……"

阮南烛："你现在难道不无聊？"

程千里差点哭出声来，因为他的前科，导致他的说辞一点可信度都没有，他要怎么解释，才能让阮南烛相信这玩意儿不是被他敲破的？

正在程千里悲伤地思考这个问题的时候，坐在床上的林秋石弱弱地举了举手，说："是我……"

阮南烛回头："哦，是你啊。"

程千里挺直了腰杆，正准备听他家大佬训斥林秋石，没想到大佬的下一句话却是："没事，下次小心点就行了。"

程千里："……"啥叫下次小心点，他是后妈生的还是充话费送来的？

林秋石有点不太好意思，赶紧说了一下昨晚发生的事。阮南烛问他受伤没有，林秋石摇摇头，然后从兜里掏出那把钥匙，说："我在鼓里发现了一把钥匙……"

阮南烛看见钥匙后沉默了三秒，然后骂了一句很脏的脏话。

显然黎东源那家伙完全不像他表现得那么无害，进入骨塔之后也不知道他在里面看见了什么，居然拿出一把假钥匙来充数。亏得林秋石昨晚被怪物追杀，拿着鼓救命的时候把钥匙搞出来了，不然他们现在还被蒙在鼓里。

"我就说他怎么那么容易就交出钥匙，难道不要下一扇门的提示了？"阮南烛捏着钥匙冷笑，"结果还来了这么一手。"

林秋石也挺佩服那些人的，居然还能想出准备假钥匙这种事情。

阮南烛把钥匙放进自己口袋，道：“徐瑾很怕这面鼓，既然鼓没了，那我们的时间也不多了，如果下次再遇到她，恐怕很难跑掉。”

林秋石点点头，很是赞同阮南烛的说法。也不知道为什么，好像徐瑾对他情有独钟，其他人睡得死沉死沉的，就他每天晚上都得醒一次。

“今天我把鼓带到庙里看看。”阮南烛沉吟道，“这个世界，应该快要结束了。”

能早些结束这个世界自然是再好不过的事情，林秋石再也不想和徐瑾在晚上会面。

黎东源显然不知道自己做的坏事已经败露了，还厚着脸皮凑过来和阮南烛打招呼。不得不说他的长相相当具有欺骗性，即使林秋石已经知道这家伙是个坏东西，可看着他温柔的笑容，也会犹豫片刻。

阮南烛平时对黎东源的态度就算不上太好，今天也丝毫没给他面子，语气冷淡地随口应付了几句，然后就把他赶走了。

“呵呵。”看着黎东源离开的背影，阮南烛很是不客气地冷笑了一声，“我倒要看看，要是这个活儿砸在了白鹿手里，他黎东源要怎么负责。”

吃过早饭，众人便出发去神庙。

徐瑾还是没有影子，但既然她昨晚出现在了林秋石的屋子里，那就说明她肯定是跟着导游一起回来了，此时应该是隐匿在周边茂密的丛林之中。

再见神庙，林秋石的内心已经一片平静，他和阮南烛找到了之前爬上屋顶的那个平台，打算再上去一次。

这次上去，他们便是要将手里的鼓交给房顶上的那个怪物。

送鼓这事非常危险，虽然林秋石不断重申，但阮南烛还是坚持要和他一起去，留下眼巴巴的程千里看着梯子。

两人一前一后，谨慎地往高台上面爬。林秋石先到木台子上，他到了之后发现木台子上又多了一些新鲜的血肉，看样子应该是前天被活剥的那两个人的。

阮南烛跟在他后面也上来了，他是第一次到达屋顶，观察了四周后，又朝着附近的丛林里望了几眼。

“怎么？”林秋石注意到他表情不对。

“好像有东西跟着我们。”阮南烛说，“从我们出来的时候就一直跟着了。”

林秋石：“会不会是徐瑾？”

阮南烛：“有可能，先把鼓给她吧。”

林秋石点点头。

两人顺着边缘慢慢地朝着神庙中心走，他们的脚踩在人皮鼓上，击出了鼓点的节奏。

神庙上很安静，也没有之前林秋石所见的浓浓雾气，一切都平静得有些不正常。

阮南烛并没有走得太远，他选了个合适的位置，便将手里的鼓放到了屋顶上，然后开口：“你的妹妹不肯过来，我们把她那里的一面鼓带来了。”

他这话一出口，整个世界仿佛都陷入了一种诡异的寂静，连拂过的微风都停止了。

突然，“咚咚咚”的鼓点激烈地响了起来，浓郁的雾气从半空中奔涌而出，袭向他们所在的位置。

“咚咚咚咚。”浓雾深处，有东西在疯狂地敲打着鼓面，仿佛在发泄着心中无法压抑的怒火。

“她在哪儿呢？”属于女孩的声音再次响起，“她在哪儿呢？我好疼啊……我好疼啊……”

林秋石看见女孩从雾气里爬了出来，她看到了阮南烛带来的那面鼓，便用双手爬到鼓的旁边，然后将手贴在了破碎的鼓面之上。

“不是我的，不是我的……”女孩疯狂地大叫起来，“带她过来，带她过来！”

她用力抓住了鼓面，开始狠狠地撕扯。

不知道是不是林秋石的错觉，女孩在撕扯鼓面的时候，他隐约间听到另一声惨叫。

女孩似乎也注意到了这个叫声，她原本就血淋淋的嘴瞬间咧开了一个狂喜的弧度：“你在……你在……”她用力地拍打着脚下的鼓面，神庙之中瞬间窜出了那些拖着尖刀的怪物，朝着不远处的丛林狂奔而去。

看着这一幕，林秋石惊呆了，阮南烛倒是大大地松了口气，自嘲地笑了笑：“果然不是什么姐妹情深。”他抬眸，朝着远处茂密的森林望去。

林秋石道：“是不是一切都要结束了？”

阮南烛垂眸：“或许吧。”

谁不想这地狱一般的世界能早些结束呢。

从庙宇里狂奔出去的怪物，很快就拖回了一个他们熟悉的人。真如阮南烛猜测的那样，徐瑾竟一直在丛林里面悄悄地跟着他们。

她被几个怪物抓在手里，硬生生地从丛林里面狼狈地拖了出来，表情惊恐无比，嘴里还在叫着“救命”。如果不是之前见过她在夜晚脱皮的恐怖模样，林秋石或许会想法子将她救下来，但现在他却一步也没有动弹，只是眼睁睁地看着那些怪物抓着她顺着木架子一路往上，然后将她带到了浑身是血的小女孩面前。

“救命，救救我啊……”看到站在旁边的林秋石和阮南烛，徐瑾的第一反应便是朝着他们求救，她满脸是泪，露出一副害怕得随时要晕过去的模样。

阮南烛冷漠地看着她，神情之间毫无动容。

徐瑾还想跑，手脚却被那些怪物抓得死死的，神庙顶上的小女孩用手支撑着身体，慢慢地移动到了她的面前，接着伸出手，重重地按在了她脸上：“还给我……还给我……”

“啊啊啊！”徐瑾发出无比凄厉的惨叫声，疯了似的挣扎起来，只见小女孩的手竟直接按进了她的血肉，随后女孩的两只手用力分开，便传出一声清脆的如同布帛被撕裂的声音——徐瑾的皮竟然就这样被直接扯了下来。

“啊啊啊！不要不要不要……姐姐，住手啊！”一般人如果这样早就死了，可徐瑾还在继续挣扎，甚至力气好像还大了一些，她眼神里的恐惧也逐渐消退，变成了一种别的情绪，林秋石认出那种情绪叫作不甘。

终于，一张完整的皮被撕了下来，女孩如获至宝一般将那张皮死死地搂在怀里。

徐瑾的眼神落在破掉的鼓上，脸上的怨怼之色越发浓郁：“你为什么要这么做？你不是答应了给我，你答应了给我……”

“骗子，住口！”抱着皮的女孩突然狂吼一声，身下的鼓面也发出一声巨响，她仿佛恨极怒极，想将眼前的人生吞活剥，“妹妹，我的好妹妹，我找你找得好苦，你去哪儿了？你去哪儿了？”

已经变成一模一样的怪物的徐瑾却无法回答自己姐姐的问话，她看起来比女孩的年龄大了许多，已经完全无法从外形辨识出两人是双胞胎。

“好在你回来了，你总算是回来了。”那个女孩一边说话，一边慢条斯理地将那张从徐瑾身上剥下来的皮整理好，然后仔仔细细地套在了自己的身上，她的神情欢喜至极，如同在穿一件期待已久的新衣，“妹妹，你离开我后，可有想我片刻？”

那张皮和女孩的身体一接触，竟渐渐地和她的身体贴合了起来，她的身形也开始变化，从血肉模糊的怪物，变成了一个可爱的小女孩。而小女孩的模样，林秋石曾经在徐瑾身上带着的那一页纸上见过，正是图画中的双胞胎的样子。

此时的徐瑾和小女孩几乎是换了个模样，她裸露着肌理，眼神怨毒又不甘，却无法反抗眼前的人。

穿好了自己的皮，小女孩嬉笑着围着徐瑾爬了一圈，她强迫怪物让徐瑾跪下来，抬起手轻轻地抚摸起了徐瑾的发丝，笑道：“不要害怕，我的妹妹，我为你准备了很多好东西，只要你回来，姐姐就原谅你，你看……”她说完这话，高兴地拍了拍手。

林秋石感到自己脚下传来了一阵震动，他低下头，愕然发现脚下用人皮做成的鼓面竟然蠕动了起来，那些人皮一张接一张地被缝在了一起，每张人皮都开始发出痛苦的呻吟声，仿佛他们根本没有死去，而是以一张皮的方式继续存活着。

“咯咯咯咯……”女孩听到这些呻吟声，满足地笑了起来，她抓着徐瑾的头发，微笑道，“快向他们道谢，没有他们，我怎么能找到你呢？”

徐瑾当然不可能说出这声“谢谢”，要不是林秋石他们带走了她的鼓，她也不可能跟着他们三个跑到这里，被自己的姐姐抓住。

“说话，说话呀。”小女孩的笑容逐渐变得狰狞，“你不是最喜欢说话了吗，说话呀！”她恨恨地抓住徐瑾的手臂，然后用力一扯，竟差点把徐瑾的手臂直接扯下来。

徐瑾发出惨叫，颤抖着不甘心地开了口：“谢谢……你们。”

“咯咯咯咯。”女孩又开始笑了。

阮南烛道：“你找到她了，可以把门的位置告诉我们了吧？”

女孩闻言点点头，对着阮南烛伸出了手：“把骨笛还给我，那是我的骨头。”她怜惜地摸了摸徐瑾腿上断掉的部分，“妹妹，你的骨头呢？你把你的骨头藏到哪里去了？”

徐瑾说：“没了，被那些人弄没了。”

小女孩瞬间不笑了，她眼神无比阴冷地看着徐瑾，道：“既然如此，那我便把骨头借给你用用吧，等之后，我再砍断他们的小腿，给你用。”

徐瑾不说话，她脸上没了皮肤，几乎看不出表情，林秋石唯一能确定的，就是现在的她的确是又怕又恨。

小女孩接过骨笛，随手在身下一划，划破了呻吟着的鼓面之后，便露出一扇黑色的铁门。

“请吧。”小女孩微笑着对他们道。

阮南烛走在最前面，他掏出钥匙开了门，开门的瞬间，门上掉下来一张小小的纸条，被他收入怀中。

“走。”阮南烛说了一句，便跨入了门里。

程千里跟在阮南烛后面。林秋石正打算进去的时候，那小女孩却突然跑到他身边，朝着他的后背拍了一下。

林秋石被拍得一愣，却听见小女孩说：“她喜欢你，所以我不喜欢你。”

虽然后背发寒，但林秋石没敢再作停留，一步跨入了门中。

经过长长的隧道，他们三人终于再次回到了现实世界。

林秋石刚到现实世界就感觉很不对劲，正欲说什么，便是一阵天旋地转，整个人瘫倒在了地上……

09

黑暗，漫长的黑暗……

在黑暗之后，林秋石终于迎来了光明。

他一醒来就看到阮南烛拿着电话在和人吵架，和门里不同，门外的他语气冷淡，说话刁钻，很快就将电话那头的人说得哑口无言。

“醒了？”发现林秋石醒了，阮南烛便挂了电话。

林秋石点点头：“我怎么了……”

阮南烛：“急性肺炎，差点进 ICU。”

因为出来之前被拍了一巴掌，林秋石也知道自己肯定会生病，但是没想到会这么严重。

“那小王八犊子。”阮南烛很不高兴，“还好赚回了本。”

林秋石道：“赚回了本？”

阮南烛从兜里掏出个东西，递给了林秋石。

那是一个厚厚的本子，封面有些熟悉，林秋石拿过来一看，发现居然是他们在塔顶找到的那本日记，没想到被阮南烛带出来了。

林秋石翻开日记之后，看见本子里画着一幅幅色彩浓艳的图画，似乎在叙述着什么故事，而且纸张也变了一种材质，摸上去有些像羊皮的质感，但是根据门内发生的事，林秋石觉得这可能不是羊皮……

“一般门里的东西是带不出来的。”阮南烛说，“但也有一些特殊的物品可以带出来，比如你耳朵上的耳钉和面前的笔记本，这些能带出来的东西都有特殊之处。”

林秋石看了看：“这笔记本有什么特殊的地方？”

阮南烛：“现在还不知道，还得研究一下。这东西是你发现的，你先留着吧。”

林秋石正欲推辞，阮南烛的手机又响了起来，他看了眼号码，便站起来走出病房，接电话去了。

林秋石低下头，仔细翻阅笔记本之后，他发现里面记载的，正是那对姐妹的故事。

与世隔绝的山村里，有着重要的祭祀仪式，便是每隔一段时间，就要从未成年的少女里，选取一个最纯洁的姑娘，用她柔软的肌肤，做成一面漂亮的红鼓，放在众人下葬的高塔之处，以慰神灵。这对双胞胎姐妹感情很好，妹妹活泼开朗，姐姐秀丽内慧。然而某一天，妹妹却成了祭司看中的目标。

她被强行带走后，被做成了一面鼓。

妹妹突然失踪后，姐姐便开始四处寻找——然而这并不是故事的结束，而是开始。

妹妹没有死，不但没有死，还成了没有皮的怪物。她从塔的深处醒来，开始在村子周边游荡，寻找落单的人，剥下他们的皮穿在自己身上。但妹妹却发现那些人的皮于她而言并不合身，她需要一张完美的皮……理所当然地，她想到了和自己一模一样的姐姐。

欺骗，谎言……变成怪物的妹妹将姐姐骗入了神庙，轻而易举地剥掉了姐姐的皮，她披着姐姐的皮，害怕姐姐追上来，便又将姐姐的双腿砍断。

姐姐就这样被留在了神庙之中。

被剥去皮的妹妹没有死去，被欺骗的姐姐同样活了下来，她的恨意和怨念，让她化为了更加恐怖的怪物，她甚至用被砍下的双腿制成了骨笛，操纵着同样被献祭的其他祭品。

但神庙限制了她的能力，她被困于其中，日复一日地等待着，等待着，等待着将自己的皮夺回的日子。

时间一日日过去，穿上了姐姐皮囊的妹妹长大成人。

而林秋石他们便在此时进入了这对姐妹的世界。

林秋石看完了整个故事，合上了本子，他的手指在本子上摩挲片刻，暂未发现这本子的特殊之处。

而阮南烛此时也正好打完了电话，他从外面进来，道："感觉如何？"

林秋石咳嗽两声："还好。"

阮南烛在他旁边坐下，分析了一下情况："你现在也是第五扇门，所以下一扇门至少在半年后，抓紧时间养好身体。"他说到这里，停顿了一下，"你受伤是意料之外的事，我本来还有其他的安排，现在看来只能推迟。"

林秋石问："什么安排？"

阮南烛："再说吧，如果你身体恢复得不够好，这安排就不必说了。"

林秋石总感觉这安排应该是挺重要的事，但面前的阮南烛和门内的实在不太一样，他虽然长得漂亮，但眉宇之间很冷淡，仿佛一块寒气逼人的冰。

要是在门里面，林秋石大概还敢厚着脸皮再问问，但是在外面，面对着这个模样的阮南烛，林秋石只好乖乖点头，没有继续追问。

大概是知道林秋石醒了，没一会儿程千里也提着一袋水果屁颠屁颠地来了病房，他说："秋石啊，你运气可真是不咋样，一般人都不会在门内世界受伤的。"

阮南烛在旁边听了，冷冷地道："对，一般不会受伤，都是直接死了。"

林秋石："……"

程千里："阮哥你坏坏。"

程千里来了没多久，阮南烛就又接了个电话，匆匆忙忙地走了。

林秋石见他这么忙，问程千里是不是出了什么事。

"也不算出了事吧。"程千里说，"就是白鹿那边开始打听祝萌的身份了，白鹿这组织也挺大的，真想找肯定找得到，不过他们肯定不会知道祝萌就是我们老大。"

林秋石："哦。"

如果不是亲眼看见，他做梦也想不到门里面戏那么多的祝萌会是阮南烛男扮女装的。

就因为被门里的那小姑娘拍了一巴掌，林秋石在床上躺了整整一个月，好得还不太利索。等终于回到别墅里，见到栗子，他就冲了过去。

栗子趴在沙发上，面对如同饿虎扑食的林秋石，表现出了极大的不屑。它起身，转头，扭着屁股往前跳，留给林秋石一个冷漠的背影。

林秋石差点当场哭出声。

还是程千里抱着他家吐司凑过来，让林秋石摸摸吐司的屁股冷静一下。吐司献出了独属于柯基的肥嘟嘟的屁股，一双黑黝黝的眼睛满是无辜，林秋石的心好歹得到了安慰，总算没做出什么过激的事情。

林秋石回到别墅没几天，就接到了自己朋友吴崎的电话。在电话里，吴崎表示强烈怀疑林秋石是不是被传销组织控制了，还说自己一定要过来看看，如果林秋石不同意，他就选择报警。

林秋石无奈，把这事给阮南烛说了一下。

阮南烛居然很轻易就同意了林秋石的要求。

"但是我不建议你告诉他这些事情。"阮南烛说，"如果你不想被送进精神病院的话。”

林秋石：“之前有这样的例子？”

阮南烛指了指楼上正在和程千里吵架的易曼曼：“我们亲自接出来的。”

后来林秋石才知道，易曼曼住进别墅不久，就把这件事告诉了家里人，结果家里人一致认为阮南烛他们是个变相的传销组织，为了不让易曼曼继续误入歧途，居然把他关进了精神病院，后来还是阮南烛联系人把易曼曼给放了出来。

林秋石没想到事情还能发展成这样，不过话说回来，要是有人和他说了这件事，他十有八九也不会相信。

“那好吧，我考虑一下和他怎么说。”林秋石回答道。

阮南烛“嗯”了一声，沉默片刻后，又问了句：“你父母那边不需要解释一下吗？”

林秋石：“没事的，我和家人的关系比较淡。”

阮南烛这才点点头，走了。

林秋石上小学的时候，他父母就离异了，各自组建了家庭。他从小跟着奶奶长大，上大学的时候，奶奶也去世了，就几乎没了任何牵挂。这也是他选择留在这座城市的理由之一，因为他对于所谓的家乡并无留念。

几天之后，吴崎找了个周末，真的跑来了林秋石所在的别墅，他来的时候好像还带了防身的东西，一脸怀疑地跟着林秋石进了客厅。

陈非他们都知道林秋石的朋友要来，然而见到吴崎一脸警惕地走进来，不由得都有些想笑。

程千里这家伙皮是真的痒，吴崎一进来，他就冲到门口把门关了，然后对着林秋石说：“你怎么现在才把人带来？”

林秋石：“……”

程千里说：“我们这儿啊，就讲究发展下线。来，朋友，了解一下……”

吴崎面露狐疑，林秋石哭笑不得。

好在这时候程千里他哥及时出现了，上前拎着程千里的耳朵，面无表情地转身就走，走之前还给林秋石道了个歉：“对不起，我忘了把我家傻子关起来了。”

程千里疼得“哎哎”直叫唤，又不敢反驳，眼泪汪汪、委屈巴巴地被他哥拎上了楼，吐司凑热闹，在旁边欢乐地“嗷呜嗷呜”。

林秋石：“吴崎，那是我朋友，他开玩笑呢，这几位都是我的室友，这位是我的朋友吴崎。”

陈非和易曼曼他们友好地和吴崎打了个招呼，便做自己的事去了。吴崎观察了一圈，在一楼似乎没发现什么可疑的地方，但他还是有些不放心，坚持要去楼上看看，还问林秋石他们平时上不上课。

林秋石：“不上，哪里会上课呢，这里真的不是传销窝点。”

“真不是？”吴崎说，“那你怎么快一个月没和我联系？”

“我不是生病了吗？”林秋石解释，“在ICU住了一段时间……”其实正常情况下，他那个症状不在病房里躺三五个月是肯定出不来的，但或许是门改变了他的体质，他恢复得特别快，一个多月的时间就出院了，连他的主治医生都啧啧称奇，说他简直是医学上的奇迹，问他有没有兴趣参与特殊医学研究。

林秋石态度坚决地推辞了，主治医生对此表示非常遗憾，还说林秋石如果改变主意了一定要回去找他。

林秋石只能苦笑。

“你生病了为啥不告诉我？”吴崎一听就火了，“林秋石，你还当不当我是朋友？”

林秋石自知理亏，赶紧告罪，说了好久才让吴崎没那么生气了。

两人正在你一言我一语地说着话，客厅里的大门却又开了，阮南烛从外面回来了，身后跟着一个年轻男人，男人看起来也就二十多岁的样子，长了一张娃娃脸，看起来非常可爱。

“阮哥，这是新人？”陈非问了一句。

“嗯。”阮南烛简单地介绍，“张冕。”

张冕的性格似乎非常开朗，他微笑着和众人打了招呼。

阮南烛吩咐：“陈非，你先上去给他上上课。”

陈非道了声“好”，站起来领着新人上楼去了。

林秋石的注意力本来还在新人身上，突然觉得阮南烛和陈非的对话似乎哪里不太对劲，他扭头一看吴崎，发现吴崎一副“果然是这样”的表情，还幽幽地开口：“你不是说这里不上课吗？”

林秋石：“……”他到底该怎么解释啊？

就在林秋石百口莫辩的时候，阮南烛朝着他们的方向走了过来，他停在吴崎面前，冲对方伸出手：“阮南烛。”

吴崎身高一米七六，在接近一米九的阮南烛面前毫无气势，被压得死死的。他握住阮南烛的手，也说出了自己的名字：“吴崎。”

“我是林秋石的朋友，会好好照顾他，你不用担心。”非常自然地说出了前面的一番话，阮南烛微微扬起下巴，“也欢迎你来这里玩。”

吴崎道了声“好”。

阮南烛转头看了眼林秋石，对着他点点头，便转身离开了。吴崎看着阮南烛的背影，半晌没说话，最后憋出了一句：“我算是相信你没在搞传销了。”

林秋石：“你这就信了？”

“对啊。”吴崎说，“长成那样的人，需要搞传销吗？”

林秋石：“那你是觉得我长得不够好看？”

吴崎：“你再好看也就是正常水平，他那样的人放哪儿不是宝贝啊？”

林秋石发现自己居然无法反驳，阮南烛的长相和气势的确不同于常人，如果硬要形容，那还真像尊玉雕的人像，眼角眉梢皆是画，当真是美人如玉，气势如虹。

虽然过程莫名其妙，但好歹是打消了吴崎心中的疑虑。为了为自己的失踪道歉，林秋石做了一顿丰盛的午饭，招待吴崎外加别墅里的人。

和阮南烛一起来的新人也坐上了桌，他的性格十分外向，好在陈非似乎和他打了招呼，他没在吴崎面前问出什么不该问的问题。

吃完饭后，林秋石送走了吴崎，心中总算松了口气。

他知己寥寥，吴崎就是其一，他自然不希望因为一些小事情和吴崎产生嫌隙。

送走了吴崎，林秋石这才有工夫和新来的张晃说点话。他了解到，张晃也是第一次进门，并且和他一样遇到了阮南烛。

而阮南烛显然是趁着他养病的这段时间，又进了几趟门。

只是不知道阮南烛这么频繁地出入门内到底是为了什么，但林秋石猜测，这或许和他的第十一扇门有些关系。

张冕的性格非常外向，配上那张娃娃脸，更是亲和力十足，笑起来的时候嘴角边露出两个小酒窝，看起来分外可爱。

屋子里的人对他的态度都十分亲切，除了程千里这家伙。

10

“我一点都不喜欢他。”张冕来的第二天，程千里就找到林秋石嘟嘟囔囔，嘴里一个劲儿地碎碎念着自己的不满。

“为什么不喜欢？”林秋石对张冕的印象很不错。

“你没发现他来之后阮哥都带着他了吗？”程千里说，“他都不带我们了……”

林秋石沉默片刻。

程千里眼巴巴地看着林秋石，渴求得到他的认同：“你是不是也是这么想的？”

“不是。”林秋石很耿直地回答，“不带我们不是件好事吗？难道你还想经常进门？”

程千里：“……”好像……还真有点道理。

不过阮南烛对张冕的确挺特殊的，一周之内至少带着他进了三四次门，张冕也表现得不错，很快就适应了门内门外的转换。

至于林秋石，阮南烛只是叮嘱他好好休息，注意身体。

在外人看来，阮南烛肯定是想培养张冕，才带着他这样冒险。但林秋石总觉得哪里不对劲，一时间却又无法找到那个违和的点。

某天早晨，张冕突然和林秋石打了个招呼，委婉地问他组织里还有没有别的人。

当时林秋石正在吃早饭，听到这话，莫名其妙地问：“别的人？什么意思？”

张冕：“就是其他队员啊。”他笑起来，露出两个甜甜的小酒窝，看起来格外可爱，“你没有见过他们吗？”

林秋石摇摇头。

“哦，昨天阮哥带着我去见了其他队员呢。”张冕说，“所以我有点好奇，我们这个团队到底有多少人？”

这个问题就比较敏感了，林秋石就算知道也不可能告诉张冕，况且他还什么都不知道，于是他摇摇头，表示自己不清楚。

张冕“哦”了一声，倒也没有追问。

这时，其他人也陆陆续续地过来吃饭了，多多少少都和张冕说了几句话。林秋石很快就发现了一个奇怪的现象，便是屋子里除几个特殊的人之外，所有人说话的时候都在对张冕笑。

陈非在笑，易曼曼在笑，卢艳雪也在笑，并且还是那种无比灿烂的笑容，看得林秋石一脸莫名其妙。

程千里这家伙就不说了，这屋子里唯一看到张冕没笑的，就是本来就没什么表情的程一榭。

林秋石有点蒙，一时间不明白这屋子里的人到底都怎么了。

接下来的一段时间，阮南烛依旧是和张冕一起行动，两人都不见踪影。

程千里私下里问林秋石吃不吃醋，林秋石当时正在逛论坛，听到这话的第一个反应是：“吃醋？吃什么醋？你们包饺子了？”

程千里：“……”林秋石你还行不行啊？

见林秋石还是不明白，程千里只好把话挑明了，说：“阮哥现在所有的注意力都在新人身上，你就不觉得不甘心吗？进门也好，认识阮哥也好，明明是你在先……”

林秋石惊了：“又不是谈恋爱，这还讲究个先来后到？”

程千里：“你真的不吃醋？”

林秋石狐疑地看着程千里，说：“要不要我把程一榭叫来，把你脑袋里的水拍干净？”

程千里：“不了不了。”听到他哥的名字，程千里立刻认输，转身就溜。

不过也不知道是不是程千里去和阮南烛说了什么，晚上吃过饭后，阮南烛突然把林秋石叫到了走廊上。

他点了根烟，问林秋石要不要。

林秋石委婉地拒绝了："我有肝癌……"虽然这肝癌他自己都快忘了。

阮南烛："哦，抱歉。"他把烟掐灭了，"你再忍一下。"

林秋石："啊？"

阮南烛："最多一个星期。"

林秋石："……"他还是不明白。

阮南烛却不继续说了，他神情冷淡地扭头看了眼屋子里正微笑着和众人聊天的张菟，抬手就在林秋石的头上轻轻按了一下，然后转身就走。

林秋石一脸迷茫，他还是没明白阮南烛的话到底是什么意思。

但因为频繁进入门里，张菟的身体似乎有些支撑不住了，最糟糕的是最近一次入门，他甚至还因此受了伤，出来就进了医院。

别墅里的人都去看望了他，同时表达了对他的敬佩。

陈非是和林秋石一起去医院的，他在医院门口买了袋水果，林秋石本来也想买的，却被陈非拦住了。

"你别买。"陈非说，"你角色定位都不一样。"

林秋石："角色定位？"

陈非见林秋石一脸茫然，愣了片刻，才道："阮哥没和你说？"

林秋石："说什么？"他现在觉得这一屋子的人都怪怪的。

"算了，没什么。"陈非似乎从林秋石脸上的茫然中明白了什么，他叹了口气，道，"再坚持一个星期，就差不多了。"

林秋石："……"你们到底在说什么啊？他现在是真的不懂了。

张菟受的伤也不算太严重，林秋石去看他的时候，阮南烛正坐在病床旁守着他。

张菟见到他们，勉强露出笑容。

陈非对着张菟就是一阵嘘寒问暖，并且表示如果不行了，一定要告诉阮哥，虽然这是新人的必经阶段，但是他们也是可以开后门的。

张菟却表示自己可以坚持跟上阮南烛的节奏，希望自己早日成为团队中的一员。

陈非闻言，露出欣慰之色，说："我们好久没有见过你这样素质高的新人了，你以后一定会成为我们团队的骨干。”

林秋石在旁边听着，没敢吭声。和张冕进出门的强度比起来，他简直就是一直在新手村刷怪……

看望完张冕之后，林秋石本来以为这样的日子还会持续很长一段时间，毕竟张冕是阮南烛看上的人，但没想到张冕恢复之后回到别墅的第六天，就突然失踪了。

那是个早晨，林秋石照例到楼下吃早饭，却没看见张冕。他等了一会儿，却见大家都是一副什么都没发生的表情，他很好奇：“张冕呢？怎么没看到他？”

“昨晚就跑了。”陈非啃着程一榭做的松饼，随口说了句。

“跑了？”林秋石惊了，“跑了是什么意思？”他们这儿又不是传销组织，什么叫跑了？

陈非说：“字面上的意思，受不了阮哥的压榨，溜了。”

林秋石：“……”他总感觉自己错过了什么重要的剧情。

阮南烛正巧也下来了，他神情自然地坐到林秋石的旁边，拿了个松饼也开始慢慢地啃。

见林秋石一脸茫然，阮南烛吃完松饼之后，擦了擦手，才慢条斯理地开始解释：“他是过来给我们打工的。”

“打工？”林秋石惊了。

“白鹿内部人员。”阮南烛说，“我们的熟人，黎东源。”

阮南烛说话向来都是这么简洁，不过倒是字字都是关键，林秋石瞬间明白了怎么回事，他瞪圆了眼睛，满目都是不敢相信：“黎东源？那人是黎东源？”

阮南烛点头。

林秋石：“……”

阮南烛道：“事情还没完，你们别露馅了。”

桌子上的人都高兴地点点头，至于他们为什么那么高兴，为什么看见张冕就想笑，林秋石很快就知道了原因——阮南烛从兜里掏出一把小纸条，那小纸条的模样只要见过的人都忘不了，那是门的线索。此时这些线索被放在了一起，跟不要钱似的，被阮南烛随手抓在手心里。

林秋石看着这一堆小纸条，一时无话可说，那句“打工”真的太贴切了。

“所以他到底是来干什么的？”林秋石无法理解黎东源的脑回路。

“找人。”陈非笑眯眯地看了阮南烛一眼，“找祝萌。”

林秋石：“喀喀喀喀！”他差点被口水呛死。

“后来发现找不到，又被阮哥疯狂压榨劳动力……见势不对，他就偷了阮哥屋子里的盒子溜了。”陈非说，“希望他不会以为盒子里的是真的线索吧。”

阮南烛冷漠地笑了笑。

林秋石看着阮南烛的笑容，突然想起了门里面阮南烛发现黎东源用假钥匙来骗他们的时候脸上的表情，和此时是如此相似。

“居然是这样，你们为什么不告诉我啊？”程千里听完之后非常愤怒，“你们都演得那么开心，为什么我没有戏份？”

程一榭面无表情地回答了程千里的质疑，他说：“因为以你的智商，还演不好这出戏。”

程千里：“……”

程一榭：“有意见？”

程千里委屈巴巴地摇头，含泪继续啃松饼。

这屋子里没被告诉真相的好像就只有程千里和林秋石，程千里是智商不够，那自己难道也是智商受到了怀疑？林秋石正这么想着，阮南烛却好似已经知道了他的想法，道：“没来得及。”

林秋石：“……”他信了才有鬼，这有什么来不及的。

张晃虽然走了，不过这剧本还没有完，因为他们得向外表现出因为张晃携纸条逃跑而无比愤怒，黑曜石开始严查张晃的去向——忘了说，他们组织的代称就是黑曜石。

当然，这戏也没演多久，因为白鹿那边，黎东源很快就发现自己带走的是假纸条，也明白自己暴露了身份，被当成免费劳动力使用了很久。祝萌没找到就算了，还被当猴耍，黎东源气得给阮南烛打了个电话，正欲素质十八连问，阮南烛就不咸不淡地说了声“祝萌也在”。

于是素质十八连问瞬间变成了温柔的问候，黎东源说：“萌啊，你几岁了？

结婚了没啊？咱们见个面呗，我就喜欢你这样的。”

林秋石当时也在场，听着黎东源那柔得快滴出水的声音，起了一身的鸡皮疙瘩。

阮南烛直接把电话设置成了静音，也不知道黎东源在那边自言自语了多久才发现了这事。

“他居然喜欢上了祝萌。”林秋石看着面前冷淡的阮南烛，对黎东源未来的情路感到悲哀和同情。

“祝萌不好吗？”阮南烛问了一句。

“好啊。”林秋石说，“有谁会不喜欢祝萌呢？”毕竟“祝萌”就在面前，总不能当着人的面说坏话。

“那是祝萌好还是我好？”阮南烛的思维方式似乎有些与众不同。

林秋石只见过和别人比的，没见过和自己左右互搏的，面对阮南烛认真的表情，他只能委婉地表示两人各有各的特点，没必要硬是比一比谁好，况且再好也是同一个人嘛。

阮南烛满意地点点头，走了。

林秋石看着他的背影，深深地怀疑这人是不是有点精神分裂。

黎东源似乎是被阮南烛骗惨了，他错把那纸条当真后就去接了个活儿，然而最可怜的是，那纸条上的内容居然还真的和他进入的世界沾了点关系，阴差阳错之下差点翻车。

于是那段时间黎东源天天打电话过来，企图对阮南烛进行人身攻击，阮南烛威胁他再打电话就让祝萌把他拉黑，黎东源这才作罢。

不过由此看来，黎东源的确是对只有数面之缘的萌萌姑娘情根深种了。

林秋石怜悯地想，也不知道黎东源知道祝萌就是眼前的男人后会是什么表情。

托黎东源的福，他们收集了一大堆门的线索，林秋石一直不知道这些线索到底怎么用，还是陈非和他解释了。

一般情况下，带着线索的人都会被分在不同的世界，也就是说，一个世界原则上最多出现一个带着线索纸条的人。但是也有过例外，这例外陈非没有细说，想来应该是什么很不容易出现的特殊情况。

有线索的人，就会进入线索所对应的门内，这样纸条就成了非常重要的东西。但是线索也有难度之分，比如前段时间阮南烛带着黎东源疯狂地接活儿，进的基本上都是难度比较低的门，所以门对应的线索的难度也不高。比如林秋石想进自己的第六扇门，就必须用上次阮南烛拿到的第五扇门的线索，如果他带的是别的门的线索，就有可能出现线索和该世界不对应的情况。

也正因如此，阮南烛如果要接活儿，就得不停地进出门内获得线索，以保证服务对象的安全。

这是危险性比较高的工作，但阮南烛已经非常熟练。

把黎东源狠狠地耍了一把后，按理说白鹿和黑曜石应该算是结下了梁子，奈何还有个祝萌当作润滑剂，所以黎东源倒也没有和阮南烛彻底撕破脸，甚至还委婉地表示他们可以合作——如果祝萌在的话。

“可以啊。”阮南烛答应得很无所谓，黎东源也是过了第八扇门的人了，实力肯定不弱，有个这样的人做保障自然是好事，至于祝萌……看他心情吧。

林秋石休息了三个月，身体基本上恢复得差不多了。

本来没了工作，他还在担心生活来源，正打算找点短工做做，谁知道阮南烛却找他要了卡，然后往他的卡里打了五十万。

林秋石看着短信里的数字，呆呆地说：“南烛，你这是什么意思？”

阮南烛：“生活费。”

林秋石：“这里还负责发生活费？”

阮南烛：“当然不是白拿的。我有个客户的下一扇门时间差不多了，我准备带她一起进去，你一起吧。”

林秋石：“我能一起吗？”他有点不好意思，“我怕自己拖后腿。”

“打 Boss 之前总要多刷刷经验。”阮南烛道，“门这种事情，多进去几次就习惯了。”

林秋石：“……”他看了眼在旁边看恐怖小说看得面部扭曲的程千里。

阮南烛：“别拿程千里当例子。”

程千里听到阮南烛说他的名字，莫名其妙地扭头：“阮哥你叫我？”

阮南烛：“嗯，夸你呢。”

程千里：“哦，嘿嘿嘿嘿。”

林秋石觉得程千里真的是让人不忍心看，怎么能傻成这样。

虽然内心有些惴惴不安和迟疑，但阮南烛镇定的态度还是让林秋石的心情平静了下来。

和林秋石说完这事的第二天下午，阮南烛就带着他见了客户。

林秋石本来以为这客户是个普通人，却没想到居然是那个他曾经在第二扇门里见过的许晓橙，也就是现实世界中十分火爆的一个女明星，真名叫作谭枣枣。

和门内害羞的许晓橙不同，现实世界中的谭枣枣走的是成熟性感的御姐风，一头波浪大卷发，穿着一袭红色的长裙，身材凹凸有致，很是吸引人眼球。

她气势逼人，旁人很难驾驭，阮南烛却丝毫不逊于她，两人面对面坐着，养眼极了。

“你条件这么好，真的不考虑进娱乐圈？”谭枣枣开口的第一句话竟然是这个。

“进了娱乐圈不也得来找我？”阮南烛随口应道，“这位你认识，余林林。”

谭枣枣开始根本没看林秋石，听到余林林这个名字，才将目光转到了林秋石的身上。大约是想起了门内的经历，谭枣枣的目光柔和了许多：“你比门内更可爱。”

林秋石：“……谢谢。”他一个大男人，被女孩子夸可爱，着实不是让人高兴的事。

“他和我们一起进去。”阮南烛说，“没问题吧？”

“你没有问题，我自然也没有。”谭枣枣说，“合作愉快。”

阮南烛点头。

两人又聊了一些细节，具体就是价格和谁带线索纸条之类的事，谈完之后，谭枣枣请他们吃了顿饭。

吃饭时，谭枣枣倒是对林秋石相当有兴趣，话题都围绕着林秋石。

到后面，阮南烛似乎有些不高兴了，他截断了谭枣枣的话题，直言表示：“有什么问题可以问我，大家只是合作关系，不必了解得那么详细。”

谭枣枣似笑非笑：“可我只是想了解林林。”

阮南烛放下刀叉：“我饱了。”

林秋石："……"你面前的牛排才吃了一口呢。

谭枣枣："……"阮南烛，你太小气了吧？

反正阮南烛说饱了，其他人也拿他没办法。结果刚从牛排餐厅出来，阮南烛就拉着林秋石去了旁边的饭店，又点了一桌子的饭菜。

林秋石："你不是饱了吗？"

阮南烛："又饿了。"

林秋石："……"你为什么能说得这么坦然啊？

感觉对待阮南烛就得像对待小孩子似的宠着，林秋石无奈地叹息，但也没有深究。阮南烛说谭枣枣是个比较特殊的客户，一般他们接活儿都不会和客户见面，但谭枣枣是熟人介绍的，再加上身份特殊，所以他们才会和她在现实里会面。

"可是不和客户见面，怎么和他们进同一扇门？"这是林秋石想不明白的地方。

阮南烛从兜里掏出几只银镯子，道："这个。"

那些银镯子很普通，上面雕琢着一些繁复的文字，那些文字林秋石一个也看不懂。他伸手捏住了一只镯子，感觉那镯子入手之后便是一阵凉意，仿佛被冰镇过一样。

"这镯子……"林秋石说，"是门里面的东西？"

阮南烛点点头："其中一个世界的。"

林秋石"哦"了一声，把镯子放了回去。

"接活儿一般是在特别的论坛上，需要交纳巨额的保证金。"阮南烛说，"除了保证金之外，就是劳务费，保证金会在客户退还镯子之后返还给客户。"

林秋石："你们还有产业链啊？"

阮南烛摊手："那当然，我们也是要生活的，总不能喝西北风吧？"

确实如此，林秋石点点头："但五十万也太多了，我……"

他正要说自己不需要那么多的钱，却被阮南烛打断了："那是买命钱，你觉得自己的命不值五十万？"

林秋石哑然。

阮南烛道："每次进门都是冒着巨大的风险，都有可能没办法出来，人没了，总要给外面的人留点东西。”

倒也是这么个道理，虽然林秋石无牵无挂，但也理解阮南烛所说的话。将死之人，总会担心自己身边的人，儿子妻子，父亲母亲，人如果没了，总该给他们留下一些保障的东西。

想通了这个，林秋石便受了阮南烛的好意。

“这是谭枣枣的第三扇门，进门时间应该是在一周之后。”阮南烛说，“线索我明天早晨告诉你。”

林秋石“嗯”了声。

“合作愉快。”阮南烛对着林秋石伸出了手。

“合作愉快。”林秋石笑了起来。

之前的几次门，几乎都是阮南烛带着林秋石过的，这是他们两个真正意义上的第一次合作，林秋石虽然心中忐忑，但也感到一种隐隐的兴奋。

门内的世界虽然可怕，但身边的人却让他不再恐惧。无论是鬼神，还是死亡，仿佛世间并无绝境，柳暗之处，终有花明。

第四卷 雨中女郎

01

在和谭枣枣对接之后，阮南烛很快确定了关于谭枣枣的线索。

那是谭枣枣的第三扇门，总体来说难度不是很大，但依旧要足够小心，而这次的线索只有四个字——雨中女郎。

阮南烛在给出线索之前便已经做好了功课，他简单地告诉了林秋石关于雨中女郎的大致情报。《雨中女郎》是一幅乌克兰画家画的肖像画，这幅肖像画画的是一个戴着黑帽子、面容惨白的女郎。女郎闭着眼睛，雨水顺着她的脸颊和帽檐滴落，身穿黑衣的她仿佛刚参加完葬礼，脸上是如同寒冬般的冷漠。

林秋石也看到了这幅画，当然，他看到的是仿品，画中的女郎虽然闭着眼睛，但是如果仔细观察，就会有一种她将眼睛睁开了的错觉。整个画面的色调非常阴暗，带着一股雨水的潮湿。

这幅画的经历也比较特别，经手过三任买家。而三任买家最后都选择了退货，他们纷纷表示买了这幅画之后，便开始被一个黑衣女郎如影随形地跟着，甚至连梦境之中也不曾被放过。

女郎离他们越来越近，越来越近……他们最终都受不了这样的情况，慌乱地将画卷退还给了画家。

这幅画的确不太讨喜，林秋石看完之后便关掉了网页。

阮南烛坐在他的旁边，把银色的镯子递给他，叮嘱他未来几天都要戴在手腕上，但是有个需要注意的地方，就是一进到门里面，就一定要记得在第一时间把镯子取下来，别让其他人看到。

“是怕其他组织的人发现？”林秋石问。

“嗯。”阮南烛道，“这是其一，其实还有一个原因。”

林秋石道：“什么？”

阮南烛看了眼镯子：“因为这镯子是被诅咒的东西。”

林秋石：“……”

阮南烛：“哦，对了，其实你的耳钉也是，只是效力没有那么强。”

林秋石条件反射地摸了摸自己耳朵上的耳钉，这东西自从被阮南烛强行钉到他耳朵上后几乎没有什么存在感，他平时都没注意到，听到阮南烛这么说，才有点惊讶：“被诅咒的东西？”

阮南烛：“嗯，不过别担心，这东西基本没用，一般只能用来找人。”

听阮南烛这么说，林秋石便放心地点了点头。

不过说到被诅咒的东西，阮南烛从门里面带出来的那个笔记本，林秋石还是没有找到使用方法，唯一能确定的是那笔记本是不能记录内容的，因为写上去的东西都会无故消失。

阮南烛道：“你不用急，那笔记本的作用可以慢慢摸索。”

林秋石说了声“好”。

接下来的几天，林秋石的精力都放在了线索上，但关于雨中女郎的线索并不多，现在这幅画已经被禁止展出了，理由是以前展出这幅画时，不少观众出现了情绪波动，乃至于幻视幻听。而画的作者也产生了严重的精神问题。当然，官方给出的说法是画家在画画的时候用了被药剂污染的原料和画布——至于到底是不是因为这个，没人知道答案。

现在这幅画到底在哪儿也是个谜，不过想来应该是封存了起来。

谭枣枣也知道了关于自己门的线索，她的情绪很放松，和门里面因为一点风吹草动就痛哭流涕的许晓橙完全判若两人。

谭枣枣对此的解释是自己的演技好，阮南烛听完之后却冷笑了一声。

“你笑什么？”谭枣枣有点恼羞成怒。

阮南烛说：“怎么，你连笑都不准人笑了？”

谭枣枣哼了声，道：“你这次还穿女装？”

阮南烛道：“不穿。”

谭枣枣：“为什么不穿？”她好像挺失望。

阮南烛："没有为什么。"

两人交流的时候，林秋石就在旁边暗暗地挖着冰激凌吃，谭枣枣把目光移到他身上，撒着娇道："林林，你劝劝他啊，让他继续穿女装吧。"

林秋石："这穿不穿有什么讲究吗？"

谭枣枣叹气："唉，这么好的底子不穿女装多可惜啊。"

林秋石："……"他怎么感觉谭枣枣别有所图？

很快，进门的时间就要到了。因为才是第三扇门，所以谭枣枣对时间的把控也不是特别好，于是某天晚上林秋石正躺在床上睡觉，突然就惊醒了，他感到了一种惊悸，就好像原本熟悉的卧室变成了别的地方。

果不其然，林秋石一睁眼，便看到自己周围不再是墙壁，而是出现了十二扇门，这十二扇门形成了一个圆形，以他为中心将他围了起来。

林秋石从床上爬起，迅速换好衣服，找到了第三扇门，然后深吸一口气，拉开了门的把手。

场景瞬间转换。

一阵眩晕之后，周遭的一切发生了变化。

林秋石的眼前出现了一座高大的古堡，这古堡似乎有些年岁了，矗立在一片茂密的灌木丛中，灌木丛周围都是密密匝匝的铁栅栏，将整个古堡围了起来。

林秋石站在灌木丛的旁边，周围没有一个人。进门后，他没有忘记阮南烛的嘱咐，做的第一件事就是将套在手腕上的镯子取了下来。

这还是他第一次进门之后面对独自一人的情况，好在刚进入门里并不会出现什么太过恐怖的场景，林秋石便一边观察着周围的景象，一边朝着古堡里面走去。

这里的环境非常荒凉，灌木丛显然已经很久没有修剪了，茂密葱郁，有些藤蔓甚至遮挡了人的视线。铁栅栏里面是看不到尽头的浓雾，那浓雾仿佛是给人的警告，让人不由自主地想要远离。

林秋石走到古堡门口，还没进去，就听到里面传来号哭。

"救命啊，救命啊……"这是个年轻女孩的声音，她的情绪似乎已经完全崩溃了，哭声凄惨嘶哑，让人心生不忍。

“你能不能别哭了？都哭了一个多小时了。”有人十分不耐地劝解，“你要是实在不信，就自己出去看看，看看能不能离开这里。”

林秋石听到这话，瞬间对里面的情况了然于心，这大概又是每次必会出现的新人环节了。

刚来到这个世界的人总会有些不适应，出现千奇百怪的反应都能理解。

林秋石这么想着，然后推开古堡的门，走了进去。

此时门里已经聚集了五个人，或站或坐，都在古堡一楼的大厅里，他们见到林秋石进来，也没打招呼，神色之中多是冷漠和猜疑。

林秋石随便找了个地方坐下，便开始观察周围，很快，他就在人群里找到了自己想找的人。

角落里坐着一个穿着T恤和牛仔裤的漂亮男人，那男人虽然坐在角落里，却十分吸引人的眼球，因为他的长相实在是太漂亮了，特别是眼角的那颗泪痣，更是平添了几分风情。他虽然神情冷淡，气质疏离，看起来十分不好接近，但是周围的人还是不由自主地将目光投到他的身上。

林秋石隐约明白了阮南烛男扮女装的又一个原因——漂亮的女人很常见，可这么漂亮的男人，却更容易受到其他人的关注，乃至于吸引到本不该有的注意力。

阮南烛冷淡地看了林秋石一眼，便移开了目光。

号哭的女生显然是个新人，她刚来到这个世界，对于这怪异的场景暂时无法接受，于是只能用哭声来表达此时自己内心的恐惧。

她坐在沙发上，眼泪流个不停，还时不时用害怕怀疑的眼神看着周围的人：“这里到底是哪儿，你们放我走好不好？这是电视节目吗？我不想玩了，求求你们……”

“都说了不是电视节目，你烦不烦啊，一到这儿就哭，哭得人脑子都要炸了。”一个年轻男人终于受不了这姑娘的哭法，很是暴躁地吼道，“要哭滚出去哭，去哪儿都是你的事，别在这里烦我们！”

女孩被吼得哭声一顿，她看着男人凶神恶煞的模样，硬生生地憋住了哭声，整张脸都涨红了。

面对这样的场景，其他人都默契地装作没看见。其实早点接受现实才是最聪明的做法，只可惜面对环境的巨变，大部分人都很难迅速适应。

古堡的门被人打开，又有人陆陆续续走了进来。

谭枣枣是最后一个进来的，她穿着一身橙色的长裙，胸前挂着朵白色的胸花，表情楚楚可怜，时不时抽泣两声。只可惜此时却有人占了她的角色定位，新来的那姑娘已经哭了一个多小时，却还是没有消停，被男人吼了之后最多安静了五分钟，就又开始啜泣，林秋石的耳朵都被她哭得麻木了。

目前古堡中一共十个人，一半男人一半女人，其中新人有两个，一个是哭了两个小时还能继续坚持的泪水姑娘，一个是进来之后就躲在角落里瑟瑟发抖的黑发少年。

人到齐之后，古堡里便响起了一阵沉闷的钟声，接着，楼梯的拐角处出现了一个穿着黑色管家服的男人。

那男人走到他们中间，对着他们露出和蔼的笑容，道："各位终于来了，主人已经恭候多时，请吧。"

他说完，转身朝着二楼走去。

有经验的人都知道这是要发布线索了，纷纷紧跟其后，两个新人虽然不知道是怎么回事，但是也不敢脱离大部队，便也夹杂在人群中，朝着二楼走去。

这古堡非常大，光是上二楼的楼梯就格外长，走过了长长的楼梯，还有狭长的长廊，长廊里灯光昏暗，只挂着一些微弱的油灯。而油灯后面，是一幅幅画风奇特的油画。

为什么说画风奇特呢，因为这些油画几乎看不出画面中的主体，像是景色，又像是人，颜色在画布上面形成一种扭曲的姿态，给人一种非常不舒服的感觉。

地板上铺着厚厚的地毯，消除了众人的脚步声，整个走廊寂静无声，唯有微光闪烁。

走廊的尽头有一扇半掩着的木门，管家走到木门前，弯腰拉开，做了个"请"的动作。

阮南烛走在最前面，他跨了一步，便进入了屋子。

林秋石紧随其后，也看到了屋中的景象。

原来这是个饭厅，屋子的中央摆放着一张巨大的餐桌，餐桌之上，已经布置好了各式各样的食物。餐桌的尽头，坐着管家口中的主人——一个戴着黑色帽子、穿着黑色长裙、脸型瘦长的女人。她的脸色很白，白得几乎像纸一样，黑色的眼睛却有些大得过分，在昏暗的灯光下，仿佛两个深不见底的黑洞。她的嘴唇上涂着红艳艳的口红，此时正微微咧开，对他们露出微笑——如果这真的能称得上笑容的话。

这画面着实让人觉得不太舒服，所有人都安静了下来，连一直在哭的新人姑娘都有些惊惧地停止了啜泣。

“请吧。”管家的声音又传来了，“请大家好好享用美餐。”

阮南烛依然是第一个动的，他随意找了张椅子便坐下，然后拿起备好的湿毛巾擦了擦自己的手。

林秋石坐在了他的旁边。

其他人也陆陆续续地坐下，在所有人都坐好之后，女主人拿起铃铛摇了摇，宣布开餐。她从头到尾都没有说话，连表情都没有任何变化，只是沉默地拿起刀叉，开始慢慢地吃着桌子上的食物。

林秋石用余光观察着她，他注意到女人的手似乎大得有些过分，指节突出，指甲呈现出一种暗淡的灰白色，那双巨大的手小心翼翼地捏着冰冷的餐具，细细地割着盘中带着血丝的牛排，随后将牛排叉起，送进血色的口中。

这画面太让人觉得不适了，林秋石看了一会儿，甚至生出了一种女主人到底是不是人的疑惑。他收回了目光，却注意到自己身边坐着的谭枣枣也开始对着女主人发呆……好似着了魔一般。

林秋石低低地咳嗽了一声，将谭枣枣的注意力拉了回来。

“吃饭吧。”林秋石低声道。

“嗯。”谭枣枣也察觉出了自己的不对劲。她点点头后，没敢再看，开始低着头切牛排。

这餐的味道其实不错，无论是前菜、正餐还是甜品，口味都很正宗。只是在这样的环境下，大家实在没有什么心思品尝美食。

阮南烛倒是一向心大，他从头到尾就没有表现出任何的不适应，把所有的食物都吃得一干二净，连水果都没有放过。

到后面就变成了所有人都在看着他吃的情况，他倒也不觉得不自然，吃完之后擦了擦嘴，才放下了刀叉。

在最后一个人停下进食后，女主人站了起来，朝着门外走去。

管家道："各位请吧，主人要带你们去看你们期待已久的东西了。"

众人匆匆跟上，跟着女主人顺着蜿蜒曲折的楼梯一直往上走。

这古堡也不知道到底有多少层，林秋石往上爬的时候数着楼层，发现女主人带着他们最终停在了第七层。

她走到了七楼的走廊尽头，打开了一扇门，进入门中。

大家都没敢直接进去，而是选择在门口观察了片刻。

面前的房间应该是一个画室，放着许多绘画工具，但最吸引人目光的，还是放在画室中间用白布盖起来的一幅画作。管家的声音在他们身后适时地响起："还有几天时间，大家最期待的画作就将完成，在这几天里，请大家暂时按捺住激动的心情，欣赏一下古堡之中的其他景色，等到主人完成画作后，一定会请大家好好品评。"

林秋石听到这话，算是明白了他们的身份。他们大约是作为那女主人画技崇拜者的身份出现的，而他们需要在这里熬过几天，直到女主人的画作最终完成。而从目前的信息来看，出门的钥匙也有可能和女主人最终完成的画作有关。

"请各位不要打扰我主人继续创作。"管家道，"今日时间已经不早，请大家早些回各自的房间休息。"

他说着，又将众人带回了楼下。

他们住的地方在三楼，一人一间房，房间的钥匙是随机分配的，上面的数字对应的便是各自的房间号。

林秋石运气不错，正好和阮南烛是对门，倒是谭枣枣比较倒霉，被分到了一个角落里的房间，她捏着钥匙不满意地嘟囔了好一会儿。

房间很大，装饰也很漂亮，只是无论是那张尺寸惊人的大床还是风格复古的梳妆台，都透出年代久远的气息。

古堡的主人大约十分喜欢画画，连屋子中央都挂着一幅画作。这幅画画的似乎是雨幕下的古堡，色调很暗，林秋石看了一眼，便把这画从墙上取下来盖在了地上。

因为线索是雨中女郎，林秋石总觉得触发死亡的条件肯定和画有点关系。

他洗漱之后，便上了床，上床之前照例检查了一下手机，毫不意外地看到手机上并无信号。

他在床上躺了一会儿，等到时间差不多了，便爬起来去对门小声地敲了敲门。

“嘎吱”一声轻响，阮南烛给林秋石开了门。

“南烛。”林秋石进去之后，注意到阮南烛的房间里也有一幅画，这幅画画的似乎是古堡门口的灌木丛，天气依旧是雨天。

“嗯。”阮南烛似乎刚洗了头，头发湿漉漉的，他一边擦着头发一边道，“有什么发现？”

“她和雨中女郎长得太像了。”林秋石说，“几乎像是从画里走出来的。”

阮南烛点点头：“的确。”

林秋石说的是女主人，只要看过《雨中女郎》那幅画，再看见古堡的女主人，绝对会将她们两个联系在一起。

阮南烛指了指挂在墙壁上的画：“你房间也有？”

林秋石点点头：“对，内容不一样，是画的古堡。”

“取下来吧。”阮南烛道。

“已经取了。”林秋石说，“谭枣枣那边怎么样？”

阮南烛说：“我待会儿过去看看，不行就把她接过来住。”

林秋石“嗯”了声。

阮南烛道：“你没什么想说的？”

林秋石以为阮南烛在问他线索，他摇摇头，表示自己没有发现更多，明天还得再看看。

阮南烛：“算了，没什么。”

其实如果可以，林秋石自然是愿意和阮南烛住一个房间的，因为这样两个人都有个照应，奈何这次还有个谭枣枣需要照顾，所以林秋石就只能将就一下。

又和阮南烛说了会儿话，林秋石便回了自己的房间。

结果他一进屋子就愣住了，只见刚才被他从墙壁上取下来的画居然又回到了墙壁上……

他沉默片刻，上前又把那画给取了下来。

这次他没有放在墙角，而是打开抽屉把画放在里面，又用凳子把抽屉给抵住了。

夜幕降临，窗外刮起了风，林秋石躺在床上，听到微风穿过树梢，发出窸窸窣窣的声音。

卧室的天花板上挂着一盏漂亮的水晶灯，林秋石盯着那水晶灯开始发呆。他知道自己该睡了，但怎么都睡不着，想要强行放空脑海，却越来越清醒。

风越刮越大，林秋石嗅到了一股属于雨水的腥味，那是雨滴在干涸的大地上独有的水的腥臭，这味道本该很淡，此时却越来越浓郁，甚至让林秋石的鼻腔都充斥着那股子潮湿的气息。

林秋石一直看着天花板，突然愣住了，不知何时，他的头顶上开始浮现出一块明显的水渍，在洁白的墙面上是如此显眼。他用力地揉了揉眼睛，那块水渍的确存在——不是他看错了。

可是他的楼上不应该是房间吗？怎么会漏水？林秋石觉得情况有些不妙，那水渍越来越明显，黑漆漆的一团，像是在蠕动变化。他不敢再躺在床上，赶紧起身开灯。

灯光亮起后，林秋石再看向天花板，却发现天花板上面空空如也。

这是幻觉，还是提示？林秋石尝试性地关掉灯，果不其然，在灯光熄灭之后，黑色的水渍又出现了，并且和刚才相比，水渍又大了一圈，并且开始呈现出一个奇怪的图案，就像是一个……女人的侧脸。

林秋石又把灯打开了。

他环顾四周，起身走到窗边，把窗户关上，然后拉下锁扣锁上。

外面已经开始下雨，雨不大，声音却非常清晰，雨点淅淅沥沥地落在树叶上，响起清脆的节奏声。

林秋石朝着窗外望了一眼，看到了雨幕中的花园。

花园的最深处，似乎出现了一个黑色的人影，她穿着雨衣，戴着黑色的圆帽，静静地立在灌木丛里，凝视着面前的古堡，仿佛来客，又仿佛归人。

但林秋石再一看，那人影又变成了树的影子，不过是他紧张过度的错觉。

要是在现实世界里，遇到这样的事情，他大概会觉得自己神经敏感，想太多了。奈何这不是现实世界，而是诡谲的门内世界，所以林秋石不得不多想。他仔细观察了一下窗外，确定灌木丛中的人影消失不见后才回到了床上。这次他没敢关灯，而是开着灯试图入睡。

虽然睡意非常浅薄，但在林秋石想到有阮南烛陪伴的那种安心的感觉后，居然真的迷迷糊糊地睡过去了——阮南烛真不愧是安眠药精，想一想都能有作用。

第二天早晨，林秋石被闹钟吵醒。他简单地洗漱后，便打算去找阮南烛。昨晚林秋石没有睡好，眼睛底下还挂着浓浓的黑眼圈，镜子中人的面容依旧是陌生的，但如果仔细看，还是会觉得和现实中的他在气质上有一两分相似。林秋石换了身衣服，去对面敲响了阮南烛的房门。

房门“嘎吱”一声开了，可开门的人居然是谭枣枣，她的脸色比林秋石的还难看，一副彻夜未眠的模样，没好气地对林秋石说了声“早安”。

“早。”阮南烛一副才起床洗漱完的样子，下巴上还沾着水滴，他刚走出浴室，就听到了林秋石的声音，转头冲着林秋石打了声招呼。

谭枣枣气呼呼地去了洗手间。

林秋石莫名其妙，但他很快就发现了谭枣枣生气的原因——这姑娘居然在屋子里打了一晚上的地铺，而打地铺的地方就在阮南烛的大床旁边。

“她睡地上？”林秋石看着地铺愣了几秒。

“不然呢？”阮南烛说，“我可不喜欢和别人睡一张床。”

林秋石：“……”他想起了自己和阮南烛睡一张床的日日夜夜，等等，这个说法怎么听起来怪怪的？

阮南烛说：“你除外。”

林秋石听着这话有点不太好意思，便岔开了话题：“昨晚睡得怎么样？”

“挺好。”阮南烛回答，“床不错。”

这床的确很大很软，躺上去非常舒服，只是再怎么舒服，恐怕也没几个人能像阮南烛这样坦然地享受。

谭枣枣洗完脸刷完牙出来之后直嘟囔，说阮南烛真不是个人，居然让她打地铺，害得她浑身酸痛……

阮南烛起初没理她，见她没完没了，才不咸不淡地说了句："不然今晚你睡床？"

谭枣枣："真的吗？真的吗？"

阮南烛："我可以去和林林挤一挤。"

谭枣枣："……"

她当然不敢答应，昨天就是发现事情不对劲，她才紧张兮兮地跑到阮南烛的房间来凑合一晚上，如果真的敢一个人睡，她又何必跑过来睡地板呢？

02

早餐是在楼上吃的，林秋石本来以为这古堡中就只有管家和主人，却没想到竟还有几个仆人。那些仆人送来早餐后便迅速离开了，他们的脸上没有任何表情，麻木的样子与其说是人，倒更像是没有感情的木偶。

吃早餐的时候，昨天见过一面的主人也出现了，她依旧穿着那身黑色的长裙，戴着那顶奇怪的帽子，坐在窗户边上，用那双苍白的大手抓起食物慢慢地塞进嘴里。

没人敢和她搭话，餐厅里安静得吓人。

好在吃完饭后，主人便再次消失，按照管家的说法，她应该是去了顶楼的画室。管家说接下来是自由活动时间，但有几个地方大家最好不要去，一就是顶楼的画室，二是六楼放未完成的画作的仓库，其他地方他们可以随意观赏，但要注意，主人不喜欢别人碰她的画……

他说的这些内容，大家都仔细地记了下来，队伍里甚至还有人在仔细地做笔记，就怕听漏一个字。

管家说完之后也走了，留下十个人在餐厅。

"我要出去看看，有人一起吗？"团队里有人站起来，想要出去寻找钥匙的线索。

于是陆陆续续地离开了两队人，基本上都是两人一组。

林秋石正欲去邀请阮南烛，便看到那个新人小姑娘扭扭捏捏地走到阮南烛面前，小声道："小哥哥，你有队友吗？能不能带一带我，我好害怕……"

那小姑娘模样不差，楚楚可怜的模样也的确让人生出了怜惜之情，只可惜阮南烛是什么人，是专业的女装大佬，他扮起姑娘来可比眼前的小姑娘演技强多了，所以连林秋石都能看出阮南烛的内心毫无波动，甚至还想再吃个白煮蛋。

“不能。”阮南烛干脆地拒绝。

“可是，我真的好怕，我会努力不拖你后腿的。”小姑娘又开始流泪。

阮南烛挑眉，私下里给了谭枣枣一个眼色。

谭枣枣心领神会，站起来走到小姑娘旁边，道：“不好意思，我昨天就约了他了，你还是去找别人吧。”

那小姑娘看见谭枣枣，眼里出现了一丝不忿，她还欲再说什么，阮南烛却已经站起来，对着谭枣枣招了招手，示意出发。

谭枣枣跟在他后面出了门。

林秋石坐在旁边，也找借口走了。看来阮南烛扮姑娘的确有不少好处，至少不用担心有姑娘来找他组队还不好拒绝。

“那新人不太对劲。”出去之后，阮南烛说了这么一句。

“哪里不对劲？”谭枣枣倒是没看出来，“她昨天哭得那么惨……”

阮南烛看了谭枣枣一眼，说：“你觉得胆子那么小的人敢来找我组队吗？”

谭枣枣挑眉：“也对。”

阮南烛的漂亮并不是那种温和的美，反而充满了侵略性和疏离感。他就像一朵丛林中艳丽的花，在用耀眼的颜色告诉旁人，这朵花是有毒的。扮作女人的时候还可以示弱，但穿着男装的阮南烛，显然并没有让自己处于弱者地位的习惯。

他坐在那里，不过是挑了挑眉头，便让人不由得退缩，根本不敢靠近。这样一个人，就算是林秋石，也不会想着和他组队。

“万一是色令智昏呢？”谭枣枣一边走，一边观察旁边的画，“也说不定嘛。”

阮南烛漫不经心地说：“主动和我组过队的人不超过十个，没一个是新手，她不会是例外。”假装自己是新手有好处也有坏处，好处是不容易让其他人产生警觉，坏处是一旦身份被识破，就会成为整个团队排斥的对象，毕竟谁也不知道那人假装新手的目的到底是什么。

这古堡太大了，光是二楼就有无数个房间。他们从二楼走到三楼，看见唯一的相同之处，便是这古堡里面无论何处都挂满了各式各样的画，甚至厕所都没放过。

林秋石对艺术不了解，也不知道这些油画到底如何，他唯一能确定的，就是这些画给人的感觉都很不舒服，如果可以，他宁愿用白布将它们全部盖起来。

“我们是不是不能碰画？”谭枣枣也记住了管家的话。

“不，不是。”阮南烛道，“你有没有注意到他的用词？”

“主人不喜欢？”林秋石还记得管家的原话。

“对，是主人不喜欢，而不是绝对不能碰。”阮南烛的脚步停在了一幅画面前，眉头突然皱了起来。

“怎么了？”谭枣枣发现他的脸色不对。

“没事。”阮南烛说，“你对画画了解吗？”

谭枣枣摇头：“不清楚，没学过。”

阮南烛“哦”了一声：“我也不了解，看来我们三个从画里是看不出什么了，去楼上的房间看看吧。”

林秋石“嗯”了声，三人便顺着楼梯往楼上走。

楼梯是木制的，踩在上面会发出清脆的“嗒嗒”声，通往顶楼的道路也不止这一条，在古堡的两侧都有石头楼梯可以从一楼爬到顶楼。

古堡里的大多数房间都上了锁，只有小部分开着，而这些开着的房间里面几乎全部摆满了各式各样的画，依旧是有人物有风景。然而就在他们商量着去顶楼的画室看看的时候，楼下却突然传来了一声惨叫。

那是女人的惨叫声，一声即止，等其他人赶到的时候，惨叫的人已经不见了，只有空荡荡的楼梯。

“刚才是谁在叫？”团里一个中年男人发问。

“不知道，我们也刚到。”林秋石说，“你从几楼赶过来的？”

中年男人说：“三楼。”

林秋石道：“我们在六楼，那叫声应该是在四楼……”

因为这声音，大部分人都陆陆续续到达了叫声发出的位置，很快，他们便确认了惨叫者的身份。

“她叫小素，是刚和我组队的。”说话的是一个男人，只是他的表情很惊恐，“她刚才说要去上厕所，结果却不见了。”

“你们在几楼？”林秋石问。

“顶楼。”男人咽了咽口水，“顶楼没厕所，所以她想下来……”结果却出现在了四楼，并且在发出惨叫之后就消失了。门内的世界，消失便等于死亡，只是没人知道，她到底是如何触发了死亡条件。

“再找找吧。”阮南烛说，“万一是什么误会呢。”

好像也只能如此了，不过短短几十分钟就失去了同伴的男人似乎大受打击，瑟瑟发抖地加入了另外一个两人组。

阮南烛看了林秋石一眼，道：“我们要不要去顶楼看看？”

林秋石道：“好啊。”

谭枣枣在旁边嘟囔着说：“你们真是哪里危险就往哪里跑，也不怕出事。”

阮南烛无所谓地说：“这种想法就是你们新手的误区，有些事情不是躲就能躲掉的。要出事在哪儿都能出事，早点搞到钥匙出去才是正理。”

谭枣枣哼了声，没说话。这些事情说着容易做着难，真能像阮南烛这样坦然面对死亡和那些东西的，也不知道要在门里经历多少次险恶的绝境。

他们一路往上，很快就到达了古堡的第七层，也就是顶楼。

顶楼是个古旧的阁楼，依旧放满了画作，只是这些画作似乎和楼下的略有不同。林秋石观察了一会儿，才恍然：“这些画是不是新画的？”

阮南烛嗅了嗅：“应该是，还有颜料的味道。”

谭枣枣突然停在了一幅画作面前，她的脸上出现了些许疑惑，迟疑片刻后才道：“你们来看看，这画是不是有点奇怪？”

林秋石走到谭枣枣身后，看到了她口中那张奇怪的画作。

的确很奇怪，这幅画画的是一个女人的背影，风格是一向的扭曲，女人的背影被无限拉长，绕着楼梯一圈又一圈，像是巨大的旋涡。

“你觉得像什么？”谭枣枣问。

“女人的……背影？”如果光看内容，基本很难认出画的到底是什么，但无论是谭枣枣还是林秋石，在看到这画作的第一时间，想到的都是同样的内容——一个惊恐的、正在爬楼梯的女人，她好像被什么东西追逐着，背影里透着难以言喻的恐惧。

“新画的。”阮南烛的声音传来，“颜料都没干。”

谭枣枣和林秋石对视一眼，都想到了同样的事。谭枣枣摸了摸自己胳膊上的鸡皮疙瘩，强笑道：“这……这该不会是……”

“估计是。”阮南烛说，“可以让那个女生的男伴过来看看。”他的目光凝固在画作上，缓声道，“看看这是不是他消失的队友。”

……

小素只是想去上个厕所而已。

她从七楼下来，在四楼匆匆寻找厕所，古堡里厕所很多，她很快就在四楼的尽头找到了自己想找的地方。

进入厕所，小素找了个隔间正欲坐下，却注意到自己面前的墙壁上挂了一幅奇怪的人像画。那是一个戴着黑色帽子、穿着黑色长衫的女人，她脸色惨白，眼睛半闭着，雨水顺着帽檐滑落至下巴，那张脸又白又长，让人莫名的瘆得慌。古堡里的画大多都是抽象派，画上的东西在不知道背景的情况下几乎很难辨识出到底是什么。但是眼前画卷的内容却非常清楚，甚至小素看到的第一眼就怀疑这是古堡女主人的自画像。

这幅画或许是什么重要的线索……小素站起来，走到画卷的面前，想要仔细观摩。然而鬼使神差地，小素在靠近画卷后，竟像是着了魔似的对着画卷伸出了手，等到她清醒过来时，她的手掌已经按在了画卷上面。

“啊！”小素猛然惊觉，收回了自己的手，她感到自己的手上湿漉漉的一片，还带着一股下雨之后的泥土气息。她再抬头时，画卷却已经变了。小素瞪圆了眼睛，愕然看着面前的画……画还是那幅画，只是画中那个脸色惨白的女人不见了踪影。

小素见到此景，再也不敢停留，转身狂奔，她想上楼找自己的队友，脚踩在结实的木质楼梯上，发出一连串急促的响声。

“嗒嗒嗒嗒嗒嗒。”清脆的脚步声在古堡里回荡，小素跑啊跑，跑啊跑……围着那楼梯跑了好久，可眼前的阶梯仿佛没有尽头的轮回，所有的景象都凝固了，唯有眼前的楼梯还在不停地向前延伸。

“啊，啊，啊……”小素剧烈地喘息着，浑身上下全是汗水，她的体力消耗殆尽，终于快要跑不动了。

然而“嗒嗒嗒”的脚步声居然还在响，小素又闻到了那股子雨水的味道。小素浑身颤抖着扭过头，看到一个黑色的影子静静地立在楼梯的入口处。不，那不是黑色的影子，那是一个穿着黑衣的女人，她身上被雨水淋湿，脸色苍白无比，右手拿着一个巨大的画框，黑色的瞳孔如同两个黑洞，死寂地凝视着面前的小素。

小素浑身剧颤，张口欲言，却又说不出话来。她手脚并用，用尽最后的力气哭喊着往前爬去。

“嗒嗒嗒。”脚步声又响起了，只是这次的脚步声不紧不慢，就这样跟在小素身后。

小素浑身上下都是汗，整个人如同被水淋湿了一般，她最后的力气也用尽了，只能像一摊烂泥，趴在地上无法动弹。

女人走到了小素的面前，屋子里是干燥的，但她身上的水滴却在源源不断地往下流淌，甚至还有一部分滴落在了小素的身上。

小素仰起头，看见女人掏出了一个画框，她惨白的脸上出现了一种难以形容的扭曲笑容，那涂满了红色口红的嘴咧出一个骇人的弧度。随后，女人挥舞着画框，对着小素重重地砸了下来。

“啊！”小素只来得及发出一声凄厉的惨叫，黑暗便袭击了她的双眸，她感到身体开始变冷，意识开始变得模糊不清……一切都结束了。

……

在楼下的男伴很快回到了顶楼，确定了林秋石他们的猜测。

“就是她，就是她！”男伴在看到画卷的第一时间就嘶吼起来，他的神情恐惧至极，“她穿的就是这身衣服！”

“万一这画是昨天画的呢？”人群里有人颤声道，“你们那么确定吗？”

“不可能是昨天！”男伴几乎要崩溃了，他想要摸一摸那画卷，但是又不敢伸手，“她昨天没有穿这身衣服！这衣服是今天换上的！”

古堡里面的确给他们提供了新的衣服，并且非常漂亮，林秋石也在自己的柜子里看到了那些衣服，但整个团队里几乎没人换上——毕竟这是恐怖世界，随便换衣服，谁知道会发生什么。

只是不知道这个叫小素的姑娘，为什么会突然换了身衣裳。

“她被变成画了。”男人喃喃，“她被变成画了……”

“她去厕所之前，你们在做什么？”面对这样骇人的事实，阮南烛依旧非常冷静，他说，“仔细说一下。”

男人颤声道：“没做什么，我没什么都没做，只是到这里看了一下画，然后她就要去上厕所……”

阮南烛：“有什么特别的画吗？”

男人摇摇头。

阮南烛道：“走，去四楼的厕所看看。”

于是他们又跑到了四楼的女厕所。

检查了一圈后，发现厕所并无特别之处，但林秋石总觉得有什么违和的地方，看阮南烛的眉头也皱着，显然和他的感觉差不多。

“等等。”林秋石突然想起了什么，他环顾四周，终于确定了哪里不对，“这个房间里为什么没有画？”

这话一出，大家都察觉出了不对劲。

古堡里几乎所有地方都挂了画，无论是厕所、卧室，还是书房、走廊，几乎在每个角落里，都会挂着一幅被装帧起来的画卷。

但眼前的厕所却没有，他们找遍了每个角落，都没有看到画的影子。

“确定没有。”阮南烛说，“是本来就没有画，还是原本有，却被人取走了？”

没人知道这个问题的答案，唯一知道答案的人，已经变成了画的一部分。

死一般的寂静，在人群之中蔓延。

古堡中响起的钟声打破了这种寂静，这是宣布午饭时间到的钟声，众人听了，都开始朝着二楼走。

虽然气氛恐怖，但该吃的东西还是得吃，该睡的觉还是得睡。

今天的午饭，依旧是牛排。

大家都没什么胃口，除了阮南烛。

阮南烛的动作优雅流畅，切牛排这种事情硬是被他做出了艺术感。

大约是他吃得太香了，所有人的目光都聚集在了他的身上。阮南烛显然习惯了这种万众瞩目的感觉，他非常淡定地吃完了牛排，擦了擦嘴，然后道：“怎么，不合口味？”

林秋石：“没……就是有点没胃口。”

“好好吃吧。”阮南烛环顾四周，笑了笑，“说不定就是最后一顿了呢。”

众人：“……”

林秋石面露无奈：“这样说不吉利吧？”

阮南烛：“难道说几句吉利话就不用死了？恭喜发财？长命百岁？”

林秋石哭笑不得，不过阮南烛说的的确有道理，死亡这种事情向来不会因人的意志而改变，倒不如冷静下来享受活着的每一分钟——道理是这个道理，能做到的却没几个。

在阮南烛好心的安慰下，林秋石只好又吃了几口。

女主人这次没有和他们共进午餐，直到他们快要离席的时候，女主人才姗姗来迟，和众人擦肩而过。

虽然只是一面，但林秋石还是注意到她苍白的脸上多了一分餍足之色，仿佛刚吃完什么美妙的食物，眼角眉梢都是喜悦，虽然这种喜悦在那张怪异的脸上只会显得恐怖。

“我们去睡个午觉吧。”阮南烛提议。

“行啊。”谭枣枣昨天就没睡好，今天一上午都没啥精神。

谁知道阮南烛却瞅了她一眼，道：“你还是打地铺。”

谭枣枣：“你就不能让我睡床吗？”

“你自己房间的床随便睡，至于我的床……”阮南烛的语气平静又冷淡，“你暂时还没那个资格。”

谭枣枣：“……”阮南烛你这个浑蛋。

03

睡床是不可能的，这辈子都不可能睡床，地板又直又硬，她超喜欢睡在地板上面的——躺在地铺上的谭枣枣如此安慰自己。

在阮南烛无情的拒绝下，最终还是变成了两个大男人挤一张床，谭枣枣弱小可怜又无助地去打地铺的情况。当然，她在打地铺的时候还不忘在心里嘀咕，希望林秋石的睡相差一点，最好能把阮南烛这家伙踢下床。

午觉之后，外面又开始下雨了。

天空中聚集了厚厚的乌云，淅淅沥沥的小雨砸在地面上，发出清脆的滴答声。林秋石醒来后，在窗边站了一会儿。

透过窗户，他看到了古堡外茂密的灌木丛。

那些灌木丛应该是一些蔷薇科的花，但因为没到花季，枝条也未曾修剪，所以显得非常凌乱。

雨水让空气变得湿润，周遭又开始弥漫着那股子奇怪的水腥味，只是这味道不如昨晚那么浓郁，只是若有若无。

“他们跑到外面去干什么？”谭枣枣也支了个脑袋过来，看到有三个人打着伞在门外走动。

那些人都是团队里的人，看起来像是在寻找什么东西。

“找线索吧。”林秋石也看见了他们，“他们是不是发现了什么？”

谭枣枣道：“我们要跟过去吗？”

林秋石扭头看了眼还懒洋洋地躺在床上的阮南烛。

阮南烛收到了他的目光，懒散地说了句：“不去。”他神情冷淡，“我讨厌下雨。”

林秋石道：“那就不去。”

屋子外面的人走入了灌木丛的深处，消失在了林秋石眼前。

“湿漉漉的感觉真让人难受。”阮南烛随手披上外套，开始穿鞋，“这个古堡我们还没探索完，走吧。”

古堡很大，一上午的时间很难彻底查探一遍。

因为上午名叫小素的女团员出了那样的事，团队里的气氛如果之前还可以用僵硬这个词来形容，那么现在只能说是死气沉沉，大部分人都坐在餐厅里，哪里都没去。

就这样，一天过去了。吃过晚饭，团队里的人便各自回房休息。

阮南烛问林秋石一个人怕不怕。

林秋石："还好，不过如果出事了，我会过来找你的。"

阮南烛点点头，看着林秋石进入房间后，才转身推门进入自己的卧室。

因为下雨，才六点左右，外面的天色就已经黑了。林秋石洗漱之前，又在窗口看了一会儿，借着屋内微微的光，屋外茂密的灌木丛如同一只只张牙舞爪的手，在墙壁上蔓延。

昨晚看到人影的地方依旧空空如也，并没有出现什么奇怪的东西。

林秋石看了一会儿，才转身去洗了个澡。

洗完之后，他擦着头发走到床边，脚步却忽地顿住，他看到了窗外有一个人影。

一个背对着他的黑色人影。

那个人影穿着一身黑衣，戴着宽边帽，就这样沉默地站在雨中，背对着林秋石。

林秋石感到一阵凉气从自己的后背窜起。他舔了舔干涩的嘴唇，想让自己冷静下来。

虽然很模糊，但那人影应该是古堡女主人的。昨天他看到的，的确不是幻觉。

只是这么晚了，古堡女主人在灌木丛里做什么？

这个问题似乎暂时找不到答案。

雨中的人影仿佛化为了一尊不会动弹的雕像，僵硬地伫立在那里，一动不动。

林秋石看了十几分钟，那人影都没有移动过分毫，最后反倒是他先感到疲惫，看了看时间后，便回到了床边，躺在了柔软的大床上。

然而刚躺上床的林秋石，却注意到了一件可怖的事，他面前本该什么都没有的墙壁上，多了一个画框。

画框里是一个面无表情的女人，穿着黑衣，戴着黑帽，雨水顺着她的帽檐慢慢流淌下来，她眼睛似乎半闭着，脸色苍白得像一张纸——正是那幅《雨中女郎》。

林秋石浑身都僵住了，他慢慢地从床上爬起来，想要离开这里。

走到门边的时候，他的鼻腔里又开始灌满那股属于雨水的腥气，这气味浓郁得让人有种仿佛在水中呼吸的感觉。林秋石清楚地注意到，那幅画后面的墙壁上，开始透出黑色的污渍。

污渍像是积累的水渍，在墙壁上变幻出怪异的图案，像一张脸，又像一个人。

林秋石扭动门把手，打开房门，匆匆离开了自己的房间，敲响了阮南烛的房门。

片刻后，房门开了，是谭枣枣给林秋石开的门。她发现林秋石脸色不对，立马意识到发生了什么："怎么了，出事了？"

"嗯。"林秋石道，"屋子里情况不对。"

"你进来吧。"谭枣枣给林秋石让开一条缝。

林秋石吐了口气，正打算进门，却注意到了一个不对劲的地方：谭枣枣面前的门，是向左开的。

而古堡里，所有的门都是向右开的。

林秋石的表情凝滞了片刻，他没有再往前，而是慢慢地后退了一步。

"怎么了？"谭枣枣表情疑惑地询问，她的神情很正常，仿佛就是白天那个和他们在一起的谭枣枣。

"你叫什么名字？"林秋石道，"你叫什么名字来着，我忘记了。"

"我叫许晓橙啊。"谭枣枣奇怪地看着林秋石，像是在看什么怪物，"你脑子没问题吧？被吓傻了？"

林秋石实在是笑不出来，在没人的时候，他们称呼谭枣枣都是叫真名。他没有再和谭枣枣说话，转身跑回了自己的房间。

谭枣枣似乎被他的动作吓了一跳，直到林秋石关上房门，她才反应过来，走到林秋石的门口敲了好几下，说："余林林，你没事吧？余林林？你中什么邪了？"

林秋石站在门边，没吭声。

谭枣枣的声音继续传来，她说："余林林，你赶紧出来啊，你不是说屋子里出事了吗？余林林……"

林秋石低头看着靠近门边的地毯。

地毯边缘的位置开始慢慢变色——这种变化林秋石很熟悉，便是沾染了水之后的变化。门外的人声音是熟悉的，可是那到底是什么东西，林秋石却无法确定。他扭头看了眼自己旁边的墙壁，只见那幅《雨中女郎》的画框上也开始浮出浅浅的水滴，一点一点地顺着画框流下，像是女郎帽檐上滑落的雨水。

“林林，林林……”谭枣枣的声音渐渐变得怪异起来，声音越来越尖，也越来越扭曲，她重重地砸着门，像是要将眼前的门硬生生地砸烂，“林林，你出来啊，你出来啊……”

林秋石没有给予回应，他冷静地拉过旁边的凳子抵在了门上。

门缝旁边的地毯湿得更厉害了，好像外面站着的“谭枣枣”浑身上下都在流水。如果可以的话，林秋石自然想看看外面到底是什么情况，但他也没有胆大到趴在地上去瞅门缝的地步——天知道如果在门缝里看到一双眼睛会有多恐怖。

浓郁的水腥味呛得人鼻腔发疼，林秋石静静地站在门边，听着谭枣枣的声音逐渐扭曲得不成样子。

最后她开始号哭，如同夜枭午夜的哭啼，听得人头皮发麻。

“你出来啊，你出来啊！”外面不知道是什么东西在哀号，一双手开始朝着门缝里面摸索。

林秋石后退了几步，看到门缝里冒出了几个惨白的指甲尖。

本来关好的窗户，竟又被风吹开了，窗户剧烈地砸在墙壁上，发出刺耳的“哐哐”声。被风吹起的窗帘像两只巨大的手，朝着屋子里的林秋石伸了过来。虽然隔得有些远，但林秋石还是看清楚了，窗户外面，灌木丛中站着的人影，不知何时转了个身，变成了面对林秋石的样子，而正如他猜测的那般，她果真是城堡里的女主人。

女人惨白的脸上全是雨水，黑洞洞的眸子静静地凝视着这间屋子所在的位置。

林秋石没敢多看，移开了自己的目光，在心中祈祷晨光快点来到。

也不知道到底过了多久，迷迷糊糊的林秋石听到了一阵激烈的敲门声。

他揉了揉眼睛，才发现自己坐在门旁边靠着墙壁睡着了。他从地上爬起来，门外却传来了熟悉的声音，是谭枣枣在叫他：“林林，你没事吧？开开门啊……再不开，我就破门而入啦！”

林秋石听到这话，条件反射地看了眼窗外，只见外面的雨已经停了，此时天边的云层中露出一点阳光，虽然微弱，但是足够让人安心。

林秋石说：“你叫什么名字？”

“你到底怎么了？睡了一觉把脑子睡坏了？”谭枣枣莫名其妙。

林秋石沉默片刻，扭动了面前的门把手。

门开了，外面果真站着谭枣枣，她挠着头：“你脸色好差，昨晚发生了什么？”

林秋石没回答，而是问：“他呢？”

谭枣枣知道林秋石是在问阮南烛，道：“还在洗漱。”

林秋石：“嗯……”

谭枣枣：“怎么了？”

林秋石说：“我昨晚好像差点‘挂’了。”

谭枣枣：“……”你为什么能把那么恐怖的事情说得那么淡定啊？

几分钟后，林秋石把自己昨晚经历的事告诉了谭枣枣和阮南烛。虽然他说得很简单，语气也很平静，但谭枣枣听得后背起了一层鸡皮疙瘩，她咽了咽口水，小声道：“那你是一晚上没睡？”

“没。”林秋石说，“快天亮的时候小憩了一会儿。”

阮南烛听完之后一直没说话，似乎在思考什么事。

林秋石看见阮南烛就觉得心安，他也没催，给阮南烛留下了思考的空间。

谁知道阮南烛却一挥手，说：“先去吃早饭，脑供血不足，什么都想不出来。”

林秋石：“……”

三人去了二楼的餐厅，看见团队里的其他人也来了，数了数人数，看来昨晚并没有人遇害。

女主人依旧坐在最里面的位置，只是她的心情似乎不如昨天那么好，脸色惨白，表情阴郁，让人更不愿靠近。

经过昨晚的事，林秋石总觉得他进入餐厅的时候，那女人瞪了他一眼。

早餐的味道倒是很不错，特别是刚出炉的面包又香又软，林秋石蘸着果酱吃了好几个。

谭枣枣见他胃口这么好，委婉地表达了敬佩，说要是自己遇到了昨天那些事，估计一天都吃不下什么东西。

“万一是最后一顿呢？”林秋石说出了昨天阮南烛说的话，“总要让自己饱着离开这个世界嘛。”

谭枣枣：“……”你怎么也开始了？

阮南烛一边吃东西，一边在想什么，全程都没怎么说话，直到吃完了，他才找了个地方，把自己思考出的内容说了出来。

“昨天她是想杀你。”阮南烛说，“但是你没有触发死亡条件，所以她没有成功。”

林秋石道：“她想把我骗进屋子里，我如果进去就肯定完蛋，还好还好……”

阮南烛：“那应该是画的世界，只有这样才能解释门为什么是反的。”他看了眼旁边挂着的画，“你是不是动了墙壁上的画？”

“嗯。”林秋石说，“我刚来这里的时候觉得墙壁上挂着的画让人不舒服，就取下来放进抽屉里了。”

阮南烛道：“这可能是个条件，但肯定不是触发死亡的条件。”门里的那些东西可不会心软，只要触发了死亡条件，你绝对活不过当晚。

要是林秋石昨晚没能认出假冒的许晓橙，估计今天他们就看不到他了。

阮南烛说：“我想再去看看昨天那幅画。”他说的是那个被镶嵌进画框的姑娘小素，目前这是唯一的线索。

于是他们又去了一趟楼上，仔细观察了一下那幅画，可依旧没找到什么特别的东西。

“再等等看。”阮南烛说，“肯定还会有别的线索。”

那些东西的行动不会停止，还会为他们提供更多的线索。

接着，他们又去找了昨天钻进灌木丛的那伙人，问他们有没有找到什么线索。

“找是找到了，但是为什么要告诉你们？”那伙人里领头的是个三十岁左右、名叫章涛的男人，他带着新人姑娘和另外一个年轻人，面对阮南烛的询问，表现出了强烈的抗拒。

“我们可以交换线索。”阮南烛说，“我们知道了一个触发死亡的条件。”

章涛狐疑地道：“真的？”

“自然是真的。”阮南烛说，“我们一个队员差点死了。”

章涛道：“你先说说看。”

阮南烛却挑了挑眉：“你们还没说在灌木丛里找到了什么线索，就让我们先说？谁知道你那线索有什么用处。”

章涛道：“那怎么办？”

阮南烛道：“不如这样，我们都写在纸条上，然后进行交换。”

章涛犹豫了一下，便点了点头。

进到门内的一群人本该属于一个团队，奈何有纸条的存在，大家都有所保留。也是，谁不想离开这里，拿到下一扇门的线索呢。况且这些人里有的并没有组织，甚至连门的规律都没有搞懂，和这样的新手分享，老手都会有所迟疑。

阮南烛和章涛分享完纸条后，便带着林秋石和谭枣枣离开了。

谭枣枣小声问阮南烛给了章涛什么内容——内容肯定是假的，毕竟现在他们自己都不知道触发死亡的条件是什么。

“随便写了点。”阮南烛说，“我的猜测而已，正好让他们去试试。”

谭枣枣：“怎么试？”

阮南烛：“要是他们之中死了一个，就说明那个条件不对。”

谭枣枣：“……”服。

不过也不怪阮南烛没诚意，章涛给他们的纸条也是相当敷衍，只是在上面写着灌木丛里有一个黑色的画框。

“黑色的画框……”林秋石想起了昨天自己在窗外看到的人，“我昨天看到的人影会不会和这个有关系？”

阮南烛道：“去看看就知道了。”

趁着没有下雨，他们赶紧去了昨天章涛他们去过的灌木丛里，果然在一个靠近边缘的角落里发现了一个黑色的画框。这画框斜斜地插在地里，表面还沾着水渍。

阮南烛看见画框后，半蹲下来似乎在寻找什么，片刻后，他重重地“啧”了一声，冲着林秋石招招手：“过来看。”

“嗯？”林秋石走到阮南烛旁边蹲下。

“看到了吗？”阮南烛指着画框说。

林秋石看了一会儿，才反应过来阮南烛在说什么。原来从这个角度看过去，他的房间正好被画框框在里面，这个画框摆放的角度非常刁钻，从其他方向看，都只能看到茂密的灌木丛，唯有他的窗户，暴露在了黑色的画框里。

“应该就是这个原因。”阮南烛说，“这画框估计被人动过。”

林秋石道：“因为上面有泥土？”

“对。”阮南烛说，“被人转了一圈……不，或许不是人。”

林秋石道：“那先把这东西取下来吧。”细细想来，昨晚屋子外面站着的那个人影，似乎就在画框所在的位置。难道是画框的主人，将他当作了画的一部分，所以那些事情才会发生在他身上？

阮南烛点点头。

因为不知道画框还有没有别的作用，林秋石也没敢拿回去，而是找了个好辨认的地方，挖了个坑把画框埋了起来。

埋好之后，他们又回到了古堡里。

回去不久后，天上又开始下雨。从到这里开始，雨水几乎就没有断过，一天能下七八个小时，最多早晨晴一会儿，接下来的中午和晚上都是连绵的细雨，让人的心情也很不舒服。

林秋石现在特别不喜欢那股子雨水的腥味，只要闻到就会想起晚上发生的那些事。

因为这个，他午饭吃得有些心不在焉，注意力几乎都在窗户外面。

“怎么了？”阮南烛问他。

“今天晚上还会不会遇到那些事？”林秋石说，“唉，好烦。”

阮南烛不动声色地道：“过来和我们待一起？”

林秋石：“我想想。”

阮南烛：“你想吧。”他似乎对林秋石的犹豫感到有些不愉快，放下手中的刀叉，不再继续吃东西。

谭枣枣在旁边暗爽，心想：阮南烛，你也有今天。

阮南烛却好似知道谭枣枣在想什么，不咸不淡地瞅了她一眼，冷冷地道了句：“你觉得自己没问题？”

谭枣枣：“不不不，大佬，大佬，我需要你。林林，你还犹豫什么，三个人在一起多安全啊，你要是遇到什么事，还有大佬帮忙呢！贼安心！”

阮南烛：“嗬。”

谭枣枣为自己的“狗腿”感到痛心。

林秋石想了想，觉得确实有点道理，便点点头：“好，那就一起吧。”

阮南烛“嗯”了声。

谭枣枣长长地叹息。

林秋石莫名其妙，没明白谭枣枣这声叹息是什么意思。

吃午饭的时候，大家又一起交流了各自找到的线索，当然，大部分人都有所保留。

林秋石说了自己昨晚在屋子里遇到的事，众人听完之后都是惊恐中带着庆幸，还有人拍了拍林秋石的肩，说：“兄弟，你运气是真的好。”

林秋石只能苦笑。

说他运气好吧，可他却成了被攻击的目标；说他运气不好吧，可要是不好，那今天他肯定不会坐在这里。

所以运气这事，还真是很难说。

阮南烛问有没有人去过顶楼的画室，和放置未成品的地方。

所有人都摇摇头，表示没去过，还有人说：“管家不是说了这两个地方都不能去吗？我们去那儿干吗？找死吗？”

阮南烛冷淡地应了句：“你不去就不会死了？”

那人：“……”

“走吧，这里没什么线索。”阮南烛带着林秋石和谭枣枣走出了屋子，道，“这次门内的人素质很差，看来指望不上他们。”

“素质差？怎么看出来的？”谭枣枣好奇地眨着眼睛。

阮南烛道：“你会百分之百听从非玩家角色的话吗？”

谭枣枣道：“不会啊。”

阮南烛指了指身后：“他们会。”

谭枣枣想了想，觉得阮南烛说得挺有道理。这次的新人似乎都比较胆小，自从第一天那个叫小素的女孩出事之后，大部分人都像是被吓破了胆，只有两三个人还在继续搜索，其他人要么躲在房间里，要么就在餐厅里等着，也不知道在等什么。

“我准备去画室看看。”阮南烛说，“虽然比较危险，但那个地方是一定要去的。”他仔细地挽起袖口，露出线条优美的手腕，“毕竟那些非玩家角色，可是一个个巴不得我们都死在门里面。”

04

女主人的画室在七楼。

之前的小素就是从七楼下来上厕所的时候失踪的，但是据和她在一起的男伴说，他们当时并没有进入女主人的画室，只是在旁边看了一下其他的画。

阮南烛和林秋石爬到了七楼，再次看到了笼罩在阴影之中的走廊。七楼的走廊很长，地上依旧铺着厚厚的地毯，地毯从楼梯往两侧延伸，最后停在了尽头的画室面前。

画室和其他的房间有些不太一样，门口用一张黑布盖得严严实实，似乎是画室的主人不想让光从门缝里透进去。

“她现在人在哪儿呢？”谭枣枣有点害怕，她摸着自己手臂上的鸡皮疙瘩，小声道，“万一我们一进去，看见她在里面画画，那多尴尬啊。”

“希望她现在不在画室。”阮南烛说，“你们在这里等着，我先去敲敲门。”

他说着要去敲门，居然就真的三两步跨到了画室门口，抬手就敲。

谭枣枣瞪圆了眼睛，听见阮南烛“咚咚咚”用力地敲响了画室的大门，她道：“厉害了，他胆子怎么那么大？”

林秋石倒是比她冷静点：“他胆子一向很大。”

门被敲响之后，里面并没有回应，阮南烛又敲了一次，最后确定里面没人。

“进去吧。”阮南烛说了句。

“这不是锁上了吗？”谭枣枣说，“咱们怎么进去？”

阮南烛从兜里掏出一个发卡，神色自然地弯腰干活。

谭枣枣：“……”她差点忘了阮南烛有这项技能了。

阮南烛弯着腰动作了一会儿后，门锁发出一声轻响便被打开了。阮南烛握住门把手，轻轻地拉开，先在门口观察了一下画室的内部构造，然后才对林秋石招招手：“你和我一起进去，谭枣枣你在门口放风，有动静就叫我们。”

谭枣枣乖乖地点点头。

林秋石上前一步，和阮南烛一起进入了画室。

画室不大，照明情况非常糟糕，窗户被人用黑色的窗帘牢牢盖住，只能依靠天花板上那盏不算明亮的小灯采光，需要很努力才能看清屋子里的情况。

画室中间的画架上摆放着一张用布盖起来的画，整个屋子里都充斥着一股属于颜料的怪异味道。

阮南烛做事向来干脆，他走到画架旁边，直接掀起了布幔。

布幔被掀开后，露出了一幅未完成的画，林秋石看到画后愣了愣：“这是……”

“最后的晚餐。”阮南烛说了这么一句。

这画第一眼看起来还真有点像《最后的晚餐》，画的是一群人在长桌上参加晚宴的情景，但仔细看去，却发现参加晚宴的人并不是基督的十二门徒，而是他们。没错，就是进入门内的他们。

有阮南烛，有林秋石，有谭枣枣，他们坐在长桌旁边，要么低头吃着食物，要么低声和旁人交谈。

如果只是这样也就罢了，但画中的人物却几乎都没有脸，林秋石只能从衣物上辨别出画里的人是他们。

“她的脸被画出来了。”阮南烛指了指角落里的一个女生，“她就是小素吧？”

林秋石也看到了阮南烛说的画面，长桌的角落里，一个女生的脸被画了出来，只是她的脸上并不是正在进食的愉悦和放松，而是难以言喻的恐惧，即使是透过画布，林秋石也能感受到那股绝望的气息。

整个画室除了这幅画，便没了其他特别的东西。阮南烛检查了一圈后，也没敢在里面多待，带着林秋石出了屋子，顺手把门锁好。

谭枣枣见他们出来了，赶紧问他们在里面看到了什么。

“一幅画。”林秋石说，“一幅我们正在吃晚餐的画。”他又描述了一下画里比较特别的情况。

谭枣枣听完后咽了咽口水，颤声道：“那个小素，真的被装进画里了？”

“嗯。”阮南烛说，“应该就是这样，我还想去六楼看看。”

“走。”林秋石说。

六楼比较特别的地方，是管家叮嘱他们不能去的未完成品展览室。

顾名思义，那应该是存放还没画完的画的地方。阮南烛很快就在六楼找到了那间屋子，轻松地打开了门上的锁，和林秋石一起进去了。

未完成品展览室的环境比画室稍微好一些，至少窗户没有用黑布盖上，并且房间非常宽敞。

房间里面摆满了密密麻麻的画，林秋石随便看了几幅，发现都有没完成的地方，画上大多数都空出了一块。

阮南烛的观察能力还是一贯的强悍，他的眼神扫过几百幅画作，很快就在里面找到了自己想要的，然后对着还在寻找线索的林秋石轻轻唤了一声：“秋石。”

林秋石走到阮南烛身后，看见了吸引阮南烛注意力的东西。在看清了阮南烛手指向的画时，林秋石感到一股凉意冲上了自己的后背，他沉默了一会儿，才小声道：“这是我的……卧室？”

“对。”阮南烛说，“你的卧室。”

一模一样的构造，甚至连窗户外面的景色都一样，眼前的画画的分明就是林秋石的卧室。他的卧室门开着，地板上沾染了醒目的水渍，如同那晚可怖的情形——只是这幅画也缺了一部分，这一部分就在靠近门的位置，简直就好像是特意给林秋石本人留下的。

“那晚你要是没能认出来谭枣枣是假的，”阮南烛看着画，用很平静的语气叙述着可怖的事实，“大概这一块就被你填上了。”

林秋石：“嗯。”

阮南烛道：“这画有点意思，也不知道能不能带出去。”他虽然这么说着，却没有用手碰这画的意思，而是转身道，“走吧，看得差不多了。”

林秋石说：“你记住里面的画了？”

阮南烛说：“大概。”

阮南烛说大概那基本就是记住了，果不其然，和林秋石出去之后，他解释道：“记住了也没什么用处，这些画的场景几乎包含了城堡中的每一个角落，躲不开的。”

林秋石叹气。

“小心点吧，问题不大。”阮南烛说，“毕竟是低级门，死亡条件还是比较苛刻的。”

谭枣枣嘟囔着说哪里苛刻了，如果那天晚上换成她，可能坟头草都五米了，那种情形下，谁能冷静地辨认出周围的异常情况啊。

阮南烛瞅了她一眼，少见地安慰了她一句：“别担心了，你要是变成了画……”

谭枣枣眼巴巴地说：“你们会把我救出来吗？”

阮南烛说：“我们一定会带着你的遗愿活下去，让你走得比较安详。”

谭枣枣：“……”她并没有被安慰到，谢谢。

他们去了两个地方，从楼上下来的时候差不多到了晚饭时间。

到了餐厅，林秋石却发现少了一个人，只有七人坐在长桌旁。

“还有一个人呢？”林秋石问大家。

“他说他不舒服。”有人回答，“在房间里休息。”

林秋石：“晚饭也不来吃？”

那人道：“我不知道……我待会儿去看看。”

林秋石“嗯”了声。

这古堡太大了，所以大家的活动范围很分散，也就只能在吃饭的时候确定一下人数，看有没有出现什么状况。

回答林秋石问题的那人似乎也有些不安，饭吃到一半就匆匆离开了，几分钟后他脸色煞白地回来，颤抖着道：“他……他不见了，也不在房间里。”

众人闻言，都陷入了沉默。

“周围找了吗？”林秋石说，“就是附近的走廊和厕所。”

“找了。”那人道，“没有回应。”

阮南烛擦了擦嘴：“房间里有没有多出什么东西，比如画之类的？”

那人说：“这个我没注意。”

“一起去看看。”阮南烛说。

那人看着阮南烛，感激地点点头，看来他也是怕得不行，不敢再一个人去。

一行人离开餐厅，去了失踪者的房间，林秋石一进屋子就闻到了那股子让人觉得不舒服的水腥味。毫无疑问，这个房间的主人极有可能和他经历了相同的事，只是那人的运气却没有他的好。

“这里原本应该挂了一幅画。”阮南烛看了眼墙壁，“现在没了。”

“画没了是什么意思？”有了小素的例子，大家心里都有了底，说话的人害怕得浑身发抖，“杨捷是不是……”

杨捷便是失踪者的名字。

“说不好。”阮南烛摇摇头，“得再找找。”

大家又楼上楼下地寻找了起来，但是找遍了几层楼，都没有发现那幅属于杨捷的画。直到第二天，林秋石无意中从窗户往外看，却看见远处的灌木丛里似乎有个什么东西。

他跑到那丛灌木前，发现灌木深处竟然放着一幅画。黑色的画框无比熟悉，上面甚至还沾着新鲜的泥土——分明就是昨天被林秋石和阮南烛埋到土里的那个画框。

而杨捷也被找到了，他出现在林秋石手中的画里，画中的灌木丛仿佛和他融为一体，扭曲且怪异。

“找到了。”林秋石带着画回到了古堡里。

“呜呜呜……”和杨捷一组的人看见画就开始哭，一个大男人浑身抖得跟触电似的，不停地擦着眼泪，“我们是不是都要死在这儿？呜呜，我们是不是都要死在这儿了……”

他的情绪一崩溃，其他人也开始跟着哭，搞得整个屋子里哭声此起彼伏，听得阮南烛脸色发黑。

林秋石也不知道该怎么安慰这些人，只能由着他们哭，最后还是谭枣枣受不了了，道：“哭什么哭啊，哭就能解决问题了？一个个大男人比我一个姑娘胆子还小！”

“那你说怎么办？”那人说，“又有人变成画了！”

“我怎么知道怎么办？”谭枣枣很不客气地说，“我是你母亲啊？”

阮南烛的心情显然很是不妙，面对崩溃的众人，他一句话也没说，转身就走。林秋石和谭枣枣赶紧跟在他身后。

直到回到了他们的房间，阮南烛才说了句：“我怀疑有内鬼。”

“什么意思？”林秋石道。

阮南烛说：“字面上的意思，团队里有人故意杀人。”

林秋石惊了：“故意杀人？”

阮南烛很冷静地说：“那个对准你房间的画框，可能是有人故意放的。”

林秋石：“……”

谭枣枣因为阮南烛的话打了个哆嗦：“可是依据呢……你是怎么猜出来的？”

阮南烛道：“现在我只是猜测。”他坐在床边，轻声道，“我刚才抽时间去看了我们埋画框的地方，那里多了一排脚印，鞋码在三十五码左右，不是谭枣枣的，也不是女主人的。”他闭上眼睛，似乎在回忆什么，“有人把画框挖了出来……团队里一共五个女生，除去谭枣枣和小素，还剩下三个，其中有两人满足条件。”

林秋石道：“里面是不是有那个之前来找你组队的新人？”

阮南烛说：“嗯。”

林秋石：“难道是她……”

阮南烛：“有可能，她今天也在跟着哭吧？”

“哭肯定是在哭啊。”谭枣枣很不耐烦地说，“从到这里开始，她每天都在哭。”

阮南烛道：“先看看情况，毕竟这只是我的猜测。”

“好。”林秋石说，“那今晚我和你们睡一间房吧。”

阮南烛点点头：“好。”

晚上，林秋石和阮南烛躺在柔软的大床上，谭枣枣在旁边打地铺，她已经习惯了自己的待遇，所以目前倒也没有心态不平衡。谭枣枣睡在地上想，地铺多好啊，想怎么滚就怎么滚，还不用担心和别人挤在一起，地铺真是好——才怪！阮南烛这个小气鬼！她记住了！

林秋石心里有事，本来以为自己会睡不着，但身边到底是躺了个“安眠药精”，他居然很快就睡了过去。

林秋石一觉睡到了第二天早上，睁开眼睛后，却不见阮南烛的身影。

他人呢？林秋石从床上坐了起来，看见谭枣枣还缩在被窝里睡得香甜。

“枣枣。”林秋石叫醒了她，“你看见阮南烛了吗？”

谭枣枣迷迷瞪瞪地睁开眼，迷糊地道：“他不见了？”

“嗯。”林秋石道，“一起来就没见他。”

“不知道……”谭枣枣也有点蒙，“没见着他。”

阮南烛失踪了，直到吃早饭的时候，林秋石都没看见他的身影。要是一般人不见了，恐怕林秋石的第一个反应就是这人没了，但阮南烛却不是普通人，所以林秋石在想他是不是去做什么事了。

然而吃完早饭，阮南烛还是没出现，林秋石也开始焦虑起来。

“他到底去哪儿了？”谭枣枣说，“会不会是出事了……”

林秋石只能安慰她：“别急，我们再找找看。阮南烛这么厉害，肯定不会出事的，况且昨天他还和我们睡在一起。”

谭枣枣没说话，眉头皱得死死的。

他们一层一层地找，从一楼找到了七楼，还是没看见阮南烛。

谭枣枣这下真急了，道：“他不会真的出事了吧？昨天晚上你没听见什么动静？”

“没有。”林秋石的听力向来敏锐，如果出了什么事，他一定会听见，奈何昨晚他却一觉睡到了大天亮，什么动静都没有听到。

“我们怎么办啊？”谭枣枣担忧地道。

“我们……看看这几层楼的画吧。”林秋石的语气听起来有点艰涩，“先……确定一下。”

谭枣枣不说话了。她知道林秋石是什么意思，林秋石是害怕阮南烛已经被变成了画像，如果真的是这样……谭枣枣不再说话，跟着林秋石开始仔细地观察画像。

他们找了整整三层楼，都没有看见阮南烛的身影，在松了口气的同时，心却悬得更厉害了。

因为找不到阮南烛，虽然到了午饭时间，但两人都没什么胃口。

谭枣枣有气无力地说想回去休息一会儿下午继续找，林秋石见她精神状态不好，点点头表示同意。

谁知两人刚回到屋子，竟然看见阮南烛躺在床上补觉，那副悠闲的模样，怎么都不像出了事。

“阮南烛！”谭枣枣“嗷呜”一声，差点尖叫出来，“你去哪里啦？害得我们好找！”

阮南烛睁开眼，懒懒地打了个哈欠：“有点事。”

“什么事？你怎么不说一声？”谭枣枣道，“你知道我们有多担心你吗？我们找了你一上午呢。”

阮南烛：“我也不知道会去这么久。”

谭枣枣：“嗯？你到底去哪儿了？”

阮南烛说：“去画里了。”

这话一出，谭枣枣瞬间安静了，她沉默了好一会儿，才试探性地问了句：“画里？是我想的那个画里？”

阮南烛点点头。

林秋石愕然：“你怎么进去的？那个画框不是已经没了吗？”

“不。”阮南烛说，“我们误会了一件事，小素没了，但画框还在，杨捷没了，画框同样也不会消失，或者换种说法，只要旧的画框中镶嵌了画，就总会有新的画框出现。”

林秋石：“……”

阮南烛说：“那个希望我们死的人，用了新的画框。”他笑了笑，“好在现在已经解决了。”

林秋石：“什么意思？”

阮南烛：“字面上的意思。还有，我发现了一张新的纸条。”

太多的信息，导致林秋石和谭枣枣一时间没办法完全理解，两人都是一脸茫然，显然脑袋已经有些转不动了。

看到两人的模样，阮南烛的表情倒是颇为慈爱，他道：“不急，你们可以慢慢想。”

林秋石：“……”这是对他们智商的宽容吗？

不，这是父亲般的慈爱和怜悯，谭枣枣悲伤地理解到了阮南烛眼神中的含义。

阮南烛大概是从林秋石和谭枣枣的神情里看出了两人依旧是一头雾水，于是他只好叹了口气，从床上坐起，简单地叙述了一下昨天晚上到底发生了什么。

原来在林秋石熟睡之后，阮南烛却在半夜醒了，醒来之后他感觉屋子里有点不对劲，之后他下床到了床边，发现房间的窗户外，居然又出现了一个画框。

这个画框隐匿在夜色里，如果不是阮南烛视力好，恐怕就看漏了。

直觉告诉他，那画框大有问题。于是阮南烛匆匆离开了房间，想将那个画框取回来，但他在下楼的时候，却看见一个身穿黑衣的女人站在楼梯口静静地看着他。

要是一般人，恐怕早就吓傻了，但阮南烛已经看惯了这些把戏，他不但没有害怕，还和那女人对视了几分钟，直到女人自动消失。

听到这里，谭枣枣终于没忍住：“你居然一点都不怕？就这样盯着她看？”

阮南烛：“有什么好怕的？你看最后还不是她先走了？”

谭枣枣：“……”服。

阮南烛说：“后来她又出现了几次，我本来想快点出去把画框取掉，但总感觉哪里不对。”他道，“我觉得她在把我往什么地方赶。”

林秋石静静地听着。

“我当时仔细地想了想，发现她出现的地方都是楼梯口，但她又没有攻击我，难道是不想让我上楼梯？”阮南烛说，“她唯一没有出现的通道就是门口，所以我猜测她是想让我出去。”

“外面就是画的世界？”谭枣枣说，“是不是这样？”

“差不多吧，这还多亏了秋石给我提供的信息。”阮南烛道，“我发现外面的景色的确是反的。”外面黑灯瞎火的，又全是别无二致的灌木丛，一般人怎么都不可能发现异样。不过因为有林秋石的先例，导致阮南烛在准备出去之前好好地观察了一番，最后确定外面的景色的确是反的。

“我没出去，就在屋子里等了一会儿。”阮南烛摊手，“谁知道一等就等了那么久。”

“你吓死我了。”谭枣枣听到阮南烛的答案，重重地松了口气，说道，“你不知道，我和秋石都以为你变成画了。”

林秋石点点头。

“我没事。”阮南烛笑了笑。

虽然阮南烛不过寥寥几语，但林秋石清楚其中的凶险，阮南烛离被留在这个世界，也不过是几步路的差别。

“你说的新的纸条是什么意思？”林秋石比较在意这个。

“喏。”阮南烛把纸条从兜里掏了出来。

林秋石接过一看，发现纸条上是一首小诗：你站在桥上看风景，看风景的人在楼上看你。明月装饰了你的窗子，你装饰了别人的梦。

林秋石惊了：“这是……门里面的线索？”

“对。”阮南烛说，“这条线索是我从别人身上拿到的。”

“别人？”谭枣枣问。

阮南烛：“就是第一天企图找我组队的新人。”

05

关于那个新人，阮南烛似乎在第一天就对她十分抵触。

林秋石问阮南烛是不是一开始就发现了什么，谁知道他的回答却是：“没发现，我只是单纯讨厌一进来就哭的人，这样的人一般问题都会特别多。”他说完这句话，还十分满意地看了林秋石一眼，笑了笑，“你这样不喜欢问为什么的，我就很喜欢。”

林秋石：“……”他该感谢自己并不强烈的好奇心吗？

杨美树，是那个新人的名字。她最大的错误，或许就是为了假装新人，从一进到门里就开始哭，从而引起了阮南烛的厌恶。如果她换种装新人的方法，可能还有接近阮南烛的机会——就像上个世界的徐瑾一样。

“不是说每个门只有一条线索吗？”谭枣枣看完林秋石手上的纸条后，有点疑惑，“那这张纸条是什么情况？”

“不一定，只是这样的情况很少见。”阮南烛解释，“我就曾经遇到过几次，具体到底为什么会出现两张纸条，我也不知道，或许是触发了一些特别的条件？”他捏着纸条思索着，“或者是……带着纸条的人比较特别。”当然，这些都是他的猜测，目前这些猜测全都无法证实。

“杨美树现在怎么样了？”林秋石道，“她知道你发现她的身份了？”

阮南烛笑了笑：“暂时还不知道，不过很快就会知道了。”他语调轻松，淡淡地道，“希望她发现的时候，还活着吧。”

林秋石从阮南烛的眼神里，看出了一种明显的恶意。

……

夜色如水，杨美树躺在床上。

今天白天，那个漂亮的男人没有来食堂和众人一起吃饭，看来是她的计划起了作用。谁叫他不愿意带上自己呢，杨美树遗憾地想，自己对他颇有好感，而他本来可以活着出去的。

现在已经死掉了两个人，虽然离杨美树的最终目标依旧很远，但她并不急，因为所有的事情都在她的掌控之中。只要将门内的人一个一个杀掉，依据门的规则，那她在门里就将处于无敌的状态，那时候无论是想找门，还是想找钥匙，都可以轻松解决。

至于门里不能杀人的要求——那些死去的人想要报仇，至少得知道仇人是谁，只可惜他们死得冤枉，变成了鬼都不明白自己到底是怎么死的，更不用说报仇了。

想到这里，杨美树得意地笑了起来，她哼着歌，看着天花板，昏昏沉沉地陷入了深眠。

“滴答，滴答。”

有冰冷的水滴在杨美树的脸上，她睁开眼睛，在模糊的视线中，发现自己的头顶上出现了一块漆黑的水渍。那水渍在雪白的天花板上晕染开来，透明的水滴一点一点砸落在她的脸颊上。

杨美树瞬间清醒了，她从床上爬起来，发现原本关得好好的窗户不知何时已经打开，寒冷的风夹杂着雨水从窗口灌进来。

杨美树被这风吹得打了个哆嗦，她走到窗边，企图将窗户关起来，却在窗户边看到了一个黑色的身影。

那是一个女人，穿着黑色长裙、戴着黑帽的女人，她微微抬起头，用黑洞洞的眸子凝视着杨美树所在的位置，脸色在黑衣的衬托下显得更加惨白，如同被雨水泡烂的尸体。

“啊！”杨美树被这一幕吓得后退了几步，浑身冒出冷汗。

“滴答，滴答。”天花板上的水渍越来越明显，杨美树的发丝也跟着湿润起来。她猛地想起了什么，一个箭步冲到床头柜边，拿起自己的背包，开始翻找起来。

没有，没有——本该放在里面的东西不见了踪影，杨美树后背上的冷汗越来越多，她终于崩溃地叫了起来：“纸条呢？我的纸条呢！”

没有纸条，什么都没有，最重要的线索居然不见了，杨美树浑身抖如筛糠，她僵硬地抬起头，看见天花板上的水渍已经形成了一个人的形状。

被这一幕骇到，杨美树起身想要冲出房间，然而就在她走到门口想要扭开门把手时，却发现怎么都拧不开。

“救命啊……有没有人啊，救命啊……”杨美树凄惨地尖叫起来，她眼睁睁地看着天花板上的水渍扭动起来，像是要从上面挣脱而出，她疯了似的敲打着门，想要从屋子里出去。

“救命啊，救救我……”呛鼻的水腥味灌入了鼻腔，杨美树开始号啕大哭，她第一次品尝到绝望的滋味。

她环顾四周，发现不知何时，她屋子里原本的风景图变成了一幅怪异的人物图，人物图里的女人和古堡的女主人有七八分相似，几乎就是女主人的自画像。

“啊啊啊……”恐惧击溃了杨美树，她不顾一切地冲到画像面前，随意拿起旁边放着的水果刀，用力扎向面前的画像。一刀、两刀、三刀……直到将面前没有表情的雨中女郎扎得支离破碎，杨美树才放下了手中的利器，重重地喘息着。

“我不怕你。”杨美树自言自语，“我不怕你……”

然而下一秒，当她再次看向窗户边上时，整个人都呆住了。

只见原本该在窗户底下的女人，此时却出现在了她的窗边，高大的身躯冷漠地投下黑色的阴影，将她笼罩在里面。女人的手里拿着一个黑色的画框，那画框的样子杨美树很熟悉——就是她用来杀人的黑色画框。

“不不不！”这一刻，杨美树终于明白过来，她惊恐地环顾四周，想要找出将她框起来的画框，但是一切都已经太晚了。

女人走到她面前，举起手中的画框，朝着她重重地砸了下来。

“啊啊啊！”和直接失去意识的小素不同，杨美树没有被直接装进画里，那画框仿佛变成了利器，将她的肌肤破开，流出鲜红的血液。

杨美树转身想要逃离，身体里的力气却开始流失，她趴在地上，目光停留在眼前被她扎得支离破碎的画上。

终于，黑暗笼罩了一切，杨美树闭上了眼睛。

至死，她都没有弄明白，到底是什么导致了自己的死亡。

……

这一晚林秋石睡得很好，一觉睡到了第二天早上。

阮南烛早早地起来了，他的心情似乎很好，微笑着同林秋石问了早。

“早上好。”林秋石摸摸自己睡得乱七八糟的头发，“心情不错？”

“当然。”阮南烛看了眼时间，“我已经迫不及待地想要吃早餐了。”

林秋石没把阮南烛的话放在心上，只当他是饿了，倒是谭枣枣露出若有所思的表情。

接着三人一起去了餐厅，阮南烛找了个位置坐下后，便开始观察四周，似乎在寻找什么。

“你在看什么？”吃着面包的林秋石问他。

“在看人。”阮南烛说，“好像少了一个。”

的确少了一个，昨天阮南烛口中的新人并没有出现。发现这个异常情况的并不止他们，于是有人开口询问杨美树的男伴。

“不知道，我今天敲她房间的门，她一直没开。”男伴如此回答，“可能是在睡觉。”

本来就是来到门内世界后临时组的队伍，自然不可能指望对方尽心尽责，只是这个回答未免太敷衍了，众人都皱起眉头。

之前发现相框的章涛说："怎么可能在睡觉？肯定是出事了，大家一起过去看看吧。"他说这话的时候目光放在阮南烛的身上。

"好啊。"阮南烛点点头。

虽然阮南烛在团队里很少说话，也很少提供意见，但莫名其妙地，他那独特的气质还是让他在团队里占了主导地位。在做出某些决定的时候，众人都会参考他的意见，这或许就是传说中的个人魅力吧，林秋石如此想着。

一行人来到杨美树的屋门口，还没进去，林秋石就闻到了一股浓郁的水腥味。一闻到这个味道，林秋石就知道事情不妙，而在强行破门而入后，他的猜测果真得到了证实。

杨美树不见了。

但房间里一片狼藉的景象，似乎在告诉众人这里曾经发生过什么。

窗户大开着，雨水从外面灌了进来，将地毯淋得乱七八糟。屋子里墙壁上挂着的风景画，被人刺成了碎片，碎玻璃落了一地。

"人呢？"章涛发问。

没人回答他的问题，事实上所有人的目光都不由自主地聚集到了门口墙壁上挂着的画上。显然，他们都觉得杨美树凶多吉少，被变成了画。

"找找看吧。"阮南烛说了这么一句，转身就走。

其他人也跟着他离开了房间，开始到处寻找看有没有关于杨美树的画。

林秋石将这件事和阮南烛早上的表现联系起来，觉得肯定和这人脱不开干系，但他没敢当场问，等到其他人都离开后，才小声问了句："你做的？"

"我只是把她的东西还给了她而已。"阮南烛无所谓地说，"谁知道她那么蠢。"

"你把画框放哪儿了？"谭枣枣大概已经想明白了是怎么回事。

阮南烛没说话，对着他们招了招手。

几分钟后，他们再次回到了杨美树的房间里。

阮南烛关了门，然后走到杨美树的床边，弯下腰半跪在了地毯上。

看到他的动作，林秋石便猜出了他藏画框的地方——他居然把画框放到了杨美树的床底下。

“这也行？”谭枣枣瞪圆了眼睛。

“我也想知道行不行，没想到居然真的有效果。”阮南烛放在床下的是一个画框，掏出来的却已经是一幅画。

只是这幅画的内容却是乱七八糟的，让人根本不明白到底画了些什么。不过从画中的色彩来看，显然是见了血。

“完全看不出来是杨美树。”谭枣枣低头看着画像，“至少前面两幅画还能看出画里人的样子啊……”她也不知道杨美树做了什么，让自己的画变成了这副模样。

“她的画出现在了这里，就说明她没有离开过这间屋子。”阮南烛分析道，“既然没有离开过这间屋子，那她肯定是触发了别的死亡条件。”他的眼神移到了墙壁上被刺得乱七八糟的风景画上，“她对雨中女郎动了手。”

“嗯。”林秋石赞同阮南烛的推理，“在被画框框起来的时候，屋子里的画的确会变成其他的。”

阮南烛最后说了句：“与人斗，其乐无穷。”

谭枣枣和林秋石却都苦笑起来，他们可没有阮南烛这种心态，在面对那些东西的时候，还要面对随时可能背叛自己的队友，这实在不是什么让人觉得愉快的经历。

杨美树的画找到了，但如果只看画，任谁都认不出这是那个还算得上漂亮的姑娘。

目前已经死了三个人，小素、杨捷、杨美树，可离找到钥匙，还不知道有多长的距离。

女主人依旧在作画，只是此时她的宴会图上又添上了两张面容。

“你站在桥上看风景，看风景的人在楼上看你。明月装饰了你的窗子，你装饰了别人的梦。”阮南烛捏着这张本该属于杨美树的纸条，“我们肯定是风景，那看风景的人就是女主人。为什么杨美树的纸条会比我们的详细那么多……”他对此似乎有些疑惑。

“不知道。”谭枣枣说，“可能是她进的门质量比较高？”

也不知道谭枣枣这句话提醒了阮南烛什么，他沉默片刻后，说了句：“或许是她出门的方式比较特别。”

“什么意思？”谭枣枣莫名其妙，“还能用别的方式出门？”

“谁知道呢？”阮南烛道。

按理说找到了触发死亡的条件，应该就可以规避风险，直到找出钥匙，然而事情并没有他们想象的那么简单，就在杨美树死的第三天，林秋石又遇到了意外。

当时他刚吃完晚饭，去走廊尽头上了个厕所，然而当他从厕所出来的时候，却敏感地感觉到了不对劲。

原本熟悉的走廊，变得有些陌生起来。

这是一种很难形容的感觉，虽然景色一模一样，但林秋石却觉得这个走廊是陌生的。

他的脚步有些迟疑，不知道该不该继续往前。

走廊很长，旁侧的油灯发出昏暗的灯光，无数的画框被挂在走廊两侧，却看不清楚模样。

林秋石听到了细细密密的雨声，这雨声来自他身后的厕所，“滴答滴答”，让人听了非常不舒服。

林秋石尝试性地往前走了几步，来到了走廊中间。

地毯是软的，墙壁是冰的，画框是湿的……

等等，画框是湿的？林秋石猛然一愣，扭头朝着墙壁看去，只见挂在墙壁上的画全都开始滴水，水流顺着墙壁蜿蜒而下，流入柔软的地毯里。

不知何时，走廊的深处出现了一个站立着的人影，那人影的模样非常熟悉，即使是只看了她的背影，林秋石还是认出来了，那就是古堡的女主人——雨中女郎。

“余林林。”阮南烛的声音突然传了过来。

林秋石循声望去，却看到自己右手边墙壁上的画变成了小素的模样，画中的她依旧漂亮，正笑意盈盈地对着林秋石招手：“余林林。”

林秋石忽然觉得冷得厉害。

“余林林，你来陪我呀。”画中的小素如此说，“我一个人在里面好无趣。”

她说着，竟从画里伸出了手，想要抓住林秋石。

林秋石被这场景吓了一跳，条件反射地往后退了几步。

然而小素的手臂却好像一条长长的蛇，越来越长，奔着林秋石去了。

林秋石转身欲跑，周围的画像却都伸出了无数细长的手臂，有的抓林秋石的身体，有的抓林秋石的脚。

“阮南烛！”林秋石想要躲开，奈何走廊非常狭小，他的脚被画中的东西抓住了。

黑衣女人不知何时站到了林秋石的眼前。

她居高临下地看着林秋石，巨大的身躯在林秋石的身上投下黑色的阴影。

林秋石被迫仰起头，看着女人的眼睛。

女人依旧不说话，就这样用黑色的眸子凝视着林秋石。两人越靠越近，近到林秋石甚至能闻到她身上那股子怪异的颜料味。

林秋石浑身僵硬，如同一只被蛇盯上了的青蛙。

女人伸手抓住林秋石的手腕，然后将他整个人提了起来。她的力量极大，提一米八几的林秋石跟提一只鸡似的，林秋石被她抓着手腕，根本无力反抗。

女人提着林秋石，开始朝着顶楼走。

林秋石开始用力挣扎，然而在女人恐怖的力量面前，他简直就像是个六岁的孩童，连一点反抗的余地都没有。林秋石被女人拖着上了楼梯，朝着顶楼而去。

要死了！真的要死了！第一次，林秋石如此清晰地感受到了死亡的气息。他有种强烈的预感，他在一步步靠近死亡，只要到了顶楼，他就死定了！

突然，林秋石少有地骂了脏话，死死地抓住旁边楼梯的扶手，他完全不明白自己为什么会突然被拖入画中的世界，如果按照阮南烛说的，不是只要不被画框框住就没事吗？难道……还有别的画框，他们没有发现？

扶手上全是水渍，林秋石根本抓不稳。面对他的垂死挣扎，女人脸上依旧没有任何表情，她抓着他，继续用力。林秋石很快就无法支撑，被女人带着继续往前。

没办法了，林秋石心中苦笑。

然而，就在他准备放弃的时候，他却听到一声玻璃的脆响，接着他面前的画面就开始破碎、扭曲，女人的身影也模糊起来。

“林秋石……”这是谭枣枣带着哭腔的声音，“你回来……”

“林秋石！”阮南烛也在叫他的名字。

林秋石艰难地想要睁开眼，却始终不能如愿。

终于，玻璃碎掉的声音越发清晰，光开始刺痛林秋石的眼睛，他艰难地睁开眼，看到了满目惊恐的谭枣枣和蹙着眉头的阮南烛。

“我怎么了？”林秋石问。

“你差点死了……”谭枣枣的声音惊恐无比，“要不是阮南烛发现得及时……”

林秋石低头，发现自己居然躺在厕所里，旁边是一面碎掉的镜子。

“我好像被她抓进画里面的世界了。”林秋石有点迷茫，“可是不是没有画框了吗？”杨美树死了，应该就没有画框了，那他为什么还会……

“一个画画的画家，怎么会没有画框？杨美树的画框，不就是她提供的吗？”阮南烛无奈，“我以为这是常识……”

林秋石：“……”这居然是常识，对不起，以他的智商，在门里面想要活下去果然很困难。

谭枣枣在旁边小声地哭。

“不过这事情也不怪你。”阮南烛道，“谁知道那东西那么聪明。”他指了指面前碎掉的镜子，“你看看。”

林秋石抬头一看，发现碎掉的镜子后面居然是一个黑色的画框，而那面镜子竟然是双面镜，这也就意味着每个照过镜子的人，都被画框框了进去。

林秋石的表情扭曲了：“是只有这一面还是全部镜子……”

阮南烛耸肩：“这是她的古堡，你觉得呢？”

林秋石：“所以杨美树其实是多此一举……”

“不光是杨美树，连我都多此一举。”阮南烛道，“你刚才在里面做了什么？怎么会进到画里面去了？”

林秋石：“我就往走廊上走了几步……”

阮南烛：“下次遇到这种事情，记得站在原地别动。”

林秋石捂着头叹气，当真是觉得这些东西防不胜防，他突然想起了什么：“你怎么知道我在哪儿？我进入画框之后，还能被救出来？”

阮南烛闻言，没说话，只是伸手轻轻捏了捏林秋石的耳垂：“缘分吧。”

林秋石恍然，原来是阮南烛给他的耳钉起了作用。

“现在怎么办？”谭枣枣茫然了，“如果镜子后面都有画框，那我们岂不是都是她想杀就杀的对象？”

阮南烛摇摇头：“不可能的，这不是高级门，杀人的条件其实都很苛刻，不会轻易出现团灭的情况。”他算了一下，“你没发现每次她拉一个人入画之后隔一段时间才能拉第二个吗？”

谭枣枣：“所以……”

阮南烛：“所以我们要不要去试试看能不能把钥匙搞出来？”

谭枣枣狐疑地看着阮南烛：“什么叫把钥匙搞出来？”

阮南烛：“你说我要是趁着她不能杀人的时候，一把火把她的画给烧了……”

听到阮南烛的话，谭枣枣和林秋石的表情都是一阵扭曲。

谭枣枣惊恐不已：“阮南烛，你别在作死的边缘试探好不好？”

阮南烛：“哦，我就是开个玩笑。”

林秋石和谭枣枣都露出不信的表情，阮南烛这语气，可一点都不像是在开玩笑。

按照阮南烛所言，显然即使是被拉入了画中，那些东西也不能直接对他们动手。

但既然眼前的玻璃后面镶嵌了画框，那便说明几乎每一个来这里上过厕所的人都被画框框了起来，只是不知道为何女人最终选择了林秋石。

“看长相吧。”阮南烛随口一说，“他比较可爱。”

谭枣枣闻言，瞪着眼睛：“那我怎么没被拉进去？”

阮南烛：“你可爱吗？”

谭枣枣：“……”阮南烛，你这话要是在外面说可是会死的你知道吗？

06

总而言之，这个古堡里面似乎藏了不少画框。至少回到卧室之后，阮南烛就又翻找出了好几个。有一个藏在镜子右面，有一个藏在床头柜里面，阮南烛甚至还在天花板上发现了一个暗格，暗格里就是画框，也难怪当初他也成了被拖进画框的对象。而杨美树的所作所为，不过是女主人的掩饰，看来这个世界的东西居然真的会思考，而且智商不低。

把屋子里的画框全部翻出来后，阮南烛很不客气地全给砸了，砸完还把这事告诉了团队里的人，让他们都去找找，尽量把画框都给翻出来。

也不知道是不是林秋石的错觉，他总觉得那天早晨女主人看向阮南烛的眼神格外怨毒，一副恨不得将他剥皮抽骨的模样。

也不知道阮南烛是没感觉到还是根本无所谓，依旧冷静地坐在餐桌前吃着美味的牛排，并未受到丝毫影响。

不过即使是众人开始寻找画框，却还是有些晚了，第二天早晨，便又有一个人消失，变成了一幅艳丽的画。

阮南烛去看了看那画，然后从那人房间的地毯底下翻出了一个扁平的画框。林秋石拿着画框叹气："这也行？"

他把画框放到旁边，摇摇头道："真是防不胜防。"

阮南烛："的确是防不胜防，所以我们最好尽快找到钥匙。总感觉她越来越肆无忌惮了。"

林秋石点点头。

阮南烛的直觉显然是对的，就在当天晚上，那个女人又出现在了他们的窗户外面。

静静的雨夜，女人站在荒凉的院子中间，雨水落在她的身上，她微微抬头，冲着阮南烛所在的阳台，露出一个狰狞的笑容。

阮南烛在外面抽烟，看见女人也没说话，神情颇为冷漠，只是说了句："她站在外面。"

林秋石走到他旁边，也看到了外面的情形。

一般人看见这女人早就吓怕了，也就是阮南烛，能和她冷漠地对视而毫不怯场，最后还是女人先消失。

"你不怕？"林秋石扭头问他。

阮南烛吐了口烟："怕不怕都一样。"他递给林秋石一根烟。

反正是在门里面，林秋石便接过烟点上，看着外面逐渐暗下来的天幕：“接下来怎么办？”

阮南烛：“等。”

为什么要等？等什么？阮南烛没有解释，林秋石也没问，他把烟抽完之后就和阮南烛一起转身进了屋子。谭枣枣已经在地铺上面撅着屁股睡着了。这姑娘在门内世界的形象实在是很难让人把她和外面那个高冷的影后联系起来，长相不出众，性格也不高冷，睡个觉还特别喜欢像条虫一样趴在床上撅着屁股睡，这姿势实在是不堪入目，也不知道她的那些粉丝看见了，会不会觉得梦想破灭。

林秋石顺手给她拉上被子，然后躺在了阮南烛旁边。

“你站在桥上看风景，看风景的人在楼上看你。明月装饰了你的窗子，你装饰了别人的梦。”阮南烛道，“对这诗有什么新的想法吗？”

林秋石稍作沉吟：“我们站在古堡里看画，看画的人在楼上看我们，画框装饰了我们的窗子，我们装饰了别人的梦……”这个纸条写得也算非常清楚了，只要稍微一思考就能明白答案，只是他现在有点迟疑，这首诗最后一句中的“梦”，到底是指女人将他们带入了画中，还是指别的什么。

“我倒是觉得，梦是指楼上的画。”阮南烛侧着身体，看着林秋石说道。

两人靠得极近，要是别人，林秋石或许会觉得不自在，但大约是之前和阮南烛的同床共枕有了铺垫，所以林秋石倒是没有觉得有什么问题。

“你是说那幅晚宴图？”林秋石问。

阮南烛：“嗯。”

林秋石眨眨眼睛：“那我们去把那幅画烧了？”

阮南烛沉默了三秒，发现林秋石这家伙是认真的，他道：“你不怕了？”

林秋石：“这不是还有你吗？况且如果女主人的梦真的是那幅画，难道我们要等到她把那幅画完成？”

阮南烛：“她永远也完不成那幅画。”

林秋石听到这话愣了片刻，随即就明白了阮南烛的意思。女主人的确是完不成那幅画了，因为画中一共有十三个人，这就意味着她必须将他们十三个都拉入画框中变成画，但是根据门内的规则，团队是不会全灭的，这也就意味着女主人的画永远会至少缺一张脸——画的确是永远也无法完成的。

“明天上去看看吧。”阮南烛道，“不能再在这里待下去了，只会越来越危险。”

林秋石点点头。

阮南烛的猜测果然是对的，因为第二天早晨，他们的团队里又有一个人失踪了。这次大家都没有太大的反应了——众人已经习惯了这样的事。

那人的画像最后被管家收了起来，林秋石看到他拿着画像上了楼。

“他要把画收到哪里去？”林秋石有点好奇。

阮南烛：“不知道，跟上去看看。”

两人说完，便默契地放下刀叉往外走，谭枣枣还没明白发生了什么事，嘴里含着块面包就急匆匆地跟了出来。

管家上了古堡的六楼，打开了放置未完成品画作的房间，进去之后很快就出来了。

林秋石他们躲在楼梯的拐角处，看见管家的身影消失在了眼前。

“进去看看？”林秋石问。

阮南烛点点头，熟练地开锁，再次打开了放置未完成品画作房间的门。

这次他们一进去，就有了新的发现。

“这些是新画上去的吗？”谭枣枣看着面前的画，觉得有些毛骨悚然。只见一屋子的画像里，好多画像原本空白的地方都被填满了。填满画框的全是一个雨中女郎模样的黑衣女人，窗边、走廊、楼梯、庭院，她的身影无处不在，甚至出现在了属于小素的那幅画里。

这让林秋石莫名地有了一种画面被污染的感觉。

阮南烛看着这几百幅画却陷入了思考，他手上的动作一顿，道：“找一下。”

谭枣枣从一开始就处于迷茫状态，还在吃着自己手里的面包：“找什么？”

“找门。”阮南烛说，“门应该就在画里。”

“真的假的？”谭枣枣虽然有点怀疑，但还是听从了阮南烛的话，开始和他一起翻找起面前的几百幅画。

大约半个小时后，林秋石在翻找一幅压在底下的画时，终于找到了自己想要的，他低低地叫了声：“找到了。”

那是一幅乍看起来非常平常的画，画上是古堡内部的景色，只是这景色之中有个十分特别的画面——一道黑色的铁门。

黑色的铁门立在黑暗的角落里，不仔细看的话很容易忽略。

阮南烛拿过画："这是二楼右边的楼梯，走，去看看。"

他们拿着画直奔二楼，很快就找到了画中的景象，只是和画里面的有所不同。铁门所在的地方是一面白色的墙壁，墙壁上挂着一幅普通的风景画。

阮南烛伸手就把那幅画取了下来，发现画后面真的有一个开关，看见开关后，他便伸手按了一下，随着一阵轻微的轰隆声，他们面前的墙壁裂开了一条巨大的缝隙，一扇黑色的门出现在了三人面前。

"门找到了！"谭枣枣喜不自胜，"现在就差钥匙了。"

林秋石和阮南烛对视一眼。

阮南烛："干不干？"

林秋石："走呗。"

谭枣枣没明白两人的对话是什么意思，直到看见阮南烛从兜里掏出了个打火机，她才愕然道："你们两个该不会真的要去……"

阮南烛："你若是害怕，就在这里等着。"

谭枣枣说："算了算了，还是一起吧，万一出了事也好互相有个照应，一家人不就讲究个整整齐齐吗？"

林秋石："……"整整齐齐地死在这个世界吗？

做出决定后的阮南烛格外果决，三人直奔七楼女主人的画室。当然他们进画室之前也没忘记先敲敲门，不然推门进去看见女主人就坐在里面的话，恐怕是非常尴尬的。

女主人白天似乎都不画画，只有晚上的时候才会作画。这倒给了阮南烛可乘之机，他走到画架旁边，打开打火机，低下头点火，整个动作一气呵成，仿佛已经干过了无数次。

谭枣枣在旁边看得心惊肉跳，使劲地搓着自己手臂上的鸡皮疙瘩。

火苗跳到了纸上，迅速吞噬了那幅画作。然而，林秋石却在火焰蔓延的时候，听到了一种细微的声音，好像是人的尖叫，又好像是湿润的木头被点燃后的那种噼啪声。

“你们听到没有？”林秋石不抱希望地问。

果然，阮南烛和谭枣枣都摇摇头，表示自己什么都没听到。

片刻之间，面前的画就变成了黑色的灰烬，随着最后一角也被点燃，地上发出了一声清脆的响声，似乎有什么金属的东西落到了地板上。

林秋石低头，果然看见了一把青铜钥匙。

“啊啊啊啊！”与此同时，楼下传来一声女人愤怒的吼叫，这叫声震得林秋石差点没站稳，不用想，他也知道这肯定是女主人的声音。

“快走！”阮南烛抓起钥匙转身就跑。

林秋石和谭枣枣紧随其后。

他们顺着楼梯一路往下，却在到达四楼的时候看到了已经赶来的神情癫狂的女主人，她高大的身躯此时佝偻起来，口中愤怒地咆哮着，黑洞洞的眼睛里是掩饰不住的愤怒和疯狂，但最吸引人注意力的，却是她右手抓着的那个巨大的画框，那画框正被重重地挥舞着，任谁都不会想被那玩意儿砸一下。

“走侧门楼梯！”阮南烛对古堡的构造已经非常熟悉，看见女人后马上换了方向。

女人朝着他们狂奔而来，她四肢不协调地挥舞着，简直就像一只巨大的节肢动物，速度却非常快，瞬间就到了他们身后。

林秋石的脚步不敢停下片刻，只要一停下，那画框好像就会马上砸到他身上。

他们迅速下到了二楼，阮南烛头也不回地说：“林秋石，你把她引开，给我一点时间开门。”

林秋石咬咬牙：“好！”他扭头看了眼身后身躯高大的女人，想也不想就抓起旁边墙上挂着的画朝着她砸了过去。

女人被林秋石扔的画框砸个正着，嘴里发出近乎狰狞的咆哮声，朝着林秋石扑了过来。

林秋石闪身一躲，正好躲开了她挥到面前的画框，他看了眼阮南烛，朝着一楼跑了下去。

女人果然跟着他下了楼梯。林秋石觉得自己从来没有这么冷静过，他确定女人跟上来之后，迅速扭身朝着走廊另外一头的楼梯跑了上去，这么长时间肯定已经足够阮南烛打开铁门了。

果不其然，重新回到二楼的林秋石看到了已经被打开的铁门。

铁门里散发出柔和的光芒，告诉着门内的人这是生的道路。林秋石重重地喘息着，拼尽最后的力气朝着门狂奔而去。然而就在他即将进门的刹那，他却感觉到有一双大手死死地抓住了他的脚腕，将他硬生生地从门里拖了出去……

女人出现在他的面前，表情狰狞，居高临下地看着他。林秋石的脚被她抓在手中，她的右手抬起，手中拿着的画框重重地砸了下来。

这一刻，林秋石的呼吸几乎停止了，眼前的画面变得缓慢无比，仿佛人死前最后的走马灯一般，他甚至能看到女人飞舞在空气里的黑色发丝……

画框砸了下来，林秋石不由自主地闭上了双眼。

“啊啊啊啊！”然而本该到来的黑暗却没有降临，林秋石突然听到了女人的惨叫声，他睁开眼，发现自己浑身上下都浸泡在血液里，而自己的裤兜就是血液的来源，此时还在源源不断地冒出鲜血。

这些鲜血对女人来说似乎是十分具有攻击性的东西，她甚至放下了手里的画框，开始不住地后退。

林秋石不敢细想这到底是怎么回事，转身冲进了门里。通过了被光芒晕染的隧道，他身形一顿，终于回到了离开已久的现世。

07

“呼呼呼……”林秋石坐在床上，满头都是冷汗，他抬手擦干净额头上的汗水，起身去了屋外，敲响了阮南烛的房门。

“嘎吱”一声，阮南烛出现在了门口，他看见林秋石，表情微微松了松：“出来了？”

林秋石点点头，出门前的那一幕太吓人了，以至于现在他浑身都没什么力气。他说：“我出来的时候，被那女人抓住了。”

阮南烛蹙眉：“没受伤吧？”

林秋石摇摇头：“没有。”他有点疑惑，“我明明被她抓住了，但是好像有什么东西救了我。”他掏了掏自己的裤兜，并没有在里面发现什么奇怪的东西，“裤兜里溢出了很多鲜血……你知道那是什么吗？”

阮南烛靠在门边，摇摇头，表示自己不知道：“能出来就行，管那么多做什么。”

林秋石“哦”了声，他总觉得阮南烛有什么事情瞒着他，当然，他没敢当着阮南烛的面说出来，于是点点头，转身走了。

阮南烛看着他的背影，道：“晚上谭枣枣约了我们吃饭。”

“嗯。”林秋石说，“我去洗个澡冷静一下。”

晚上。

林秋石和阮南烛出现在了谭枣枣订好的餐厅。林秋石本来以为谭枣枣会请他们吃牛排什么的，没想到她订了火锅。

而林秋石一进去，便看见穿着T恤的谭枣枣正挽起袖子，一口火锅一口啤酒，看到他们，她头也不抬，招招手：“快来快来，吃了这么久的牛排，真是馋死我了。”

林秋石：“……”这反差也太大了。

阮南烛倒像是习惯了，在谭枣枣旁边坐下，道：“可以打余款了。”

谭枣枣没好气地说：“我又不是不打，你急什么？这才刚出来，让我缓两天嘛。”她把一杯冰啤酒灌进肚子，“好爽啊……”

看着面前完全没有架子的影后，林秋石总有种恍惚的感觉，他静静地在旁边坐下，开始吃火锅。

谭枣枣和阮南烛开始聊事情，大部分都是关于第四扇门的讨价还价。林秋石这才知道阮南烛带队的门着实不便宜，前四扇门都是一扇一百万，少一分都不行。到第五扇门时，阮南烛开始加价，至于怎么加、加多少，全看他的心情。

“咱们的关系都这么好了，就不能便宜点吗？”谭枣枣说，“我也算是VIP会员了吧？”

阮南烛冷淡地道：“亲兄弟，明算账。”

谭枣枣：“你这个财迷。”也亏得这财迷长了这么一副不食人间烟火的模样，她当初居然还天真地以为他是个不问世事的高人。

阮南烛："给不给？"

谭枣枣悲伤地掏出手机准备转账。

"叮咚"一声，转账结束之后发出声音的却是林秋石的手机，他掏出手机一看，发现短信提示银行卡收入二十万。他有些迟疑："阮哥……"

阮南烛手一挥："叫你拿你就拿着，她的买命钱，你不拿就是看不起她。"

谭枣枣："……"她真的好想被看不起……

林秋石还是把钱收下了，每一行有每一行的规矩，有些事情，作为一个新手的他还是不要置喙的好。

三人刚从门里出来，都有点累，特别是林秋石出来之前还被那女人抓了一把，虽然没受伤，但也够恐怖的。

谭枣枣吃得差不多了就先走了，留下阮南烛和林秋石。

"累了？"阮南烛问他。

"有点。"林秋石回答。

"那回去吧。"阮南烛道，"时间也不早了。"

林秋石点点头。

两人便从火锅店往外走，这会儿的天气还是很热，好在太阳已经落山。吵闹的蝉鸣和来往的车辆本该嘈杂且喧嚣，现在却莫名地让人觉得安心。林秋石和阮南烛一路上都没说话，直到到了别墅，阮南烛才对着林秋石说了句："好好休息。"

"你也是。"林秋石笑了笑。

阮南烛说完这话便转身上了楼，林秋石则在客厅里坐了一会儿。

程千里刚好遛完吐司回来，看到林秋石后，高兴地和他打了个招呼："回来啦？"

林秋石："回来了。"

"没出什么意外吧？"程千里摸着吐司的屁股。

"没什么大的意外。"林秋石很平静地回答。

程千里歪了歪头，觉得林秋石的状态有些不对，便问道："你哪里不舒服吗？"

"不舒服？"林秋石摇摇头，"没有，可能是有点累了。"

程千里“哦”了声，也没多说什么，只是叮嘱林秋石好好休息。

林秋石说：“你看见栗子了吗？”

“没看见，不知道跑哪里去了，可能在阮哥房里吧。”程千里道，“你要不要去看看？”

林秋石想了想，还是决定算了。

他决定回房睡觉，但躺在床上好一会儿都没睡着，他看着天花板，最后还是没忍住，给阮南烛发了条信息：你睡了吗?

好一会儿对方才回了一条：没有，有事?

林秋石：我有点事情想问你。

阮南烛：什么事?

林秋石看着自己的手机屏幕，一字一句地打下了自己想说的话：我裤兜里的东西，是不是你放的?

阮南烛没回话。

林秋石：那是什么?不能告诉我吗?

阮南烛回了他五个字：到我房里来。

林秋石有点高兴，把手机一丢就跑去了阮南烛的房间。

“坐。”阮南烛扬扬下巴。

林秋石坐在了阮南烛旁边的沙发上。

阮南烛本来想点烟，但看了眼林秋石，最后把烟收了，随手拿起毛巾，擦了擦头发：“对，东西是我放的。”

林秋石直接问：“那你为什么要骗我？”

阮南烛：“你做事都这么直接？”

林秋石有点莫名其妙：“为什么不能直接？这有什么见不得人的吗？”

阮南烛居高临下地看着林秋石，表情有点奇怪：“你就没有想过，万一我是想害你呢？”

林秋石老老实实地摇头：“没有想过。”

阮南烛：“……”林秋石，你怎么那么可爱。

被人全身心地信任着，自然是件让人感到愉快的事。阮南烛在林秋石身边坐下，缓声道：“既然你都这么说了，好像我不告诉你到底往你裤兜里放了什么实在说不过去。”

林秋石看着阮南烛，等待着他的答案。

片刻的沉默后，阮南烛薄唇轻启：“我把杨美树的纸条放到了你身上。”

“纸条？你是说写着那首小诗的纸条？”林秋石在得知是这件东西之后，瞬间想通了，他露出略微有些不可思议的表情，“那张纸条居然还有这样的作用。”如果没有那张纸条，他肯定会被那女人硬生生拖回门里。

“是的。”阮南烛道，他竖起手指放在唇上，轻声叮嘱，“所以一定要记得保密。”

林秋石点点头：“我知道。”

阮南烛继续说：“这种纸条很特别，不但线索非常详细，甚至会有特殊的作用——在门里面抵挡一次那些东西的攻击。可想而知，这样的东西在关键时刻有多重要，若是让太多人知道了这件事……”

林秋石已经彻底明白了。

杨美树那种特殊纸条的获取方法，就是借那些东西之手杀掉门内的队友。队友死后，她不但可以处于无敌状态，悠闲地寻找所有的线索，还能得到在下一扇门里非常重要的护身符。当利益足够大的时候，人们总是会甘愿冒巨大的风险，也不知道杨美树到底干过几次这样的事。

“这件事情只有少部分人知道。”阮南烛道，“绝不能公开。”

的确不能公开，如果大家都知道了特殊纸条的作用，那门里面的世界中恐怕不会再有合作，反而大部分人都会盼着自己的队友快点死去，这样的氛围是很可怕的……

林秋石光想一想都觉得毛骨悚然，如果门里的队友全是杨美树那样的人，那会发生什么……

“这是邪道，走这条道的人早晚都会自我毁灭。”阮南烛说，“我见过三个这样干的，其中一个通过了第八扇门。”

“那他很厉害？”林秋石有点好奇。

“能通过第八扇门的人都厉害。”阮南烛淡淡地道，“他自然也是……当然，死的时候也比常人惨。”

林秋石："哦……"

"好了，去睡吧。"阮南烛伸手在林秋石的脑袋上揉了一下，"你也累了。"

林秋石被阮南烛这种对待小孩子的态度弄得哭笑不得，他好歹也是个二十多岁的成年男性了，便说："男人的头、女人的腰，不能摸啊。"

听到这句话，阮南烛没说话，伸手就往林秋石腰上掐了一把，当然也没太用力。

林秋石腰上的肉本来就敏感，这下被阮南烛搞得不由自主地想笑，他赶紧躲开了阮南烛的手："别别别，我痒！"

阮南烛："挺细的。"

林秋石："没你的细。"

阮南烛的身材才是真的好，标准的倒三角，窄瘦的腰肢上是线条漂亮的肌肉，一看就是专门练过的。

"把身体锻炼好了，被鬼追着跑的时候才能跑快点。"阮南烛说，"没看见恐怖片里面的主角都是跑两步就跑不动了吗？"

林秋石觉得阮南烛说的好像挺有道理……如果他在画里的世界中能再跑快点，或许就不会被那女人追上了。于是他当即痛下决心，要好好锻炼身体，争取练出阮南烛这样的身材。

说完话，林秋石回到了自己的房间，好好地休息了一晚。

第二天没什么事做，他抽了点时间去医院做了个体检，想看看自己的肝癌怎么样了。

几天后，检查结果出来了，医生拿着林秋石的检查报告看，眼珠子都差点瞪出来，还特意打电话来询问林秋石到底做过什么治疗，病情稳定得这么好。医生诚恳地问林秋石能不能再去一次医院，他想要进行更详细的检查。

对于这些要求，林秋石全都委婉地拒绝了。如果真是他天赋异禀，为医学贡献一下也就算了，可他现在经历的事情完全已经超出了科学范围，总不能和医生说他这病是闯鬼门关闯好的吧。

这几天，别墅里的人都开始陆陆续续地进入门内，大部分都是接活儿赚钱去了，还有一部分是在刷线索。林秋石一个人闲得无聊，在别墅里一边撸吐司的胖屁股，一边看电视，他拿着遥控器换台的时候正好看见谭枣枣的电视访谈。

这个在门里面撅着屁股睡得像条虫的姑娘此时正优雅地坐在高脚凳上，微笑着回答主持人的问题。

主持人说："你最近一次哭是什么时候？"

谭枣枣撩了撩发丝，微笑道："大概是上次演哭戏的时候。"

主持人道："那你岂不是很久没有哭过了？"

谭枣枣："我很少哭泣，眼泪无法解决问题。"

林秋石："……"他想起谭枣枣哭得一把鼻涕一把泪的样子，默默地换了个台。

今天别墅里一个人都没有，直到傍晚的时候，程千里和他哥才从外面满脸疲惫地回来了。

"去哪儿了？"林秋石问程千里。

"接了个活儿。"程千里说，"我这辈子都没见过那么喜欢作死的。"

林秋石："死了吗？"

程千里痛苦地点头："尾款没了。"

林秋石对此深表同情。

程一榭对着林秋石点点头，打了个招呼就上楼去了。程千里瘫在沙发上唉声叹气，说以后接活儿还是要看看质量，别找个脑子有问题的，毕竟有病可以治，脑残无可医。

林秋石："话说我突然想起来，你们还没告诉我接活儿的网站呢。"

程千里直起身体，随手拉过放在桌子上的电脑开了机，一通操作后把屏幕转向林秋石："就是这个网站，上面会有接活儿的人，也有活儿。当然，其实我们现在接的活儿大部分都是通过私下渠道接的，只有想刷线索或者想锻炼自己胆量的时候才会从里面寻找目标。"

林秋石浏览了一下网站。

这网站的活跃度很高，大部分的帖子都是匿名的，想要接活儿就得私聊。而发布的帖子一般会说明要求的条件，还有自己愿意支付的价格。

"像阮哥那个段位的，没七位数根本不接。"程千里抱着后脑勺瘫在沙发上，"而且接的对象个个都挺牛的。我没记错的话，他的活儿里好像还有一个大明星，具体是谁倒不知道。”

林秋石点点头。

程千里打了个哈欠，让林秋石自己看，他先去休息了。

从门里出来的这段时间是最悠闲的，可以好好地放松自己，至少林秋石是这么想的。结果某天早晨他正在给别墅里的人煎生煎的时候，陈非突然问了他一句：“你不紧张吗？”

“紧张？”林秋石没懂，“为什么要紧张？”

陈非：“那种门的期限一点点临近的感觉，你的下一扇门是第六扇了吧？”

林秋石摇摇头，表示自己完全没有感觉到紧张。要过门就过呗，是他的都逃不掉。

陈非见林秋石表情自然，完全不似逞强，对着他伸出大拇指，赞道：“牛。”

林秋石被夸得莫名其妙。直到几天后，团队里来了个新人。

这新人是个三十多岁的男人，长相算得上英俊，但这种英俊却被那种焦虑和恐惧破坏了大半。

人是易曼曼带回来的，林秋石这才知道他们在大量刷低级门的时候还会注意一下有潜力的新人，然后将他们带回别墅补充新鲜血液。当时白鹿的黎东源就是靠这种办法混进来的——虽然他能进来的根本原因是阮南烛想要免费劳动力。

新人的名字叫秦不殆，名字倒是挺有意思的，但心理素质好像不太好，来到别墅后就特别紧张。

他来的时候，林秋石正在吃生煎。最近几天大家都爱上了林秋石做的生煎，自己包的生煎料很足，皮薄馅大，放在锅里面煎得滋滋冒油，咬一口，外面酥脆透着柔软，里面汤汁浓郁满口肉香。

程千里一口一个，能吃三十个不停嘴。林秋石比他稍微克制点，但也能吃十几个。

于是就变成了新人愁眉苦脸地坐在饭桌上，其他人一个劲儿地吃生煎、面无表情地看着他的怪异场景。

“三个问题。”易曼曼对着他伸出手指，“只能提三个。”

秦不殆说：“门到底是什么？”

易曼曼：“不知道，要是知道门到底是什么，我还坐在这儿干吗？”

秦不殆：“门到底是从哪儿来的？”

易曼曼：“……”

秦不殆：“门……”

他话还没说完，易曼曼就露出头疼欲裂的表情，说：“兄弟，你不会是要问门最后要往哪儿去吧？”

秦不殆点头。

易曼曼：“你是哲学家吗？就不能问点靠谱的问题吗？”

秦不殆：“这些问题很靠谱啊。”

易曼曼差点崩溃，其他人则幸灾乐祸地说：“易曼曼，你自己选的新人自己教啊。”

话音落下，那些人又把目光移到了林秋石身上，大力赞叹还是阮南烛的眼光好，搞得林秋石哭笑不得。

不过私下里程千里告诉林秋石，说秦不殆这种新人经常会有，也经常会不见，能撑过几扇门全靠缘分，所以在前几扇门里不要和他们关系太密切。

“毕竟如果关系好了，那他死掉的时候总会比较伤心。”这是程千里的原话。

林秋石本来以为回到现实世界之后，他可以很安静地休息一段时间，却没想到有个非常不受欢迎的人找上门来了。

那天他和程千里遛完吐司，一回到别墅就看见阮南烛面无表情地坐在客厅沙发上，旁边坐了个娃娃脸的男人。这人他们实在是太熟悉了，正是曾经伪装成新人混入黑曜石的黎东源。

“阮南烛，你说话要算话！”黎东源说。

阮南烛：“嗯。”

黎东源：“那这事就这么定了。”他听到有人开门，赶紧支了个脑袋朝着门口望去，在看到是林秋石和程千里后，他遗憾地叹了口气。

“下一扇门见！”黎东源说，“别忘了你答应我的事。”

阮南烛冷漠地点点头。

黎东源起身走了：“回见。”

阮南烛也没和他说话，看着他出门去了。

“阮哥，他怎么来了？”程千里对黎东源没什么好感，当初整个别墅里就他和林秋石被蒙在鼓里，最惨的是他还没发现黎东源的企图，惨遭程一榭鄙视智商，因而他对黎东源有一种莫名其妙的恨意。

“他要和我们合作。”阮南烛说。

“合作？他居然要和我们合作？”程千里难以置信。

“对。”阮南烛道，“他愿意和我们分享货源。”

程千里一副见了鬼的表情。

“当然，也是有条件的。”阮南烛很平静地说，“他要求和祝萌一起接任务，至少一个月一次。”

看着阮南烛丝毫没有变化的脸，程千里和林秋石都沉默了。最后程千里实在是没忍住，当场大笑起来，笑得眼泪都出来了：“哈哈哈！黎东源脑子不好使了还是怎么，祝萌，哪里来的祝萌？”

阮南烛倒是无所谓，他道：“林秋石，你和我一起去，到时候别露馅了。”

林秋石忍着笑点头。

他开始以为黎东源找祝萌是在开玩笑，后来发现那家伙居然是认真的。在知道自己的身份被拆穿之后，他还一天好几个电话地往别墅里打，只要有人接起来，那他肯定会说“麻烦让祝萌接一下”。

后来大家实在是被烦得不行，直接把别墅里的电话线给拔了，然后在手机上把他的电话号码拉进了黑名单——就这样，黎东源都不肯放弃，还在勇敢地追求自己的爱情。林秋石十分好奇，要是他知道祝萌就是阮南烛，会露出怎样的表情。

阮南烛没管笑得脸都快抽筋的程千里，站起来走了。他虽然长得漂亮，但在现实世界中，完全无法让人将他和祝萌联系在一起。

程千里终于笑够了，趴在沙发上擦着眼泪道：“黎东源怎么那么喜欢祝萌啊？他也太好笑了。”

林秋石倒是觉得这事其实挺好理解的，他道：“你要是不知道祝萌是阮哥，你会喜欢吗？”

程千里条件反射地想要否认，林秋石却道了句：“仔细想想。”

想完的程千里陷入了沉默。

的确，祝萌那样的姑娘，自然格外吸引人，聪明，漂亮，气质独特，简直就是完美情人，如果祝萌真的存在的话……算了算了，还是别给自己挖这个坑了。程千里赶紧摇摇头，把这个可怕的念头甩出了脑海。

08

因为阮南烛答应了以后和黎东源合作，那家伙就开始每天厚着脸皮往别墅里跑。

他蹭饭，蹭网……什么都蹭，偏偏还顶着那张娃娃脸装可怜。

好在别墅里的人都是人精，完全不吃这套，脾气比较差的卢艳雪直接对黎东源说："你一个二十八岁的老男人，能不能别老黄瓜刷绿漆装嫩了，看着不恶心啊？"

黎东源愤怒地反驳："我哪里二十八了？还没满呢！"

林秋石惊了："你二十八？"这人居然比他还大。

黎东源："我二十八怎么了？男人二八一朵花！"

陈非在旁边凉凉地"补刀"："东源，你别和秋石计较，你虽然比他年纪大，但是你比他矮啊。"

黎东源："……"你会不会说人话啊？

一个组织的首领天天往另外一个组织里跑，总归不是合适的事。偏偏黎东源脸皮奇厚无比，大家都拿他没什么办法。

最后还是阮南烛说了句："祝萌喜欢沉稳的男人。"这才阻止了越来越放飞自我的黎东源。

不过他也就消停了几天，随之而来的问题更让人头疼，黎东源这个人精很快就了解了别墅里各个人的性格，迅速找到了突破口——林秋石。

程千里智商太低，其他人又太精，于是性格温和的林秋石就成了黎东源的重点骚扰对象。

林秋石每天都能看见黎东源发来的询问祝萌的消息，实在是不堪其扰。他忍了几天，实在是忍不住，私下里找阮南烛说了这件事。

“他骚扰你？”阮南烛听到这句话，马上把手上的东西放下了，他扭过头，看向林秋石，“手机给我看看。”

林秋石把手机递到了阮南烛面前。

阮南烛看到上面的短信之后，表情立马不好了，他冷笑一声，道：“不用理他，我来。”

林秋石有点无奈：“万一他知道你是祝萌了怎么办？”

阮南烛：“知道就知道，他能怎么办？”他把手机还给林秋石，“再忍一会儿。”

林秋石点点头。

也不知道阮南烛到底做了什么，第二天黎东源就消停了，不但消停了，他还向林秋石道歉，说自己很诚恳地认识到了自己的错误。

林秋石本来还在想阮南烛做了什么，结果黎东源说完上面那些，又补了一句话：“如果你不生气了，能让祝萌再给我打个电话吗？”

林秋石：“……”

黎东源：“嗯？”

林秋石：“祝萌和你说什么了？”

黎东源嘿嘿傻笑，笑声蠢得像个智商不超过六十的傻子：“她骂我了，骂得可好听了。”

林秋石：“……”黎东源，你怎么那么贱啊？

黎东源：“我就很高兴，想让她再骂骂我。”

林秋石想起了阮南烛脸上阴郁的表情，再听到黎东源幸福的语气，一时间竟不知道该同情他还是对他表示祝福。

有些姑娘是注定不能在一起的，因为他的个子比你还高，裙子底下的东西比你还……

林秋石没有再听黎东源叨叨，默默地挂断了电话。

下午的时候，林秋石把这件事当作笑话告诉了程千里，程千里沉思了三秒：“我当初一直不明白老大为什么要换女装，现在终于懂了。”

林秋石：“嗯？”

程千里：“要不是亲眼见过，谁敢信祝萌就是阮哥啊。”

林秋石想了想门内戏多得不行的祝萌，再对比现实世界里冷淡无比的阮南烛，叹气：“是啊。”

和白鹿合作的前提是，祝萌和黎东源再进一次门内世界，具体时间大概就在下周。据说黎东源给了林秋石一堆纸条，让他带给祝萌，说可以随便挑选，简直就是一副暴发户的样子。

阮南烛对此表现得异常冷淡，说也难怪黎东源单身。

程千里这货听到阮南烛这话，智商再次短路，很是不怕死地来了句：“难道阮哥你不是单身？”

阮南烛：“……”

林秋石在旁边忍笑。

在阮南烛爆发之前，程一榭赶紧过来把自家小朋友拎走了，程千里似乎也知道自己问出了不该问的问题，安静如鸡，赶紧开溜。

“很好笑吗？”低着头没敢露出表情的林秋石身边传来了阮南烛平静的声音。

林秋石莫名地从他平静的语气里听出了即将到来的暴风雨，赶紧道：“阮哥，你和黎东源不一样啊，他是找不到女朋友，你是不想找女朋友！”

阮南烛面无表情地看着他，没说话。

林秋石有点虚，继续道：“这是主观和被动的区别……”

阮南烛：“你找过女朋友吗？”

林秋石：“……”

阮南烛：“一个也没有？”

林秋石面露羞愧，他倒是想找来着，但是上学的时候天天做作业，毕业了天天加班，他去哪里找女朋友啊？

阮南烛：“厉害。”

林秋石突然就有点难以言说的悲伤，活了二十多年，他竟然还是单身，都快死了还没个女朋友，仔细想想，这也太惨了吧。

阮南烛的心情倒像是好了起来，很没有诚意地安慰了林秋石一句：“不要担心，以后会找到的，实在找不到女朋友，还可以找点别的。”

林秋石：“猫吗？”

阮南烛一脸无语的模样，站起来拍了拍林秋石的肩膀：“你果然是凭自己的本事单身啊！”然后他转身走了。

林秋石：“……”什么意思啊？意思是猫他也不能有？

此时正巧栗子从旁边路过，看见林秋石，“喵”了一声，它虽然没有很亲近，但也不像以前那么抗拒。林秋石眼疾手快，迅速捕获了一只无辜的小喵咪。

栗子：“喵喵喵？”

林秋石：“让爸爸抱抱嘛。”他埋头苦吸。

栗子粉嫩的肉垫软软地推着林秋石，哼哼唧唧很是不高兴。林秋石吸完猫之后又撸了好几次，才恋恋不舍地将手上的小可爱放走了。

唉，虽然没有女朋友，但是他好歹还有只猫啊，林秋石看着栗子的背影，很欣慰地想，况且有黎东源这个悲惨的例子在这里摆着，他觉得自己好像也不是那么难过了。

正在研究纸条的黎东源突然打了个喷嚏，旁人问他是不是感冒了，他揉揉鼻子皱起眉头：“肯定是有人在说我坏话！”然后傻笑了一会儿，“会是可爱的萌萌吗？”

旁人：“……”老大，你中邪了？

但事实是，即使是不喜欢的人，祝萌基本也懒得说他的坏话，一般有仇当场就报了。黎东源这家伙虽然看起来颇为深情，但林秋石可没忘记他在门里坑他们的经历。要不是当时林秋石运气好，恐怕他们所有人都得着了黎东源的道。

能过第八扇门的，都绝非善类，特别是黎东源在门内的形象和门外一脸无害的形象完全不同。

接下来他们要和黎东源进的门是某个白鹿成员的第四扇，具体是谁还不知道，但阮南烛已经提前拿到了那扇门的线索。

写着线索的纸上就两个字：佐子。

阮南烛拿到线索之后就将线索查得差不多了，然后简单地跟林秋石科普了一下——佐子是国外的一个民间传说，还被写成了一首歌谣。传说内容大概就是一个姑娘在雪夜被车撞断了下半身，最后惨死。结果没过几天，居然有人用这个故事写成了一首歌，歌词是：“佐子从小就叫自己佐子好可笑哦，她很喜欢香蕉却每次只能吃半根好可怜哦，佐子去了远方应该会忘了我吧，好寂寞佐子。”然而写歌的人很快就死于非命，死时下半身也不见了……

这首歌还有最后一句：我的腿没有了，你的给我好吗？

据说只要有人唱这首歌，佐子就会出现，取走那人的腿。

林秋石听完线索之后摸了摸自己手臂上的鸡皮疙瘩：“有点吓人啊。”

“还行。”阮南烛判断吓不吓人的根据，从来都是从线索的利用价值来看，“这线索算是比较详细了，至少表明了一个很重要的死亡条件。”

“嗯，也对。”林秋石道，“大概什么时候进去？”

阮南烛：“三天后吧，做好准备了吗？”

林秋石点点头：“差不多。”

阮南烛：“好。”

于是接下来的几天，林秋石都戴着专用的手镯，只在别墅里活动，阮南烛则换上了女装，也做好了准备工作。阮南烛穿女装真是一点违和感也没有，林秋石之前就看过，所以现在也差不多习惯了，他甚至还在心里悄悄地想了想，阮南烛这样的姑娘可真好看……当然，他也只是想想，没敢说出来。

三天时间转瞬即逝，进门之前林秋石还在看电视，突然感觉周围的气氛不太对劲，仔细一看才发现别墅里的人全都不见了。

他从沙发上站起来，随便打开一扇门，果不其然看到门外变成了熟悉的十二扇门。

十二扇门里已经被封起三扇，林秋石走过去，拉开了第四扇……